단독성의 박물관

단독성의 박물관

이경재
평론집

지난여름 외딴섬의 한 산사에 며칠간 머문 적이 있다. 텍스트를 분석하듯 나란 인간의 마음속에 있는 것들을 조용히 살펴보았다. 나를 상세의 명품이라도 된 것처럼 기쁘게 하는 것들, 반대로 영원히 구원받을 수 없는 존재라도 된 것처럼 우울하게 만드는 것들이 내 마음속을 휘젓고 다녔다. 가만히 바라보면, 그것들은 결코 나로부터 비롯된 것이었다. 타인의 시선이, 어떤 나를 서로 집고 몽부림치며 어긋된 일인지 문학만은 엇도 찾을 수가 없었다. 이 문학을 해서 논 안 되는 인 럼 문학을 선택한 것 역시 고유한 나라 는 것도 해당 요한 것은 지금 나에게 문 에는 생각할 수 없다는 것 하게 하는 유일 한 대상이라는 4년의 시간 은 온전히 나 모른다. 지금 나에게 문학은 비평이 아니 라 듣는 비평 비평을 쓰고 싶었다. 그것 라도 아직은 흐뭇하게 할 것 계를 엮어 보 이는 작가들으 것이 아닐지 는 있었다. 다 치게 되는 것 이 두려울 뿐 다는 이야기도 가 아니라 이 시대를 함께 걸어가고 있는 동시대의 작가들이라고 하는 것이 정확할 것이다. 앞으로도 한 줄도 안 되는 명제나 도 그마를 바탕으로 작가를 나아가 세상을 윽박지르며 짠체하고 싶 지 않다. 언제나 한 줄의 진실은 내일의 몫으로 남겨 두기를 소 망한다. 이 평론집의 표제이기도 한 단독성은 일반자의 한정 또

문학동네

책머리에

　지난여름 외딴섬의 한 산사에 며칠간 머문 적이 있다. 텍스트를 분석하듯 나란 인간의 마음속에 있는 것들을 조용히 살펴보았다. 나를 삼세의 영웅이라도 된 것처럼 기운나게 하는 것들, 반대로 영원히 구원받을 수 없는 존재라도 된 것처럼 우울하게 만드는 것들이 내 마음속을 휘젓고 다녔다. 가만히 바라보면, 그것들은 결코 나로부터 비롯된 것이라고 말할 수 없는 것들이었다. 타인의 시선이, 어른으로서의 책임감이, 알량한 호승심이 나를 사로잡고 몸부림치게 해서 만들어낸 헛것들이었다. 그런데 어찌된 일인지 문학만은 나의 욕망 이외에 그 어떤 외부의 기원도 찾을 수가 없었다. 오히려 나는 그 어떤 외부적 이유에서건 문학을 해서는 안 되는 인간이었다. 물론 삼척동자도 아는 것처럼 문학을 선택한 것 역시 온전히 나의 선택이라 할 수 없으며, 고유한 나라는 것도 애당초 존재하지 않음을 모르지 않는다. 중요한 것은 지금 나에게 문학은 자유의지가 만들어낸 선택으로밖에는 생각할 수 없다는 것이고, 그러하기에 나를 나로서 존재하게 하는 유일한 대상이라는 사실이다. 이 비평집을 채워나간 지난 4년의 시간은 온전히 나를 찾고 완성해가는 과정이었는지도 모른다. 지금 나에게 문학은 그토록 소중하며, 절박하다.

말하는 비평이 아니라 듣는 비평도 가능할까? 말하는 비평이 아닌 듣는 비평을 쓰고 싶었다. 그것이 무슨 비평이냐며 힐난한다면, 그렇더라도 아직은 뾰족하게 할 말이 없다. 오랜 고투 끝에 새로운 세계를 열어 보이는 작가들의 작품 앞에서 나의 말을 못 하게 되는 것이 아쉽지는 않았다. 다만 그 문자들이 들려주는 이야기를 놓치게 되는 것이 두려울 뿐이었다. 그러고 보면 이 평론집의 필자는 이아무개가 아니라 이 시대를 함께 걸어가고 있는 동시대의 작가들이라고 하는 것이 정확할 것이다. 앞으로도 한 줄도 안 되는 명제나 도그마를 바탕으로 작가를 나아가 세상을 윽박지르며 젠체하고 싶지 않다. 언제나 한 줄의 진실은 내일의 몫으로 남게 되기를 소망한다.

이 평론집의 표제이기도 한 단독성은 일반자의 한정 또는 특수화로서 존재하는 개별성과는 차이나는 개념이다. 단독성이란 고유한 것으로서, 유(類)로는 결코 포착될 수 없는 개(個)인 것이다. 모든 존재가 고유한 개성을 가진 그야말로 유일한 존재가 아니라면, 인간이 서로를 존중해야 하는 근거는 어디에서 찾을 수 있단 말인가? 단독성에 대한 철저한 인식 위에서만 관계는 시작되고 그로부터 윤리와 정치도 가능하다고 생각했다. 그러나 1990년대 문학에 이어지며 동시에 그것을 넘어서야 하는 2000년대 문학은 차이 혹은 다른 목소리에 대한 확인과 강조에 그쳐서는 안 된다. 존재의 단독성에 대한 철저한 인식 위에서 그 고독한 단자들을 이어주는 공감과 연대의 생명길을 트는 것이야말로 지금 우리 문학의 절실한 과제이기 때문이다. 그러하기에 『단독성의 박물관』에 실린 모든 글은, 진정한 단독성은 보편성을 전제할 때만 가능한 것이고, 출발점으로서의 단독성 속에는 한 사회의 역사와 현실이 늘 드리워져 있다는 믿음이 곳곳에 스며들어 있기를 염원하며 썼다. 비평 행위 역시도 작가나 작품의 고유한 개성을 확인하는 과정이 되기를 열망했다. 무엇을 논의하든 결론은 동일한 그런 비평이 아니라 각각의 글은 모두 그것만의 고유한 결론을 가진 비평이 되기를 희망한다.

이 책은 지난 4년간 그럴듯한 나침반이나 지도 하나 없이 2000년대 문학판이라는 정글 속에 들어가 몸부림쳐 생긴 상처의 기록들이다. 1부는 주제론에 해당하는 글들을 모았다. 비교적 시기를 넓게 잡아 한국문학이 서 있는 성좌의 모양새와 그 의미를 탐구하였다. 최근 소설들을 읽을 때면 우주에서 담배를 피우는 장면이 머릿속에 자주 떠오르고는 했다. 담배라는 사소한 행위가 우주라는 광막한 공간에서 이루어지는 것이었다. 그것은 신선하면서도 아찔하게 상쾌한 경험이었지만, 지구인으로서 바라보기에는 너무나 아찔하고 공허하기도 했다. 상쾌함이 은폐하고 있는 눅눅함과 공허함 속에 감춰진 진정성을 찾아내어 의미화하는 작업은 고되지만 보람찬 일(실제 성과는 민망할 정도로 소박하지만)이었음을 고백한다. 2부는 이전 시기와 구별되는 2000년대 역사소설의 특성을 집중적으로 살핀 글들이다. 한국 근대소설사에서 역사소설은 결코 주변장르에 머물지 않는다. 그것은 매 시기 소설의 새로운 문법과 가능성을 압축적으로 드러낸 하나의 기준점 역할을 해왔다. 역사소설에 대한 나의 관심은 오히려 지금−이곳에 대한 관심의 전도된 표현이라고 할 수 있다. 특히 2000년대 역사소설이 보이는 네이션(nation)에 대한 도발적인 문제의식은 지금도 탐구심을 자극하는 중요한 과제이다. 3부와 4부는 작가론과 작품론을 묶었다. 대상이 되는 작가나 작품의 선정기준과 실제 논의에 있어 가장 중요시한 것은 현장성과 새로움이었다. 문단에서의 활동기간이나 생물학적 나이는 그후의 문제였다. 지금의 문학을 쇄신할 수 있는 미적, 윤리적, 정치적 가능성을 확인하고자 한 모색의 결과물들이다. 5부의 글들은 계간평과 리뷰에 해당하는 논의들이다. 그 계절에 발표된 작품들 가운데서 가장 반복적으로 나타난 상상력과 사유를 맥락화하고자 하였다. 이때의 맥락화는 한국문학의 역사와 배경에 대한 객관적인 인식의 바탕 위에서 이루어지도록 노력했다.

막상 책을 내려니 걱정이 한두 가지가 아니다. 폼이 안 나더라도 주목을 덜 받더라도 '해야 할 말'을 정확하게 하는 비평을 하고 싶었지만, 결과는 멋도 없고 '해야 할 말'도 빠뜨린 맥 빠진 글이 된 것은 아닌가 걱정이다. 또한 제목에 붙은 박물관처럼 문학 현장의 유의미한 시도와 성과를 가능한 한 다양하게 담아냈는지도 의문이다. 내가 놓친 2000년대 문학의 진경은, 반성하는 마음으로라도 평생을 두고 읽어나갈 것임을 약속한다. 여기 모인 글들은 여러 곳에서 쓰였다. 육군사관학교의 오래된 관사, 낙성대 언덕배기의 위드 연구실, 마포의 민족문학연구소 사무실, 아주대의 아주 조그만 연구실이 능력도 안 되면서 머리카락을 쥐어뜯고 진땀만 흘리던 나를 오래오래 지켜보았다. 지금 생각해보면 그곳들에는 뭐라 말할 수 없는 그늘이 늘 드리워져 있었다. 그늘 속에 있었기에 손바닥만한 빛이라도 볼 수 있기를 숨도 쉬지 못하면서 애타게 갈망했다. 지금 생각해보매 그것은 '빛의 그늘'이 아니라 '빛을 거느린 그늘'이었음에 분명하다. 그늘을 함께했던 그리고 함께하고 있는 모든 분들께 진심으로 감사드린다. 그중에서도 내가 아는 가장 정다운 목소리로 술잔을 건네시던, 그러나 지금 이 세상에는 안 계신 이기윤

대령님만은 따로 언급하지 않을 수 없다. 교수님! 잊지 않겠습니다. 등단 이후 많은 기회를 주시고 이제는 책까지 내주신 문학동네의 여러 선생님들과 편집자들, 그리고 볼품없는 나에게 무제한의 신뢰를 보내주신 학산문학의 김윤식 선생님께도 엎드려 감사드린다. 대학교 1학년 시절 수강한 '소설의 이해' 시간 이후 첫번째 평론집의 추천사를 써주신 지금까지 한결같은 모습으로 문학의 정도를 가르쳐주신 조남현 선생님께는, 앞으로도 끊임없이 정진하겠다는 다짐으로 감사의 말씀을 대신하고자 한다. 등단할 당시 엄마의 뱃속에 있던 지민이가 어느새 걷고 말을 하고 달리기를 한다. 세상에 시간만큼 무서운 것은 없다. 여기 실린 글 중 단 한 편이라도 시간의 파괴력을 견뎌낼 수 있을까. 그런 생각을 하면 참담하다. 그 참담함을 가슴에 새기며 앞으로 나아가고 싶다.

2009년 가을
이경재

제1부

논리와 윤리

바다를 건너는 두 가지 방식

김영하의 『검은 꽃』, 황석영의 『심청』

다시 말하기의 절박성

김영하의 『검은 꽃』에 나오는 애니깽이나 황석영의 『심청』이 다루는 심청 이야기는 우리에게 익숙한 것들이다. 창극, 잡극, 악극, 동화, 연극, 오페라, 영화, 뮤지컬, 애니메이션은 물론이고 여러 작가들에 의해 끊임없는 재해석의 대상이 되어오고 있는 심청의 이야기뿐만 아니라, 20세기 초 천여 명의 조선인들이 멕시코에 끌려가 온갖 고생을 겪는다는 애니깽 이야기도 이미 드라마나 장편소설, 영화로 우리에게 소개된 바 있다. 이처럼 익숙한 이야기들을 김영하와 황석영이라는 작가가 다시 반복한다는 것은 그만큼 그들이 전달하고자 하는 메시지가 절박하기 때문일 것이다.

두 작품은 모두 19세기 말에서 20세기 초라는 역사의 격변기를 다루고 있다. 『검은 꽃』은 『심청』의 서사가 끝나가는 무렵인 1905년 일포드호가 제물포항을 떠나는 것으로 본격적인 막이 오른다. 심청이 19세기 중반부터 난징, 진장, 타이완의 지룽, 싱가포르, 류큐, 나가사키를 거쳐 제물포로 돌아온 그 시점에, 『검은 꽃』의 주인공들은 제물포를 떠나 멕시코로 향하는 것이다. 동시에 이들 작품은 역사적 격변기를 다룸에 있어 모두 한반도가 아닌 외국으로의 이동이라는 여정을 구성의 중심축으로 삼고 있다. 이러한 여로는 외국으로의 이동인 동시에 근대라는 시대로의 돌진이기도 하다. 그러하기에 소설 속의 인물들이 겪는 인생 행로는 근대의 문제와 갈등을 보다 압축적으로 그려 보이게 된다. 그 시각을 지구적인 차원으로 확대하여 외부와의 만남을 다루고 있다는 점에서 두 소설은 여타의 소설과는 이질적인 양상을 보여주고 있다.

위의 소설들이 배경으로 삼고 있는 19세기에서 20세기 초는 이양선 (異樣船)이라는 말이 나타내듯이 도저히 이해할 수 없는, 단지 다름만을 확인할 수 있는 타자가 우리 앞에 등장한 시기이다. 그러나 이것은 하나의 전도된 상상력일 수도 있다. 사실은 이 시기에 이르러 바다 건너나 북쪽 산 너머에도 야만인들이 아닌 인간들이 살고 있다는 것을 알고, 그들과의 차별적 대비를 통해 '우리'라는 것을 처음으로 인식하게 된 것일 수도 있기 때문이다. 애초에 민족이란 나와는 다른 문화나 정서를 가진 사람들이 있다는 의식에 의해서만 성립할 수 있다는 것을 인정한다면, 우리가 지닌 민족의식의 성장은 조선 말 제국주의적 열강과 교류를 시작하던 그 시기에 시작되었다고 할 수 있다.

그렇다면, 이러한 문제적인 시기가 21세기의 초입에 다시 다루어지는 이유는 무엇일까? 그것은 국경과 민족의 경계를 사이에 놓고 수많은 논란과 비극이 벌어지고 있는 지금의 상황 역시, 외부와의 만남과 그에 대한 대응이라는 문제로부터 자유롭지 못하기 때문일 것이다. 이러한 상황에서 『검은 꽃』과 『심청』은 상반된 방식을 통해 외부와의 만남과 이상적인 대응 방안에 대하여 그 기원에서부터 생각할 수 있는 기회를 준다.

바다 건너기

두 작품은 이전에 속한 공동체로부터의 이탈로 시작된다. 『검은 꽃』에서 일포드 호에 오른 몰락 양반들, 농민들, 대한제국의 군인들, 도시의 부랑자들은 모두 조선에서 삶의 근거지를 만드는 데 실패한 사람들이다. 이들에게 조선이나 공동체에 대한 관심과 애착은 찾아볼 수 없고, 그 자리를 대신하는 것은 개인적인 욕망의 다양한 편린들이다. 이는 끝까지 생활 자체에만 충실한 자세를 흩뜨리지 않는 박정훈에게서 잘 나타나는데, 그에게 국가란 "그까짓 나라, 해준 것이 무엇이 있다고 돌아가겠는가. 어려서는 굶기고 철드니 때리고 살 만하니 내"[1]친 곳에 불과하다.

공동체와의 결별이라는 측면에서 『심청』은 한결 과격한 양상을 보여준다. 심청은 남경 상인들에게 은자 삼백 냥에 팔린다. 이 일은 만신 무당의 "느이 새어미랑 우리가 널 대국에다 시집보내기루 하였구나"[2]라는 말에서 알 수 있듯이, 새어미인 뺑덕어미는 물론이고, 마을 사람들인 '우리'의 공모 아래 이루어진 것이다. 이런 상황에서 심청은 모든 일의 진행으로부터 철저히 소외되어 있다. 이것은 심청의 삶이 공동체로부터 추방된, 희생양으로서의 삶임을 선명하게 보여주는 것이다. 심청은 이전까지 자신의 삶의 기본 바탕을 형성해준 공동체로부터 철저하게 배제된 것인데, 그녀는 용왕제를 통해 가사(假死) 체험을 하고, 심청이 아닌 렌화(蓮花)로 다시 태어난다.

이러한 결별이 단순히 이전에 속한 사람들과의 헤어짐만을 의미하

---

1) 김영하, 『검은 꽃』, 문학동네, 2003, 84쪽. 이하 이 책에서 인용할 경우 본문에 쪽수만 표시한다.
2) 황석영, 『심청』 상, 문학동네, 2003, 18쪽. 이하 이 책에서 인용할 경우 본문에 상, 하권과 쪽수만 표시한다.

는 것은 아니다. 그것은 당연히 이전에 속한 사회의 가치나 행동 규범
으로부터의 벗어남을 뜻하는데, 기존 가치나 규범으로부터의 이탈은
두 작품에서, 흔히 법과 질서의 입법자이자 준엄한 집행자로서의 의미
를 지니는 아버지를 무능한 존재이거나 부재하는 존재로 형상화하는
방식으로 나타나고 있다.

『검은 꽃』에서 연수의 아버지이자 황제의 사촌인 이종도는 여러 인
물들 중 가장 무력한 모습을 보인다. 자기의 입 하나 해결할 수 없는
이종도는 그의 딸이 거리의 부랑아와 어울리고 인의예지와는 담을 쌓
은 마름 권용준에게 몸을 맡기는 상황에서도, 고작 전달되지도 못할
편지를 황제에게 쓰는 황당한 모습을 연출할 뿐이다. 이후에도 이종도
는 아침이면 서쪽을 향해 절하며 새로운 국가의 기틀을 짜는 방안에
대한 글을 쓰지만, 결국에는 원고의 완성도 보지 못한 채 뇌졸중으로
사망한다. 이 와중에 그의 아내인 파평 윤씨는 마야인 감독과 결혼까
지 한다. 그가 가진 자아상과 현실 간의 현격한 격차로 인해 이종도는
가장 희극적인 인물인 동시에 가장 비극적인 인물이 되고 마는 것이
다. 『심청』에서도 심청이 은자 삼백 냥에 팔리는 와중에도, 희미한 공
모의 흔적만이 암시될 뿐 아버지인 심봉사의 모습은 보이지 않는다.
『심청』에서의 아버지 심봉사는 아예 부재로서 존재하는 것이다.

이처럼 기존의 공동체로부터 벗어난 이들의 앞에 놓여 있는 것은 이
전과는 다른 외부와의 만남이다. 『검은 꽃』에서 외부와의 만남은 아시
엔다가 펼쳐져 있는 멕시코의 유카탄 반도에서 본격적으로 이루어지
는데, 그것은 채찍을 맞는 장면에서 인상적으로 그려진다. 감독이 일
을 독려하며 휘두르는 채찍을 그들은 굴욕이라기보다는 놀라움으로
받아들인다. "만약 얼굴에 침을 뱉었다면 그 자리에서 마체테를"(106
쪽) 휘두를 수도 있었겠지만, "마소에게나 휘두르는 채찍을 사람에게
휘두를 때 어떻게 대응해야 하는지"(106쪽)를 전혀 모르는 그들이기 때

문이다.

　서로 이웃하는 사람들과의 관계 속에서만 살아오던 이주민들은 멕시코의 광막한 아시엔다에서, 이전에 외부를 사유하던 방식의 야만인이 아닌 새로운 타자와 마주 보게 된 것이다. 이종도는 멕시코에서도 그가 한때 다녀온 베이징에서처럼 "최소한 필담은 통하리라 생각했던 것"(114쪽)이지만, 멕시코에서 만난 그들은 '필담'이라는 최소한의 언어 규칙도 공유하고 있지 않다. 이처럼 이주민들이 맞닥뜨린 아시엔다는 그 어떤 공동 규칙도 전제할 수 없는, 공동 규칙의 위태로움이 작열하는 태양 아래 적나라하게 노출되어 있는 장소인 것이다.

　『심청』에서 타자와의 대면이 전면적으로 이루어지는 것은 심청이 동인도회사의 직원인 제임스의 현지처가 되어 싱가포르에서 생활할 때라고 할 수 있다. 싱가포르에서의 생활을 상징하는 것은 8장의 제목이 '매달린 사내와 시계'인 것에서도 드러나듯이 십자가에 매달린 예수상과 시계이지만, 그중에서도 압도적인 중요성과 비중을 지닌 것은 시계이다. 싱가포르에서는 목걸이 시계, 벽시계, 자명종 시계, 뻐꾸기시계 등 시계에 대한 강박이 느껴질 정도로 온갖 종류의 시계가 등장한다. 모든 것에 자신감이 넘치고 적극적인 심청이마저도 처음 보는 시계 앞에서는 깜짝깜짝 놀라곤 한다.

　그러나 심청이 아닌 싱가포르인들에게 시계는 모든 생활에 있어 기준점의 역할을 한다. 서양인인 제임스는 심청의 눈에 "자명종의 노예"(하권, 29쪽)로 보일 정도이며, 제임스의 집에서 일하는 하인조차도 "저희는 시계가 없으면 아무 일도 못 합니다"(하권, 15쪽)라고 말한다. 시계는 근대인의 삶 전반을 분절하고 규정하는 근대인의 내적인 존재 형식이라고까지 말할 수 있다. 이처럼 근대를 규정짓는 핵심적인 장치인 시계 앞에서, 청이는 "시간…… 그게 뭐죠?"(하권, 14쪽)라는 당황스러움만을 표현할 수밖에 없다. 근대 세계의 규칙을 내면화한 백인들 앞에서 심청은 단지 애완용 "개나 고양이"(하권, 33쪽)에 불과한 것이다.

일정한 삶의 규칙과 법도를 공유하던 공동체로부터 벗어난 이들은 아무런 공통 규칙도 전제할 수 없는 낯선 외부와 맞닥뜨린다. 이제 그들은 각자가 놓인 상황에 걸맞은 방식으로 낯선 외부와의 만남을 사유하고 대응해나간다.

공동체를 위한 '굿판'

낯설지만 강력한 외부와의 만남은 공동체의 위기를 가져오고, 이에 대응하는 방식은 『검은 꽃』에서 국가 만들기와 신비주의에의 집착이라는 두 가지 양상으로 나타난다. 두 행위의 심층에는 모두 공동체 지향이라는 구심적 욕망이 강하게 작용하고 있다.

그러나 『검은 꽃』에서 외부와의 만남이 곧바로 공동체 지향으로 나타나지는 않는데, 그 이전에 신분제 해체의 여러 모습들이 그려진다. 주지하다시피 신분제가 해체되지 않은 상황에서 또다른 외부와 구분되는 동질적인 공동체를 상상하는 것이 불가능하다면, 이러한 서사의 진행은 자연스러운 것이다. 『검은 꽃』에서 조선의 신분제도는 제물포를 떠나는 순간, 즉 카니발적 혼란에 쌓여 있는 일포드 호 선상에서부터 그 잔영조차 찾을 수 없다. 심지어 왕가의 딸인 연수와 거리의 부랑아인 이정이 혼례를 약속할 정도인 것이다. 이정이 연수에게 하는 "우리 위에 있는 저 양놈들 눈엔 우리 모두가 다 똑같은 조선놈일 뿐"(78쪽)이라는 말은 신분제 해체와 그것이 가져온 '조선놈'이라는 민족적 동질감을 잘 나타내주는 것이다. 동시에 이곳에서는 단순히 신분제적 질서만 해체되는 것이 아니라 남녀의 "유별과 내외"(122쪽)도 사라진다.

신분제가 해체된 후, "여기야말로 반상의 차별이 전무한 곳이 아니냐"(223쪽)라며 국가 만들기의 욕망에 들리는 조장윤이 대표적으로 드러내듯이, 주요 인물들은 곰소 나루 무당의 주술에 걸린 박광수와 같이 국가 만들기라는 주술에 들리게 된다. 출항 이전에 이들을 이끄는 것은 부라든가 출세와 같은 온통 개인적인 욕망일 뿐이지만, 후반부로 갈수록 그들의 욕망은 국가 만들기로 집중된다.

『검은 꽃』의 서사를 이끌어가는 원동력이라 할 수 있는 국가 만들기의 욕망이 최종적으로 가 닿은 모습은, 이정이 만든 신대한이다. 이정은 "마야인들은 마야인의 나라를 세우고 우리들은 여기, 이 띠깔을 중심으로 하는, 자급과 자족이 가능한, 작지만 강한 나라"(304쪽)를 만들고자 한다. 국가 만들기의 최종적인 귀착점인 신대한의 국가 이상이 '자급과 자족'에 놓여 있다는 것은 『검은 꽃』의 서사가 가 닿은 압축적인 공동체 지향성의 선명한 발현이라 할 수 있다.

공동체란 외부와의 커뮤니케이션으로부터 스스로를 닫고 마치 자립한 세계인 것처럼 존재하는 시스템으로서, 철저하게 내부와 외부를 구분한다. 따라서 공동체의 최대 금기사항은 내부와 외부를 가르는 경계 설정 자체가 된다(가라타니 고진, 『탐구』 2, 권기돈 옮김, 새물결, 1998, 268쪽). 손가락에 피를 내어 탈출의 금지를 약속하고, 이를 어긴 자를 둘이나 죽인 후에 신대한이 탄생하며, 그러한 혈흔 위에 선 신대한의 최고 금기사항이 '탈영'이라는 것은 공동체가 지닌 성격을 선명히 드러내는 것이다.

공동체를 향한 무한 욕망에 매달려 있는 이들에게 예비되어 있는 운명은 끝없는 이자(異者)와의 대립과 그 결과로서 다가오는 소멸이다. 신대한의 마지막 전사자 박광수의 품에서 나온 대한제국의 관인이 희미하게 번들거리는 "손만 대면 찢어질 것 같은 낡고 바랜 증명서 한 장"(317쪽)은 박광수의 소속을 알려주는 증명서인 동시에, 이 작품의 최종적인 욕망과 그 귀착점을 알려주는 증명서이기도 하다. 이와 마찬가지 맥락에서 무로의 소멸 속에서 솟아나는 것은 오직 박수무당의 저주와 박광수의 예정된 운명밖에 없다.

민족 자체가 뚜렷한 근거를 가진 객관적 실체라기보다는 구성원들 사이의 가상적인 동질감에서 성립하는 일종의 공동체라 할 때, 민족주의적 열정은 종교적 제의와 유사한 측면을 가지고 있다. 이 작품에는 멕시코의 이국적인 풍경과 함께 우리 정서의 밑바닥에 놓여 있는 각종 무속이 드러난다. 별신굿, 띠뱃굿, 건장, 병굿, 내림굿과 예언 등이 그것이다. 무속적인 것의 힘은 매우 강렬한 것으로서 박광수는 위도의 무속으로부터 벗어나려 하지만 끝내 벗어나지 못하고, 최선길도 일포드 호에서부터 자신을 괴롭혀온 '아버지'의 환영에 결국 자신의 몸을 맡겨버린다. 이러한 모습은 국가 만들기의 모든 시도가 실패하는 것에 비춰볼 때, 무속적이며 운명적인 것의 힘이 얼마나 강한 것인지를 보여준다.

『검은 꽃』에 등장하는 우리 민족 고유의 신비주의는, 타자와의 만남이 공동체에 대한 구심적 집착을 가능하게 한 것과 같은 맥락에서 이해할 수 있다. 본래 '나'와 타자, '나'와 신과의 합일을 그 핵심 원리로 하는 신비주의의 열기 속에 타자는 존재하지 않기 때문이다. '나와 일반자밖에 없는 세계는 타자와의 관계를 배제하고 진리를 강제하는 공동체의 메커니즘과 일치한다. 『검은 꽃』에 등장하는 수많은 제의 역시 개체를 전체에 일치시키는 공동체의 메커니즘을 가장 극적으로 보여주는 장치이다. 이러한 한인들의 신비주의는 또하나의 신비주의와 만나는데, 그것은 가톨릭이라는 세계 종교적 외양만을 쓴 농장주 호세 벨라스케스가 신봉하는 신비주의이다.

농장주인 이그나시오 벨라스케스는 인디오들의 전통적 샤머니즘과 맞서 싸운 자신의 조상 호세 벨라스케스와 마찬가지로 광적인 신앙을 가지고 있다. 그러나 그의 신앙은 오직 다른 이의 믿음을 파괴하는 방식으로만 드러난다. 그의 광신과 이주민들이 믿는 무속과의 갈등이 『검은 꽃』에서 나타나는 가장 격렬한 갈등이라고 할 수 있는데, 그러한 갈등이 벌어지는 핵심적인 이유는 이그나시오의 신앙이야말로 타자를 배제하고 공동체의 단결을 도모하는 지극히 독단적인 신비주의에 불과하기 때문이다.

병굿을 벌이다 모질게 맞고 잡혀간 박수무당을 구하기 위해 한인들과 함께 궐기하여 농장주의 집으로 달려간 바오로(박광수)는 성호를 긋고 이그나시오를 향해 "이것은 아니오! 가장 헐벗은 자, 가장 가난한 자, 가장 핍박받는 자와 함께 하라는 것이 당신이 믿는 신이 가르치는 바가 아닙니까?"(187쪽)라고 외치지만, 그에게 돌아오는 것은 곤봉 세례뿐이다. 이런 상황에서 그는 마지막 수단으로 페낭의 신학교에서 배운 라틴어로 이그나시오와 감독들을 향해 주기도문과 영광송, 성모송, 사도신경을 줄줄 외운다. 그러나 장엄하기까지 한 이 장면은 이그나시오에 의해 "악마의 권능이 그의 입을 빌려 신성한 기도문을 외우는 것"(187쪽)으로 간단히 정리된다.

사제가 라틴말로 하는 미사에 대하여 보이는 이그나시오의 반응은 그의 신앙이 전 인류를 상대로 한 보편종교가 아닌 이그나시오(백인)만의 신앙임을 명백히 드러내는 것이다. 그에게 주기도문이나 영광송, 성모송, 사도신경 등으로 표현되는 종교 자체의 언어는 아무런 의미가 없다. 본래 주술은 언어적 분절을 넘어선 실재를 지향하기 때문에 타자와 소통하기 위한 언어를 필요로 하지 않기 때문이다. 아래 인용문은 바오로가 한국 고유의 무속과의 싸움에서 강력한 힘이 되어주리라 생각했던 신앙이, 사실은 또하나의 신비주의에 불과하다는 것을 깨달았음을 보여주는 장면이다.

그의 신은 정녕 질투하는 신이었다. 샤먼으로 비롯된 싸움에서 신은 어떤 권능도 보여주지 않았다. 조선과 일본과 멕시코가 각기 저지른 그 모든 죄악을 이들이 대속하고 있다는 것을 번연히 알면서, 신은 토라진 여자아이처럼 질투하고 있는 것이었다. 바오로 신부는 눈을 감았다. 그리고 앞으로 다시는 누구도 자신을 바오로라 부르지 않을 것임을 알았다. 그는 이제 신부 바오로가 아닌 박서방, 박광수였다.(188쪽)

자신이 선택한 신앙이 타자와 마주 보게 하는 진정한 의미의 신앙이 아니라 그 외피만을 바꾼, 오히려 훨씬 더 파괴적이고 잔인한 주술적 세계에 불과하다는 것을 깨달은 신부 바오로 아니 박광수는, 아시엔다에서의 계약기간이 끝나자 내림굿을 받아 백마장군을 받아들인다. 불길한 주술적 세계로부터 벗어나고 싶어 말레이시아의 페낭에까지 갔던, 그것도 모자라 태평양을 건너 멕시코에까지 갔던 박광수가 결국에는 백마장군을 받아들이고야 마는 것은, 대한제국을 떠났던 그 많은 인물들이 결국에는 신대한이라는 새로운 국가 만들기에 모든 것을 쏟아붓는 것과 동일한 현상이라 할 수 있다. 박광수를 붙들고 놓아주지 않는 무속에의 욕망과 김이정을 비롯한 주요 인물들이 끝내 버리지 못하는 국가 만들기라는 공동체 지향의 욕망은 동전의 양면에 불과했던 것이다. 이로 볼 때, 신대한의 마지막 전사자가 백마장군을 맞이한 박광수라는 것은 의미심장하다.

동아시아 위에 지은 연대의 '집'

『검은 꽃』이 갑작스런 외부와의 만남과 기존 질서의 해체에서 비롯된 과도한 공동체 지향의 욕망으로 인해 뜨겁게 끓어오른다면, 『심청』은 끊임없이 외부를 품어 안는 모성적 자애로움으로 인해 읽는 이에게 편안함을 느끼게 해준다. 15세 소녀로 하여금 동아시아 전체를 포괄하는 장대한 여정을 가능하게 하는 힘이 있다면, 그것은 바로 그녀가 지닌 자유에 대한 갈망이다.

심청은 매춘의 상황에서도 항상 자신의 자율성을 유지하려고 한다. 그렇다고 심청이 외부의 상황에 흔들림 없는 확고한 주체성을 지니고 있는 것은 아니다. 오히려 그녀는 여정과 함께 끊임없이 이름이 변화되는 것에서 알 수 있듯이, 자기 정체성에 대한 의문에서 쉽게 벗어나지 못한다. 거울 속의 자신과 대화를 나누는 심청의 모습은 그녀가 주체성의 혼란을 겪고 있음을 보여준다. 그녀는 장소를 옮겨 갈 때마다 이름이 청이에서 렌화로, 렌화에서 로터스로, 로터스에서 렌카로 변하는데, 이는 그녀가 고정된 자기 정체성을 유지하고 있는 인물이 아님을 알려주는 것이다. 오히려 그녀는 자신이 머물게 되는 각각의 장소에서, 외부와의 커뮤니케이션을 통해 그곳에 걸맞은 주체를 구성하여, 현실의 높은 파고를 헤쳐간다고 볼 수 있다.

이러한 현실 대응방식은 근본적으로 『검은 꽃』의 인물들과 심청이 놓여 있는 존재방식의 차이에서 기인하는 것이다. 심청의 여정은 자신의 제웅이 바다에 던져지는 것으로부터 시작된다. 심청은 처음부터 공동체로부터 배제당한 인물로서, 그가 태어난 고향에서 그는 지장전의 위패로서 존재하는 것이다. 추방에서 비롯된 삶이기에 그녀 앞에는 기댈 수 있는 어떠한 공동체도 없다. 심청이 황해를 헤쳐나가는 삶의 방식은, 알 수 없고 예측하기 어려운 불가해한 타자를 상대하며 그들을 받아들이는 것이다. 이러한 삶의 방식은 천여 명이 넘는 무리가 함께 이동해야 했던 『검은 꽃』의 그것과는 썩 다른 존재양식이다.

심청에게 중요한 것은 『검은 꽃』에서 주요 인물들이 지향하는 바와 같은 절대적인 공동체의 공간이 아니라 매 순간 구축되는 타자와의 연대의 공간이다. 싱가포르에서 제임스의 정처 자리를 거부하며 "고향"

(하권, 51쪽) 대신 만들어가고자 하는 "집"(하권, 52쪽)은 바로 모든 순간마다 타자를 받아들이며, 타자와 함께 구성해나가는 연대의 공간에 대한 하나의 상징이라고 할 수 있다. 심청은 자신이 거쳐가는 모든 곳에서 약자들을 찾아내고, 그들과 힘을 합하는 방식으로 현실의 어려움들을 타개해나간다. 그는 난징에서부터 정처의 자식이 아닌 구앙이 "이 집의 바깥세상으로부터 왔다는 걸 처음부터 눈치채고"(상권, 64쪽)는 그와의 관계를 이용해 진장으로 나아간다. 이후 지룽에서도, 싱가포르에서도, 류큐에서도, 나가사키에서도 심청의 그러한 삶의 방식은 변화되지 않는다.

그녀가 보여주는 타자에의 관심과 연대를 가장 분명하게 드러내는 것은, 그가 타이완의 지룽에서부터 본격적으로 보여주기 시작하는 아이들에 대한 관심이다. 그것은 처음 동료의 아이를 떠맡는 것에서 시작되지만, 나중에는 창기들이 낳은 혼혈아에 대한 관심으로까지 이어진다. 주지하는 바와 같이 아이란 어떠한 공통 규칙도 발견할 수 없는 타자이다. 더군다나 창기의 아이, 더 나아가 창기가 낳은 혼혈아들은 그 타자성의 정도가 더욱 심하다고 할 수 있다. 이러한 심청의 모습은 공동체를 향한 구심적 욕망에 매달리던 『검은 꽃』의 인물들과는 퍽 상이한 것이다.

『심청』에서는 『검은 꽃』에서 공동체 결집의 핵심적인 요소로 기능했던 굿마저 타자와의 연대를 향한 원심력의 힘을 발휘한다. 『검은 꽃』에서의 굿이 한국인 사제에 의해 한국인들 사이에서 행해지는 데 반해, 『심청』에서는 류큐에서 그곳의 고유한 사제인 류큐인 유타에 의해 심청과 류큐인들이 동석한 상태에서 행해진다. 그 굿판의 카니발적 열기는 『검은 꽃』의 각종 굿판과 별반 다를 바 없으나, 그것은 집단 내의 결속을 다지고 다지를 배제하는 공동체의 메커니즘으로서의 세의가 아니라 서로 다른 규칙을 가진 사람들 간의 어울림 혹은 교통의 장으로서의 역할을 하고 있다. 그 굿은 "청이의 낯선 말과 유타 여인의 미야코 사투리가 서로 허공중에서 부딪"(하권, 161쪽)치는 현장으로서, 산자와 망자가, 한국인과 류큐인이, 소외받은 류큐의 원주민과 이제 막 밑바닥에서 끌어올려진 자가 어울리는 마당이다.

굿이 벌어지고 있는 장소인 류큐 역시 이러한 굿의 성격과 그 궤를 같이하는 것이라고 할 수 있다. 이 작품에서 류큐는 고전소설 『심청전』의 용궁 이후에 해당하는 것으로서, 『심청전』의 서사 대부분이 변형된 형태로나마 이루어진다. 심청이 류큐에서 주인이 되어 경영하는 술집의 이름은 '용궁'이고, 그녀는 그곳에서 영주의 아내가 되고, 노인잔치를 벌이기도 한다. 한마디로 류큐는 심청이 불구덩이 물구덩이를 헤치고 만들어내고자 하는 자신의 '집'을 현실적 지평으로 이끌어낸 공간이라고 할 수 있다.

그렇다면 왜 하필 용궁으로 류큐가 선택된 것일까? 그것은 류큐라는 공간이 당시의 모든 타자가 한데 어울리는 교통 공간으로서의 독특한 성격을 가지고 있었기 때문이다. 류큐 왕국은 오랫동안 일본과 중국의 속국으로 살아야 했으며, 심청이 도착했던 당시의 류큐는 그 상황이 더욱 복잡해져 서양 상선, 포경선, 군함이 드나들고 영국, 미국, 중국, 사쓰마번 사이에 놓인 나라가 되어 있었다. 하나의 내부와 외부를 가를 수 없는 교통 공간이 바로 류큐의 모습인 것이다. 이처럼 류큐는 심청이 추구하고자 하는 타자와의 연대를 통한 새로운 사회적 공간으로 가장 적합한 성격을 가지고 있었던 것이다.

이렇게 볼 때, 류큐 이후 나가사키에서의 『심청』은 하나의 부록에 불과하다고 볼 수 있다. 실제로 나가사키에서는 풍운아 하시모토 게이스케의 등장에도 불구하고 심청의 지난 여로에 대한 일본판 반복에 불과하다는 인상을 준다. 이 부분에서 긴장감이 현격하게 떨어지는 서사의 빈자리는 당시 일본의 정치상황이나 유곽의 풍속에 대한 지루한 설명으로 채워지고 있는데, 이는 류큐에서 심청의 여정이 완결되었기 때문이다. 이러한 무리를 감수하면서까지 일본을 심청의 여로 안에 집어넣은 것은 동아시아를 전부 시야에 넣으려는 작가의 의욕이 앞선 결과라고 할 수 있다.

결국 심청의 파란만장한 여정이 보여주고자 하는 것은 이 세계에는 더이상 외부가 없다는 사실이다. 심청은 제임스를 따라갈 것을 결심하며, "이젠 낯선 곳은 하나두 두렵지 않아. 알고 보면 다 사람 사는 세상이었어"(상권, 305쪽)라고 말한다. 또한 싱가포르에서 돌아와 다시 류큐로 떠날 때도, "내게는 세상 어디나 똑같아 보여요"(하권, 71쪽)라고 샹부인에게 말한다. 이것은 심청이 '매춘의 오디세이아'라 불리는 고통스런 여정을 온몸으로 겪어내며 체득한 진실을 보여주는 것이다. 심청의 여정이 우리에게 의미를 던지는 것은 모두가 한결같이 균질적인 세계라는 것을 발견해냈다는 것이다. 내부와 외부의 구분을 폐기해버림으로써 사람들은 타자와 마주 보게 된다. 심청 역시도 이러한 깨달음을 통해 완성된 존재로 승화된다. 심청이 마지막으로 황주 복숭아골에 가서 가져온 자신의 위패를 태우는 모습은 어떠한 공동체에도 소속되지 않은 완성된 자의 모습을 보여주는 것이다.

구심력과 원심력의 균형점을 찾아서

『검은 꽃』과 『심청』은 공통적으로 인물들의 여로와 그 여로를 추동하는 욕망이 서로 어긋나는 구조 위에 성립되어 있다. 『검은 꽃』에서 이정을 비롯한 이주민들은 제물포에서 멕시코를 거쳐 과테말라의 밀림 속에서 소멸되는 직선석 여로를 밟아나간다. 이에 반해 심청은 황주를 떠나 남경, 대만, 싱가포르, 류큐, 나가사키를 거쳐 다시 제물포로 돌아오는 회귀적 구성을 보여주고 있다. 그러나 인물들의 기본적인 욕망은 앞에서 살핀 바와 같이 여로와는 상반되는 양상을 보여준다. 『검은 꽃』은 공동체로부터의 탈출을 꿈꾸는 것으로 시작되었지만, 그것은 몇 개의 탈주 지점들을 제외하고는 다시 공동체를 향한 구심적 욕망으로 집결되고, 『심청』에서는 내부와 외부를 가르는 것 자체가 무의미할 정도로 모든 것을 받아들이는 원심적 욕망을 드러내기 때문이다. 이러한 작중 인물들의 욕망과 실제 그들의 행로가 보이는 상반됨에서 오는 긴장이 두 소설의 밑바탕에 놓여 있다. 이러한 긴장을 바탕으로 두 작품은 외부에 대응하는 각기 다른 모습을 보여준다.

『검은 꽃』에서는 외부와의 만남이 공동체를 향한 구심적 욕망을 불러일으킨다. 물론 이때의 공동체가 수많은 평자들이 지적한 바와 같이, 이전의 역사소설에서 그리고 있는 한민족이 중심이 된 구체적인 실감을 가진 민족국가는 아니다. 오히려 그러한 근대의 핵심적인 기획으로서의 민족국가(nation-state)는 끊임없는 조롱과 경멸의 대상이 될 뿐이다. 『검은 꽃』이 보여주고자 한 것은 근대적 민족국가를 뛰어넘는, 즉 특정한 시공간을 뛰어넘어 존재하는 외부와 구분되는 내부(공동체)를 향한 뜨거운 열망인 것이다. 이에 반해 『심청』에서는 외부와의 만남이 타자와의 연대라는 원심적 욕망을 불러일으킨다. 이러한 방식을 통해 결국은 소멸되어버리고 마는 『검은 꽃』의 주요 인물들과는 달리 심청은 대모신과 같은 존재로 격상된다.

그렇다면, 외부와의 대면에 있어 『심청』의 방식은 『검은 꽃』의 방식에 대하여 일방적인 승리를 거두었다고 볼 수 있을까? 여기서 우리가 한 번쯤 생각해보아야 하는 것은, '만약 가족과 고향으로부터 추방되어 동아시아 전체를 전전하는 운명에 빠진 15세 소녀가 있다면, 과연 심청과 같은 길을 걸을 수 있겠는가?'라는 의문에 대해서이다. 그 대답은 부정적인데, 남해관음의 화신인 심청은 역사적인 인물이라기보다는 설화적인 인물 쪽에 가까우며, 마지막 모습 역시 새로운 근대적 주체의 탄생이라기보다는 하나의 초월에 가깝기 때문이다. 『심청』은 동아시아의 연대라는 시대적 당위를 말하기 위하여 소설적 개연성을 양보한 작품이라고 볼 수도 있다. 이렇게 본다면, 『검은 꽃』에 등장하는 인물들의 실패야말로 더 많은 진실을 담고 있는 것일 수도 있다. 결국 김영하와 황석영이 말하고 싶었던 것은, 부정의 방식(『검은 꽃』)이 되었든 긍정의 방식(『심청』)이 되었든 공동체를 향한 구심력과 타자를 향한 원심력 사이에서 찬란하게 빛나는 하나의 균형점이었을 것이다. 『검은 꽃』과 『심청』의 험난한 여정은 그 균형점을 찾기 위한 의미 있는 문학적 실험으로 오랫동안 기억될 것이다.

최근 한국소설에 숨겨진 소통의 가능성

1

소통이 화두다. 소통이라는 명제는 이 사회의 최고 권력자에게도 늘 요구되는 덕목이 된 지 오래이다. 오늘날 소통은 시나 소설이 많이 팔리지 않는다는 차원을 넘어, 전문적인 독자들조차도 제대로 읽을 수가 없다는 차원으로 확장되고 있다. 이러한 문제는 주로 젊은 작가들의 작품과 관련해 일어난다. 기존의 문학적 지평을 과도하게 벗어난 새로움은 늘 소통의 문제를 불러일으키게 마련이다.

그러나 새로움이 지닌 고유함은 문학의 본질이다. 이것은 문학을 포함한 모든 예술의 핵심적인 가치이다. 문학에서의 새로움은 수단이나 도구적 가치가 아니라 그 자체가 목적일 수도 있다. 이러한 특징은 문학 수용의 메커니즘에서도 찾아볼 수 있다. 한스 로베르트 야우스 (Hans Rovert Jauss)의 주장처럼, 문학작품의 수용은 수용자가 지니고 있는 바람, 선입견, 이해 등 작품에 관계된 전제를 총망라한 기대지평 (horizon of expectation)의 전환을 통해서만 이루어진다. 새로운 작품을 수용한다는 것은 수용자의 친숙한 지평이 새로운 작품의 지평에 부딪쳐 변화됨으로써만 가능하다. 이때 문제는 작품과 독자 사이의 기대지평의 거리에 놓여 있다. 이 거리가 너무나 클 경우, 그 작품은 당대에 수용되기(소통하기) 어렵다. 반대로 그 거리가 너무나 작을 경우, 그 작품은 아무런 미학적 쇄신도 가져올 수 없으며 흔히 말하는 통속적인 수준에 머물게 된다. 문제는 결국 작품(작가)과 독자 사이의 심미적 거리이다.

이러한 이유로 새로움에 대한 문제 제기는 대개의 경우 기성의 담론으로부터 이루어진다. 김주연은 오늘날의 소설이 경제 성장과 복지 평등, 친북과 친미가 충돌하며 소용돌이치는 갈등의 현장을 수렴하고 있지 못하다고 지적한다. "문학의 올바른 주관과 그 현실 대응이 실종된 느낌을 주는 상황에서, 문학의 운명은 전복이니 혁명이니 운운하면서 내면 반란이나 작업 모방에 시종한다면, 우리 문학은 말할 수 없이 왜소한 자리에 머무를 수밖에 없을 것이다"[1]라고 진단하고 있다. 이어지는 결론은 다음과 같다.

이제 한국문학은 현실에 대한 깊이 있는 성찰을 동반한, 이 세계를 껴안고 넘어서는—이것이 진정한 전복이며 혁명이다—다양한 방법을 사용하면서 궁극적으로 사회와 소통하는 서사를 만들어야 한다. (…) 진리를 향한 길은커녕 문학 바깥의 세상과도 단절되고 유리되는 답답한 골방으로의 유폐에서 탈출해야 한다. 뜻 모를 방언을 주술처럼 반복하는 일은 지겹다. 문학의 참다운 말발이 아쉽다. 이런 의미에서 갈수록 더욱더 왕성한 필력으로 오늘의 현실, 그 핵심을 그려내고 있는 이청준, 김주영, 황석영, 김원일, 윤후명, 김훈 등은 그들의 자연연령과 관계없이—

---

1) 김주연, 「진리와 권력, 그리고 문학」, 『문학과사회』 2007년 가을호, 412쪽.

오히려 그것과 거꾸로—우리 소설의 젊은 현역들이다.[2]

마치 50년대 문학을 무행동, 비합리의 문학으로 규정지으며 새로운 비평을 시작하던 60년대의 결기마저 느껴지는 이 글에서, 현재의 소설은 "골방으로의 유폐"에 해당하며, 한국문학이 지향해야 할 것은 "궁극적으로 사회와 소통하는 서사"가 된다. 그런데 이 글에서 오늘날의 모든 문학이 유폐에 해당하는 것은 아니다. "이청준, 김주영, 황석영, 김원일, 윤후명, 김훈" 등의 문학은 나름의 현실 대응력을 지니고 있기 때문이다. 이렇게 되면, 오늘날 문학이 지닌 소통 불능의 책임은 자연스럽게 젊은 세대들의 몫으로 돌려지게 된다. 나아가 '젊은'이라는 긍정적 기호 자체가 아예 이전 세대에게 돌아가게 된다. 이것이 사실이라면, 한국문학의 미래는 부정적일 수밖에 없다. 과연 젊은 작가들이 보여주는 새로움은 소통과 거리가 먼 것일까?

2

현재의 비평계에서 최근 소설의 새로움을 의미화하는 방식은 크게 두 가지이다. 첫번째는 새로움을 최대한 부각시키는 경우이다. 이러한 담론이 지닌 문제점을 파악하기 위해서는 김태환과 한기욱의 논의를 참고할 필요가 있다. 김태환은 오늘의 문학적 전위를 묘사하는 데 자주 사용되는 비평적 표현들, 즉 "인과적인 서사(스토리)의 해체, 재현의 거부, 의미의 부재, 주체의 동일성의 부정, 자아와 대상의 합일을 추구하는 서정성의 파괴, 단일한 주체의 정서와 의식을 전제하는 독백적

---

2) 같은 책, 412~413쪽.

세계의 파괴, 전통적인 서정시 문법의 부정과 비(非)시적인 요소의 도입, 추악하고 비천한 것의 미학 등"[3]이, 이미 고전적인 미적 이념에 대하여 급진적인 공격을 감행했던, 19세기 말에서 20세기 초 모더니즘과 다양한 아방가르드적 운동에서 사용된 미적 개념이라고 설명한다. 더군다나 서양문학의 전통과 그 전통의 해체를 동시에 접한 한국문학에서 모더니즘의 전통은 모더니즘이 부정한 과거의 전통 자체만큼이나 전통적인 흐름이라는 것이다. 따라서 오늘날의 새로움, 혹은 전위성을 구성하고 선포하고자 하는 비평은 위에서 말한 개념과는 다른 새롭고 정밀한 개념을 구상해야만 한다고 지적한다. 이러한 지적은 새로움을 의미화하는 많은 담론들이, 고유성에 시간적 차원이 덧붙여진 것으로서의 독창성을 논의하는 것이 아니라 여전히 모더니즘과 아방가르드적 운동에서 사용한 미학적 개념의 반복 속에 놓여 있음을 보여준다.

한기욱은 2000년대 소설과 비평의 향방을 묻고 있는 글을 '새로움에 강박된 비평'이라는 소제목으로 시작한다. "우리의 상당수 비평가들은 '신상'(품)을 소개하는 홈쇼핑 쇼호스트처럼 작품의 진면목이 아닌 이런저런 서사적 특색에 의거하여 2000년대의 젊은 문학에 '새롭다'는 형용사를 남발한다"면서, "오늘날 상당수 비평가들이 최신 소설에서 발견하는 '새로움'은 강박증적이고 '코드화' 되어 있다는 것이 문제"[4]라고 지적한다. 이러한 비평에는 작품의 가치평가와 무관한 강박증적인 새로움의 추구 이면에 허구적인 낡음이 드리워져 있다는 점이 무엇보다도 큰 문제로서 제시된다. 그 낡음은 '시각 중심의 근대성'이나, '투명한 현실의 재현' 등이다.[5] 김태환이나 한기욱이 비판하는 비평적 태도는

3) 김대환, 「답보하는 아방가르드」, 『문학과사회』 2007년 봄호, 356쪽.
4) 한기욱, 「문학의 새로움은 어디서 오는가?」, 『창작과비평』 2008년 겨울호, 42쪽.
5) 같은 책, 44쪽.

새로움의 근거를 밝혀낼 수 있는 언어가 마련되기도 전에, 성급하게 새로움을 선언하는 비평적 태도라고 할 수 있다.

새로움이 하나의 물신으로서 지나치게 강조될 때, 그것은 이윤의 창출을 위한 상품의 재생산 과정과 닮은 문학의 재생산 과정이 된다. 지속적인 소비를 창출하기 위해 계속해서 신상품을 만들어내는 시장의 논리가 문학장에도 그대로 반복되는 것이다. 이때의 새로움은 문학 고유의 새로움과는 무관한 자본의 논리에 포섭될 수밖에 없다. 김미정은 '젊은 작가, 새로운 작가, 새로운 시와 소설'과 같은 말들이 언젠가부터 수사적 표현 이상의 효과를 발휘하게 되었다면서, "이것은 곧, 차이, 새로운 것의 등장을 요구하는 자본주의 시장의 사이클과 그 탐욕 앞에 취약한 구조의 수사가 아니었겠는가. 자본은 자본의 활동영역을 동질화하기 위해 수많은 새로운 정체성에 관심을 가지면서 그것을 창조한다"[6]고 지적한다. 지금의 시대를 화폐/상품이라는 하나의 보편자와 테크놀로지라는 또하나의 보편자에 의해 종적 차이가 망각되는 시대라고 볼 수 있다면, 새로움과 관련한 논의 역시도 그와 같은 균질화의 원리가 발휘되고 있는 것이다. 더 큰 문제는 시나 소설을 둘러싼 문학적 환경, 즉 출판사나 언론 등이 그 거리를 조장하거나 부풀리기도 한다는 점이다. 이때 새로움은 문학과는 무관한 하나의 이데올로기가 전화된다.

최근 소설에 나타난 새로움을 받아들이는 또하나의 문제적인 태도는 이전 문학과는 다른 심미적 거리 자체를 부정하는 것이다. 한기욱의 손정수 비판에서도 그러한 흔적은 조금 드러난다. 손정수가 총론격인 1장에서 최근 한국소설이 '투명한 현실의 재현'을 거부한다는 말을 하고 있는 것은 사실이다. 이것은 김태환이 우려한 오늘날의 비평 경

---

6) 김미정, 「'버려야만 적합한 것이 되는 것'의 윤리」, 『문학동네』 2008년 가을호, 425쪽.

향, 19세기 말에서 20세기 초에 모더니즘과 다양한 아방가르드적 운동에서 이미 이루어진 개념으로 오늘날 작품의 새로움을 이야기하는 담론들과 비슷한 방식의 논의로 이해될 수도 있다. 그러나 같은 글의 나머지 부분에서는 최근 한국소설의 소설문법에 대한 구체적인 설명이 이어진다. 한국소설이 동물과 사물, 유령과 좀비, 사이보그와 합성인간 같은 새로운 주어들로 넘쳐난다는 점, 카프카적인 것에서 루이스 캐럴적인 것으로 이행하고 있다는 점, 은유적 연상의 방식과 부정형을 낯선 자리에 배치시키는 독특한 통사의 방식이 실험되고 있는 점, 사회방언(sociolect) 대신 개인방언(idiolect)을 미적 수단으로 선택한 점 등이 그것이다.[7] 이러한 각론을 모두 무시하고, '허구적인 낡음'을 이야기하는 것은 부당한 느낌이다.

양진오[8]는 오늘날에도 독자와 소통하는 소설이 있다고 말한다. 정이현과 김훈의 소설이 그것이다. 이에 반해 "2000년대 젊은 문학의 전체적 스타일을 암시하는 바로미터로 읽힌다는" 한유주의 문학에서 "자기중심적인 독아론의 징후를 발견"한다. 이때의 소통 불능은 심미적 거리의 현격함에서 오는 것이라기보다는, 거리 자체를 설정할 수 없음에서 기인한다. 그것이 바로 독아론적 징후다. 몽롱한 미문에 바탕한 들쩍지근한 칭찬 일색인 오늘의 평론 풍토에서, 젊은 작가를 향한 따끔한 일침은 반갑기조차 하다. 그러나 인식의 지평을 전환하기 위한 정밀한 사유의 과정이 절절하게 느껴지지는 않는다. "좀더 비판적으로 말하자면, 자기 진술의 과잉은 작가의 나르시시즘에서 기원하는바, 한유주의 나르시시즘은 다가오는 미래의 시간과는 단절하고 과거로 회

---

7) 손정수, 「변형되고 생성되는 최근 한국소설의 문법들」, 『자유와 모음』 2008년 가을호, 226~238쪽.
8) 양진오, 「독자의 귀환」, 『오늘의 문예비평』 2007년 가을호.

36   제1부 논리와 윤리

귀하려는 퇴행의 심리에서 비롯된다. 기원의 대상인 달로 회귀히려는 자아의 욕망도 소중하지만 그러한 회귀가 자기 진술의 과잉과 퇴행적인 나르시시즘으로 이루어지는 게 아닌자 조심스럽게 되물어야 하는 이유가 여기에 있다"라고 말할 때, 이 발화 속에서는 모종의 순환논법이 발견된다.

지금 한국소설의 다양한 진화와 변모를 이야기할 때, 젊은 세대의 문학적 경향은 지나치게 이전 세대와 단절된 것으로 논의된다. 그것은 새로움을 지나치게 긍정적으로 평가하는 경우(물신화)이든, 부정적으로 평가하는 경우(타자화)이든 마찬가지이다. 새로운 문학에 대한 물신화와 타자화 사이에 차분한 사유와 소통의 가능성에 대한 논의가 개입할 여지는 상대적으로 줄어들 수밖에 없다. 특히 소통의 부재는 새로움을 이야기하는 비평적 담론들이 공유하는 사항이다. '골방으로의 유폐' '독아론적 징후'로 설명되는 그러한 특성은, 혹 작가들 개인의 문제이기 이전에 이 사회의 증후적인 지점과 연관된 것은 아닐까? 처음에 말한 바와 같이 소통의 문제는 결코 문학만의 문제가 아닌 이 시대의 모든 영역에 걸쳐 있는 문제이기 때문이다.

3

이와 관련해 아즈마 히로키[9]의 논의는 많은 시사점을 준다. 그는 70

---

9) 아즈마 히로키는 『존재론적, 우편적』에서 사회, 문화의 단편화가 전면적으로 진행되고 있는 세계, 즉 인간관계(경험적 관계)밖에 없고, 작은 공동체가 난립하게 된 세계에서 공동체와 공동체 사이를 뛰어넘는 계기를 어떻게 마련할 것인지에 대해 논하고 있다. 그는 이 책에 대한 기념 강연을 하고 있는데, 3장은 그 강연문의 핵심적인 내용을 정리한 것이다. (아즈마 히로키, 「우편적 불안들」, 『동서문학』 2001년 겨울호, 김영심 옮김, 409~449쪽)

년대 이후 일본 사회가 거대서사를 잃고 급속히 단편화되었다고 말한다. 90년대 이후는 이러한 경향이 더욱 가속화되어서, 현재는 동세대 사이에서조차 공통 화제가 없을 정도로 상호 커뮤니케이션이 힘든 시대라는 것이다. '사회, 문화의 단편화 = 포스트모던화'라고 할 정도로, 이러한 특징은 포스트모던 사회의 일반적인 특징으로 설명된다. 사회가 세분화되어 있다는 것은 사회 전체를 조망할 수 있는 특권적인 시점이 없다는 것과 같은 이야기이다.

그리하여 요즘의 젊은이들은 '아주 가까운 것과 아주 먼 것'밖에 모른다. 젊은이들은 현실계(지극히 멀고 추상적인 것, 세계의 종말) 아니면 상상계(연애나 가족문제 같은 지극히 자기 주변적인 문제)에만 흥미를 느낀다. 이러한 사고의 구조 속에서는 상징계의 차원을 발견할 수 없다. 상징계란 언어적 커뮤니케이션을 성립시키는 장을 뜻하며 구체적으로는 사회적 제도나 국가를 가리킨다. 사람들의 관심은 상상적인 인간관계나 세계의 종말로 집중되어, 가족이나 우주 이외의 일본이나 국가라는 중간 레벨의 존재에 대한 감각이 빠져버린다는 것이다. 라캉의 견해에 따를 때 현실계는 우리들이 살고 있는 세계가 자명성을 잃게 되고 우리가 사는 의미 그 자체를 묻게 되는 체험의 장을 의미한다. 보통은 상징계가 그것을 은폐하기 때문에 사람들은 평안하게 살 수가 있다. 현실계에 대해서 생각한다는 것은 구체적으로는 세계의 종말이나 죽음에 대해 생각하는 것이다. 요즘의 젊은이들은 종말이나 죽음을 현실적으로 리얼하게 느끼며, 대신 현실적으로 존재하는 이 세계에 대한 지식이나 관심으로부터는 분리되어 있다. 그들은 세계의 종말에 대해 사고하고 있지만 세계에 대해서는 사고하지 않는 것이다.

이 단계에서는 작은 취미공동체만이 산발적으로 증가하게 되고 모두 자폐적이게 되어 커뮤니케이션 같은 것은 아예 할 수조차 없게 된다. 세상의 정보에 의미를 부여하는 시스템인 상징계의 힘이 약해지면, 주어진 정보 중에서 어느 기능을 의미 있는 것으로 받아들여야 할지 알 수 없기 때문이다. 아즈마 히로키가 말한 상징계의 약화는 공론장의 부재, 현실적 논리의 약화와 동일한 맥락에 놓여 있다. 그의 진단은 오늘날의 한국문학을 이해하는 데도 많은 시사점을 준다.[10]

4

아즈마 히로키가 진단한 현대 일본의 사회적 문화적 현상은 지금 한국문학에서도 어렵지 않게 발견할 수 있다. 대표적인 것이 소위 말하는 우주적 상상력을 끌어오고 있는 작품들이다. 박민규의 『핑퐁』을 대표적으로 들 수 있다. 이 작품은 기성의 것(인류의 1교시)에 대한 부정의 정신으로 펄펄 끓어오른다. 그러나 구체적인 시공성을 지닌 것이 아니라 우주적 보편성에 바탕한 것으로서, 서사를 계속해서 지배하는 것은 위기의식과 종말의 상상력이다.

『핑퐁』은 못과 모아이가 폭력을 당하는 학교와 탁구대가 놓여 있는 벌판이 기본적인 배경이다. 학교에서는 중학생인 못과 모아이가 학교폭력에 시달리는 모습이 실감나게 그려진다면, 벌판에서는 인류의 생사를 건 탁구경기가 벌어지는 식이다. 두 가지의 세계는 이 소설에서 아무런 매개 없이 수시로 연결된다. 그럼에도 이 작품에서 중심에 놓여 있는 것은 후자이다. 인류를 인스톨하는 못과 모아이의 결정을 정당화하기 위한 설정으로서, 학교폭력 현장이 등장한다. 이 작품은 기

---

10) 이 글에서 주로 다루는 텍스트는 다음과 같다. 박민규의 『핑퐁』(창비, 2006), 정한아의 『달의 바다』(문학동네, 2007), 윤고은의 『무중력증후군』(한겨레출판, 2008), 정이현의 『오늘의 거짓말』(문학과지성사, 2007), 김애란의 『침이 고인다』(문학과지성사, 2007), 김숨의 『철』(문학과지성사, 2008), 윤이형의 「큰 늑대 파랑」(『창작과비평』 2007년 겨울호). 이하 인용할 경우 본문에 쪽수만 표시한다.

본적으로 '나'를 화자로 설정하고 있지만, 보다 핵심적인 주어와 목적어는 '인류' '인간' 혹은 '세계' '지구'이다. "탁구의 세계에선 국경 따위 없"(43쪽)다는 표현처럼, 이때의 탁구(계)는 상징계와 무연하다. 예를 들자면 이런 식이다.

> 눈물을 닦으며 다시 수업에 열중할 마흔한 명의 〈다수인 척〉 때문이었다. 스스로는 단 한 번도 나를 괴롭힌 적이 없다 믿고 있는, 그러니까 인류의, 대표의, 과반수. 조용하고 착한, 인류의 과반수. 실은, 더 잘해주고 싶었을, 인류의 대다수.(30쪽)

위의 인용은 왕따를 당하는 근본적인 이유가 같은 반의 마흔한 명에게 있음을 깨달은 이후에 못이 보이는 반응이다. 그런데 여기서 자기 반의 마흔한 명은 곧장 '인류의 과반수'이자 '인류의 대다수'로 비약한다. 이처럼 못과 모아이가 중학교에서 겪는 일들은 곧 인류 전체의 문제로 연결이 되며, 그것은 곧 종말의식으로 이어진다. "나는 누군가와 의미 있는 관계를 맺기가 싫다. 정말이지, 그렇다"(34쪽)에서처럼, 인류의 문제로 도약하기 이전에 주변 사람들과 맺는 사회적인 관계는 생략된다. 이 작품이 세계와 삶의 근본적인 차원과 맞닿아 있는 종교성을 지니는 이유도 이와 관련된다. "인류라는 전체가 개인을 굽어보기에는 개인이란 개체가 너무나 많다"(58쪽)는 못의 말처럼, 인류 나아가 우주 차원에서 이루어지는 문제 제기는 강렬한 만큼 공허하다.

지금 우리 문학에서 우주적 상상력을 발휘한 작품들을 발견하는 것은 그리 낯선 일이 아니다. 인간관계의 근본적인 속성을 말하기 위해, 세계의 종말이 아니더라도 지극히 멀고 추상적인 것을 가져오는 특징은 징한아의 『달의 비디』에서도 확인할 수 있다. 이 작품은 삶에 대한 긍정이라는 오래된 주제를 다루기 위해, 이전 우리 문학에서 찾아보기 힘든 우주비행사라든가 월석 등을 동원하고 있다. 윤고은의 『무중력증후군』에도 작품의 사회적인 주제의식과는 무관하게 우주적 상상력과 현상들이 가득하다. 여섯 개의 달, 무중력증후군, 우주적 섹스 등이 그 예이다.

공론장의 위축과 현실적 논리의 약화는 우주적 상상력을 보이는 작품들에서만 나타나는 것은 아니다. 그와는 전혀 무관한 이야기들에서도 빈번하게 발견된다. 정이현의 「삼풍백화점」은 1995년 2월에 대학을 졸업하고 취직을 준비하던 '나'가, 5년째 삼풍백화점에서 점원으로 일하던 고등학교 시절의 친구 R를 만난 이야기다. '나'는 우연히 백화점에서 R를 만나게 되고, R가 혼자 살던 집의 열쇠까지 공유하는 사이가 된다. 그러던 어느 날 삼풍백화점은 붕괴되고 R는 실종되어버린다. 그런데 이 참사 앞에서 '나'는 R를 찾으려 하지 않을 뿐만 아니라 R가 준 "작고 불완전한 은색 열쇠를 책상 서랍 맨 아래 칸에 넣어둔 채, 십 년을 보"(66쪽)낸다. 이 작품의 마지막 문장은 너무나 갑작스럽다. 작가 지망생의 흔적이라고는 조금도 보이지 않던 '나'가 갑자기, "그곳을 떠난 뒤에야 나는 글을 쓸 수 있게 되었다"(67쪽)라고 말하는 것이다. 이 문장으로 인해 이 작품의 전체 서사는 한 사람이 작가로 탄생하기까지의 과정을 그린 이야기가 되어버린다.

이 문장에서 그곳이란 삼풍백화점이 있던 자리이다. 그곳이 '나'에게 의미를 지니는 것은 R가 직원으로 일하고 있었기 때문이다. 결국 "그곳을 떠난 뒤에야 나는 글을 쓸 수 있게 되었다"라는 문장은 R를 잊은 후에야 자신은 글을 쓸 수 있었다는 의미가 된다. 이 작품에서 R는 고등학교만 졸업하고서는 백화점 직원으로 살아가는 불우한 미혼여성이다. 삼풍백화점이 붕괴되고 난 후 한 여성명사가 쓴 "삼풍백화점 붕괴 사고는 대한민국이 사치와 향락에 물드는 것을 경계하는 하늘의 뜻일지도 모른다는 내용의 글"(65쪽)을 보고, '나'가 "그 여자(여성명사)가 거기 한번 와본 적이나 있대요? 거기 누가 있는지 안대요?"(65쪽)라며 분개하는 것에서 알 수 있듯이, R는 강남의 화려한 껍데기를 지탱하는 존재로서의 의미를 지닌 존재로 생각할 수 있다. 사회, 경제적 의미를 부여하기에 적합한 존재인 것이다.

이전까지의 소설 쓰기가 주로 'R'와 'R의 실종'에 대하여 묻는 것이었다는 사실을 생각한다면, 그러한 R의 존재를 잊은 후에야 가능한 글쓰기란 그야말로 낯선 것일 수밖에 없다. 이때 작가의 관심사로 주어지는 것은 가족이나 애인과 같은 지극히 사적인 관계가 아니면 사회의 지극히 표피적인 풍속만이 남게 된다.

김애란 소설의 기본구도 역시 상상계와 실재계의 단락(短絡)을 보여준다. 소설 속 주인공들은 예외 없이 사적인 연애를 시도한다. 그런데 그것은 늘 실패한다. 심지어는 소설 속 남녀는 그 흔해빠진 육체적 관계마저도 맺지 못한다. 연애 비슷한 감정의 미묘한 교류만 오고 갈 뿐, 별다른 진전 없이 끝나버리고 마는 것이다. 「성탄특선」의 오빠는 누이 옆에 누워 "잠을 청하려 눈을 감"(114쪽)을 수밖에 없는 것일까? 김애란의 소설은 이 대목에서 사회적 전망과는 다른 새로운 모습을 보여준다. 발랄한 상상력과 참신한 이미지를 통해 김애란은 경쾌하게 도약한다. 그것은 상상을 통한 따뜻한 위안이다. 「도도한 생활」에서 물이 쏟아져 들어오는 반지하방에 쓰러져서 피아노 소리를 듣는 사내는 "어떤 꿈을 꾸는지 웃고 있"(42쪽)으며, 「자오선을 지나갈 때」의 '나'도 7년이 지난 지금도 여전히 노량진을 지나며, 지하철에서 발이 밟히며 "우주 먼 곳 아직 이름을 가져본 적 없는 항성 하나가 반짝하고 빛"(148쪽)나는 것을 보며, 「칼자국」에서는 어머니가 음식을 만들다가 죽고 난 후, 어머니 없는 부엌에서 사과를 깎아 먹으며 "사과 조각은 우주 멀리 날아가기는 운석처럼 뱅글뱅글 돌며 내 안의 어둠을 여행하게 될 터였다"(180쪽)라고 생각하는 것이다.

김애란은 일관되게 가족과 방이라는 지극히 사적이고 협소한 영역을 통해 이 시대의 억압과 그에 맞선 저항을 감각적이고 발랄한 목소리로 말해오고 있다. 김애란 소설에는 아주 가까운 인간관계(가족관계나 연애관계)나 우주만이 남아 있다고 말할 수 있을지도 모른다. 그녀의 소설에서 그 중간에 위치한 국가나 민족 혹은 계급과 같은 층위를 발견하기는 쉽지 않다. 내밀한 인간관계에서의 좌절과 상처는 아무런 문제 없이 저 먼 우주적 상상력을 통해 쉽게 위무받고 극복되어버린다. 김애란 소설이 독자에게 안겨주는 따뜻함과 명랑함은 이러한 과정을 통해 발생한다고 볼 수도 있다.

김숨의 『철』도 막연하게 지난 시기를 환기시키지만, 근원적으로는 종말의 상상력으로 가득하다. 이 작품에 끊임없이 등장하는 불온한 이미지들은 종말의 상상력이 낳은 결과물이다. 녹이 자욱한 공기 중으로 쥐들이 타오르는 연기가 합쳐지는 장면, 아이의 시체를 가지고 노는 아이들, 죽은 여자아이의 입에서 날리는 녹, 비둘기에 둘러싸인 쌍둥이의 시신, 피처럼 내리는 녹이 섞인 빗물 등등. 이것들은 조선소가 가져온 마을의 묵시록적 경과를 심리적 실재로서 드러내는 기능을 발휘한다.[11] 윤이형의 「큰 늑대 파랑」 역시 "이해할 수는 없었지만, 언제나 찾아올 것 같기만 하고 정작 오지는 않던 세상의 끝이 어딘가에서 시작된 듯"(320쪽)한 종말의 상상력과 이미지들로 가득하다. 복도훈은 "어떤 것의 종말을 상상할 때, 종말은 희한하게도 추상화되며, 이미지화된다. 구체적인 현실의 목록들이 하나씩 제거되는 과정의 종말보다 단번에 세계의 종말이라고 부르는 것이 선호되며, 불타고 있는 도시와 완전히 무너져버린 건물의 잿더미로 세계의 몰락을 단조롭게 이미지

---

11) 때로는 그 이미지들이 작품 내에서 부유하는 어색한 느낌을 주기도 한다. 이미지들이 나르시즘적인 도취에 머물러, 문명과 현실을 관통하는 날카로움에 못 미치는 경우가 간혹 발견된다.

화하기 일쑤이다. 여기서 세계라는 추상성과 몰락의 이미지는 사실상 묵시록적 서사에서는 동궤다"[12]라고 말한 바 있다. 이러한 지적은 김숨의 『철』과 윤이형의 「큰 늑대 파랑」에도 해당한다.

이 작품은 결코 노동을 둘러싼 사회적 관계에 주목하지 않는다. 작품의 마지막까지 노동자들이나 마을 사람 누구도 "조선소 노동자들의 손을 부리는 자가 누구인가?"라는 의문을 풀지 못한다. '주인 되는 자'는 끊임없이 노동을 격려하는 확성기 속에서만 존재할 뿐이다. 오늘날의 문학을 일컬어 "상징계가 깡그리 사라져 상상계와 현실계만 달랑 남은 오늘의 글쓰기 판"[13]이라고 말하는 것도 결코 지나치지 않을 정도이다.

5

만약 공공영역이 한껏 위축되고 상상계와 실재계만 남은 것이 오늘날의 문학계라면, 진정한 소통은 요원한 일일 수 있다. 윤이형의 「큰 늑대 파랑」은 이와 관련해 모종의 해답을 제시하는 작품이다. 윤이형은 현실적 소통과는 거리를 두었던 지난 시대와 세대를 냉철하게 점검하며, 그것의 문제점과 '자기만의 방에서 나와 행동하라'는 전언을 그야말로 새롭게 전달하고 있다.

「큰 늑대 파랑」을 지배하는 것도 총체적 위협에 대응하는 종말의 상상력이다. 그것은 거리를 활보하는 좀비들과 작품의 곳곳에 흥건히 고

12) 복도훈, 「호지이여, 인녕!」, 『자음과 모음』 2008년 가을호, 242쪽.
13) 김윤식, 「우주적 상상력, 백악기적 상상력, 신생물학적 상상력」, 『2009 이상문학상 작품집』, 문학사상, 302쪽.

여 있는 핏물에서 확인된다. 이 작품은 사람들의 일상과 좀비들의 세상이라는 이분법으로 이루어져 있다. 이러한 이분법은 기본적인 서술 방식과 연결되어 있다. 서술자가 초점자로 등장하는 2장을 제외하고는, 주요한 초점자로 사라, 재혁, 정희, 아영(3, 5, 7, 9장)과 파랑(1, 4, 6, 8, 10, 11장)이 번갈아가며 등장한다. 이러한 구도 역시 주변적인 이야기와 세계의 종말이라는 이분법적 구도와 관련된다. 그러나 이 작품은 그러한 큰 구도를 내파하고도 남는 여타의 이분법들을 내장하고 있다. 1996년과 2006년, 거리와 작은 방, 사라, 재혁, 정희와 아영 등의 구도가 그것이다. 이를 통해 사회적 현실 속에서 진행되는 것을 결정하는 자본의 냉혹하고 추상적인 논리와 그것으로부터 벗어날 수 있는 작은 실마리가 제시된다.

1996년 3월 네 명의 주인공은 시위대를 따라가다 중간에 떨어져나와 타란티노의 영화를 본다. 그날 종로 근처의 어느 인쇄소 기계 뒤에서는 남학생 하나가 쓰러져 죽는다.[14] 다음날 작은 방에 모인 네 아이들은 컴퓨터에 큰 늑대 파랑을 마우스로 그려 탄생시킨다. 파랑은 이들 세대가 자신의 고유한 가치를 실현하며, 세상과 타협(달리 말하면 소통)하지 않겠다는 자기 다짐의 구체적 형상화이다. 파랑을 만들고 재혁이 써 넣은 "늑대의 이름은 파랑이다. 파랑은 우리를 지킨다. 우리는 파랑을 지킨다. 언젠가 우리가 우리를 잃고 세상에 휩쓸려 더러워지면, 파랑이 달려와 우리를 구해줄 것이다"(323쪽)라는 문구가 이를 증명한다.

---

14) 이 남학생의 행적은 1996년 3월 29일 종로에서 대선자금 공개와 교육재정확보를 위한 서총련 결의대회에 참가한 후 경찰에 쫓겨 달아나던 중, 을지로 5가의 인쇄소 안에서 의식을 잃고 병원으로 옮기던 가운데 숨을 거둔 연세대 법학과 학생 노수석의 그것과 완벽하게 일치한다. 작가가 연세대 출신으로, 노수석과 같은 1976년생이라는 것은 이 소설이 지닌 작가와의 영향관계를 간접적으로 증명한다.

2006년, 이 네 명은 각자의 방식으로 세상을 건너고 있다. 사라는 상식을 거부하며, "하기 싫은 일은 하지 않았고 마음 가는 일에는 최선을 다"(294쪽)하며 살고 있다. 그 결과 그녀는 아르바이트로 허섭스레기 글을 쓰며 살아간다. 재혁은 이주노동자들의 고단한 삶마저 상품화할 정도로 자본의 논리에 적응하는 데 성공한 듯 보인다. 그러한 자신을 비웃으며, "자신이 정말로 그런 인물은 아니라고 믿"(303쪽)는다. 정희는 결코 일 년을 견디지 못하고 여러 잡지를 전전하는 기자로 살아간다. 그녀는 "높은 감식안과 쓸데없는 자의식"(313쪽)만을 지니고 있다. 이 세 명의 공통점은 실제 자신들의 삶과는 무관하게 자본의 질서와는 다른 삶을 살고 있다는, 좀더 적극적으로 말하자면 정치적 올바름을 어떤 식으로든 견지하고 있다는 자의식을 지니고 있다는 점이다.

정희가 "대학 때 맑스의 『자본론』이라도 읽어둘걸. 그때는 그런 공부를 하는 사람들을 이해할 수 없다고 생각했지"(321쪽)라고 말하는 것에서 알 수 있듯이, 그들은 거리와 무리 대신 "언제나처럼 특별한 이유 없이 작은 방에 모였"(291쪽)던 사람들이다. 이때의 방이 자기만의 고유한 상상적 세계와 관계를 의미함은 불문가지다. 이들의 세대적 정체성은 다음의 자문 속에 함축되어 있다.

우리가 뭘 잘못한 걸까? 그 사람들처럼 거리로 나가 싸워야 했던 걸까? 그때 그러지 않아서 지금 이렇게 되어버린 걸까? 난 무언가를 진심으로 좋아하면 그걸로 세상을 바꿀 수 있을 줄 알았어. 사람들이 싸우는 것과는 조금 다른 방식으로 싸울 수 있다고 생각했어. 재미있는 것들이 우리를 구원해줄 거라고 생각했어.(321쪽)

이것이야말로 90년대 중반 X세내 혹은 서태지 세대로 호명되던 이들의 정체성을 규정하는 핵심이 아니었던가? 세상이 정해놓은 길 따윈

상관 말고 네 멋대로 가라는 것, 자신만의 삶을 찾으라는 것, 그것이 성공이고 행복이라는 것.

이중 아영은 시위대와 구별된다는 점에서는 '작은 방에 모였던 네 명'과 같은 소속이지만, 특별한 자의식이 없다는 점에서는 나머지 셋과 다르다. "정희야, 넌 그래도 진심으로 좋아하는 것들이 있잖아. 난 그런 것조차 없는걸"(321쪽)에서 알 수 있듯이, 아영에게는 특별한 '자의식'이 결여되어 있다. 의식처럼 "한 달에 두 번, 둘째와 넷째 일요일에 선을"(317쪽) 보는 아영은, 철저하게 부모님의 뜻에 따라 살고 있다. "부모님이 어떤 생각을 하는 사람들이든 아영은 결코 그분들에게서 분리되어 세상을 살아갈 수 없"(318쪽)다. 그녀가 사랑하는 K와 이별을 반복하는 것도, K나 그녀 모두 부모의 뜻에서 벗어나지 않기 때문이다. 이러한 아영은 스스로도 세 명의 친구들에게서 이물감을 느낀다. "셋 다 감각 있고 매력적인 친구들이었고, 졸업 후 자신과는 확연히 다른 길을 갔다"(319쪽)고 여기는 것이다.

흥미롭게도 셋이 모두 좀비의 습격을 받지만, 아영만이 좀비의 습격으로부터 안전하다. 이 작품에서 좀비는 사회에 만연해 있는 것으로서, 이 사회를 지배하고 있는 기본적인 논리와 질서임이 암시된다. 그토록 당당한 자의식과 신념으로 '작은 방'을 선택했음에도, 좀비의 습격을 받는 셋의 처참한 모습은 자신들의 뜻과는 상관없이 좀비로 표상되는 자본의 논리에 그들이 동화되었음을 보여준다. 개인의 삶은 결코 사회적인 논리로부터 벗어날 수 없었던 것이며, 자본의 논리는 그 작은 방까지 구석구석 빠짐없이 지배하고 있었던 것이다. 자기만의 삶과 방을 고집하면 할수록, 자신들도 모르게 그러한 기존 질서 속으로 빠져들어갈 수밖에 없다. 차라리 부모가 정해준 삶의 선로를 충실히 이행하던 아영만이 자본의 논리에서 벗어난 것일 수도 있다. 그러나 아영이 자본의 논리에서 벗어난 삶을 살았다고 볼 수 있을까? 얼핏 보기에 이 사회를 심층에서 규율 짓는 자본의 논리와 마주하기 이전에 억압적인 오이디푸스 구조에 갇혀 있었던 그녀는 자본의 논리로부터 벗어난 것으로 보일 수도 있다. 그러나 우리가 사는 현대사회에서 가족들을 얽어매는 오이디푸스 구조와 각종 규율과 억압을 통해 사회 구성원들을 옭아매는 자본의 질서는 동전의 앞뒷면이다. 아영 역시도 발현태는 다르지만 동일한 시스템에 침윤되어 있었을 뿐이다.

따라서 셋이 큰 늑대 파랑에 의해 죽임을 당한 것과 달리, 아영이 큰 늑대 파랑과 함께 세상의 종말과 시작을 맞이하기 위해서는 선택받은 자로서의 존재증명이 필요하게 된다. 즉 "언젠가 우리가 우리를 잃고 세상에 휩쓸려 더러워지면, 파랑이 달려와 우리를 구해줄 것이다"라는 명령으로부터 벗어나기 위해서는, 우리를 잃고 세상에 휩쓸려 더러워지지 않았음을 증명하는 의식이 필요한 것이다. 그것은 바로 아영의 '부모 죽이기'라는 행위(act)이다. 마지막에 아영은 좀비가 되어 큰 늑대 파랑을 해치려고 하는 부모를 향해 도끼를 휘두른다.

윤고은의 『무중력증후군』도 우주적 외양과는 달리 전하고자 하는 메시지는 대단히 현실에 밀착해 있으며, 고전적이다. 무중력을 통한 우주적 상상력은 어디까지나 현실의 중력을 이야기하기 위한 방편으로 느껴질 정도이다. 이 작품은 기본적으로 무중력은 결국 허구일 뿐이고, 결국에는 중력 속에서 살아가야 한다는 이야기를 하고 있다. 창공에 별도 아니고 태양도 아닌 달이 떠오른다. 사람들은 그 달로 가고 싶어하지만, 결코 그것은 가능하지 않다. 이것은 무중력을 강조하던 이전 세대의 비사회적인 문학에 대한 일종의 도발로 읽히기도 한다. 일군의 문학적 담론이 애용하는 '무중력'의 상상력과 수사를 전유함으로써, 현실의 실감을 강조하는 고도의 서사적 전략인 것이다. 이 소설은 "내 가슴속에는 하얀 원형의 이미지만 넝그러니 남아 있었던 것이다. 누가 의심할 것도 없이 그건 달이었다"(290쪽)는 문장으로 끝난다.

하늘에는 쓰레기 더미만이 빛나고 달은 이 땅에 발 딛고 서 있는 나의 가슴에만 떠오른다. 무지막지한 상상력을 무기로 윤고은은 저잣거리 한복판에서 지금-이곳에 대하여 이야기하고 있다.

노동의 문제를 다룸에 있어서도, 그것을 둘러싼 생산관계에 주목하지 않는다고 말한 김숨의 『철』도 면밀한 고찰을 요구하는 작품이다. 생산관계에 대한 철저한 무관심은 노동자들의 실감을 보여주기 위한 의도된 전략일 수도 있기 때문이다. 『철』의 노동자들은 작업 현장의 확성기에서 울려나오는 '근면, 성실, 진보, 지향'이라는 구호만을 들을 수 있을 뿐, 확성기 뒤에 존재하는 자본가 혹은 그 이상의 존재를 전혀 감지할 수 없다. 이러한 조건은 어찌 보면 이 작품에서 그려내는 지난 시대 노동자들이 현장에서 느끼는 소외와 불합리함을 실재의 차원에서 드러내는 것일 수도 있다. 그들은 심지어 자신의 모든 것을 걸고 만들고자 하는 노동의 대상으로부터도 소외되어 있다. 조선소 노동자인 김만도는 "지난 십 년 동안 철선의 완성만을 위해 힘써 일했지만, 그는 꿈에서조차 철선의 실체를 본 적이 없"(104쪽)다. 이와 관련해 이 작품에는 근대를 이루는 세 가지 핵심적인 요소라 할 수 있는 자본, 국가, 네이션 중에서 오로지 자본과의 관계만이 그려지고 있다. 조선소에서 철이 필요해 쇠징발을 하러 다닐 때도 국가는 아무런 개입을 하지 않는다. 이것은 조선소가 노동을 박탈하는 과정에서도 마찬가지이다. 이것 역시 국가가 아무런 도움이 되지 않던 지난 시절의 노동자가 느끼는 실감에 버금간다. 감춤으로써 드러나는 사회적 현실이라고 할 수 있다.

6

최근 소설에서 공공영역과 소통의 가능성은 부재하는 것이 아니라 감추어진 것이라고 볼 수 있다. 이것은 사실확인적(constative) 진술인 동시에 수행적인(performative) 진술이기도 하다. 대화란 본래 목숨을 건 도약을 통해서만 가능하다. 말을 바꾸면, 소통불능을 전제로 했을 때만이 진정한 소통은 가능한 것이다. 물론 전제조건은 있다. 대화의 두 주체는 각자의 자리에서 올바름을 견지해야만 한다. 우선 말을 거는 자는 진정한 새로움을 보여주어야 한다. 새로운 소통은 진정한 새로움에서 가능하기 때문이다. 자본의 생산능력과 그것의 미학적 외피일 뿐인 사이비 새로움은 아무런 소통도 낳을 수 없다. 듣는 자 역시 눈을 크게 뜨고, 귀를 기울여야만 한다. 문학에서 인간과 세상을 변화시킨 혁명적 작품들은 모두가 미학적 쇄신을 동반했다. 시효가 지난 공통의 언어와 특권적인 시점에 바탕해 처음부터 귀를 막아버리는 태도는 바람직하지 않다. 그것은 차라리 각자의 벽을 더욱 두껍게 쌓을 뿐이다.

「큰 늑대 파랑」이 보여주었듯이 벽 안의 세계는 자본주의의 전일적 지배로부터 자유로운 곳이 아니라, 그러한 질서가 싹트고 뿌리내리는 장소이다. 지금 이 순간도 이 사회의 핵심적인 지점을 드러내면서(혹은 감추면서) 잃어버린 광장의 회복을 위해 고투하는 작품이 쓰이고 있다. 그것은 전통적인 리얼리즘이나 알레고리적 독법으로 해명되지 않는 경우가 대부분이다. 생산과정과 사회관계 속의 인간을 선명하게 드러내는 대신 그것은 자본주의적 세계질서의 숨통을 물어뜯었을 때, 흘러나오는 피의 냄새를 느끼게 해준다. 그 피는 사회적 제 관계의 모순과 억압을 온몸으로 돌파한 후의 결과물이다. 그리하여 그 안에는 달콤한 감각과 차가운 비관 대신 현실의 냉혹하고 근원적인 논리가 잠재되어 있다. 그 냄새를 맡는 일에서 새로운 소통은, 문학은 다시 시작된다.

인간을 향해 혹은 넘어

동물의 시대

　우리 소설에 비인간적 동물들이 넘쳐난다. 갑작스러운 일도 아니어
서, 1990년대 이후 한국소설에서는 하나의 뚜렷한 흐름을 형성하고 있
다. 앵무새와 고양이가 함께 이야기하는 정영문의 응접실, 괴물과 야
수들의 생태학을 선보이는 백민석의 실험실, 동물적 야생성과 폭력성
의 이미지를 전시한 천운영의 박물관, 물고기, 개구리, 구더기로 가득
한 편혜영의 환상지, 충동적인 인수(人獸)들이 끝도 없이 등장하는 백
가흠의 다큐멘터리 등은 1990년대 말부터 2000년대 전반까지 한국소
설에 자주 출몰한 동물의 주요 서식지였다. '소설은 그 자신의 고유한
형식을 가지지 않는 문학'이라는 바흐친의 말에 십분 동의하더라도, 우
리가 소설에 대하여 동의할 수 있는 최소한의 요건은 '인간들의 이야
기'라는 점이다. 소설의 핵심을 플롯과 같은 형식에서 찾든, 혹은 산문
정신과 같은 태도에서 찾든, 그것은 현실과 닮아 보이는 인간들과 그
들 상호간의 관계에 바탕한 이야기였던 것이다. 그러나 지금의 상황은

'인간들의 이야기'라는 명제마저 회의의 대상으로 만들고 있다.

이러한 현상은 넓게 보아 근대의 종언과도 모종의 관련을 맺고 있다. 푸코는 근대철학의 경우, 경험적 인식은 인간과 관련된다는 전제 하에서만 인식의 기초와 인식의 한계에 대한 규정을 얻을 수 있다고 보았다.[1] 요컨대 근대란 인간을 통해 모든 것이 사유되고, 의미를 획득하는 시대인 것이다. 소설은 근대의 기본적인 사유양식에 바탕하여 '인간들의 이야기'를 통해 근대의 대표적인 문학 장르로서 군림할 수 있었다. 그러나 인간이란 담론이 곧 파도에 씻겨나가버릴 처지가 되었을 때, 소설의 형질 변환은 당연한 수순일 수밖에 없다. 동물을 포함한 비인간적 형상들은 '인간'이라는 존재의 발본적인 조건을, 근대문학의 외계를 곤혹스럽게 되묻는 것에 다름 아니다.

그러나 조금만 숨을 가다듬고 생각해보면, 우리에게 근대의 종언이나 휴머니즘의 너머를 생각하는 것이 절박한 과제인지 고민해보지 않을 수 없다. 이것은 인간의 권위나 휴머니티가 과연 우리 사회나 문학에 확고한 뿌리를 내린 적이 있었느냐는 고민과도 무관하지 않다. 휴머니즘은 오히려 절박한 사회적 적대를 어영부영 봉합하는 이데올로기로써, 손쉬운 해결과 맥 빠진 거짓감동을 창출하는 문학적 장치로써 활용된 측면도 있기 때문이다. 따라서 우리에게는 휴머니즘에 대한 심화된 인식과 함께, 오히려 그것을 실현하기 위한 고투가 필요한 것일 수도 있다.

2000년대 후반의 소설에 나타난 동물 형상의 의미도 크게 '인간을 향해'와 '인간을 넘어'라는 두 가지 지향 사이에 놓여 있다. 그러나 그

---

1) 미셸 푸코, 『말과 사물』, 이광래 옮김, 민음사, 1980, 390쪽. 맥락은 다르지만 인간과 동물의 차이를 욕망과 욕구의 차이에서 찾고, 포스트모던 시대의 사람들은 욕구 차원에만 머무르는 동물이 된다고 주장한 코제브의 논의도 근대의 종언을 전제로 삼고 있다.

안에서도 각각의 작가나 작품은 매우 미묘한 편차를 보이고 있다. 따라서 지금 우리에게 필요한 것은 선지자의 대범함이 아니라 해부학자의 조심스러움인지 모른다. 다양하게 수시로 출몰하는 동물들을 하나로 묶어 그 본질을 논하기보다는 대표적인 유형들을 나누고 그것이 가진 섬세한 차이에 주목하는 것이 더욱 생산적인 논의를 낳을 수 있을 것이다. 이를 통하여 오늘 이 순간 답을 얻지는 못하더라도, 내일의 출발을 위한 작은 지도 한 조각을 얻게 될지도 모른다. 이 글은 2000년대 후반 소설에 나타난 동물 중에서, 가장 문제적이라고 생각하는 네 가지 형상을 중심으로 이야기를 풀어보고자 한다.[2]

국가라는 야만이 불러낸 청거북, 버들치, 들짐승, 새떼……

동물원에서 볼 수 있는 동물은 아니지만, 그럼에도 동물이라 할 수 있는 수많은 존재들을 등장시키는 작가로 김훈을 들 수 있다. 이러한 특징은 첫번째 소설인 『빗살무늬토기의 추억』에서부터 나타난다. '나'가 부하인 장철민의 삶과 죽음에 얽힌 비밀을 푸는 것이 핵심인 이 작품에서, 장철민은 자주 동물에 비유된다. '나'는 장철민의 전입신고를 받으며 그의 몸가짐과 표정에서 "청거북의 배에 각인된 문양"(37쪽)을 보고, 불을 끄는 장철민을 "세상에 처음 나들이 나온 유인원의 모습"(77쪽)이라고 생각한다. 장철민은 작품에서 신석기인이자 유인원, 나

---

2) 이 글에서 주로 다루는 텍스트는 다음과 같다. 김훈의 『빗살무늬토기의 추억』(문학동네, 1995), 『칼의 노래』(생각의나무, 2001), 『현의 노래』(생각의나무, 2005), 『남한산성』(학고재, 2007), 윤이형의 「큰 늑대 파랑」(『창작과비평』 2007년 겨울호), 김도연의 『소와 함께 여행하는 법』(열림원, 2007), 손홍규의 『봉섭이 가라사대』(창비, 2008), 김유진의 『늑대의 문장』(문학동네, 2009), 전성태의 『늑대』(창비, 2009). 이하 인용할 경우 본문에 쪽수만 표시한다.

아가 청거북이다. 『칼의 노래』에 등장하는 여진의 가랑이에서는 "젓국 냄새"(39쪽)가 나고, 『현의 노래』에 나오는 우륵의 여자 비화는 "버들치의 비린내"(154쪽)를 풍긴다. 궁녀 아라는 들과 산에서 줄기차게 오줌을 눈다. 『칼의 노래』와 『현의 노래』는 '감각의 제국'이라는 말이 과하지 않을 정도의 감각, 그중에서도 특히 후각과 청각으로 가득하다. 이를 통해 영웅적 주인공을 제외한 대부분의 인물은 끊임없이 짐승을 연상시킨다.

이와 관련해 김훈 소설에 유달리 빈번하게 등장하는 먹고 먹이는 장면들을 통해, 김훈이 '인간은 동물이다'라는 반휴머니즘적 명제를 제시한다고 본 김영찬의 논의는 경청할 만하다. 이 명제는 "이를테면 어떠한 대의나 이념으로도 결코 소홀히 해서는 안 되는 개개의 비루한 생물학적 생존에 나름의 가치를 부여하려는 태도에서 나오는 것"[3]으로 의미 부여된다.

동시에 우리는 '인간은 동물이다'라는 명제의 위악적 수용 뒤에 어른거리는 정치적 의미 역시 놓쳐서는 안 된다. '인간의 동물화'가 전면화되고 그 배경이 분명하게 제시되지 않을 때, 김훈의 소설은 야만주의 혹은 파시즘의 오해를 불러올 수도 있다. 그러나 일정한 거리를 두고 김훈 소설을 둘러싼 원경까지 세심하게 살필 경우, 그 정치적 의미는 결코 야만주의나 파시즘으로 귀결되지 않음을 알게 된다. 이와 관련해 『남한산성』은 인간이 동물이 된 배경이 이전 작품보다 보다 뚜렷하게 나타난 작품이다. 『남한산성』은 조금 거창하게 말해 반국가적인 상상력으로 가득하다. 남한산성 안에 있는 사대부들의 입이 말하기 위한 것이라면, 백성들의 입은 철저하게 먹기 위한 입이다. 동물의 입 역시 먹기 위한 것이라는 점에서, 군병과 말은 동일한 차원에 놓여 있다.

---

3) 김영찬, 「김훈 소설이 묻는 것과 묻지 않는 것」, 『창작과비평』 2007년 가을호, 398쪽.

사대부와 백성의 차이는 인간과 동물의 차이이다. 어떠한 경우에도 짐승에 비유되거나 짐승을 연상시키는 것은 사대부가 아닌 백성이다.

『남한산성』에서 의로운 백성의 대표 격인 서날쇠는 성 밖에 나가 격서를 전달하라는 김상헌의 부탁에 "먹고 살며 가두고 때리는 일에는 귀천이 있었소이다"(227쪽)라고 항변한다. 서날쇠는 그 청을 받아들이는 순간에도 "나라에서 하라시니, 천한 백성이 어쩌겠습니까"(229쪽)라고 빈정거린다. 이 순간 김상헌에게는 "'나라'라는 말이 천 근의 무게"(229쪽)로 느껴진다. 결국 둘은 '나라'를 위해서가 아니라 "포위가 풀려서 조정이 돌아가야 성 안 백성들이 농사를 지을 수 있고, 저도 대장간을 굴려서 먹고살 수 있을 터이니"(230쪽)라는 생활의 관점에서 합의를 본다.[4]

『남한산성』에는 세 번 이상 집단적인 목소리가 등장하는데, 이것 역시 나라에 대한 적대감의 표출과 연관된다. 특히 군병들이 임금이 머무는 행궁 앞에서 주전파(主戰派) 사대부를 적에게 보내거나, 자신들과 함께 출전하게 해달라고 소란을 피우는 장면(335~337쪽)은 이 작품에 드러난 비판적 의식이 매우 거친 것임을 실증한다. 그러고 보면 수어청 군사들이 남한산성에 들어와 처음 한 일은 성 밖으로 나가려는 백성들의 곡식과 가축을 빼앗은 것이었다.

백성들의 곡식과 가축을 빼앗는 일과 『남한산성』의 백성들이 지배자들의 시선을 통해 매 순간 짐승과 유비관계에 놓이는 것은 본질에 있어 동일하다. 김상헌이 남한산성에 들어가기 위해 강을 건널 때, 사공은 "들짐승처럼 보"(43쪽)인다. 곧이어 청병이 오면 강을 건너줄 것이라고 말하는 사공을 김상헌이 칼로 벨 때, 사공은 "풀이 시들듯"(46쪽) 쓰러진다. 성 안의 아이들은 "개울에 내려앉은 새떼"(213쪽), 봉두

---

4) 성 밖으로 나가 격서를 돌리고 온 서날쇠는 김상헌을 다시 만났을 때도 "봄에는 조정이 나가는 것이옵니까? 조정이 비켜줘야 소인들도 살 것이온데……"(319쪽)라는 말을 반복한다.

난발에 누더기를 걸친 군병들은 "상처 입은 야생동물"(217쪽) 혹은 "늙은 들짐승"(288쪽)에 비유된다. 청병들 역시 부모를 잃고 떠도는 나루를 "들짐승만치도 눈여겨보지 않"(108쪽)는다. 그들은 돌멩이를 던져 아이를 쫓는데, 이 순간 역시 "아이는 작은 들짐승처럼 보였다"(108쪽)고 묘사된다. 남한산성 안의 나루는 "추위 속에서 영글어가는 열매처럼 보"(174쪽)인다. 나루는 왕의 채근에도 절대 입을 열지 않는데, 딱 한 번 송파강에 무슨 고기가 잡히느냐는 임금의 물음에 "쏘가리, 배가사리, 어름치, 껵지……"(175쪽)라고 대답한다. 전쟁이란 상황은 조선이라는 나라 전체를 동물로 만들어버리기도 한다. 최명길이 칸에게 보내는 답서에는 "쫓기는 작은 짐승이 굴 속으로 숨어든 일"(311쪽)이라는 표현이 등장한다.

여기서 눈여겨보아야 할 것은 이들이 짐승이 된 이유가 '나라' 때문이라는 점이다. 작품 전체를 통하여 자연에 가장 가까운 존재인 나루는 마지막에 서날쇠에 의하여 비로소 인간이 된다. 작품의 마지막 문장에서 서날쇠는 "나루가 자라면 쌍둥이 아들 둘 중에서 어느 녀석과 혼인을 시켜야 할 것인지를 생각"(363쪽)하며 혼자 웃는다. 나루는 조정이 성 밖으로 나가고 나서야, 비로소 며느리라는 인간사회의 상징적 지위를 차지하게 되는 것이다.

홉스는 자연상태의 인간을 늑대로 보았다. 그에 따르면 만인의 만인에 대한 투쟁으로 요약할 수 있는 무한적대의 자연상태 속에서 인간은 하나의 동물로서 존재한다. 그러한 동물에서 벗어나기 위해 필요한 것이 바로 국가이다. 김훈은 홉스의 이론을 뒤집는다. 그의 작품에서 인간은 다름 아닌 국가에 의해서 동물이 된다. 김훈이 그려내는 인간들은 자연상태라 할 수 있는 국가의 한복판으로 쫓겨나 동물이 되는 것이다. 국가의 내부, 권력의 내부 속으로 추방당하는 것이다. 김훈의 이전 역사소설도 동일한 문제의식을 공유하고 있었다. 『칼의 노래』에서도 전면화되지는 않았지만, 전쟁이 불러온 국가라는 괴물이 인간을 짐 승으로 만드는 상황이 연출되었으며, 『현의 노래』는 소규모 공동체를 초월한 강력한 국가의 탄생이라는 조건 속에서, 인간이 동물로 변해가 는 과정을 그리고 있었다.

김훈은 국가가 개인의 목숨과 권리를 양도하여 성립한 폭력적인 공 동체라는 확고한 인식을 지니고 있다. 김훈이 그려낸 인간-동물들은 국가가 지닌 폭력성과 야만을 언어 대신 눈빛과 몸짓으로 처절하게 증 언하는 자들이다. 김훈의 장편소설이 대부분 전쟁을 배경으로 하고 있 다는 점도 이와 관련된다. 외세의 위협이 있을 때 천황은 비로소 그 존 재를 드러낸다는 일본의 예를 들먹일 것도 없이, 전쟁은 국가의 존재 를 가장 선명하게 부각시킨다. 김훈은 허무의 감각과 관념을 무기로 삼아 국가라는 거대한 권력을 무력화시켜 자연 속으로 돌려보내려 하 는 것이다. 김훈 소설에 보이는 언어에 대한 불신[5] 역시 국가에 대한 불신과 맞닿아 있다. 개별자들의 존엄이 국가라는 공동체에 의해 훼손 되는 것처럼, 언어 역시 구체적인 사물을 추상화시켜 그 실상을 파괴 하거나 왜곡하기 때문이다.

아감벤은 비상사태(예외적 상황)는 우리 시대의 근본적인 정치 구조 로서 점점 더 전면에 부각되고 있고 결국 스스로 법칙이 되려는 경향 을 보인다고 주장한다.[6] 이러한 관점에서 12년 동안 비상체제를 유지

---

5) 이념이나 언어를 통한 의미화에 대한 불신은 처음부터 지속된 김훈 소설의 상수이다. 『빗 살무늬토기의 추억』에서 장철민은 중기운전을 그만두고 소방관이 되는데, 이유는 "노임이 라는 추상성"(185쪽)과 불도저가 지나간 흙의 가장자리 너머에서 발생하는 "온갖 관계들의 추상성을 그는 불도저 안으로 다시 빨아들여 자신의 몸 안으로 저장할 수가 없"(185쪽)기 때문이다. 장철민은 소방관이 되어서도 "불도저를 몰고 흙에서 노임으로 건너갈 수 없었 듯이"(188쪽), "발화점으로부터 발화점 너머에서 펼쳐질 세계의 중첩된 적대관계 속으로 건너갈 수가 없"(188쪽)다. 중요한 것은 불이 났다는 사실, 그리고 불을 꺼야 한다는 당위 일 뿐, "화재의 원인을 따지고 밝혀서 배상책임과 형사책임을 가린다는 짓거리"(127쪽)는 "쓸데없는 장난"이며 "허튼 지랄"이고 "난폭한 무의미"(128쪽)일 뿐이다.

한 나치는 예외가 아니라 근대국가의 상례로 간주된다. 김훈의 소설은 이러한 상황에 가장 잘 부합되는 소설이다. 김훈 소설의 주인공은 영웅에 가까운 인물들이지만, 그들에 의해 끊임없이 조명되는 인간들은 문명의 한복판에 예외로서 존재하는 자연에 가깝다. 문제는 그러한 벌거숭이 삶이 본래부터 그러한 것이 아니라 문명화된 세계, 구체적으로 말하자면 법질서를 관장하는 권력에 의해 만들어진 것이라는 점이다.

자본이라는 분할선이 만들어낸 늑대, 뱀, 원숭이

지금의 한국문학에는 여러 종류의 늑대가 시퍼렇게 살아 있다. 전성태와 윤이형의 늑대도 그것들 중 하나이다. 전성태의 늑대는 몽고의 초원에서 검은 정염을 내뿜으며 달리고, 윤이형의 늑대는 좀비들을 물어뜯으며 서울 한복판을 달리고 있다.[7] 두 마리의 늑대는 좀더 당대적인 맥락에서 이 사회의 핵심적인 지점들을 노려보거나 물어뜯는다.

전성태의 「늑대」에 나오는 늑대는 '인간화된 동물'로서 인간과 사회의 모습이 투영되어 있다. 오랫동안 초원에서 늑대는 제거만을 목적으로 사냥되었는데, 이유는 이 짐승이 욕구가 아닌 욕망을 지닌 존재이기 때문이다. "다른 맹수들처럼 주린 배만 채우고 물러나"는 것이 아니라 살생을 즐기는 이빨을 갖고 태어나기라도 한 것처럼 "하룻밤에도 수백 마리 양들의 숨통을 끊어놓"(42쪽)는다. 몽고에서 서커스단을 운영하는 한국인 사업가는 검은 빛깔의 늑대를 간절하게 원한다. 그는

---

6) 조르조 아감벤, 『호모 사케르—주권 권력과 벌거벗은 생명』, 박진우 옮김, 새물결, 2008, 55~81쪽.
7) 윤이형의 「큰 늑대 파랑」에 등장하는 늑대는 전성태의 '검은 늑대'와는 다른 의미를 지닌다. 이 작품에서 늑대는 세상을 지배하는 자본의 질서와 논리와는 구별되는 사람들의 정치적 자의식을 의미한다.

늑대를 "사랑하고 경외"하며, 자신의 늑대 사냥에 "놀이로서의 저열함이나 경박함이 끼어들지 않"(45쪽)기를 바란다. 나아가 "늑대 앞에 숙명적인 라이벌처럼 마주 서기를"(45쪽), 늑대 사냥이 "스스로 자신을 사냥하듯이 이루어"(46쪽)지기를 원한다. 마지막 장에서 늑대는 서술자로 등장해 "그가 나를 열망하듯이 나 역시 그를 열망합니다"(59쪽)라고 말한다. 그렇다면 둘은 일종의 짝패인 동시에 서로의 분신이라 보아도 무방할 것이다.

전성태의 「늑대」에서 한국인 사업가와 늑대는, 동시에 몽고에 불어닥친 '자본'을 상징한다. 촌장은 사내를 "늑대의 악령이 씌지 않았다면 도저히 이해할 수 없는 사람"이라고 여기는데, 늑대의 악령이란 촌장이 "자본의 매혹"을 느낄 정도로 사내가 강렬하게 내뿜는 "검은 정염"(39쪽)에 다름 아니다. 늑대가 여타의 동물과 구분되는 것이 욕구라는 차원을 뛰어넘은 것에 있다면, 자본 역시도 "최소한의 생존을 위해 사람과 가축이 공존하던 유목"(38쪽)을 사라지게 한다. 이 작품에서는 '검은 늑대＝한국인 사업가＝자본'이라는 등식이 성립하고 있다.

전성태의 「늑대」가 자본가의 동물화를 그리고 있다면, 손홍규의 「뱀이 눈을 뜬다」는 노동자 그중에서도 비정규직 노동자의 동물화를 그리고 있다. 이 작품은 이 시대 비정규직 열전을 방불케 할 정도로 거의 모든 인물들이 계약직, 임시직, 일용직 등으로 전전한다. 주인공인 그는 계약직 보일러공에서 해고된 상태이고, 그의 아버지는 평생을 용역에 불과한 선로원으로 살았다. 사랑하던 여자도 구내식당 주방보조로 일하다 해고되었고, 프레스 기사는 원치 않는 사내하청을 받아들이고 결국에는 분신을 한다. 어느 순간 그는 자기 몸에 뱀이 살고 있음을 발견하고, 또다른 순간 연인인 경숙은 자신의 엉덩이에 원숭이 꼬리가 생겼음을 발견한다. 이 충격적인 순간은, 그의 경우에는 삼 년 전 해고를 통보받은 날이고, 경숙에게는 여상 졸업반 때 경리로 취직해 험한 꼴을 당할 무렵이다. 이것은 그들이 지닌 동물의 흔적이 사회적 차별과 불평등으로 인해 생겨난 표지임을 증명한다. 전성태의 「늑대」가 '한국인 사업가 = 자본 = 동물'이라는 등식을 성립시켰다면, 「뱀이 눈을 뜬다」는 '비정규직 노동자 = 동물'이라는 등식을 만들어내고 있다. 그렇다면 자본이라는 분할선을 중심으로 나누어진 양편의 사회적 존재들은 모두 동물적인 상황에 처해 있다고 볼 수 있다.

손홍규의 「뱀이 눈을 뜬다」는 자본이 만들어낸 동물성으로부터 벗어나는 지점이 등장한다는 점에서 주목된다. 그는 마지막에 뱀으로부터 벗어나는데, 그 방식이 자못 윤리적이다. 그러한 벗어남은 자신보다 더한 고통에 빠져 있는, 이 작품의 논리대로라면 더한 동물성에 침윤된 존재를 향한 연민과 공감을 통해 이루어진다. 그가 세든 집에는 안면장애, 언어장애, 정신장애를 앓는 은주라는 소녀가 살고 있다. 그녀는 맨 얼굴도 드러내지 못한 채 탈을 쓰고 다니며, 사회와 가족의 보호로부터도 배제되어 있다. 인간으로서의 얼굴조차 없는 것이 은주의 삶이다. 그런데 마지막에 그가 은주의 장애로 가득한 얼굴을 보며 "예뻤다"(162쪽)라고 느끼는 순간, "뱀은 그의 몸 안에서 스르르 빠져나"(163쪽)온다. 그가 제대로 쳐다본 적조차 없는 은주의 얼굴을 똑바로 응시하고, "갓 맑은 은주의 눈동자"(162쪽)의 아름다움을 발견했기에 가능한 일이다.

그런데 그의 몸속 뱀은 이 척박한 사회에서 살아남기 위해 그가 품을 수밖에 없었던 독기의 상징이기도 하다. 그가 험한 꼴을 당할수록 뱀은 커졌던 것이다. 그의 유일한 자산인 독기마저 던져버렸을 때, 그는 인간으로서의 삶은 고사하고 동물로서라도 생존할 수 있을까? 뱀이 빠져나가자 "이내 그의 몸은 누군가의 발에 밟혀 부서지고 으깨이길 것이다"라고 설명되고, 그는 "경숙도 어디선가 꼬리를 잃어버린 채 쓰려져 있을 것만 같았다"(163쪽)고 느낀다. 그럼에도 그는 언젠가 또 버림을 받겠지만 다시 일어설 경숙이를 생각하며, 그 역시 "습관에 이끌려 보일러실로 들어선"(163쪽)다. 동물과 같은 삶을 강요하는 현실 속에서 끝장을 보고 말겠다는 의지의 표명임에 분명하다. 이러한 태도에 대하여 '인간의 동물화'를 강요하는 현실에 대한 암묵적 수용에 불과하다고 돌을 던질 수도 있겠지만, 그 돌은 그가 보여준 삶에 대한 낙관과 의지에 비한다면 너무나 초라하고 옹색하다.

문명의 야만을 응시하는 늑대의 푸른 눈

김유진의 소설이 배경으로 삼고 있는 상황도 임진왜란이나 병자호란에 모자라지 않는 위기상태이다. 모든 작품에서는 치명적인 재앙이 사람들을 덮쳐오는데, 이유도 없이 사람들의 몸이 산산조각나거나(「늑대의 문장」), 테러를 알리는 사이렌이 시도 때도 없이 울리고(「빛의 이주민들」), 감당할 수 없는 돌풍이 불어오며(「마녀」), 한 고장을 무로 돌려버리는 지진이 발생하고(「무」), 갑작스러운 코끼리의 등장으로 노인의 목이 돌아가기도(「골목의 아이」) 한다. 김훈의 소설 속 위기가 전쟁이라는 예외상태에서 발원하는 것이라면, 김유진의 위기는 상시적이다. 그것은 근원을 알 수 없는 위기이며, 따라서 해결책을 구할 수도 없다. 그러하기에 이들에게 구현된 동물성은 좀더 근원적인 차원에 놓인다. 그것은 인간이 쌓아온 문명 자체를 겨냥한다는 점에서 더욱 발본적이다.

그 비판은 주로 인간과 동물을 가르는 빗금을 중심으로 형성된다. 김유진의 문장이 그려낸 동물들은 니체의 영혼으로 빛난다. 푸코는 니체야말로 근대를 주름잡은 인간학의 뿌리를 뽑는 시도 가운데 첫번째 것으로 간주해야 한다고 보았다.[8] 니체가 문헌학적 비판의 방식과 생물학주의에 입각해서 이러한 작업을 수행했다면, 김유진은 온갖 위반의 이미지와 경계 해체의 상상력을 통해 아직도 인간은 '본질적으로' 무엇이라고 주장하는 사람들, 인간을 인식과 사유의 출발점으로서 간주하기를 바라는 사람들을 침묵시킨다. 「늑대의 문장」은 동물성-신성/인간성의 대립에서 동물성/인간성-신성의 대립으로의 이행을 감추어온 역사[9]를 까발리고 있다.

인물과 그들의 갈등, 그리고 그로 인해 벌어지는 사건으로 이루어지는 전통적인 서사란 김유진의 소설과는 무관하다. 그의 소설은 이미지의 전달이고 분위기의 고양이며, 그 자체로 하나의 힘이다. 이때 가장 많은 비중을 차지하는 것은 "동물성과 인간성이 혼재되어 있는 경계선 위의 존재"[10]들이다. 작품 속의 인물들과 텍스트 나아가 이번 작품집 전체는 상징화되거나 의미화될 수 없는 '경계선 위의 존재'가 되어버린다. 김유진의 소설은 근대소설이 기반으로 삼고 있는 인격성을 파괴하고, 그들을 새로운 층위의 존재로 이해하게 만든다. 이것이 겨냥하는 것은 물론 기존 질서로부터 새로운 탈주선을 창조하는 것이다.[11]

그녀의 소설은 '실제의 동물'과 '비유로서의 동물'로 가득하다. 「빛의 이주민들」에서 여자와 남자가 사는 도시가 "동물원을 종점과 기점으로"(53쪽) 삼고 있는 것처럼, 그의 소설 역시도 동물로 둘러싸여 있다. 책의 어디를 펼쳐보아도 사정은 마찬가지이다. "물소가 새끼를 낳듯 여자의 질에서 아이는 떨어"지고, 아이는 "어린 짐승이 죽은 듯이

---

8) 미셸 푸코, 앞의 책, 390쪽.
9) 도미니크 르스텔, 「동물성 — 인간의 위상에 관하여」, 김승철 옮김, 동문선, 2001, 56쪽.
10) 강동호, 「그로테스크 적막」, 『문학과사회』 2009년 여름호, 513쪽.
11) 이와 같은 맥락에서 김유진 소설의 욕망은 그 자체로 분화되기 이전의 도착적인 상태에 해당한다. 그녀의 소설은 기존 사회와 질서를 유지하기 위한 모든 구획을 넘나들고 폐기한다. 소설을 가득 채우고 있는 동물, 시체, 귀신, 똥, 오줌, 토사물, 악취, 으깨어진 육체, 시즙, 기형아 등은 그러한 횡단과 폐기를 위한 도구이다.

엎드려 있"고, 아기의 울음소리는 그 모습처럼 "짐승에 가까"우며, 여자는 "아기는 자라 네 발로 걷게 될 것"(62쪽)이라고 생각한다. 창밖으로 점멸하는 가로등 불빛에서, 여자는 "고대의 해파리, 삼엽충"을 보고, 또한 바닷속을 유유히 헤엄쳐가는 "거대한 문어"와 유령처럼 떠돌고 있는 "자연사하지 못한 고대 동물들"(62쪽)을 생각한다. 물소, 짐승, 해파리, 삼엽충, 거대한 문어, 고대 동물들이 실제로서 혹은 비유로서 등장하고 있는 것이다.

이러한 김유진의 작업은 들뢰즈가 말한 '동물―되기'와도 연결된다. 김훈의 소설들에 등장하는 동물이 주변화되고 종속 변수화된 존재의 표상이라면, 김유진에게 동물은 경계를 허물고 탈주하는 실체이자 가능성의 다발이다. 이와 관련해서 「늑대의 문장」은 김유진의 미학적-정치적 기획이 가장 선명하게 드러난 작품이다. 이 작품에서 세상이 "겹겹의 장막으로 가려져 있는 것이라면, 그(늑대―인용자)는 그것을 맹렬히 물어뜯고 차지한 왕"(25쪽)이다.

「늑대의 문장」의 배경마을인 섬에는 "예고도, 징후도 없"(14쪽)이 폭사(爆死)가 계속해서 일어난다. 소녀의 아버지도 폭사로 인해 죽고, 마을 인구는 한 달 만에 삼분의 일로 줄어든다. 아무런 해결책도 없이 타인과 자신의 죽음만을 기다리는 상황에서, 기르던 개들은 굶어 죽거나 야산으로 흩어진다. 사람들은 이러한 상황에서 폭사의 규칙이나 징후를 찾으려고 애쓴다. 그렇게 해서 생각한 것이 돈, 딸기, 해삼이다. 나중에는 자신들이 버린 개, 즉 늑대에게 모든 폭사의 원인과 분노를 돌린다. 사람들은 "들개들이 과거에 자신들의 개였다는 사실을 까맣게 잊"(20쪽)은 것이다. 사람들은 "강아지나 들개의 새끼들도 모조리 때려죽"(30쪽)인다. 이러한 비정상적인 행동에 가장 적극적인 인물은 소녀의 엄마이다.

늑대의 살해와 이로 인한 늑대의 반격으로 소녀의 집은 "석기시대의 무덤처럼 돌무더기에 묻"(30쪽)힌다. 동물과의 완전한 단절을 상징하는 공간적 배치가 아닐 수 없다. 평소에도 이모를 욕하던 어머니는 폭사가 연발하자 이모를 더욱 천대하고 무시한다. 이것은 이모가 늑대와 가장 가까운 인물임을 암시한다. 마을 사람들이 늑대를 학살하는 동안 이모는 "늑대 새끼들"(32쪽)의 주둥이 안에 자신의 가슴을 물리고 있다. 소녀가 그 장면을 목격하고 방으로 돌아왔을 때, "한 무리의 늑대들이 몰려와 소녀의 발목을 물고 숲을 향해 치달"(33쪽)린다. 그러고 보면, 늑대에게 젖을 먹이던 이모처럼 소녀 역시도 늑대와 소통이 가능한 존재이다. 소녀는 텔레비전에서 수목원으로 이송되던 중 야산으로 도망쳤다가 다시 잡힌 늑대의 눈을 보고, 어머니가 극렬한 분노를 느끼는 것과는 달리 연민을 느끼고 눈물을 흘린다. "눈만이 살아 자신의 일시적 죽음을, 아니, 죽을 수도 없는 무력함을 목도하고 있는 늑대를 보며 통곡"(22쪽)을 한 것이다.

「늑대의 문장」에서 소녀와 소녀의 이모는 일종의 샤먼이다. 그녀들은 동물과 소통할 수 있는 사람들이다. 옛날 샤먼들이 야생의 힘을 왜소화된 인간의 삶에 불어넣었던 것처럼, 소녀는 인간이 되기 위해 거세하고 망각해버린 야생의 힘이 담겨진 숲 속으로 향하게 된 것이다. 중요한 것은 늑대에게 끌려가며, 이모가 늑대에게 가슴을 물리고 "알 수 없는 신음 소리"(32쪽)를 낸 것처럼, 소녀도 "자신의 언어가 말이 아닌 이모와 같은 신음 소리로 나오고 있다"(33쪽)는 점이다. 소녀는 무의식 깊은 곳에 침입하여 지울 수 없는 거세의 말뚝을 박아놓은 언어가 아닌 새로운 소리를 내고 있는 것이다. 이것은 늑대로 표상되는 동물성이, 언어화되는 방식이라고 할 수 있다.[12] 보통의 서사화 방식으로는 해명되지 않는 그로테스크하고, 초현실주의적인 그의 몇몇 소설(차라리 시라고도 할 수 있는)들은 그 자체로 이모와 소녀의 신음 소리에 해당하는 것이다.

김유진 소설의 고대적 동물이 오늘날의 소외되고 상처받은 타자들을 의미하는 하나의 표상에 머무는 경우도 있다. 그러나 이 경우에도 인물들은 동물과 자신의 관계에 있어 혼란을 체험하고, 결국에는 스스로 동물이 되어버린다. 「빛의 이주민들」은 여자가 "사기업에서 운영하는 동물원의 홍보물"(37쪽)을 보는 것으로 시작된다. 그 동물원에는 원시의 거대문어가 새겨져 있다. 뒷면에는 "테러범 식별 요령과 신고 사이트"(38쪽)가 적혀 있는데, 테러에 대비한 훈련은 여자에게 "알 수 없는 불안감"(45쪽)을 불러일으키는 원천이다. 원시의 거대문어는 남자가 타워크레인으로 짓고 있는 "단 한 치의 어긋남도 없이, 직선과 면으로만 구성된"(43쪽) 오피스텔의 세계와 대비되는 위치에 놓여 있다. 그것은 현대사회의 규격화된 질서로부터 인간을 해방시킬 수 있는 가능성으로 존재한다.

이 작품에서 여자는 스스로 원시의 거대문어가 되어간다. 임신으로 인해 여자의 배는 거대하게 불러오고, 그 배는 "사람 얼굴"(50쪽)을 닮아간다. 그녀가 "하루에 씹어대는 배추의 양은 코끼리나 소보다도 많"(51쪽)다. 그녀와 동거하는 남자 역시 거대한 몸이며, 둘은 서로를 안지도 못한다. 둘이 거리를 걸을 때면, 사람들은 "동물보다 더 신기한 구경을 하고 가는 듯한 얼굴"(53쪽)로 남자와 여자를 쳐다본다. 마지막에 그녀는 기차 안에서 기형아를 낳는데, 그들은 "태초의 바다"(62쪽)에 웅크리고 있는 것으로 묘사된다. 무성한 숲 속에서 "온전한 사람의 얼굴을 하고 유일하게 어둠을"(34쪽) 응시하는 늑대나 몸 하나 누일 곳

---

12) 나카자와 신이치는 시인은 "유동적인 힘으로 뒤덮인 전장을 내달리는 전사처럼, 의식의 하부로 내려가는 샤먼처럼, 잘 짜인 왕의 질서 내부에서 기분 좋은 언어의 아르스(ars)를 연주하는 지위를 부정하고, 권력의 원천으로 하강하는 행위를 통하여 스스로 샤먼, 왕, 전사가 되었습니다"(나카자와 신이치, 『성화 이야기』, 양억관 옮김, 교양인, 2004, 95쪽)라고 설명한다. 기존의 언어적 질서를 부정하는 시인을 일종의 샤먼적 존재로 바라보고 있는 것이다.

없는 "불행한 운명"(53쪽)의 원시 거대문어는 총칭하여 김유진적 자아라 할 수 있는 것으로서, 우리 문학이 새롭게 창조해낸 동물 형상임에 분명하다. 그러나 이러한 동물 형상은 야생동물의 사나운 야성을 통해 반문명적 사유와 분위기를 드러내온 2000년대 초반 한국문학의 동물 형상[13]과 완전히 동떨어져 있는 것은 아니다.

소를 닮은 인간, 인간을 닮은 소

손홍규가 「봉섭이 가라사대」에서 응삼이와 소를 통해서 그려낸 세계는 '잡종공동체'를 떠올리게 한다. 잡종공동체란 인간이 다양한 공동체를 구성하는 것과 마찬가지로 인간과 동물이 오랫동안 다양한 방식으로 형성해온 공동체를 말한다. 이 공동체는 인간과 동물의 상호적인 애정이 드러나며, 동물과 인간이 의미와 이해관계를 공유하는 공동체를 말한다. 이러한 잡종공동체라는 사고는 인간과 동물의 구별이 근본적으로는 불가능하다는 과학적, 철학적 인식과 실제로 그러한 공동체를 이루며 살아온 수많은 역사적 사례들을 그 주장의 근거로 삼고 있다.[14]

「봉섭이 가라사대」에서 소싸움꾼 응삼이는 평생을 소와 살다가 소와 닮게 된다. 마을 주민들은 응삼이와 이야기를 하고 나서, 자신들과 말한 것이 응삼인지 소인지 헷갈려하고, 죽은 마누라의 마지막 말은 "내가 평생을 사람허고 살았소, 소허고 살았소?"(108쪽)이다. 아들인

---

13) 남진우는 1990년대 초반 주로 '향수'의 테마와 관련해서 회귀성 물고기나 철새 등의 이미지가 애용됐다면 최근으로 올수록 문명에 순치되지 않는 야생동물의 사나운 야성을 강조함으로써 그로데스크한 분위기를 조성하는 쪽으로 선회하고 있다고 말한다. (남진우, 「늑대의 후예」, 『문학동네』 2003년 여름호, 231쪽)

14) 도미니크 르스텔, 앞의 책, 70~93쪽.

봉섭은 아버지를 볼 때마다 "이게 사람인지 손지"(112쪽)라는 말을 반복한다. 웅삼은 식성도 소와 같고 나중에는 소처럼 되새김질도 한다. 웅삼이는 소를 닮기 시작해 어느새 소가 되어버린 것이다. 아들 봉섭이보다도 오랫동안 웅삼이와 함께 산 싸움소 역시 "웅삼과 오랜 세월을 지내다보니 그 낯짝도 사람을 닮았"(134쪽)다. 이러한 둘의 관계를 인간과 동물이라는 잣대를 들이대 구별한다는 것은 무의미하다. 그야말로 웅삼이와 소 혹은 소와 웅삼이는 한 가족이다.

주목해야 할 것은 이러한 잡종공동체가 웅삼이라는 유별난 인물이 만들어낸 해프닝이 아니라 과거로부터의 거대한 기원과 연결될 수도 있다는 점이다. 웅삼이 평생을 소와 함께하게 된 계기는 자신이 첫번째로 코를 뚫어주었던 소와의 인연에서 비롯된다. 소몰이대회 우승 경력이 있는 웅삼의 아버지는 처음으로 소에게 코뚜레를 끼워 넣은 웅삼에게 "사람 살자고 소를 멕이지만서두 사람 알아주는 건 사람이 아니라 요놈의 소여. 인자 요놈은 니가 멕여 살려야 헌다. 머리를 틀어올린 마누라맨키로 보듬고 살아야 허는 거여"(116쪽)라고 말한다. 웅삼의 삶이란 그러한 아버지의 말을 실천한 것으로 요약해볼 수도 있다.

이와 달리 웅삼의 아들인 봉섭은 웅삼이와 소의 따뜻한 공동체를 깨뜨리는 데 혈안이 되어 있다. 일찌감치 가출한 봉섭은 세 번 귀향하는데, 모두 다 웅삼의 소를 팔아서 돈을 벌기 위해서이다. 돈에 대한 욕망은 잡종공동체를 파괴하는 선봉이다. 도축업자들이 오직 돈을 위해 소들을 도살하는 비닐하우스 안의 끔찍한 풍경은 '지금-이곳'에서 잡종공동체가 처한 살벌한 풍경을 효과적으로 환기시킨다.

그러나 흥미로운 것은 사고뭉치 봉섭의 은근한 회심이다. 봉섭은 돈을 위해 아버지의 소를 처리하는 과정에서 자신 안에 숨은 '아버지' 달리 말해 '소'를 발견한다. "소싸움꾼 웅삼에게 물려받은 어떤 기질이 치솟는 걸 느"(127쪽)끼는 것이다. 무광택의 검은색 도료를 입힌 타격총에 죽어가는 "늙은 젖소의 눈물"(132쪽)을 보기도 하고, 갈고리에 꿰인 채 매달린 수십 개의 소머리를 보며 "아비의 대가리가 그렇게 매달려 있는 듯한 착각"(132쪽)에 빠지기도 한다. 나중에는 싸움소를 보며 "이 놈이 자신을 닮은 것처럼 여"(135쪽)길 정도이다. 결국 봉섭은 돈을 위해 도축업자에게 아버지의 모든 소를 넘기려던 계획을 포기하고, 아버지가 그랬듯이 새로운 소싸움꾼이 될 가능성을 비춘다.

소와 인간의 유대라는 상상력은 하나의 우스운 '이야기'로 치부해버릴 수도 있다. 그러나 이러한 상상력이 거느린 의미는 결코 작은 것이 아니다. 인간과 동물의 바람직한 관계를 사유하는 것은 인간 사이의 관계를 사유하는 것으로 이어질 수밖에 없기 때문이다. 동물과의 관계에서 인간을 절대적인 존재로 내세워 동물을 배제하는 방식은 그것이 인간사회 내부에서도 똑같은 논리와 방식에 의하여 이루어질 수 있기 때문이다.[15] 이러한 상상력이 더욱 심화되면, 모든 층위의 불화와 적대 혹은 균열을 하나로 누벼주는 중개자(mediator)로서의 신화적 동물을 낳게 된다. 우리 문학은 그러한 동물의 형상도 갖추고 있는데, 김도연의 『소와 함께 여행하는 법』에 등장하는 '소'가 바로 그 주인공이다. 이 소는 인간과 동물, 산 자와 죽은 자, 여성과 남성, 아버지와 아들, 성(聖)과 속(俗) 사이에 놓인 불화와 분열을 극복하고 조화로운 세계를 향한 진경을 열어놓고 있다.

---

15) 아르멜 르 브라 쇼파르(『철학자들의 동물원』, 문신원 옮김, 동문선, 2004)는 서구에서 동물에 대한 인간의 배타적 우월성을 주장하는 논리가, 그대로 인간 내의 다른 지배와 차별(남자/여자, 백인/유색인 등)을 정당화하는 데도 이용되었음을 세밀하게 증명하고 있다.

우리 시대의 동물 유형학

지금까지 국가라는 야만에 의해 동물이 된 백성이 등장하는 『남한산성』, 자본이라는 이 시대의 유일신에 의해 늑대 혹은 뱀과 원숭이가 된 사람들의 이야기인 「늑대」와 「뱀이 눈을 뜬다」, 반문명적 사유와 상상력으로 늑대가 된 소녀의 초상을 힘차게 그려낸 「늑대의 문장」, 잡종공동체에 버금가는 동물과의 따뜻한 우애를 과시하는 「봉섭이 가라사대」와 『소와 함께 여행하는 법』을 살펴보았다. 이들 소설은 2000년대 후반 한국문학의 대표적인 동물 형상 네 가지를 대표한다. 그러나 인간과 동물이 결합하는 체위는 조금씩 다르다.

이 네 가지 형상은 인간과 동물 간의 관계를 기준으로 할 때, 세 가지로 나누어진다. 첫번째는 여전히 인간에 의미의 중심을 두고 있는 작품들이다. '인간의 동물화'를 주요한 문제로 제기하고 있는 김훈의 소설들과 「늑대」 「뱀이 눈을 뜬다」가 여기에 해당한다. 이들 작품에서 인간다움은 폐기해야 될 오래된 가치이기는커녕 이 지상에 아직 강림한 적도 없는, 차라리 미지의 것이다. 국가 혹은 자본에 의해 저 과거에는 물론이고, 지금도 인간은 여전히 인간일 수 없다. 그들이 끊임없이 동물을 호출하면 할수록, 결코 동물일 수 없는 인간의 위엄과 권위는 더욱더 강하게 환기된다.

이에 반해 김유진의 소설들은 새로운 가능성으로서 동물성에 무게중심을 두고 있다. 이것은 '동물의 인간화'에 해당하는 것으로서, 김유진의 늑대는 "온전한 사람의 얼굴"(34쪽)을 하고 있다. 김유진의 소설은 인간적 가치와 그에 바탕한 문명에 대한 맹렬한 적개심으로 뜨겁게 달아올라 있다. 김유진은 위태롭게까지 여겨지는 뜨거운 열기로 인간다움의 경계를 폐기하는 작업에 몰두하고 있다. 그것은 인간 밖의 지점, 그녀의 소설에 자주 등장하는 마을 너머의 "숲"에서 새로운 가능성을 탐구하는 작업이기도 하다.

「봉섭이 가라사대」와 『소와 함께 여행하는 법』에서 인간과 동물은 그야말로 평등하게 몸을 섞는다. 이들 작품에서 인간과 소는 처음부터 한 몸이었던 것이다. 그 은근한 뜨거움 속에서는 중심과 주변을 논하는 것 자체가 무의미할 지경이다. 그럼에도 두 작품은 미묘하게 갈려지는데, 「봉섭이 가라사대」가 소와 인간의 교감을 통해 잡종공동체의 가능성을 타진하고 있다면, 『소와 함께 여행하는 법』은 한 단계 더 나아가 신화적 상상력을 통해 우주적 차원의 조화를 꿈꾸고 있다. 2000년대 후반에 우리 문학에 출몰하는 동물 형상에는 지금 우리 소설의 핵심적인 문제의식과 상상력이 모두 포함되어 있다고 해도 과언이 아니다. 신도 이데올로기도 떠나버려 창공에는 먼지만 가득한 지금, 우리 삶과 문학의 새로운 가능성은 동물에게서 비롯되는 것인지도 모른다.

종언의 시대를 견뎌내는 새로운 소설들

글쓰기의 본질에 대한 물음

'문학의 죽음'에 대한 이야기가 문학판을 서성이고 있다. 마치 문학의 죽음에 대해 논하는 것이 문학에 대한 가장 수준 높은 논의인 것 같은, 비유하자면 장의사가 최고의 명의인 것처럼 행세하는 아이러니한 시기를 살아가고 있는 것이다. 지금은 그러한 논의마저 힘을 잃어가는 느낌이다. 이는 한국문학이 새롭게 활성화되었기 때문이라기보다는, 이제 '문학의 죽음'이라는 테마는 어느 정도 문학을 업으로 하는 이들에게 내면화되었기 때문이 아닌가 한다. 그럼에도 문학은 죽지 않았다고 말할 수 있을까? 그렇게 말할 수도 있다면, 그 주요한 근거의 하나로 새파랗게 날이 선 새로운 작가들을 들 수 있다. 문학의 죽음을 선언하는 최종 판정의 지분은, 작품의 질과 그것을 담보하기 위해 자신의 운명과 자존을 걸고 있는 치열한 예술혼들에게도 얼마간 돌아가야 하기 때문이다.

명지현의 「이로니, 이디시」(『한국문학』 2008년 가을호)는 몸이 붙어 태어난 쌍둥이의 삶을 통해 글쓰기의 본질이 무엇인가를 묻고 있는 작품이다. 작품의 고비마다에는 중일전쟁, 창씨개명, 히틀러의 유럽 침공, 6·25와 같은 세계사가 원경으로 자리잡고 있다. 이 작품의 화자인 '나'는 특이한 몸을 가진 아씨들을 모셨던 종이다. '나'에 의해 아가씨들의 삶이 관찰되는데, 아씨들이 가장 즐겨하는 일이 이야기를 읽거나 짓는 것이기에, 작품은 자연스럽게 글쓰기에 대한 탐구로 이어진다.

몸이 붙은 기형적인 모습으로 태어난 아씨들은 태어남과 동시에 버려진다. 이후 그녀들은 해주에서 평양을 거쳐 경성에 정착하는 동안 여러 집을 전전한다. 아씨들은 새로운 양부모가 될 독일 사람들에게서 '이로니'와 '이디시'라는 이름을 얻는다. 이후에도 계속해서 새로운 이름을 얻는다. 이름이 "약속이고 신호이고 가면이며, 농담이고, 은유면서, 거울" 그리고 "존재의 이로니"라면, 이름의 변화는 이들의 존재가 매우 불안정한 것임을 보여준다. 아씨들은 선교사들에 의해 양부모들이 사는 서양으로 갈 예정이다. 그러나 양부모에게서는 소식이 끊어진다. 결국에는 '나'도 병든 아버지를 돌보기 위해 아씨들을 떠난다. "어째서, 어째서 다들 아씨들을 버리는 건가. 별도 잘 들지 않는 그 좁은 방 구석에 아씨 둘만 남은 것이다. 결국은, 나도 아씨들을 버린 사람들과 다를 바가 없게" 된 것이다.

「이로니, 이디시」에서 글쓰기는 고통에 대한 자기 고백으로서 정의된다. 정신과전문의 앞에서 이루어지는 일종의 심리상담으로서 기능하는 것이다. 작은아씨의 "남의 험담이나 신세 한탄을 글로 적어 마음을 정화한다는" 말, 세상에 있는 모든 책은 "분해서 써내려간 것이지. 속을 풀어내는 굿 같은 거"라는 말 등에서 이러한 특징을 엿볼 수 있다. '나'는 자신이 겪은 삶의 온갖 고통스런 인생유전을 아씨들에게 이야기한다. 그러자 작은아씨는 "우리가 니의 공책이 되어주었구나"라고 이야기하기도 한다. 그런데 아씨들은 태어날 때부터 몸이 붙어 태어나서

버림받는다. 태생적인 고통을 안고 태어난 이들은 그 존재 자체만으로도 한과 고통을 표상할 수밖에 없으며, 이러한 특징은 자연스럽게 그들을 이야기의 세계로 이끌게 된 것이다.

아씨들과 헤어졌던 '나'는 6·25로 폐허가 된 거리에서 홀몸이 된 한 명의 아씨를 만난다. 다른 사람에게 들은 소식에 의하면, 단장을 짚은 아씨는 "글을 쓰는 사람"이다. 이 아씨는 신기 있는 '나'의 어머니에 의해 "귀신 붙은 여자"로 정의된다. '글을 쓰는 사람＝귀신 붙은 여자'라는 공식이 성립하는 것이다. 엄마는 "책 속에 든 건 죄다 귀신들이 떠드는 말"이라든가 "글이란 게 다 귀신 목소리 아닌가. 귀신이 옆에서 술술 불러주는 대로 글을 쓰고 있을 거라"고 말함으로써, 위의 공식을 다시 한 번 확인해준다.

작은아씨는 자기 몸에서 분리된 큰아씨(귀신)의 목소리까지 대신 내주는 사람이 된다. 그렇다면 글쓰기는 '또하나의 자아를 드러내는 일'로 정의될 수 있다. 또하나의 자아란 보이지는 않지만, 실제로는 늘 붙어 있는 자신 속에 감춰진 특징을 말한다. 이 작품에서 두 아씨의 성격은 어느 정도 구별된다. 큰아씨가 일상적인 행복을 추구한다면, 작은아씨는 일상의 테두리를 벗어난 행복을 추구했던 것이다. 그것은 둘이 정상인과 같은 몸이 되었을 때, 되고자 하는 것을 이야기하는 것에서 선명하게 드러난다.

"만약 홀몸이 된다 해도 저리 살고 싶지는 않아. 조선팔도를 여행하고…… 외국으로 나가 신녀성이 되어 공부를 해야지."

"저 아낙이라고 저리 살고 싶겠어? 나는 저렇게라도 되고 싶다. 나는 고만이처럼 살고 싶어. 부모를 갖고 오라버니나 올케도 있는 그런 집에서 살고 싶어."

이처럼 이 둘은 삶을 바라보는 입장이 서로 다르다. 이제 글을 쓰는 작은아씨는 자신에게서 분리된 큰아씨의 욕망과 삶마저 표현해낼 의무를 지니게 된 것이다. 이처럼 명지현의 「이로니, 이디시」는 글쓰기의 본질에 대한 탐구를 보여주고 있다. 한과 고통의 풀이로서의 글쓰기와 감춰진 또다른 자아의 드러냄으로서의 글쓰기가 그것이다. 뚜렷한 글쓰기의 자의식과 기원을 확보한 작가가 보여줄 글쓰기의 실제를 지켜보는 일이 우리 앞에 놓여 있다.

의자의 힘, 긍정의 힘

"지금 어드메쯤/아침을 몰고 오는 분이 계시옵니다/그분을 위하여/묵은 이 의자를 비워드리지요"로 시작되는 조병화의 시 「의자」는 의자를 매개로 세대 간의 관계에 대해 이야기하고 있는 유명 시이다. 정한아의 「의자」(『문예중앙』 2008년 여름호)도 넓게 보아 이와 같은 의미망 속에 놓여 있다. 다만 조병화의 「의자」가 기성세대의 입장에서 발화한다면, 정한아의 「의자」는 새로운 세대의 자리에서 발화한다는 차이점이 있다.

'나'는 자신보다 열 살이 많은, 더군다나 아내와 사별한 남자와 결혼하려고 한다. 남자의 엄마 말처럼, 어려서부터 함께 자란 전처의 죽음으로 남자는 정상이 아닌 상태이다. 남자는 "그애를 묻을 때 뭔가를 함께 묻어버린" 것이다. 비정상적인 상태는 "감각이 없어질 때까지 손을 씻"는 모습 등으로 나타난다. 남자는 의사로서 슬하에 아이를 두고 있다. 전처의 죽음은 아이에게도 상처를 주고 있다. 아이는 말을 하지 못한다. 결혼 후에 아이는 시댁에서 키울 예정이지만, '나'는 계속해서 신경을 쓴다. 당연한 일이지만 '나'의 엄마는 계속해서 남자와의 결혼을 반대하고 있다.

　전처는 남자와 아이 곁에만 있는 것이 아니라, '나'의 곁에도 머문다. 그녀는 "가끔 그 상냥한 여자가 나를 손님으로 대접하는 악몽을" 꾼다. 이러한 상황에서 '나'가 떠올리는 것이 바로 어린 시절 할머니 집에서 늘 보았던 의자이다. 의자를 찾으러 함양에 내려갈 때 자신도 모르게 "친구를 만나러 간다고" 남자에게 거짓말을 하는 것에서 알 수 있듯이, 의자는 남자와의 결혼을 앞두고 흔들리는 그녀를 보여준다.

　그녀가 찾는 의자는 "천을 덧대거나 못을 박지 않은" "장식이나 조각은 하나도 없는" "등받이는 머리를 받칠 만큼 높고, 손으로 만지면 나뭇결이 느껴지는" 것이다. 가격이나 상품으로 환원될 수 있는 여러 개 중의 하나로서의 의자가 아니라, 그 무엇으로도 환원될 수 없는 '바로 그것'으로서의 고유한 의자이다. 그녀가 원하는 의자는 "할머니의 혼수품 중 하나"로 할머니가 즐겨 사용하던 의자와 똑같은 것이다. 할머니는 그 의자를 만든 사람으로부터 직접 선물 받았다. 그녀는 맞춤 주문을 하러 여러 공방을 다니지만, 돌아오는 것은 사진 속의 의자와 똑같은 것은 만들 수가 없다는 대답뿐이다. 결국 '나'는 할머니의 '바로 그 의자'를 찾기로 하고, 그것이 팔려간 함양으로 향한다.

　의자를 찾는 것은 곧 할머니를 찾는 것이다. 방학 때마다 '나'는 할머니 집에 가고는 했다. "할머니에 대해서 아무것도 아는 게 없"는 '나'가 가끔 할머니를 떠올릴 때면, 할머니는 하루의 일과가 끝났을 때 항상 "커다란 집 한쪽에서 조용히 의자에 앉아 있"다. 할머니의 삶을 표상하는 것이 바로 그녀가 찾고자 하는 '의자'인 것이다. 함양에서 '나'는 할머니에게 의자를 만들어준 남자의 조카를 만난다. 조카는 의자를 만들어준 큰아버지 이야기를 들려준다. 할아버지는 집을 짓는 대목이었고, 할아버지의 일을 이어받은 큰아버지는 대목으로서의 재능이 뛰어났다. 그런데 "큰아버지가 젊었을 때 크게 열병을 앓"은 후에, 큰아버지는 다시는 집을 짓지 않겠다고 선언한다. 그러고는 만든 것이 바로 할머니에게 준 의자이다. 이처럼 할머니가 평생을 함께한 의자에는 바로 큰아버지의 젊음과 인생, 그리고 그와 함께한 시간들이 응축되어 있다.

할머니는 한 남자와의 추억을 그렇게 뒤로하고, 할아버지와 결혼을 했던 것이다. 이 작품에서 그녀가 기억하는 할머니는 남편에게 온갖 정성을 기울이는 모습이다. '나'가 기억하는 할머니는 병으로 쓰러진 할아버지를 지극정성으로 간호한다. "그녀의 하루는 온전히 할아버지에게 속해 있었"던 것이다. 할머니는 누구보다도 자신에게 주어진 운명을 사랑하고, 그것에 최선을 다했다. 의자를 소유하는 행위는 결국 할머니가 지녔던 운명애의 태도를 받아들이는 것에 다름 아니다.

함양에서 돌아온 그녀가 남자의 아이를 시집에 보내지 않는 것은 정해진 수순일 수밖에 없다. 아이를 시집에 데려다주기 위해 트럭에 오른 '나'는 곧 차를 돌려 집으로 돌아온다. 휴게소에서 남녀의 싸움을 본 것 따위는 별로 중요하지 않다. 그녀는 이미 할머니의 삶을, 할머니의 의자를 마음속에 받아들인 후이기 때문이다. "허물어졌던 자신의 방이 다시 메워지는 과정을 하나하나 지켜"본 후에, 아이는 비로소 "엄마"라는 말을 한다. 그렇게 그녀의 삶은 할머니가 그러했듯이 정상적인 궤도에 오르게 된다. '나'는 할머니가 의자에 앉아 느꼈을 "편안함과 부드러움, 기쁨, 그리고 조금의 슬픔"을 그대로 느낀다. 그리고 이러한 감정은, 그 의자가 "어디에나 있는, 눈에 띄지 않는 나무의자였다"는 마지막 문장에서 알 수 있듯이, 현재의 삶을 긍정한 자 누구나에게 주어지는 작은 선물이다. 정한아는 무르익은 장인적 솜씨를 통해 삶에 대한 긍정이 지닌 나뭇결처럼 고운 질감을 훌륭하게 살려내고 있다.

원시의 건강성을 찾아서

　윤보인의 「악취」(『문학과사회』 2008년 가을호)는 냄새를 사랑하는 한 여자의 이야기이다. 그녀가 사랑한 냄새는 "고약한 냄새, 찌든 냄새, 썩는 냄새, 참기 힘든 역겨운 냄새. 하수구에서 나는 오물 냄새, 더러운 바닷가에 떠 있는 기름 냄새, 노인에게서 풍기는 입 냄새, 마늘 냄새, 시체 썩는 냄새"와 같이 사람들이 피하는 악취들이다.

　피터라는 흑인을 사랑하는 이유도 "그에게서 나는 역한 냄새" 때문이다. 역한 냄새는 피터가 가진 가장 중요한 성격을 압축적으로 보여준다. 그녀는 그동안 외국인들과만 사귀어왔다. 첫번째 아일랜드에서 온 바이올린 연주가와 헤어진 이유는 "타인의 시선을 의식하는" 것이 못마땅했기 때문이다. 두번째 케냐 출신의 흑인과 결별한 이유는 씻지 말아달라는 부탁을 듣지 않은 결과, 이내 악취가 사라져버렸기 때문이다. 그녀가 사랑하는 것은 남의 시선을 의식하지 않고, 악취로 표상되는 문명과 질서와도 무관한 존재여야 한다. 피터의 중요한 특징 중의 하나는 "그 어떤 것도 의식하지 않"는다는 것이다. 화가인 피터가 그린 그림이 박쥐인 것도, 박쥐가 지닌 경계적 성격에 비추어 본다면 피터의 존재방식에 어울린다.

　이와 마찬가지로 '나'는 악취의 반대편에 있는 인간이라 할 수 있는, "향수를 뿌린 인간"을 혐오한다. 향수란 원초적인 인간의 모습을 억압 내지는 위장한 문명의 상징으로서 기능하기 때문이다. 집에서 기르는 고양이 젠터스가 청결한 것을 찾자 내쫓아버리려 하는 것도 이와 같은 맥락이다.

　어찌 보면 '나'는 철저하게 질서와 안정이라는 기본적인 틀을 흔들어버리고자 한다. 그녀는 일부러 고기를 사서는 썩게 내버려두고, 집 안도 "언제나 엉망"으로 내버려둔다. "부엌과, 방, 화장실 어디에서든 썩은 냄새가 진동"한다. 그러나 '나'에게, 악취를 즐기는 것은 "취향의 문제"이자 "선택이고 자유"이다. 그녀에게 악취란 존재의 본질적인 성질이기 때문이다. 억압되거나 위장되어 있을 뿐 "사람들의 마음속에도 제각각 쓰레기들이 있"다. 그것은 "더러운 찌꺼기들. 걸러지지 않는 오물들"로서 "버리고 버려도 여전히 남아 있는데, 사람들은 다만 외면하고 있을 뿐이"다. 따라서 "마음속에 쓰레기가 있다고 괴로워"할 필요도, "토해내"려고 할 필요도 없다. 이처럼 윤보인의 「악취」는 감각체계의 급격한 변화, 즉 감성적 혁명을 통해 근본적인 차원에서 '정치적인 작품'이 되고 있다.[1]

　　문명에 대한 반감을 드러내고, 새로운 세상을 열망하는 것으로 냄새가 선택된 것은 특별한 이유가 있다. 후각은 현대사회에서 가장 저열하며 동물적인 감각으로 치부된다. 냄새는 근본적인 내면성과 경계를 뛰어넘는 성향 및 정서적 잠재성 때문에 근대라는 추상적이고 비인격적인 체제를 위협하는 감각으로 여겨지기 때문이다. 그리하여 현대사회에서 시각이 이성과 문명을 주도하는 감각으로 인식되었다면, 후각은 광기와 야만의 감각으로 인식된다. 냄새의 중요성을 강조하는 현대인은 진화가 덜 된 야만인, 변태, 미치광이, 천치 같은 비정상인으로 간주되었다. 따라서 병적으로 악취를 사랑하는 여자는 존재방식 그 자체로 반문명적인 것임을 이해할 수 있다.

　　악취에 대한 '나'의 욕망과 그로 인해 벌어지는 일련의 사건들은 읽는 이에게 '두려운 낯섦(Unheimlich)'의 감정을 준다. 이것은 악취와 관련된 것들이 오래전에는 친숙한 것이었으나 억압을 통해 낯선 것이 되어버렸기 때문이다. 그러한 낯선 것, 즉 억압된 것이 일상으로 귀환해올 때 우리는 '두려운 낯섦'의 감정에 빠질 수밖에 없다. 독자가 이

---

1) 자크 랑시에르, 『감성의 분할』, 오윤성 옮김, 도서출판b, 2008.

소설 속의 '나'를 불쾌하게 느낀다면, 그것은 우리가 냄새의 억압과 상실을 성숙한 인간의 지표로서 받아들인 문명인이기 때문일 것이다.

사회라는 거대한 상징적 체계의 틀로 수렴되지 않는 개인의 고유한 욕망을 집요하게 추구할 때, 그것은 죽음과 맞닿을 수밖에 없다. 나중에 '나'는 피터와 가본 적 있는 저수지를 찾아가 양말을 벗고, 물속으로 들어간다. 물속 깊이 들어갈수록 그녀는 생전 처음으로 맡는 악취를 경험하게 되고, 그것이 자신에게서 나는 것임을 알게 된다. 그녀가 피터가 되는 순간이라고 할 수 있는데, 욕망의 대상과 '나'가 맞닿은 순간은 곧 죽음과 이어지는 순간이기도 하다. 작품의 마지막에 그녀는 "숨찬, 헐떡거림" 속에서 드디어 피터를 만나게 된다. 그녀의 욕망은 매력적인 만큼이나, 목숨을 앗아갈 정도로 치명적이다.

기억과 윤리에 대한 진지한 성찰

윤고은의 「타임캡슐 1994」(웹진 '문장' 2008년 9월)에서 1994년 서울의 현재를 담아 땅속에 묻었던 타임캡슐은, 유통기한이 지나기도 전에 부식되어 땅 위로 끌어올려진다. 이 작품에서 서울의 역사를 담은 타임캡슐은 한 인간의 기억에 대한 비유로서 기능한다. 서울시의 기억을 담은 타임캡슐을 다시 꺼내 그 안에 담긴 소장품들을 정리하고 손질하는 일은, '나'가 애써 의식의 저편에 담아두었던 전처소생의 딸을 회상하는 작업이기도 하다. 땅속 15미터 속이건 의식의 심연이건 "완벽한 밀봉은 어디에도 없"다.

그러나 고정된 기억의 진실은 존재하지 않는다. 타임캡슐이 봉인된 지 14년 만에 거짓으로 밝혀진 업적들처럼, 과거를 기억하는 일은 "재생시간이 다 돌아가도록 고요한 화면을 내뿜는 CD 한 장"을 현재의 관점과 의식에 의하여 새롭게 채우는 작업에 해당한다. 재생되는 것은 영상물이 아니라 결국 "내 기억 저편의 것들"이기에, 임무로 주어진 CD를 정리하는 일은 자신의 기억에 의미를 부여하는 일이기도 하다. "기억 저편의 것들" 중에서 그녀를 가장 짓누르는 일은 남편이 데리고 있던 전처소생의 딸과 관련된 일들이다.

'나'가 남편과 결혼했을 때, 남편에게는 여덟 살 된 딸이 있었다. '나'는 엄마란 말을 강요하는 대신에 안방 문을 열 때는 '노크'할 것을 주문한다. "어둡고 조용한 밤을 견딜 수 없는 아이"는 자다가 안방 문을 열 때는 꼭 노크를 해야만 했다. 이러한 노크는 그녀가 결코 전처소생의 아이를 받아들이지 않고 있음을 의미한다. 그러나 아이는 자신도 모르게 안방으로 달음질치고는 했다. 의식의 영역인 매너는 무서움이라는 무의식의 영역에게 늘 질 수밖에 없었던 것이다. 그러나 '나'는 결코 자기만의 방문을 열어놓으려고 하지 않는다.

아이가 처음 생리를 했을 때도 마찬가지였다. '나'는 다른 엄마들이 그러한 것처럼 "이러이러한 일이 생기면 당황하지 말고 말해라, 이것은 아주 자연스러운 일이다"라고 말하는 대신, "여기다가 이러면 어떡하니"라고 말한다. 곧이어 자신조차 한 번도 써본 적 없는 각종 생리용품을 사온다. 그것 역시도 결국에는 아이에게 "이 집에서 너의 생리 냄새를 풍기지 마라, 너의 생리혈을 흘리지 마라"고 말하는 것에 다름 아니었던 것이다. 아이에게 어른이 된다는 것은 한 달에 한 번, 증거를 인멸하는 범인이 되라는 의미였으며, "초경은 그 신호탄이었고, 그런 죄책감을 가르친 사람은 나였"다.

지하 십오 미터 속에서 나온 공CD를 어떻게 처리할지 몰라 고민하던 '나'는 결국 복원된 다른 물품들과 함께 땅속에 묻어버린다. 그렇다면 이제 그녀는 아이와의 일들도 타임캡슐을 다시 땅속에 묻듯이, 기억의 저편으로 묻어버리고 말 것인가? 그 대신 그녀는 자신 안에 아이를 받아들이는 새로운 삶의 방식을 선택한다.

남편이 암으로 죽자 고모의 집에 맡겨졌던 아이는, 이후 2년을 무탈하게 지내다가 엄마를 찾아가겠다며 가출한다. 가출 소식을 들은 이후부터 '나'는 잠을 설치기 시작한다. 그러고는 아이가 찾아올지도 모르는 이전의 집에서 결코 벗어나지 않는다. 그녀는 싱글 침대에 누워 안방문을 두드릴 수밖에 없었던 아이가 된다. 혼자 누운 침대는 관으로 여겨지며, 밤마다 시간의 마디를 혼자 걷다가는 "어느 순간 격정적인 박자와 화음에 휩싸이면 그 마디를 헤어나기 위해 노크도 없이 내 방문을 두드렸"음을 깨닫게 되는 것이다. 현관문의 비밀번호조차 바꾸지 않는 '나'는 아이가 집으로 오기를 간절히 기다린다.

마지막 장면은 일종의 환상으로 처리되고 있다. 타임캡슐이 봉인된 판석 위에 서 있는 아이를 만나는 것이다. 그곳에서 아이는 "여기 들어올 때 노크했어요"라고 말한다. '나'는 그 한마디에 모든 것이 무장해제된다. 그 무장해제 속에서 비로소 판석 위에 선 둘은 "노크도 문턱도 잠금장치도 필요하지 않을 만큼의 거리, 꼭 그만큼의 거리를 사이에 두고" 잠이 든다. 그 거리는 서로의 방을 유지하면서도, 그것이 고립과 단절이 아닌 조화와 화해로 이어지는 거리일 것이다. 그 거리 속에서 아이는 무럭무럭 자라고, '나'는 심장이 펄떡펄떡 뛰는 박동을 느낀다. 이 박동은 '나'만의 심장이 아닌, 아이를 받아들인 '나'의 심장이 만들어낸 것임에 분명하다. 이 박동에서부터 새로운 삶은 가능해질 것이다. 윤고은의 「타임캡슐 1994」는 기억과 윤리에 대한 진지한 사유를 상상력과 감동으로 버무려낸 수작이다.

다시 문학의 종언론으로 돌아가보자. 종언론의 핵심에는 문학이 더이상 계몽이나 정치라는 도덕적 과제를 감당할 수 없다는 진단이 놓여 있다. 이제 문학은 당대의 핵심적인 정치적 이슈에 대한 대응력을 상실하고, 하나의 오락으로 전락했다는 것이다. 그동안 한국의 많은 평자들이 문학의 죽음에 대한 주요한 논거로 구체적인 현실과의 단절 내지는 무력함을 꼽아왔다.[2] 그러나 지금의 신세대들은 정치와 현실을 이야기하지 않는 것이 아니다. 그것은 기억과 윤리와 감각의 차원에서 작동하는 다른 체제의 정치와 계몽인 것이다. 그렇다면 그 미세한 징후들을 읽어내고, 그것이 담지한 가능성을 사유하는 것이야말로 '종언의 시대'를 견뎌내는 독자의 몫임에 분명하다.

---

2) 김명인(「단자, 상품, 그리고 권력」, 『자명한 것들과의 결별』, 창비, 2004, 239~240쪽)은 2000년대 문학의 특징으로 "파편화, 왜소화, 쇄말화로 요약될 수 있는 문학의 자기위축 혹은 자기모멸"을 들고 있다. 맥락은 다르지만 이광호(「혼종적 글쓰기 혹은 무중력 공간의 탄생 —2000년대 문학의 다른 이름들」, 『문학과사회』 2005년 여름호, 167쪽)도 "2000년대에 와서 공식적인 글쓰기를 시작한 작가들의 경우는, 상대적으로 정치적 죄의식과 역사적 현실의 중력과는 무관한 자리로부터 글쓰기의 존재를 설정할 수 있게 된 것으로 보인다"고 말하고 있다. 이러한 견해들은 모두 현실과의 구체적인 관련성을 상실했거나, 설령 관련성이 있더라도 그것이 개인의 내면적인 차원에서만 이야기되고 있는 것을 2000년대 소설의 주요한 특징으로 꼽고 있다. 다른 평론가들의 입장도 여기서 크게 벗어나지는 않는다.

2000년대 비평의 잉여와 결핍

비평가와 독자, 비평가와 비평가 — 소통 불능은 하나의 운명인가?

문학이 사람들로부터 멀어졌다고 아우성이다. 이러한 아우성은 창작자로부터도, 독자로부터도 동시에 들려온다. 창작자들은 새로운 문제의식에 바탕해 쓰인 작품들에 대한 독자의 무지를, 독자들은 너무나 달라진 작품들의 새로움에 대하여 주로 이야기한다. 그러나 작가와 독자의 거리는 문학의 고유한 숙명이다. 수용미학을 들먹일 것도 없이, 독자의 기대지평에 부합하는 명작이란 존재할 수 없다. 기존의 선이해를 넘어서는 작품만이 문학을, 인생을, 세상을 쇄신할 수 있기 때문이다. 그렇다면, 비평가와 독자 사이의 관계는 어떠할까? 그들 사이에도 숙명처럼 따라붙는 미적 거리가 존재할 수밖에 없는 것일까? 물론 그들 사이에도 거리는 존재한다. 그것은 단순하게 전문화된 사회에서의 분업에 따른 영향일 수도 있지만, 보다 근본적으로는 미적 감수성의 차이에서 비롯된다. 그럼에도 그 거리는 언제나 극복 가능한 것이어야만 한다. 비평이란 창작이기도 하지만, 하나의 매개물이기도 하기 때

문이다. 독자의 선이해를 완전히 넘어서는 비평이란 일종의 형용모순
이다.

그러나 지금의 상황은 오히려 반대이다. 비평이 고유한 창작으로 독
자에게 다가가는 경우는 드문 일이 되었고, 작품과 독자 사이의 매개
물로서 기능하는 경우도 거의 없다. 이것은 비평의 미학적 쇄신을 증
명하는 증거일 수도 있다. 그러나 실상은 그렇게 긍정적이지만은 않
다. 비평과 비평, 비평가와 비평가 사이의 소통을 살펴보아도 사정은
비교적 분명하다. 오늘날의 비평은 독자에게 다가가기 이전에, 동종
업계의 사람들 사이에서도 공감대를 얻는 경우가 힘들다. 이것은 거의
사라지다시피 한 논쟁 문화를 통해서도 발견할 수 있다. 논쟁이란 타
자들 간의 대화이기도 하지만, 공통된 장(場) 안에서의 게임이기도 하
기 때문이다. 비평가들 사이에서도 소통되지 않는 비평이 독자와 소
통하고, 나아가 작품과 독자를 소통하게 한다는 것은 차라리 희망에 가
깝다.

이 글은 이러한 문제의식하에서 이루어지는 최근 비평에 대한 일종
의 말걸기이다. 최근에 간행된 젊은 평론가 세 명의 평론집[1]을 통하여
2000년대 소설이 의미화되는 방식에 대하여 집중적으로 살펴보고자
한다. 이 세 명의 비평가는 독창적인 것이 아니라 할지라도, 비평적 목
소리에 자신의 고유한 인장을 새기는 데에 가장 적극적인 평론가들이
다. 또한 이들의 목소리에는 이 시대 비평의 징후적인 지점이 숨겨져
있다. 특히 두 가지 측면에 초점을 맞추고자 한다. 첫번째는 2000년대
소설을 평가함에 있어 이들이 가장 중요시하는 요소가 무엇인가이고,

---

1) 강유정의 『오이디푸스의 왕』(문학과지성사, 2007), 허윤진의 『5시 57분』(문학과지성사,
 2007), 김형중의 『단 한 권의 책』(문학과지성사, 2008)이 대상이다. 이하 이 책들에서 인
 용할 경우 본문에 쪽수만 표시한다.

두번째는 비평으로서의 당대성을 어떻게 설정하느냐이다. 비평이 문학 연구와 구분되는 것은, 비평이 창작으로서 이 시대와 사회에 대한 일정한 의사 표시라는 점이다. 이러한 맥락에서 비평의 당대성은 검토의 주요 대상일 수밖에 없다. 이들의 비평은 박물관에 놓여진 명화가 아닌 앞으로 나아가기 위해 사용되는 지도로서 독해될 것이다. 이러한 독법이야말로 새로운 비평과 문학을 사유케 할 수 있으며, 이 시대 비평의 전위에 선 자들에 대한 온당한 예우라 믿기 때문이다.

우리는 진정한 새로움을 말하고 있는가 — 강유정의 경우

강유정만큼 2000년대 소설에 대하여 적극적인 의미 부여를 하는 평론가도 찾아보기 힘들다. 그녀에게 최근의 소설은 이전의 소설과는 분명히 다른 새로운 성질의 것이다. 최근의 소설은 "이성의 권능을 과신했던 오이디푸스가 자신의 눈을 멀게 한 후 콜로노스의 숲으로 들어갔듯이 소설은 소설을 죽임으로써 소설의 이데올로기를 전복"(20쪽)한다고 의미 부여된다. 그것은 '눈 뜬 오이디푸스'와 '눈먼 오이디푸스'의 대립적 구도가 설정될 만큼 확연히 다르다. 이러한 구도는 근대소설과 근대 이후의 소설이라는 구도로 연결된다. 근대소설의 핵심적인 특징은 근대적 이성성과 합리성에 바탕했다는 점이다. 이러한 이성성과 합리성을 나타내는 것이 바로 '오이디푸스의 눈'이다. 강유정은 최근 소설에 "의도적인 눈 감기의 행위"(20쪽)가 자주 출몰하는 것이 하나의 증후적인 지점이라 이야기한다. 그처럼 눈 감은 자리를 차지하는 것은 시각이 아닌 여타의 감각들이다. 한유주에게는 '듣는 것'이 되고, 편혜영에게는 '냄새 맡는 것'이 되며, 김중혁과 김애란, 이기호에게 그것은 상상이 자리잡는다는 것이다. 이처럼 선명한 근대소설과 근대 이후의 소설이라는 대립항에서, 그녀가 가치를 부여하는 것은 당연히 후자이다. 그녀는 이성과 내면을 근간으로 한 근대적 소설은 더이상 현실을 반영하지도 도해하지도, 전복할 수도 없다는 이유로 근대소설의 종언을 단언하기 때문이다.

요컨대 근대소설은 더이상 2000년대의 현실과 유의미한 관계를 맺을 수가 없는 것이다. 이에 반해 근대 이후의 소설, 즉 최근 소설은 "달라진 세계와 조응하는 변모"(31쪽)를 보여주는 것으로 인식된다. 이처럼 최근 소설에 대한 의미 부여의 궁극적인 심급은 이전과는 달라진 2000년대 현실과의 조응관계에서 비롯된다. 그렇다면 무엇이 어떻게 달라졌고, 근대소설은 하지 못한 어떠한 방식으로 최근 소설이 달라진 세계와 조응의 변모를 보이는지가 증명되어야 논의의 완결성을 찾을 수 있을 것이다. 먼저 그녀의 2000년대 현실 진단을 살펴보면 다음과 같다.

세계는 다원화되었다. 이는 다른 말로 해서 세계가 더이상 단일한 어휘가 아니라는 뜻이기도 하다. (…) 문제는 삶의 양상이 달라지는 속도가 지나치게 빨라, 동일한 경험의 추체험을 통해 공감대를 형성할 수 있는 시기가 이제 지났다는 사실이다. 소통 가능한 상처, 동일한 기억으로 나올 역사적 상흔이 이제 더이상 없기에 지극히 사적인 환경은 교환되지 않는다. 상처의 내용은 같을지언정 상처를 입는 방식이 달라졌기에 다르다는 사실 자체가 중요한 가늠점으로 대두되는 것이다. 이는 최근의 소설들이 위대한 사소성을 승인하는 윤리이기도 하다.(「콜로노스 숲에서의 글쓰기, 눈먼 오이디푸스의 소설」, 31쪽)

그러니 이러한 세계 진단은 2000년대만의 특징이라고 하기에는 너무나 광범위하다. '세계가 다원화되었다'는 것, '세계가 더이상 단일한 어휘가 아니라는 것' '동일한 경험의 추체험을 통해 공감대를 형성할 수 없다는 것' '소통 가능한 상처, 동일한 기억으로 나을 역사적 상흔이 없다는 것'은 이미 19세기 말에 그 맹아를 보이던 현상이었다. 위의 현상들은 19세기 전성기를 구가했던 리얼리즘이 쇠퇴하게 된 배경과 일치하는 것이자, 모더니즘의 형식실험이 등장하는 배경과 일치한다. 리얼리즘의 쇠퇴는 "1920년대와 30년대에 성행한 소설에 있어서의 실험의 물결은 대체로 중요하고 의미 있는 것에 대한 공감의 붕괴라는 문제를 해결할 수 있는 방책을 제각기 찾으려는 데서 나온 것이다"[2]라는 말처럼, 사람들 사이의 '공동 경험의 축소'와 '공유 경험의 붕괴' 그리고 '경험 교환 가능성에 대한 믿음의 상실'과 연관되어 있기 때문이다.[3] 주지하다시피 리얼리즘은 삶의 실재를 객관적이고 확고불변한 것으로 파악하려 하는 한편 모더니즘은 어디까지나 주관적이며, 따라서 그 정체를 결정할 수 없고 변화무쌍한 것으로 파악하려고 하는 것이다.[4]

우리 문학사에서도 90년대 문학은 기본적으로 이와 같은 상황을 기본 전제로 성립한 것으로 이해되어왔다. '비루한 것의 카니발'(황종연), '또다른 목소리들'(류보선), '푸줏간에 걸린 고기'(신수정) 등의 비평적 어구가 모두 '사소성을 승인하는 윤리'와 관련된 것들임은 새로운 논의를 필요로 하지 않는다. 2000년대 문학을 낳은 현실세계에 대한 진단

---

2) David Daiches, *The Novel and the Modern World*(Chicago: The University of Chicago Press, 1960), p.6.

3) 유종호, 「근대소설과 리얼리즘」, 『문예사조의 새로운 이해』, 오생근·이성원·홍정선 엮음, 문학과지성사, 2000, 95쪽.

4) Walter Pater, "Style", *Selection from Pater*, ed. E. E. Hale(New York: Holt, 1901), p.127. 모더니즘은 객체보다는 주체를, 외적 경험보다는 내적 경험을, 그리고 집단의식보다는 개인의식을 훨씬 더 높이 여긴다. 현상 세계와 인간의 자아 사이에 유기적인 상호 관련성을 인정하던 19세기 작가들과는 달리, 모더니즘 작가들은 모든 가치와 진리가 오직 '나'로부터 출발한다고 굳게 믿는다.

이 이처럼 예각화되지 않은 것이라면, 그에 조응한다는 2000년대 문학 역시 그 고유성이 충분히 드러날 수 없다. 이런 방식의 이해는 2000년대 문학을 세계문학의 차원에서는 계속해서 지속되는 모더니즘의 연속으로, 한국문학사에 있어서도 1990년대 문학의 연속으로 이해할 수밖에 없게 만든다. 그렇다면, 2000년대 소설의 중요한 특징으로 들고 있는 '상상이라는 감각의 세계'란 실상 그리 새로운 것이 아닐지도 모른다. 그녀는 누구보다 충실하게 근대문학의 자장 안에서 근대문학 이후의 소설을 상상하고 있다.

골방에서의 윤리는 가능한가—허윤진의 경우

허윤진은 21세기에 되살아난 신비평가라고 할 만하다. 그녀만큼 문학의 특수성을 예민하게 의식하는 비평가도 드물다. 그 정념이 너무나도 지나쳐 가끔은 그녀가 문학을 물신화하는 모습을 보일 때도 있다. 최근의 소설을 의미 부여하는 것과도 직결된 다음과 같은 대목이 대표적이다.

현재의 소설이 새롭다고 말할 때, 그것이 이전에는 소설 속에 '재현' 되지 않았던 사회현상을 '재-현'하기 때문에 새로운 것인지, 혹은 이전에 이미 재현되었던 사회의 양상을 인식론적인 깊이를 더해서 보다 미학적인 형식으로 구현하고 있기 때문에 새로운 것인지를 보다 명확하게 구분할 필요가 있다. 현재의 사회를 구성하는 물질적인 요소들은 급속하게 변화하고 있기 때문에 그것을 즉자적으로 재현하는 것만으로도 이전의 문학징에는 부재했던 세계를 새롭게 제시하는 것처럼 보일 수 있다. 그러나 이렇게 문화적인 맥락에 종속된 작품은 시간의 시험 앞에서 무력하지 않은가. 시간의 부단한 도전 앞에서 문화적 주석 없이도 독자와 의사소통할 수 있는 작품이 궁극적으로 '새롭다'는 평가를 받을 수 있을 것이다. 그러기 위해서는 사회 안에 있으면서 사회의 변화를 뛰어넘는 지점들을 미적인 언어로 보여주어야 할 것이다. (「Sonogram Archive Serial Number 6002 — 어떤 접속에 관한 기록」, 51쪽)

그녀는 소설에서의 새로움을 두 가지로 나눈다. 작품에 '재현된 사회현상의 새로움'과 '미학적인 형식의 새로움'이 그것이다. 이때 의미를 부여하는 것은 후자이다. 문화적인 맥락에 종속된 작품은 시간의 시험 앞에서는 무력하기 때문이다. 그러나 문제는 '재현된 사회현상의 새로움'과 '미학적인 형식의 새로움'이 구별될 수 있느냐이다. 다음으로 문화적인 맥락을 제거했을 때, 소설작품에 남는 인식적 미학적 요소가 무엇이냐는 것이다. 오늘날 세계문학에서나 한국문학에서 명작으로 일컬어지는 소설은, 모두 당대의 적실한 문제에 대하여 인식론적인 깊이를 더한 미학적 형식의 쇄신을 보여준 작품들이다. 내용/형식의 이분법이 20세기 초에 이미 극복되었다는 것을 생각할 때, 이러한 주장은 받아들이기 힘들다. 일례로 허윤진은 형식에 지나치게 집착한 결과 소설과 음악의 고유한 장르적 특징까지를 혼동하기도 한다. 그녀는 2000년대 소설의 새로운 미학적인 형식으로 한유주의 소설 등에 나타나는 음악적 형식을 들고 있다. 그러나 음악적 형식을 가져오는 것이 예술성을 담보하는 조건일 수는 없다. 소설과 음악 사이에는 본질적으로 뛰어넘을 수 없는 간극이 존재하기 때문이다. 소설의 매체는 어디까지나 언어이다. 이러한 언어에는 아무리 재현의 내용을 지우려고 해도 남는 사회적 의미가 달라붙어 있을 수밖에 없다. 이어지는 단락에서는 이와 같이 형식에 절대적인 가치를 부여하는 허윤진의 태도가 어디서 비롯되는지가 살짝 드러나고 있다.

미래를 예측한다는 것은 현재의 변수들을 최대로 투입한다 해도 결코 측정할 수 없는 가상의 상황을 진실로 알 수 있다고 외치는 것과도 같다. 역사는 거대한 당위성이 아닌 사소한 우연성에 의해서 변해가므로, 우리의 문학적 미래가 어떤 모습을 띠게 될지는 누구도 짐작할 수 없다. 그 미래가 어떠해야 한다고 주장하는 것은 그래서 어리석은 일이리라.(51쪽)

우리가 실천을 하고 행동을 하는 것은 정확하게 미래의 모습을 알기 때문이 아니다. 이제 미래를 예견할 수 있는 역사적 법칙은 더이상 우리의 머리 위에 빛나지 않는다. 다만 자신의 논리와 신념에 따라 조금 더 나은 세상을 향해 조금씩 노력해나갈 뿐이다. 역사에 있어 절대적인 법칙은 없지만, 그렇다고 해서 인간의 몫을 부인할 수는 없다. 그런데 허윤진은 '거대한 당위성'을 부정한 이후 곧바로 '사소한 우연성'을 주장하고 있다. 중간에 마땅히 논의되어야 할 주체의 책임과 결단이라는 항목이 생략되어 있는 것이다. 이때 미래와 수많은 미래 중의 하나인 문학의 미래는 사소한 우연성에 맡겨진 임의적인 흐름에 머물게 된다: 문학적 미래는 예측의 범위를 넘어서고, 그 이상적인 미래를 만들기 위해 노력한다는 것은 '어리석은 일'이 된다.

이러한 '역사 없는 역사'와 '내용 없는 형식'은 윤리의 문제에 있어서도 그대로 반복된다. 그녀는 「춤추는 우울증」이라는 글에서 독특한 윤리관을 내세우고 있다. 이 글은 조증과 울증의 이항대립을 기본구도로 삼고 있다. 조증은 이 시대의 지배적인 정서적 상태로 파악된다. 이러한 조증의 상태는 일인칭 서술자를 내세운 『백치들』『병풍』『캐비닛』과 같은 작품에서도 발견된다. 구체적으로 이들 소설에 나타난 유아론적인 공상은 타인과의 갈등과 더러운 싸움을 부인함으로써 세계를 벗어나려는 시도이다. 우울증이 아닌 조증이 여기서 비롯된다.

허윤진에게 이들 소설은 비윤리적인데, 일인칭 서술자의 내면에는 동일시와 부정을 거쳐 내합된 타자들이 존재하지 않기 때문이다. 조증에 대응할 수 있는 윤리적 주체의 태도는 우울증이다. 이러한 윤리관을 뒷받침하는 소설은 김애란의 「침이 고인다」이다. 후배와 동거하던 주인공은 그녀와의 생활에 점차 불편함을 느끼게 되고, 후배가 생리혈을 이불에 묻히자 결국에는 자신의 방에서 후배를 떠나가게 한다. 그런데 작품의 마지막에 그녀는 후배가 남기고 간 인삼껌을 씹으면서 모종의 씁쓸함을 느낀다. 후배의 어머니는 후배에게 인삼껌을 남겨주고 떠나갔고, 그 이후로 후배는 어머니를 생각하거나 누군가와 이별을 하게 되면 입에 침이 고인다. 그런데 후배를 떠나게 한 그녀는 인삼껌을 씹으며, 후배가 그러했듯이 입에 침이 고인다. 그녀에게 후배는 부재하면서도 육체적 반응을 불러일킬 수 있는 합체된 대상이 된 것이다. 허윤진은 이러한 그녀의 태도가 우울증적 주체의 모습이라고 말한다. 나아가 '내가 아닌 것', 즉 자아의 부정태와 암수한몸을 이루고 있는 우울증적 주체는, 허윤진에게 윤리적 주체로서 매우 긍정적으로 받아들여진다. 그녀는 "이제, 소설은 우울증적 주체에 관한 서사가 되어야"(144쪽) 하며, "우리는 우울증의 상태를 소거할 것이 아니라 오히려 그것에 더 침윤되어야"(146쪽) 한다고 주장한다. 소설 창작이라는 예술적 행위와 삶이라는 존재방식에 있어서 우울증은 제일의적인 지침이 되는 것이다.

　　「침이 고인다」의 그녀는 타인에게 골몰하여 잠을 이루지 못한다. 허윤진은 윤리적인 관점에서 고평하고 있는 「침이 고인다」의 서사를 "인간이 자신의 의지로 잠에서 깨어나는 능동성에서 출발하여, 타인의 존재로 인해 잠들지 못하는 수동성으로 종결된다"(142쪽)고 정리하고 있다. 이외에도 이 글에서는 윤리의 기본적인 조건으로 '수동성' 내지는 '무력감'이 반복적으로 강조된다. 이러한 수동성과 무력감은 조증의 반대편에 놓여 있는 것으로서, "우리는 시대와 불화하기 위해서 행복이 아닌 고통에 대해 물어야 하리라"(130쪽)라는 기본 전제에서 이루어지는 것이다. '수동성' '무력감' '고통'이 소중한 이유는 자기반성적 고민으로 인한 갈등과 고통이야말로 인간을 가장 윤리적인 상태에 놓아두기 때문이다. "'내가 아닌' 존재들이 나의 자족적 세계를 파괴할 수 있는 극단적 수동성의 상태야말로 인간이 타인과 상호주관적인 관계를 맺은 채 살아가는 윤리적 존재임을 입증"(130쪽)한다.

'수동성' '무력감' '고통'을 강조하는 허윤진의 생각은 '고통의 경험'과 '죽음의 감각'에서 타자의 현현을 유비해내는 레비나스의 생각과 닮아 있다. 레비나스에 따르면 타자와의 조우는 절대적인 외부와의 마주침이다.[5] 우리가 만났지만 도저히 파악할 수 없는 것과의 만남. 그것은 고통과 죽음이라는 형태로 '나'에게 나타난다. 그러한 타자 앞에서 '나'는 전적으로 순종하고, 내 죄를 고백하고 참회할 수 있을 뿐이다. 이러한 수동성과 무력감은 조증의 상태가 나타내는 부정적인 가능성, 즉 타자를 동일자로 전유하는 전체주의의 위험성에서 멀리 벗어난 것일 수 있다. 타자와 공동체를 통약 불가능한 절대의 대척점에 놓여 있는 극점으로 파악한 바타유의 '어떤 공동체도 이루지 못한 자들의 공동체', 블랑쇼의 '부정의 공동체' 등은 20세기 인류에게 엄청난 고통을 가져온 나치즘이나 스탈린주의와 같은 전체주의의 망령에 대한 대응으로서 그 적실성을 지닌다.

만약 "그대여, 세상 밖으로 나가지 말라. '어떻게 밖으로 나갈까' 고

---

5) 허윤진은 우울증적 주체와 관련해 "손과 발을 찢어버리는 못 박힘의 고통 속에서, 나를 이렇게 '매달린 사람'의 형상으로 굳어지게 만든 것이 무엇인가를 알 수 없기에 그에 대해 발설하고자 하는 이야기의 욕망이 생겨난다"(145쪽)는 설명을 덧붙이고 있다. 위의 설명에서 '나'가 예수님의 형상임은 쉽게 간파할 수 있다. 이것은 허윤진과 타자를 메시아적 타자성으로 이해한 레비나스와의 공통점을 간접적으로 보여주는 것이다.

민하지 말라. 그대는 내게 진 존재의 빚을 아직 갚지 않았으므로. 그대는 우울증의 상태로 삶과 죽음의 경계에서 줄 타며 살아가야만 한다"(147쪽)는 허윤진의 정언명령이 시대적 울림을 지니기 위해서는, 레비나스와 블랑쇼가 그러했듯이, 허윤진에게도 전체주의처럼 동일성에 바탕한 사유에 대한 뼈저린 반성과 시대적 성찰이 전제되어야 한다. 이러한 현실과의 관련성이 면밀하게 검토되지 않는다면, 이것은 숭고한 파토스를 거느린 또하나의 유행적 레토릭에 머물 수밖에 없다. 그런데 과연 2000년대 후반의 지금이 그토록 전체주의적 사고를 발본적인 지점에서 염려할 정도의 사회라고 볼 수 있는지는 의문이다. 오히려 실상은 그 반대에 가까울 것이다.

우울증에는 근본적으로 개인의 자발적인 행위가 개입할 수 있는 여지가 없다. 우울증이란 대상에게 투자된 리비도가 제대로 철회되지 않은 상태를 말한다. 우리는 대상과 이별하게 되면, 적절한 애도의 과정을 거쳐 정상적인 삶으로 돌아오게 된다. 그런데, 어떠한 이유로 애도의 과정에 문제가 생겼을 때, 대상에 계속해서 고착되며 그 대상과 함께 앓아야만 하는 것이다. 「침이 고인다」의 그녀 역시도 실제로는 후배를 향해 어떠한 연대의 손짓도 내밀지 않는다. 다만 그 후배와 암수한 몸이 되어 "울상인 듯 그렇지 않은 듯 퍽 기괴해 보"이는 표정을 지으며, "깊고 깊은 밤"에 모니터 앞에 우두커니 앉아 있을 뿐이다. 후배는 "부재하면서도 그녀에게 육체적 반응을 불러일으킬 수 있는 합체된 대상"(142쪽)이 되었지만, 그녀의 삶은 여전히 자신의 삶에 머물 뿐이지 후배의 삶과 어떠한 유의미한 관계도 맺으려 하지 않는다. 우울증적 주체는 충분히 애도할 수 없는 어떤 상태를 향해 끊임없이 되돌아갈 뿐이다. 우울증적 주체에게는 원한, 죄의식, 양심의 가책이 매개하는 공동체의 구성원들이 그러하듯이, 개인의 책임과 결단이라는 자발성이 소거되어 있다. 이처럼 우울증이 불러올 수 있는 행위와 진정한 주체의 탄생이란 없다. 우울증에 행위가 있다면, 허윤진도 밝히고 있듯이 "자살이라는 '행위로의 이행'"(128쪽)뿐이다.

손해 보는 승리, 이문 남는 패배 — 김형중의 경우

김형중은 어린 시절 TV에 등장하던 놀라운 능력의 주인공들을 연상시킨다. 그의 머릿속에는 온갖 지식이, 그의 몸에는 온갖 공구들이 내장되어 있어 어떠한 상황을 만나든 자유롭게 헤쳐나가는 듯 보인다. 최근의 비평집에서도 그러한 유능한 모습에는 변함이 없다. 이 비평집을 일관하는 테마는 바로 윤리이다. 이 비평집에서 윤리는 작품에서 얻을 수 있는 하나의 도덕적 태도를 지나 작품 평가의 잣대로서까지 기능한다. 레비나스와 가라타니 고진에게서 배워온 윤리 개념은 작품의 비평 기준으로까지 활용되고 있다. 그렇다면 그가 말하는 윤리의 개념에 대하여 살펴보자.

그는 가라타니 고진의 개념을 빌려와 윤리는 "타자의 외부성을 용인할 때 발생한다"(「성을 사유하는 윤리적 방식 — 최근 한국문학에 나타난 성, 사랑, 가족에 대한 단상들」, 17쪽)고 말한다. 타자를 연민과 동정의 대상, 혹은 질시와 모멸의 대상으로 '이방인화'하지 않을 때 윤리가 발생한다는 것이다. 김형중에게 타자란 근본적으로 동일자의 언어 밖에 있는 자, 절대적 외부성을 용인하지 않는 한 항상 이방인으로 배척받거나 과장되게 이상화되어버리고 마는 자이다. 외부성은 어느새 '절대적 외부성'이 되고, '동일자의 언어 밖에 있는 자'가 된다. 언어를 통한 표상이라 말할 수 있는 문학에 있어 언어 외부에 놓여 있다는 이야기는 표상 불가능하다는 이야기의 미친가지이다. 이런 식의 태도는 비평집의 여러 곳에서 정언명령에 버금가는 확고함으로 표현되고 있다. 타자들의 언어는 "표상 체계 전체의 상이함을 의미"한다거나 "타자가 타자인 것은 그들이 동일자의 표상 체계 밖에 있기 때문이다"(「타자를 소설화하는 몇 가지 방식들」, 355쪽)라는 언명이 대표적이다.[6]

이 주체와 타자 사이에 놓여 있는 심연은 김형중의 비평적 논리 속에서 결코 건너뛸 수 있는 대상이 아니다. 그는 스피박을 빌려와 "타자들은 그들이 우리들의 언어 밖에 있기 때문에 타자"(「성을 사유하는 윤리적 방식」, 33쪽)라고까지 말하고 있기 때문이다. 이와 같은 인식은 "타자가 타자인 것은 그들이 우리의 표상 체계 밖에, 완전히 다른 존재로서, 혹은 그저 그 현전을 끝없이 유보하는 흔적처럼 존재하기 때문이다. 그럴 때 그들에 대해 말한다는 것은 거의 불가능할 정도로 지난한 작업이다"(「국경을 넘는 세 척의 배」, 92쪽)라는 언명으로 이어진다. 표현할 수 없는 것을 표현한다는 것은 논리가 끝난 자리에서나 가능한 것이기 때문이다.

이러한 입장에서 그가 방현석의 「존재의 형식」 「랍스터를 먹는 시간」 혹은 황석영의 『바리데기』를 비판할 때, 타자는 신과 같은 절대적인 외부적 존재이다. 방현석의 소설을 분석하며 그는 "타자가 타자인 것은 그들이 동일자의 표상 체계 밖에 있기 때문이다"라고 말하며, "타자들의 언어는 마치 라캉의 '실재'와 같아서 우리가 속한 상징계 너머에 존재한다. 그리고 알다시피 아버지에 의해 이름을 부여받은 오이디

---

6) 그런데 이러한 윤리 관념에 혼선이 빚어지는 경우가 있다. 김연수의 소설을 분석할 때이다. 「다시 한 달을 가서 설산을 넘으면」을 분석하면서, "타자가 나에게 완벽한 외부이듯이, 나는 타자에게 완벽한 외부"가 될 때, "나는 타자의 타자가 됨으로써 타자와 동등해지고, 동등해진 두 타자 간의 목숨을 건 교통 시도가 윤리를 낳는다"(20쪽)고 말한다. 절대적 외부성에 대한 인정으로서 정의되어온 윤리가, 여기서는 두 타자 간의 교통 시도에 따른 결과로서 새롭게 정의되고 있다. '인정'과 '시도'를 윤리라는 같은 단어로 묶기에는, 둘 사이에 심연이라 할 만한 날카로운 단절이 놓여 있다. 그가 윤리라 이름 짓는 두 가지 차원은 통약될 수 있는 그런 성질의 것이 아니다.

푸스기 이후 우리는 그 누구도 그 상징계 바깥을 구경해본 적이 없다"(356쪽)고 단언한다. 황석영의 『바리데기』에서, 바리가 샤먼으로서 각기 다른 인종과 국적의 사람들에게 치료의 생명수로서 흘리는 눈물을 비판할 때도 타자성은 절대적인 외부성을 지닌 것이다. "눈물은 모든 차이를 무화시키는 눈물"(90쪽)이기에 폭력일 수도 있다. 그것이 폭력이 될 수 있는 것은 "타자의 고통 역시 본초자오선 밖에 절대적인 형태로 존재"(90쪽)하기 때문이다.

김형중의 이러한 비판은 수긍할 수 있는 측면이 있다. 나와 다른 존재로서의 타자에 대한 민감한 자의식이 없다면, 그것이 동일성으로 타자를 전유할 수 있는 가능성은 너무나도 크기 때문이다. 그러한 사례는 얼마 전에 발간된 정도상의 『찔레꽃』(창비, 2008)에서도 확인할 수 있다. 정도상의 『찔레꽃』은 충심의 함흥, 남양, 해림, 선양, 옌지, 한국으로 이어지는 이동경로를 중심으로 탈북자의 문제를 다루고 있다. 그러한 여로는 충심이라는 여인의 성장과 맞물려 있다. 충심이 진정으로 원하는 것은 신분증을 지니는 것이다. 이 소설에서 인간은 신분증이 있는 인간과 없는 인간으로, 세상은 신분증을 받을 수 있는 땅과 없는 땅으로 나뉜다. 이것은 충심의 삶이 특정한 민족국가가 아닌 민족국가라는 근대의 보편적인 사회체제로부터 벗어난 존재임을 의미한다. 이처럼 충심의 삶은 체제로부터 소외되어 떠도는 난민 일반의 문제까지 포괄하는 세계사적 보편성을 획득하게 된다. 남한에서 충심은 그토록 원하던 신분증을 얻게 된다. 그러나 남한에서의 삶 역시 충심에게 인간으로서 요구되는 존엄을 가져다주지 못한다. 적대와 착취의 선은 신분증 없음과 신분증 있음, 즉 국외자와 국민 사이에만 그어지는 것이 아니라 국민 안에도 선명하게 그어지기 때문이다. 충심은 그녀의 노력과는 부관하게 남한이라는 민족국가 내에서 종속적 하위 집단(subalternity)에 머물 뿐이다.

이 소설에서 그려지는 북한 사회나 탈북자는 '절대적 외부성' 혹은 '표상 체계 전체의 상이함'을 의미하는 타자이다. 남한에서의 삶을 체험한 충심이 "휴전선이라든가 군사분계선을 사이에 두고, 이토록 극단적으로 다른 풍경이 펼쳐질 수 있다는 것이 믿어지지 않았다"(213쪽)고 말하는 것처럼, 우리에게 북한에서 나고 자란 탈북자들이란 어쩌면 가장 먼 곳에 놓여 있는 미지의 존재들이기 때문이다. 그렇다면 이러한 타자를 이전에 남한과 그 속의 사람들을 재현하던 방식 그대로 재현한다는 것은 불가능하거나 일종의 전유가 될 수도 있다. 그러한 전유의 양상은 충심과 같은 탈북자들의 한국행을 도와주는 선교사 일행들을 통해 나타난다. 그들은 무엇보다 사진 찍기에 집착하는 모습으로 형상화된다. 그들은 절체절명의 순간에도 카메라와 그것을 통한 사진 찍기를 포기하지 않는다. 중국과 몽골의 국경을 넘는 순간에도 박선교사는 탈북자에게 카메라를 넘기며 "무슨 일이 있어도 촬영을 해야 하고 카메라도 잃어버리지 말라는 당부를 여러 번 남기"(189쪽)는 것이다. 부리부리 아저씨는 이러한 당부에 충실해 국경을 넘는 전 과정을 사진에 담는 데 열중하며, 심지어는 컵라면을 마구 토해내는 영수의 모습을 카메라에 담기까지 한다. 이것은 탈북자와 북한을 카메라 앞에 선 피사체로만 여기는 지극히 폭력적인 시선이다. 여기에 고통받는 자에 대한 동정이나 공감이 존재할 가능성은 전무하다. 선교사 일행이 탈북자를 대하는 태도는 '타자를 동일자로 전유하는 방식'의 전형적인 사례라고 할 수 있다.

그렇다면 타자를 자신의 목적을 이루기 위한 대상으로만 취급하지 않으면서, 타자의 눈을 바라보고 손을 잡는 방법은 무엇일까? 정도상은 그들의 가슴을 열고 들어가 그 안에서 조용히 울려퍼지는 속삭임에 귀를 기울이고자 한다. 충심의 북한생활을 그린 「함흥·2001·안개」와 남한에서의 생활을 그린 「찔레꽃」의 서사가 충심이의 시각으로 전개되는 것이 그 단적인 예이다. 이러한 서술상황으로 인해 충심이 지니는 고민과 삶의 세밀한 질감이 그녀의 입장에서 전달된다.

그러나 아무리 깊이 들어가 그 목소리를 듣고자 해도, 그것이 완전한 객관성에 도달할 수는 없지 않을까? 그것은 정도상뿐만이 아니라 초월자가 아닌 모든 인간에게 해당하는 문제이다. 이 연작소설집의 프롤로그에 해당하는 「겨울, 압록강」은 인간 일반이 지닌 인식론적 한계를 드러내는 것으로 읽히기도 한다. "집 안에 가서 여자를 찾아야 했다"는 문장으로 시작되는 이 소설에서, "정말이지 나는 그 여자를 찾고 싶"(12쪽)어한다. 이러한 갈망은 작품이 진행될수록 더욱더 짙어져만 간다. 그런데 '나'가 만나기를 갈망하는 여인의 성격이 문제적이다. 그녀는 바람을 피우고 폭력을 휘두르는 남편과 이혼하고, 중국으로 건너와 살고 있다. 그런데 그녀는 다른 여자와 살고 있는 남편이 증오스럽지 않느냐는 '나'의 물음에 "증오라니요? 첫 남자인데…… 밉지 않아요"(21쪽)라고 대답한다. 마지막에 '나'는 자신이 그토록 갈망하는 것이 "첫 남자가 밉지 않다던 촌아낙네의 풋풋함"(26쪽)임을 밝히고 있다. '나'가 그리워하는 '촌아낙네의 풋풋함'이란 과연 '나'가 만들어낸 허상이 아니라고 장담할 수 있을까?

충심의 가슴속에 들어가보려는 시도는 여러 가지 한계에도 불과하고 많은 성과들을 낳고 있다. 작가의 귀 기울임을 통해 "북조선이나 중국에서처럼 비루하게 살고 싶진 않았다. 그건 사는 게 아니라 죽지 못하는 것뿐이었다"(214쪽)라는 충심의 속삭임도 듣게 된다. 이러한 속삭임은 『찔레꽃』이 이데올로기적 맹목과는 거리가 먼 자리에 서 있음을 증명한다. 동시에 『찔레꽃』은 탈북자라는 남북한의 증후적 지점을 예리하게 그려낸 동시에 그 문제를 전지구적 차원의 문제인 난민에까지 연결시키고 있는 것이다. 타자를 메시아적인 존재나 미래의 존재로 '성정하여, 그 접근에 너무 많은 통행세를 지불케 하거나 그 시도 자체를 불가능하게 하는 것보다는, 훨씬 더 많은 성과를 얻고 있는지도 모른다.

다시 『바리데기』에 대한 김형중의 논의로 돌아간다면, 바리가 상대하는 수많은 인물들은 당연히 각기 다른 개인으로서의 고유한 개별성을 지니고 있다. 그럼에도 그들은 보편성 또한 지니고 있다. 그들은 기본적으로 이 지구상에 존재하는 수천만 난민 중의 한 명이며, 그 이전에 그들은 모두 고통받는 인간들인 것이다. 타자를 '절대적 외부성'의 자리에 두는 것은, 어떠한 잘못도 범하지 않는다는 점에서 윤리적으로 완벽한 승리일 수도 있겠지만 그것은 일종의 '손해 보는 승리'일지도 모른다.

생성중인 관계를 위하여

강유정, 허윤진, 김형중은 2000년대 소설을 세심하게 가르고, 묶으며, 거기에 명찰을 붙이며 때로는 설명서를 첨부한다. 강유정에게 최근 소설들은 근대소설에 대한 대타적인 존재로서 그 의의를 인정받을 수 있다. 그 대타적인 지점은 시각이 아닌 다른 감각의 활성화와 위대한 사소성을 승인하는 윤리이다. 그러나 감각의 활성화와 위대한 사소성의 승인이 고평되어야 하는 이유로 제시한 2000년대의 특징은, 2000년대만의 특징이라고 하기에는 일반적이다. 허윤진에게 최근 소설을 평가하는 기준은 새로운 미학적 형식의 도입이다. 그것의 구체적인 모습은 김애란, 한유주, 김숨, 김유진, 김태용의 소설들에서 확인할 수 있다. 그러나 형식에 대한 지나친 강조는 소설과 음악을 동일한 층위에 놓는 논리를 낳기도 한다. 그녀의 '내용 없는 형식' '역사 없는 역사'는 '주체 없는 윤리'에 이어진다. 김형중은 작품 평가의 기준에서부터 표나게 윤리를 내세운다. 그것은 2000년대 소설을 평가하는 기본

항목으로 작동할 정도이다. 레비나스와 가라타니 고진의 논의에 맞닿아 있는 그의 논의에서, 타자는 신이나 미래의 존재처럼 동일성으로 환원할 수 없는 절대적인 미지의 존재로 상정된다.

세 명의 비평가가 고평하는 작품들은 대부분 현실의 구체적인 행위나 사건으로부터는 고립되어 있다. 강유정에게 눈먼 오이디푸스의 새로운 소설들은 "'상상'이라는 감각의 세계"(24쪽)를 보여주는 소설들이고, 허윤진에게는 세상 밖으로 나오지 않은 우울증적 주체를 선보이는 소설들이며, 김형중에게는 절대적인 외부성을 지닌 존재로서의 타자관을 보여주는 소설들이다. 이러한 정태적인 구조 속에서 개인은 아무런 소통이나 연대 없이, 떠다니는 행성처럼 부유하게 된다. 그들에게는 애당초 공동체의 윤리와 실천이라는 것이 불가능한 조건으로 선규정되어 있기 때문이다. 따라서 그들에 의하여 호명되는 소설들 역시 위대한 사소성을 승인하거나, 우울증에 빠져 있거나 타자에 다가가려 하지 않는다.

특히 허윤진과 김형중은 행위에 대하여 모두 비판적인 시각을 보여준다. 우울증적 태도에서 행위란 무의미한 것에 불과하고, 탈세속적 사유의 태도에서도 역시 타자는 절대로 도달할 수 없는, 나아가 도달하려고 해서도 안 되는 존재이기 때문이다. 만약 그러한 행동이 가능하다면 그것은 비윤리적인 것이 되기 쉽다. 황석영의 『바리데기』나 방현석의 『랍스터를 먹는 시간』 등이 여기에 해당한다. 김형중은 이들 작품이 존재의 심연을 세심하게 살피는 것도 아니며, 타자를 동일자로 전유하는 전체주의의 위험한 사고방식과도 맞닿아 있다고 파악한다. 탈세속적 사유에서 메시아적 약속은 그것의 급진성 때문에 영원히 하나의 가능성으로만 남아 있어야 한다. 메시아적 타자성으로 나타나는 환원 불가능한 내상으로서의 타자와 어떤 특정한 결정인 행위 사이의 이 불일치는 결코 해소될 수 없는 것이다.

그런데 타자의 절대적인 외부성을 용인하는 순간, 유의미한 공동체를 기획하는 것은 거의 불가능한 일이 되어버린다. 동태적 구조 속에서의 관계가 아닌 정태적 구조 속에서의 실체 혹은 본질로서 타자를 규정지을 때, 윤리의 탄생 지점인 소통과 연대는 불가능하기 때문이다. 공동체의 기획이 가능하다면 그것은 지금-이곳에서는 불가능한 초월로서일 뿐이다. 악수하기 위해서든, 싸우기 위해서든 만날 수 없다면, '나'와 타자는 아무런 실제적 관계도 맺을 수 없다. 따라서 새로운 윤리는 고정된 구조 속의 얼어붙은 관계에 머물러서는 안 된다. 그것은 현실에 대한 무비판적인 긍정으로서 새로운 창조를 낳을 수 없기 때문이다. 거울로 둘러싸인 방에는 수많은 형상들이 살아 움직이지만, 그것은 단지 수많은 '나'일 뿐이다. 그 거울방에 '새로움'이나 '텍스트', 혹은 '타자'를 집어넣더라도 그것은 울리지 않는 메아리가 될 가능성이 크다. 문학이란 끊임없이 소통하고, 그것을 통해 해체되고 재구성되는, 즉 생성중인 관계여야만 한다. 이것은 지젝이 말한 '무로부터의 실천'에 해당하며, 전 존재를 건 도약에 맞먹는 행위일 것이다. 그리고 그 모든 행위의 밑바탕에는 모든 개체들을 '보편적 개별자'로 바라보는 인식이 담겨 있어야 한다. 새로운 문학의 출발점은 이 근방일 것이다.

제2부

역사소설의 신생

역사소설의 새로운 모습

넘어선 것과 넘어서지 못한 것

근대의 문턱에서 넘어진 한 여인의 초상_신경숙의 『리진』론

북한 역사소설의 진정한 새로움_홍석중의 『황진이』를 중심으로

역사소설의 새로운 모습

『칼의 노래』『인간의 힘』『밤은 노래한다』를 중심으로

역사를 재현하다?

횡단의 서사라고 할 만한 것들이 소설계에 붐을 이루고 있다. 횡단의 서사는 우선 공간의 횡단으로 나타나기 쉬운데, '이곳'이 아닌 '저곳', 혹은 이곳이라 할 수도 저곳이라 할 수도 없는 '어딘가'의 이야기들이 활발하게 창작되고 있는 것이다. 이런 소설들을 통해 우리는 타자를 대면하는 방식이나 공동체를 벗어났을 때의 윤리에 대해 고민하게 된다. 이와 함께 횡단의 상상력은 시간을 가로지르기도 한다. 과거의 역사를 소설화했다는 점에서 이들 소설을 역사소설이라 부를 수도 있을 테지만, 그 진상은 이전의 역사소설들과는 여러 측면에서 다르다.

지금까지 주도적인 역사소설의 평가기준은 '현재의 전사(前史)라는 관점에서 과거를 생생히 묘사함으로써 현재에 대한 우리의 인식을 풍부히 하는 것'이라는 루카치의 역사소설론이 보여주는 것처럼, 과거의 역사를 얼마나 충실히 재현했느냐에 놓여 있었다. 실재의 사실을 다루는 역사소설의 경우에는 객관적 재현이라는 리얼리즘의 규칙이 더욱 엄격하게 요구되었던 것이다. 그러나 포스트모더니즘의 언어학적 전환을 거치며 그러한 리얼리즘적 가정은 산산이 부서져나갔으며, 객관적으로 재현해야 할 단일한 리얼리티의 존재 가능성에 대한 회의는 물론이고, 그것을 재현하는 고정된 방식에 대해서도 말할 수 없게 되었다. 오늘날의 소설에서 환상이나 알레고리적 기법이 한 작가나 한 작품의 특질을 말하는 변별적인 기준이 될 수 없을 정도로 일반화된 데에는 이러한 저변의 사정이 영향을 미치고 있는 것이다.

이런 상황에서 오늘날의 작가들은 '사실의 재현'이라는 근대 역사소설의 강박을 역으로 이용해서 실재와 재현에 대한 근본적인 문제들을 탐색하고 있다.[1] 지금의 역사소설에서 시간상의 거리는 정확한 재현을 위해 극복해야 할 부담으로 존재하는 것이 아니라 자유로운 상상력을 펼칠 수 있는 터전으로 작용하고 있는 것이다. 재현의 문제를 통해 이들 소설은 직접적으로 '지금-이곳'의 이야기를 하는 것은 아니지만, 대타자(Other)가 붕괴된 상황 속에 처한 현대인의 곤경과 그로부터 비롯되는 여러 가지 삶의 방식들을 에둘러서 말하고 있다. 이러한 근원적 문제 제기는 인간과 현실에 대한 깊이 있는 성찰 없이 자발적 왜소화의 길을 걷고 있는 2000년대 소설이 처한 난점을 극복할 수 있는 하나의 돌파구가 될 수도 있을 것이다. 이 글에서는 『칼의 노래』『인간의 힘』『밤은 노래한다』[2]를 통해서 오늘날 역사를 다루고 있는 소설들이

---

1) 최근의 역사소설을 논함에 있어 실재와 재현의 관계는 중요한 관심사항이다. 대표적인 것으로 이수형의 논의를 들 수 있는데, 이 글은 '실재'를 형상화하는 방식을 중심으로 『영원한 제국』『칼의 노래』『꾼빠이, 이상』을 검토하고 있다.(이수형, 「실재에 대한 열망」, 『동서문학』 2004년 봄호)

2) 김훈의 『칼의 노래』(생각의나무, 2001), 성석제의 『인간의 힘』(문학과지성사, 2003), 김연수의 『밤은 노래한다』(『파라 21』 2004년 봄호, 여름호, 가을호, 겨울호 이 작품은 이 글이 발표된 이후, 작가의 개삭을 거쳐 2008년 문학과지성사에서 단행본으로 출간되었다). 이하 인용할 경우 『칼의 노래』와 『인간의 힘』은 본문에 쪽수만 표시하고, 『밤은 노래한다』는 해당 호와 쪽수를 함께 표시하기로 한다.

보여주는 새로운 모습을 검토해보고자 한다.

사실의, 사실에 의한, 사실을 위한

『칼의 노래』는 언어의 세계와 사실의 세계라는 선명한 이분법으로
이루어져 있다. 전자의 세계에는 임금, 조정의 중신들, 길삼봉, 도요토
미 히데요시가 속하며, 후자의 세계에는 이순신과 그가 맞서야 하는
바다의 적들이 속한다. 임금이 "언어로써 전쟁을 수행"(195쪽)한다면,
이순신은 "내가 입각해야 할 유일한 현실"(209쪽)인 바다의 논리로만
전쟁을 수행한다. 임금이 상징화된 의미로 전쟁을 수행한다면, 이순신
은 상징화될 수 없는 사실에만 바탕해서 전쟁을 수행하는 것이다.

"임금의 언어는 장려했고 곡진"(194쪽)한 데 반해, 이순신과 그의 부
하들의 언어는 "사실에 입각하"(114쪽)려 할 뿐, 그 이상의 가치 부여나
의미 판단에 개입하지 않는다. 모든 언어와 이름은 이순신에게 있어
"허깨비"(44쪽)이자 "헛것"(18쪽)에 불과하기 때문이다. 이순신에게 의
금부에서 받은 "문초의 내용은 무의미"하며, 왕을 비롯한 중신들은 "헛
것을 정밀하게 짜맞추어 충과 의의 구조물을 만들어가고 있"(18쪽)을
뿐이다. "허깨비"이자 "헛것"에 불과한 길삼봉이라는 이름 역시 산천에
수많은 피를 뿌릴 따름이며, 히데요시 역시 "또다른 길삼봉"(64쪽)에
지나지 않는다. "보았으므로 아"(19쪽)는 이순신에게는 오직 칼로 벨 수
있는 것만이 존재하는 것이다.

조정이 전쟁 전체의 승패보다 가토의 머리에 걸린 정치적 상징성에
목말라하는 것, 임금이 절체절명의 전시라는 상황 속에서 왕릉의 도굴
사건에 집착하는 것을, 이순신은 "가엾고, 또 무서"(179쪽)워한다. 사실
에만 입각해서 세상을 바라보려는 이순신에게 그러한 의미나 상징에

집착하는 행위는 "허망과 무내용을 완성하고 있는 것"(179쪽)에 지나지 않는다. "세상은 뒤엉켜 있었다. 그 뒤엉킴은 말을 걸어볼 수 없이 무내용했다"(165쪽), "이 무내용한 고통의 세상"(203쪽), "세상의 손댈 수 없는 무내용"(301쪽)이라는 표현에서 알 수 있듯이, 이순신에게 이 세상은 무의미함으로 현상된다.

이제 이순신은 실재를 왜곡하는 헛된 의미화나 상징화에 맞서, 전투의 효율적인 수행을 위해 사실에만 집착한다. 『칼의 노래』는 "『난중일기』의 소설적 번안"이란 말이 무색하지 않을 정도로 전쟁에 얽힌 이러저러한 기록으로 이루어져 있다. 정유년 4월 이순신이 의금부에서 풀려나와 노량해전에서 전사할 때까지를 다루고 있는 『칼의 노래』는 명량해전과 노량해전을 중심으로, 그사이에 이루어지는 전투 준비와 전투 장면, 임진년부터 있었던 옥포해전, 당항포해전, 부산포해전 등의 회상으로 서사적 육체가 채워져 있는 것이다. 『칼의 노래』를 지배하는 간결하고 건조한 문체는 정확한 사실에만 의지하고자 하는 이순신의 논리가 반영된 결과이다. '언어에 대한 불신'과, 언어를 넘어선 사물의 실체'에 대한 집착은 '쇠비린내' '날비린내' '젓국 냄새' '아궁이 냄새' '덜 삭은 젓 냄새'와 같은 후각에 대한 강조로 나타난다. 후각이야말로 거짓이 존재할 수 없으며, 가장 비언어적인 감각[3]이라면, 그것은 이순신이 추구하는 세계와 가장 잘 어울리는 감각이 아닐 수 없다.

모든 이데올로기를 부정했을 때, 바다는 생존을 위한 도구적 합리성이 지배하는 거대한 작업장으로 변한다. 이순신은 "농사를 짓듯이, 고기를 잡듯이, 적을 죽"(63쪽)인다.[4] 왜 죽여야 하는지에 대해서는 더이

---

3) 다이앤 애커먼, 『감각의 박물학』, 백영미 옮김, 작가정신, 2004, 20~26쪽.
4) 서영채는 김훈을 논하는 글에서, 이순신을 우륵, 이사부와 더불어 장인으로 명명한다. "사기 기리를 지기면서 자신의 논리와 내적 윤리에, 현과 쇠와 칼의 논리에 충실한 인간, 그것이 김훈의 인물들"(「장인의 기율과 냉소의 미학」, 『문학동네』 2004년 여름호, 338쪽)이라는 것이다.

상 사유하지 않는다. 자신을 죽이려고 하는 '적'이 존재하는 한 이순신은 '염(染)'으로 표상되는 공학적 메커니즘에 따라 효율적이고 합리적으로 자신의 일을 수행하면 되는 것이다. 장졸들 역시 "노무자처럼 일"(214쪽)할 뿐이다. 김훈의 『칼의 노래』는 모든 상징화에 맞서 실재 속에서만 머물려고 하기 때문에 사유하지 않는다.

언어의 세계와 사실의 세계라는 이분법은 너무나 선명한 것이어서 『칼의 노래』에서 둘 사이의 경계나 그 안의 세부를 탐구할 가능성은 배제되어 있다. 이 소설은 작가의 관념이 모든 현실을 미리 규정지은 선험적인 세계이기 때문이다. 이순신이 자신의 정체성을 구성하는 유일한 토대는 칼로 벨 수 있는 "적의 적"(68, 219쪽)이라는 사실뿐이다. 적과 나라는 선명한 이분법 속에서 현실의 세부와 존재의 개별성에 대한 탐구는 이루어질 수 없다. 이와 관련해 이순신이 "모두 각자의 개별적인 울음을 울고 있"(254쪽)는 왜군 포로의 울음을 들으며 "참담"함을 느끼는 대목은 문제적이다. 왜군 포로의 울음이 언어와 사실이라는 이분법에 속하지 않는 개별적인 인간을 표상하는 것이라면, 선험적인 이분법의 관념 속에 갇혀 있는 이순신에게 "칼로 베어지지 않는 그 개별성"은 "나의 적"(255쪽)일 수밖에 없다. 다음의 인용문에서 이순신이 느끼는 참담함은 작가 김훈이 느끼는 참담함이기도 하다.

그 개별성 앞에서 나는 참담했다. 내가 그 개별성 앞에서 무너진다면 나는 나의 전쟁을 수행할 수 없을 것이었다. 그때, 나는 칼을 버리고 저 병신년 이후의 곽재우처럼 안개 내린 산속으로 숨어들어가 개울물을 퍼 먹는 신선이 되어야 마땅할 것이었다. 그러므로 나의 적은 적의 개별성이었다. 울음을 우는 포로들의 얼굴을 들여다보면서 나는 적의 개별성이야말로 나의 적이라는 것을 알았다. (254쪽, 밑줄은 인용자)

무엇이든 상관없는, 그러나 꼭 필요한

『인간의 힘』은 가난한 시골 양반 채동구의 출세기이다. 그는 네 번의 가출과 네 번의 상소를 통해 이름 없는 지방의 유생에서 문경공(文景公)이라는 시호를 받은 존귀한 자로 격상된다. 이 작품은 임진왜란이 끝나가던 16세기 말에 태어나 이괄의 난, 정묘호란, 병자호란을 겪으며 칠십여 년의 세월을 보낸 채이항이라는 실존인물을 기록한 『오봉선생실기』(채광식 역편, 인천 채씨 경헌공파 종문, 1989)를 바탕으로 하고 있다. 주요 등장인물의 이름인 채이항(蔡以恒)이 채동구(蔡東求)로, 몽선(夢善)이 명선(明善)으로, 이후갑(李後甲)이 이원겸으로 바뀐 정도를 『오봉선생실기』와의 차이로 들 수 있다.

『인간의 힘』은 외화와 내화로 이루어진 액자식 구성을 취하고 있다. 이 작품의 외화라 할 수 있는 '서·전생'과 '후·후손들 말을 주고받다'의 시간은 문경공의 '병자 절신 만구 채동구 선생 신도비 고유제'가 이루어지고 있는 현재이며, 내화의 시간은 채동구의 삶을 담고 있는 조선 중기의 과거이다. 내화의 화자는 채동구의 삶을 복원하는 것보다는 여러 텍스트를 바탕에 두고, 채동구의 삶, 나아가 역사의 단일한 의미화에 대한 회의를 드러내는 데 치중하고 있다.

내화에서 서술자의 태도는 병자호란을 배경으로 한 '미투리에 칼을 잡고' 장을 기준으로 전반부와 후반부로 변별된다. 전반부에서 서술자는 전지적인 입장에서 행장 등의 기록이 채동구의 삶을 어떻게 미화했는지를 직접적으로 밝혀낸다. "여기에서 명백히 사실과 부합하는 건 훈봉되고 간관으로 임용된 조상의 음덕으로 군정을 면했다는 것뿐이다. 나머지는 모두 과장된 것이거나 억지에 가깝고, 실상 동구의 마음속 풍경은 쓸쓸하기 그지없었다"(73쪽)와 같이 사실을 분명하게 밝힘으로써 행장 등의 기록이 허구임을 보여주고 있는 것이다. 그러한 과정에서 『만구선생실기』 등에 나타난 동구의 삶과 실제 동구의 삶이 지니는 낙차가 '국가의 위기시마다 가보인 칼을 뽑는데 그때마다 칼집에서 칼이 나오지 않는다'든가, '처음 보는 이에게 피 끓는 우국충정을 토로하고 있는데 눈을 떠보니 상대가 어디로 가고 보이지 않는다'든가 하는 성석제 특유의 능청스러운 입담에 실려 웃음을 유발하고, 긴장을 유지시킨다.

후반부에서는 계속되는 가출이 가져온 채동구의 성장과 맞물려 화자는 전지적인 입장에서 편집자 혹은 연구자의 입장으로 내려앉는다. 서술자는 실기나 상소 등을 실록 등의 정사와 비교해가면서 조심스럽게 그 차이를 지적하는 모습으로 변화된다. "반문을 불러일으키지 않으려는 배려 때문인 듯하다"(198쪽)든가, "은근히 바라서 선택한 단어로 보인다"(201쪽)든가, "누군가 거짓말을 한 것이라 볼 수밖에 없다"(213쪽) 등의 표현에서 서술자의 조심스러운 태도를 읽을 수 있다. 채동구에 대한 서술자의 어조 역시 전반부에서 냉소적이라면, 후반부에서는 동조적이다.

실기나 상소 등을 실록 등의 정사와 비교하고 있는 후반부에서 흥미로운 것은 문집만 "후손에 의해 얼마든지 '편집'이 가능"한 것이 아니라, 필요하다면 "편집하기는 실록 역시 마찬가지"(214쪽)라는 인식이다. 한 개인의 문집이나 야사만이 아니라 정사 역시도 "어느 정도의 사실 조작은 가능한 것"(214쪽)이라는 인식이, 『인간의 힘』이 보여주는 유연성의 바탕에 놓여 있는 것이다. "실록은 실록, 행장은 행장, 전해지는 이야기는 이야기대로 나름의 진실을 갖고 있으나, 어느 편도 완전하다고 할 수는 없을 것이다"(238쪽)라는 인식의 틀을 바탕으로, 작가는 자료들의 숲을 횡단하면서 하나로 규정할 수 없는 미정형의 채동구라는 인간을 자유롭게 새겨넣고 있다. 어차피 모든 기록이 '사실 조작'이라면 객관적인 재현의 가능성은 존재할 수 없기 때문이다. 다음의 인용문에서처럼 이제 서술자는 더이상 진실이나 재현의 문제에 관심을 가지지 않는다.

> '오재오두'고 '오재오천'이고 조정의 공식 기록에 언급되어 있지 않기는 마찬가지다. (…)
> "내가 내 뜻을 지키고(吾守吾志), 내 임금에게 내 뜻을 고하였다(吾告吾君)"라고, 김상헌이 의주에서 용골대에게 한 말을 배워서 썼다고 볼 수도 있겠다. 그랬다면 또 어떤가. 동구가 청의 수도인 심양 형부에서 이런 말과 행동을 했음은 행장, 묘지명, 시장, 묘갈명의 기록과 3백 년이 넘게 전해지는 이야기에 일관되게 나타나고 있다. 사실이 아니면 어떤가.(240쪽)

리듬마저 느껴지는 "그랬다면 또 어떤가" "사실이 아니면 어떤가"라는 말의 반복 속에서 역사적 사실의 진위 여부나 재현의 정확성에 대한 판단이 개입될 여지는 없다. 이제 초점은 작품의 마지막에 외숙의 "난 이 어른이 뭘 했느냐가 문제가 아니라 어떻게 했느냐가 중요하다고 생각하네"(259쪽)라는 말처럼, 신념의 내용이 아닌 신념에 대한 태도에 놓인다. 채동구의 신념으로 인해 어이없게 희생된 명선이 그토록 고평되는 이유도, 청나라의 법정에서 채동구가 그렇게 큰소리를 칠 수 있었던 것도, 그들이 왜 그런 행동을 했느냐와는 상관없이 자신의 신념을 초지일관 수행했기 때문인 것이다. "신념이 옳다 그르다가 문제가 아니라 끝까지 변함없이 그걸 지킨 것"(259쪽)이 중요한 것이라면, 우리는 더이상 동구의 신념인 '숭명반청(崇明反淸)'에 대해 왈가왈부할 수 없다. 성석제는 수백 년 전 채동구라는 인물을 통해 인간에게 가장 중요한 것은 신념을 지켜나가는 변함없는 태도임을 말하고 있다. '인간의 힘'을 발휘하기 위해서는 개인들의 삶을 규정하는 표상 체계 혹은 이야기 체계가 반드시 필요해진 것이다. 이때의 이데올로기는 채동구의 양광(佯狂)한 삶과 명선의 어리숙함마저도 용납할 수 있는 넉넉한 것이라는 사실 또한 잊어서는 안 된다.

해란강을 비추는 찬란한 빛

『칼의 노래』가 모든 상징화에 대해 선험적으로 부정했고, 『인간의 힘』이 모든 상징화를 동일한 층위에 두었다면, 『밤은 노래한다』는 진실의 상징화 가능성을 포기하지 않는다. 나아가 그 탐색의 과정 자체가 고스란히 서사가 되고 있다는 점에서 독특하다. 『밤은 노래한다』는 민생단[5] 사건을 중심으로 1930년대 항일무장독립군 문제를 다루고 있다. 추리소설적 구성을 취하고 있는 이 작품에서 진실과 거짓의 경계는 더욱더 모호해져 있다. 그러나 여타의 추리소설과 다른 것은, 의문에 대한 해명이 이루어지지 않는다는 것이다. 작품의 서사를 추동하는 근본적인 의문인 '박길룡이 민생단인지 아닌지' '정희가 자살한 이유와 그녀가 진정으로 사랑한 사람이 누구인지' 등은 끝끝내 알려지지 않는다. 오히려 서사가 진행될수록 그러한 불투명함과 의문은 더욱더 증폭되는 경향을 보여주고 있다. 이정희가 자살 직전 쪽지에 쓴 "당신만을 사랑해요. 미안해요. 지금 당장 피하세요."(봄호, 177쪽)라는 짧은 문장의 '당신'이 누구인지는 마지막까지 밝혀지지 않는다. 이와 같은 맥락에서 작품에는 "그건 완벽한 세계가 아니라, 완벽하게 가짜인 세계"(봄호, 193쪽)라거나, "모든 것들이 환영에 불과"(봄호, 196쪽)했다거나,

---

5) 1932년 2월 간도에서 박석윤, 조병상 등의 친일파들이 만든 정치조직으로서 8개월 만에 해산되었으며, '한인특별자치구'의 설치를 구호로 내세웠다.

"내가 아는 세계가 진짜 세계가 맞는 것인지 아닌지 알 길이 없어졌다"(봄호, 201쪽), 혹은 "현실이란 내 몸의 여러 감각들이 만들어내는 환각에 불과한 것"(가을호, 125쪽) 등의 진술이 곳곳에 나온다.

『밤은 노래한다』는 "1932년 11월의 어느 눈 내리던 초겨울 아침, 버드나무 아래 쌓인 눈무지 속에서 삐죽 튀어나온 발가락이 들려"(봄호, 155쪽)주는 이야기이다. 여기서의 발가락은 '나', 즉 남만주철도회사 영선과에 근무했던 인텔리 김해연의 발가락으로서, 1932년 11월의 어느 눈 내리던 초겨울 아침은 이정희의 죽음과 그로 인해 엿보게 된 삶의 불가해성으로 인해 그가 자살을 시도한 시점이다. 발가락에 의지할 수밖에 없는 이유는 간도에서 살아가는 사람들의 운명은 남만주철도회사 조사부와 관동군 사령부가 결정한 "환상"(봄호, 157쪽)에 불과하기 때문이다. 사회적 네트워크에 속한 '나'는 결코 진실을 알 수 없기에 발가락만이 진실을 말할 수 있다.

『밤은 노래한다』의 서사는 엘리트로 편안한 생활을 할 수 있는 만철 직원 '나'가 진실을 알고 싶다는 강한 열망으로 두 차례에 걸친 행위(act)를 함으로써 진행된다. 첫번째는 경성으로 돌아가 조선총독부에 취직하는 것을 그만두고 유격구로 향하는 것이고, 두번째는 어랑촌 유격구가 토벌대의 공격을 받았을 때 목숨을 걸고 그 현장에 끝까지 남는 것이다. '나'는 "경성으로 돌아갔다면 당신은 이런 진실 따위는 보지도 않고 삶을 마감할 수도 있었을 것"이지만, "진실을 알겠노라고"(가을호, 147쪽) 유격구에 남는다. 여옥을 만나기 위해 약수동으로 가던 길 위에서 이루어진 두번째의 결단도 "진실을 알고 싶었기 때문"(가을호, 174쪽)에 이루어진다. 자신의 전존재를 걸고서라도 포기할 수 없는 진실에 대한 열망이 『밤은 노래한다』의 서사를 가능하게 하는 것이다.

일제가 만들어놓은 선로를 벗어나 광야로 향했을 때, 김해연은 그토록 열망하던 진실을 볼 수 있었을까? 그러나 적극적인 행위를 통해 그가 발견한 세계는 이데올로기적 환영에 물들지 않은 진실의 세계와는 무관하다. 그가 발견한 것은 일제가 만들어놓은 "높은 담장과 포대와 철조망으로 유지되는 세계"(봄호, 156쪽)는 아니지만, 또다른 이데올로기에 의해 만들어진 또다른 유리병 속의 세계이기 때문이다. 김해연이 택한 유격구가 또하나의 유리병 속 세계임은, 그 유격구를 소멸시키는 결정적인 이유가 되는 민생단을 둘러싼 논란에서 극적으로 드러난다. 민생단원으로 지목받는 것이 사형선고나 다름없는 상황에서, 그 지목을 받은 사람이 민생단원이라는 감투에서 벗어날 수 있는 방법은 없다. 당원들은 민생단을 객관적으로 볼 수는 없으며, 지젝이 '현실을 바라보는 프레임'이라 부른 환상(fantasy)을 통해서만 바라볼 수 있기 때문이다.

민생단을 찾으려는 사람의 눈에는 "지주, 부농 가정 출신인 자, 문장이나 쓸 줄 아는 지식인, 노간부, 과거 조선독립군과 조선공산당 당파에 참가했던 자, 공작중에 실수가 있었던 자, 유격구의 생활 곤란에 불평이 있는 자, 심지어는 식사중에 밥알을 흘린 사람까지도 모두 민생단"(가을호, 165쪽)이다. 민생단의 핵심적인 구호는 "한인 소비에트를 획책하고 한국 독립의 구호를 주장"(겨울호, 159쪽)한다는 것인데, 그것은 조선 혁명을 위해 중국 혁명에 나선 이중임무의 수행자들인 유격구 내의 모든 공산주의자들이 추구하는 것이기도 하다. 그렇기 때문에 그들은 "견결하고 용맹스런 공산주의자이자 국제주의자"인 동시에 아무리 고문해도 절대로 자신의 정체를 밝히지 않던 "일제의 앞잡이"(가을호, 172쪽)인 민생단원이 될 수 있다. "간도 땅에서 살아가는 조선인들은 죽지 않는 한, 자신이 누구인지 말할 수 없는 존재"(겨울호, 141쪽)들인 것이다. 간도의 공산주의자들은 1933년에 들어 본격화된 일본군의 토벌을 비롯한 여러 가지 유격구의 문제를 민생단이라는 타자를 설정함으로써 극복하고자 했던 것이다. 민생단은 간도의 소비에트가 자신을 보위하는 것이 불가능하며 당은 무오류의 절대적 존재가 아님을 은폐하는 하나의 허구적 형상이다.

결국 진실을 보기 위해 삶의 모든 것을 포기한 채 유격구를 향했고, 끝까지 남아 그곳의 최후를 지켜봤던 김해연은 그토록 원했던 진실 그 자체에는 다가가지 못한다. 아비규환의 참상 속에서 그가 본 것은 이데올로기로 물든 또하나의 환상일 뿐이기 때문이다. 그렇다고 진실에의 도달 가능성을 포기했다고 단정지을 수는 없다. 그러한 가능성이 작품의 마지막에 상징적으로 표현되어 있기 때문이다. 『밤은 노래한다』는 김해연이 영국더기에 섰을 때 햇살이 비친 해란강이 찬란하게 빛나고, 그가 "언덕에 서서 그 빛들 하나하나를 바라"(겨울호, 183쪽)보는 것으로 끝난다. 『밤은 노래한다』와 비슷한 시기에 쓰인 단편소설들에는 삶과 역사의 우연과 불확실성, 혼돈을 나타내는 하나의 상징물로 비 혹은 눈이 내리고 있었다.[6] 『밤은 노래한다』의 1부에서도 김해연이 멀리 영국더기가 보이는 곳이자 정희가 목을 맨 버드나무에 섰을 때, 그곳에는 첫눈이 내리고 있었다. 그러나 김해연이 자신의 전 존재를 건 모험을 끝내고 다시 영국더기에 섰을 때, '눈'은 어느새 찬란한 '빛'으로 변해 있다. 그 '빛'은 진실을 찾기 위해 상징적 죽음까지도 마다하지 않았던 자가 발견한 진실의 비유적 표현이 아닐까. 이 빛을 보기 위해 김해연은 땀을 닦을 시간도 없이 숨 가쁘게 만주의 광야를 '발가락'이 되어 떠돌았던 것이다.

---

6) 황도경은 이 비를 "굵고 사소하고 말해질 수 없고 설명될 수 없는 것, 그러면서도 가장 깊은 곳까지 스며들어 삶을 온통 뒤흔들어놓는, 삶의 진실을 환기시키는 계기"(「'검은 선들'의 행로, 그 슬픈 농담을 위하여」, 『문학동네』 2005년 가을호, 131쪽)라고 말하고 있다.

'지금-이곳'의 이야기

『칼의 노래』『인간의 힘』『밤은 노래한다』는 모두 역사적 진실을 상정하고, 그것을 객관적으로 재현해야 한다는 입장에서 벗어나 있다. 실재는 그 자체로 인식될 수 있는 것이 아니라 의미화를 통해서만 인식될 수 있는 것이라면, 위의 작품들이 공유하는 이러한 특징은 상징계적 효력의 소멸과 대타자의 부재라는 2000년대의 상황에서 비롯되는 것으로 볼 수 있다. 이러한 상황에 맞서서 오늘날의 소설이 보여주고 있는 대표적인 방법은 나르시시즘적인 상태에서 스스로 자기에게 가치를 부여하는 것이라고 말할 수 있다. '나르시시즘적 자아의 상상적 절대화'라 부를 수 있는 그것은, 자아를 드러내는 빈 스크린이나 거울로 세상을 상정함으로써 세상을 또하나의 자아로 만들어버리는 방식이다. 위에서 살펴본 역사소설들은 그것과는 다른 방식으로 2000년대의 상황과 맞서고 있는 것으로 보인다.

『칼의 노래』에서는 선험적으로 모든 상징화에 저항하여 사물 그 자체에만 집중하는 초인적 주인공을 내세우고 있다. 이때 서사의 육체를 채우는 것은 온갖 악취와 비명으로 가득한 전쟁터의 카메라적 재현이다. 『칼의 노래』는 대타자와의 관계 속에서 주체 위치를 결정하고 그러한 위치에서 세상을 바라보는 과정을 생략한 채, 직접적으로 실재와 대면하고자 하는 것이다. 『인간의 힘』에서 '인간의 힘'은 변함없는 신념과 그것을 실현하기 위한 고투의 과정 속에서만 가능한 것이기에, 신념(이데올로기)은 반드시 존재해야만 한다. 이러한 의식과 어떠한 이데올로기도 대타자로 삼을 수 없는 지금의 상황이 어우러져 창작된 것이 바로 『인간의 힘』이다. 이 작품에서 우리는 신념의 내용을 괄호 치고 오직 형식(태도)만을 문제 삼는 입장을 확인할 수 있다. 『칼의 노래』가 모든 상징화에 맞서 실재 속에서만 머물려고 하기 때문에 사유하지 않는다면, 성석제의『인간의 힘』은 모든 의미화나 상징화를 동일한 층위에 둔 채 오직 태도나 형식만을 문제 삼기에 사유하지 않는다. 이에 비해 김연수는 진실에의 도달 가능성에 대한 열망을 포기하지 않는다. 그것이 해답 없는 물음표와 매캐한 포연으로 가득한『밤은 노래한다』로 육화되어 나타나 있는 것이다. 김훈과 성석제가 실재의 의미화에 대하여 지극히 회의적이라면, 김연수는 진실의 파악 가능성에 대한 희망을 놓지 않고 있는 것이다.

재현이라는 미학적 난제를 안고 출발할 수밖에 없었던 2000년대의 역사소설들은 각기 다른 윤리적 태도를 보여주고 있다. 김훈과 성석제는 사실의 재현에 있어 같은 입장에서 출발했지만, 결론은 상반되는 삶의 태도로 나타난다. 모든 의미화가 허구일 수밖에 없기에 김훈이 모든 이데올로기를 부정하고자 한다면, 똑같은 이유에서 성석제는 이데올로기를 긍정하는 것이다. 긍정하든 부정하든 결과적으로 이순신과 채동구는 그들에게 부여된 사회적 역할에서 한 치도 벗어나지 않으며, 마찬가지로 그러한 역할을 부여한 사회적 문법 역시 조금의 충격도 받지 않는다. 진실에 대한 열망을 포기하지 않는『밤은 노래한다』에서는 자신의 전 존재를 거는 행위를 통해 새로운 사회적 질서의 탄생 가능성을 어렴풋이 보여주고 있다.

넘어선 것과 넘어서지 못한 것

역사소설과 네이션 스테이트(Nation-State)

"역사는 역사가와 사실이 상호작용하는 끊임없는 대화"(E. H. 카 Carr)라는 명제가 가르쳐주듯이, 역사의 기술이란 결국 현재의 문제의 식이 과거의 사실에 끊임없이 작용한 결과라고 할 수 있다. 요즈음 들 어 활발하게 창작되고 있는 역사소설들의 가장 큰 특징으로 들 수 있 는 것은 다양성이다. 하나의 주조로 묶어내는 것이 불가능할 만큼 다 양한 주제를 다양한 시각에서 다양한 방법으로 다룬 역사소설들이 쓰 이고 있는 것이다. 실재와 재현의 관계에 대한 집요한 탐색을 보여주 는 소설들(『나는 유령작가입니다』『밤은 노래한다』), 역사적 공간을 빌려 스노비즘이라는 삶의 방식을 독백적으로 발화하는 소설들(『칼의 노래』 『현의 노래』『남한산성』), 여성주의적 시각에서 역사적 인물을 재해석하 는 소설들(『미실』『논개』『황진이』) 등등. 이러한 다양화는 현재를 바라 보는 시각의 다양성과 분열성을 증명하는 것이다. 그리하여 오늘 우리 가 보는 역사는 수많은 스펙트럼을 통해 다양하게 비치고 있다.

현실을 보는 다양한 스펙트럼에 의하여 해체되는 기존 역사소설의 모습 중 대표적인 것은 '내셔널 히스토리로서의 역사소설'이다. 본래 소설은 신문과 더불어 민족이라는 상상의 공동체를 재현하는 기술적 수단을 제공했다. 소설은 벤야민이 말한 '동질적이고 공허한 시간(homogeneous empty time)' 안에 존재하는 동시대인이라는 동시성의 관념을 낳는 것이다. 소설에 등장하는 수많은 인생들은 동일한 시기에 동일한 사회에 살고 있다는 사실에 의해서 동시에 등장한다. 이러한 소설을 읽는 독자들은 실생활에서의 접촉 여부와는 무관하게 같은 시간대에 존재하는 사람들이 있으며 자신과 이들이 동시대인으로서 동일한 사회적 실재 안에 있다는 상상을 하게 되는 것이다.[1] 이처럼 소설은 민족과 그 근원에서부터 깊이 결부되어 있는 문학 장르이다.

특히 역사소설이 네이션 스테이트와 맺는 관계는 더욱 긴밀하다고 할 수 있다. 소설이 동시대를 사는 사람들에 대한 상상을 통해 서로 간의 친교와 공동체 의식을 상상할 수 있는 기반을 제공한다면, 역사소설은 현재의 독자들에게 과거 사건에 대한 공감적 동일화를 꾀함으로써, 현재를 살아가는 독자와 과거 사람들 사이에 새로운 형태의 상상적 연계를 창출하기 때문이다.[2] 동시에 역사소설에서 그려지는 과거 사회는 대개의 경우 국민국가라는 공간적인 틀도 부여한다. 그리하여 역사소설은 근대인들이 국가라는 조건 속에서 과거를 상상하도록 부추기는 주요한 매체의 하나가 되어왔다. 근대의 역사서와 근대 역사소

---

1) 베네딕트 앤더슨, 『상상의 공동체』, 윤형숙 옮김, 나남출판, 2002, 46~58쪽.

2) 역사소설을 통해 사람들은 과거의 과정을 현재에 투영함으로써 자신의 인생이 역사의 힘에 의해 형성되는 것으로 인식하게끔 된다. 또한 독자는 개인적 의식을 시간적으로 역행시켜 과거에 살았던 보통 사람들의 행동을 상상적으로 재구성하고 윤리적으로 음미함으로써 그것을 역사적 사건의 추이에 기여하는 것으로 보게끔 된다.(테사 모리스-스즈키, 「상상할 수 없는 과거─역사소설의 지평」, 『우리 안의 과거』, 김경원 옮김, 휴머니스트, 2006, 62쪽)

설 모두 국가 건설의 과정과 밀접하게 결부되어 있는 것이다.[3]

우리 역사소설의 역사는 역사소설이 내셔널 히스토리로서 작용하는 전형적인 사례라고 해도 과언이 아니다. 역사물이 전성기를 이루었던 시기는 민족국가가 큰 위기에 처했던 시기였으며, 그 시기 역사소설에 대한 논의는 민족 담론의 자장 안에서 이루어졌던 것이다. 여러 편의 역사전기물을 쓴 바 있는 신채호는 『을지문덕』(1908) 서문에서 "과거의 영웅을 그려 미래의 영웅을 불러온다"는 영웅대망론을 밝힌 바 있다. 과거를 그려내는 본의는 현재의 민족적 위기를 극복해나가기 위함임을 분명히 밝히고 있는 것이다. 식민지 시기에 쓰인 본격적인 역사소설들은 크게 보아 이러한 인식론적 범위 안에서 창작된 것들이다. 7, 80년대에 창작된 역사소설들, 즉 민중을 주체로 내세운 민족주의를 표방한 역사소설들은, 파행적인 관(官) 주도 민족주의에 대한 대항담론으로서 기능해왔다고 말할 수 있다. 이처럼 우리의 역사소설은 내셔널리즘과 나란히 놓여 있는 담론체계였던 것이다.

내셔널 히스토리로서 기능하는 역사소설은 국민국가라는 공간적인 틀을 부여하기 위해서라도, 현재 한민족의 영토 내에서 벌어진 과거 사건을 다루어왔다. 당연히 그 주인공은 공감적 연계를 끌어낼 수 있는 우리 민족의 인물로 한정되어왔다. 지금까지의 역사소설들은 대개 토박이들이 고향에서 벌인 과거 사건에 집중되어 있었던 것이다. 반면 2000년대 역사소설은 작품이 배경으로 삼고 있는 시공이 더이상 한반도로 한정되지 않는다는 특징을 보인다. 오늘의 역사소설은 탯줄이 묻혀 있는 고향을 벗어나, 지구적인 차원으로 확대된 시공 속에서 새롭게 출발하고 있는 것이다. 『검은 꽃』과 『심청』은 그 출발점이다. 두 작품은 이후 국제적 시공과 이방인을 주인공으로 내세운 2000년대 역사

---

3) 같은 책, 74쪽.

소설이 선보일 민족과 공동체에 대한 사유를 이해할 수 있는 하나의 가늠자 역할을 할 수 있을 것이다.

『검은 꽃』은 민족국가에 대한 끊임없는 조롱과 경멸로 시작되지만, 후반부로 갈수록 대부분의 인물들은 곰소 나루 무당의 주술에 걸린 박광수와 같이 '국가 만들기'라는 주술에 들리게 된다. 종교적 제의와 공동체를 향한 열정이 동일한 차원에 놓여 전개되는 양상은, 메시아적 시간 안에서 살던 종교공동체가 힘을 잃은 시기에 그 자리를 대신해 등장한 대안적 공동체가 민족이라는 것을 작가가 인식한 결과로 보인다. 이성적이고 논리적인 차원에서는 철저하게 부정되는 내셔널한 욕망은, 열정의 차원에서는 강력한 힘으로 남아 사람들을 지배한다. 그러한 열정이 신비주의적 주술에 불과할지라도, 그것은 논리나 이성보다 훨씬 더 강력하다. 벗어나야 하지만, 벗어날 수 없는 것. 그것이 바로 『검은 꽃』이 그려 보인, 공동체를 향한 인간의 태도인 것이다. 반면에 『심청』은 공동체에 대한 일관된 태도를 보여준다. 애초에 공동체로부터 배제된 삶에서 출발했기에, 그녀는 공동체를 비판하거나 부정하지도 않으며, 더군다나 '너희'와 구분되는 '우리'만의 공동체를 욕망하지도 않는다. 그녀는 일관되게, 알 수 없고 예측하기 어려운 불가해한 타자를 상대하며 그들과의 연대의 장을 마련하는 식으로 황해의 높은 파도를 헤쳐나간다. 그녀가 마지막으로 황주 복숭아골에 가서 자신의 위패를 태우는 모습은, 어떠한 공동체에도 속하지 않은 자의 완성된 모습을 보여주는 것이다. 이처럼 두 편의 소설은 공동체에 대한 정반대의 태도를 보인다.

『검은 꽃』과 『심청』은 작품의 시공간이 국제적으로 확대되었다고 해서, 자동적으로 '내셔널 히스토리로서의 역사소설'을 넘어서거나, 작품의 질이 보장되는 것은 아님을 보여주고 있다. 그러나 두 작품이 선구적으로 2000년대 역사소설이 감당해야 할 새로운 역할을 제시했음은 아무도 부인할 수 없을 것이다. 요즈음 공동체에 대한 새로운 사유를 보여주는 역사소설들은 두 소설의 성과와 한계를 받아 안으면서 새롭게 나아가고 있다. 그러한 새로움 중의 하나로 이 땅의 토박이가 아닌 이방인의 등장과 전쟁(내전이 아닌 국제전으로서의 전쟁)이라는 무한 적대의 상황이 배경으로 설정되는 것을 들 수 있다. 전쟁이라는 배경과 외국인의 시각은 필연적으로 민족공동체를 둘러싼 여러 경계의 문제를 좀더 근본적인 차원에서 사유하게 만든다.[4]

민족의, 민족에 의한, 민족을 위한

조정래의 『오 하느님』은 소학교를 졸업한 소작농의 아들이라는 이유로 일본군으로 '지명'(지원이 아닌)당한 신길만을 중심으로 한 조선인들이 일본군에서 소련군 포로로, 소련군에서 독일군 포로로, 독일군에서 미군 포로가 되고, 다시 소련으로 돌아가 학살당한다는 이야기이다. 이러한 방대한 스케일과 달리 이 소설의 분량은 원고지 600매에 불과해, 작가의 메시지만이 선명하게 드러나고 있다. 이 소설 속 인물들은 근대적 인물이라고 볼 수 없을 정도로 평면적인데, 그들을 추동하는 욕망은 오직 생존과 귀향에 한정되어 있다. 생존하기 위해서는 귀향을 해야 하고, 귀향하기 위해서는 생존해야 한다는 점을 생각한다면, 두 욕망마저 하나의 욕망으로 모아진다. 귀향을 향한 욕망은 이들의 고단한 여정이 진행될수록 점점 더 강렬해진다. 이들에게 행복과선의 표상으로서의 고향이란 절대적인 것이어서, 죽어가는 순간에도

---

4) 이 글에서 주로 다루는 텍스트는 다음과 같다. 조정래의 『오 하느님』(문학동네, 2007), 조두진의 『도모유키』(한겨레출판, 2005), 김경욱의 『천년의 왕국』(문학과지성사, 2007). 이하 인용할 경우 본문에 쪽수만 표시한다.

나오는 말은 "어……, 어……, 어머니……"(103쪽)나 "내…… 내 고향……, 저, 전라도 나, 남원……"(110쪽)과 같은 말이다.

　이 소설의 주인공 신길만을 지배하는 것은 어머니의 "호랑이한테 열두 번 물려가도 정신만 채리면 살아난다"는 말과 "총알 피해 댕겨라"는 아버지의 말이다. 특히 어머니의 말은 신길만의 신분이 바뀔 때마다 그 자신에 의하여 거듭 확인된다. 신길만은 이 목소리에 따라 움직이는 인형으로 보일 정도이다. 부모로 표상되는 혈통에 대한 강조와 함께 등장하는 것은, 동일 언어를 사용한다는 사실의 중요성에 대한 강조이다. 소련 포로수용소와 미국 포로수용소에 갇혔을 때, 신길만은 "사람이 서로 말이 통하지 않으니 그건 사람과 사람 사이가 아니었다"(57쪽)고까지 말한다. 혈통과 말에 대한 강조는 『오 하느님』에서 그려 보이고 있는 민족이 단일한 언어와 혈통에 의해 형성된 폐쇄적 공동체임을 보여준다.

　이 소설은 고향(내부)과 타향(외부)이라는 선명한 이분법에 바탕해 있으며, 이 작품의 모든 인물들은 '고향을 감미롭게 생각하는 자'들이다. 이러한 이분법은 윤리적인 선악의 관점도 동반한다. 이 소설에 등장하는 일본, 소련, 독일, 미국과 같은 강대국들은 모두 악으로서 표상된다. 같은 일본군복을 입고 있다가 소련군의 포로가 되었을 때도, 일본인은 일본인이라는 이유만으로 경계와 배제의 대상이 되는 것에서 알 수 있듯이, 일본인 각자가 가지고 있는 차이와 단독성은 이 소설에서 관심의 대상이 되지 않는다. 동일한 맥락에서 조선인은, 조선인이라는 이유 하나만으로 "서로서로 손을 마주 잡는 순간에 십년지기가 되고, 한 덩어리가"(70쪽) 된다.

　문제는 신길만을 비롯한 조선인들이 중음신처럼 아시아에서 유럽을 기쳐 아메리카로, 그야말로 온 세계를 떠돌아야 하는 이유 역시 '우리'와 '우리 아님'을 가르는 선명한 이분법에서 비롯된다는 것이다. 신길만을 포함한 조선인들이 고향에 돌아가지 못하는 것은 일본, 소련, 독일, 미국 등이 온통 자국의 이익에만 관심이 있기 때문이다. 2차 대전의 종결에도 불구하고 조선인들이 죽을 수밖에 없었던 것은, 미군이 조선인 포로들의 정체를 확인하고서도 이들을 "자국민 포로들의 안전을 도모하"(207쪽)기 위해 소련에 넘겼기 때문이다. 자국의 이익을 최우선에 두는 것, 즉 자민족을 신으로 떠받드는 사고라는 측면에서 보았을 때, 일본, 소련, 독일, 미국은 "같은 편, 한통속"(203쪽)일 수밖에 없다.

물론 이 소설의 강대국들이 보여주는 침략적 민족주의와 신길만을 통해 드러나는 민족주의를 같은 차원에 둔다는 것은 지나친 단순화일 수 있다. 그러나 '우리'와 '우리 아닌' 것을 나누는 방식, 즉 '고향을 감미롭게 생각하는 방식'에 있어서는 조금도 다르지 않다. 이 소설은 너무나도 강렬한 민족애와 공동체 지향성으로 이루어져 있다. 작가는 이러한 주제의식을 주조하기 위해 신길만을 비롯한 조선인들을 극단적인 상황으로 몰아넣어, 여타의 가능성을 상상할 수 있는 여지조차 남겨놓지 않고 있다. 『오 하느님』의 조선인들은 그토록 귀향을 갈망했음에도 끝내 만리타향에서 죽고 만다. '우리'와 '우리 아닌 것'의 대립과 이분법 속에서, 가장 큰 피해를 입는 것은 결국 약한 '우리'인 것이다. 비록 토박이들이 자신의 고향에서 벌이는 이야기가 아니라는 새로운 측면은 발견될지라도, 『오 하느님』은 내셔널 히스토리로서의 역사소설에 충실한 2000년대 소설이라고 할 수 있다.

분열되는 일본, 만질 수 없는 명외의 얼굴

우리 민족이 만리타향을 떠돌았던 『오 하느님』에서 드러나는 것은 민족공동체를 향한 저 형언할 수 없는 갈망과 그것의 실현 불가능함이 있었다. 반대로 외국인이 조선이라는 공간 속에 던져진다면 그 삶의 모습은 어떠한 것일까? 조선에 온 외국인이 주인공으로 등장하는 『도모유키』와 『천년의 왕국』을 통해 그 경과를 살펴볼 수 있다.

『도모유키』는 임진왜란을 배경으로 한 소설 중에서 가장 이색적인 소설이다. 그동안 임진왜란은 빈번하게 역사소설의 배경으로 이용되었다. 임진왜란이 역사소설에서 자주 애용되는 것은, 다양한 매체를 통해 수없이 되풀이됨으로써 독자들의 마음속에 동질감과 친근함을 불러일으키는 역사적 사건이며, 동시에 민족사의 절대적인 위기의 순간이라는 점이 독서대중을 하나로 통합시키는 강렬한 힘을 발휘하는 역사적 시기이기 때문이다. 이때 우리를 하나로 붙들어매는 가장 큰 힘은 '절대 악으로서의 일본'이라는 존재이다. 내셔널리즘을 고취하는 데 임진왜란은 가장 적합한 역사적 사건이었던 것이다. 이전까지 임진왜란을 그리는 대부분의 소설들은 선악의 이분법 속에 조선과 일본을 그렸으며, 그 속에서 조선은 강고한 하나로서 구축되어왔다.

조두진의 『도모유키』는 1597년 정유재란 당시 11개월 동안 순천 근처 산성에 주둔한 도모유키라는 일본군 하급 지휘관의 시선으로 정유재란을 재구성하고 있다. 이 소설에서 조선인은 철저하게 외부의 시선에 의해 관찰되고 의미 부여되는 대상에 불과하다. 이러한 기본적인 설정만으로도 민족주의를 불러일으키는 가장 유력한 소재 중 하나였던 임진왜란은 전혀 다른 의미를 지니게 된다. 이 작품에서 적병은 조선군이며, 아군은 일본군인 것이다.

『도모유키』에서 임진왜란(정확하게는 정유재란)의 핵심적인 적대관계는, 기존의 소설들에서 민족적인 범주로 설정됐던 것과는 달리 계급적인 것으로 전환된다. 일본인들은 무사와 평민 들로 나뉘어 있는 것이다. 작품의 전반부에서는 일본과 조선이 번갈아가면서 서사의 무대로 등장하고 있는데, 전쟁터인 조선이나 전쟁터가 아닌 일본 모두에서 그러한 계급적 구분은 분명하다. 도모유키의 직속상관이자 부장인 사사키는 마치 자본주의의 기업가와 같은 모습으로 그려지고 있다. "숨겨진 잘못은 덮되 드러난 잘못은 반드시 처벌했다"(49쪽)는 문장에서 알 수 있듯이, 사사키는 결과와 성과를 무엇보다 우선시하는 인물이다. 그에게 가장 중요한 것은 금과 같은 쇳덩어리이다. 작품의 앞부분에 도모유키는 사사키를 "병졸의 생명을 쇳덩어리로 바꾸어 계산"(36쪽)하는 사람이라고 규정한다. 이러한 성격이 사사키의 본질임은 작품의 후반부에서 이 말이 한 번 더 반복되는 것에서도 확인할 수 있다. 상인이 활발하게 움직이는 이 전장에서 사사키는 조선인의 목숨을 밑천으로 장사를 하며, 다른 무사들도 정도의 차이만 있을 뿐 크게 다르지 않은 모습을 보여준다.

이에 반해 이 작품에서 집중적으로 그려지는 일본인들, 즉 도모유키, 히로시, 도네 등은 무사가 아닌 평민들이다. 도모유키가 군인이 된 이유는, 가난 때문에 청루에 팔려간 "이치코를 집으로 데려오"(45쪽)기 위해서이다. 이 목표를 달성하기 위해서, "단단한 몸뚱이 말고"(187쪽)는 아무것도 없는 도모유키가 선택할 수 있는 길은 칼을 드는 것밖에 없었던 것이다. 아버지가 일찍 죽어 "끼니를 장난처럼 건너뛰고 멀건 풀죽을 먹"(47쪽)으며 자란 히로시는, 자신의 아버지와 같은 아버지가 되지 않는 것이 소망인 사내이다. 히로시가 군인이 된 이유도 "다이묘가 논과 밭을 내릴 것이라"(70쪽)는 무사의 말을 듣고 나서이다. 가난한데다가 작은 몸집에 얼굴도 못생긴 도네는 "윗옷도 입지 못한 채"(20쪽) 무사들에게 끌려온다.

전쟁터에서 무사 계급은 평민 계급 위에 군림하고 때로는 목숨을 위협한다. 이러한 무사 계급을 향해 도모유키는 "웃는 낯짝에 침을 뱉어주고 싶"(62쪽)을 정도의 적개심을 표출한다. 전쟁터 조선이 아닌 일본에서도 히로시가 없는 사이, 성에서 나온 무사는 소작료가 밀린 히로시 집안의 토지를 몰수한다. 히로시의 아내인 유키코는 폐병이 든 몸으로 땅을 지키기 위해 무사에게 몸까지 바쳤음에도 끝내 토지를 지켜내지 못한다.

『도모유키』에서 그려진 통일된 민족공동체로서의 일본은 이처럼 계급적 관계로 분열되어 있다. 계급적 관계 외에도 이 작품에서 일본은 지역적으로도 분열되어 있는 것으로 그려진다. 이 작품에는 어색함을 무릅쓰고 일본인이 구사하는 세 가지의 각기 다른 방언이 등장한다. 한국의 표준말로 표기되는 도모유키가 쓰는 말과 도네가 쓰는 방언과 엄초장이 쓰는 방언이 그것이다. 그동안의 수많은 내셔널 히스토리를 통해 구축되어온 악의 결정체로서의 일본이라는 단일한 환상을 해체하고자 하는 작가의 노력이 얼마나 치열한 것인지를 엿볼 수 있는 대목이다.

그동안의 논의에서는 민족적 경계를 넘는 모습이 일본인 도모유키가 조선인 명외를 향해 보이는 헌신적인 모습에서 드러난다고 보았다. 도모유키는 명외를 처음 본 순간부터 그녀를 지키겠다는 마음을 먹고, 작품의 마지막까지 그러한 자신의 역할에 충실한 것이다. 도모유키는 패잔병의 무리에서 이탈해 명외를 찾아가다가 최후를 맞이한다.

이러한 도모유키의 모습을 진정으로 민족의 경계를 넘는 새로운 모습이라고 할 수 있을까? 이 물음에 답을 하기 위해서는 도모유키가 명외에게 느끼는 감정의 뿌리를 탐색해보아야 한다. 도모유키가 명외를 그토록 아끼고 사랑하는 것은 그녀를 여동생 이치코와 동일시하기 때문이다. 명외를 처음 보았을 때, 도모유키는 "여자의 얼굴에서 이치코를 보았"(41쪽)던 것이다. 그러한 동일시는 작품의 마지막까지 계속되며 더욱더 강화되는 모습을 보여준다. 철군을 앞두고 조선에서 모은 자신의 모든 재산과 목숨까지 걸어가며 명외를 구하는 것은 "어쨌든 명외를 이치코처럼 잃어버릴 수는 없다"(225쪽)는 생각 때문이다. 패잔병의 무리 속에서 나와 명외를 찾는 이유도 "이치코는 낯선 곳에 홀로 버려졌다. 다시는 아끼는 사람을 홀로 둘 수 없었"(286쪽)기 때문이다. 도모유키가 명외를 그토록 사랑하고, 지켜주고자 하는 것은 곧 일본에 있는 자신의 여동생을 지켜주고자 하는 마음의 연장선상에 있는 것이다. 마지막에 홀로 명외를 찾아가며, 도모유키는 거의 의식을 잃게 된다. 이 순간 도모유키는 다음과 같이 생각한다.

> '나는 죽지 않을 것이다. 명외, 당신을 만나기 전에 나는 결코 죽지 않을 것이다. 나는 길바닥에서 죽지 않을 것이다. 나는 살아서 당신을 만날 것이다.'
> '어머니, 아버지…… 이치코야……'(286쪽)

목숨을 걸고 찾는 명외가 어느새 자신의 가족으로 자연스럽게 연결되고 있는 것이다. 도모유키의 의식 깊숙한 곳에서 명외는 이치코와 동일시되고 있음을 알 수 있다. 이처럼 도모유키가 명외에게 느끼는 감정은 하위주체를 향한 사랑과 연대의 정신에서 비롯되는 것이라고 설명할 수는 없다. 그 이전에 그것은 육친애의 연장선상에 있는 것이기 때문이다. 도모유키의 명외를 향한 행동이 조선의 하위주체에게 느끼는 연대의 감정에서 비롯되는 것이라면, 도모유키가 명외와 그녀의 아버지를 제외한 여타의 조선인들에 보이는 태도를 설명할 방법이 없다.

도모유키가 다른 조선인들을 대할 때, 그는 다른 일본 무사와 조금도 다르지 않다. 명외처럼 일본군에게 끌려온 백이십 명의 조선인이 학살되는 순간, 도모유키는 태연하게 학살의 명령을 내리며, 나아가 히로시가 차마 베지 못한 아이의 목을 대신 베기도 한다. 나중에 일본군이 철군하며 조선인들을 대량으로 학살하려 할 때도 도모유키는 명외를 살리려고 노력할 뿐, 같은 군막 안에 있는 다른 조선인들은 그의 시선 바깥에 놓인다. 명외와 명외의 아버지를 제외한 조선인을 향한 도모유키의 이러한 냉담과 무관심은 시종일관 변함이 없다. 다른 조선인들을 향해서는 침략자이자 학살자로서 주어진 상황을 "묵묵히 수행"(247쪽)할 뿐인 것이다. 이 작품은 설령 일본의 하위주체들을 새롭게 부각시켰다 하더라도 조선의 하위주체들은 그대로 어둠 속에 방치해 두는 결과를 낳고 있다.

작가의 기본적인 배경 설정과 인물 배치는 기존의 내셔널 히스토리를 넘어서는, 분명 새로운 시각을 보이고 있다. 그러나 그것은 표층양상에 있어 기존의 이분법적 두 항이 전도되어 나타나고 있을 뿐, 고향과 타향을 나누는 심층의 이분법 자체는 그대로 엄존하고 있다. 일본인 자체의 비일관성과 사회적 분열에 대해서는 말하고 있지만, 일본인과 비일본인의 구분은 변함없이 그대로 작동하고 있는 것이다. 도모유키가 작품 후반부에서 보이는 귀향을 향한 선명한 욕망에서 이는 더더욱 부각된다. 곤도가 "도모유키, 자네는 돌아가야 할 집이 있는가? 부모 형제가 자네를 기다리는가?"(196쪽)라고 묻자, "떠나온 자는 돌아가야 한다. 돌아가야 할 집이 없는 자, 기다리는 가족이 없는 자가 어디에 있다는 말인가? 가족이 없다고 해도 떠나온 자는 누구나 돌아가야 하는 법이다"(196쪽)라고 말한다. 그에게 귀향이란 절대의 명제로 그 앞에 놓여 있는 것이다.

이 작품에서 도모유키의 귀향은 두 번 실패한다. 첫번째 실패가 "조선의 수군 대장"(이순신)에 의해 실제적인 차원에서 이루어지는 것이라면, 두번째 실패는 상징적인 차원에서 이루어지고 있다. 두번째 실패는 좀더 본질적인 것으로서, 이때의 귀향은 분열과 상실에서 벗어나 자기 동일성의 회복이라는 형이상학적 의미까지 담지한 것이다. 그 실패는 『도모유키』의 마지막에서 다음처럼 암시적으로 드러나고 있다.

명외가 보였다. 미소 짓는 얼굴이었다. 도모유키가 손을 뻗었지만 닿지 않았다. 명외를 만질 수 없었다. 눈앞이 점점 어두워지고 있었다. 처음 맞이하는 지독한 어둠이었다. 바람이 일어났고, 그늘에 쌓인 눈이 날았다. (290쪽)

도모유키는 명외와의 사랑을 통해 자기 존재의 의미를 완성하려고 했던 문제적 인물이다. 도모유키는 죽음 속에 빠져들면서도, 명외를 보는 것이다. 그러나 그는 명외를 만지지는 못한 채 어둠 속으로 빠져들고 있다. 볼 수는 있었으나 끝내 만질 수는 없던 명외는 이치코의 분신 명외가 아닌 조선인 명외라고 말할 수 있다. 조선인이자 단독자로서의 명외가 아닌 이치코의 분신 명외를 사랑한 도모유키에게 본질적 의미의 귀향은 허락되지 않은 채, 여정은 끝난다.

『도모유키』는 그동안 악으로서 표상되던 일본이라는 단일체를 계급적 적대라는 측면을 부각시킴으로써 깨뜨리고 있다. 그러나 이 작품에서 내셔널리즘은 은밀하지만 강력한 힘으로 그 존재를 드리우고 있다. 민족적 틀을 벗어난 것처럼 보이는 도모유키와 명외의 사랑에도, 그 밑바탕에는 근친적 관계에서 비롯된 일체감이 놓여 있었던 것이다. 이러한 근친애가 혈통에 대한 강조와 친연관계에 있으며, 혈통에 대한 강조가 원초적인 내셔널리즘의 밑바탕으로 전환될 수 있음은 불문가지이다.

타향에서 이방인으로 죽기

김경욱의 『천년의 왕국』은 그동안 별로 다루어지지 않았던 벨테브레와 그의 동료 에보켄, 데니슨의 이야기이다. 한국 이름 박연으로 알려져 있는 벨테브레는 역사문헌에 단 한 줄 기록되어 있을 뿐이다. 『도모유키』의 도모유키가 정복군의 일원이었다면, 이 소설 속 세 명의 주인공은 배가 난파되어 낯선 곳에 떠밀려온 개인들이다. 더군다나 그들은 각기 고유한 세계관을 지님으로써 고유한 단독자로서의 성격이 더욱 강화된다. 개인이 인종과 언어가 다른 낯선 세계와 접촉한다는 작품의 기본 구도상 세 명의 인물이 지닌 차이점은 자연스럽게 조선이라는 나라를 받아들이는 방식의 차이로 드러난다.

십대의 청년인 데니슨에게 고향과 타향의 구분은 너무나도 철저하다. "주여, 저들을 가엾이 여기소서! 인간의 죄를 씻기 위해 독생자를 보내신 주님의 거룩한 뜻을 능멸하는 이교도를 용서하소서!"(101쪽)라고 중얼거리는 데니슨에게 조선에서의 삶은 "빨리 깨어나기만을 바라는 악몽"(132쪽)일 뿐이다. 귀향의 일념으로 데니슨은 타타르(청나라)의 사신이 조선에 왔을 때, 그 행렬 속에 뛰어들기까지 한다. 고향으로의 귀환이 불가능하다는 것이 분명해졌을 때, 데니슨은 죽음의 욕망에 휩싸인다. 스스로 선택한 데니슨의 죽음 앞에서 '나'는 그의 삶을 "고향을 잃은 불우한 뱃사람으로서 곪아 죽었다"(199쪽)고 최종적으로 의미 부여한다. 이러한 데니슨의 모습은 다른 피부색으로 몇 세기를 앞서 태어난 『오 하느님』의 신길만이라고 부를 수 있을 것이다.

에보켄은 데니슨의 반대편에 놓여 있는 인물로서, 김경욱이 『천년의 왕국』을 통해 만들어낸 인물 중에서 가장 개성적이며 매력적이다. 에보켄은 조선에서의 삶에 아무런 불편도 느끼지 않으며 행복해한다. "현재에 대한 변함없는 긍정"(66쪽)의 자세를 끝까지 잃지 않는 그는 모든 것을 여자와 관련시켜 떠들어대는 모습과 겹쳐져서 니코스 카잔차키스의 『희랍인 조르바』를 연상시킨다. 나중에는 언어의 장벽까지 허물어서 도성 곳곳을 누비며, "신분과 직업을 가리지 않"(317쪽)고 새로운 친구를 사귄다. 바다로의 탈출을 꿈꾸는 '나'에게 에보켄은 "우리가 평생토록 살 수 있는 것은 오직 오늘뿐이오"(252쪽)라고 말한다.

데니슨과는 달리 에보켄은 향수를 조금도 내비치지 않는데, 그에게는 고향이 없기 때문이다. 에보켄은 바다로 나서기 전에 악명 높은 마녀사냥꾼 '트리어의 늑대'였던 것이다. 그는 『마녀 판별법』이라는 책까지 쓴 바 있으며, 수많은 사람들을 마녀로 몰아 죽음으로 내몬 인물이다. 그러나 후에 에보켄은 자신의 어머니가 마녀로 몰려 죽었으며, 집시의 무리 속에 있었던 쌍둥이 누이 역시 마녀로 단죄되었음을 알게 된다. 그때 그 집시 무리를 재세례파의 잔당으로 몰아세운 장본인이 바로 자신이었던 것이다. 이러한 체험을 통해, 그는 맹목적인 믿음이나 편견의 무용성 혹은 야만성을 깨닫게 되었음이 분명하다. 에보켄은 "살기 위해 바다로 나온 것이 아니라 죽기 위해 바다로 나"(362쪽)온 인물인 것이다. 그에게는 돌아갈 고향이 존재하지 않는 셈인데, 이러한 처지는 '모든 장소를 고향으로 느끼는 자'로서의 역설적인 태도를 가능하게 한다. 과거의 마녀사냥꾼 트리어의 늑대는 조선의 영매 '자줏빛 구름'과 동거까지 하는 것이다.

'나', 벨테브레도 처음에는 데니슨과 같은 입장에서 출발한다. "영혼은 밤새 암스테르담 구석구석을 서성"(47쪽)이며, "이곳에 영영 주저앉느니 차라리 지금 죽는 게 낫다"(54쪽)고 말함으로써, 고향과 타향이라는 선명한 이분법을 작동시키고 있기 때문이다. "이교도의 왕국에서도 어린양의 목숨을 거둘 수 있는 존재는 하늘에 계신 주님뿐"(172쪽)이라고 생각하던 '나'는 목숨을 건 탈출을 시도하기도 한다. 그러나 그는 문명 세계의 시민에서 벗어나는 에보켄의 말이 자신의 "마음을 대변하고 있다는 점"(200쪽)을 느끼며 놀라기도 한다. 귀향을 위해서는 절대로 봐서도 들어서도 더군다나 사랑해서도 안 되는 타향의 조선에 물들어가는 자신을 발견하며 두려움을 느끼는 것이다. 이러한 두려움은 귀향을 위해 세이렌의 노랫소리에 귀를 막은 오디세우스의 모습이 나타난

'나'의 꿈을 통해 상징적으로 드러난다. 꿈속에서 '나'는 "노래의 매혹에 몽롱해진 내 영혼은 돛대에 결박된 자의 귀를 봉한 밀랍을 떼어내는 나 자신을 발견"(185쪽)한다. 그러나 '나'는 점차 데니슨보다는 에보켄의 입장에 가까워진다. 바다로 탈출하려다가 에보켄의 밀고로 발각되어 옥에 갇혔을 때, 에보켄이 넣어준 무명옷을 입어보며 네덜란드인 벨테브레는 '지금-이곳'의 삶이 부여하는 구체적인 육체적 실감을 긍정하게 된다. "내가 무명옷을 입은 것이 아니"라 "무명옷이 나를 입"는 것이며, "육신의 감옥이야말로 영혼의 사원이자 궁리의 산실"(284쪽)임을 알게 된 것이다.

이 장면은 "에보켄이 일러준 참운명의 의미를 나는 알 것도 같았다"(284쪽)에서 알 수 있듯이, 자줏빛 구름과 죽어가는 에보켄이 마지막까지도 '나'에게 하고자 한 말, 즉 "두려워 말고 사랑하라. 그걸로 족하다"의 의미를 깨닫고 그것을 받아들이게 되는 장면이라고 할 수 있다. 이 작품의 마지막은 "이교도의 언어"(367쪽)로 유언을 하고, "세번째 얻은 이름으로 죽음을 맞"(367쪽)은 에보켄의 삶을 '나'가 이어받는 것으로 끝난다. "나는 안다. 이 우주의 이방인이 또다른 이방인에게 생사를 다투며 남기려 했던 전언의 의미를. 그것은 남겨진 자의 생을 통해 완성되리니 온 세상을 덮은 적이 물러나도 나의 전투는 쉬이 끝나지 않을 것이다. 영혼을 건 나의 전투는 이제 시작이다"(367쪽)라고 외치고 있는 것이다.

그러한 전투의 결과는 작품의 프롤로그에 제시되어 있다. 그것은 '고향을 감미롭게 생각하는 자'도 '모든 장소를 고향이라고 느낄 수 있는 자'의 모습도 아니라고 할 수 있다. '나'는 자신에게 주어진 이름 '벨테브레'와 '박연' 그 어디에도 속하지 않고, 그 사이에 머물러 있다. 일본으로 가려나가 소선에 표뮤해온 하넬 일행을 보며 '나'는 "울지 않는 사내들과 울음을 터뜨리는 사내들 모두에게 나는 이방인이었다. 그 순간

지상의 유일한 내 동포는 나 자신뿐이었다"(19쪽)고 느낀다. 이 순간 '나' 얀 얀스 벨테브레는 "나는 누구인가?"(18쪽)와 "내가 발 딛고 있는 이곳은 대체 어디인가?"(20쪽)라는 자신의 정체성에 대한 근본적인 의문에 휩싸인다. 이것은 모든 공동체의 자명성을 의심하는 태도이자, 만인을 절대적인 타자로 대하는 자의 모습이라고 하지 않을 수 없다. '나'는 분명 '전 세계를 타향이라고 생각하는 자'[5]의 모습을 보여주고 있는 것이다. 고향을 버리지 못한 데니슨이 본래의 이름을 지니고 네덜란드인으로 죽었다면, 모든 곳을 고향으로 생각하는 에보켄은 조선인의 이름을 지니고 조선인으로 죽는다. '나'는 '벨테브레'도 '박연'도 아닌 단지 '나'로서 죽게 될 것이다.[6] 이것은 절대적인 이방인이 된다는 것을 의미하며, 이러한 죽음의 방식 앞에서 내셔널리즘을 상상한다는 것은 쉬운 일이 아니다. '고향을 떠난 낯섦(unhomely)'[7]에서 새로운 사유는 시작될 수 있을 것이다.

텅 빈 구멍으로서의 고향, 단단한 뿌리로서의 고향

『오 하느님』『도모유키』『천년의 왕국』은 고향으로 돌아가고자 하는 귀향에의 의지로 가득하다. 『도모유키』와 『천년의 왕국』에서 귀향에의 욕망은 고향을 상실한 자의 파토스인 노스탤지어의 정조로 현상되기

---

5) "고향을 감미롭게 생각하는 것은 아직 주둥이가 노란 미숙자이다. 모든 장소를 고향이라고 느낄 수 있는 자는 이미 상당한 힘을 축적한 자이다. 전 세계를 타향이라고 생각하는 것이야말로, 완벽한 인간이다."(에드워드 사이드가 『오리엔탈리즘』에서 아우어바흐에게서 재인용한 것으로서, 12세기 독일 스콜라 철학자 생 빅토르 후고의 말이다.)

6) 이러한 죽음은 데리다가 말한 '외국인의 외국인 되기, 절대적으로 외국인이 되는 일'(자크 데리다, 『환대에 대하여』, 남수인 옮김, 동문선, 2004)에 해당한다.

7) 호미 바바, 『문화의 위치』, 나병철 옮김, 소명출판사, 2002, 42쪽.

도 한다. 이방의 공동체와 동일화되지 못한 좌절감은 심각한 멜랑콜리를 낳고, 이 상실의 감각은 노스탤지어를 불러일으키는 것이다.

『도모유키』에서는 "간파쿠가 철병을 명령했다는 소문"(191쪽)이 들리는 작품의 후반부에서부터 도모유키의 마음이 고향에 대한 생각으로 넘쳐난다. "도모유키는 다만 고향으로 돌아가고 싶"(195쪽)을 뿐이다. 무려 세 페이지에 걸쳐 도모유키의 고향집 생각이 펼쳐지기도 하는데, 그곳은 "논밭은 황금물결로 출렁"(192쪽)대고, 이치코마저 집으로 돌아와 온 가족이 함께 저녁식사를 하는 이상적인 공간으로 그려진다. 이러한 상상은 철군 전날에도 또 한번 반복된다. 그러나 그것은 존재하지 않는 혹은 존재할 수 없는 것에 대한 그리움이라는 점에서 전형적인 노스탤지어의 모습이라고 할 수 있다.

『천년의 왕국』에서 데니슨이 돌아가기를 갈망하는 고향 역시 도모유키가 돌아가고자 하는 고향이, 소망하는 미래가 실현된 곳인 것과 마찬가지로 상상적인 것이다. 조상 대대로 푸주한인 집안에서 태어난 데니슨에게 고향에 머물면서 선택할 수 있는 운명은 푸주한으로 생을 마치는 것 외에는 없다. 그는 "세상의 전부"인 푸줏간 안에서 "숨통을 짓누르는 갑갑증에 가쁜 숨을 몰아쉬"(180쪽)며 살아야 하고, 연모하는 계집아이에게서 "푸주한의 아내가 되고 싶지는 않아!"(180쪽)라는 소리를 들어야 했던 것이다. 이러한 운명을 피하기 위해 목숨을 걸고, 열다섯에 바다로 나왔던 이는 다른 누구도 아닌 데니슨, 바로 자신이었을 뿐이다. 데니슨이 그토록 돌아가기를 갈망하는 고향의 실상이란 이러한 것이다.

도모유키나 데니슨이 보이는 욕망은 부재의 과거를 상상적 대상으로 치환한다는 점에서 노스탤지어에 잇닿아 있다. 노스탤지어란 근원석 고향 상실에서 기인하는 정서이며, 대상을 상실하지 않는다면 그것을 향한 노스탤지어의 탄생은 불가능하기 때문이다. 즉 "노스탤지어는 망각이 대상(또는 대상을 구성하는 성질들)을 사라지게 하면, 대상이 부재하는 빈 구멍에 대해서 발생하는 욕망"[8]인 것이다. 라캉 식으로 표현하자면, 노스탤지어에 빠진 자들은 처음부터 존재하지 않았던 대상을 존재했던(하는) 것처럼 오인하고, 그것을 욕망하는 사람들이다. 역설적이지만 이들의 노스탤지어 속에서, 처음부터 고향 따위는 존재하지 않았음이 환기된다. 도모유키나 데니슨이 보이는 귀향에의 욕망은 진정으로 돌아갈 수 있는 안식처로서의 고향(공동체)이 허구일 뿐임을 드러내고 있다.

『오 하느님』에서 가장 강렬하게 귀향에의 의지가 드러나고 있음에도 불구하고 이상화되거나 낭만화된 고향의 모습이 한 번도 등장하지 않는 것도 이와 같은 맥락에서 이해할 수 있다. 노스탤지어는 상실의 심연에서만 떠오르는 의식으로서, 바르트가 말했듯이 노스탤지어의 본성 자체가 과거 자체를 되찾을 수 없음에서 비롯되는 것이다. 잃어버리지 않은 것은 추억될 수 없으며, 대상이 부재하는 빈 구멍 속에서만 노스탤지어는 그 모습을 드러낼 수 있기 때문이다. 『오 하느님』에서의 고향은 결코 상상적으로만 그려볼 수 있는, 그리하여 고향과 같은 아름답고 통일된 공동체가 불가능함을 역설적으로 환기시키는 텅 빈 스크린이 아니다. 『오 하느님』에서의 고향은 실제로서 자리잡고 있으며, 그것은 손만 뻗으면 닿을 것처럼 가깝게 느껴진다. 그러한 실제성은 현 시대와 사회에서 비롯된다기보다는 작가의 확고한 역사의식에서 비롯되는 것이다.

『오 하느님』에서도 물론 고향을 꿈꾸기는 한다. 죽기 전에 조선인 둘이 꾼 꿈이 그것인데, 하나는 고향에 돌아가 어머니를 만나지만 어머니와 자신의 발이 땅에 붙어 움직이지 못하는 꿈이고, 다른 하나는

---

8) 서동욱, 「노스탤지어, 외국인의 정서」, 『문예중앙』 2005년 봄호, 370쪽.

면사무소에 찾아가서 면서기 자리를 주겠다는 약속을 지키지 않는 사람을 패대기치는 꿈이다. 『오 하느님』에 등장하는 유일한 고향의 모습은 꿈속에서조차 낭만화되거나 이상화되는 일 없이, 이처럼 실제적이다. 그것은 역설적으로 작가가 그리는 귀향의 꿈이 결코 상상적인 것이 아님을 웅변한다.

공동체라는 유령

『오 하느님』은 2000년대 '내셔널 히스토리로서의 역사소설'이라고 할 수 있다. 비록 이 땅을 떠나 지구적 규모로 범위가 확장되고 이전에 다루어진 바 없는 소문자 개인들을 등장시켰다고 해도, 개화기 이후 우리의 역사소설이 내셔널리즘에서 수행해온 역할에서 조금도 벗어나 있지 않은 것이다. 이 소설에 등장하는 외국과 외국인들은 하나의 풍경에 지나지 않는다. 그들은 우리의 순결성과 정당성을 강조시키기 위한 상상적 타인들에 불과하다. 그들의 악랄함이 강조되면 될수록 그러한 성격은 더욱더 부각될 뿐이다. 신길만들이 겪는 고통이 크면 클수록, 그들의 비극이 우리에게 많은 눈물을 자아내면 자아낼수록 우리는 동질감 속에서 따뜻한 위안을 얻고 있는지도 모른다.

이에 비한다면 이방인의 시선을 통해 우리의 역사를 바라보고 있는 『도모유키』와 『천년의 왕국』은 내셔널 히스토리로서의 역사소설이 지닌 여러 가지 문법들을 위반하고 있다. 그러한 위반을 통해 우리는 탈민족의 새로운 사유를 시작할 수 있는 유력한 거점을 마련할 수 있다. 내셔널 히스토리와의 결별이라는 측면에서 『천년의 왕국』은 『도모유키』보나 좀더 근본석이라고 말할 수 있다. 도모유키가 명외에게 보인 사랑은 언제든지 내셔널리즘적 욕망으로 변할 수 있는 육친애를 바탕으로 성립된 욕망이었기 때문이다.

　『오 하느님』에 비해 『도모유키』와 『천년의 왕국』이 내셔널리즘과의 연관에서 벗어난 것은 사실이지만, 두 작품에도 민족공동체의 그림자는 전혀 의외의 방식으로 불쑥 그 모습을 드러내고는 한다. 아이러니하게도 그것은 내셔널 히스토리로서의 역사소설을 해체하는 유력한 장치이기도 한 이방인의 시선을 통해 이루어진다. 『도모유키』에서 일본이라는 분열된 공동체에 속한 도모유키의 시선을 통해 조선인은 다음과 같이 묘사되고 있다.

　　도모유키는 조선인을 이해할 수 없었다. 쌀 서 말을 바친 자는 일본인으로 인정했지만, 그들은 일본 사람이 되지 않았다. 성을 함락하고 우두머리를 베었지만, 그들은 복종하지 않았다. 조선의 임금이 한양을 버리고 도망쳤을 때 전쟁이 쉽게 끝날 줄 알았다. 그러나 점령지의 조선인들은 저항하거나 도망쳤다. 원래 주인이 도망치고 새로운 주인이 왔건만, 조선인들은 새 주인을 따르지 않았다. 얼굴도 모르는 원래 주인을 끝까지 섬기는 조선 농민들을 도모유키는 이해할 수 없었다. 일본에서는 다이묘의 군대가 죽거나 항복하면 땅은 새로운 다이묘의 땅이 됐다. 그러나 조선에서는 달랐다. 땅은 늘 원래 주인의 땅이었고, 백성은 늘 원래 주인의 백성이었다.(132~133쪽)

　이방인 도모유키를 통해서 조선이라는 고유성과 독립성을 유지하는 민족공동체는 당당하게 그 모습을 드러내고 있는 것이다. 심지어 그것은 "땅은 늘 원래 주인의 땅이었고, 백성은 늘 원래 주인의 백성이었다"에서 알 수 있듯이, 한 번도 훼손되지 않은 순결한 모습으로까지 성화(聖化)된다.

　이방인의 시선을 통한 민족공동체의 상상은 『천년의 왕국』에서 좀더 지속적으로 이루어진다. 『천년의 왕국』의 이방인들은 당대 조선을 하나의 의미와 이미지로 묶어내는 데 끊임없는 노력을 기울이고 있다. 이를 통해 조선인들은 단일한 공동체로 끊임없이 환원된다. "의를 향한 무모하고 순진한 사랑, 그것은 천년을 이어온 삶의 방식이었다"(11쪽), "흰색에 대한 이교도들의 집착은 거의 광적이었다"(48쪽), "이교도들의 삶은 실용과는 거리가 멀었다"(67쪽), "이 왕국의 이교도들은 태양의 뜨거움과 달의 차가움을 한몸에 지니고 있다"(69쪽), "이 왕국 사람들은 어린아이처럼 호기심이 넘쳤다"(84쪽), "이 왕국의 여인들은 수수께끼 중의 수수께끼였다"(98쪽), "이교도들은 쾌락을 사랑하듯 슬픔을 사랑했다"(108쪽), "이 왕국의 이교도들은 모두 시인입니다"(255쪽), "이곳은 눈물의 왕국, 이교도들은 슬플 때도 기쁠 때도 울었다"(277쪽)와 같이 '이교도들'을 규정하는 문장들로 작품은 가득한 것이다. 이러한 문장들을 통해 상상되는 것은 단일한 존재로서의 '이교도들'이라는 공동체이다. '나'라는 이방인의 시선은 이처럼 이교도들에 대한 통일적인 이미지를 만들어내는 역할을 하고 있다.

나아가 『천년의 왕국』에서는 이방인의 시선을 통해, 다음의 인용문에 드러나는 것처럼 조선인들이 고정된 자아상에 함몰되어 있는 나르시시즘적인 모습으로까지 묘사된다.

이교도들이 눈을 희번덕거리며 찾는 것은 금발의 원숭이가 아니라 금발 원숭이의 눈에 비친 자기 자신의 모습이었다. 그들이 궁금해하는 것은 우리가 즐기는 음식이 아니라 자신들이 즐기는 음식에 대한 우리의 반응이었다. 그들이 알고 싶어하는 것은 우리가 살던 곳의 기후가 아니라 자신들 땅의 기후에 대한 우리의 논평이었다. 그들의 머릿속을 분주하게 만든 것은 자기 자신에 대한 것이 아니라 다른 사의 눈에 비치는 자기 자신에 대한 것이었다. 때문에 이교도들은 우리의 신에 대해 관심

을 기울이지 않았고 우리의 풍속에 대해 묻지 않았다.(109쪽)

위 인용문에서 외국인들은 조선인들에게 상상적 타인일 뿐, 진정한
의미의 타자로서 기능하지 않는다. 이처럼 모든 에너지가 자기 자신들
의 이미지에만 모아져 있기에, 당연하게도 "바깥 세계에 대한 이들의
무관심은 거의 병적"(109쪽)일 수밖에 없다. 외국인들의 시선을 통한
이러한 묘사로 상상되는 것은 병적일 정도로 단단하게 자기동일성을
유지하고 있는 민족공동체의 모습이다. 민족공동체를 상상하는 데 결
정적인 기여를 한 이전의 역사소설과는 다른 이질적인 모습을 보인 이
들 작품에서도, 어느 틈에 동질적 집단으로서의 공동체(조선인, 이교도
들)는 슬그머니 그 모습을 드러내고 있는 것이다.
    사정이 이러하다면, 종교공동체가 되었든 민족공동체가 되었든 공
동체를 향한 열망은 『햄릿』에 나오는 유령처럼 결코 사라지지 않는 '상
상적 실체'라고까지 부를 수 있을 것이다. 지금의 현실에서도 이윤을
위해서라면 공동체를 둘러싼 성(城)이 높아졌다(대표적으로 노동력) 낮
아졌다(대표적으로 자본) 할 뿐이지, 성 자체가 해체된 것은 아닐 수도
있다. 그렇다면, 이제 정말 중요한 것은 공동체의 위선과 폭력을 직시
하고 그것을 해체하는 것에서 나아가, 진정으로 자유롭고 평등한 공동
체에 대한 건설적 사유인지도 모른다.

근대의 문턱에서 넘어진 한 여인의 초상

신경숙의 『리진』론

역사소설의 새로운 가능성

2000년대에 들어와 일일이 나열하기도 벅찰 만큼 많은 역사소설들이 세대나 문학적 성격에 관련 없이 전방위적으로 쓰였다. 또한 대중적으로나 예술적으로 높은 성과를 올린 작품들이 역사소설이기도 했던 시기이다. 신경숙의 『리진』도 그러한 흐름을 대표하는 작품이다. 한 개인의 내면을 촘촘한 문체로 진지하게 다루어온 신경숙과 같은 작가가 역사소설을 쓴다는 사실 자체가 2000년대 역사소설이 차지하는 위상을 간접적으로 보여준다.

이전 역사소설과는 다른 최근 역사소설의 특징으로 꼽을 수 있는 첫 번째 특징은, '사실의 재현'이라는 오랜 강박에서 벗어나고 있는 모습이다. 지금까지 주도적인 역사소설의 평가기준은 현재의 전사(前史)라는 관점에서 과거를 생생히 묘사함으로써 현재에 대한 우리의 인식을 얼마나 풍부히 해주느냐는 점이었다. 실제의 사실을 다루는 역사소설의 경우에는 객관적 재현이라는 리얼리즘의 규칙이 더욱 엄격하게 요구되었다. 그러나 포스트모더니즘의 언어학적 전환을 거치며 그러한 리얼리즘적 가정은 산산이 부서져나갔으며, 객관적으로 재현해야 할 단일한 리얼리티의 존재 가능성에 대한 회의는 물론이고, 그것을 재현하는 고정된 방식에 대해서도 말할 수 없게 되었다. 이런 상황에서 오늘날의 작가들은 '사실의 재현'이라는 근대 역사소설의 강박을 역으로 이용해서 실재와 재현에 대한 근본적인 문제들을 탐색하고 있다. 지금의 역사소설에서 시간상의 거리는 정확한 재현을 위해 극복해야 할 부담으로 존재하는 것이 아니라 자유로운 상상력을 펼칠 수 있는 터전으로 작용한다.

이와 더불어 최근 역사소설의 경향으로 이야기할 수 있는 것은, 많은 작품들이 남성 영웅이 아닌 여성 인물을 주인공으로 내세우고 있다는 점이다. 오늘의 많은 역사소설은 그의 이야기(his story)가 전부이던 과거에서 벗어나 그녀의 이야기(her story)에 대해 발화하기 시작했다. 이전의 역사소설에서 남녀 인물을 성격화한 것과는 정반대로, 2000년대 역사소설은 '수동적 남성 인물'과 '적극적 여성 인물'을 형상화하고 있다. 여성 인물의 적극성은 주로 창녀나 기생으로 나타나는데, 성장의 귀착점으로 성녀(성모)나 도학자(예술가)의 모습이 제시되는 경우가 대부분이다. 여러 작가에 의하여 쓰인 『황진이』나 황석영의 『심청』, 김별아의 『논개』 등이 그 예이다. 신경숙이 그려낸 리진 역시 예외는 아니다. 창녀나 기생은 아니지만, 그녀 역시 비범한 육체적 아름다움과 매력의 소유자이다. 또한 그녀의 궁극적인 욕망은 '어머니 되기'라고도 볼 수 있다.[1]

---

1) 리진은 공사관에 머물 때에도 블랑 신부가 만든 고아원에서 일했으며, 홍종우에 의해 손이 잘린 강연이 사라지기 직전 리진에게 "너는 아이들을 가르칠 수 있는 학당을 세우려는 일을 이루었으면 한다. 홍종우 대감이 도와줄 거야"(신경숙, 『리진』 2, 문학동네, 2007, 260~261쪽. 이하 이 책에서 인용할 경우 본문에 권수와 쪽수만 표시)라고 쓴 것에서 알

신경숙의 『리진』은 최근의 역사소설이 보여주는 두 가지 경향, 즉 '사실의 재현'이라는 규율로부터의 이탈과 '그녀의 이야기'에 대한 관심과 관련해 독특한 위상을 보여주고 있다. 『리진』은 최근에 발표된 역사소설들 중에서는 역사적 사실에 대한 재현에 비교적 많은 공을 들이고 있다. 각 절의 마지막은 당대의 핵심적인 역사적 사실을 소개하며 끝나는 경우가 대부분이다. 작가는 조선의 현실을 말하기 위해 리진이 파리의 한복판에서 "조선 곤당골의 고아원에서 아이들에게 불어를 가르치던 자클린 수녀"(2권, 133쪽)를 조우하게 만들기도 한다. 그녀의 입을 통해 동학농민운동과 청일전쟁으로 이어지는 급박한 1894년의 조선 현실이 소개되는 장면에서는 '사실의 재현'에 대한 작가의 강박이 느껴질 정도이다.

또한 리진은 여타의 역사소설에 등장하는 여성 주인공과 달리 '파리에서의 삶'을 경험한다. 이러한 삶은 혼종성의 새로운 가능성을 보여주며, 탈식민적 페미니즘의 관점에서 이 작품을 바라볼 수 있는 가능성을 제시해준다. 그녀의 삶은 황석영의 『심청』에 등장하는 심청과 나란히 놓아봤을 때 그 의미가 보다 선명해진다. 이들은 여자인 동시에 제3세계 약소국의 일원이기도 한 것이다. 서구 중심의 근대화 과정에서 심화된 착취와 억압, 인종차별주의로 인해 원하지 않는 이동과 이주를 하게 되어 민족의 영토를 벗어나 전 지구를 유랑하게 된 상태를 지칭하는 이산(diaspora)의 삶이라고 한다면, 리진이나 심청의 삶도 넓은 의미의 이산이라고 말할 수 있다. 이외에도 신경숙의 『리진』은 전근대 사회에서 여성이 처한 지위, 가부장적 질서 속에서의 갈등, 보편화된 식민주의의 문제점, 근대의 매혹과 냉혹, 타자에 대응하는 윤리적 방

___

수 있듯이, '아이들을 기르고 가르치는 일'을 욕망한다. 그녀가 되고자 하는 어머니는 가부장적 관념 속의 어머니상, 즉 아이를 재생산하는 자궁 가진 존재로서의 생물학적인 어머니가 아니라, 생명체인 아이를 둘러싼 실존적인 상황과 책임을 강조하는 존재이다.

식 등의 문제를 다루고 있다. 이 글은 그러한 문제의식들을 서사적 순서에 따라 가능한 세밀하게 살펴보고자 한다.

무명(無名)의 존재

『리진』은 제목에서도 분명하게 드러나듯이 리진이라는 19세기의 궁녀 이야기이다. 그녀는 신미양요가 있었던 1871년에 태어나 명성황후가 시해된 을미사변이 있은 1895년에 자살한다. 서술의 주된 시간은 프랑스 초대공사 콜랭이 조선에 도착하는 1888년에서 리진이 자살하는 1895년까지이다. 이 7년간의 시간은 서울 3년, 파리 3년, 서울 1년으로 나뉜다. 이러한 기본적인 시간에 리진의 유년 시절과 '에필로그'를 통한 1914년의 어느 하루가 덧보태진다. 이 소설의 핵심에는 리진의 삶이 자리잡고 있다.

소설의 중핵이라고 할 수 있는 리진이지만, 그녀는 무명의 존재로서 출발한다. 아버지 없이 태어난 그녀는 다섯 살에 어미를 잃고 천지간에 혼자 남는다. 문제적인 것은 어머니가 "네가 누구인지, 성은 무엇인지"(1권, 40쪽)를 전혀 남기지 않았다는 사실이다. 그녀의 출생사를 설명하고 있는 절의 제목이 '배꽃아이'인 것에서 알 수 있듯이, 또한 생모가 살아생전에 "너는 배나무인 게야"(1권, 50쪽)라고 말하는 것에서 드러나듯이, 그녀는 자연적 존재로 한동안 머문다. 이름이 없다는 것은 그녀에게 사회적 위치가 주어져 있지 않다는 것을 의미한다. 그녀에게 이름이 가진 중요성은 "왜 여태 이름을 지어주지 않았느냐 묻는 리진에게", 서씨가 "누군가 찾아와 꼭 너를 데려갈 것 같았다. 그분들이 너에게 맞는 이름을 지어주겠지, 생각했다"(1권, 181쪽)라고 말하는 것에서도 드러난다. 함부로 지어질 수 없는 것이 바로 그녀의 이름인 것이다.

이름이 없는 그녀는 궁녀가 된 이후에도 한동안 고유명이 없는 상태로 남는다. 그리하여 "춤을 출 때는 서여령으로, 자수를 놓을 때는 서나인으로, 소아에게는 진진으로, 강연에게는 은방울로 불리"(1권, 26쪽)운다. 1장의 부제 '모든 이름 속에는 그 이름을 지닌 존재의 성품이 숨어 살고 있다'와 왕이 이름을 내린 후에 서술자가 직접 말하는 "이름을 통해야 우리는 비로소 그 존재를 들여다볼 수 있다"(1권, 26쪽)는 것이 사실이라면, 이름이 없는 그녀는 고유한 존재성을 지니지 못한 존재이다.

그러한 그녀가 리진이라는 이름을 부여받는다. 이때 호명의 주체는 너무나도 당연히 왕이다. 그녀의 근원적인 신분이 궁녀, 즉 '왕의 여자'이며, 그러한 사실이 마지막까지 전혀 변함없다는 것을 생각한다면, 호명의 주체가 왕이라는 것은 지극히 당연하다. "왕의 눈에 띄든 아니든 궁녀는 모두 왕의 여자들이"기에 "이 궁 안엔 왕의 마음만 있을 뿐"(1권, 132쪽)이다. 리진이 콜랭과 관계를 이어갈 수 있는 것도 "서나인은 법국 공사의 청을 들어주도록 하라"(1권, 161쪽)는 왕의 허락이 있었기에 가능했던 것이다. 이처럼 궁이란 가장 남성 중심적인 공간이라고 볼 수도 있다.

이름이 없었던 그녀에게 조선에서 선택할 수 있는 것이란 아무것도 없다. 콜랭은 그녀가 자신과의 사랑을 선택할 수 있는 것처럼 말하지만, 궁녀는 출궁당한다고 해서 "마음대로 혼인할 수 있는 것도 아니"며, "법국 공사의 여자가 되느냐 아니냐 하는 것도 그녀의 마음대로 정할 수 있는 게 아"(1권, 264쪽)닌 존재에 불과하다. '궁의 여인'인 그녀는 왕의 호명에 의해 주체가 될 수도, 비-주체가 될 수도 있는 무명의 존재에 불과하다.

문명과 비문명의 이분법

1) 리진과 콜랭의 사랑

이름도 없었던 조선의 한 궁녀가 프랑스 외교관의 아내가 되어 벤야민이 '19세기 세계의 수도'라고 말한 파리를 거닌다는 것은 결코 쉬운 일이 아니다. 이러한 일을 가능하게 한 것은 콜랭과 리진의 사랑이다. 그렇다면 무엇이 현격한 인종적 계급적 차이를 뛰어넘어 둘의 사랑을 가능하게 한 것일까? 아이러니하게도 둘의 사랑을 가능하게 한 것은 바로 그 '현격한 인종적 계급적 차이'이다.

콜랭이 리진을 계속해서 욕망하는 근본적인 이유는 리진의 검은 눈이 "콜랭이 아주 오랫동안 잊고 지냈던 태생지를 생각나게"(1권, 109쪽) 하기 때문이다. 이러한 사실은 계속해서 반복된다. 콜랭은 "조선이라는 나라는 틈만 나면 지난 일들을 떠올리게 한다. 엄밀히 말하면 조선이라는 나라가 아니라 아직 말도 제대로 섞어보지 못한 조선의 무회가 그렇다"(1권, 168쪽)고 생각하며, 리진을 공사관에서 만난 후 껴안고 입을 맞춘 후에 "이상합니다. 당신이 낯설지가 않습니다. 나도 모르게 자꾸만 우리 예법으로 당신을 대하게 됩니다"(1권, 172쪽)라고 말한다. 콜랭에게 리진은 "까마득히 시간의 저편으로 물러나 있던 기억들을 마치 어제의 일처럼 생각하게 하는 힘이"(1권, 187쪽) 있는 여인이다. 콜랭은 "서나인이 마리를 닮았소?"라는 왕비의 말에 "예, 마마"(1권, 250쪽)라고 분명하게 말하기도 한다. 콜랭이 사랑했던 마리는 플랑시 마을의 백작 댁 하녀로서 콜랭 부친의 반대로 사랑을 이룰 수 없자 자살한 여인이다. 그녀는 "홀로 검은 머리칼과 검은 눈을 가졌던"(1권, 109쪽) 것이다.

플랑시 마을은 "콜랭의 가족에게 상처와 굴욕과 동시에 야망과 슬픔을 안겨주었"(1권, 109쪽)다. 플랑시라는 마을이 콜랭의 가족에게 이토록 특별한 곳이 된 이유는, 그곳이 신분제가 강하게 남아 있는 전근대적인 공간이기 때문이다. "부친 자크의 욕망은 귀족이 되는 것"(1권, 167쪽)이었지만, 귀족을 위한 엄격한 법이 존재하는 상황에서 자크는 귀족 이름을 함부로 사용한다는 이유로 법정 소송에 휘말려 플랑시 마을에서 쫓겨난다. 사정이 이러하다면 신분제가 남아 있고 문명에서 뒤떨어진 장소인 조선에서, 콜랭이 플랑시 마을을 느끼는 것도 당연한 일이다. 콜랭에게 리진은 마리의 일로 인해 끊임없이 죄의식을 불러일으키는 과거를 위무해줄 수 있는 존재이다.

리진이 콜랭을 통해 보고자 하는 프랑스가 파리라면, 콜랭이 리진을 통해 보고자 하는 프랑스는 플랑시 마을이다. 콜랭과 처음 잠자리를 가지면서 리진은, 루브르, 노트르담 대성당, 불로뉴 숲, 카르티에 라탱 거리, 오페라 극장 등을 데려가달라고 이야기한다. 이런 리진을 향해 콜랭은 파리를 보여주고 싶다고 말을 하지만 "콜랭이 진짜 리진에게 보여주고 싶은 곳은 가족이 쫓겨났던 플랑시 마을"(1권, 184쪽)일 뿐이다.

콜랭은 기본적으로 조선을 이해하려는 자의 모습이 아니다. 그는 제국주의자로서의 모습을 노골적으로 드러낸다. "조선에 부임해와 가장 먼저 보인 관심이 사람이 아니라 조선의 도자기며 서책"(1권, 214쪽)이며, 프랑스의 제국주의적 행동에 대하여 아무런 문제의식을 느끼지 못한다. 이러한 콜랭의 모습은 "조선에 오래 살아 이미 조선인이 다 된"(1권, 214쪽), 그래서 "이들은 이들의 방식대로 살게 두면 안 되는 것인가"(1권, 285쪽)라고까지 말하는 블랑 신부와 대조되어, 그 제국주의적 성격이 더욱 두드러진다. 이러한 콜랭의 성격은 파리에서 더욱 강조된다. 콜랭은 "비너스도 스핑크스도 이곳으로 가져오지 않았으면 망가지고 말았을 거라고 생각"(2권, 85~86쪽)하는 것이다. 콜랭에게 세계는 문명과 야만으로 위계화되어 있다. 이러한 콜랭과 야만의 세계에서 왔으나 근대적 주체로 조금씩 성장해가는 리진이 결별하게 되는 것은 필연이다. 리진은 "당신이 조선의 서책이나 도자기들이 조선에 있는 것보다 여기에 있는 게 더 낫다고 생각하는 한 당신의 힘은 당신의 힘이지 내 힘이 아니에요"(2권, 89쪽)라고 당당하게 말한다.

이런 측면에서 콜랭이 리진을 처음 보았을 때 하는 행위가 사진 찍기라는 것은 의미심장하다. 사진 찍기는 렌즈를 통한 대상과의 간접적인 만남이다. 그것은 객체의 대상화를 전제하는 것으로서 공감이 결여된 행위이다. 리진이 처음 공사관에 갔을 때도 콜랭이 몰두하는 것은, "콜랭은 리진을 향해 수없이 셔터를 눌렀다. 커피를 마시는 리진, 팔을 괴고 있는 리진, 간혹 게랭의 농에 미소를 짓는 리진의 모습도 카메라에 담았다"(1권, 198쪽)처럼 사진 찍는 행위이다.

둘의 관계에서 모든 주도권은 콜랭이 쥐고 있다. 앞에서도 말한 것처럼, 주체가 되지 못하는 리진에게 선택권은 애당초 주어져 있지 않기 때문이다. 리진은 콜랭에게 보낸 편지에서 "당신을 사랑하는지 아닌지 알 수 없으면서도 당신을 떠날 수가 없었습니다. 왜냐면 그땐 내가 '소인'이었기 때문입니다"(2권, 242쪽)라고 밝힌다. 리진은 한 번도 콜랭에 대한 애정을 직접적으로 보이지 않는다. "콜랭은 리진에게 서양 문물을 일깨워주는 두꺼운 책 같은 존재"(1권, 279쪽)일 뿐이다. 콜랭은 조선에서 리진을 열렬하게 사랑하지만, 파리에서는 리진에 대한 애정이 식는다. 조선에서 콜랭은 플랑시 마을과 마리를 떠올리게 하는 리진을 사랑한다. 말을 바꾸자면 콜랭은 조선에서 플랑시 마을과 마리를 사랑하게 되어서, 리진을 사랑하게 된 것이다. 콜랭이 프랑스에 돌아가서 리진에게 보여주고 싶었던 것도 바로 고향 마을 플랑시였던 것이다.

그러나 파리에 돌아오자 콜랭의 리진에 대한 태도는 변한다. 정확히 말하자면 플랑시 마을에 대한 태도가 변한다. 콜랭 스스로도 "자신이 리진을 만나기 이전의 생활로 돌아가 있었다는 것도 깨"(2권, 172쪽)달게 된다. "아버지 자크가 플랑시 마을에서 쫓겨나면서까지 포기하지 않았던 귀족의 칭호를 버릴 생각이거든 리진과 결혼하라, 던 어머니를 설득"(2권, 169쪽)하지 못하는 콜랭은, 파리에서 결혼식에 대하여 아무 말도 하지 않는다. 파리의 콜랭은 조선에서 리진에게 그토록 보여주고 싶어했던 플랑시 마을도 보여주지 않는다. 그렇다면 파리에서는 생각할 수도 없었던 리진과의 결혼을 조선에서는 어떻게 생각하게 되었을까? 환언하자면 파리에서는 떠올리지도 않던 플랑시 마을과 마리를 조선에서는 왜 사랑하게 된 것일까? 그것은 조선의 후진성이 콜랭으로 하여금 프랑스에서 온전한 주체가 되어야 한다는 긴장과 욕망을 완화시킨 결과이다.

'에필로그'에는 리진과 만난 지 이십여 년이 지난 콜랭이 아버지의 유산인 아파트를 버리지 못하고 관리해온 것으로 그려진다. 스스로도 "부친의 욕망을 부담스러워하면서도 돌아보면 자신의 삶 또한 그 연장선상에 있었다는 생각"(2권, 301쪽)을 한다. 아버지 자크란 프랑스 사회에서 당당한 주체가 되기 위해 일생을 보낸 인물이 아니었던가? 콜랭 역시도 아버지의 그 처절한 욕망을 자신의 피와 정신 속에 물려받은 계승자였던 것이다. 이렇게 본다면, 콜랭이 리진에게 느끼는 성애는 철저히 식민주의적 의식에 바탕한 것이라고 규정지을 수 있다. 이러한 콜랭의 모습은, 결코 콜랭 자신의 인격적 결함이 아닌 시대적 보편성으로 설명되고 있다. 각하에게 꼬박꼬박 편지를 쓰는 외교관[2] 콜랭은 리진의 아름다움을 필름에 담을 수는 있을지언정, 결코 그녀의 목소리를 들을 수는 없는 존재인 것이다.

---

2) 콜랭은 리진에게 보내는 결별의 편지에서 "더는 외교관으로서 그녀와의 사랑을 지켜나갈 의지가 없노라고"(2권, 306~307쪽) 밝힌다.

2) 파리에서 원숭이로 살아가기

리진은 파리에서 근대적 주체로 자리매김하는 것처럼 보인다. 단적으로 그녀는 왕비에게 보내는 편지에서도 "'소인'이라 하지 않고 '제가'라고 표현"(2권, 11쪽)한다. 그러나 리진은 노란 피부를 가진 조선에서 온 여인이다. 더군다나 그녀가 걷고 있는 곳은 근대적인 의미의 본격적인 구경꾼이 탄생하던 19세기의 수도 파리이다.[3] 이곳에서 그녀는 "조선에서 가져온 수집품들같이 구경을 하"(2권, 86쪽)는 시선에 끊임없이 맞닥뜨려야 한다. 프랑스인 코고르당은 대놓고 "조선이나 조선인들에 관계되는 것들은 무시하는 게 좋습니다"(2권, 120쪽)라고 말하기도 한다. 이곳 파리에서 리진은 "나는 누구일까요?"(2권, 94쪽)라는 물음과 만난다. 정체성이란 것이 타자를 통해서만 구성될 수 있는 것이라면, 진정한 타자를 만난 파리에서 정체성의 의문을 갖는다는 것은 자연스러운 일이다.

파리에서 이러한 식민주의적 의식에서 예외인 자가 있으니 그는 모파상이다. 조선에 블랑이 있었다면, 파리에는 모파상이 있다. 모파상은 『여자의 일생』을 통해 "여자를 소유물로 여기고 믿음을 아무렇지도 않게 팽개치고 깨어질 맹세를 반복해가며 생을 탕진하는"(2권, 39쪽) 남자들을 그릴 줄 아는 인물이다. 또한 그는 파리에 있는 식민주의자들을 향해 "위선자들"(2권, 47쪽)이라 외칠 수 있는 존재이기도 하다. 이것은 "모파상이 세상을 떠난 후부터"(2권, 172쪽) 리진이 급격히 생기를 잃는 이유이다.

리진이 그나마 파리에서 인간으로서의 대우를 받을 수 있는 근원적인 힘은, "당신이 얼마나 매혹적인지 모르는 사람은 당신뿐이지"(2권,

---

3) 바네사 R. 슈와르츠, 『구경꾼의 탄생』, 노명우·박성일 옮김, 마티, 2006.

57쪽)라는 말에서 알 수 있듯이, 그녀의 타고난 매력에서 온다.[4] 그녀는 "여기 태생의 어느 여인들보다 멋지게 춤을 추"(2권, 121쪽)는 여인이다. 그러나 이러한 매력이 그녀의 인종에서 비롯되는 고통을 계속해서 막아줄 수는 없다. 유일한 이해자인 모파상마저 사라지자 그녀는 광증에 빠지게 된다.

그녀는 콜랭이 조선식으로 꾸며준 '동양의 방'에서야 겨우 말을 되찾고, 나중에는 신새벽마다 잠옷 차림으로 집을 나가는 몽유병에 걸린다. "어딜 가려는 거지?"라는 콜랭의 물음에 리진은 "조선"(2권, 158쪽)이라고 답한다. 이처럼 절박한 향수는, 콜랭과 리진이 "아프리카의 한 부족을 통째로 옮겨다 전시해놓은"(2권, 162쪽) 불로뉴 숲에 갔다 온 후 시작된다. 불로뉴 숲에서 흑인들은 검은 피부색과 생김새로 인해 인간과 동물의 언저리에서 인간성 자체를 의심받으며, 최소한의 인간적 자율성도 부인된 지극히 수동적인 삶을 살고 있다. 이것을 보고 "리진의 얼굴이 한순간 일그러"(2권, 163쪽)지는데, 콜랭은 그것도 모르고 "다른 사람들과 함께 웃음을 터뜨리며 구경"(2권, 163쪽)에 열중한다. 리진은 프랑스에서 자아와 세계의 심각한 균열로 인해 심각한 자아 정체성의 위기에 봉착하고, 이를 해결하기 위해 향수에 젖고 있는 것이다.

이어지는 문장은 파리에서 "리진이 가장 못 견뎌했던 것은 구경거리를 바라보듯 하는 사람들의 시선"(2권, 164쪽)이었음을 밝히고 있다. 콜랭과 다른 파리 시민들이 흑인들을 바라보며 즐기는 시선 속에서, 리진은 자신을 바라보는 콜랭과 파리 사람들의 시선을 느꼈던 것이다. 파리에서 리진은 흑인과 마찬가지로 비-주체, 비체(abject)이다. 이러한 리진의 처지는 신경숙이 이 소설을 쓰는 바탕이 되었다는 리진에

---

4) 『리진』과 마찬가지로 19세기를 배경으로 해서, 힌 여성의 이인이라는 문제를 다루고 있는 『심청』이라는 작품에서도, 심청이 황해의 높은 파도를 헤쳐나갈 수 있는 그녀의 근원적인 힘은 바로 그녀의 육체였다.

대한 실제 기록에서는 '원숭이'라는 동물로서 표상된다.[5] 근대적 주체
로 서기 시작하던 리진은 프랑스에서 자신의 젠더적, 인종적 정체성에
대한 자각을 하게 된다. 이러한 맥락에서 조선에 돌아와 왕비와 리진
이 나누는 다음의 대화는 무척이나 인상적이다.

　　——법국에선 어떤 때에 가장 외로웠느냐?
　　——제가 누구인지 알고 싶을 때였습니다.
　　——그래, 네가 누구 같더냐?
　　——모르겠습니다. 먼지 같고 풀 같고 구름 같고……
　　——종내는 아무것도 아닐 것이다.(2권, 228쪽)

　　위의 문답은 리진의 프랑스 생활을 압축적으로 요약해준다. 리진은
프랑스에서 진정한 타자를 만나, 자신의 정체성에 대한 의문에 매달렸
으나, 끝내 그 답을 얻지 못한다. 리진에게 주어진 상징계적 좌표는 파
리에 존재하지 않았던 것이다. 파리에서의 그녀는 단지 "먼지 같고 풀
같고 구름 같"을 뿐이다. 이 작품에서 특이한 것은 콜랭이 한국 이름을
갖는 것에 반해, 리진이 끝내 프랑스 이름을 갖지 못한다는 것이다. 작
품의 흐름상, 그리고 실제로도 프랑스의 외교관과 실질적인 결혼생활
을 하는 여인에게 프랑스 이름이 없다는 것은 부자연스러운 일이다.
이러한 부자연스러움을 감당할 만큼, 프랑스에서 그녀가 지닌 비체로
서의 성격은 선명하다.

---

5) "리진은 곧 매일 만나는 서양 여인들에 비해 자신이 육체적으로 열등하다는 사실을 인정
하지 않을 수 없었다. 그녀는 엄청난 우울증에 빠져들었다. 외교관이 보여주는 변함없는
애정에도 불구하고 육신이 급격히 쇠약해져갔다…… 머리를 기댈 수 있는 커다란 안락의
자에 푹 파묻혀 앉은 이 가련한 한국 여인의 모습은 너무나 야윈 나머지 마치 장난삼아 여
자 옷을 입혀놓은 **한 마리 작은 원숭이** 같아 보였다"(신경숙, 「리진을 찾아서」, 『리진』 2,
문학동네, 2007, 343쪽. 강조는 인용자)고 기록되어 있다.

리진과 왕비

'소인'에서 '저'로 개인적 자각을 해나가던 리진은 인종적, 젠더적 벽 앞에서 불로뉴 숲의 구경거리가 된 흑인과 자신이 별반 다를 바 없는 존재임을 뼈저리게 체험한다. 그러한 체험은 몽유병으로 현상된다. 이러한 체험은 조선을 향한 병적인 향수로 이어지고, 그녀는 드디어 제물포로 돌아온다. 그녀는 고통스런 방랑을 끝마치고 돌아온 귀향자의 안락함을 누릴 수 있을까?

아쉽게도 돌아온 고향에서 그녀를 기다리는 것은, 환대의 시선이 아닌 경계와 호기심의 시선이다. 그녀는 '드레스를 입은 궁녀'라는 그야말로 단독자가 된다. 콜랭과 결혼하지 않은 그녀는 여전히 "궁의 여자" (2권, 219쪽)이지만, 드레스 입기를 포기하지 않는다. 그녀에게는 궁의 여자로만 표상되지 않는 잉여가 남은 것이다. 이러한 잉여로 인해 그녀는 젖을 물고 있던 어린애마저 다른 나라 사람 보듯 쳐다보는, "프랑스에서와 마찬가지로 조선에서도 구경거리"(2권, 186쪽)가 된다. 그러나 19세기의 수도인 파리를 경험한 리진은 이제 옛날의 리진으로는 돌아갈 수 없다. 과거로 돌아갈 수 없는 리진의 모습은 서상궁의 계속된 나무람에도 결코 벗지 않는 "드레스 차림"을 통해 드러난다.

이러한 리진을 용납할 조선에서의 좌표는 없다. 그것은 남성중심주의와 전통적인 세계관을 대표하는 홍종우의 계속되는 방해가 증명한다. 서상궁의 말처럼, 리진이 선택할 수 있는 것은 "다시 조선을 떠나는 것" "조선에서 잊혀지는(2권, 234쪽)" 것 이외에는 없는 것이다. 이러한 리진의 삶은 왕비의 삶과 여러 면에서 유사하다.

왕비와 리진의 관계는 처음에 모녀관계로서 그려진다. 그것은 작품의 곳곳에 명시적으로 드리니고 있다. 그런데 작품이 진행될수록 둘은 하나로 결합된다. "왕비가 느끼는 불안이 시도 때도 없이 리진의 가슴

속으로도 밀려들곤 했다"(1권, 128쪽)는 명시적인 진술이 아니더라도, 작품의 곳곳에서 왕비가 느끼는 불안과 공포는 이내 리진에게 그대로 연결된다. 리진은 왕비를 죽이려는 불길로 타오르던 궁궐을 보고 와서 는 "난 죽지 않아!"(1권, 96쪽)라고 두 번씩이나 외칠 만큼, 그 위협을 자신의 것으로 절실하게 받아들인다. 공사관에서 콜랭과 머물면서도 리진은 임오년 당시 왕비가 처한 곤란에 대한 꿈을 꾸기도 한다. "가마 가 가지 못하는 산길을 걷고 또 걸어야 했"(1권, 203쪽)던 그때의 일은 "세월이 흘렀어도 언제나 바로 앞의 현실처럼 느껴"(1권, 203쪽)진다.

왕비는 결코 고결한 아름다움의 화신이 아니다. 그녀는 고결함으로 등장인물들을 압도하지 못한다. 오히려 늘 생존에의 불안과 공포에 시 달리는 존재이며, 언제든지 죽을 수도 있으며, 심지어는 산 시체가 될 수도 있는 존재에 불과하다. 리진이 고유명 없는 존재로 한동안 살아 가야 했던 것처럼, 임오군란 당시 왕비는 시아버지인 대원군에 의해 "오래전에 이미 죽은 사람으로 여겨져 국장까지 치른 고난을 겪"(1권, 28~29쪽)는 미약한 존재이다. 이처럼 불안한 정체성은 작품의 후반부 로 갈수록 더욱 강화된다.

왕비를 위협하는 것은 크게 두 가지이다. 하나는 시아버지로 대표되 는 가부장적 질서이다. 임오군란 시에 대표적으로 드러나듯이 시아버 지 대원군은 그녀를 제거하려고 한다. 궁이 가장 남성중심적인 공간이 라면, 그러한 질서에 순응하지 않는 왕비에게 가해지는 위해는 너무도 당연하다. 옛날 노인들은 며느리를 흉볼 때 가끔 '민후(閔后) 같은 년' 이란 말을 썼다고 한다. 명성황후가 이처럼 지독한 욕의 대상이 된 것 은, 그녀가 전통적인 가부장적 질서에 순종하지 않았기 때문이다. 가 부장적 질서를 둘러싸고 벌어지는 대원군과 명성황후의 대립은 물론 전통과 근대라는 거시사적 갈등을 포함한 것이다. 그녀를 위협하는 또 하나의 실체는 근대화된 제국들이다. 후자의 위협이 좀더 본질적이고 위험한 것이라 할 수 있으며, 그녀는 대원군이 아닌 일제의 사주를 받은 일본인 낭인들에 의하여 살해된다.

파리에서 돌아온 리진과 왕비가 나누는 문답에서 알 수 있듯이, 왕비는 이미 리진의 삶을 조감할 수 있는 위치에 서 있다. 왕비는 이미 리진이 겪은 삶의 어려움을 모두 체험하여 그 의미를 선취했기 때문이다. 리진 역시도 그러한 두 가지 차별과 위협 앞에 고스란히 노출되어 있다. 콜랭과의 관계란 지극히 남성 중심적인 것이었으며, 프랑스에서의 체험은 세계화된 근대 체제에서 조선인이 겪을 수밖에 없는 고통이었기 때문이다. 왕비에게 남성 중심적인 세계의 위협을 육화한 존재가 시아버지 대원군이라면, 리진에게는 홍종우라고 할 수 있다. 그는 조선과 프랑스에서 줄기차게 리진과 콜랭의 관계를 방해하고, 나아가서는 리진의 분신이라고 할 수 있는 강연의 손을 자르기까지 한다.

독이 묻은 불한사전을 먹고 자결한다는 것

왕비가 살해된 궁에서 리진은 자살한다. 왕비와 리진이 둘이 아닌 하나라면, 왕비의 죽음에 이어지는 리진의 죽음은 자연스럽다. "궁의 약방에서 구한 비상을 반촌 방 안의 드레스를 죄다 껴입은 채 사전의 누런 종이 사이사이에 발라놓았"(2권, 298쪽)던 리진은 그 사전을 찢어 먹고 죽는다. 이러한 죽음의 모습은 그 자체로 리진을 선명하게 표상해준다.

이 작품에서 블랑 주교가 리진에게 건네준 불한사전은 근대의 지식 체계를 상징한다. 블랑 주교는 "항상 생각하고 배워라"(1권, 95쪽)는 말과 함께 불한사전을 건네주었으며, 불한사전으로 가능해진 그녀의 불어 구사 능력은 그녀를 '궁의 여자'가 아닌 새로운 주체로 탄생시킬 가능성을 열어주었던 것이다. 리진이 콜랭의 '은애'를 받지 않았다면, 그녀는 끝내 이름 없이 살아가야 했을지도 모른다. 이때 둘의 관계를 촉진시킨 중요한 이유는 그녀의 불어 사용 능력이었다. 그녀가 조선을 떠나면서 제일 먼저 챙긴 것이 "블랑 주교가 필사한 불한사전"(1권, 33쪽)이었던 것처럼, 리진이 불한사전에 보이는 집착은 강렬하다. 조선에 와서도 그녀는 왕비의 처소가 불타는 것을 보고 온 밤에 "불한사전을 껴안고"(1권, 97쪽) 운다. 궁궐이 불타는 모습이 실연하는 왕비의 위험스러운 처지는 리진에게 그대로 전달되고, 리진은 그러한 공포 앞에서 생존의 수단으로 불한사전을 택한 것이다. 이처럼 불한사전의 세계란 리진에게는 근대적 주체로 서는 통로인 동시에 생존의 수단이기도 하다. 그런데, 그 불한사전에는 독이 묻어 있었던 것이다.

독이 묻은 불한사전을 먹고 죽은 리진은 자신이 결국 근대의 폭력성에 의해 죽게 되었음을 말하고 있다. 커다란 틀에서 보자면 일본제국의 하수인인 낭인들에 의해 저질러진 왕비의 죽음과 독이 묻은 불한사전을 먹고 죽은 리진의 죽음은, 근대의 폭력에 의한 죽음이라는 점에서 유사하다. 이 소설을 관통하는 물음인 '나는 누구인가'에 대한 해답은 이 죽음의 모습을 통해 실연된다. 리진은 제3세계 하층민 여성으로서, 폭력적인 근대화의 물결 속에서 인종적, 성적 폭력과 모순으로 인해 죽을 수밖에 없었던 것이다.

나아가 이러한 죽음의 방식은 또하나의 의미를 획득한다. 그것은 불한사전으로 상징되는 세계와 하나가 되고자 하는 강렬한 의지의 드러냄이다. 불한사전을 먹는 행위 속에서는 그것을 자기 것으로 만들고자 하는 강렬한 동일화의 의지 역시 작용하고 있다. 왕비의 죽음 이후 리진은 우울증적 주체로서의 모습을 보인다. 리진은 왕비에 대한 애착이 너무 강해서 결코 완벽한 애도에 이르지 못한다. 그녀는 애착 대상과 단절하기보다는 오히려 상실한 대상과의 동일시를 통해 한몸이 되고

자 한다. 리진이 왕비가 죽은 곳에서 죽고자 하는 것이, 그 단적인 예이다. 리진은 왕비를 포기하지 않고 왕비를 자기 안에 담아둠으로써 체념한다는 역설적인 모습을 보이고 있다. 이때 리진은 잃어버린 타자, 즉 왕비를 자기 안에 유령으로 합체해놓은 존재가 된다.

리진의 심층 심리를 설명함에 있어, 왕비 대신 불한사전을 바꾸어놓아도 상황은 마찬가지이다. 리진은 불한사전으로 표상되는 근대에 대한 애착이 너무나 강해서 온전한 애도에 이르지 못한다. 리진은 젖먹이조차 불쾌한 시선을 보이고, 서상궁이 계속해서 꾸지람을 함에도 불구하고 파리에서 입었던 드레스를 끝끝내 벗지 않는다. 그녀는 결코 파리에서 온몸으로 익힌 근대적 사고와 문물에 대한 지향을 내려놓지 못하는 것이다. 그녀는 불한사전으로 표상되는 세계와 단절하기보다는 불한사전과의 동일시를 통해 한몸이 되고자 한다. 이때 리진은 근대와 동일시할 수 있게 되는 것이다. 리진은 죽음의 방식을 통해, 자신의 내부에 유령으로 합체시킨 대상이 왕비인 동시에 불한사전이기도 함을 분명하게 보여주고 있다.

리진은 왕비와 하나가 되어 폭력적 근대화의 제물이 된 왕비를 증언하는 존재인 동시에, 불한사전으로 표상되는 근대를 담지한 존재가 되고자 한다. 그러나 근대적 주체가 되고자 하는 리진의 욕망은 하나의 바람으로만 끝난다. 그것은 콜랭과의 관계, 프랑스에서 겪었던 리진의 삶을 통해 설득력 있게 형상화되었다. 프랑스에서 리진은 극심한 향수에 시달리다가 조선에 돌아올 수밖에 없었던 것이다. 의미 형성의 중요한 계기라고 할 수 있는 작품의 마지막에서 드러나듯이, 그녀의 몫은 아무래도 근대의 폭력과 억압에 희생되는 한 여인을 증언하거나 혹은 바로 그 여인이 되는 것이다.

공동체의 증인 되기, 위패(位牌) 없는 시체 되기

『리진』의 '에필로그'는 리진의 삶이 지닌 의미를 최종적으로 규정해 준다는 점에서, 대개의 작품 결미가 지닌 것 이상의 중요성을 갖는다. 결코 리진의 목소리를 들을 수 없었던 콜랭은 리진이 자살하고 이십여 년이 지난 시점에서 리진의 목소리를 듣는다. 콜랭이 듣는 이 목소리를 위해 이 작품의 '에필로그'는 존재한다. 이전까지 콜랭은 리진이 자신에게 보낸 마지막 편지에서 자신에 대해서는 한마디도 남겨놓지 않고, 오직 "왕비가 시해당하던 밤의 정황을 낱낱이 써서 남긴 것"(2권, 307쪽)에 대하여 아쉬워할 뿐이었다. 그는 "1914년, 파리의 어느 겨울날 저녁"(2권, 300쪽)에 벽난로의 불길 속에 허드렛것들을 집어넣으면서야 비로소 리진이 식민지의 황색 피부를 가진 한 여인이었음을 재인식하게 된다.

외교관으로만 돌아가겠다고 했던 자신에게 왕비가 시해당하던 밤의 정황을 낱낱이 써서 남긴 것은 이권과는 상관없이 왕비의 죽음을 제대로 알려달라는 뜻이었나. 그랬나. 잡초가 무성한 궁궐을 죽음의 장소로 택한 것도 그 때문이었나. 그걸 왜 이제야 깨닫단 말인가.(2권, 307쪽)

비로소 마지막 남은 리진의 사진을 벽난로에 던지며 그녀의 검은 눈이 "단 한마디도 남기지 않은 게 아니라 무수히 많은 말을 남겼건만 그 자신이 알아듣지 못했음을 콜랭은 고통스럽게 깨"(2권, 309쪽)닫는다. 그녀는 조선 왕조와 그것의 상징적 구현자인 왕비의 최후를 증언하는 존재여야 했던 것이다.

결국 그녀는 공동체의 증언자로서 최종적인 의미 부여가 된다. 이러한 결말은 비슷한 시기(19세기)를 배경으로 하면서, 똑같이 디아스포라의 삶을 살아야 했던 한 여인의 삶을 그리고 있는 『심청』의 결말과 비교해볼 필요가 있다. 심청은 동아시아 전체를 떠돌아다니면서, 타자를 향한 끊임없는 연대의 정신으로 "고향" 대신 "집"[6]을 만들어나갔다. 그 결과 심청은 생의 마지막 순간에도 다음의 인용문처럼 어떠한 공동체에도 소속되지 않은 완성된 존재가 된다.

"참 길은 멀기두 하다. 남들 해치지 말구 살거라."

그네는 품속에서 뭔가 꺼내어 기리에게 내밀었다. 그건 오래전에 그네가 고향 황주에 갔다가 절에서 찾아온 자신의 위패였다. 아직도 흐릿하게 심청지신위(沈淸之神位)라는 글씨가 보였다. 청은 간신히 속삭였다.

"나 가거든 화장하여 바다에 뿌려다우. 그것도 함께 태워버리고……"

심청은 눈을 감고는 한번 빙긋이 웃었다. 오물조물한 입이 조금 움직였을 뿐, 실컷 울고 난 사람의 웃음처럼 그건 아주 희미했다. [7]

위패란 한 인간이 어떠한 공동체에 속했었는지를 분명하게 구획 지어주는 말뚝일 것이다. 산 자만 공동체에 소속되는 것이 아니라 죽은 자도 결코 공동체를 벗어날 수 없다. 언제나 삶은 죽음을 지배하기 때문이다. 그러한 공동체의 구속력을 명료하게 시각화한 사물이 바로 위패이다. 심청은 '황주골의 효녀'로서 영원히 기억되는 존재가 될 수 있었을 것이다. 동아시아(세계)의 내부와 외부의 구분을 폐기함으로써 타자와 마주하고자 한 심청은 마지막 순간에 자신의 위패를 태울 것을 주문하고 있다. 이러한 죽음은 공동체의 증인으로서 죽고자 한 리진의

6) 황석영, 『심청』 하, 문학동네, 2003, 52쪽.
7) 같은 책, 307쪽.

죽음과는 썩 다른 것이다.

『심청』의 심청이 기어코 "집"을 만들어내고 자신을 완성해낸 데 반해, 『리진』의 리진은 왕비를 살리지도 못했고[8] 그렇다고 파리에 정착하지도 못한다. 사이에 낀 존재, 즉 "드레스를 입은 궁녀"로서 생을 마친 것이다. 그러나 리진의 패배는 심청의 성공(정확히 말하자면 초월)에 모자라지 않은 깨우침과 울림을 준다. 그녀의 좌절 속에는 19세기 말에 조선이 직면해 있는 절망의 구조가 투명하게 드러나 있기 때문이다. 『리진』이 우리에게 감동을 준다면, 그러한 감동은 전적으로 절망의 구조를 진지하고도 끈질기게 바라본 작가의 또다른 절망에서 비롯된다. 신경숙이 『리진』에서 그려 보인 리진의 삶은 그 외양에 있어서는 특이할 수도 있으나, 그 이면에 있어서는 전근대에서 근대로 이행하는 시기에 살았던 제3세계 약소국 여성의 보편적인 삶을 체현하고 있다고 감히 말할 수 있다.

---

8) 자신의 처소인 교태전이 불에 탔을 때 왕비는 리진을 "나를 지켜줄"(1권, 91쪽) 아이라고 규정짓는다.

북한 역사소설의 진정한 새로움

홍석중의 『황진이』를 중심으로

사건으로서의 『황진이』

홍석중의 『황진이』는 문학사적 사건이다. 북한 작가에 의해 북한에서 창작된 소설이 남한에서도 출판되어 수많은 대중들의 주목을 받았으며, 남한의 권위 있는 문학상까지 받은 사례는 분단 이후 처음 있는 일이기 때문이다. 뿐만 아니라 『황진이』는 『살아 있는 신화, 황진이』라는 평론집이 나올 정도로 전문적인 독자 집단의 뜨거운 관심을 받았다. 홍석중의 『황진이』도 '살아 있는 신화'가 된 것이다. 이처럼 홍석중의 『황진이』가 커다란 주목을 받을 수 있었던 데에는 이 작품이 지닌 예술적 우수성에서 그 일차적인 이유를 찾을 수 있다. 짜임새 있는 작품 구성, 『임꺽정』을 연상시키는 풍부한 어휘의 구사, 세련되고 치밀한 성격화와 심리 묘사 등은 이 작품의 예술성을 뒷받침하는 것들이다. 황도경의 "웃음에 바탕을 둔 해학과 풍자의 묘미, 직설적이고 대담한 성의 묘사, 속남과 비유의 능수능란한 활용이나 구어체 서술 등을 통한 구체적 현장감의 획득, 사건 구성의 치밀함 등 홍석중의 『황진이』는 장편 역사소설로서 갖추어야 할 대중성과 예술성을 고루 갖춘 작품"[1]이라는 평가는 홍석중의『황진이』가 지닌 문학성을 잘 정리해주고 있다.

『황진이』에 대한 논의는 기존 북한문학의 맥락 속에서 그 소설사적 의미를 찾는 것에서부터 시작되고 있다. 이러한 논의의 방향은 두 가지인데, 첫째는 이전의 소설과 다른 변별점에 초점을 맞추는 것이고, 다른 하나는 이전 소설과의 연속성에 초점을 맞춘 것들이다. 변별성으로 가장 주목되는 것은『황진이』가 남녀 간의 성애에 대하여 긍정적이며, 그것을 적극적으로 다루고 있다는 점이다.[2] 즉 북한소설이 일관되게 보여주는 '민중적 계급성'이라는 차원 위에 자유로운 에로티시즘이 결합되어 있다는 것이다. 오태호는 "홍석중이 관능의 표상이자 낭만의 화신으로 그려낸『황진이』는 기존 북한소설의 공산주의적 도덕윤리를 표방하는 사랑 방정식에서 벗어나 있다는 점에서 분명한 의의를 지닌다"[3]고 보고 있다. 이상숙 역시 "『높새바람』과『황진이』를 읽는 남측 독자들은 이 소설이 북한소설답지 않게 인민성, 당성, 계급성에 대한 직접적 언급이 없다는 점에 놀라고 남측 소설이라 해도 어색할 것이 없는 언어 구사와 대담한 성애 묘사에 놀랄 것이다"[4]라고 말하고 있다. 이처럼 홍석중의『황진이』는 그동안 북한소설이 보여준 공식화된 서술방식에서 벗어나 대중성과 예술성을 널리 갖춘 작품으로 그 의의를 인정받고 있다.

연속성에 초점을 맞춘 것으로는 김경연의 논의를 들 수 있다. 김경연은『황진이』가 북한문학의 정형성을 이탈하거나 위반하는 징후로 곧

---

1) 황도경,「살아 있는 신화, 황진이」,『살아 있는 신화, 황진이』, 김재용 엮음, 대훈, 2006, 154쪽.
2) 김재용은 "금욕주의가 판을 친다고 생각할 수도 있는 북의 문학계에서 이러한 작품이 나왔다는 것은 그 자체로도 특기할 만한 일이다"(「남과 북을 잇는 역사소설『황진이』」, 같은 책, 21쪽)라고 말하고 있다.
3) 오태호,「홍석중의 '황진이'에 나타난 '낭만성' 고찰」, 같은 책, 67쪽.
4) 이상숙,「역사소설 작가로서의 홍석중」, 같은 책, 98쪽.

장 읽어내는 것에는 신중해야 한다고 보고 있다. 이 소설이 지닌 예외성이란 "북한문학의 정형성이 용인한 '부분적 예외성'"[5]에 불과하기 때문이다. 『황진이』를 여성주의적인 시각에서 읽어내고 있는 이 글에서, 김경연은 "결국 위선도 거짓도 없는 순결한 민중–남성을 발견함으로써 '여성–황진이'를 '민중–황진이'로 대체해가는 홍석중의 『황진이』는 여전히 북한문학이 견지해온 가부장성의 지반 위에 서 있다"[6]는 결론을 내리고 있다.

다음으로 비슷한 시기에 남한에서 창작된 역사소설들과 연관시켜 논의한 글들이 있다. 먼저 공통점을 찾은 논의들이 있는데, 최원식과 김경연의 논의가 여기에 해당된다. 최원식은 『황진이』가 원본으로서의 역사 또는 대문자 역사에 대하여 반발한다는 점에서 남한의 역사물들과 공통된 역사감각을 보여준다고 보고 있다. 특히 홍석중의 『황진이』에는 그러한 특성이 여성주의와 결합된 반영웅주의를 통해 드러나고 있다는 것이다.[7] 김경연은 남북한의 『황진이』들을 비교하면서, 김탁환은 황진이를 '근대주의적 욕망에 바탕한 학인(學人)'으로 형상화하였고, 전경린은 황진이를 '몽환의 논리에 바탕한 도인(道人)'으로 형상화하였으며, 홍석중의 황진이는 '인민주의적 상상력에 바탕한 민중'으로 형상화하였다고 보았다. 그런데 황진이를 둘러싼 다양한 창작들은 공통적으로 "'무성적인 성녀'라는 단 하나의 기의에 봉헌하는 것으로 허망하게 끝난다"[8]고 보고 있다. 이것은 근대 민족주의 담론에서 "여성은 모성을 제외한 일체의 여성성을 표백하고 오로지 무성적인 어머니로 퇴행해야 했"으며, 이러한 이유로 "황진이를 성녀(性女)가 아닌 성

5) 김경연, 「황진이의 재발견, 그 탈마법화의 시도들」, 같은 책, 175쪽.
6) 같은 글, 178쪽.
7) 최원식, 「남과 북의 새로운 역사감각들」, 같은 책.
8) 김경연, 앞의 글, 180쪽.

녀(聖女)로 구상하고자 하는 욕망은 백 년의 시공간을 넘나들며 반복과 변주를 거듭"한다는 것이다.[9]

다음으로 황진이를 대상으로 남한에서 창작된 소설들과의 차이점을 밝힌 연구로는 황도경, 우미영의 논의를 들 수 있다. 황도경은[10] 홍석중과 전경린의 『황진이』를 비교하면서, 전경린의 『황진이』는 "억압적이고 권위적인 사회 속에서 여성이자 기생의 딸이라는 이중적 굴레를 온몸으로 맞서 대면하면서 자유롭고 주체적인 여성으로 살아가기 위해 몸부림친 인물, 그것이 전경린을 통해 만나게 되는 황진이"[11]라고 보고 있다. 이에 반해 홍석중의 『황진이』는 "황진이가 민중적 영웅으로 설정된 놈이에게서 진정한 사랑을 발견하기까지의 과정을 보여주면서, 그 과정이 위선적이고 탐욕적인 양반 사대부들의 애정 행각과 대비되면서 양반사회에 대한 비판의 성격이 강조"[12]되어 있다고 보고 있다. 우미영은 김탁환, 전경린, 홍석중의 황진이를 비교하고 있다. 김탁환의 『나, 황진이』가 아버지 부정이 아버지의 언어를 통해 이루어짐으로써 "황진이의 아버지 부정은 자신이 아버지의 세계에 편입하여 새로운 아버지가 되는 것"[13]에 그쳤으며, 전경린의 『황진이』는 조선 시대의 궤도 그 자체로부터의 탈주를 통한 완전한 자유를 꿈꾸는 "기생이자 예술가 그리고 자유인 황진이의 삶은 유목민적 삶을 닮았다"[14]고 보고 있다. 홍석중이 그려낸 황진이는 아버지의 세계와 놈이의 세계로 분열

---

9) 같은 글, 160쪽.

10) 황도경은 본격적인 논의에 앞서, 그동안 황진이를 소재로 해서 창작된 소설들을 개관하면서 최인호의 『황진이』는 "억압적 힘에 대응하는 한 방식으로서의 에로스를 상징"(같은 책, 135쪽)하며, 김탁환의 『나, 황진이』는 성적 탐미의 차원에서 거론되어온 황진이 이야기들을 "지적, 사상적 교류의 그것으로 바꾸어놓는다"(같은 책, 137쪽)고 보고 있다.

11) 황도경, 앞의 글, 139쪽.

12) 같은 글, 147쪽.

13) 우미영, 「복수의 상상력과 역사적 여성」, 같은 책, 190쪽.

14) 같은 글, 199쪽.

된 존재로 보고 있으며, 이러한 "분열적 면모를 통해 인간의 욕망을 발견함으로써 사회주의 문학의 이데올로기적 경직성을 탈피한 것은 홍석중의 『황진이』가 가져온 큰 수확"[15]으로 평가하고 있다.[16]

지금까지 홍석중의 『황진이』에 대한 논의는 문학사적인 시각이나 남한의 '황진이' 소설들과의 비교문학적인 시각에서 이루어져왔다. 주로 거시적인 시각에서 이루어진 이들 논의를 통해 『황진이』가 지닌 기본적인 특성은 어느 정도 밝혀진 상태이다. 그러나 아직까지 『황진이』만의 특수성을 드러내주는 논의는 불충분한 상태이다. 그것은 이 작품을 바라보는 시각이나 방법론이 갖추어지지 못한 것과도 맥을 같이하는 현상이다. 이 글은 홍석중의 『황진이』를 불교적 세계관에 비추어서 살펴보고자 한다. 이 소설의 주인공인 황진이와 놈이의 삶은 불교적인 틀로서 가장 잘 설명될 수 있다고 보기 때문이다. 이러한 논의를 통해 이전의 어떠한 북한 역사소설이나 황진이를 대상으로 한 남한의 다른 '황진이' 계열 소설보다 독자들에게 보편적인 감동을 주는 이유가 어느 정도 해명될 것이다.

관례화된 현실종교로서의 불교 비판

홍석중의 『황진이』와 불교의 관련성을 논함에 있어서는 서사의 심층과 표층으로 층위를 나누어 살펴보는 시각이 필요하다. 서술자나 주요 인물들의 직접적인 언급과 같이 서사의 표면에 드러난 층위(표층)와 서사를 추동하는 기본원리나 인물들의 무의식적 차원과 같은 서사

---

15) 같은 글, 197쪽.
16) 이외에도 홍석중 소설에 나타난 어휘를 정치하게 논의한 글도 있다. (민충환, 「『임꺽정』과 홍석중 소설에 나타난 우리말」, 앞의 책)

의 이면에 놓여 있는 층위(심층)로 나누어 살펴보아야 하는 것이다. 불교는 서사의 표층에서 부정과 비판의 대상이지만, 불교는 서사의 심층에 놓여 있는 중핵이라고 볼 수 있다. 홍석중의 『황진이』는 표층과 심층의 대립과 부딪침이 곳곳에서 감지되는데, 그것은 『황진이』가 지닌 이전 북한 역사소설과의 연속성과 변별성이 충돌하는 현장이다.

『황진이』에서 서술자나 주요 인물들의 직접적인 언급, 즉 표면에 드러난 의식적인 층위에서는 불교가 부정적인 대상으로 그려진다. 홍석중의 『황진이』는 일반적인 북한문학이 그러하듯이 선명한 윤리적 이분법의 바탕 위에 서 있다. 지배 계급과 피지배 계급의 성격과 행위를 끊임없이 대비시키며 전자를 악으로 후자를 선의 표상으로 절대화하고 있는 것이다. 그런데 이 작품에서 승려들은 위선과 허위에 바탕한 삶을 산다는 점에서 당대의 양반 사대부들과 같은 차원의 존재들로 그려지고 있다. 황진이의 생각을 나타낸 다음의 인용문에 잘 드러나듯이, 황진이는 불교 자체에 대하여 부정적인 입장이다.

결국은 불교나 유교나 피장파장이라는 소리이니 진이로서도 덧붙일 말은 없지만 구태여 자기더러 부처님에 대한 이야기를 꼭 하라면 불상 그 자체보다도 그 불상의 표정을 가지고 한마디 따끔하게 꼬집고 싶었다. 밤낮 불상 우에 가부좌를 하고 앉아서 바보처럼 빙그레 웃고 있는 꼬락서니를 보면 마치 이승의 모든 것이 자기 때문에 행복한 극락으로나 변한 줄 아는지 자못 만족한 웃음인데 렴치가 있으면 한번 세상을 둘러보라. 아무리 흙으로 빚은 우상이라도 얼굴 표정에 론리가 있어야 하지 않는가. 밥통 같은 것.[17]

---

17) 홍석중, 『황진이』 1, 대훈, 2004, 138~139쪽. 이하 이 책에서 인용할 경우 본문에 권수와 쪽수만 표시한다.

황진이에게 불교는 유교와 동일한 차원에 놓여 있으며, 불상의 웃음 짓는 표정은 진이로 하여금 "밥통 같은 것"이라는 극언마저 하게 만든다. 황진이는 나중 자신과 집안의 진실을 알게 되었을 때, "이 순간 진이는 자신이 미쳐서 도끼를 들고 어느 절간이든 뛰여들어가서 자만자족의 웃음을 담은 그 뻔뻔스러운 '불상'의 상통을 단숨에 깨버리고 싶었다. (⋯) 위선의 허울을 쓰고 세상을 활보하는 그런 거룩한 '흙덩이'들이 오죽이나 많은가"(1권, 173쪽)라고 말한다. 진이에게 불상이란 위선의 대표적인 기호인 것이다.

특히 불교계에 대한 비판은 지족선사 대목에 집중되고 있는데, 이 부분에서 당시 불교계에 대한 비판은 지나치게 강렬해서 작위성이 느껴질 정도이다. 비판의 강도는 양반을 향할 때보다 더욱 강하다.[18] 특히 지족선사 대목은, 사실주의의 교조적인 원칙이 철저하게 지켜졌다고 할 정도로, 모든 초월적인 것에 대한 강렬한 부정과 더불어 불교와 승려들에 대한 철저한 비판의 모습을 보여준다.

이 소설의 큰스님은, 황진이를 좋아하다 상사병이 나서 속세와 인연을 끊고 스님이 된 만석이를 마치 생불로 가장하여 신도들로부터 많은 시주를 얻어내는 사기꾼으로 그려진다. 이를 위해 만석이에게 초약 달인 물을 먹이기도 한다. 이뿐만이 아니라 큰스님은 어린 사미들에게 "후정따기"(2권, 46쪽)를 강요하거나, 여신도들을 농락하는 모습을 보여준다. 나중에 그는 황진이의 꾀에 말려들어 "벌거벗은 알몸뚱이에 백팔념주를 목에 건"(2권, 63쪽) 기괴한 모습까지 보인다. 이러한 큰스님의 타락은 불교계 전반으로 이어져서 다른 스님들 역시 만석이로 인해 여러 문제가 발생하자 만석이를 죽이려 한다든가, "곡차를 먹인다

---

18) 최원식은 "선비의 세계에 대한 곡진한 이해에 비할 때, '큰스님(주지)'의 예가 단적으로 보여주듯이 불교에 대해서는 데면데면하다"(최원식, 앞의 글, 127쪽)고 말하고 있다.

면 부처님 사리라두 팔아먹을 땡추"(2권, 37쪽)로 형상화되고 있다.

불교계에 대한 작가의 비판의식은 이 부분의 독특한 서술방식에서도 드러난다. 다른 부분과 달리 이 대목에서는 작가가 직접 맨얼굴을 드러내는 대목이 여러 차례 등장한다. "귀법사에 다녀온 독자들인 것만큼"(2권, 24쪽), "이미 우리가 한번 와보아서 알고 있는 것처럼"(2권, 26쪽), "호기심 많은 독자들은 한번 시험해보라"(2권, 45쪽)와 같은 부분을 들 수 있다. 상식적인 근대소설 규범에서 벗어난 이러한 서술적 특징은 당대의 불교계를 비판하고자 하는 작가의 적극성이 드러난 결과라고 할 수 있다.

이처럼 서사의 표층에서는 불교에 대한 부정적인 의식이 선명하게 드러남에 비해, 서사의 심층 즉 서사를 추동하는 기본원리나 인물들의 무의식적 차원에서는 불교적 세계관이 선명하게 드러난다. 그것은 의식적인 차원이라기보다는 무의식적인 차원에서 작동하는 것으로 보이는데, 작가의 근본적인 문제의식은 불교적인 세계관에 맞닿아 있다. 이것은 북한문학 나아가 북한체제가 억압해온 불교가 오랜 시간의 억압을 뚫고 지상으로 표출되어나온 역사적인 사건이라 볼 수도 있을 것이다.

신분제를 뛰어넘는 인간평등의 선언

『황진이』에서 황진이에 버금가는 인물인 놈이의 가장 큰 고민은 신분제에서 비롯되는 것이다. 황진이와 자신 사이에 놓여 있는 신분의 장벽이 둘의 사랑을 가로막는 것이다. 놈이가 황진이에게 쓴 편지에서 한 "말 못 하는 짐승들조차 서로 마음에 드는 짝을 골라 쌍을 이루는데 어째서 사람은 량반과 상놈으로 갈라져서 상놈의 량반댁 아씨를 사랑하면 안 된단 말입니까?"(1권, 299쪽)라는 말 속에 놈이의 고민이 응축되어 있다. 놈이가 윤승지 댁에 황진이가 지닌 출생의 비밀을 털어놓는 엄청난 일을 저지른 것도 "상놈인 내가 반상의 높은 담장을 뛰어넘어 아씨 곁으로 갈 수 없다면 아씨가 그 담장을 넘어 내 곁으로 오게 만들"(1권, 302쪽)고자 했기 때문이다.

앞에서도 살펴본 바와 같이 이 작품이 기존의 북한소설과 여러 가지 측면에서 다른 점이 발견되는 것은 사실이지만, 기본적으로 민중적 계급성이라는 시각을 밑바탕에 깔고 있음은 부인할 수 없다. 인물의 설정에 있어서도 피지배층과 지배층을 선악의 윤리적 이분법으로 나누어 살펴보는 경향이 뚜렷하기 때문이다. 작품의 후반부로 갈수록 그러한 시각은 뚜렷해서 2편까지만 해도 풍류남아로 그려지던 송도유수 김희열은 3편에 이르러 그 어떤 인물보다도 부정적인 인물로 형상화된다. 진이와 혼담이 오고 갔으며, 기녀가 된 후에도 은밀한 내적 고백의 상상적 수신자가 되어주곤 하던 윤승지 댁 도령 역시, 작품의 마지막에 역모죄로 잡혀와 의연하게 죽음을 기다리는 놈이 옆에서 아이 같은 모습을 연출하는 것으로 그려지고 있다. 이 작품에서 신분에 따른 인간의 차별을 정당화할 만한 근거는 조금도 찾아볼 수 없다. 모든 인간은 단지 그의 인격과 행위에 의하여 그 가치가 인정될 뿐이지 타고난 신분은 어떠한 영향도 미칠 수 없다.

붓다가 생존 시에 주장했던 현실중시 사상 가운데 가장 적극적이고 혁신적인 사상은 모든 인간의 평등을 분명하게 주장했다는 점이다. '천상천하 유아독존(天上天下 唯我獨尊)'은 인간은 누구나 다 귀하고 평등한 존재라는 것을 온 세상에 선언한 것이다. 당시 불교교단 내에서는 사성계급의 차별이 존재하지 않았다. 『숫타니파타』에서 "출생에 외해 천민이 아니며, 출생에 의해 바라문이 아니다. 행위에 의해 천민이 되고, 행위에 의해 바라문이 된다'고 말한 것에서 알 수 있듯이, 인간의 귀천은 출생이 아닌 마음가짐이나 선악의 행위에 의해 그 가치가 결정될 뿐이라고 보았다. 홍석중의 『황진이』에서 놈이를 통해 강렬하게 드러나는 신분제에 대한 문제의식이나 인물 형상화의 기본 방식은 생존 시에 붓다가 주장한 인간평등 사상과 상통하는 것이라고 볼 수 있다.[19]

공(空)의 사상

『황진이』의 주요 인물들은 거의 모두 정체성의 극적인 변화를 겪는다. 주인공인 황진이만 해도 양반가의 별당아씨에서 기생이 되고, 놈이 역시 종의 신분에서 나중에는 황진이의 사랑을 독차지하는 숭고한 인물이 되기 때문이다. 놈이는 양반 사대부들의 위선과 거짓 그리고 악함을 증거하는 일종의 시험대 역할까지 한다. 놈이는 처음 "무지막지하고 우악스러운 무뢰배"로 황진이에 의해서 규정되지만, 마지막 대목에서는 "인의례지를 갖춘 출중한 인물이요 불같은 사랑과 열정을 지닌 사내 중의 사내"로까지 표상된다.

이외에도 황진사는 효자문이 설 정도의 양반에 '낙락장송 독야청정'이라는 족자를 걸어놓을 정도의 인물인 것으로 알려져 있지만, 사실은 "기괭스러운 기집질"(1권, 164쪽)로 평생을 보낸 색마에 불과함이 드러난다. 황진사의 부인 역시도 그러한 남편의 구린 뒤를 감추며 가문의 허세를 유지하기 위해 평생을 바친 인물이었음이 밝혀진다. 결국 황진이는 사람들의 우러름을 받던 황씨댁이란 "허울 좋은 '상두복색'이 단

---

19) 그러나 모든 피지배 계층이 선으로, 지배 계층이 악으로 형상화된다는 것 자체가 일종의 선험적 규정일 수 있다는 것을 고려한다면, 이 작품은 전도된 신분제에 바탕해 있다고 말할 수 있을지 모른다.

청 찬란한 효자문을 대문 앞에다가 높다랗게 세워놓은"(1권, 162쪽) 것에 불과하다는 것을 깨닫고, 세상 모든 위인이나 성현들의 우상과 신비가 거짓에 불과하다고 생각한다. 그것은 다음과 같이 분명하게 표현되고 있다.

진이는 이제야 비로소 세상에서 그렇듯 요란하게 떠들고 받드는 위인이나 성현들의 신비한 우상이 꾸며지고 만들어지는 단순한 리치와 비밀을 깨달은 듯했다. 신비한 것이 시작되는 곳에서 진실이 끝나버린다. 절대적인 것이 선언되는 곳에서 진리는 죽어버린다. 위인이나 성현들이 보여준 아름다운 선행과 놀라운 덕행과 신비한 기적들, 사실은 그것들 모두가 아버지 황진사의 현란한 '상두복색'처럼 위선과 거짓에 불과한 것이요 사당에 배향된 그들의 거룩한 모습도 실상 흙은 빚어 만든 불상이나 다름없는 것이라고 생각하면 간단히 풀이되는 일인데(1권, 171쪽)

황진이는 이러한 극적인 일들을 겪으며 거짓과 위선에 대한 극심한 혐오의 마음을 품게 된다. 작품 속에는 "진이가 미워하는 것은 이런 거짓과 위선이었고 그가 벗겨내려는 것은 이런 거짓과 위선의 허울이었다"(2권, 94쪽)는 식의 문장이 반복해서 등장한다. 이 소설의 2편 '송도삼절'은 황진이와 김희열이 한 패가 되어 도학군자이거나 생불인 척하는 자들의 위선과 거짓을 까발리는 것에 할애되어 있다.[20] 진이의 미모와 능력 앞에서 벽계수나 지족선사 역시도 보통의 인간에 불과함이 드러난다. 3편 '달빛 속에 촉혼은 운다'에서는 2편까지 황진이와 보조를 맞추었던 송도유수 김희열마저도 그 누구보다 탐욕과 이기심이 가득한 위선 덩어리의 인물로 전락하고 만다. 처음에는 "수컷의 허세는 있

---

20) 서화담만은 명실상부한 유일한 인물로 그려지고 있는데, 이 소설 속의 서화담은 이미 범인의 일상사를 벗어난 도인의 모습으로 그려지고 있다.

지만 거짓과 위선이 없는"(1권, 315쪽) 인물로 황진이와 함께 사대부들의 위선을 풍자하는 호걸로서 등장하지만, 나중에는 그 어떤 사대부보다 더한 "혐오감을 자아내는 위선자"(2권, 276쪽)이자 수컷의 교만성으로 가득 찬 인물로 진이에게 인식되는 것이다.

그러나 이 작품에서 누구보다도 가장 큰 정체성의 변화를 겪는 인물은 황진이 자신이다. 황진이는 이 소설 속에서 상징적인 죽음을 당했다가 다시 태어난 인물이다. 황진이의 신분이 밝혀지고 싸전거리 총각이 상사병으로 죽자, 진이는 사람들이 지켜보는 앞에서 죽은 혼백과 저승의 사랑을 약속한다. 그리해서 진이는 "자신이 지니고 있던 사랑의 감정을 송두리째 죽은 혼백한테 바쳐버렸으니 이제부터 자기는 이승의 목숨이 다할 때까지 사랑이라는 감정은 전혀 있을 수 없는 목석과 같은 녀인"(1권, 192쪽)이 되었다고 생각한다. 싸전거리 총각의 죽음을 겪고 진이는 황진사댁의 고명딸에서 명월이라는 기생으로 다시 태어나며, 작품 속에서 진이는 별당아씨로서의 삶을 '전생'이라 칭하고 기생으로의 삶을 '금생'이라 칭한다.

황진이는 파혼이라는 하나의 조건을 만나자 별당아씨에서 기생이라는 극에서 극에 이르는 신분상의 변화를 겪는 것이다. 황진사의 고명딸인 황진이와 현금이의 딸인 황진이 모두 같은 인물이지만, 전자의 경우에 황진이는 양반으로 극진한 대우를 받지만, 후자의 경우에 황진이는 첩실에 들어앉거나, 황진사 댁 종이 되거나, 청루에 몸을 던져야 하는 길만이 주어진다. 변치 않는 황진이라고 부를 수 있는 본질은 존재하지 않았던 것이다.

놈이 역시 마찬가지이다. 황진이는 "전생의 놈이는 그 불길이 환히 들여다보이도록 구멍이 숭숭하고 수시로 분별없이 연기와 화염을 내뿜는 어설픈 그릇이었다면 금생의 놈이는 그 불길이 밖에 보이지 않도록 단단히 침착하고 의젓하고 일견 랭담해 보이는 세련된 그릇"(2권,

218쪽)이라고 생각하지만, 놈이의 편지를 읽으며 "5년 동안에 그이가 그렇게 변한 것일가? 아니야. 그이는 원래부터가 그런 사람이였어. 량반이요 지성이요 하며 날바람에 잡혀 들뜬 내가 미처 그를 알아보지 못했을 뿐이지"(2권, 246쪽)라고 다시 생각하게 된다. 황진이는 '원래부터가 그런 사람'을 때로는 '어설픈 그릇'으로, 때로는 '세련된 그릇'이라고 규정지었던 것이다. 본래 면목과는 상관없는 그때그때의 원인과 조건이 만들어낸 환상의 프레임을 통해 인간들을 규정짓고 이해했던 것이다. 황진사나 김희열 같은 다른 인물들도 사정은 다르지 않다.

불교에서는 자기라는 존재를 인정하지 않는다. 자기란 무한한 확대 가능성을 갖고 연쇄적으로 일어나는 일들(연기)이 마주치는 작은 점에 순간적으로 생기는 '매듭' 같은 것에 불과하다고 보기 때문이다. 그것은 묶였다가는 풀리고, 풀렸다가는 다시 묶이는 끝없는 반복과정 중에 생긴 순간적인 '매듭'에 불과한데, 우리는 그것을 영속하는 실재로 착각하고, 그에 바탕해 온갖 착각이나 환상을 만들어낼 뿐이다.[21] 황진이는 스스로가 체험한 정체성의 극심한 변화와 자신을 둘러싼 주변 사람들의 허깨비와도 같은 거짓 모습을 체험하면서, 불교에서 말하는 존재의 근본적인 진리인 삼법인(諸行無常, 諸法無我, 一切皆苦)을 깨닫게 된 것이다.

결국 황진이의 짧지만 격렬한 삶의 여정(별당 아씨-송도 기생-유랑 가인)이 보여주는 것은 양반과 상놈, 잘남과 못남, 더러움과 깨끗함을 구별하고 주장하는 부질없는 분별지를 초월하는, 즉 공의 사상[22]을 온몸으로 깨닫게 되는 과정이라고 말할 수 있다.

21) 나카자와 신이치, 「완성된 무의식— 불교(1)」, 『대칭성 인류학』, 김옥희 옮김, 동아시아, 2005, 182쪽.

놈이가 보여준 순수증여의 보살행

이 작품에서 또하나 눈여겨보아야 할 것은 놈이의 성격이다. 그동안의 연구에서 놈이는 황진이의 에로티시즘적 표상과 더불어 계급적 문제의식을 표상하는 인물로 설명되어왔다. 하지만 놈이는 그동안의 논의에서처럼 민중주의적 표상으로 이해하기에는 여러 가지 문제가 있는 인물이다. 작품 속에서 놈이의 머릿속을 채우는 것은 온통 진이에 대한 연정이며, 놈이를 화적으로 이끈 근본 원인도 사회적 자각이라기보다는 진이와의 사랑에서 비롯된 것에 불과하기 때문이다. 나아가 화적패 두목인 놈이가 졸개인 괴똥이를 살리기 위해 자신의 목숨을 내놓는 모습 역시 심각한 문제를 지닌 화적패의 모습이라고 하지 않을 수없다.[23] 그러나 괴똥이를 위해 자신을 송두리째 던지는 놈이의 모습은 사회적 차원을 넘어선 보다 근본적인 차원에서 살펴볼 때, 그 의미가제대로 드러날 수 있다. 놈이가 괴똥이를 살리기 위해 자신의 목숨을 내놓는 행위는 불교에서 말하는 보살행에 해당하는 것이기 때문이다. 놈이의 행위는 자신에게 돌아오는 아무런 대가를 바라지 않을 뿐만 아니라, 바랄 수도 없다는 점에서 바타유가 지고성이라 말한 순수증여에 해당하는 것이다.

자신의 목숨을 내놓는 놈이의 행위는 같은 시기에 이루어지는 황진

---

22) 공은 산스크리트어로 수냐 혹은 수냐타이며, 번역하면 전자를 '공한' 후자를 '공한 것' '공성'이라 함이 적절하다. 공에 대한 이러한 일반적 의미는 무상 무아라고 하는 불교의 기본적인 사고방식을 배경으로 하여 '자성이 없는 것' '실체성을 결한 상태'를 의미하게 되었다. 사물은 연기하고 있기 때문에, 즉 원인과 조건을 기다려 비로소 존재할 수 있기 때문에 무자성이라고 주장했다. 『반야심경』의 '오온개공(五蘊皆空)'의 의미가 바로 이것이다. (장휘옥, 『불교학개론 강의실 2―교리편』, 장승, 1994, 176~181쪽)

23) 최원식은 "『홍길동전』『임꺽정』『장길산』보다는 규모가 작지만 이 인물을 통해서 작품은 의적소설을 품는 것인데, 아주 퇴행적 모습이다"라고 지적한 바 있다. (최원식, 앞의 글, 128쪽)

이와 송도유수 김희열의 섹스와 대비되어 더욱 뚜렷한 의미를 얻게 된다. 김희열은 얼마든지 물건을 취하듯 기생인 황진이를 취할 수 있는 권세를 지니고 있음에도 불구하고, 풍류남아이자 호걸이라는 자신의 이미지를 지키기 위해 황진이가 자발적으로 자신의 품에 들어오기를 기다린다. 그러나 일이 뜻대로 되지 않자, 김희열은 괴똥이의 석방과 황진이의 몸을 맞바꾸고자 한다. 김희열과 황진이의 섹스는 비대칭성에 바탕한 철저한 교환 행위에 불과한 것이다.

놈이나 진이 모두 괴똥이를 살린다는 목적을 위해[24] 자신의 소중한 것을 내놓는다는 점에 있어서 윤리적인 실천이라 부를 수 있다. 그러나 놈이의 행위는 다시는 되돌릴 수 없는 자신의 목숨을 대신 내놓는다는 점에서, 보살행[25]의 차원으로까지 승격된다. 늘 '아씨'의 호칭을 받았던 황진이가 효수를 앞둔 놈이에게 큰절을 올리는 것은, 사랑의 완성을 의미한다기보다는 놈이의 보살행에 대한 존경의 의미로 이해하는 것이 타당하다.

이러한 놈이의 행동은 붓다의 전생담을 연상시킬 정도로 감동적인 대목이다. 붓다는 전생에 나모붓다라는 곳에서 굶주린 어미 호랑이에게 자신의 생명을 내던지는 놀라운 행위를 한 바 있다. 이 숭고한 행위에 의해 전생의 붓다는 최후의 벽을 돌파해, 자신의 신체에 대한 집착마저도 버릴 수 있었던 것이다. 이 이야기에는 '먹는 자'와 '먹히는 자'의 구별이 없다. 그렇게 되면 생명 연쇄의 고리 자체가 의미를 잃게 되

---

24) 놈이에게는 괴똥이를 살린다는 목적과 더불어 황진이를 보호한다는 목적도 있다.

25) 보살이 '누가 누구에게 무엇을'이라는 생각조차 떨쳐버린 채 행하는 보시야말로 순수증여에 해당하는 행위이다. 교환에서는 주어진 것에 대한 등가의 가치를 상대방에게 돌려줄 의무가 발생하는 데 반해, 보시는 순수증여로서 그런 교환의 고리 속으로 떨어지지 않는다. 선물을 통해서 '증여하는 사람'과 '증여의 대상자'의 구별이나 분리가 전혀 발생하지 않는 상황, 즉 완전한 대칭성의 상황에서만 순수증여는 가능한 것이다. (나카자와 신이치, 앞의 글, 176쪽)

는 것이다. 붓다로 환생하기 위한 수행은 이러한 순수증여의 실천으로
완성되었던 것이다.[26]

다음의 인용은 황진이가 효수를 앞둔 놈이를 찾아가서 "사랑의 즐거
운 합환과 우리 사랑의 슬픈 고별을 함께"(2권, 295쪽)하는 술을 올리러
찾아갔을 때 보이는 놈이의 모습이다.

> 놈이는 눈을 감았다. 어제와 오늘과 래일이 없고 우와 아래와 옆이
> 없는 선정삼매의 평온한 표정이 돌처럼 굳어져버렸다. 그는 이미 보지
> 도 듣지도 생각하지도 않는 무한량, 무한대의 고요일 뿐이였다.
> 진이는 간에서 나왔다. 그는 죽음을 앞둔 놈이의 침착한 태도에서 깊
> 은 감명을 받았다. 이제 날이 밝으면 참형을 당할 놈이의 얼굴에 깃든
> 그 평온과 그 고요의 뜻을 리해할 수 있을 것 같았다. 참으로 사람은 죽
> 어도 그 넋은 가지도 않고 오지도 않으며, 또 머무르지도 않는 무거무래
> 역무주한 것이 아닐가. 어쨌든 놈이는 진이, 자신보다 훨씬 큰사람이였
> 다.(2권, 298쪽)

자신이 피할 수도 있는 죽음을 맞닥뜨려서 "선정삼매의 평온한 표
정"을 지을 수 있다는 것은 분명 깨달은 자만이 보여줄 수 있는 경지라
하지 않을 수 없다. 이러한 놈이의 모습을 보며 황진이는 "사람은 죽어
도 그 넋은 가지도 않고 오지도 않으며, 또 머무르지도 않는 무거무래
역무주한 것"이라는 깨달음을 얻는다. 이러한 인식 속에 자기라는 존
재는 실재하지 않는다. 자기와 타자의 구별이 없고 개념에 의한 세계
의 분리도 없으며, 온갖 사물이 교환의 고리를 탈출한 증여의 공간에
서 교류하는, 바로 그것이 무망상, 즉 망상이 없는 상태에서 포착되는

---

26) 같은 글, 177~178쪽.

세계의 적나라한 실상이라는 불교의 진리[27]를 깨우친 결과라고 할 수 있다.

이런 이유로 『황진이』에서 놈이는 황진이만큼이나 우뚝한 주인공이라고 할 수 있다. 놈이는 『임꺽정』이나 『장길산』과 같은 이전의 의적소설에서 다루어지던 인물들과는 다른 새로운 유형의 화적패 두령이다. 놈이의 사회적 의식은 이전의 의적소설 주인공에 비해 상당히 엷은데, 그 성긴 틈을 메우는 것은 보살행에 바탕한 무한자비의 정신이다.

『황진이』의 진정한 새로움

놈이의 죽음, 다시 말해 놈이의 보살행으로 진이의 구도여행은 그 완성을 보게 된다. 자신의 실존적 체험과 주변 사람들과의 다양한 체험을 통해 공의 진리를 깨달은[28] 진이는, 놈이의 아무런 보답도 원하지 않는 완전히 자신을 타자와 동일시하는 보살행을 보며, 세상의 진리를 확연하게 깨우친 것이다. 신화가 이야기되던 사회의 사람들은 인간 각자, 나아가 인간과 동물 역시 다른 존재가 아니라 서로 같은 본질을 공유하고 있다는 생각을 갖고 있었다고 한다. 불교 역시도 이러한 신화적 사고를 이어받아 인간과 동물을 구별하거나 분리하는 비대칭성의 사고가 아닌 인간과 동물 사이의 대칭적인 관계[29]를 확립하고자 했다.

---

27) 나카자와 신이치, 앞의 글, 183쪽.

28) 『반야경』에서는 번뇌가 아(我, ātman)가 존재한다고 생각하는 잘못된 견해인 아집과 법이 존재한다고 생각하는 잘못된 견해인 법집의 두 가지 분별에 의해 생긴다고 간주했기 때문에, '아'와 '법'이 공하다는 것을 알아 '아집'과 '법집'을 여의면 번뇌가 생기지 않고 해탈을 얻는디고 했다.

29) 붓다가 깨달음을 얻을 때도 설법을 할 때도 반드시 동물들이 붓다 주위로 모여들었던 것으로 기록되어 있다. 열반에 들었을 때도 제자들보다 더 많은 수의 동물들이 찾아와서 슬

모든 것이 서로 관련을 맺고 있으며 이 우주 속에 고립된 현상은 하나도 없다고 하는 사상에 입각할 때, 인간 상호 간에는 자비에 근거한 진정한 우애관계가 싹틀 수 있을 것이다. 황진이는 바로 그러한 불교적 진리를 깨달은 것이며, 놈이를 비롯한 여러 등장인물들은 선재동자가 만난 53명의 선지식에 해당한다고 볼 수 있다.

황진이는 송도를 떠나며 괴똥이와 이금이 부부에게 자신이 객사했다는 소식이 들리거든 시신을 수습해서는 "따루 봉분을 만들지 말구 길가에 아무렇게나 묻"을 것을 부탁한다. 이유는 "나한테 넋을 빼앗겼던 사람들이 마음껏 설치를 할 수 있게"(2권, 300쪽) 하기 위함이다. 이러한 모습 역시 자아라는 경계를 던져버린 각자의 경지를 드러낸 것이 아닐 수 없다. 놈이의 죽음으로 사실상의 『황진이』 서사는 끝이 나고, 일종의 에필로그인 '그후의 이야기'는 송도를 떠난 뒤 황진이의 후일담을 보여주고 있다. 금강산으로 들어가는 대문인 강원도의 창도읍에서 열린 안교리 댁 로마님의 칠순잔치에 리사종과 함께 황진이가 잠시 나타나 노래를 부르고 사라지는 것이다. 이때 황진이의 모습은, 집에 돌아갈 것을 권하는 친구들에게 던지는 리사종의 "자네 같은 속된 선비가 그래 가는 비 내리는 날 비로봉에 올라 비구름을 발아래 내려다보며 큰 소리로 산수가를 한 마당 불러보는 가객의 흥취와 락을 알겠나?"(2권, 315쪽)라는 말을 통해 짚어볼 수 있다. 송도를 떠나 거지 행색으로 산천을 떠도는 황진이의 모습은 모든 집착과 구속에서 벗어나 진정한 자유와 깨달음을 얻은 황진이의 모습을 상징하는 것이다. 그녀는 그 무엇에도 걸림 없는 유랑가인으로서 완전한 자유를 실천하고 있는 것

퍼했다고 한다. 이것은 불교가 지닌 대칭성의 사고를 보여주는 이야기라고 할 수 있다. (가와이 하야오·나카자와 신이치, 『불교가 좋다』, 김옥희 옮김, 동아시아, 2004, 18쪽) 재미있는 것은 놈이를 설명하면서 "이상한 일이었다. 집안의 어른들은 모두 놈이를 꺼리고 무서워하는데 아이들과 짐승들은 그를 무척 좋아하고 따랐다"(1권, 104쪽)는 언급이 등장한다는 점이다.

이다. 이러한 그녀의 상태는 불교에서 말하는 해탈[30]에 해당하는 것이라고 볼 수 있다.[31]

『황진이』와 불교의 관련성을 서사의 표층과 심층, 즉 서술자나 주요 인물들의 직접적인 언급과 같이 서사의 표면에 드러난 층위(표층)와 서사를 추동하는 기본 원리나 인물들의 무의식적 차원과 같은 서사의 이면에 놓여 있는 층위(심층)로 나누어 살펴보았다. 위에서 살펴본 바와 같이 서사의 표층에서 부정과 비판의 대상인 불교는 서사의 심층에서는 핵심적인 원리와 세계관으로 작용하고 있음을 알 수 있다. 홍석중의 『황진이』에는 표층과 심층의 대립과 부딪침이 곳곳에서 감지되는데, 그것은 『황진이』가 지닌 이전 북한 역사소설과의 연속성과 변별성이 충돌하는 현장이기도 하다. 불교 비판이란 현실주의적 시각에서 인간과 사회의 문제를 해결하고자 하는 사회주의적 인식체계의 결과라는 측면에서 볼 때 이전 북한소설의 연속선상에 있는 흐름이다. 이에 반해 불교 수용이란 현실의 문제를 정신적인 차원의 문제로 승화시켜 해결하고자 한다는 점에서 일종의 초월이라 볼 수 있기 때문이다. 홍

---

30) 해탈의 원어 모크샤(moksa)는 '해방' '자유'를 의미하는데, 소극적으로는 '인생의 고나 죄로부터의 이탈'을 뜻하며, 적극적으로는 '진실한 자기실현'이라고 하는 의미를 포함하고 있다. 원시불교 경전에 의하면, 해탈이란 '마음이 번뇌로부터 해방되는 것' 즉 '번뇌로부터 해방된 마음의 상태' 혹은 '번뇌가 없는 마음'이란 뜻으로서, 열반, 깨달음과 같은 의미로 쓰이고 있다. (장휘옥, 앞의 책, 199~200쪽)

31) 최원식은 이 마지막 부분을 다음과 같이 설명한다. "양반에서 기생으로 다시 방외인으로 이동한 황진이는 체제와 반체제의 텍스트 바깥으로 이탈함으로써 도가적 소요유의 경계를 거닌다. 화담마저 부정되는 이 절대자유의 경지! 이 지점에서 작품은 신분사회 또는 계급사회의 질곡에 대한 침통한 숙고로 인도하는데, 그것은 자본주의는 물론이고 현존 사회주의 너머로 우리의 사유를 확장시키는 것이기도 하다"(최원식, 앞의 글, 129~130쪽)고 보고 있다. 이 글의 논의를 따라갈 때, 마지막에 황진이가 보여주는 '절대자유의 경지'는 도가적인 것이라기보다는 불교적 깨달음에서 비롯된 것이라고 보는 것이 타당하다고 여겨진다. 대표적으로 놈이의 행위도 불교적인 시각에서 바라볼 때, 그 의미가 온전하게 드러날 수 있기 때문이다.

석중은 두 힘 사이의 대립과 갈등에서, 궁극적으로는 황진이의 해탈과 놈이의 죽음에서 잘 드러나듯이 초월의 방식을 통한 해결을 보여주고 있다. 이것이야말로 북한소설사에서 『황진이』가 지니는 본질적인 새로움이라고 말할 수 있다.

제3부

진실의 사제들

환갑, 진갑 다 지난 스놉(snob)의 눈물

노인들의 세상

박완서의 『친절한 복희씨』(문학과지성사, 2007. 이하 인용할 경우 쪽수만 표시)는 총 아홉 편의 작품 중에서 「마흔아홉 살」과 「거저나 마찬가지」를 제외하고 모두 6,70대의 노인이 주인공으로 등장한다. 주지하다시피 한국 근대문학은 청춘의 양식이었다. 그것은 근대문학적 전통의 미약함에서도 기인하는 것이지만, 한국의 근대라는 것이 늘 새로운 출발의 모습이었던 것과 관련된다. 안정감과는 거리가 먼 역동성이 한국 근대문학을 추동한 기본적인 동력이었던 것이다. 우리 문학의 주요한 작품들도 청춘의 감각과 인식에 의하여 뒷받침된 경우가 대부분이다. 말년성(lateness)이 문제가 된다는 것은, 역설적으로 한국 근대문학의 성숙을 증명하는 것이기도 하다. 이러한 말년성은 인생의 후반기에 접어든 박완서의 최근작들을 통해 그 형상이 비교적 뚜렷하게 드러난다.

오늘날의 한국사회에서 완성된 존재로서, 그리하여 존경의 대상인 노년은 찾아보기 힘들다. 이 안타까운 현상은, 속도와 새로움이 강조되는 자본의 무한경쟁 속에서 노년은 그와 같은 자질이 결핍된 존재로 인식되기 때문에 비롯된다. 또한 노년이 지혜로움에 가장 가까운 존재로 여겨지던 유교 문화의 전통이 사라진 것과도 연관된다. 따라서 고령화 사회가 심화될수록 노인들의 위기감은 더욱 커질 수밖에 없다. 근대사회에서 노인은 권위와 그 문화가 소유한 지적인 수준의 최고치가 아니라 공동체의 환영받지 못한 이방인일 수도 있는 것이다. 덧보태 늘어가는 나이와 악화되는 건강은 그 자체만으로도 견디기 힘든 실존적 고통일 수도 있지 않겠는가?

『친절한 복희씨』에서 경제적인 문제로 곤경에 처한 노인은 찾아보기 힘들다.[1] 그러나 사회적인 관계에 있어 결핍과 곤경에 처한 노년의 모습은 얼마든지 찾아볼 수 있다. 「촛불 밝힌 식탁」에서 초등학교 교장 자리에서 퇴직한 '나'와 아내가 대표적이다. 그들은 자식들과 함께 살기를 원하지만 그것은 어림도 없는 일이다. 타협책으로 "서로 불빛을 확인할 수 있는 거리"(191쪽)에 사는 방식을 택한다. 그러나 곧 '나'는 유난히 아들집에 불빛이 꺼진 밤이 많음을 알게 된다. 그러다가 그 어둠이 "퓨전 음식을 더욱 분위기 있게 만드는 아름다운 양초가 켜진 식탁"(195쪽)에서 비롯된 것임을 눈치챈다. 그것을 확인한 날, '나'는 아내에게 "아름다운 한 쌍의 양초로 식탁을 장식"(196쪽)하는 것으로 그러한 사실을 알려준다. 무엇보다 『친절한 복희씨』의 노인들은 그동안 자신의 삶을 지탱해온 인식과 태도에 대하여 심각한 회의를 느끼는 존재들이다. 그들은 번뇌하고 방황하는 청춘들이다.

---

[1] 이것은 『친절한 복희씨』가 본격적으로 문제 삼고 있는 스노비즘(snobbism)이 본래 중산층 이상의 계층에서 문제가 된다는 것과도 관련된다.

스노보크라시의 세계

이번 작품집은 스노비즘의 세계 속에서 허우적거리는 인물들로 가득하다. 대부분의 인물들은 자기에 대한 세상의 평판을 매우 중시하여 자기보다 타인이 판단해주는 것에 오히려 행복을 느끼고 만족할 수 있는 부류의 사람들, 즉 언제나 자기 밖에 존재하며 타인의 의견 속에서만 살아가는 사람들[2], 즉 속물들이다. 그들은 또한 남들과 구별되고 싶다는 욕망, 그리고 그로부터 비롯된 자기도취와 저질스런 경쟁심과 소유욕을 지니고 있다. 인정투쟁에 모든 것을 건 인물들이기에 타인의 인정을 위하여 과시하고, 위장하고, 기만한다. 그 결과 그들은 인정투쟁의 최종적 목표인 자기를 잃어버리게 된다. 박완서가 그려 보이는 스놉이라는 주체의 형식은 지금 이 시대에 무척이나 의미가 깊다. 스노비즘은 거대서사가 조락하고 삶의 방식을 지휘하는 의미 있는 이야기가 부재하는 듯이 보이는 지금의 한국사회에서 거의 유일하게, 매력적인 동기를 부여하고, 특정한 효과를 발휘하고 또한 주체의 형식을 주조하는 최후의 이데올로기로 기능하기 때문이다.[3]

「마흔아홉 살」의 '그 여자'와 「해피엔드」의 '나'는 이 시대의 대표적인 스놉들이다. 「마흔아홉 살」의 그 여자는 효부회를 조직해 무의탁이나 거동이 불편한 노인들 목욕 봉사를 하러 다닌다. 그런데 누군가에 의해 그 여자가 시아버지의 속옷을 집게로 집어 세탁기에 집어던지는 모습이 목격된다. 사람들은 "어떻게 사람이 그렇게 겉 다르고 속 다를 수가 있는지"(83쪽)라며 수근거린다. 그 여자는 특히 목욕 봉사에서 남자 노인들의 아랫도리를 정성스럽게 닦아주고는 했던 것이다. 그 여자

---

2) 장 자크 루소, 『인간 불평등 기원론』, 주경복·고경만 옮김, 책세상, 2003, 139쪽.
3) 김홍중, 「스노비즘과 윤리」, 『사회비평』 2008년 봄호, 53쪽.

는 매사에 있어 남의 평판을 중요시한다. 단적으로 효부회에서도 그녀는 사람들의 시선을 의식해서 "낑낑대면서 손수 들고 가 수고했단 소리 듣고, 회장님이 사온 김밥은 역시 맛있다는 소리 듣고, 그러면서 만족하고 싶어서 힘든 줄 모르고 신바람을 내"(92쪽)고는 했다.

그 여자 스스로도 "내 이중성은 용서받지 못할 거야. 난 왜 이렇게 겉 다르고 속 다를까. 어디까지가 진실이고 어디서부터 가짜인지 나도 모르겠는 거 있지"(105쪽)라며 자신의 이중성을 고발한다. 그것은 세상의 평판을 무엇보다 우선시하고, 그 결과 본래의 자기를 잃어버리게 되는 속물의 모습을 고백하는 것이다. 이러한 특징은 결코 그 여자만의 특수성이 아님이 친구인 동숙을 통해 드러난다. 그 여자의 고백을 들어주던 동숙 역시 관념 속의 아이와 실제의 아이 사이에서 방황하는 자신을 고백한다. 그러며 "모든 인간관계 속엔 위선이 불가피하게 개입하게 돼 있어. 꼭 필요한 윤활유야"(107쪽)라며 자신과 그 여자의 삶을 용납하는 발언을 한다. 다음에 인용하는 소설의 마지막은 쉽게 벗어날 수 없는 스노보크라시의 사회를 증언한다는 점에서 충격적이다.

자신이 비곗덩어리에 불과한 것처럼 느껴지면서 메마른 설움이 복받쳤다. 위선도 용기도 둘 다 자신이 없었다. 울고 싶은 갈망과는 동떨어진, 여자들이 짧고 까불고 비웃는 소리가 귓전에서 윙윙댔다.(108쪽)

첫번째 문장은 속물이 되어가는 자신의 실체를 리얼하게 느끼는 대목이다. 두번째 문장에서는 그러한 스놉 지배 사회에 적응해나갈 '위선'도, 그렇다고 그것을 깨고 나갈 '용기'도 없음을 고백하고 있다. 그러나 그 여자는 결코 타인의 시선과 목소리에서 벗어나지 못한다. 본래의 자기와 대면한 후에 흘릴 수 있는 눈물과는 동떨어진, 여자들의 짧고 까불고 비웃는 소리가 귓전에서 떠나지 않기 때문이다.

「그래도 해피엔드」의 전원생활을 하는 '나'는 귀국한 여학교 시절 은 사를 모시는 자리에 나가기 위해 오랜만에 서울 나들이에 나선다. 그녀는 "한껏 멋부리고 젊게 보이고 싶"(270쪽)어한다. 그녀는 "나만 빼고는" 친구들이 다들 관절염이나 고소공포증 등의 이유로 높은 구두를 못 신는 "다들 그렇게 한심한 나이"(270쪽)라고 생각한다. 할머니는 오랜만의 외출에서 마을버스 운전기사를 비롯한 타인들의 시선에 의해 자신의 가치가 추락하는 경험을 한다. 그러나 할머니는 나중 해피엔드에 이르는데, 이유는 택시기사의 "사모님 어쩐지 멋쟁이다 싶었는데 외국에서 오래 사시다 오셨나봐요"(280쪽)라는 말을 듣기 때문이다. 그녀의 기분을 불행하게도, 행복하게도 만들 수 있는 힘은 철저하게 타인의 시선과 인정으로부터 비롯된다.

이러한 스노비즘은 오늘날의 권력이 힘 안 들이고 세상을 지배하는 방법이기도 하다. 속물주의적 인정의 위계질서라는 함정은 상처받은 사람들을 윤리적으로, 문화적으로, 그리고 정치적으로 포섭하는 유력한 방법이다. 부연하자면 억압하지 않고 오히려 기쁨과 행복을 주면서 피지배자들의 적극적이고도 자발적인 복속을 이끌어낼 수 있는 완벽한 '생산적 권력'의 체계를 만들어내는 것이라고 볼 수 있다.[4]

「거저나 마찬가지」는 나와 언니의 관계를 통해 속물주의를 통한 권력의 작동방식을 선명하게 보여주는 작품이다. 이 작품의 '나'는 어려운 가정형편으로 장학금이 보장된 이류 대학을 가고, 그마저도 중퇴한다. 그는 외당숙뻘 되는 친척의 공장에서 일하게 되는데, 그곳에서 '민중'을 위하여 위장취업한 운동권 학생 '언니'를 만난다. 이 언니는 속물성을 완벽하게 구현한 인물로서, 처음부터 "달라 보이는 게 당연하지. 너희들은 선택의 여지 없이 이렇게밖에 못 살지만 난 아냐, 난 내가 선

---

4) 장은주, 「상처 입은 삶의 빗나간 인정투쟁」, 『사회비평』 2008년 봄호, 30쪽.

택해서 이렇게 살고 있는 거니까"(152쪽)라며, '나'를 비롯한 공원들과 선을 긋는다. 이후 '나'는 언니에게 철저히 이용만 당한다. 공장에서도 언니는 '나'를 적절하게 활용하고, 그로 인해 '나'는 회사에서 쫓겨난다.

몇 년이 지난 후 다시 만난 언니는 '나'에게 "자신이 번역한 걸 윤문"(160쪽)하는 일을 시킨다. 공장에서 자신이 쓴 선언문을 손보게 한 것처럼, 돈이 되는 처세술이나 설교집 명상록 같은 것의 윤문을 부탁한 것이다. '나'는 언니의 동생이 그 일을 하다 동화작가로 등단한 것처럼, 자신도 등단하게 되기를 바라며 그 일을 열심히 한다. 언니는 '나'에게 프리랜서라는 말을 붙여준다. '나'는 어느 순간부터 그 말을 듣기 좋아하고 즐기게 된다.

'프리랜서'라는 허명에 대한 도취와 집착이야말로 이후 계속되는 언니의 착취를 가능케 하는 바탕이 된다. "한결 보람 있고 고상한 일을 하는 나의 집필 환경이 이렇듯 열악하다는 건 짜증나는 일"(166쪽)이라고 생각하는 '나'에게 언니는 자신의 시골집을 "거저나 마찬가지"(167쪽)의 조건인 전세 500에 소개해준다. '나'는 너무나 감동하여 그곳에서 열심히 집을 가꾸며, 열심히 윤문을 해준다. '나'는 "비로소 프리랜서의 품격을 갖춘 것처럼 느"(168쪽)끼는 것이다. 그러나 그 집은 전세 500에도 못 미치는 집이며, 사실상 '나'는 그 집의 관리인으로서 그 집의 가치를 끊임없이 보전하고 끌어올리는 역할을 하는 데 지나지 않는다. 그럼에도 '나'는 "나는 적어도 프리랜서였다"(172쪽)며 자신을 합리화하려고 한다. 시간이 갈수록 언니의 무지막지한 대우는 점점 심해진다. 나중에는 주말마다 제 집 드나들듯 시골집을 내려오고, 남편과 친구들까지 데려와 "거저나 마찬가지로 사는 여자"(176쪽)인 '나'를 별장지기라 부르며, 온갖 심부름을 시킨다. 그제야 '나'는 "거저나 마찬가지의 함정은 이렇게 비단도 끝도 없었다"(179쪽)며, 속물주의적 위세질서의 함정에 빠진 자신을 온몸으로 체험한다.

언니가 쳐놓은 함정에 '나'가 스스로 기어들어간 것은 '나' 역시 스노비즘에서 온전히 자유롭지 못했기 때문이다. '나'의 중요한 성격적 특징 중의 하나는 "열등감이라면 우리 모녀의 기본 정서였다"(152쪽)거나 "나는 매사에 언니보다 한 수 아래라는 열등감이 있었"(157쪽)다는 것에서 알 수 있듯이, 열등감이다. 이것은 뒤집어진 스노비즘의 감정이라고 할 수 있다. 무엇보다도 앞에서 말했듯이, '나'는 프리랜서라는 알량한 허명에 도취되어 자신을 계속해서 북돋워왔던 것이다.

이 소설의 제목인 '거저나 마찬가지'라는 어구는 권력자들의 유용한 지배 이데올로기를 표현하는 동시에, 피지배자들이 스스로 권력관계의 함정에서 벗어나지 못하는 무의식을 나타내는 것이기도 하다. '나'의 동거남으로서 한없이 착해 남에게 이용만 당하는 기남이 역시 '거저나 마찬가지'라는 달콤한 마법에서 자유롭지 못하다. 작품의 마지막은 '나'가 기남이에게 아이를 가질 것을 요구하고, 당당하게 실행하는 것으로 끝난다. 그것은 '거저나 마찬가지'인 관계 맺기에서 벗어나 "책임을 지"(181쪽)는 당당한 관계 맺기를 요구하는 것이라 할 수 있다. '나'의 이러한 주문은 기남이뿐만 아니라 자기 스스로에게 거는 주문이기도 하다.

깨달음의 순간, 탈주의 지점

이번 소설집이 박완서 문학에서 새로운 것은 인물들이 스노비즘에 빠진 삶의 허위를 깨닫고 그로부터 벗어나려는 작지만 소중한 몸짓을 드러내기 시작했다는 점이다. 이번 소설집을 가득 채우고 있는 노인 인물들의 가장 큰 역할은 스놉적 삶이 지닌 허위와 위선을 날카롭게 응시하는 것이다. 이러한 깨달음은 바로 노년만이 지닐 수 있는 삶의 깊이와 넓이에서 비롯된다. 『친절한 복희씨』가 흥미로운 것은 노인들이 이미 획득한 삶의 지혜와 경험을 추체험하고 그것을 재확인하는 것이 아니라 지난 삶 전체를 부정하는 새로운 깨달음에 도달하는 경우가 많다는 점이다. 그리하여 박완서 소설 속의 노인들은 이제 막 사회로 진입해가는 청년들과 같은 태도와 정서를 지니고 있다. 환갑, 진갑이 다 지난 나이에 비로소 그들은 진실한 삶으로 나아가는 힘찬 발걸음을 떼기 시작한 것이다.

「후남아, 밥 먹어라」의 앤(한국명 후남), 「그리움을 위하여」의 '나', 「그 남자네 집」의 '나'가 바로 그 나이 든 청춘들이다. 「후남아, 밥 먹어라」의 주인공 후남이(미국명 앤)는 실업학교 기술직 공무원을 아버지로 둔 5남매의 셋째 딸이다. 두 명의 언니와 달리 "공부도 잘 못하고 영악하지도 못"(113쪽)해서 고졸로 학력을 마감한다. 그녀는 재미교포를 따라 미국으로 시집을 갔는데, 그 이유가 재미있다. 대입에 낙방했을 때, 어머니는 "네가 효녀다"(114쪽)라고 속삭였던 것이다. 이 말은 그녀가 "희생할 만한 가치가 없는 것들한테 속아서 희생당한 것"(114쪽)을 공인하는 꼴이 되어버려 그녀를 못 견디게 한다. 이로 인해 그녀는 언니나 가족들보다 자신이 존귀하다는 것을 증명해야 하는 사명을 지니게 되고, 그 사명은 미국행을 통해 완수된다. 그도 그럴 것이, 그녀가 미국으로 시집을 간다고 하자 어머니는 "만나는 사람마다 붙들고 자랑을 늘어놓"고, 언니들은 "집안에 신데렐라가 난 것처럼 질시할 정도"(115쪽)로, 당대의 미국이란 시공은 모든 인정투쟁을 중단시킬 만큼 절대적이다.

그녀를 아내로 맞이한 남자 역시 그녀와 비슷한 심리적 메커니즘을 지니고 있다. 그는 누나의 식당일을 도와주며 산다. 그는 "태어나자마자 젖도 실컷 못 얻어먹은 설로 시작해서 조실부모, 이민, 식당 웨이터에서 지배인까지 어느 하나도 그가 원해서 된 건 아니라는, 원한 게 뭔지는 모르지만 다 놓쳤다는 원초적인 결핍감"(119쪽)을 지니고 있는 인물이다. 그러한 그가 유일하게 원한 것은 조신하게 살림하며 애나 낳는 가정에만 충실한 여자와 결혼하는 것이다. 누구의 인정도 받아보지 못한 남자는 자신을 인정해줄 사람을 원한 것이다. 그러한 그의 욕망을 위해 호출된 것이 당시 미국에서는 찾을 수 없었던, 대한민국에 살고 있던 후남이다.

얼마간 그녀와 그의 욕망은 아무런 문제 없이 충족되며 잘 굴러간다. 남의 무관심에 익숙해왔던 그녀는 미국에서 "남이 나를 부러워하기를 바라는 이렇게도 강력한 욕망"(120쪽)을 새롭게 발견한다. 심지어 그녀는 편리한 미제물품들을 보며 "탐을 낼 언니들이 못 보는데 이런 물건들이 무슨 소용이란 말인가"(120쪽)라고 생각한다. "비교하고 싶은 욕망은 수그러들지 않았"(121쪽)던 것이다. 그녀는 언니들과 한국에 있는 친척들의 부러움과 질시에 찬 시선을 유지하기 위해 끊임없는 노력을 기울인다. 그리해서 "해마다 잘살게 된다는 게 눈에 띄"(125쪽)는 한국 사람들을 생각하여, 보내는 선물의 질을 매년 조금씩 업그레이드시킨다. 그러나 3년 전 한국에 다녀온 이후에 그녀는 한국에 보내려고 모아둔, 아이들이 어려서 쓰던 물건들에 불을 지른다. 이제 그따위 미제물건으로 관심과 인정을 받기에, 한국은 이전에 비해 믿을 수 없을 정도로 발전한 곳이기 때문이다.

남자의 경우에도 사정은 마찬가지이다. 그에게 앤은 한국보다 우월한 자신을 보장해주는 판돈 같은 존재이다. "한국 땅에 대한 라이벌 의식을 버리지 못했"(125쪽)던 남자에게 앤은, 한국(인)보다 우월한 자신의 위상을 확인해주는 담보물이다. 그리하여 존은 장인이 위독하다는 말에 앤이 미국에 와서는 처음으로 서울로 갈 때, "막연하고도 우울한 자기모멸감에 사로잡"혀 "이를 갈고 성공한 라이벌에게 아내를 빼앗기는 기분"(127쪽)에 빠져든다. 그는 "한국하고도 서울을 마치 정숙한 아내의 마음을 빼앗은 외간 남자처럼 인격화하면서 걷잡을 수 없는 적의를 느"(127쪽)끼기도 한다. 그가 서울에서 돌아온 앤의 피곤증을 보며, 견디기 힘든 고통을 느끼는 것도 당연하다.

　이제 더이상 타인의 인정을 통해 자기의 가치를 인정받을 수 없는 상황. 스노비즘을 통해서는 더이상 존재의 의미를 확인할 수 없는 바로 그 상황에서, 앤은 여주의 허름한 농가로 발길을 돌린다. 그 농가는 앤이 처음 세상의 빛을 본 장소이기도 하고, 치매에 걸린 앤의 어머니가 사촌언니와 머무는 곳이기도 하다. 앤은 그곳에 찾아가고, 거기서 "후남아, 밥 먹어라"는 어머니의 목소리를 듣는다. '후남'이라는 이름 속에는 "처음부터 자식의 고유한 존재가치를 인정하지 않은 이름을 지은 부모, 고유한 존재가치 없이 태어난 인생"(139쪽)이 담겨 있다. 그러나 어머니가 머무는 방 속에서 앤 아니 후남이는 "이런 집 이런 방에서 이 세상 첫 빛을 본 건 아니었을까"라고 생각하며, "평생 움켜쥐고 있던 세월을 스르르 놓"(141쪽)아버린다. 정신을 놓아버린 어머니 앞에서, 그녀는 비로소 자신을 평생 옥죄었던 타인의 시선에서 놓여난 것이다.[5]

　·「그리움을 위하여」에서 '나'와 사촌동생은 "환갑 진갑 다 지나 같이 늙어가는 처지"(10쪽)이다. 그런데 '나'가 다른 작품들의 주인공처럼 속물의 전형적인 모습이라면, 사촌동생은 이 소설집에서 드물게도 스노비즘에서 벗어난 모습을 보인다. '나'에게 사촌동생은 평생에 걸쳐 자신의 우월함을 환기시켜주는 고마운 존재이다. 어린 시절부터 가난하고 배우지 못한 사촌동생은, 현재에도 더운 옥탑방에서 젖은 옷을 입고 잠을 청해야 할 정도로 곤궁하다. '나'는 사촌동생에게 가진 자로서

---

5) 과연 그 단잠 후에도 그녀의 바람처럼 "모든 것이 다 좋아지리라"(141쪽)고 확신할 수 있을지는 또다른 논의를 필요로 한다.

의 배려를 한다고 평생 생각하며 살아왔지만, 그것은 결국 '파출부'에게 할 수 있는 호의와 후함에 지나지 않는다.

이에 반해 사촌동생은 무엇보다도 자신의 욕망에 충실하다는 점에서 '나'와 구별된다. 처녀 때도 열두 살이나 더 먹은 유부남과 열렬한 연애를 해서 끝내는 정식 부부가 된다. 그러한 사촌동생은 바로 그 남자와 삼십여 년을 해로한 후에, 남편이 죽자 곧 남해안에 위치한 섬의 선주와 사랑에 빠져 재혼을 하고, 정겹고 따뜻한 사랑을 나눈다. 그때서야 '나'는 "그후 나는 동생을 더는 부릴 수 없다는 걸 인정하게 되었다. 그게 그렇게 기분 좋은 일인 줄 몰랐다. 나는 동생에게 항상 베푸는 입장이라는 우월감을 가지고 있었다"(39쪽)며 자신의 지난 삶을 돌아보고 동생의 존엄성을 인정하게 된다. '나'는 "상전의식을 포기한 대신 자매애를 찾"(39쪽)은 것이다. 자기를 보는 시각과 비슷하게 타인 역시도 그가 가진 지위나 돈 등으로만 판단하여, 사촌동생을 업신여기던 '나'는 비로소 사촌동생을 '자매'로서 바라보게 된 것이다.

「그 남자네 집」도 사정은 마찬가지이다. 후배가 새로 이사 간 집을 계기로, '나'는 자신이 예전에 살던 집과 "그 남자네 집"(49쪽)을 생각하게 된다. 먼 친척으로서 나보다 한 살 아래였던 '그 남자'와 '나'는 6·25로 폐허가 되어버린 전시의 서울에서 함께 어울린다. "그 암울하고 극빈하던 흉흉한 전시"를 둘은 내핍도 원한도 이념도 아닌 "사치"와 "시"(72쪽)의 힘으로 함께 견뎌냈던 것이다. 휴전이 되고 '나'는 정해진 순서처럼 "선을 보고 조건도 보고 마땅한 남자를 만나 약혼을 하고 청첩장을 찍었"(74쪽)다. 그렇게 헤어진 후 후배의 이사를 계기로 '그 남자'를 다시 떠올린다. 노인이 된 '나'는 어떤 종류의 암컷 새들은 수컷 새가 지은 집 중에서 가장 멋진 집에 들어간다는 다큐멘터리를 보다가, 비로소 자신이 그 시절 "새대가리"(77쪽)에 불과했음을 깨닫는다. 과거의 '나'는 내면의 진정한 부름과는 거리가 먼, 미래의 자식이나 타인의 시선을 위해 사랑을 선택하고 인생을 결정하는 그런 종류의 사람이었던 것이다.

모성의 독, 스노비즘의 독

「친절한 복희씨」는 스노비즘과 우리 사회의 오래된 모성의 신화가 착종되어 있는 작품이다. 주인공이자 화자인 '친절한 복희씨'는 자식들을 모두 길러내고 중풍이 걸린 남편과 세를 놓아 살아가는 노년의 여성이다. 그녀의 삶은 밖에서 보이는 외면적 삶과 그녀 자신만 아는 내면의 삶으로 나뉘어 있다. 외부에서 보이는 그녀의 삶은 우리 사회에서 위대한 모성으로 칭송될 만한 요소를 두루 갖추고 있다. 시집 식구들에 의해 "벌레 한 마리도 못 죽이는 착한 여자"(238쪽)로 받아들여지는 그녀는 버스 차장이라는 목표를 가지고 단봇짐 하나를 싸가지고 도시로 나온다. 그러고는 방산시장의 잡화도매상에서 점원으로 일한 것을 시작으로 해서, 그 가게의 주인인 서른을 넘긴 띠동갑 홀아비와 결혼한다. 남편에게 딸려 있는 전처의 아들까지 포함한 오남매를 대학에 보내고, 가난한 처가의 학비까지 보탠 그녀의 모습은 우리가 겪어온 근대화의 과정 속에서 위대한 모성으로 칭송되기에 모자람이 없다.

이 작품의 묘미는 "벌레 한 마리도 못 죽이는 착한 여자" 복희씨의 만만치 않은 내면이, '나'의 시점에서 비롯되는 철저한 심리묘사를 통해 스스로에 의해 부정되는 반전에 있다. 그녀가 "벌레 한 마리도 못 죽이는 착한 여자"가 된 것은 그녀의 계산된 행동에서 비롯된 것이었으며, "얼뜨게 구는 것"(256쪽) 역시 영악하게 잇속을 챙기는 시장통에서 살아남기 위한 진술이었던 것이다. 남편을 위한 내조도 사실은 "그(남편)를 모질게 착취"하기 위한 방법에 불과하다. 손자가 남편의 귀에 대고 "할아버지 사랑해요"(246쪽)라고 말하는 것조차 견디지 못할 정도로 남편에게 애정을 느끼지 못하는 복희씨의 이면에는 자신마저 불안하게 할 정도의 남편을 향한 '잔인한 충동'이 감춰져 있다. 자식에 대한 태도에 있어서도 그녀는 냉정함을 잃지 않는다. 전처 자식과 자신이 낳은 자식을 차별하지 않으며 기른 이유도 "주위 사람들에게 그러허게 보이는 게 내 신상에 편하다는 걸 안 이상 전실 아이를 더 사랑하는 척이라도 못 할 것 없었"기 때문이다. 둘째 며느리를 보며 "싸가지 없는 며늘년"이라 생각하지만 표나지 않게 사랑의 저울질을 하며, "편애의 쾌감은 독하고 날카롭다"(244쪽)고 느낄 뿐이다. 그녀는 타인의 인정을 위하여 이상화된 모성을 철저하게 연기해온 것이다.

계산과 증오로만 가득한 남편에 대한 감정의 밑바탕에는 남편에게 당한 성폭력이 놓여 있다. 그녀는 성폭력으로 인해 임신과 결혼에 이르게 되고 '친절한 복희씨'로 새롭게 태어났던 것이다. 아니 태어나야만 했던 것이다. 성폭행의 순간에 그녀는 악을 쓰고 비명을 지르지만 집안 사람 누구도 도와주러 오지 않았다. 이것은 가게 주인의 성폭행이 집안 구성원들(사회)의 암묵적인 동의하에 이루어진 것임을 보여주는 것이다. 이러한 남편과의 삶 속에서 분열되지 않은 이상적인 성격으로서의 모성이 존재한다는 것은 불가능하다. 그녀의 앞에는 이 사회가 강제한 이데올로기이자 담론으로서의 모성, 즉 '친절한 복희씨'를 연기하는 삶의 방식만이 펼쳐져 있었던 것이다. 그렇다면 복희씨에게 모성은 스노비즘의 또다른 변형태라고 볼 수 있다. 「친절한 복희씨」는 모성에 대한 우리 사회의 신화에 대한 통렬한 자기부정이다. 복희씨는 '잃어버린 총체성의 상징'이 아니라, 그 누구보다 냉철하게 자신의 삶을 경영해온 사람이다. 그녀가 남편과 자식들 사이에서 자신의 삶을 유지해나가는 방식은 비단 사업가의 냉엄한 경영의 방식에 모자라지 않는다.

이 작품은 여약사로부터 점잖은 꾸짖음까지 듣게 된 복희씨가, 깊이 숨겨두었던 아편 덩어리가 담긴 생철갑을 가지고 집 밖으로 나가 그것을 강물에 던져버리는 것으로 끝난다. 그 아편 덩어리는 비상시의 구급약으로도 자살용으로도 혹은 살인용으로도 쓰일 수 있는 물건으로서, 작품 속에서 아편 덩어리가 은장도에 비유되는 것에서 알 수 있듯이 복희씨가 자존을 지킬 수 있는 최후의 수단이다. 성폭행을 당하고도 "고개를 빳빳이 들고 그 방을 물러날 수 있었던 것"(254쪽)도 바로 이 아편 덩어리가 있었기 때문이다. 아편 덩어리는 그녀의 자존을 지킬 수 있는 최소한의 조건이자 삶의 온갖 고통을 견뎌낼 수 있게 하는 하나의 "환상"(254쪽)이었던 것이다. 이 아편이 복희씨의 외할머니에서 어머니로, 다시 어머니에서 복희씨로 이어졌다는 것은, 이 땅의 여성들이 짊어져야만 했던 삶의 무게와 고통을 의미하는 것이 아닐 수 없다. 아편 덩어리가 담긴 생철갑을 던지며 복희씨가 느끼는 "환희"(264쪽)는 다시는 아편 덩어리라는 모성의 독, 스노비즘의 독을 간직하지 않을 것임을 선명하게 보여주는 행위가 아닐 수 없다. 지금 이곳의 삶과 문학에 관심을 가진 사람이라면, 아편 덩어리가 든 생철갑을 던져버린 이후의 복희씨가 보여줄 삶의 모습에 대하여 무척이나 궁금할 것이다. 박완서가 우리 문단에서 여전히 주목받는 '현역'이기도 한 이유이다.

걸림 없는 자유를 위하여

전상국론—『온 생애의 한순간』을 중심으로

끊임없는 자기 갱신

전상국은 1963년 「동행」이 조선일보에 당선되어 등단한 이래 지금까지 꾸준히 작품을 발표해오고 있다. 아홉 편의 작품집과 네 편의 장편소설을 발표하였으며, 현대문학상, 한국문학작가상, 동인문학상 등의 수많은 문학상을 수상한 바 있는 전상국은 작품의 양에 있어서나 질에 있어서나 이 시대를 대표하는 소설가라 할 만하다. 더욱 놀라운 것은, 그의 작품세계가 고정되어 있거나 정체되어 있는 것이 아니라 지금도 진화 발전해오고 있다는 사실이다. 최근의 작품집『온 생애의 한순간』(문학과지성사, 2005. 이하 인용할 경우 쪽수만 표시)이야말로 그러한 변화와 자기 갱신을 보여주는 명확한 증거라고 할 수 있다. 과거의 영광에 도취되어 허울뿐인 대가(大家)의 지위에 만족하지 않고, 영원한 현역으로 문학열을 불태우는 그의 모습은 문학을 아끼는 사람들 모두에게 귀감이 되고 있다. 이 글은『온 생애의 한순간』에 실린 작품들을 중심으로 해서 전상국 소설의 과거와 현재를 살펴보고자 한다.

『온 생애의 한순간』의 '작가의 말'에는 의미 있는 발언이 나온다. "시류와의 타협이 아니라 가둬뒀던 물이 넘쳐 새로이 길 하나를 만드는 즐거움. '6·25적 악령' 또는 성공하지 못한 악의 한 유형인 '사이코'의 광기로부터 어느 정도 자유로워졌다는 뜻이기도 하다"는 말이 그것이다. 자신의 이번 작품집이 새로운 길 하나를 열었으며, 그것은 '6·25적 악령'과 '사이코'의 광기로부터 자유로워졌기에 가능했다는 것이다.

이것은 기존의 작품 경향에서 비로소 벗어났다는 것인데, 그때 그가 말하는 '6·25적 악령'과 '사이코'의 광기란 무엇일까? 그것은 전상국에게 조금이라도 관심이 있는 사람이라면 대번에 알 수 있을 테지만, 전자는 「아베의 가족」으로 대표되는 분단문학이고, 후자를 대표하는 것은 「우상의 눈물」과 「사이코 시대」로 대표되는 일상의 미시적인 권력관계에 대한 탐구라고 할 수 있다. 6·25전쟁 당시 흑인 병사들의 윤간으로 인해 저능아로 태어난 아베의 기형적인 몰골이란, 그대로 동족상잔의 비극을 온몸으로 겪어내야 했던 우리 민족의 고통스런 형상으로 연결되지 않을 수 없었던 것이다. 「우상의 눈물」에서 보여주었던 최기표와 담임선생의 대결이란, 실상 대결이라 부르기 어려운 것이었다. 힘의 추가 담임선생에게 압도적으로 기울어진 것으로서, 문제는 담임으로 표상되는 권력이 어떻게 최기표라는 개인을 근대적 주체로 훈육시키느냐에 놓여 있었던 것이다. 작품의 마지막에 기표가 동생에게 보낸 편지에서 한 절규, 즉 "무섭다. 나는 무서워서 살 수가 없다"는 말은 모든 현대인이 공감하지 않을 수 없었던 공포였던 것이다. 작가 전상국은 결코 작지 않은 주제들을 '소설원론'에 바탕해서 글을 쓰듯이 또박또박 완성도 높게 써내려왔던 것이다. 이번 작품집에서는 그러한 작가의 지속적인 관심이 어떻게 변주되어 나타나고 있는지, 그리고 작가가 새롭게 개척한 길은 어떤 모습으로 구체화되었는지 살펴보도록 하겠다.

'6·25적 악령'과 '사이코'의 광기

이번 작품집에 실린 「실종」과 「너브내 아라리」「한주당, 유권자 성
향 분석 사례」는 '6·25적 악령'과 '사이코'의 광기의 이전 세계에서 새
로운 세계로 나아가는 중간단계에 놓여 있는 작품들이다. "항상 가벼이
어디론가 흔적도 없이 증발되는 것을 꿈꾸"(306쪽)는 실종증후군을 앓
는 '나'를 주인공으로 한 「실종」은 온통 실종에 대한 이야기로 가득 차
있다. 이 소설에는 현재 서사 내에서 벌어지고 있는 공만수 교장의 실
종과 치매와 자식들의 학대로 인한 1004호 할머니의 일상이 되어버린
실종은 물론이고, 광주항쟁에서의 실종, 김형욱 전 중정부장의 실종,
개구리 소년의 실종 등이 등장한다.

이러한 여러 가지 실종 중에서도 작품의 중심에 놓여 있는 것은 6·25
직전 발생한 아버지의 실종과 "좀더 뜨겁게 살고 싶다"(279쪽)라는 단
한 줄의 문장을 남기고 1965년 가을 증발된 친구 이병하의 실종이다.
아버지는 최전방에서 근무하다 다른 군인들(아버지를 포함해서 서너 명)
과 함께 부대를 이탈한다. 큰아버지가 부대에 찾아갔을 때 그곳에는
두 사람의 유골밖에 존재하지 않음으로써, 아버지는 살아서 북으로 갔
을지도 모르는 존재가 되어버린다. 그러나 평소 아버지의 생사는커녕
존재에 대해서 큰아버지는 물론이고 어머니도 별다른 말을 하지 않는
다. 단 한 번 '나'가 일곱 살이었을 때 "느 아버진 죽은 게 아니야. 어딘
가 살아 있다"(275쪽)라며 어머니가 절규한 적이 있을 뿐이다. 남아 있
는 가족의 장래를 위해서는 실종(월북했거나 혹은 그렇게 의심받을 가능
성이 있는)되었을지도 모르는 아버지를 찾는 것보다는 그러한 존재를
부정하는 것이 나은 선택이기 때문이다. 6·25는 끝났지만 "반공 콤플
렉스야말로 이 땅의 어머니들이 뒤집어쓰고 산 천형의 올가미"(311쪽)
였던 것이다. 어머니가 병하의 실종에 집착하는 것 역시 이로써 설명

이 가능하다. "병하의 증발은 다름 아닌 당신 남편의 실종이었으며 당신의 하나밖에 없는 친정 남동생의 실종"(310쪽)이었던 것이다.

반공 이데올로기가 지난 시절 얼마만한 위력을 가지고 있었는가는 병하 어머니의 죽음을 통해 극적으로 드러난다. '나'는 아들의 행방을 간절하게 찾고 있는 병하의 어머니에게 희망을 주기 위해 병하가 살아 있다는 거짓말을 한다. 거짓말의 개연성을 높이기 위해 생각해낸 것이 "병하가 북쪽에 가 있는지도 몰라요"(319쪽)라는 대답이다. 그러나 이 말은 '나'의 어머니가 아버지의 존재 자체를 부인하고 살아야 했듯이, 병하의 어머니에게는 엄청난 충격이 된다. 월북이 사실이라면, 이것은 실재계의 죽음이 아니라 상징계에서의 죽음을 의미하는 것으로서, 집안의 존립을 위태롭게 하기 때문이다. 충격으로 쓰러진 그 새벽으로부터 정확히 열흘 뒤 병하 어머니는 세상을 떠난다. 이렇게 볼 때, 작품에 등장하는 여러 실종들은 지난 시절의 분단이 만들어낸 수백만의 침묵할 수밖에 없었던 실종들이 지닌 비극성을 부각시키는 역할을 한다고 볼 수도 있다. 「너브내 아라리」의 쏘가리 최씨가 겪어온 신산스러운 삶과 안타까운 자살의 가장 근본적인 원인 역시도 "반공포로로 남쪽에 남을 수밖에 없었던"(264쪽) 시대적 상황과 관련되어 있다.

「실종」과 「너브내 아라리」가 6·25로 표상되는 분단이 남긴 상처에 대한 작가의 집요한 탐색의 연장선상에 있는 것이라면, 「한주당, 유권자 성향 분석 사례」는 악의적인 소문과 험담이 권력이 되는 우리 사회의 비정상성에 대한 탐구를 보여주고 있다. 제목인 한주당이란 '한정채와 함께 즐겁게 술 먹는 무리들'의 줄임말이다. 한주당 멤버 중에는 한정채가 운영하는 카페 페미니즘에 모이는 단골 닥터 박(의사), 송암 선생(조각가), 테너 장(성악가), 김영랑(시인 겸한 교수), 주유소 최(사업가)가 포함되어 있다. 시역사회의 생생한 유지들이 대학도 나온 바 없는 한갓 카페 주인의 도의원 출마를 위한 모임을 만들고, 후원금까지 내게 되는 과정이 이 소설의 줄거리라고 할 수 있다. 그것은 한정채의 정보를 권력화하는 탁월한 능력으로 인해 가능해진다. "정보는 권력이다. 사람들이 그의 입을 바라보는 순간 그는 거인이 되"(153쪽)는 것이다. 한정채는 "정보 제공자는 자신이 내놓은 정보에 대해 이미 알고 있었다는 듯 잘난 척하는 상대 앞에서는 풀던 보따리를 도로 감추"(154쪽)려 한다든가, "정보가 같은 크기 같은 속도로 교환될 때만 사람들의 관계는 우호적"(157쪽)이라는 것과 같은 정보에 대한 동물적인 감각을 가지고 있다. 이러한 감각으로 수집한 정보를 바탕으로 험담 꾸며내기와 소문 퍼뜨리기, 아첨하기와 같은 부정적인 말하기를 적절히 사용함으로써 그는 지역사회의 강력한 권력자로 부상하게 된다. 미시적인 권력이 작동하는 방식에 대한 작가의 집요한 탐구의 연장선상에 있는 작품이라 할 수 있다.

연애의 불가능성과 '절절한 자유'에 대한 갈망

이처럼 작가는 이전부터 관심을 가졌었고 뚜렷한 성과를 냈던 득의의 영역에 대한 지속적인 탐구의 시선을 거두고 있지 않다. 그것은 한결 세련되고, 오늘날의 현실에 부합되는 소재와 방식으로 진화된다. 이와 함께 이번 작품집에는 이전에는 발견할 수 없는 소재와 주제의식을 가진 작품들이 여러 편 발견된다. 「물매화 사랑」 「소양강 처녀」 「플라나리아」 「온 생애의 한순간」과 같은 작품들이 대표적인데, 이것들은 기본적으로 남녀 간의 사랑을 중심으로 하고 있다. 이들 작품들은 전상국이 '작가의 말'에서 밝힌 "새로이 길 하나를 만드는 즐거움"에 해당하는 것이라고 할 수 있다. 이들 소설의 사랑을 통해 작가가 말하고자 하는 것은 개인의 절대적인 자율성과 타자성이다.

이들 사랑의 서사는 모두 '여자와 남자의 만남이 있고, 어느 날 아무런 설명도 없이 갑작스럽게 여자는 떠나버리고, 남자는 홀로 남겨진다'는 것으로 정리할 수 있다. 특히 남성화자 '나'가 주인공으로 되어 있는 「소양강 처녀」 「플라나리아」의 여성들은 전상국의 이전 소설은 물론이고, 다른 작가들의 소설에서도 쉽게 발견할 수 없는 이질적인 여성상을 보여주고 있다.

「소양강 처녀」에서의 그녀는 어느 날 갑자기 마을에 나타나, 위장병 환자 허만수를 돌본다. 산삼을 캐서 가족을 먹여 살리는 그녀의 정체를 마을 사람 누구도 알지 못한다. 그 여자는 물론이고 허만수 가족도 그녀에 대해 알지 못한다. 그런 그녀가 나타날 때 그랬듯이, 떠날 때도 갑자기 사라져버린다. 그러자 마을의 남자들(이장, 박선장, 나, 허만수)은 모두 정상적인 삶의 궤도에서 이탈하며, 그녀와 모종의 관계를 맺고 있었음이 드러난다. 「플라나리아」에서 '나'가 연엽산 폭포 밑에서 발견한 '그네' 역시 동거생활 삼 년여 동안 자신과 관련된 어떠한 인적 사실이나 정보도 입에 올리지 않는다. 그 결과 그네가 증발하고 난 이후에도 '나'는 그녀를 찾을 수 있는 어떠한 단서도 생각해내지 못한다. 그녀들은 남성들에게 이해할 수 없는 하나의 큰 의문부호인데, 그녀들은 타인들에게 사유를 자극하고 강요하는 혼란된 표상으로서, 자기의 존재가 해석되기를 끊임없이 요구한다. 남성화자가 수수께끼 덩어리인 여성의 삶을 추적하고, 기록하는 것으로 되어 있는 이들 소설은 일종의 '탐구의 서사'라고 할 수 있다. 남성들에게 있어 그녀들은 그 어떤 것으로도 규정지을 수 없는 상처로서 일종의 증상(symptom)인 것이다.

이러한 여성 인물은 주체의 심연 혹은 공백만을 나타낼 뿐, 상징적 주체나 사회적 네트워크 속의 주체는 아니다. 이 소설들의 여성 인물들이 장수하늘소(「소양강 처녀」의 여자)나 플라나리아(「플라나리아」의 그네)와 같은 동물로 동일시되는 것은 이들이 사회적 관계를 초월해 존재하는 인물들이기 때문이다. 남자들이 그녀들에게 끌리는 것도 "퍼뜩 정신이 들고 보니 글쎄 내가 농약병을 든 채루 산으로 올라가구 있더라니까"(71쪽)와 같이 의지와는 무관한 본능에 따른 것이다.

그러나 그네의 삶이 의미하는 바가 모든 해석의 그물망에서 벗어나 있는 것은 아니다. 그것은 「플라나리아」에서 그네를 정상성의 틀 속에 가두려는 '나'와의 대비를 통해 드러난다. 그네는 '나'를 포함한 보통 사람이 정상이라고 여기는 "애를 만드는 거, 뿌리를 찾는 거, 남의 환심을 사는 거, 남의 약점을 찾아내는 거, 사랑한다고 말하는 거, 외롭다고 징징거리는, 그런"(85쪽) 것에서 벗어나고 싶어한다. "어디에도 갇히지 않"(84쪽)고자 하는 존재가 그네인 것이다. 특히 번식과 생식에 집착하는 '나'는 동거의 첫째 조건인 "아이를 낳지 않는다"(81쪽)는 것에 대하여 끊임없이 문제 제기를 한다. 그러나 그녀는 "절절한 자유"(101쪽) 속에 자율적인 존재로 남고 싶어한다. 그녀가 플라나리아에 비유되는 것도, 무성생식을 통해 '나'로만 존재하는 플라나리아의 존재방식과 그녀가 지향하는 삶의 방식이 유사하기 때문이다. 「소양강 처녀」에서도 대를 잇는 문제에만 골몰하는 맞선 본 여자와의 대비를 통해, '여자'가 추구하는 삶의 의미가 암시적으로 드러나고 있다.

위의 소설에서 남자와 여자 사이의 거리는 결코 극복되지 않는다. 그 차이는 동일성 내부의 차이가 아니라 해소할 수 없는 차이, 순수한 차이이기 때문이다. 이들 소설에서 두 남녀의 거리는 남성 인물인 '나'가 거기에 자신의 성질이나 공상을 멋대로 투영할 수 없는 절대 거리로서 나타나고 있다. 이러한 절대적인 거리(차이)는 개인의 무한한 자유를 꿈꾸는 작가의 의지가 반영된 거리라고 할 수 있다.

침묵으로서의 말

「물매화 사랑」에서는 사랑의 문제가 말의 문제와 겹쳐져서 전개된다. 세상을 바라보는 틀이 언어일 수밖에 없고, 작가가 새롭게 추구하는 것이 한 개인의 진정한 자유와 독립이라면, 작가의 성찰이 말을 향하는 것은 필연이라고 할 수 있다. 「물매화 사랑」의 '나'는 여러 가지 정신적 문제로 산촌에서 혼자 살고 있는 부인이다. 문제는 그녀의 말하기인데, 그녀는 어린 시절부터 "누군가 내게 질문을 해오지 않는 한 스스로 입을 열어 말하지 않"으며, "꼭 필요한 경우 최소한의 어휘로 뜻을 전달"(19쪽)해왔던 것이다. 이와 같은 말하기 태도로 인해 그녀는 의사나 언어학 전공 교수, 혹은 가족들로부터 우울증, 반사회적 실어증, 염인증과 같은 진단을 받게 된다. 결정적으로 이러한 말하기 태도는 남편과 시어머니에게 자신들을 무시하는 태도로 받아들여진다. 남편과 시어머니의 말이란 직설 화법으로 이루어진 것이며, "상호작용이 아닌 자기 생각의 일방적 관철을 위해 상대의 굴복을 요구하는 말"(30쪽)이다. 또한 남편이나 시어머니로 대표되는 사회가 원하는 말이란, 그녀가 키우는 "관조처럼 다양하고 촉촉한 목소리로 사람들의 환심을 사"는 말이기도 하다. 이것은 언어의 사교적 기능만이 남은 껍데기의 말로서, "내 본질을 감추어야 하는 일, 속이고 또 속여야"(34쪽) 하는 말하기이다. 이런 상황에서 그녀는 전략적으로 침묵과 가까워진다.

그녀는 가지울로 거처를 옮기고 나서야 비로소 잃어버린 말을 찾은 느낌을 갖는데, 새롭게 찾아낸 말은 "우회와 함축의 음험함이나 수식이 없는 말이어서 혼란이 없"(20쪽)다. 이러한 말은 길 건너편 왜갈봉 밑 조립식 전원주택에 사는 그와의 만남을 통해 가능해지는데, 그와 나누는 밀은 "도랑가에 푸그리고 앉은 그의 헐렁한 등을 통해서"(22쪽) 읽을 수 있는 말이며, "그가 내게 건넨 말은 그의 눈빛을 타고 곧장 내

가슴에 와 닿"(33쪽)는 말이다. 이것은 그녀와 그가 나누는 언어가 실재(the Real) 그 자체임을 나타내는 것인데, 그러하기에 "그가 내게 남긴 말은 언제고 때를 기다려 꽃으로 피어날 수도"(33쪽) 있는 것이다. 이러한 말을 통한 그들의 만남은 "말을 많이 하지 않고도 그 실체가 속속들이 보이는 그런 관계의 만남"(25쪽)이 될 수 있다.

결국 그녀가 추구한 언어는 침묵이라는 역설이 성립한다. 라캉이 데카르트가 말한 "나는 생각한다. 고로 나는 존재한다"는 코기토를 "나는 내가 존재하지 않는 곳에서 생각한다. 따라서 나는 내가 생각하지 않는 곳에서 존재한다"로 고쳐 쓴 것처럼, 우리가 사고 쪽을 선택할 때 우리는 존재를 상실하며, 언어 쪽을 선택할 때에는 그 말이 재현하는 사물을 살해하게 된다. 이 견해를 인정한다면, 그녀와 그의 관계 맺는 방식은 자연스러운 과정이라고 할 수 있다. 「물매화 사랑」은 "어떤 실체를 밝히려는 노력일 뿐 그것을 완벽하게 보여주지는 못"(25쪽)하는 말도, "자기가 보고자 하는 대로"(36쪽) 세상을 파악하는 수단으로서의 말도 아닌, 투명하게 사물을 비추는 나아가 그 자체가 하나의 꽃이 되는 말을 지향하고 있는 것이다. "소리의 높낮음 음색 억양 따위로 의사소통을 하기 때문에 말의 거짓이 끼어들 여지가 없"(8쪽)는 새들의 말을 사람의 언어보다 신빙성 있다고 여기는 것도 이런 이유 때문이다.

그러고 보면, 「플라나리아」의 그네에게서는 "시찌시찌, 시찌 비이" 하는 산솔새 소리가 났다. 그럴 때면 그녀는 "발음이 서툴고 억양도 부자연스러"(80쪽)워졌는데, 이것은 분절화된 언어를 떠나 자연의 소리로 돌아갔던 것이다. 어떠한 것에도 걸림 없는 '절절한 자유'를 꿈꾸었던 그녀들은 자연의 소리를 꿈꾸며, 스스로 자연의 소리가 되어갔던 것이다. 언어로 구조화되어 있는 현실의 질서를 벗어나고자 하는 그들의 간절한 바람이 얼마큼인지를 보여주는 것이다.

'무의식은 언어와 같이 구조화되어 있다'는 말처럼, 현실의 질서나 주체 구성에 있어 언어는 절대적이며, 인간은 그 틀에서 벗어날 수 없다. 연애의 영원한 타자성을 통해 한 개인의 절대적인 자율성을 주장했던 작가는, 이제 언어에 대한 근본적인 의문을 제기함으로써 그 무엇에도 걸림 없는 순수한 자유 그 자체에 다가가고자 하는 것이다. 그것은 모든 허위와 가식의 때를 벗어던진 것이며, 문명의 값싼 편리와 도취 속에서도 한 걸음 물러서 있는 세계이다. 그것은 물매화, 고광나무꽃, 각시괴불나무, 인동덩굴꽃, 윤판나물, 상사화, 하늘가재무릇, 잔대꽃, 은분취, 마타리, 벌개미취, 물봉선, 여뀌, 장수하늘소, 돌다래미, 서어나무, 신갈나무, 바위말발도리, 산조팝꽃, 플라나리아, 산솔새, 병아리난초, 두쌍무늬노린재의 세계이기도 하다. 분단 문제나 권력과 같은 사회 속에서 일어나는 억압과 폭력의 문제에 집중해왔던 작가의 두 눈은 이제 좀더 근원적이고, 진정한 의미에서 총체적인 지점까지 바라보고 있다.

아버지의 진실

김소진론

잃어버린 원고를 찾아서

객쩍은 소리로 시작하자면, 십여 년 전 처음으로 비평이라는 형식의 글을 써본 적이 있다. 그때 대상이 바로 김소진이었다. 십 년이 지난 지금, 그때의 글을 아무리 찾으려고 해도 찾을 수 없었다. 몇 번의 이사와 몇 번의 컴퓨터 교체를 통해 그 원고와 파일은 어느새 사라져버리고 만 것이다. 십 년이란 시간의 흐름 속에서 파일 하나를 지켜내지 못했다. 고작 십 년이라는 시간 만에 처음으로 비평적 충동을 불러일으켰던 개인적으로도 의미 깊은 작가를 잊어버리고 있었던 것이다. 덥석 청탁서를 받아놓고 원고를 찾지 못해 허둥거리는 모습이 나 하나만의 모습이라면 얼마나 좋을까? 혹 지금의 우리는 집단적으로 김소진이라는 이름의 폴더를 잃어버린 것은 아닐까 하는 두려움이 들기도 한다. 이 글은 투명하고 고결한 김소진의 문학세계를 되짚어보는 일이자, 개인적으로는 십 년 전에 잃어버린 파일을 찾아가는 과정이기도 하다.

모든 위대한 작품이나 작가는 독특할 수밖에 없다는 일반론을 고려하더라도 김소진의 소설세계[1]는 독특하다. 어떠한 문예적 개념이나 시대정신으로도 그의 소설은 쉽게 포섭되지 않는다. 김소진의 소설이 일관되게 보여주고 있는 미아리 산동네를 배경으로 하고 있는 하층민들의 삶을 생각한다면, 그의 소설은 리얼리즘의 범주로 설명이 가능해 보인다. 그러나 그가 그리고 있는 하층민들의 삶이 그의 소설이 발표되던 90년대가 아닌 유년 시절의 회상 속에서만 존재한다는 점을 생각한다면, 그의 소설을 전통적인 의미의 리얼리즘으로 이름 붙이기도 힘들다. 마지막 발표 작품인 「눈사람 속의 검은 항아리」가 선명하게 보여주듯이, 기억과 회상 속에서 자신의 유년을 추억하는 글쓰기란 리얼리즘의 범주와는 썩 거리가 먼 것이기 때문이다. 또한 그가 등단하며 활발하게 문학활동을 하던 90년대의 소설들이 보여주던 내면에의 침잠과 포스트모던적 삶의 풍속 등을 생각한다면, 그의 소설은 당대적 문학 경향과도 일정한 차별성을 보여주고 있다. 그야말로 '김소진적인 것'으로밖에 설명될 수밖에 없는 고유한 성질을 지니고 있는 것이 김소진의 소설이다.

'김소진적인 것'을 생각할 때, 가장 먼저 눈에 띄는 것은 그의 소설에 등장하는 '아버지'의 존재이다. 김소진처럼 자신의 작품활동 전 기간에 걸쳐 아버지에 대한 철저한 탐구를 보인 작가도 드물다. 「쥐잡기」 「춘하 돌아오다」 「개흘레꾼」 「고아떤 뺑덕어멈」 「첫눈」 「두 장의 사진으로 남은 아버지」 「아버지의 자리」 「자전거 도둑」 「원색생물학습도감」 등의 작품은 아버지에 대한 탐구가 소설의 주제에 연결되어 있다.

---

1) 이 글은 (I)『열린 사회와 그 적들』(솔, 1993), (II)『고아떤 뺑덕어멈』(솔, 1995), (III)『장석조네 사람들』(고려원, 1995), (IV)『자전거 도둑』(깅, 1996), (V)『눈사람 속의 검은 항아리』(강, 1997)를 주요 텍스트로 삼고 있다. 이하 인용할 경우 그 단편이 실린 작품집의 번호와 쪽수만 본문에 표시한다.

그리고 이들 작품이 김소진 소설의 대표작이라고 부를 수 있는 것들이라면, 김소진 소설에서 아버지가 가지는 의미에 대한 탐색은 그의 소설세계를 이해하는 첩경이 될 수 있다.

아버지의 상처, 아들의 상처

이토록 아버지에 대한 끊이지 않는 탐구를 보여준 김소진이지만, 아버지에 대한 일관된 모습을 한 번도 제시하지 않으며, 아버지의 모습은 매 작품마다 다르게 표현되고 있다는 점은 문제적이다. 이것이 단지 아버지를 바라보는 입장이나 감정의 다름을 말하고자 하는 것은 아니다. 객관적인 사실에 있어서도 아버지는 다양한 모습으로 그려지고 있다. 「쥐잡기」「개흘레꾼」「고아떤 뺑덕어멈」「첫눈」「두 장의 사진으로 남은 아버지」「목마른 뿌리」에서 아버지는 이북에 부모와 처자를 남겨두고 남쪽에 남은 실향민으로 그려지고 있다. 그런데 그 남쪽을 선택하는 과정에 있어 「쥐잡기」「개흘레꾼」「두 장의 사진으로 남은 아버지」「첫눈」은 거제도 포로수용소에 머물다 남쪽을 택한 것으로 되어 있다. 이때 남쪽을 택한 이유는 흰쥐 혹은 우익 포로들의 테러, 앙꼬빵 등으로 다양하게 제시된다. 「고아떤 뺑덕어멈」과 「목마른 뿌리」에서는 미군이 원산을 점령하자 생존을 위해 미군을 돕다가 상황이 역전되어 남쪽을 택한 것으로 되어 있다. 아버지의 모습은 온통 뒤죽박죽이며 아버지와 관련하여 다양한 서사가 공존하고 있다. 이것은 기억 속에 존재하는 아버지가 파편적인 모습으로 존재함을 말한다.

수미일관한 모습으로 그려낼 수 없는 아버지이지만 그들에게는 공통점이 하나 있다. 아버지는 말투와 상황 등을 미루어볼 때 모두 이북에서 내려온 뿌리 뽑힌 사람이라는 것이다. 그리고 아버지는 부모와 처자를 이북에 남겨두고 자신만 남쪽에 남게 된 것에 대한 엄청난 부담감을 지니고 있다. 그리하여 그들은 기회만 된다면, 끊임없이 아들에게 자신이 남쪽에 남게 된 이유와 그럴 수밖에 없었던 상황에 대한 진술을 반복한다. 그들은 쥐 때문이었든 앙꼬빵 때문이었든 미군에 부역했기 때문이었든, 자신이 남쪽에 남을 수밖에 없었던 이유를 자신의 커다란 임무인 양 끊임없이 진술한다. 아버지의 기억을 끊임없이 토해내는 김소진에게 무엇과도 바꿀 수 없는 트라우마가 아버지라면, 부모와 처자식을 북쪽에 남겨놓을 수밖에 없었던 이유를 반복해서 진술하는 아버지에게 트라우마는 남쪽에 남은 것이다.

아버지가 부모와 처자가 있는 북쪽 대신 남쪽을 택하게 된 이유가 각기 다르게 기억되는 것 자체가, 아버지에게는 남쪽에 남은 것이 하나의 상처임을 증명하는 것이다. 사건, 특히나 전쟁과 같은 폭력적인 사건은 표상 불가능하다. 사건의 기억에 있어 사람은 주체가 될 수 없고 회귀하는 사건의 압도적인 힘에 대해 철저하게 무력할 수밖에 없기 때문이다. 사건이란 그것에 대해 이야기할 수 없다는 점, 즉 재현되는 것의 불가능성을 그 본질로 하는 것이다.[2] 아버지가 남쪽을 택하게 된 계기는 쥐 때문일 수도, 우익 포로의 테러 때문일 수도 있다. 어쩌면 그 모든 이유와는 아무 상관 없는 다른 이유 때문일 수도 있다. 부모와 처자를 버리고 완전히 다른 존재로 태어나는 일생일대의 결단이 "호각 소리 하나로"(「쥐잡기」, I: 26쪽) 이루어지는 폭력적인 상황을 무슨 수로 온전하게 재현해낼 수 있단 말인가?

그러한 강박은 개연성과 같은 기본적인 소설 원칙마저 무색케 하는 「목마른 뿌리」와 같은 가상 역사소설을 탄생시키기까지 한다. 배경은 월드컵 경기가 한창 열리고 있는 2002년으로 되어 있는 이 작품에서

---

2) 오카 마리, 『기억·서사』, 김병구 옮김, 소명출판사, 2004, 56쪽.

남북은 이미 통일이 된 상태이다. 남쪽의 동생을 찾아온 북쪽의 형은 통일 이전 공작원으로 남파되어 아버지에게 북으로 함께 가자고 했을 때, 아버지에게 들었던 말을 다음과 같이 말하고 있다.

봇도랑 같은 눈물을 흘리시면서. 당신이래 북쪽을 발써 잊었다구 말이다. 저 어린것과 고생만 하는 에미를 보라면서 말이야. 그러니 함께 갈 수 없다고 하시며 가슴을 쥐어뜯었드랬디…… 허지만서두 나중에 지켜보니 그거이 옳은 결정이라는 생각이 들었디. 그럴 수밖에 없었던 게, 철조망 이쪽 저쪽을 오간다고 해서 문제가 해결될 일도 아니고(V: 338쪽)

아버지는 어떻게 해서든 북쪽의 가족들에게 자신의 선택에 대한 이해와 용서를 구하고자 하는 것이다. 가족을 두고 남쪽에 남게 된 것은 아버지에게도 결정적인 삶의 장애로 남게 되는데, 그는 현실적인 육체는 분명 존재하지만 사회적인 주체 위치를 상실한 상징적 죽음을 당한 존재로 머물게 되기 때문이다. 아버지의 모습에서 당당한 사회적 위상을 지닌 주체의 모습은 발견되지 않는다. 이 사회에서 아버지의 주체 위치는 희미하기 이를 데 없는 영정사진의 이미지를 통해 반복해서 나타난다. 아버지가 죽었을 때 영정에 쓸 사진이 없어 주민등록증에 붙어 있던 흑백 증명사진을 확대하여 마련한 틀 사진은 "우중충한 기분을 줄 뿐 아니라 윤곽마저 희미하게 어룽거려 마치 급조된 몽타주 속의 인물을 연상"시킬 뿐이다. 그 사진은 데뷔작인 「쥐잡기」「두 장의 사진으로 남은 아버지」「목마른 뿌리」에 등장한다. 얼룽덜룽하게 그 형체조차 분명치 않은 그 사진이란 남쪽 사회에서 아버지가 가졌던 사회적 위치를 상징적으로 보여주는 것이다.

상징적 죽음을 당한 존재이기에 김소진 소설에서 아버지는 입법자로서의 상징적 아버지와는 거리가 멀어도 한참 멀다. "그저 하릴없이 암내 난 개 목에 낡아빠진 개줄을 걸고 다니며 상대 수캐를 고르고 한 적한 돌산 같은 데로 올라가 흘레를 붙여주는 일을 보람차게 수행하는 사람"(II: 44쪽)으로서의 아버지(「개흘레꾼」), 아들의 과외비로 떠돌이 약장수 여자의 몸을 사는 아버지(「고아떤 뺑덕어멈」), 아들의 중학교 등 록금을 춘하의 아랫도리에 갖다 바치고는 그것을 돌려받기 위해 사람 들 앞에서 온갖 수모를 당하는 아버지(「춘하 돌아오다」), 아들에게 도둑 질을 시키고는 주인에게 들키자 모르는 척 아들의 따귀를 올려붙이는 아버지(「자전거 도둑」), 옆집 아낙의 알몸을 몰래 훔쳐보는 아버지(「첫 눈」), 폐가에서 외간 여자와 정사 나누는 것을 아들의 시선 앞에 그대 로 노출시키는 아버지(「원색생물학습도감」)가 김소진 소설에 등장하는 아버지의 구체적인 모습인 것이다.

이 모습은 포도주에 취한 노아가 벗은 채로 잠이 들자 이를 감추기 위 해 셋째 아들 야벳이 덮어주려는 외투가 벗겨진 모습에 해당한다고 할 수 있다. 김소진 소설에서 아버지는 외설적 초자아(Obscene Superego) 의 형상으로 그려지고 있는 것이다. 예외적으로 「두 장의 사진으로 남 은 아버지」에서의 아버지는 아들에 의해 거의 유일하게 "당신의 운명 과 어떤 식으로든지 피하지 않고 정직하게 맞닥뜨려 대결하고 싶었던" (III: 138쪽) 모습으로 의미 부여되지만, 그것 역시도 청중 한 명 없는 유세장에서의 유세 장면 등을 통해 생뚱맞은 객기쯤으로 그려지고 만 다. 이처럼 김소진 소설에서 '아버지'는 분단이 가져온 한 인간의 신산 스런 삶과 그러한 삶에 이어진 또하나의 고통스런 삶(아들의 삶)을 설 득력 있게 드러내는 유의미한 형상인 것이다.

'개흘레꾼'에서 '개' 되기, 그 진실

처음으로 아들은 아버지의 삶을 「개흘레꾼」에서 "내게 아버지란 존재는 이도 저도 아닌 개흘레꾼에 불과했다"(II: 44~45쪽)는 명제로 의미 부여한다. 이때 '이도 저도 아닌'이란 "아버지는 테제도 그렇다고 안티테제도 아니었다"(II: 44쪽)는 의미이며, 이때의 테제에 해당하는 아버지란 작품 속 장명숙의 아버지가 그러하듯이 '아버지는 좌익이었다'이고, 안티테제에 해당하는 것은 석주형의 아버지가 그러하듯이 '아버지는 자본가이다'가 해당된다. 주지하듯이 이데올로기란 이분법적 구도를 그 본질로 한다. 이때 각 편은 자신들의 견해야말로 어떠한 이데올로기의 거짓도 간파할 수 있는 진리의 위치에 서 있다고 장담하지만, 그러한 이분법적 구도 속에서 어느 쪽도 이데올로기에서 자유로운 위치에 설 수는 없다. 김소진의 아버지는 이러한 이분법적 구도 속에서 멀리 벗어난 존재인 것이다.

본격적으로 아버지를 다루고 있는 마지막 작품인 「원색생물학습도감」에서 아버지는 개흘레꾼에서 한 단계 더 나아간다. 이 작품에서 아버지는 "개미에서부터 시작해 각종 애벌레들, 메뚜기, 잠자리, 벌, 땅강아지, 각종 거미 등 지표 및 지상 이 미터 범위에서 꿈틀거리는 모든 것들"(IV: 137쪽)을 입에 넣으며, 아들이 린치를 당하고 돌아온 날 밤에 "개 혓바닥처럼 내 상처들을 핥아"(IV: 151쪽)준다. '개흘레꾼'이 '개'가 된 것이다. 이 순간, 아이러니하게도 아버지는 김소진 소설에서 거의 유일하게 아들 앞에서 훈계조의 자기 목소리를 내는 존재로 격상된다. '법이나 이름으로서의 아버지'도 아니며, '상상적 동일시의 대상이 되는 자애로운 아버지'도 아닌 외설적인 실재계의 아버지라고 할 수 있는 김소진의 아버지가, 한 번도 독립적인 시점인물로 등장하지 못하고 언제나 아들의 시선에 의해서만 포착되는[3] 초라한 아버지가 '버러지'의

상태로 퇴화해서는 아들에게 아버지다운 모습을 연출하는 것이다. 그
목소리를 직접 들어보면 이렇다.

> 아버지······죽고 싶어요.
> 아무 말 하지 말라니깐 그러네 응?
> 세상이 너무 무서워요, 아버지. 가르쳐주세요.
> 나는 내가 아버지한테 무엇을 가르쳐달라고 조르는지 스스로도 알지
> 못했다. 어쩌면 아버지가 내게 고통 없이 죽는 법을 알려줄지도 모른다
> 는 생각이 들었다.
> 사내란 모름지기 한때는 웅크리며 견디는 법을 배워야 한단다. 말하
> 자면 풍뎅이처럼······알간? 그게 필요할 때가 있는 게 인생이야. 그렇
> 게 해서라도 살다보믄 거저 맹탕으로 걷어치우는 것보담 낫단다. 버러
> 지가 돼도 좋다는 데까지 가봐야 한다이.
> 그럼 나한테도 그 벌레들을 주세요! (IV: 151쪽)

이때의 아버지는 상징적 의미작용의 망으로는 포섭되지 않는 생물
의 차원에 놓인 아버지이다. 이때의 아버지에게 인간으로서의 의미나
가치가 개입될 여지는 존재하지 않는다. "버러지가 돼도 좋다는 데까
지 가봐야 한다이"라는 아버지의 말에 그토록 모질게 아버지를 부정해
왔던 아들은 "그럼 나한테도 그 벌레들을 주세요!"라며 순종적인 태도
로 아버지를 바라보고 있다. 이것을 어떻게 이해할 수 있을까? 역설적
으로 아버지는 모든 의미화나 상징화를 벗어난 자리에서 상징적 아버
지로서의 외양을 보여주고 있다. 이것은 아들이 아버지에게 부여한 아
버지의 자리가 비어 있음으로써 존재할 수 있는 것임을 보여주는 것이

---

3) 서영채, 「이야기꾼으로서의 소설가」, 『문학동네』 1997년 가을호, 165쪽.

다. 그리고 이 자리는 분단과 전쟁이라는 이분법적 이데올로기의 폭력을 지나서 도달한 자리이기에, 이데올로기의 비판을 가능케 하는 빈자리로서의 기능을 수행한다고 볼 수 있다. 아버지가 도달한 모습의 강렬함은 아버지가 받은 이데올로기로부터의 상처에 비례하는 것이라고 할 수 있다.

'실재하는 것'의 비환원성

김소진 소설에서 '아버지'는 개인들의 삶의 가능성을 규정하는 표상 체계 혹은 이야기 체계로부터 벗어난 빈 지대에 위치하는 것으로써 자신을 완성한다고 말할 수 있다. 그의 소설에서 또하나의 주요한 인물인 육손이 형도 이와 같은 맥락에서 이해할 수 있다. 「수습일기」의 육손이, 「춘하 돌아오다」의 상호, 「그리운 동방」의 광수, 「비운의 육손이 형」의 강광수로 이름만 바뀌어 등장하는 육손이 형도 아버지와 마찬가지로 이데올로기 비판을 위한 새로운 문학적 형상이라고 볼 수 있다. 육손이 형을 이해하기 위해서는 먼저 김소진이 육손이 형을 배치하는 사회역사적 지리지를 살펴보는 일이 필요하다. 김소진의 첫번째 작품집인 『열린 사회와 그 적들』에서는 일정한 틀로 표상되거나 환원될 수 없는 현실과 인간들에 대한 탐구가 집중적으로 이루어진다. 이것은 현실에 대한 강력한 해석력을 지니던 대타자가 균열을 일으키던 90년대 초반의 상황과 밀접한 관련을 맺고 있는 것으로 보인다. 「개흘레꾼」에서 테제에 해당하는 아버지상이 사회주의 활동을 한 모습이었던 것처럼, 『열린 사회와 그 적들』에서 실재를 의미화하려는 대타자로 설정되는 것은 80년대의 변혁이념들이다.

「열린 사회와 그 적들」은 열사의 시신을 지키는 병원에서 벌어지는 밥풀때기들과 지식인들의 갈등을 그리고 있다. 무턱대고 병원에 돌을 던지고, 거물 정치인이 보낸 화환을 내팽개치는 밥풀때기들은 지식인들에 의해 "적으로 규정"(I: 87쪽)된다. 열사의 시신을 지킨다는 공동목표를 가지고 있음에도 지식인들과 밥풀때기들은 동지가 되지 못한 채 적대와 분열을 거듭하는 것이다. 그것의 절정은 다음과 같은 모습으로 드러난다.

"여기서 열린사회라는 건 계급이나 종족 그리고 이데올로기라는 신화가 더이상 개인에게 굴레가 되지 않고 개개인이 사회의 진정한 주인으로서 질적으로 더 많은 자유와 민주주의, 물질적 풍요와 평등을 이룰 수 있는 마당이며 소수에 의한 지배가 아니라 이성적으로 눈뜬 다수에 의한 착실하고도 양심적인 사회 운영이 기본 원리로 받아들여지는 사회를 가리키는 것이오."
"당신네들 지금 자꾸 어려운 말을 씀시롱 머릿속을 헷갈리게 하는데 한번 물어나봅시다. 우리, 우리 하는데 도대체 거기에 낄 수 있는 축은 누가 되는 거요? 이데올로기의 신화니 이성적 원리니 하며 거창하게 빚어내는 사회라면 우리 같은 못 배우고 빽줄 없는 떨거지들은 여전히 찬밥 신세를 면치 못할 게 불 보듯 뻔한데 뭐가 진정한 사회란 거요?"(I: 86쪽)

지식인들에게 밥풀때기들은 도저히 이해할 수 없는 군중에 불과하다. 아버지가 테제도 그렇다고 안티테제도 아니었듯이, 이들 역시도 폭력정권에 봉사하는 것은 아니지만 우리일 수도 없는 인간들인 것이다. 이들은 정치적 표상 체계 너머에 존재한다. 지식인들과 밥풀때기들의 대립은 정치의 갈등적 성격과 적대감을 제거하는 것이 사실상 불가능함을 보여주는 것이 아닐 수 없다. 밥풀때기들과 지식인들 사이의 합리적 합의가 불가능한 상황에서 가능한 행위는 지식인들이 밥풀때기들을 '적'으로 규정했듯이, 다른 집단에 대한 배제 행위이다. 분명히 존재하는 이와 같은 적대감의 제거될 수 없는 속성을 무시한 채 보편적인 합리적 합의를 주장하는 것은, 필연적인 경계와 배제의 형태를 중립성 혹은 합리성이라는 가장하에 감춘다는 점에서 더욱더 위험하다.[4]

「그리운 동방」에서는 보다 직접적으로 지식인들의 이념 편향에 대하여 공격하고 있다. 해고 노동자 출신인 아내는 오랜 모색 끝에 삼선조명을 "완벽하고도 구체적인 변혁의 한 기지"(I: 151쪽)로 만들 꿈에 부풀어 있다. 그는 "자본론이나 정치 팜플렛 같은 걸 사람들이랑 함께 공부"하라는 '나'의 말에 "그거야말로 깡그리 척결돼야 할 인텔리 잔재"(I: 151쪽)라고 호기롭게 외친다. 그와 함께 "지식인들이란 항상 현실을 처음부터 끝까지 다 틀어쥐고 욕심을 부리려들잖아요. 이론이라는 집을 지어놓고 모든 현실이 그 안에 들어와 살림 나기를 바라지만 그건 어디까지나 머릿속에서만 존재하는 허구의 집"(I: 151쪽)이라며 현실과 유리된 지식인의 근본적 속성에 대한 비판을 늘어놓는다. 그러나 아내는 자신보다 훨씬 현장의 분위기를 훤히 꿰고 있으며 노동자들의 심리 파악도 뛰어난 사장에 의해 패배하고 만다. 지식인은 아니지만 "민주노조 강화론에 자신의 이론적 텃밭을 일구었"(I: 151쪽)던 아내 역시 "이 교활한 자본가라니! 그리고 줏대도 자존심도 없는 노동자들 같으니라구!"(I: 154쪽)라고 이를 갈며 현실에 패배한 자신을 인정할 수밖에 없는 것이다.

「열린 사회와 그 적들」의 밥풀떼기나 「그리운 동방」의 삼선조명 노동자들 중의 한 명에 해당하는 인물이 바로 김소진의 여러 소설에서 반복해서 등장하는 육손이 형이라고 볼 수 있다. 육손이 형은 기본적

---

4) 샹탈 무페, 『민주주의의 역설』, 이행 옮김, 인간사랑, 2006, 43쪽. 사회적 적대는 상이한 형태를 띨 수 있으며, 그것들이 제거될 수 있다고 믿는 것은 환상에 불과하다.

으로 이 사회의 하층민으로 개념 규정할 수 있는 존재이다. 그러나 그들은 엄격한 계급적 시각이나 여타의 정치담론을 통해 명확하게 규정될 수 있는 존재들이 아니다. 그들은 공식적인 역사 담론과 정치적 재현 사이에서 벗어나 있는 것이다. 삶의 전모가 비교적 온전하게 드러나고 있는 「비운의 육손이 형」에서 그러한 성격은 분명하게 드러난다. 강광수는 똥지게꾼의 아들로 태어났으나 거대한 체격과 완력을 지닌 인물이다. 이런 특이성으로 인해 그는 온갖 삶을 편력하게 되는데, "육손이 형, 흑표범, 역발산, 인간 백정, 용팔이, 뻘기꾼, 장기 매매자, 행려병자…… 그리고 광수 형"(Ⅲ: 76쪽)으로서의 삶을 살게 된다. 그는 분명 이 사회의 하층민으로서의 특징을 가지고 있으나, 실제 그의 삶은 80년대 진보 진영의 반대편에 서기도 한다. 삼청대 출신의 백골단 노릇을 하거나 소규모 정치 브로커 노릇을 하기도 하기 때문이다. 일관된 정치적 정체성이 결여된 존재인 것이다.

그런데 육손이 형을 일정한 틀에 맞춰 재단하려는 존재는 꼭 지식인들만은 아니다. 그것은 폭력적이며 억압적인 공권력이기도 한데, 그것은 「수습일기」의 주반장을 통해 구체화된다. 주반장은 강병호를 "폭력조직 육손이파의 두목"(Ⅰ: 56쪽)으로 만들기 위해 고문을 서슴지 않는 것이다. 주반장은 자신의 출세를 위해 육손이 형의 목소리를 전유하고, 그럼으로써 그들을 침묵시키려 하고 있다. 육손이 형과 같은 존재에 대한 탐구는 「지하생활자들」로 이어진다. 이 작품에서는 "꼭 무슨 쫑이 있어야 대한민국 백성인 줄 알아본단 말여?"(Ⅱ: 168쪽)라고 말하는, "쫑"조차 가지지 못한 서울역 지하도에서 살아가는 노숙자들의 삶을 탐구하고 있다.

한 잔의 향기로운 술

이상에서 살펴본 아버지와 육손이 형의 삶이란 결국 이데올로기에 대한 철저한 비판적 성격을 갖는다고 할 수 있다. 아버지는 자신의 삶이 아들에게 불러일으키는 연민과, 때로는 과장되게 그려진 자연상태의 모습을 통해서 그것을 실행한다. 육손이 형 계열의 작품 역시도 어떠한 개념화나 전체화에 저항하는 모습을 통해 이데올로기에 대한 부정의 태도를 견지하고 있다. 김소진의 문학은 아버지나 육손이 형 계열의 인물 탐구를 통해 환원론이나 결정론에 대한 부정을 보여주고 있다. 「비운의 육손이 형」에서 육손이 형이 '나'에게 남기는 생전의 마지막 말은 육손이 형이 이르고자 하는 궁극적 지향점이 '아버지'와 크게 차이나지 않음을 보여준다.

사람들이 날 다 들춰보고 나면 땅속에다 잘 묻어준다고 했는데 말이야. 그래서 내가 시체를 해부용으로 기증하는 데 동의했지. 그냥 죽으면 재로 날려버릴 것 같아서. 땅속에 묻히면 얼마나 좋아, 그지? 나는 내 이 몸뚱어리가 썩어가서 한 잔의 향기로운 술로 빚어져 땅속으로…… 땅속으로 한없이 빨려 들어가는 모습을 지켜보고 싶어. 그래서 의사 선생한테 해부할 때도 눈만은 다치게 하지 말아달라고 신신당부를 드렸지, 쿨럭쿨럭.(76쪽)

자신의 시체까지 해부용으로 기증하면서까지 이루고자 했던 소박한 꿈, 즉 땅속에 묻혀서 썩기를 원하는 이 소박한 꿈마저 현실에서는 쉽게 이루어지지 않는다. 육손이 형의 시신은 "원무과 사람들이 일을 잘못 처리하는 바람에 그만 화장터로"(Ⅲ: 77쪽) 가고 만 것이다. 「개흘레꾼」에서도 아버지는 끝내 "셰퍼드"(Ⅱ: 60쪽)에 물려죽고 만다. 이 작품에서 아버지는 "자연의 법칙을 어기"(Ⅱ: 49쪽)는 셰퍼드를 보통의 개와 구분하여 흘레붙이는 것조차 거부했었다. 이 셰퍼드란 수용소에서 아버지의 성기를 물어뜯던 개와 동류이다. 이 세상을 폭력과 고통으로 물들이는 이데올로기적 광기에 맞서 '버러지'가, 혹은 '향기로운 술'이 되고자 하는 소망은 쉽게 허락되지 않는 것이다. 그 작은 소망마저 이루어질 수 없는 현실의 무게가 크면 클수록, 아버지와 광수 형의 꿈은 더욱 소중할 수밖에 없다. 온몸을 던져서 누구도 뒤돌아보지 않던 그 꿈을 세상에 드러낸 것에 김소진 문학의 진정성이 있다면, 그가 없는 지금 그 꿈은 마땅히 남은 자들의 꿈이 되어야 한다.

고독, 소의 등에 올라타다

김도연론

환멸에 떠밀려 산골에 머물다

김도연 소설[1]의 배경은 폭설이 내린 산골의 외딴집이나 며칠째 사람의 출입이 없는 여관방과 같이 밀폐된 공간이 대부분이다. "작은 포구의 민박집 이층"(Ⅱ: 9쪽)이 소설의 배경인 「0시의 부에노스아이레스」, "폭설로 뒤덮인 골짜기"에 있는 "집 한 채"(Ⅰ: 39쪽)에 홀로 남겨진 「검은 눈」, 사북 탄광 위에 지어진 도박장에서 벌어지는 일을 다룬 「기차가 사북을 지나간다」, 폭설로 외부와 두절된 매표소가 배경인 「소리개가 떴다」, 부모도 없는 "골짜기의 외딴집"(Ⅱ: 34쪽)에 홀로 사는 「십오야월」, 이용자가 세 명뿐인 산골 도서관이 배경인 「흰 등대에 갇히다」, 진부의 당근밭에서 벌어지는 일을 다룬 「도망치다가 멈춰 뒤돌아보는

---

1) 「꾸꾸루꾸꾸 빨로마」(『21세기 문학』 2005년 가을호), 「메밀꽃 질 무렵」(웹진 '문장' 2006년 6월호)을 제외한 작품들은 『0시의 부에노스아이레스』(문학동네, 2002), 『십오야월』(문학동네, 2005), 『소와 함께 여행하는 법』(열림원, 2007)에서 인용했다. 이하 인용할 경우 본문에 해당 책의 쪽수를 표시하되, 단편집인 『0시의 부에노스아이레스』는 Ⅰ, 『십오야월』은 Ⅱ로 구분하여 밝혀주기로 한다.

버릇이 있다」, 시골의 민박집이 배경인 「이제 그는 시인을 믿지 않는다」, "산골 마을에서 가난한 총각이 홀어머니 모시고 농사지으며 살"(II: 247쪽)다가 벌어지는 일을 그린 「출가」 등이 모두 그러하다. 이외의 소설들 대부분도 폐쇄된 장소를 배경으로 지극히 적은 인물들이 등장할 뿐이다.

김도연 소설의 대표적 기호가 되어버린 끝도 없이 내리는 눈[2]은 외부와의 고립과 단절을 더욱더 심화시키는 작용을 한다. 눈은 「검은 눈」이나 「소리개가 떴다」에서처럼 실제로 외부와의 접촉을 차단하기도 하며, 분위기와 느낌의 차원에서 폐쇄의 느낌을 더욱 심화시키기도 한다. 이러한 폐색된 공간이 전해주는 단절감은 그의 소설 곳곳에서 발견된다. 「0시의 부에노스아이레스」에서 그가 머무는 여관방 출입문의 잠금장치는 빈틈이 없고 이중이어서, "부수거나 해체하지 않는 한 누구도 들어올 수 없"으며, "커튼은 안과 밖을 서로 다른 천으로 붙여 만든 것이라서 빛이 여과돼 들어올 수 없을뿐더러 벽까지 가릴 정도로 널찍"(I: 23쪽)하다. 그리하여 '나'가 머무는 여관방은 "어두운 바다에 떠 있는 작은 나룻배"(I: 25쪽)가 된다. 「도망치다가 멈춰 뒤돌아보는 버릇이 있다」에서 사업에 실패해 귀향한 뒤부터 바깥세상과 당연하다는 듯 연결고리를 끊어버린 것 같은 삶을 사는 총각은, 아무도 찾아오지 않는 원두막에 살며 사냥개 워리에게 말을 걸고 시를 읽어주는 기행을 연출하기까지 한다. 『소와 함께 여행하는 법』에서 서울로 입성하는 '나'가 서울을 방문한 지가 "몇십 년 전, 아니 몇백 년 전인 것도 같았다"(199쪽)고 말할 정도로 그들의 고립감은 심원하다.

많은 경우 이들은 그 밀폐된 공간에서 노부모 혹은 노모와 단둘이서 살아간다. 「이제 그는 시인을 믿지 않는다」에서 시인이었던 그는 어머

---

2) 그의 산문집 제목은 『눈 이야기』(열림원, 2007)이다.

니와 단둘이 강원도의 산골에서 민박집을 하며 살고 있다. 그는 노모가 돌아가시면 어쩌나 하는 걱정에 불면의 밤을 지새우기도 하고, 그러한 일이 벌어지기 전에 짐을 꾸려 먼저 떠날 계획도 짜지만 늘 허사로 돌아간다. "시보다 몇백 배 더 떠나기 어려운 존재"(Ⅱ: 117~118쪽)가 바로 어머니이기 때문이다. 김도연의 소설에서 어머니가 등장하지 않는 경우에도 어머니의 변형으로밖에 추정할 수 없는 여성 인물과의 고립된 관계는 자주 보인다. 「0시의 부에노스아이레스」의 '나'는 연인이 결혼한다는 소식을 듣고는 그녀와 삼 년 전 머물렀던 여관방에 다시 머물고 있다. 그 여관방에는 아들을 떠나보낸 여주인이 있으며, '나'는 자신과 나이가 엇비슷한 아들이 살던 방에 머물러 있다. 그 방에서 '나'는 여주인의 아들이 보던 동물에 대한 책들을 보고 있으며, 여주인은 '나'에게 "내 아들놈 꼬라지 될까봐 걱정돼서 그러는 거야"(Ⅰ: 28쪽)라고 걱정을 한다. 어느새 '나'는 여주인의 아들이, 여주인은 '나'의 어머니가 되고 있는 것이다.

더욱 큰 문제는 이들이 사회로부터 밀려나 갇힌 집에서 벗어나지 못한다는 것이다. 집에 대한 애착 내지는 고착은 「출가」에 직접적으로 잘 드러나 있다. 노모를 놔두고 금강산 여행을 떠나는 그에게 집은 "쓰디쓴 인진환처럼 어금니에 붙어 떨어지지 않"(Ⅱ: 244쪽)는 독한 무엇이다. 그는 여행 내내 집과 노모의 영향권 내에서 한 치도 벗어나지 못한다. 「십오야월」의 '나'가 "보름달이 뜬 밤, 갈 곳이 결국 집밖에 없다는 사실에 진저리를 치"(Ⅱ: 12쪽)면서도 결국에는 그곳으로 돌아갈 수밖에 없는 것처럼 말이다. 그는 노모와 집에 대한 강박으로 인해 뜬금없이 여행객들에게 출가의 정당성을 말하기도 하고, "낯익은 일가친척들의 얼굴로 변해가는 승객들이 내지르는 아우성에 고스란히 뭇매를 맞"(Ⅱ: 246쪽)기도 한다. 그는 집에서 멀어질수록 "머리에 금이 갈 것 같은 두통"(Ⅱ: 254쪽)이 점점 심해지고, 끝내는 노모에게 전화를 건다. 이러한 그의 집에 대한 고착된 심리에는 그의 노모 역시 일조를 하고 있다. 노모는 점쟁이에게 늙어 죽을 때까지 자신과 아들이 함께 산다는 점괘를 듣고는, "점괘에 만족해"(Ⅱ: 259쪽)하는 모습을 보인다.

결국 출가는 실패한다. 출가에 실패한 그의 모습은, 북에서 만난 나무꾼이 해준 이야기 속에 등장하는 수탉과 그가 동일시되면서 선명하게 그려진다. 그의 분신이라 할 수 있는, 자신 역시 미혼으로 어머니와 함께 사는 나무꾼이 해준 이야기는 이렇다. 다시 나타난 사슴의 도움으로 두레박을 타고 하늘에 올라가 선녀를 다시 만난 나무꾼이, 지상에 남은 홀어머니에 대한 죄책감에 시달리다 용마를 타고 집에 내려온다. 어머니는 아들을 위해 팥죽을 쑤어 먹이다가 뜨거운 죽을 말 등에 흘려 하늘로 올려보내고, 하늘만 쳐다보던 나무꾼은 죽어 수탉이 된다는 것이다. 집으로 돌아온 그는 수탉과 마찬가지로 지붕 위에서 밤하늘을 올려다보며 서럽게 우는 것이다. 이 수탉이 우는 서러운 울음 속에는 어머니로 표상되는 고향과 유년을 뛰어넘어 새로운 세계로 나아가고자 하는 의지가 분명하게 박혀 있다. 어머니와 집에 대한 그의 태도는 양가적이라고 할 수 있는데, 이러한 이중적 의식은 「도망치다가 멈춰 뒤돌아보는 버릇이 있다」의 총각에게도 나타난다. 그는 부모의 곁을 벗어나지 못하면서도 아버지와 어머니를 밭주인과 그의 아내라고 부르는 위악적인 모습을 연출하기도 한다.

「꾸꾸루꾸꾸 빨로마」에서는 이러한 모자관계가 지니는 심리적 성격이 보다 선명하게 드러나고 있다. 이 소설의 초점화자인 그는 신병으로 인해 첩첩산중의 민박집에서 요양을 하고 있다. 그런데 겨울이 와서 주인마저 약수터 관리를 맡기고 떠난 그곳에 온갖 과거의 것들이 몰려오기 시작한다. 어린 시절 그토록 따라가기를 원했던 옷장수, 이린 시설 십 사랑에 살던 친구의 아버지인 체장수, 그리고 삼십 년 전 자신의 배신으로 임신한 몸으로 자살한 연인 등이 그들이다. 그런데 재미있는 것은 그와 이들의 관계가 전 오이디푸스 단계의 모자관계로 드러난다는 것이다. 옷장수 할머니는 "어미다, 어미!"(101쪽)라며 찾아와서는 "땀에 전 베개 대신 그의 머리를 자신의 허벅지에 올려놓고 손부채질을 해주"어, "마흔이 넘은 낯선 사내의 땀내 풍기는 머리를 식혀"준다. 삼십 년 전에 죽은 연인은 젖가슴을 그에게 물리는데, 그는 "입을 뗄 수조차 없"는 "힘없는 젖먹이"가 되고, 그녀는 "우리 아기 한 방울도 흘리지 말고 다 먹어"(112쪽)라고 말한다. 이 순간 그는, 삼십 년 전 죽기 전에 그녀의 몸 안에 들어섰던 아기가 되고 있다.

이러한 모자관계는 김도연 소설의 인물관계의 극단적이지만, 선명한 심리적 실재라고 부를 수 있을 것이다. 「출가」에서 스승이 그에게 하는 "아주 오래된 사람"(Ⅱ: 247쪽)이라는 말은 한 개체 차원으로 옮겨놓았을 때 "아주 오래된 시절을 사는 사람"이라고 바꾸어도 무방할지도 모르겠다.

돈, 허위, 배신

그렇다면 무엇이 이들을 이토록 고독한 영혼으로 살게 하는가? 글을 쓰는 김도연에게 있어 고독한 영혼은 떨쳐버려야 할 불행이라기보다는 받아들여 품고 가야 할 축복인지도 모른다. 「도망치다가 멈춰 뒤돌아보는 버릇이 있다」의 총각은 사냥개 워리에게 시란 "고독한 영혼이 부르는 노래"(Ⅱ: 73쪽)라고 강의를 하고 있으니 말이다. 총각은 고독한 영혼은 꽃이며, 그중에서도 "세상의 오물 속에서 피어난 꽃이 최고"(Ⅱ: 73쪽)라고 말하고 있다. 이때 "오물이란 곧 환멸"(Ⅱ: 73쪽)이다. 결국 그는 세상의 환멸로 인해 고독한 영혼을 갖게 된 것이고, 그러한 고독한 영혼은 시를 쓰게 만드는 것이다. 김도연 소설에서 그들을 고독한 영혼으로 살게 만든 세상의 환멸은 전면적이지는 않지만, 은근하고 지속적으로 여러 편의 소설에 드러나고 있다. 결론부터 말하자면, 그것은 돈과 허위와 배신이다.

「0시의 부에노스아이레스」에서 그녀는 '나'에게 "돈 때문에 아등바등하는 결혼생활은 질색이야. 그렇게 살고 싶지 않아"(I: 33쪽) 혹은 "돈 때문에 하고 싶은 일을 못 한다고 생각하면 끔찍해"(I: 34쪽)와 같은 말을 한다. "자본주의 세상에서 돈을 무시한 사랑은 길게 가지 못할 거"(I: 34쪽)라고 확신하는 그녀는, '나'에게 자신이 꿈꾸는 삶에 대한 확신을 주기 요구했던 것이다. 그러나 '나'는 그녀가 꿈꾸는 미래에 대해서 "불안"해할 뿐이다. 「검은 눈」에서도 주인공이 사귀던 여자는 "그걸 말이라고 해? 농촌 총각에다가 소설 총각까지, 타이틀이 두 개나 붙은 너한테 시집을 가라고?"(I: 39쪽)라고 말했던 것이다. 그녀와의 일로 상처받은 '나'는 "십팔 년 만에"(I: 56쪽) 집으로 돌아오게 된다. 밀폐된 공간에 처해진 주인공은 농사를 짓는 소설가(혹은 시인)이든 소설(시)을 쓰는 농민이든, 자본주의적 교환 논리가 지배하는 세상에서 상품성이 떨어지는 "오래된 인간"들이다. 그들이 갇힌 이후에 그곳에서 벗어나지 못하는 이유도 비슷하다. 「십오야월」의 '나'는 한번은 다방 여자와 그리고 두번째는 연변 아가씨와 살림을 차렸지만 곧 여자들이 떠나가고 만다. "한 여자는 통장의 돈을 모두 찾아 떠났고 또 한 여자는 더 많은 돈을 벌기 위해 떠났"(II: 22쪽)던 것이다.

이러한 경제적 이유 외에도 인간 간의 관계에서 비롯되는 여러 문제들이 주인공들을 더욱더 밀폐된 공간으로 밀어붙인다. 대표적인 작품으로 「이제 그는 시인을 믿지 않는다」를 들 수 있다. 과거에 도시에서 시를 쓰던 시인이었던 그는 현재 "강원도 산골짜기에 자리한 민박집"(II: 98쪽)에서 어머니와 함께 살고 있다. 그를 민박집까지 내몬 기억의 핵심에는 Y와의 일들이 놓여 있다. 그는 대학 시절 "박노해의 시를 읽고 그중 몇 편을 이리저리 뜯어내고 고쳐서 만든 시 한 편을 학교 신문에 투고"(II: 105쪽)하고, Y는 그런 그를 찾아온다. 최루탄과 화염병이 뒹굴던 시절 Y는 시 낭송 중 거짓으로 눈물을 흘려 여학생들로부터 무수한 장미꽃을 받는다. 그 순간 그는 Y를 통해 "이제야 찾았다! 시를 써야겠다!"(II: 106쪽)며 삶의 목적을 찾았던 것이다. 그후에도 Y의 거짓은 계속된다. 그 시절 그는 장미로부터도 "형 시에선 부르주아 냄새가 나!"(II: 113쪽)라는 비난을 들어야 했다. "머리에 띠를 두르고 단상에 올라가 '한 톨의 불씨가 광야를 불사른다'고 울부짖던 장미"(II: 118쪽) 앞에서 벌어지던, 거짓으로 울음을 지을 줄 알았던 Y와 시에서 부르주아 냄새를 지울 수 없었던 그의 경쟁은 너무나도 승부가 뻔한 게임이었고, 결국 그는 떠날 수밖에 없었던 것이다. 시골의 조그만 도서관에서 십여 년의 시간 동안 소설을 창작하는 「흰 등대에 갇히다」의 '사향노루'가 "변변한 등명기 하나 없는 빈 등대에 갇"(II: 61쪽)히게 된 이유도 동료들의 배신 때문이다.

눈 내리는 산골의 밤을 견디게 하는 것들

현실과의 불화로 자신만의 밀폐된 공간, 정신분석학적으로는 전 오이디푸스 단계의 모자관계로까지 퇴행했다고 말할 수 있는 인물들은 그 공간에서 어떻게 자신의 삶을 지탱해나갈 수 있을까? 그러한 시공을 채우는 것은 기억과 꿈이 만들어내는 각종 환상과 동물들이다. 북에서 나무꾼을 만나서도 "처녀들의 이기적인 결혼관"과 "산림정책의 비현실성" "늘어만 가는 농가 부채"에 대하여 말할 수밖에 없는 것이 현실이라면, "전설만 남았을 뿐 세상에 도피처는 없는 모양"(II: 257쪽)이라는 김도연의 세계 인식은 그러한 견딤을 위한 환상의 존재의의를 충분히 설명해주는 것이라고 말할 수도 있다. 그가 의지할 수 있는 것은 결국 꿈밖에 없는 것인지도 모른다.

　김도연이 그려내는 폐쇄된 공간 속의 주인공들은 "꿈을 꿀 줄 아"(Ⅱ: 「십오야월」, 32쪽)는 사람들이다. 이러한 밀폐된 공간 속에 머물러 있는 인물들은 "잠을 방해하는 기억"(Ⅰ: 「0시의 부에노스아이레스」, 18쪽) 속에 갇혀 있거나, 미궁과도 같은 꿈에 자신을 맡긴다. 기억이나 꿈은 현실과 구분되는 경우도 있지만, 소설 전체가 백일몽인 경우가 대부분이다. 김도연의 소설에서 무엇이 현실이고 무엇이 환상인지를 가르는 것은 애당초 무의미하거나 불가능한 일이다. 잠에서 깨어났을 때도 지난밤에 찾아온 죽은 외삼촌은 탁발승이 되어 목탁을 두드리며(Ⅱ: 「십오야월」, 34쪽), 꿈속에서 만난 고라니는 "이건 꿈이야. 넌 꿈과 현실도 구분 못 해?"(Ⅱ: 「도망치다가 멈춰 뒤돌아보는 버릇이 있다」, 86쪽)라고 일갈하지만, 깨어난 후에도 고라니의 흔적은 뚜렷하게 남아 있다. "꿈속에서 울면서 그를 찾던 여자는 꿈 밖에서도 똑같이 그를 찾고 있"(「꾸꾸루꾸꾸 빨로마」)거나, 꿈속에 나타났던 경찰은 꿈에서 깨어났을 때도 또다시 나타나(『소와 함께 여행하는 법』)는 식이다. 「검은 눈」은 몇 겹의 꿈으로 이루어져 있어, 꿈속에도 꿈이 있고 꿈 밖에도 꿈이 있는 경우이다. 이렇게 구성된 작품 속에서 꿈과 실제는 안과 밖이 연결되어 그 구분이 불가능한 뫼비우스의 띠와 같이 되어버리고 만다. 이러한 꿈과 환상이 무의식의 작용에 의한 것임은 말할 필요도 없다.

　이러한 환상이 김도연 소설 속 인물들에게 중요한 것은 지금의 현실을 버티게 하는 힘이 된다는 것이다. 김도연 소설에서 중요한 것은 그 환상의 진실성 여부보다는 그것이 존재를 견디게 하는 내적인 힘이 된다는 점이다. 그가 폐쇄된 공간에서 그리워하는 과거의 존재인 그녀는 "내 기억 속에서 시간의 힘을 얻어 성녀로 변신한 것"(77쪽)에서처럼 실제적인 사실과 직접적인 관계가 없을 수도 있다. 그러나 그것은

"……그래도 너에 대한 환상이 있어서 그동안 버틴 거야"(143쪽)에서 알 수 있듯이, 주인공을 견디게 하는 힘이 된다.

그것을 가장 잘 보여주는 것이 바로 「이제 그는 시인을 믿지 않는다」이다. 이 작품에서 과거의 기억을 잊고 사는 그의 삶은 "잘려나갔거나 일부를 도둑맞았을 부도와 삼층석탑, 석등"(Ⅱ: 97쪽)으로 표현된다. 그러나 그는 지금도 결혼식에 초청하는 Y의 전화를 받고 두통약을 찾으며, Y가 전화로 읽어준 자작시 한 편과 울음에 과거의 기억들은 다시 심지를 돋운다. 이 작품에서 꿈은 현실에서 떠날 수밖에 없었던 그의 처참한 패배의식을 보상시켜주는 작용을 한다. "꿈속으로 찾아온 장미는 전과 달리 미안하다는 말을 반복하며 눈물을 비"(Ⅱ: 119쪽)치기도 하는 것이다. 별똥별이 떨어지는 추운 밤에 이루어지는 이 작품의 마지막 장면은 김도연이 만들어낸 환상이 얼마나 아름다울 수 있으며, 그것이 연출하는 조화와 화해의 세계가 얼마나 깊고 넓은 범위에서 이루어지는 웅숭깊은 것인지를 증명해주는 사례로 충분하다.

"아직도 날…… 미워해요?"
장미였다. 그는 깜짝 놀라 눈을 비볐다. 장미는 알몸이었다. 춥지 않으냐고 물으니 춥지 않다고 대답했다. 앉아서는 별똥별을 볼 수 없었다. 그는 스키 파카를 열어 그 속으로 달빛 같은 장미의 알몸을 받아들였다. 아주 게으른 불꽃놀이를 하듯 별똥별은 잊을 만하면 떠나고 또 떠났다. 장미는 그의 눈동자에 비치는 별똥별을 본다고 중얼거렸다. 그는 조금씩 감기는 눈꺼풀을 밀어올렸다. 놀랍게도 밤하늘은 그사이에 막 세수를 끝마친 듯 말쑥하게 벗겨져 있었다. 둥근 탑신을 되찾은 부도도 떠 있었고 석등은 화창에 가득한 따스한 불빛을 내보내 풀을 뜯는 토끼들을 비췄다. 알몸의 장미는 조금씩 그의 몸을 파고들었다. 다시 별똥별 하나가 떠나자 오징어 다리를 잡으려는 듯 개 한 마리가 컹컹 짖으며 밤

하늘을 가로질러 달려가고 있었다. (124쪽)

　이 장면 속에서 그와 장미, 부도와 탑신, 삶과 죽음, 과거와 현재는 조화롭게 어우러져 별똥별처럼 밤하늘을 흐르고 있다. 김도연이 피어 올리는 환상들은 대개 과거와 맞닿아 있다. 「꾸꾸루꾸꾸 빨로마」에서 불러낸 환영들도 "그의 기억에서 가장 멀리 있는 추억 속의 사람들이 찾아와 물건을 내미는 것 같았다"에서 알 수 있듯이 모두 과거의 것들이었다.

　「메밀꽃 필 무렵」에 등장했던 허동이의 말년을 다루고 있는 「메밀꽃 질 무렵」의 허동이는 과거에 고착된 인물이다. 허동이는 "아버지가 전을 펼치고 돌아가신 자리까지 고스란히 물려받아" 트럭을 타고 장돌뱅이 생활을 하고 있다. 허동이의 몸은 허생원과 성서방네 처녀의 한 세대가 사라진 현재의 강원도라는 시공에 놓여 있지만, 그의 모든 정신은 허생원, 조선달과 함께 장터를 누비던 과거에만 머물러 있다. 그러나 그 세계는 사라져버린 것이다. "등짐을 지고, 나귀의 방울 소리를 들으며 삼삼오오 짝을 지어 장에서 장으로 갔던 그 고되고 흐뭇한 밤길은" 이제 볼 수 없는 것이며, "그 길의 마지막에" 서 있는 허씨는 "그 세계의 마지막 꿈을" 꾸고 있을 뿐이다. 술에 취해 잠이 들어 전대를 다 털리고, 흐드러진 메밀밭 속에서 조선달과 허생원을 만나는 허동이의 모습은 그의 현재 존재양상을 정확히 표상하는 것이다.

　위의 소설들이 현재를 사는 주인공이 과거를 그리워하는 것이라면, 「십오야월」은 그리운 과거가 현재 속으로 직접 개입해 들어온 경우라고 말할 수 있다. 정월대보름날 투전판에서 혼자 사는 "골짜기의 외딴 집"(Ⅱ: 11쪽)에 돌아왔을 때, 그곳에는 고조부와 증조부, 증조모, 주부, 외삼촌 등의 조상들과 집에서 살다가 죽은 가축들로 가득하다. 「출가」에서도 그러했듯이 '나'의 가족을 향한 마음은 양가적이다. 이들은 밤새 서로가 서로를 비꼬고 비난하는 대화[3]를 나누기만 한다. 그러나 맨발로 눈길을 걸어가는 할머니에게 '나'는 털신을 신겨드리고는, "몰려오는 잠을 기분 좋게 받아들"(II: 34쪽)인다. 이 작은 행동을 통해 서사 전체에 가득했던 그 비난의 말들은 가까운 사이에서만 가능한 정겨운 토닥거림 정도로 그 공격성이 완화된다. 잠에서 깨어난 다음날에도 어제와 똑같은 하루는 그대로 반복된다. 이것은 그가 가족과 기억이라는 굴레에서 벗어나지 못함을 상징적으로 보여주는 것이다. 이 작품의 구석구석을 비춰주는 둥그런 보름달의 이미지는, 원환적인 작품의 구성에서도 또 한번 반복되고 있다.

꿈같은 현실이 아닌, 현실 같은 꿈

김도연 소설에 등장하는 환상이 주인공이 현실을 견디고 극복해나갈 수 있는 내적 지지대가 되고 있음을 살펴보았다. 그런데 김도연 소설의 환상이 좀더 특수한 것은 그 환상이 '꿈같은 현실'을 드러내는 것이 아니라 '현실 같은 꿈'을 드러낼 때이다. 이때 김도연이 꾸는 꿈은

---

3) 하나의 예만 들면 다음과 같다.

"그럼 어쩌라구요? 내가 나갈까요? 아님 같이 살아요?"

"그깟 돈 몇 푼 잃었다고 오밤중에 지 조상을 한데로 내쫓는단 말이지? 이놈 이거 어디 다리 밑에서 주워온 거 아냐!"

"할아버지, 대체 어느 집 조상들이 제사 몇 번 소홀히 했다고 이렇게 떼거지로 몰려와 소란을 피웁니까? 그렇게 배가 고프면 잘사는 후손들 많은데 그리로 가지 이곳에 올 필요는 없지 않겠어요? 사실 종손이라고 뭐 특별하게 해준 것도 없잖아요. 그리고 돌아가셨으면 그곳에 그냥 계시지 굳이 이곳까지 올 필요가 없었다는 얘깁니다. 제 얘기는."

"이놈 봐라. 조상 알기를 마치 잡귀 알듯 하네! 아버님, 보세요! 그래서 제가 이놈 어미가 우리 집으로 시집오는 걸 그렇게 반대했다니까요."

"나무아미타불! 사돈어른, 말씀이 지나치십니다."(30쪽)

사회적 실재의 침입에 해당하는 것이라고 할 수 있다. 본래 무의식이란 것이 알 수 없는 내부의 심연이 아니라 개인의 내면 속에서 외부세계와 관계하는 역동적인 공간이라는 점을 생각한다면, 꿈속에 드러난 무의식에서 현실을 읽어내는 것이 무리한 일은 결코 아니다. 무의식은 상징계와 개인의 욕망을 가장 내밀한 방식으로 연결시키는 내적 통로라고 이름 할 수 있기 때문이다. 무의식이란 자율적이고 단독적인 근대적 개인의 고유한 의식공간일 뿐만 아니라 사회와 긴밀하게 연동하여 움직이는 무의식의 공간이기도 한 것이다. 이렇게 보면, 가장 사적인 무의식은 역설적으로 가장 확고한 관계의 통로라고 이름 붙일 수도 있다.[4]

　이러한 환상과 꿈은 주로 동물들을 등장시키는 경우에 드러난다. 2000년대 한국 소설계에서 김도연의 소설처럼 동물을 비롯한 자연물이 소설에 빈번하게 등장하는 사례도 드물 것이다. 그것은 등단작인 「0시의 부에노스아이레스」에서부터 이미 선명하게 드러났던 것이다. 사랑했던 여인은 "늙은 잉어"(I: 15쪽)를 연상시키기도 하며, '나'가 머무는 여관방은 주인집 아들이 남기고 간 "꽤 많은 물고기와 나비, 짐승 들"(I: 19쪽)로 가득했던 것이다. 김도연의 소설에서 동물이 인간과 동일시되는 일은 흔한 일이다. 「검은 눈」에서 '암탉'은 '나'를 떠나간 그녀가 되고, 「소리개가 떴다」에서 빙벽훈련을 온 학생들은 '산짐승'에 비유된다. 이 작품에서 그와 김양은 매와 노랑새에 대응되는 존재들이다. 「흰 등대에 갇히다」의 소설가 지망생인 '나'는 아예 '사향노루'라 불리며, 나중에는 "내 손으로 내 살가죽을 벗겨 사타구니 근처에 있는 사향을

---

4) 무의식은 언어에 의해 구조화되어 있다는 라캉의 말이나 개인의 인지, 지각, 판단, 행위의 성향체계로서 객관적인 외부세계와 주관적인 개인의 내면을 연결하는 내적 통로인 아비투스(habitus)가 객관세계의 구조에 의해 내면화된 것이라는 부르디외의 주장은 모두 이러한 사실을 뒷받침하는 것이라고 할 수 있다.

꺼내줘야 다시 심장이 뛸까"(II: 61쪽)라고 하여 어느새 사향노루와 동일시되고 있다. 「출가」의 그도 작품의 마지막에 수탉과 동일시되었던 것이다.

누누이 말한 바와 같이 그의 소설적 배경은 강원도의 외딴 산골인 경우가 대부분이다. 이러한 배경하에서 동물이, 더군다나 인간마저 동물로 비유되어 등장한다면 우리는 자연스럽게 이효석이 그려 보인 세계를 떠올릴 수도 있을 것이다. 실제로 김도연은 「메밀꽃 질 무렵」을 통해 이효석을 향한 강렬한 오마주를 바친 바도 있다. 그 소설 속에서 허동이는 이제는 사라진 허생원과 조선달의 세계에 대한 그리움으로 밥을 먹고 잠을 잔다. 이때 허생원과 조선달의 세계란 김동리로 하여금 이효석을 "소설을 배반한 소설가"[5]라고 부르게 만든 세계, 즉 자연과 깊은 교감과 친교를 누리는 세계임은 두말할 나위가 없다. 그러나 김도연이 그려 보이는 자연의 세계는 결코 이효석이 그려 보인 "자연을 근원으로 한 시의식"[6]에서 비롯된 세계가 아니다. 「메밀꽃 질 무렵」에서 그리고 있는 과거와 자연의 세계가 아름다운 것일수록, 그러한 아름다움의 구현이 불가능한 현실의 비참함은 더욱더 선명해질 뿐이다. 이 작품은 역설적으로 이효석이 그려 보였던 천인합일의 세계가 오직 꿈속에서만 가능하고, 현실에서는 불가능함을 보여주고 있다. 오히려 김도연 소설에 등장하는 동물들은 대자연의 영역에서 비롯되는 근원적 향수를 표상한다기보다는 인간의 영역에서 비롯된 파편화된 분열의 상징물인 경우가 더욱 많다. 설령 그의 소설에서 인간과 동물이 소통한다 하더라도, 그때 동물과 인간의 관계는 '동물화된 인간'으로서라기보다는 '인간화된 동물'로서이다.

---

5) 김동리, 「산문과 반산문 — 이효석론」, 『김동리 전집』 7, 민음사, 1997, 26쪽.
6) 같은 책, 36쪽.

「도망치다가 멈춰 뒤돌아보는 버릇이 있다」의 총각과 고라니의 대결이 이를 잘 보여준다. 이 작품은 밤마다 당근밭으로 내려오는 노루와 고라니, 토끼 들과 그것들로부터 당근밭을 지키는 총각과의 대결을 그리고 있다. 처음 총각은 밭주인이 "각종 덫을 놓고 올무를 설치하"지만, "그깟 산짐승이 먹으면 얼마나 먹는다고 그래요! 같이 사는 세상인데 내버려두세요"(II: 67쪽)라고 말한다. 그러나 이내 총각도 산짐승이 다녀간 밭을 보고는 산짐승과의 대결에 나선다. 이 소설에서 동물들의 세계 역시 갈가리 찢겨져 있는 모습으로 그려진다. 총각에게는 한마디도 하지 않는 사냥개는 산에서 내려온 멧돼지와 협상을 한다. 협상이란 입장을 달리하는 타인들 간의 게임이 아니었던가? 더구나 이 테이블에서 멧돼지는 산속이 경망스런 노루나 고라니 때문에 "시끄러워서 살 수가 없"(II: 80쪽)다며, 산속으로 들어와줄 것을 부탁한다. 더군다나 사냥개를 채용하려는 이유가 "혈통이 중요"(II: 81쪽)하기 때문이라고 말하는 대목에서는, 이 소설 속의 동물들이 이미 인위의 때에 찌들어 있는 존재들임을 보여준다. 작품은 고라니를 잡기 위해 공기총을 들고 산속을 달리던 총각이, 고라니를 잡기 위해 놓은 "싱글스프링 강철덫에 감각조차 없는 상태로 갇"(II: 91쪽)히는 것으로 끝난다. 이 순간 고라니는 "왜 그런 표정을 하고 있어? 뭐가 불만이야? 자업자득이잖아!"(II: 91쪽)라고 말한다. 그토록 인간을 향해서는 아무런 말도 하지 않던 동물들은 이 불화의 극에 선 순간에야 비로소 입을 연다. 인간과 동물(자연)의 교감은 더이상 상상할 수 없는 끔찍한 현실이 환상적인 수법으로 드러나고 있는 것이다. 이 소설에서 사냥개에게 바치는 시의 마지막 한 줄은 끝끝내 떠오르지 않는다. 완성시키지 못한 시의 마지막 한 줄에는 인간과 동물 사이에 넘을 수 없는 균열과 틈이 가로놓여 있음에 분명하다.

「검은 눈」에서는 폭설로 고립된 산골의 외딴집에서 벌어지는 묵시록적인 이미지[7]를 통해 그 균열과 틈에 대하여 말하고 있다. 「소리개가 떴다」는 자연의 내적인 균열과 인간과 자연을 갈라놓는 금이 발생하게 된 원인에까지 그 시선을 던지고 있는 작품이다. 80년대 전반을 배경으로 새떼의 떠남을 중요한 모티프로 하고 있는 「소리개가 떴다」에서 폭설이 내린 날, 예언을 하는 큰스님이 입적한다. 그날 새떼도 산을 떠난다. 그런데 이 작품에서는 큰스님의 죽음과 새떼의 떠남이 지니는 연관성이 여러 차례 암시된다. 큰스님이 예언을 하던 날은 "매서운 눈매를 지닌 검은 옷차림의 사내들"(Ⅱ: 174쪽)이 나타나고, 사내들이 무더기로 스님을 방문한 이후로 스님은 말을 잃게 된다. 스님의 침묵과 그에 이은 죽음은 새떼들의 이동을 불러온다. 그것은 새들과 인간이 공존하는 조화로운 우주적 평화가 깨어지고 있음을 보여주는 것이다. 김도연 소설에서는 흔하지 않은 경우이지만, 그러한 파열의 원천이 '검은 옷차림의 사내들'을 통해 군사정권이라는 당대적인 문제에서 기인하고 있음을 비교적 선명하게 드러내고 있다. 이 작품에서 새들의 떠남으로 구체화된 조화로움과 평화의 파열은 연쇄적인 작용을 불러일으킨다. 까마귀떼는 이유 없이 매를 공격하고, 매는 노랑새를 공격한다. 이러한 새들의 싸움은 "스님이 뱉어놓은 예언의 그물이라는 환상 속에서 벗어난 새들 본연의 모습"(Ⅱ: 176쪽)으로 의미 부여된다. 이러한 파국의 연쇄작용은 인간에게까지 전달되어 매표소의 그는 김양을 겁탈하는 지경에까지 이른다. 사정이 이러하다면 김도연은 자연을 빌려와 현대의 지옥도를 그리고 있는 것인지도 모른다.

---

7) "눈을 떴다.
　　집 안은 도살장이나 다름없었다. 살점이 뜯겨나가고 내장이 튀어나온 가축들은 거실과 부엌, 방 여기저기에 널브러져 있었다. (⋯) 나는 출입문으로 뒷걸음질을 치다가 무엇에 걸려 뒤로 나자빠졌다. 그곳에 내가 있었다. 잡종 사냥개에게 몸이 반쯤 파헤쳐진 내가. 나는 죽어 있는 내 얼굴을 뚫어지게 살피다가 곧장 벽에 걸린 거울로 달려갔다."(Ⅱ: 65쪽)

신화적 상상력이 길어올린 우주적 조화

『소와 함께 여행하는 법』은 김도연의 첫번째 장편소설로서, 앞에서
말한 김도연만의 특성이 고스란히 녹아들어 있는 동시에, 이전 소설들
에서 뚫고 나가지 못한 한계점들이 새롭게 돌파되고 있는 작품이다.
첫번째는 세상과의 불화가 새로운 방식으로 해소되어 이전에 도달한
바 없는 높은 경지의 정신적 수준을 보이고 있다는 점이다. 과거와 현
재가, 떠나버린 연인과 내가, 동물(자연)과 인간이 한데 어우러지는 장
관이 환상적 이미지나 기억으로서가 아니라 수십만 년의 시간이 녹아
있는 신화적 상상력과 형이상학을 통해 가능해지고 있다. 이 작업은
「도망치다가 멈춰 뒤돌아보는 버릇이 있다」의 시인 총각이 끝내 완성
하지 못한 사냥개를 위한 시의 마지막 줄을 채우는 작업이라고도 말할
수 있다. 다음으로는 전 오이디푸스 단계의 모자관계라고까지 말할 수
있는 가족적 구속의 상황에 머물러 있던 김도연적 자아들이 새로운 출
구를 모색한다는 것이다. 그것은 작품의 표층에서 '나'의 가출로서 드
러난다.

이 작품에서 소는 인간과 말을 할 뿐만 아니라 인간과 자연스럽게
몸을 바꾸기도 하며, 때로는 세상 전체가 되기도 한다. 소는 주인공인
'나'이기도 하며, 예전의 여자친구와 섹스를 나누는 트럭이기도 하며,
여러 쌍의 남녀가 사랑을 하는 세상이기도 하다. 물리적 시공간의 개
념이 수시로 흩어지는 이 작품에서, 등장인물들은 "소가 꾸는 꿈속으
로"(177쪽) 들어가기도 하며, 그 꿈속에서 자기 일행을 찾아 울부짖는
소를 만나기도 한다.

소가 문학에 본격적인 대상으로 등장하는 경우 그것은 〈십우도〉의
상징적 의미망 내에 머무는 경우가 대부분이었다.[8] 『소와 함께 여행하
는 법』도 〈십우도〉와 마찬가지로 협소한 에고의 마음을 버리고 넓고

보편적인 세계로 나아간다는 점을 생각할 때, 그러한 의미망에서 크게 벗어나는 것은 아니다. 그러나 이 작품에서 소는 〈십우도〉에서처럼 하나의 표상에 그치는 것이 아니라 주어로서도 기능하는 적극적인 행위자이며, 이러한 면에서 소를 실질적인 주인공으로 내세우고 있는 이 작품은 일종의 신화라고 부를 수도 있다.[9]

이 소설의 '나'는 농사를 짓다가 소와 함께 여행을 떠나고, 나중에는 과거의 연인이었던 메리까지 동행하게 된다. 진부에서 포항, 다시 청도에서 의령, 그곳에서 해남과 영암 월출산과 고창 고인돌 마을을 지난 후 대천 해수욕장을 거쳐 서울로 입성한 그들이 다시 진부로 돌아가기까지의 여로가 이 소설의 기본 얼개인 것이다. 그런데 이러한 여로는 몇 년 전에 그가 사랑하던 연인인 메리, 친구인 피터와 함께 떠났던 길이기도 하다. 후에 메리와 피터는 부부의 연을 맺는다.

폴은 소와 함께 여행을 다시 떠나면서 지난 시간의 트라우마를 잊게 된다. 이것을 가능케 하는 것이 바로 소가 지닌 신비한 성격이다. 이 작품에서 소는 단순한 동물을 의미하는 것이 아닐뿐더러 하나의 상징

---

8) 〈십우도〉는 중국 북송 시대 때 곽암선사가 지었는데, 참된 자기를 추구하는 선의 실천을 통해서 단계적으로 깊어가는 선 수행자의 향상해나가는 심경을 열 개의 그림에 의해 상징적으로 묘사한 것이다. 그림에는 소와 목동이 등장하는데, 소는 잃어버린 참된 자기를, 목동은 그 참된 자기를 찾는 자기를 비유한 것이다. 각각의 그림은 '심우(尋牛)' '견적(見跡)' '견우(見牛)' '득우(得牛)' '목우(牧牛)' '기우귀가(騎牛歸家)' '망우존인(忘牛存人)' '인우구망(人牛俱忘)' '반본환원(返本還源)' '입전수수(立廛垂手)'이다.(요코야마 고이츠,『십우도·마침내 나를 얻다』, 장순용 옮김, 들녘, 2001)

9) 신화는 특유의 논리에 의해 구성되어 있다. 인간과 동물이 변신에 의해 서로의 위치를 자유자재로 바꾸거나, 서로가 수행하고 있던 기능을 역전시켜버림으로 해서, 'A=A이며 A=not A가 아니다'라는 식의 일반적인 논리가 통용되지 않게 된다. 신화에서 활용되는 논리는 '변증법'이라는 논리와 유사한 점이 있으며, 불교에서 전개되는 '비즉의 논리'와도 매우 흡사하다. 신화에서의 모든 것은 형식 논리에 의해 진행되지 않으며 역동적인 비틀림이나 반전이나 터무니없는 비약이 자주 일어나도록 되어 있다.(나카자와 신이치,『신화, 인류 최고의 철학』, 김옥희 옮김, 동아시아, 2003, 20쪽)

에 머무는 것도 아니다. 이 작품의 실질적인 주인공은 소라고 할 수 있는데, 그것은 합리적으로는 불가능한 자신의 존재와 행위를 통해 현실에서는 근원적인 분리를 이루고 있다고 여겨지는 것들을 연결시키거나 세계의 본질적인 얼굴을 드러내준다. 꿈속에서 '나'는 소를 잡지만, 그때 갈라지는 소의 머리에서 빠져나오는 것은 "피투성이인 나"(104쪽)인 것이다. 이 작품에서 소는 모든 층위의 불화와 적대 혹은 균열을 하나로 누벼주는 일종의 중개자(mediator)라고 할 수 있다. 그러한 중개는 거의 모든 층위의 대립들, 일테면 산 자와 죽은 자, 여성과 남성, 아버지와 아들, 성(聖)과 속(俗) 같은 것 사이에서 이루어진다.

『소와 함께 여행하는 법』에서 놓칠 수 없는 것은 아버지의 존재이다. 이전 소설에서도 아버지가 등장하긴 했지만 지극히 미미한 존재에 불과했다. 그러한 아버지의 존재는 오히려 존재함으로써 부재를 더욱 실감나게 할 정도였다. 이 소설에 이르러서야 아버지가 본격적인 역할을 하는 존재로 등장하며, 어머니는 후면으로 물러선다. 아버지와 아들의 싸움에서 어머니는 늘 "끝까지 중립을 유지"(14쪽)하는 것이다. 라캉의 용어를 빌려 말하자면, 『소와 함께 여행하는 법』 이전의 김도연 소설은 어머니와 아이의 상상적 결합과 일체감을 주요 특징으로 하는 거울 단계에 해당한다고 말할 수도 있다. 이 단계는 백일몽으로 가득했던 것이다. 이러한 거울 단계는 권력의 구조화를 겪게 되는 문화와 언어가 개입되기 이전의 단계로서, 주체의 진정한 해방과 새로운 탄생을 위해 역행적으로 돌아가야 할 단계라고 의미 부여할 수도 있다.[10] 그러나 거울 단계는 무력한 고착상태에 불과할 수도 있는 것으로서,

---

10) "즉 오이디푸스 콤플렉스의 문화적 중재 이전으로 돌아가서, 아버지의 법이 억압하고 있는 "어머니의 욕망"이 무엇인지를, 즉 대타자의 욕망이 무엇인지를 알려고 시도하는 가운데 주체의 해방과 함께 무의식의 주체가 부각될 수 있는 것이다."(정문영, 「라캉: 정신 분석학과 개인 주체의 위상 축소」, 『주체 개념의 비판』, 서울대출판부, 1999, 71쪽)

진정한 시니피앙의 주체로 탄생하기 위해서는 극복해야 할 단계에 불과할 수도 있다.

　부성 은유를 통해 상징적 동일시가 완수되면서 주체는 탄생하게 된다. '아버지의 이름'을 수용하고, 이 기표에 동일시함으로써 가능해지는 것이다. 그러나 상징적 동일시가 일방적으로만 이루어진다면, 개인은 기존의 질서에 대한 무조건적인 인정과 수용에 머물러 온전한 의미의 주체가 되지 못할 수도 있다. 따라서 이 과정에는 생산적인 갈등을 필요로 하며, 그러한 갈등에 대한 처리방식은 개체의 존재를 결정지을 뿐만 아니라 사회질서나 변혁을 위한 근거로 작용하기도 하는 것이다. 이 작품에서 나와 아버지 사이에서 벌어지는 갈등은 "그것은 소를 둘러싼 힘의 지형도였다. 서로를 길들이기 위한 인류의 오래된, 총성 없는 전쟁의 너무나도 단순명료한 전황판이었다. 아버지-소-나"(118쪽)에서 알 수 있듯이 소를 사이에 둔 삼각관계로서 표현된다.

　'아버지-소-나'의 관계는 유서 깊은 오이디푸스적 권력관계와 갈등의 구도를 드러내는 것이라고 할 수 있다. 이러한 구도의 등장은 김도연의 소설에서는 실로 새로운 것이라 하지 않을 수 없다. '아버지-소-나'의 삼각관계는 '나'(폴), 메리, 피터의 관계로 확대된다. "멀지 않은 옛날, 피터와 폴, 그리고 메리의 변화무쌍했던 삼각관계는 죽지도 않고 다시 돌아온 각설이처럼 다시 대문을 두드리며 노래하고 있"(128쪽)는 것이다. 이러한 '아버지-소-나'의 관계는 해남땅을 지나며 나와 소가 나누는 대화[11]에서 드러나는 것처럼 역사상의 모든 권력관계로

---

11) "서로 생각이 달라서 벌어진 일이지. 서로 다른 생각을 섞으려 하지 않고 고집하니까 늘 되풀이되던 일이었어. 한 번은 이쪽이 귀양 가고 한 번은 저쪽이 귀양 가고……"
　"음매?"
　"아냐! 아버지랑 내 경우와는 달라. 완전히 다른 문제야."
　"음매!"
　"아, 아니라고! 다 먹었으면 가자!"(145쪽)

확장된다. 들뢰즈의 카프카 독해에서 알 수 있듯이, 역사의 투쟁과 갈등이라는 것은 결국 아버지의 차원들이 확장됨에 따라, 다른 삼각형들이 출현하고, 다른 권력들이 구조화된 것으로 볼 수도 있기 때문이다. 이때 아버지는 사회적 관계들의 보다 큰 그물망 속으로 용해된다.[12]

그런데 『소와 함께 여행하는 법』에서는 오이디푸스적 갈등은 무화되어버리고 만다. 개체의 단독성을 부정한 우주적 조화를 꿈꾸는 마당에, 남도 아닌 아버지와의 대결이란 것이 존재할 수 있겠는가? 여로가 진행될수록 "아버지의 집과 밭이라는 절이 싫어 소를 끌고 뛰쳐나"온 "내 마음속 어딘가에 도사린 채 살아가는 아버지의 고집과 습성은 옷만 조금 세련되게 바꿔 입고서 조금씩 제 모습을 드러"(157쪽)내기 시작한다. 그러고는 소를 팔라는 사람들에 마주쳐서는 "아버지와 내가 실로 오랜만에 마음속에서 드물게 악수를 하고 공동노선에 합의를 하"(158쪽)게 되는 것이다. 그러한 그리움은 점점 깊어져, 대천 해수욕장에 이르러서는 "내 마음이 고향 집을 덮은 폭설을 조금씩 그리워하고 있음을 눈치"(186쪽)채게 된다.

결국 소와의 여행을 통해 그러한 여러 층위에 놓여 있던 갈등과 대립은 해소되어버린다. 피터나 메리에 대해 폴이 느끼는 거리는 이전 작품에서부터 심각하게 그려졌던 것이다. 또한 아버지와의 거리와 틈도 소설의 곳곳에서 강렬한 비중으로 그려지고 있었던 것이다. 그리고 이러한 분열의 상태는 결코 단순한 문제가 아님이 드러났다. 아버지와 '나'의 갈등은 이 작품에서 모든 권력관계의 한 원형으로서 가치 부여가 되어왔던 것이며, 피터와 메리 사이에서 이루어졌던 갈등과 분열은 통칭하여 김도연적 자아라고도 할 수 있는 인물들을 '갇히게' 만드는 심리적 근원이었던 것이다. 또한 이 작품에서 피터는 죽은 자라는 특

---

12) 로널드 보그, 『들뢰즈와 가타리』, 이정우 옮김, 새길, 1995, 180쪽.

징까지 더해져 이들의 화해는 우주적인 차원의 조화라고까지 말할 수 있는 것이 된다. '나(폴)-메리-피터'의 삼각관계가 만들어내는 모든 갈등이 해결되는 지점은 다음처럼 서정적인 필치로 표현되고 있다.

"폴…… 찜찜하다고 언제까지 덮어둘 수는 없잖아. 어쩌면 지금이 네 기억 속의 상처를 치료할 적기인지도 몰라. 망설이지 말고 언제든지 내 이름을 불러줘. 불자들이 탑을 돌며 석가모니불을 반복해서 중얼거리듯이."

그래, 옛날에도 나는 이 해변에서 술에 취해 눈물을 흘리며 노래를 불렀다. 어떤 상실감을 이겨내지 못하고서. 하지만 지금의 눈물 젖은 노래는 그 옛날과 다시 만난 것을 축복하는 것이었다. 비록 많은 것들이 흘러갔으나 흘러가지 않고 남아 있는 마음의 마지막 족쇄를 벗겨내려는 노래였다.(192~193쪽)

이때는 소가 피터라는 이름을 얻고, '나'는 "소가 돼보고 싶은 생각 없어?"(194쪽)라는 소의 제안에 응하는 순간이기도 하다. 소가 피터가 되고, '나'가 소가 되고, 피터가 된 소가 '나'가 되는 이 순간은 모든 분별지가 끊어지는 절대적 순간이라고 하지 않을 수 없다. 18장에서 19장으로 장이 바뀌어서 '나'가 다시 등장했을 때, 그동안의 일을 묻는 일행에게 '나'는 "어떻게 되긴! 죽도록 일만 하다가 결국에는 그놈들 식량이 됐지"(199쪽)라고 말함으로써, 그 정체를 미궁 속에 몰아넣는다. "……폴, 그럼 너 혹시 피터 아냐?"(199쪽)라는 말에도 '나'는 아무 대답을 하지 않음으로써 피터이며 소인 나의 통합적 정체성은 끝까지 유지된다.

'나'(?)는 이제 그토록 만나기 꺼리던 옛날 지인들을 만나, 그들로부터 "나쁜 새끼! 네가 피터를 죽인 거나 마찬가지야!"(208쪽)라는 말을 들어도 평정심을 잃지 않는다. 그리고 호시탐탐 소를 노리는 맙소사의 스님과 소도둑들 일당을 보면서, "꿈이 아니라 꿈 밖에서 그들에게 무거운 소를 넘겨줘도 상관없을 것 같다는 생각"(208쪽)을 불현듯 떠올린다. 소의 본질이 중개자라면, 어두운 근대적 개체성의 독단에 빠져 과거와 기억 속에서 고통받던 나를 우주적 조화 속에 인도했을 때, 소의 역할은 사라진 것이라고 말할 수 있다. "내 마음이 불러낸 모든 것들에게 작별 인사"(209쪽)를 하고 나오며, "그동안 나는 몰랐다. 나는 내가 죽은 거라고만 툴툴거렸지 어떤 식으로든 피터와 메리를 죽였다는 생각을 전혀 못 한 채 살아왔던 거"(209쪽)라고까지 생각하기에 이른다. 결국 '나'가 소와의 여행을 통해 깨달은 것이, 이원론적 세계가 아닌 분별이 없는 일원론적 세계였다면, '나'와 메리나 피터 사이를 구분하는 것은 무의미한 일일 것이다. 결국에 '나'는 맙소사에 가서 "다 내 마음이 불러낸 헛것들이야. 이제 그만 돌려보내야 해"(213쪽)라며 불을 지른다. 이 속에서 "소도 불타고 나도 불타"(215쪽)버린다. 그곳에 피어난 "한 송이 꽃"(215쪽)은 '나'와 소의 긴 여로가 깨우쳐준 진리의 구체적 현현임은 불문가지이다.

이렇듯 소와 그것을 둘러싼 여러 가지 환상적 장치를 통해 현실 세계에서는 좀처럼 해결할 수 없는 모순을 환상적인 방식으로 해결해주고 있는 것이다. 그렇다면 이 작품에 등장하던 소는 이전의 김도연 소설에 빈번하게 등장하던 여러 짐승들과는 그 궤를 달리하는 존재임이 분명하다. 『소와 함께 여행하는 법』은 신화가 그러하듯이, 궁극적으로는 본래의 연관성을 잃어버린 것처럼 보이는 것에서 긴밀한 연관성을 회복시키는 것이고, 오직 대결의 논리만이 드러나는 것에서 공생의 가능성을 무의식적 차원에서 드러내고 있는 것이라고 정리해볼 수 있다. 여러 가지 환상적인 문학적 장치를 이용해서 세계를 구성하고 있는 서의 모든 수준에 존재하는 위계와 분열을 극복하고 조화로운 세계를 향한 열망을 드러내고 있는 것이다.

그러나 소의 중개기능을 통한 적대와 분열의 중지는 잠정적인 것일 수도 있음이, 여러 층위의 적대가 결코 신화적 사유만으로 해소될 수 없음이 작품의 마지막에 그야말로 내숭처럼 살짝 드러난다. 『소와 함께 여행하는 법』은 나, 메리, 소의 "이제 그만 지지고 볶으러 집으로 가자"(215쪽)는 외침으로 끝난다. 그런데 이 문장은 중의적이다. 이 문장은 "이제 그만 지지고 볶으러, 집으로 가자"로 읽을 수도 있으며, "이제 그만, 지지고 볶으러 집으로 가자"로 읽을 수도 있다.

전자의 방식으로 읽는다면, 집은 세상의 분별과 갈등을 넘어선 초월적인 경지를 의미한다. '지지고 볶을' 일도 없는 그곳에서는 노모와의 이자(二者)적 관계에 고착될 위험성도 혹은 아버지와의 관계가 불러올 갈등의 위험성도 남아 있지 않기 때문이다. 그것은 『소와 함께 여행하는 법』이 신화적 상상력과 형이상학을 통해 뚫고 나간 새로운 모습이라고 할 수 있을 것이다. 그러나 후자의 방식으로 읽는다면, 그동안의 여행은 볕 좋은 날의 한판 소극이 되어버리고, 집이야말로 갈등과 소용돌이가 가득한 삶의 드라마가 펼쳐지는 현장이 되어버리고 말 것이다. 이것은 그동안 보여주었던 달콤하지만 치명적인 모아(母兒)적 관계 혹은 수많은 오이디푸스적 올가미들 모두에 대한 선전포고라고 볼 수는 없을까. 작품의 전체적인 흐름을 볼 때, 이 문장의 의도는 전자의 의미일 것이다. 그럼에도 이 문장은 후자의 의미 역시 강렬하게 지니고 있다. 세상과의 불화가 선물한 고독한 영혼이 만들어내었던 소설들이 『소와 함께 여행하는 법』에 이르러 원융무애의 신화적 상상력을 보여주었다면, 이 문장은 김도연 소설이 또다른 변화의 지점에 서 있을지도 모름을 은연중 강렬하게 비춰주고 있다. 앞으로도 한동안 그의 소설을 지켜보는 일이 긴장될 수밖에 없는 이유이다.

단독성의 박물관

김중혁론

따분하고 따분하고 따분한 것

　김중혁의 소설[1]은 발견의 서사라 할 수 있다. 평범한 일상의 삶을 살아가는 '나'(김중혁의 모든 소설은 1인칭이다)에게 낯선 물건이나 사람이 나타나고, 그것들은 주인공에게 커다란 의문부호를 던진다. 「펭귄 뉴스」의 앨리슨, 「사백 미터 마라톤」의 스피드 클럽, 「바나나 주식회사」의 바나나 주식회사, 「회색 괴물」의 타자기 DLX1000, 「무용지물 박물관」의 메이비, 「에스키모, 여기가 끝이야」의 나무지도, 「발명가 이눅씨의 설계도」의 이눅씨, 「비닐광 시대vinyl狂 時代」의 남자, 「자동피아노」의 비토 제네베제, 「악기들의 도서관」의 뮤지카 등이 그것인데, 이것들은 주인공들이 새로운 세계와 삶으로 들어가기 위해서 반드시 풀

---

[1] 「그녀의 무중력 진공관」(『문학판』 2002년 여름호), 「비닐광 시대vinyl狂 時代」(『세계의문학』 2005년 겨울호), 「자동피아노」(『문학과사회』 2005년 겨울호), 「악기들의 도서관」(『문학동네』 2006년 봄호), 「유리방패」(『창작과비평』 2006년 여름호)를 제외한 나머지 작품은 모두 『펭귄뉴스』(문학과지성사, 2006)에 실려 있다. 이하 인용할 경우 작품의 출처는 쪽수만 본문에 표시한다.

어야 하는 수수께끼와 같은 것이다. 그것은 결코 가볍지 않은 문제의
식을 담고 있는 것이며, 그의 소설은 그러한 수수께끼와 나눈 교감의
기록인 경우가 대부분이다.

그렇다면 커다란 의문부호를 접하기 전, '나'의 세계란 어떠한 것인
가? 김중혁 소설세계의 입구에 안개처럼 매캐하게 퍼져 있는 것은 바
로 '따분함'이다. 그것은 등단작인 「펭귄뉴스」에서부터 그러하다. '나'
에게 "삶이란, 따분하고 따분하고 따분한 것"(261쪽)에 불과해서, "어느
곳이든 다 지루하고 재미없는"(263쪽) 곳이다. 전쟁중인 이 세상은 전
쟁 속보마저 "전혀 속보답지가 않다"(262쪽). 김중혁 소설에서 이러한
따분한 세상을 가장 잘 나타내는 것은 일상적인 남녀관계이다. 나의
여자친구인 "소희는 아무런 감정도 실리지 않은 무생물의 목소리를
내"며 "나 역시 소희에게는 그런 목소리밖에 낼 수 없"(273쪽)으며, 그
들은 안부인사를 나누듯이 습관적인 섹스를 나눈다. 「회색 괴물」에서
도 "뭔가 내 삶에 획기적인 변화가 올 것이라곤 생각하지 않"(153쪽)는
서른다섯의 나는, 그녀와 "초밥을 다 먹은 후 당연히 그래야 하는 것처
럼 섹스를"(151쪽) 한다. "이렇게 계속 반복하는 거, 이렇게 계속 돌고
도는 거"(153쪽). 그것이 바로 삶인데, 이때의 반복은 들뢰즈가 주장한
매개되지 않은 차이, 차이 그 자체로서의 반복과는 무관한, 똑같은 것
의 지루하고 무의미한 되풀이에 불과하다. 그것은 매뉴얼에 따라서 움
직이는 기계와도 같은 삶이다. 이러한 상황에서 사람들의 대화란 "늘
반복이고 리메이크이고, 스스로에 대한 표절"(288쪽)일 수밖에 없는 교
환의 행위에 머물고 만다.

이러한 따분함은 개인이 세계와 관계를 맺기 위해 요청되는 일정한
모듈(module), 즉 공통감각(상식) 혹은 관습의 역기능이 커졌기 때문
에 발생하는 것이다. 감각 또는 지각이 자연스럽게 행위로 연결되기
위해서는, 누적된 안정적 형태가 확립되어 있어야 한다. 이러한 도식

은 자동적인 조절 작용을 통해서 주체와 객체 사이의 조화를 이루도록 만든다. 문제는 도식의 지배가 강화되고 전면화되는 반면에 우리가 그 도식을 신뢰하거나 적합한 것으로 수용할 수 없을 때 발생한다. 이때 도식의 작용은 자동적인 안정성을 확보해주는 순기능보다는 상투성과 진부함을 가져다주는 역기능이 더 커지게 마련이다. 김중혁 소설의 질식할 것 같은 따분함이란 바로 이러한 상황에서 비롯되는 것이다. 그 것은 「사백 미터 마라톤」에서 중학교 체육 선생한테 "야, 너 존마이, 네 발목은 400미터를 위해 만들어졌어. 딴생각하지 말고 400미터만 뛰어, 넌 딱 그 체질이야"(254쪽)라는 말을 들은 후부터, 400미터밖에 달릴 수 없었던 것처럼, 거대한 철창 안에 인간을 가두어 옴짝달싹 못하게 할 수도 있다.

현대 자본주의 문명은 화려한 외양으로 치장한 이기(利器)들을 점점 빠른 속도로 뱉어냄으로써 인간들의 공통감각을 쉴새없이 깨뜨리는 것처럼 보이지만, 아이러니하게도 그러한 급변에 적응하고 익숙해지는 인간들의 속도 역시 점점 더 빨라지고 있다. 그 결과 현대는 "통조림을 따는 순간부터 내용물은 썩기 시작"하는 것과 같이 "디자인이 완성되어 제품이 출시되는 순간, 디자인은 이미 낡은 것"(39쪽) 되는 세상이다. 이때 일상성의 파괴라고 할 수 있는 전쟁마저도 "지나치게 모든 것이 제대로 돌아가는 듯한, 모든 톱니바퀴들이 1밀리미터의 오차도 없이 맞물려나가는 듯한 착각에 빠져들"(281쪽)게 하는 것에 머물고 만다.

「멍청한 유비쿼터스」에서 문제 삼고 있는 것도 사람들이 빠져 있는 도식에 대한 탐구라고 할 수 있다. 내가 해킹하는 것은 사실상 고도의 전문기술이 필요로 되는 디지털 장치가 아니라 "사람들은 평범한 얼굴이 평범한 복장을 했을 때는 관심이 없다"(105쪽)거나 "가던 길을 돌아서면서 질문을 던지면 방어태세와 긴장감을 무너뜨릴 수 있다"(106쪽)

는 인간들의 허망한 믿음인 것이다. 이러한 인식의 프레임은 디지털의 세계에서 기억장치가 자연의 모든 신호를 0과 1이라는 2진수로 고쳐서 기억하는 것과 유사하다. 자연의 신호를 2진수의 한 자리, 즉 bit(binary digit)로 환원해 의미 부여를 하듯이, 우리의 인식도 일정한 도식에 의해서 이루어지는 것이다.

비트(bit)에서 비트(beat)로

비트(bit)가 각각의 개체들을 통약하는 시스템이라면 그것의 대안으로 등장하는 것은 비트(beat)이다. 「펭귄뉴스」에서 지하군들의 가장 커다란 임무 중의 하나는 p-칩 제거 작업이다. p-칩은 진압군들이 모든 TV에 장착한 시스템의 한 종류로서, 미디어용 비트(beat) 제거 소형칩이다. "모든 주파수를 차단해버리고 오직 하나의 주파수만을 볼 수 있게 만드는 것"(333쪽)이 p-칩의 역할인 것이다. 이것은 모든 개체를 하나의 표상의 체계로 수렴시켜버리는 거대한 동일성으로의 환원칩이라고 부를 수 있다. p-칩은 김중혁의 소설에서 압축이라는 개념을 통해 반복된다.

「사백 미터 마라톤」과 「무용지물 박물관」에서 주인공이 자신만의 고유한 속도를 찾기까지 그들은 압축을 지상 최대의 과제로 여긴다. 「사백 미터 마라톤」에서도 "압축이 안 되는" 것은 "구질구질한"(240쪽) 것이어서 "압축할 줄 모르는 녀석들은 벌 받을지니"(229쪽)라는 저주를 들어야 했다면, 「무용지물 박물관」에서는 "압축하지 않는 건 죄악"이 되며, 이러한 압축은 "디자인이든 삶이든"(17쪽) 적용을 가리지 않는 절대의 덕목이 된다. 압축은 여러 가지 변용을 거치는데 「그녀의 무중력 진공관」에서는 CD로, 「바나나 주식회사」에서는 GPS로, 「에스키모,

여기가 끝이야」에서는 지도로 나타난다. 그것은 다양한 자연의 리듬과 흐름들을 간단한 기호와 규칙으로 통약해서 나타내는 p-칩의 변형태들이다.

이에 반해 비트(beat)는 의미화 이전 혹은 의미화 이후에 남는 하나의 얼룩이다. 비트라는 것이 "점점 익숙해지긴 하지만 역시 나이처럼, 다음 나이로 지나가버리면 다시 익숙해져야"(326쪽) 하는 것이라면, 그것은 시간적인 질서 위에서 단 한순간도 고정되지 않는 생성의 흐름이라고 할 수 있다. 비트라는 것이 의미화할 수 없는 하나의 리듬이자 흐름이라면, 그것은 동일자에 환원될 수 없는 고유한 것일 수밖에 없다. 「사백 미터 마라톤」에서 각자가 가지고 있는 "자신만의 속도계"(233쪽)가 비트인 것이다. 이러한 속도에 몸을 던질 때, 나는 비로소 달릴 수 있으며, "세상 그 어느 것보다도 나는 빠르다"(257쪽)고 자신 있게 외칠 수 있다. 비트(beat)는 원본이나 진리를 상정하고 그것에 맞추어 현상들을 규정짓고 위계화하는 사고에 대한 반발이다.

「회색 괴물」의 남자가 깨달은 것도 이와 관련된다. 타이피스트였던 남자는 "최고의 타자수가 되자, 세계에서 가장 빠른 타자수가 되자"(170쪽)는 것이 목표였던 사람이다. 이러한 목표는 그가 정해진 원본을 가장 빠르고 정확하게 옮기는 것을 최우선으로 했던 사람임을 알려주는 표지이다. 컴퓨터 시대의 도래와 함께 타자수 생활이 끝나자, 남자는 새로운 목표를 갖게 된다. 그것은 '자기의 글을 쓰는 것'이다. 타자수로서의 일을 그만둔 시점에 이르러서야 그는, 이전에는 보이지 않던 자기가 타이핑한 글들의 내용을 볼 수 있었던 것이다. 타이피스트였던 시절, 그가 타이핑하던 글들은 원본과의 동일성 여부만이 문제가 되는 흰 종이 위의 검은 점들에 불과했다. 이제 그는 '빨간 펜으로 표시해둔 오터', 즉 원본과의 차이만이 아니라 각각의 글들의 내용에도 주목하게 된 것이다. 이것이 바로 타자수였던 사내가 작가로 탄생하게 된 과정인데, 여기서 그 남자가 깨달은 것은 원본으로 환원될 수 없는 고유한 현상 그 자체였던 것이다. 「에스키모, 여기가 끝이야」에 나오는 에스키모들은 이러한 진실을 일찍부터 알고 있던 자들이다. "모든 존재의 목표는 그냥 존재하는 것이지 훌륭하게 존재할 필요는 없"(99쪽)는 이들에게 '훌륭한'이라는 단어는 본래부터 존재하지 않는다. 에스키모들의 지도에는 '내'가 그린 지도와는 달리 "인간이란 존재가 스며 있지 않"(99쪽)으며, 중심이나 기원 역시 좀비처럼 따라다니지 않는다.

이와 같은 존재의 일의성에 대한 관심과 같은 맥락에서 등장하는 것이 '자전거 타기'와 '타자 치기'이다. 후진을 모르는 자전거나 수정이 불가능한 타자기 모두, 한번 행위가 끝나고 나면 되돌릴 수 없다는 공통점이 있다. 그러한 자전거와 타자기의 세계는 "파일을 복사한 파일, 그 파일을 또 복사한 파일이 있을 뿐"(「바나나 주식회사」, 191쪽)인 무한복제의 세계와는 다른 오직 한 번의 발걸음, 손놀림만이 허용되는 세계이다. 김중혁의 소설세계는 단순히 비트(bit)와 비트(beat)의 대립, 그리고 앞의 비트를 극복할 수 있는 대안으로서의 비트라는 이항대립적 체계를 상정하는 것에 그치는 것은 아니다.[2] 그의 소설은 여기서 한 단계 나아가는데, 그것은 어떠한 일반성의 회로에도 포섭될 수 없는 단독성[3]의 세계를 그리는 것이다. 김중혁이 찾는 것은 결코 일반성 속의

---

2) 김형중(「사물들의 해방자, 김중혁론」, 『문학과사회』 2006년 봄호, 311쪽)과 손정수(「'낭비'의 윤리와 '압축'의 윤리」, 『창작과비평』 2006년 여름호, 343쪽)는 모두 "난 여태껏 두 가지 종류의 사람들밖에 만나보질 못했어. 비트가 느껴지는 인간과 비트가 느껴지지 않는 인간, 이렇게 두 종류뿐이었지. 그런데 당신에게서는 좀 다른 비트가 느껴져"(「펭귄뉴스」, 343쪽) 같은 부분을 예로 들어 이항대립적 체계를 넘어서고 있다고 보고 있다.

3) 가라타니 고진에 의하면 단독성과 개별성(특수성)은 차이나는 개념이다. 즉 개별성은 일반적인 것(개념, 집합, 일반자) 안에 속하는 것이고 일반자의 한정 또는 특수화로서 있는 것이다. 이에 반해 단독성이란 결코 일반성에 속하지 않는 것이다. 단독성이란 類에 대한 個가 아니다. 類로는 결코 포착될 수 없는 個인 것이다.(가라타니 고진, 「단독성과 개별성에 대하여」, 『언어와 비극』, 조영일 옮김, 도서출판b, 2004, 339쪽)

개체가 아니라 죽은 자식과 같이, 그 어떤 것으로도 대체될 수 없는 고유한 존재이다.

「바나나 주식회사」에서 바나나 주식회사를 만든 남자의 이야기를 통해 단독성의 입장에서 인간을 바라보는 작가의 시각을 읽을 수 있다. 도구의 진보가 인간의 진화를 막는다는 생각으로 모든 도구의 진보를 막고자 했던 남자는, 아들의 갑작스러운 죽음으로 "정작 인간이 일회용"이라는 것을 깨닫게 되고, "인간의 진화란 불가능하다"(216쪽)는 결론을 내린다. 이러한 추론과정은 인간의 진화라는 것을 단독자로서의 인간개체에 한정지어 바라보았을 때 성립하는 것이다. 쉽게 생각하는 식으로 인간의 진화나 발전이 혈연적 동질성을 가진 '자식'이나 이념적 동질성을 가진 '동지'를 통해서도 이루어질 수 있는 것이라면, 한 인간 개체가 죽는 것이 '인간의 진화는 불가능하다'는 결론으로 이어질 수는 없기 때문이다. 이것은 작가가 동지라는 이름으로도, 자식이라는 이름으로도, 연인이라는 이름으로도 인간의 단독성은 대체될 수 없다는 세계관 위에 서 있음을 보여주는 것이다. 김중혁이 생각하는 인간은 유적 개념을 지닌 인간 일반이 아니라, 무엇으로도 대체될 수 없는 '이 인간'인 것이다.

눈으로 어루만지는 사물들

이러한 단독성의 세계에 대한 관심은 감각에 대한 탐구로 이어진다. 김중혁이 탐구하는 감각은 어떠한 의미 작용이나 재현 기능도 수행하지 않는 경우가 많다. 김중혁의 소설을 가장 그답게 만드는 것은 어떠한 기원적 의미도 지니지 않으며, 동일성으로 귀속되지도 않는 감각의 출현 순간이라고 할 수 있다. 그러한 감각은 개념에 종속되지도 않으며, 주체/객체의 초월적인 이원론에서 벗어나 존재 그 자체를 사유하기 위한 하나의 발판이다. 이렇게 볼 때, 김중혁이 시각을 폭력적이며 억압적인 감각으로 파악하는 것은 당연하다. 시각은 부분을 통해 전체를 인식할 수밖에 없는 일반성 지향의 감각이기 때문이다. 또한 시각은 관찰자와 관찰 대상 사이의 거리를 전제하는 것으로서, 하이데거가 말했듯이 타산적이고 도구적이며 존재론적으로 타락한 것, 즉 존재망각적인 것이다.

「무용지물 박물관」에서 시각에 바탕해서 작업할 수밖에 없는 디자이너인 '나'와 시각장애인을 위한 인터넷 라디오에서 자원봉사를 하는 메이비의 만남과 우여곡절을 통해 드러내고자 하는 것도 시각의 한계와 그것을 넘어설 수 있는 새로운 감각에 대해서이다. 영화감독 오선 웰스가 〈세계 전쟁〉을 드라마로 각색해 라디오에서 방송했을 때의 소동이나 텔레비전과 라디오로 똑같은 야구 경기를 본 두 사람이 회상하는 각기 다른 방식이 드러내는 것도 시각의 한계에 대한 것이다. 미디어사에서 라디오의 대중적 파급력과 그 매체적 한계를 드러내는 소재로 자주 인용되는 〈세계 전쟁〉의 라디오 방송 소동은 김중혁에 의해서는 텔레비전으로 방송되었을 때의 상황과 대비되어 시각적 매체보다도 훨씬 더 생동감 넘치는 '현세의 규칙 너머에 존재하는' 새로운 리얼리티를 창출하는 유용한 도구로 재맥락화된다. 야구 경기의 회상에 있어서도 라디오는 텔레비전에 비해 훨씬 더 생동감 넘치는 모습을 재현해내는 것으로 그려지고 있다. 눈은 "느낌을 단순화하려는 경향이 있어서 미묘한 색을 아주 단순하게 축소해서"(32쪽) 볼 수밖에 없기 때문이다.

이러한 시각의 한계를 돌파하는 것이 '메이비의 무용지물 박물관'이라는 시각장애인을 위한 라디오 방송이 드러내는 새로운 감각이다. 이 방송에서 메이비는 잠수함, 고층 빌딩, 캠코더, 야구공과 같은 사물들을 묘사한다. 잠수함을 묘사하는 메이비의 방식은 이런 식이다. "전체적인 모습은 입이 툭 튀어나온, 심술 맞은 물고기 같아요. 심술난 것처럼 입을 삐죽 내밀고 한번 만져보세요. 잠수함 앞모습이 바로 그래요." (33~34쪽) 방송을 듣는 시각장애인들이 잠수함을 보는 방법은 촉각(접촉)을 동반함으로써 성립한다. 메이비를 통해 새롭게 소개되는 감각은 '만져지는 시각'인 것이다. 그것은 관찰자와 관찰 대상 사이의 거리를 전제하는 존재망각적이며 사물화하는 시각이 아니라 대상과의 거리가 없어야만 성립하는 촉각을 동반하는 시각이다. 거기에는 오직 하나의 잠수함이 아닌 머릿속으로 잠수함을 그린 사람 수만큼의 잠수함이 존재한다. 메이비의 방송 페이지 가장 아래쪽에 적혀 있는 "모든 것은 바로 눈앞에 있다. 우리는 손만 뻗으면 된다"(33쪽)는 문구가 의미하는 것은 사물과 인간 사이의 거리감을 두지 않는 교감하는 시각의 존재이다. 이런 이유로 '메이비의 무용지물 박물관'이라는 라디오 방송에서 그려진 사물들은 "무생물이 아니라 살아 있는 동물"(36쪽)이 된다. 메이비의 방송을 듣고 난 이후부터 '나'는 메이비에게 디자이너로서의 열등감을 느끼고, "디자인을 한다는 게 조금씩 두려워지기 시작"(38쪽)한다. 이제 '내'가 운영하는 '레스몰 디자인'의 통과의례는 '눈을 감는 것'이 된다. 눈을 감음으로써 진정한 디자인을 배울 수 있다는 역설이 탄생하는 것이다.

「에스키모, 여기가 끝이야」에 등장하는 에스키모들의 나무 지도 역시 '만져지는 시각'에 의해 그려지고 있다. 보통의 지도가 시각에 의지해서 그려진다면, 에스키모들은 해변에 부딪히는 파도 소리와 기억을 동원해 지도를 만든다. 그렇게 만들어진 나무 지도의 독도법은 다음에서처럼 촉각과 상상력을 동원해야 하는 것이다.

이것은 눈으로 보는 지도가 아닙니다. 이것은 상상하는 지도입니다.

손가락을 나무 지도의 틈새에 넣은 다음 그 굴곡을 느껴야 합니다. 그 굴곡을 느낀 다음에는 깜깜한 어둠 속에서 해안선의 굴곡을 상상해야 합니다. 촉각과 상상력이 완벽하게 일치해야만 당신은 당신의 길을 찾을 수 있을 것입니다.(95쪽)

메이비가 그린 사물들이 생물이 되었듯이, 에스키모들의 나무 지도 역시 생물이 된다. "그려놓고 보니 정말 사람의 옆모습과 비슷"한 나무 지도는 "울고 있는 것 같기도 했고 웃고 있는 것 같기도 했"(97쪽)던 것이다. 일반성으로 모든 것을 환원시키기에 억압적이며, 사물을 응시 앞에 굴복하는 하나의 관찰 대상으로 전락시키기에 폭력적일 수 있는 시각중심주의에서 벗어나는 방법으로, 김중혁은 시각에 촉각이라는 이질성을 부여하고 있다. 이러한 이질성을 부여하는 것은 우리가 지닌 인식의 상투성에서 벗어나는 일이기도 하다.

아주 멀리서 들려오는 소리

시각과 함께 김중혁이 문제 삼고 있는 감각은 청각이다. 「펭귄뉴스」에서부터 라디오나 음반 혹은 디제이는 중요한 탐구대상이었다. 그런데 근래에 쓰인 「자동피아노」나 「악기들의 도서관」에서는 소리 그 자체에 대한 탐구를 보여주고 있다. 시각이 지닌 부정적인 측면을 극복하기 위해 촉각이라는 이질성을 도입해서 '만져지는 시각'을 보여준 것과 마찬가지로, 이들 소설에서 작가는 소리의 새로운 측면을 들려주고 있다. 「자동피아노」에서 피아니스트인 '나'가 풀어야 하는 수수께끼는 음악가 비토 제네베제의 삶과 피아노이다. 언론에 자신의 얼굴을 공개한 적도 없으며, 주변의 수많은 제의에도 단독 피아노 연주회를 펼친

적이 전혀 없는 비토 제네베제는 "지난 20년 동안 단 한 번도 콘서트홀에 가지 않"(144쪽)은 신비로운 인물이다. 괴짜인 비토 제네베제는 자신의 삶을 다룬 〈비토 제네베제의 삶과 피아노〉라는 다큐멘터리에서 다음과 같이 자신이 추구하는 음악에 대해서 말하고 있다.

　　음악은 생성되는 것이 아니라 소멸되는 것입니다. 어디에나 음악이 있습니다. (…) 그러므로 피아니스트는 음을 만들어내서는 안 됩니다. 이 세상에 있는 음을 자신의 몸으로 소멸시키는 것이 피아니스트의 역할입니다. 그래서 저는 멀고 아스라한 소리들이 좋습니다. 콘서트홀에 가지 않는 이유는, 모든 소리들이 너무 가깝게 들리고 음악을 만들어내려는 피아니스트들이 너무 많기 때문입니다.(144쪽)

이러한 음악관은 '나'에게 들려주는 비토의 피아노 연주로 이어지는데, 그 연주는 "그의 악보 곳곳에 '아주 멀리서 들려오는 소리인 것처럼'이라는 지시어가 붙어 있는 것 같"이 "멀리서, 정말 먼 곳에서" 들려오는 소리이자 "들릴 듯 말 듯한 소리"(155쪽)이다. 이러한 소리는 근대의 전기혁명이 일어나기 이전의 원근감이 살아 있는 소리라고 할 수 있다. 시각 세계에서 전기조명이 어둠을 묻어버리고, 영상기술이 이미지를 원래 사건에서 분리해 무한히 복제하고 편재화하게 된 것과 동시에 청각의 세계에서도 변화가 일어난다. 전기적 음성 복제기술이 침묵, 즉 음의 어둠을 죽이고 귀의 원근법을 평면으로 만들어버린 것이다.[4] 비토가 말하는 '음을 자신의 몸으로 소멸시키는 것'은 현대인이 잃어버린, 사라져가는 소리를 듣는 귀의 상상력을 되살려내는 행위, 즉 사라져가는 소리를 각자의 기억 속에서 되살려내는 행위라고 할 수 있

---

4) 요시미 슌야, 『소리의 자본주의』, 송태욱 옮김, 이매진, 2005, 24쪽

다. 메이비의 '무용지물 박물관'이 사람들의 머릿속에 각기 고유한 잠수함을 만들어놓았듯이, 비토의 음악 역시 그 음악을 듣는 사람에게 각기 고유한 음악을 만들어내는 것이다.

이제 비토의 연주는 "음악이라기보다 단절된 소리들의 연속"이며, "피아노의 한 음 한 음은 음악의 일부가 아니라 독립적인 개체로 자신을 드러내"(156쪽)게 된다. 하나의 악곡을 이루는 부분이 아닌, '독립적인 개체'로서 자신을 드러내는 피아노 소리들이 탄생한 것이다. 이때의 '한 음 한 음'은 소리의 단독자라 부를 수 있을 것이다. 사람을 피하는 비토가 '나'의 피아노 연주를 좋아했던 이유도, "뭔가 해석하지도 않고 분석하지도 않고" "그저 악보에 있는 음표 하나하나를 충실하게 재현한다는 느낌"(157쪽)을 주었기 때문이다. 무엇의 부분도 아닌, 통약되지도 않는 소리 그 자체의 재현에 '비토 제네베제의 삶과 피아노'의 비밀이 있었던 것이다. '나'는 이제 비토 제네베제가 피아니스트의 기교와 표정, 손끝의 움직임, 발놀림, 표정, 관객들의 헛기침 소리, 박수 소리로 가득한 연주회라는 관습을 피한 이유를 스스로 깨닫게 된다.

「악기들의 도서관」에서 보여주는 소리에 대한 관심은 음악에서 시작해, 악기음을 거쳐 음향에 대한 탐구로까지 이어지고 있다. '나'는 자동차에 부딪혀 몸이 허공으로 치솟던 순간에도 "아무것도 아닌 채로 죽는다는 건 억울하다"(272쪽)는 문장이 떠올라 죽지 못한다. "뭔가 내 이름을 후세에 남길 만큼 엄청난 일을 해야 한다고 생각"(276쪽)했던 것인데, '나'에게는 「에스키모, 여기가 끝이야」의 에스키모들과는 달리 '훌륭한'이라는 개념이 머릿속에 깊이 박혀 있었던 것이다. 사고 후에도 그 문장은 '나'를 떠나지 않는다. "그 문장이 물처럼 변해서 머릿속 곳곳에 들어차"면, 죽을 것 같은 고통을 느끼며 "술을 안 마실 수 없"(280쪽)게 되는 것이다. 그는 철저하게 일반성의 회로 속에서 사고하기 때문에 알코올중독자가 될 위기에 처한다. 그런 그가 "악기 소리들이

뇌 속에서 물을 다 뽑아냈나봐요"(287쪽)라는 말에서 알 수 있듯이, 악기들의 소리를 발견함으로써 정상적인 삶으로 복귀하게 된다.

그는 악기점을 드나들며 일반성 속에서의 사고가 지닌 맹점을 파악하게 된 것이다. 그는 현악기, 관악기, 타악기 따위의 악기 구분이 "정말 멍청한 구분"(277쪽)이라고 생각한다. 그것은 기준이 불명료하기 때문인데, 설령 기준이 명료한 경우라도 그는 악기의 분류 그 자체를 탐탁지 않아한다. 모든 분류나 구분이 유개념과 종개념을 바탕으로 해서 이루어지는 것이라면, 그것은 일반성의 논리 속에서 이루어지는 것이기 때문이다. "악기들을 분류하는 일의 가장 큰 문제점은 새로운 악기의 가능성을 막는 것"(283쪽)이라고 생각하는 '나'가 점원이 되어 생각한 악기들의 정리법은 '소리의 색깔'에 따라 비슷한 악기들을 한 군데 모으는 것이다. 이러한 정리법은 악기의 소리가 지닌 감각적 특성에 따라 악기를 나누는 것으로서, 일반성의 논리에 따른 분류법과는 거리가 먼 것이다.

나아가 그는 "연주가 아니라 악기 소리를 녹음하는"(283쪽) 일을 시작한다. 그 작업은 악기를 "긁거나 할퀴거나 두드리거나 뜯거나 쓰다듬거나 꼬집으면서"(283쪽) 이루어지는 것인데, 이것은 일정한 의도에 의하여 조직되고 배열되기 이전의 소리 그 자체를 찾는 작업이라고 할 수 있다. 악기뿐 아니라 주위에서 들리는 온갖 소리까지 녹음하기 시작한 그는 악기 전문점 뮤지카를 '악기 도서관'으로 변화시킨다. 뮤지카는 이제, 그 무엇으로도 환원될 수 없는 고유한 소리의 단독자들로 이루어진 소리의 박물관이 된 것이다. 이제 그의 뇌 속에서 "아무것도 아닌 채로 죽는다는 건 억울하다"와 같은 문장을 찾을 수는 없을 것이다.

불쑥 고개를 내미는 나침반

김중혁의 소설은 세상의 일반적인 도식과 관습을 뚫고 자신만의 고유한 리듬을 발견하는 것, 정신분석학적 용어를 빌리자면 실재에 다가가고자 하는 노력이자, 어떠한 동일적인 개념에 귀속되지도 않으며 표상적 사유의 대상이 되지도 않는 사물이나 감각 그 자체를 사유하려는 시도라고 할 수 있다. 과연 그것은 가능할까?

「그녀의 무중력 진공관」은 'LP 리커버링 클리너'라는 소재를 통해 그 가능성을 집중적으로 탐구한 작품이다. 이 작품에서 디지털 신호로 변환하지 않고 LP의 소리를 되살리는 방법은 LP 리커버링 클리너를 사용해 레코드를 망가뜨리지 않고 표면에 붙은 먼지만을 제거하는 것이다. 문제는 먼지만 완벽하게 제거할 수 있는 깊이를 상정하는 것일 텐데, 그것은 이론적으로나 실제에 있어서나 불가능하다. 5년 전 그토록 아끼던 비치보이스의 〈Pet Sound〉를 태워버릴 수밖에 없었던 것처럼 말이다. 진정한 소리를 찾기 위해서는 완전한 무로도 돌아감을 각오해야만 하는 것이다. 'LP 리커버링 클리너'는 「바나나 주식회사」에서는 이상한 노인이 깎는 '완벽한 연필'로 몸을 바꾸어 나타난다. 완벽한 연필이란 "다듬고 다듬고 다듬다보면 언젠가는 더이상 손을 댈 수 없는 지경에"(218쪽) 이른 연필을 말하는데, 그러한 지경에 이른 연필이란 존재할 수 없어 대개의 경우 완벽한 연필에 이르기 전에 생명을 마감하게 된다. 실재를 직접 이해할 수 있다면 주체는 사라진다는 지적의 말을 믿는다면, 실재와 대면하는 일은 존재의 소멸로까지 이어질 수 있는 위험을 감수해야 하는 것이다.

김중혁의 소설은 서사의 대부분에 걸쳐 현실의 논리와 힘을 뛰어넘을 수 있는 새로운 가능성에 대하여 얘기를 하다가도, 마지막에 이르러 상징이나 이미지와 같은 암시적인 방법으로 상징계의 만만치 않은 힘을 드러내는 경우가 많다. 현실을 바라보는 틀 없이는 아예 현실 자체에 다가가는 것조차 불가능하다는 것을 생각할 때, 이것은 당연한 논리적 귀결이기도 한 동시에, 김중혁의 소설을 어른들을 위한 동화와 같은 초월로부터 막아주는 최소한의 안전장치 노릇을 하기도 한다.

「멍청한 유비쿼터스」의 '나'가 마지막에 느끼는 두려움 역시 인간의 한계에서 비롯되는 것이다. '나'는 사람들이 현실을 바라보는 프레임이라고 할 수 있는 각자의 환상을 공략함으로써 멍청할 수밖에 없는 유비쿼터스 시스템을 공격할 수 있었다. 그런데 해커는 언제까지나 그러한 이데올로기적 찌꺼기에서 배제된 제3의 지점에 서서 '세계 그 자체'를 바라볼 수 있을까? 그것은 가능하지 않다. 언젠가 나 역시도 자신이 가진 환상의 일그러진 프레임으로 인해 자신이 해킹한 방식 그대로 누군가에 의해 해킹당할 수 있기 때문이다. 모든 일을 성공적으로 끝마치고 잠자리에 들어서도 그는 "잠이 들면 어떤 녀석이 내 머릿속에 들어와 그 속의 서랍을 송두리째 뒤집어엎을 것만 같다. 녀석은 머릿속의 스위치를 끄고, 문을 닫고, 번호가 달린 열쇠로 문을 잠근 다음 달아날 것이다"(139쪽)라며 고통스러워하는데 이것은 언제나 왜곡되지 않은 사물의 진상만을 바라볼 수 있는 위치에 설 수 없는 인간으로서의 숙명이 가져다주는 두려움이며, 그 두려움은 좀체 사라질 수 없는 것이다.

다른 작품의 결말 역시 서사 전체를 통해 몸을 감추고 있던 현실의 논리가 개입해 '나'의 탐색이 지닌 빈틈을 가리키는 경우가 대부분이다. 「회색 괴물」의 마지막에 나오는 "나의 쓸모없는 사랑니를 어금니로 탈바꿈시키는 수술"(182쪽) 역시 그 수술의 불가능함을 통해, 이제는 무용지물이 된 타자기의 감각으로 컴퓨터의 편리를 대신할 수는 없다는 무력감을 드리낸 것이며, 「무용지물 박물관」의 마지막에서 '나'가 눈을 감고 발진시킨 "잠수함에다 노란색을 칠하고 싶지만 그것만은 잘

되질 않는"(40쪽) 것 역시 새로운 감각의 한계에 대한 표현이라고 할 수 있다. 「에스키모, 여기가 끝이야」에서도 그러한 한계는 상자 속에서 꺼낸, 아무리 돌려보아도 한 방향만을 가리키는 나침반을 통해 드러나고 있다. 촉각과 상상력에 의지한 에스키모 지도의 의의가 서정적이기까지 한 필체로 그려지던 소설에 모든 자연현상의 중심축과 같은 나침반이 그야말로 불쑥 고개를 내밀고 있는 것이다.

사물의 진상을 추구하려는 작가의 노력이 가진 숙명적 한계와 더불어 거기에 개입할 수밖에 없는 현실 속 자본의 논리 역시 김중혁의 소설은 놓치지 않는다. 「비닐광 시대」의 사내는 디제이들이 "음악을 느끼지는 않고, 그걸 잘라서 써먹을 생각만 하는"(70쪽) 존재들이라며 디제이인 '나'를 지하실에 감금하기까지 한다. 영혼이 담긴 아름다운 음악을 만들려는 그에게 디제이는 혐오의 대상인 것이다. 당황스럽게도 작품의 마지막에 그 사내는 불법 음반 제작, 사기 등의 죄목으로 체포된다. 사내의 항변처럼 "아름다운 음악을 만들려면 돈이 필요"(76쪽)했던 것이다. 「악기들의 도서관」에서도 악기 전문점 뮤지카를 '나'에게 잠시 맡겨놓았을 뿐인 콧수염 사장의 반응에 대한 '나'의 염려를 통해 현실적 힘을 암시해주고 있다. 자본주의적 상징계가 던져놓은 단단하고 촘촘한 그물코를 벗어난다는 것은 결코 쉬운 일이 아니다. 이러한 탈주의 어려움에 대한 관심의 증가는 그의 소설 속 환상성이 점점 약화되는 것과도 관련된다. 현실로 귀환하면 할수록, 구체적인 삶의 도식과 틀이 주는 중력은 악몽 속의 뜀박질처럼 작가의 발목을 놓아주지 않는 것이다.

이렇게 볼 때, 김중혁의 소설에서 상징계는 결코 만만치 않은 비중으로 실재계와 공존하고 있다. 이것은 「바나나 주식회사」에서의 마지막 장면에서 극적으로 드러난다. 자전거 바퀴에 열쇠를 달아 경쾌한 왈츠 소리를 들으며 바나나 주식회사를 찾아갔던 '나'는 돌아오는 길에

GPS를 켜고, 나중에는 열쇠 소리가 귀에 거슬린다며 열쇠를 자전거 바퀴에서 떼어내기까지 한다. 이제 '나'는 GPS가 불을 밝히는 비트(bit)의 세계로 돌아가고 있는 것이다. 그런데 작품은 그것만으로 끝나지 않는데, 페달을 밟을 때마다 주머니에 넣어두었던 연필심이 허벅지를 콕, 콕, 찌르고 있기 때문이다. GPS와 연필심은 그렇게 공존하고 있는 것이다. 세상을 새롭게 사유하고 감각하도록 지속적인 노력을 수행할 수 있을 뿐이지, 그러한 세계가 지금 당장 여기서 가능하다고 주장할 수는 없다는 것. 순수한 초월이나 도피는 있을 수 없다는 것. 이것이 바로 허벅지의 아픔과 함께 GPS와 연필심의 공존이 우리에게 전하고자 하는 메시지일 것이다.

유리방패 뒤에서 걸어나오기

지금까지의 김중혁 소설은 현실과의 구체적인 관련성 속에서 쓰인 것이었다기보다는 상상 공간 속에서 순수한 감각이나 실재의 세계를 탐구하는 방식으로 전개되어왔다. 관습의 쇠창살을 벗어나는 방법으로 단독성의 세계를 탐구해왔던 것이다. 청년실업이라는 현실의 어두운 측면을 배경으로 깔고 있는 최근작 「유리방패」는 그러한 단독성의 세계가 잔인하기까지 한 한국적인 현실과 만났을 때 얼마큼의 의의를 가질 수 있는지에 대하여 탐구한 새로운 경향의 작품이다.

「유리방패」에서의 주요 인물도 상상계적인 모습에서 완전히 벗어난 것은 아니다. "우리는 지하철 의자에 앉아서 헝클어진 실타래를 풀었다"(94쪽)로 시작되는 이 작품의 기본적인 주어는 '나'와 'M'을 포함하는 '우리'이나. 모든 생활을 함께하는 눌의 관계는 자아와 거울상(specular image) 간의 이자관계(dual relation)라 부를 만하다. 나(a)에게

M(á)은 상상적 타인이며, M(a)에게 나(á) 역시 상상적 타인이다. 면접장에도 반드시 함께 들어가야 하는 둘은 "분리될 수 없는 사이"이며, "동전의 앞면과 뒷면이거나 한 사람의 앞모습과 뒷모습"(96쪽)이다. 다음과 같은 두 사람의 대화는 둘의 사이를 가장 선명하게 보여주는데, 그것은 대화라기보다는 하나의 독백이다.

    "내일 면접 가기 싫다."
    M이 길거리에 있는 난간에다 칼을 내리치면서 말했다.
    "왜?"
    나도 난간에다 칼을 내리치면서 물었다.
    "저울회사란 게 별로 마음에 안 들어. 넌 어때?"
    "마음에 안 들긴 마찬가지지."
    "가지 말자."
    "그러자 그럼."(112쪽)

　운동회 때 이인삼각 달리기를 하는 것과 같은 두 사람은 매번 면접 때마다 콤비가 되어 만담, 마술쇼, 행상 모습 재연과 같은 각종 이벤트를 벌인다. 컴퓨터게임 회사에서의 면접에서 실타래를 푸는 이벤트를 펼치다 실타래가 엉켜 진땀만 뺐던 그들은, 돌아오는 지하철에서 그 색실을 펼쳐놓았다가 순식간에 "거리의 예술가들"(110쪽)이 되어버린다. 취업을 위한 발악과도 같은 이벤트 연출을 그들은 "저희가 가장 좋아하는 건 면접장에서 노는 겁니다"(116쪽)에서처럼, 하나의 유희로 만들어내는 능력을 보여준다. 청년실업이라는 결코 가볍지도 밝을 수도 없는 사회적 이슈가 하나의 유희이자 예술로 재맥락화되고 있는 것이다.

　이들의 예술은 고작 상상계에서의 장난 정도에 머물고 마는데, 그것은 '거리의 예술가'로서 인터넷 뉴스와의 인터뷰에서 실연(實演)된다. 지하철에서 있은 예술전문기자와의 인터뷰에서 그들은 전날 라면 대신 구입한 플라스틱 칼과 방패를 들고 칼싸움을 한다. 유치해서 못 봐주겠다는 듯한 기자의 표정 따위에 아랑곳하지 않고, 그들은 양복을 입고 "상대방을 정말 죽이기라도 할 것처럼 온힘을 다해 칼싸움을"(114쪽) 한다. 유명인사가 된 그들은 광고회사의 신입사원 면접관이 되지만, 그들의 행동은 폭죽을 터뜨리게 하거나, 응원가를 부르게 하거나, 자신들을 웃길 것을 주문하는 것과 같이 이전의 행동에서 달라지지 않는다.

그런데, 이들의 놀이가 그 자체로 현실에 대한 대응논리가 되기에는 작품 속 현실의 중압이 너무나 강하다. 그들의 상상 속 유희는 "뭐가 될까? 우리가 잘하는 게 있긴 있나?"(104쪽)와 같은 스스로의 질문만으로도 무너질 만큼 허약하며, 서른 번이 넘게 입사시험에서 떨어지기만 한 27세의 젊은이들이 숙취에 절어 짬뽕 국물로 간신히 속을 달래며 누워 있는 방은 "침몰하는 배"(109쪽)이기 때문이다. 더욱 중요한 것은 그들이 전문면접관이 되어서도 '면접 받는 자'에서 '면접 하는 자'라는 위치만 바뀌었을 뿐이지, 자본의 논리에 바탕한 면접장이라는 시스템 자체에는 아무런 충격을 주지 못하고 있다는 사실이다. 그렇기에 그들은 실패에 중독된 입장에서 실패중독자들을 위로해주는 입장이 되었다고, 즉 "누군가의 방패"(118쪽)가 되었다고 기뻐하지만, 곧이어 그 방패가 단지 "떨어뜨리기만 해도 깨지는" "앞은 환하게 볼 수 있지만 적의 공격을 막을 수는 없는" "매일매일 깨끗하게 닦아줘야 하는"(111쪽) 플라스틱이나 유리로 만들어진 방패임을 깨닫게 된다. 면접장에서, 혹은 지하철에서 펼쳐왔던 그 많은 예술들은 하나의 '유리방패'에 불과했던 것이다.

따라서 이들의 유희가, 횟수를 거듭할수록 면접장 안에서 이루어지는 하나의 소모적 노동으로 변모해 피곤과 무료함만을 가져다주는 것은 당연하다. 이제 그들은 더이상 상상계에서의 놀이만으로는 해결할 수 없는 극점에 다다른 것이다. M과 이렇게 버스를 타고 가는 것도 마지막일지 모른다는 생각"이 들고, "발목에 묶여 있던 끈이 우리도 모르는 사이 스르르 풀어져버린 것 같은, 그런 기분"(120쪽)을 느끼는 것도 이들이 한계에 도달했음을 깨달았기 때문이다. 「유리방패」의 마지막 문장은 "정확히 이름 붙일 수 없는, 언제부터 언제까지라고도 말할 수 없는, 내 삶의 어떤 한 시절이 지나가는 중이라고, 나는 생각했다"(120쪽)로 끝나고 있다. '우리는'으로 시작했던 소설이, '나는 생각했다'로 끝나고 있는 것이다.

이때의 '나'를 새로운 단독자의 출현으로 볼 수는 없을까? 지난 시절 한국문학에는 민족, 계급, 혹은 대중이라는 여러 가지 '우리'들이 존재했다. 그것이 가진 의의와 폐해에 대해서는 수많은 논의들이 있었고 지금도 이루어지고 있다. 어떤 의미에서 지난 십여 년간의 한국문학은 그러한 '우리'에 대항하여 '나'를 만들어가는 과정이었는지도 모른다. 그런데, 이때의 '나'란 상징계와의 악연의 끈을 놓았을지는 몰라도 상상계 속의 거울 이미지에 만족하는 나르시시즘에 빠져 있었던 것은 아니었을까? 진정한 의미의 단독자라면 상상계적 타인과도 결별한 '나'여야 한다. 현실을 초월 내지 도피한 '나'일 때의 한계 역시 분명하기 때문이다. 「유리방패」의 마지막에 등장하는 '나는 생각했다'의 '나'는 일반성의 회로에서 작동하는 상징계의 수많은 '우리' 속의 '나'가 아닌 진정한 단독자로서의 '나'이기를 기대해본다. 오랫동안 '단독성의 박물관'의 관장이었던 김중혁이라면, 기대해도 좋을 것이다.

성(城)의 논리, 성(城)의 윤리

탈식민주의적 상상력

유순하는 십여 년의 기간 동안 여섯 권의 창작집과 열 편의 장편소설 그리고 두 권의 장편동화를 출판한 바 있는 역량 있는 작가이다. 이 외에도 여러 권의 문화비평서를 통해 이 시대의 문제에 대한 묵직한 고민을 던져준 바 있다. 이상의 약력에서 알 수 있듯이, 유순하는 부지런하고 성실한 작가이며, 무엇보다도 진지하고 지적인 작가이다. 한동안 작품활동을 쉬고 있던 작가는, 다행스럽게도 올해 초『멍에』라는 장편소설을 발표하며 의미 있는 부활을 알리고 있다.『내가 그린 내 얼굴 하나』(민음사, 1988. 이하 인용할 경우 쪽수만 표시)라는 창작집은 작가 후기에 쓰인 것처럼, 전쟁 직후의 황량한 대전 거리를 걷던 소년이 가졌던 소망, 즉 "내 이름으로 된 내 책 한 권을 갖"는 것을 실현시켜준 유순하의 첫번째 작품집이다. 이 작품집에는 유순하 소설의 원형이 오롯하게 담겨 있다. 노동자도 자본가도 아닌 중간관리자를 통해 산업 현장을 바라보는 점, 식민지 체험과 그로부터 비롯된 여러 가지 상처를 어루만지는 점, 윤리적인 층위를 무엇보다 우선시하는 점 등이 바로 그것이다. 첫 창작집 『내가 그린 내 얼굴 하나』에는 이후에 꽃피울 유순하의 문학적 경향이 씨처럼 꼭꼭 박혀 있다.

『내가 그린 내 얼굴 하나』라는 소설집에 실린 여섯 편의 소설이 보여주는 가장 도드라진 특징은, 우리나라와 주변 국가와의 관계를 문제 삼고 있다는 점이다. 이때의 주변 국가는 과거에는 당나라, 현재에는 일본이나 미국과 같은 강대국이며, 작가는 작품을 통해 그러한 강대국의 경제적 문화적 종속으로부터 벗어나고자 하는 강한 의지를 보여주고 있다. 이러한 문제의식으로 인해 1980년대 소설로는 드물게 배경으로는 외국이나 외국계 회사가, 주요 인물로는 재일교포나 일본인 혹은 미국인이 등장한다. 유순하는 대한민국이라는 민족국가의 테두리 안에서 벌어지는 여러 사건을 다루는 것에서 벗어나, 민족과 민족 혹은 국가와 국가의 관계와 그 의미에 대하여 탐색하고 있는 것이다.

1980년대 소설에서는 낯선 풍경이었던 이러한 이국적 배경과 인물은 2000년대 우리 소설에서는 어느새 낯익은 풍경이 되어버렸다. 트랜스내셔널한 문제의식을 바탕으로 불법 체류자, 이주노동자, 유이민, 탈북자 등이 등장하는 수많은 소설들이 창작되고 있는 것이다. 그러나 20년이라는 시간 동안 세상은 너무나도 달라졌다. 어느새 우리는 IMF 이후의 세상, 즉 신자유주의와 세계화가 본격화된 1997년 체제 속에서 살아가고 있는 것이다. 이러한 세상의 변화는 탈국가 혹은 탈민족의 문제를 다룸에 있어서도 커다란 변화를 가져오고 있다. 일례로 유순하의 소설에서 우리가 식민지적 억압과 수탈의 대상으로 그려진다면, 오늘날의 소설에서 우리는 식민지적 억압과 수탈의 주체로서 그려지는 경우가 빈번하다. 『내가 그린 내 얼굴 하나』는 오늘날 탈경계의 상상력을 바탕으로 쓰이고 있는 오늘의 문학을 살펴볼 수 있는 하나의 참고점이 될 수도 있을 것이다.

위계화된 자본주의 세계 체제

이 작품집에 실린 여섯 편의 소설 중 나당연합군의 이야기를 그린 「고궁—사비성」을 제외한 다섯 편의 소설은 1980년대 우리나라와 주변 강대국의 관계를 문제 삼고 있는 작품들이다. 「아리랑」「고궁—오사카 성」「고궁—경복궁」은 재일동포나 한국인 혹은 일본인을 주인공으로 삼아 한국과 일본의 관계를, 「내가 그린 내 얼굴 하나」와 「내가 그린 네 얼굴 하나」는 외국계 회사를 배경으로 해서 한국과 미국의 관계를 그리고 있다. 이들 소설에서 한국은 일본과 미국에게 문화적, 경제적으로 종속되어 있는 관계로 그려지고 있다.

「고궁—경복궁」의 '나'는 가난한 농민의 네 아들 가운데 셋째로 태어나 간신히 중학교를 졸업하고 철물상 점원 노릇을 하던 일본인이다. 일본에서의 그는 "주인으로부터 욕바가지나 얻어먹"(66쪽)으며, "주인집 강아지가 나보다 훨씬 더 나은 대우를 받"(67쪽)는 생활을 했지만, 서울에서는 "일본인이라는 것만으로도 선망의 대상이 되고 일본어를 한다는 자체가 존경의 대상"(66쪽)이 된다. 서울에서 그는 박이라는 한국인 거간꾼을 통해 별다른 노력 없이 돈을 벌며 그의 육체는 "서울 여자들의 경배"(64쪽) 대상이 된다. 박이라는 한국인 거간꾼은 '나'가 일본인이라는 그 사실 하나만을 이용해 돈을 벌어서는 일본인 '나'에게 갖다주는, '나'의 "가마우지"(72쪽)이다. 이처럼 불평등한 한국인 박과 '나'의 관계는 다음의 인용문에서처럼 한일경제의 기본 구도로까지 확장된다.

그래 봤자 그가 벌어온 돈을 조금 떼어주는 것뿐이었다. 세계 여러 나라로부터 죽도록 번 돈을 일본에 갖다 바치는 바람에 일본과 한국 사이의 무역역조는 영원할 수밖에 없다는 한국 경제를 가마우지 경제라

한다는 이야기를 들은 적이 있는데, 그는 나의 가마우지였다.(72쪽)

한 나라에서 개 취급을 당하던 인간이, 다른 나라로 이동을 했다는 이유 하나만으로 왕 취급을 받는다면, 이러한 관계는 대등한 국가 간의 관계가 아닌 식민지적 관계에서만 가능한 것이라고 할 수 있다.

일본과 한국 사이의 식민지적 지배와 피지배의 관계는 이 소설 속에서 남녀관계로 표상되고는 한다. 지배자는 남성으로 피지배자는 여성으로 표상되는데, 이러한 젠더적 구분은 일반적인 것이다.[1] 「고궁―경복궁」에서도 서울 여자들은 일본인 '나'의 육체를 향해 '경배'를 바치고, 일본에서 만난 하세가와는 계속해서 자기에게 살림까지 차리자고 한 서울의 미스 양을 그리워한다. 또한 오사카의 밤거리에는 서울의 유명 여성 탤런트 얼굴이 식당 간판으로 걸려 있다. 이러한 한국 여자의 모습은 「고궁―사비성」에서 비명으로만 존재하는 백제 여성들의 연장선상에 있는 것이다.

「내가 그린 내 얼굴 하나」와 「내가 그린 네 얼굴 하나」는 연작소설로서, 한미합작회사인 아메리칸 케미컬 코퍼레이션 코리아 부평 공장을 그 배경으로 하고 있다. 「내가 그린 내 얼굴 하나」에는 노사 간의 문제도 주요한 갈등으로 등장하지만, 보다 근본적인 심급으로 작용하는 것은 미국인과 한국인 사이에 놓여 있는 인종적 갈등이라고 할 수 있다. 신종택이 사사건건 사측과 부딪치는 것은 "불루어가 삼가지 않고 있는 우월의식을 용납할 수 없"(119쪽)기 때문이며, 서사의 대부분은 한국인과 미국인의 인종적 갈등을 중심으로 해서 펼쳐지고 있는 것이다. 연말을 앞두고 부평 공장을 방문해서 회의를 끝낸, 사장 최달식이 공장

---

1) 제국이 남성'임이 정복낭한 곳들의 상징적 여성화를 통해 표현되며, 성적 지배와 정치적 지배 사이에는 식민주의적 상동성이 존재하는 것이다.(릴라 간디, 『포스트식민주의란 무엇인가』, 이영욱 옮김, 현실문화연구, 2000, 125~127쪽)

장 불루어의 어깨를 치자 '나'는 "아무리 사장이지만 옐로우가 화이트의 어깨를 치다니, 불루어가 이런 생각에서 볼때기가 벌게진 것이라 짐작해"(126쪽) 볼 정도로, 직급에 우선해 인종적 위계가 놓여져 있는 것으로 형상화되고 있다.

이 작품에서의 한국과 미국의 관계 역시 한국과 일본의 관계와 그다지 다르지 않다. 미국인 공장장 불루어는 「고성—경복궁」의 일본인 '나'에 그대로 대응된다. 불루어 역시 "자기 나라에서 기술학교를 졸업한 뒤, 에이시시 한스빌 공장에서 30년을 근속하여 마침내는 우리 식으로 말하자면 현장의 정비반장 정도가 되는 '슈퍼바이저'라는 직책에 올랐던"(119쪽) 인물이다. 불루어의 지적 수준은 경리부장 신종택에게 드러내놓고 경멸을 당할 정도로 미천한 것으로 설정되어 있다. 상당한 인문적 소양을 갖춘 것으로 그려진 불루어의 아내도 "인종 차별 습속은 인문적 소양과는 관계가 없는 것인 듯"(135쪽) 한국인을 심하게 멸시한다.

한국과 미국의 관계는 경리부장 신종택과 영업부장 박중민의 논쟁을 통해 드러나고 있다. 신종택은 사장 최달식 앞에서, 한국의 각종 특혜를 받는 외국계 회사가 결국에는 "국내 소비자의 몫까지 알뜰하게 긁어모아 올린 이익으로 미국 사람들의 살림만 더 튼튼하게 해주는 꼴"(124쪽)이라고 말하는 강경파이다. 박중민은 신종택과의 논쟁에서, 높은 수익률을 보장해주면서 외국 자본이나 기술을 끌어들여서 산업진흥도 하고 고용문제도 해결하는 것이 개발도상국들의 현실이라고 말한다. 이에 신종택은 그런 인식들이 바로 "매판들이 빠져 있는 논리적 함정"(128쪽)이라고 강변한다. 다음에 이어지는 신종택의 인식은 기본적으로 한국과 미국과의 관계 역시 신식민지적 관계라는 말을 붙이기에 모자라지 않음을 보여주고 있다.

모두 그런 식으로 받아들이니까 에이시시 사람들은 매년 엄청난 이 익금을 가져가는 것밖에도, 그래 봐야 우리나라에서도 새로울 게 없는 낡은 프로세스를 팔아먹은 대가랍시고 로열티를 받아가고, 그뿐입니까? 원재료며, 건설용 기자재며, 하다못해 수리부품까지 상대 견적도 없는 일방적 가격으로 우리에게 팔아먹고 있죠. 이렇게 조목조목 당하고 있는데도 이제는 우리가 당연히 받을 돈마저 포기하고 잠자코 있어라, 그겁니까?(128쪽)

이러한 신종택의 당위론에 박중민은 "있어라가 아니라 그럴 수밖에 없는 형편"(128쪽)이라는 현실론으로 맞선다. 다른 어느 개발도상국보다 외국 자본이나 기술을 많이 들여왔지만 단군 이래 최고의 발전을 기록하고 있는 한국의 현실을 바탕으로, 박중민은 신종택의 인식을 "풋내기 어린 학생 같은 치졸한 경직"(128쪽)으로 치부한다.

둘의 팽팽한 대결은 곧 현진문 부장의 개입으로 인해, 무게중심이 신종택 쪽으로 기울게 된다. 현은 "다소 강변이 섞여 있는 듯하지만, 신부장의 발언이나 태도를 이해하는 쪽에 서고 싶어요"(129쪽)라고 말하며, 그 이유로 "우리 사회가 이만한 정도의 균형이나마 유지될 수 있는 것은, 적은 숫자나마 신부장처럼 표명하고 실천하는 사람들이 있었기 때문"(129쪽)임을 내세우고 있기 때문이다. 그런데 이 작품에서 현진문 부장은 작가의 입장을 드러내는 직접적인 통로라고 볼 수 있을 정도로 핵심적인 인물이다. 논쟁의 현장에서도 현진문은, 박중민이 "신에게와는 달리 쉽사리 입을 열지 못"(129쪽)할 정도로 권위 있는 인물로 설정되어 있을 뿐만 아니라, 나중 파업의 도화선이 된 것도 현진문 부장인 것이다. 무엇보다 현진문 부장은 작품의 마지막에서 이 작품의 초점사이자 서술자인 '나'가 "우리는 서로 하도 가까워서, 그의 맑은 눈동자에 아른거리고 있는 내 얼굴이, 나의 눈동자에 되비쳐 아른거리고

있을 것 같았다. 타인에 대한 이토록 진한 친애감이라니!"(176쪽)라고
말할 정도로, '나'와 동일시되는 인물인 것이다. 이러한 서사구조를 미
루어볼 때, 신종택과 박중민의 논쟁에서 신종택의 의견에 손을 들어주
는 현진문의 견해는 곧 작가의 견해라고 볼 수도 있는 것이다.

작가는 「고궁 — 오사카 성」에서 일본인 하세가와의 모습을 통해 위
계화된 일본과 미국(서구)의 관계에 대해서도 말하고 있다. 하세가와
는 한국인 정이 영어가 유창하다는 말에 갑자기 "정을 선망하"(47쪽)는
모습을 보인다. 이것은 하세가와만의 특징이 아닌 일본인 전체의 특징
으로 확대되고 있다. 일본인들은 "이제 서구에 꿀릴 게 없게 되었다 자
부하고 있으면서도 서구적인 것에 대한 선망과 주눅을 털어내버리지
못하고 있"(47쪽)는 것이다. 서구에 대한 선망과 주눅, 그와 공존하는
한국인에 대한 멸시와 무시는 고모리 요이치가 근대 일본인의 핵심적
인 심성구조라고 지적한 '식민지적 무의식과 식민주의적 의식'[2]에 해
당하는 것이라고 할 수 있다. 『내가 그린 내 얼굴 하나』에서 경제적으
로나 문화적으로 한국, 일본, 미국은 위계화된 관계 속에 놓여 있으며,
그 위계화의 최상층에는 미국이 다음에는 일본이 맨 아래에는 한국이
놓여 있다.

내면화된 식민성을 극복하기

유순하는 겉에 드러난 국가 간의 신식민지적인 관계에만 관심을 집
중시키는 것은 아니다. 작가가 무엇보다 분개하는 것은 우리 안에 내
면화된 식민성이라고 할 수 있다. 「내가 그린 내 얼굴 하나」에서 부정

---

2) 고모리 요이치, 『포스트 콜로니얼』, 송태욱 옮김, 삼인, 2002, 33~36쪽.

적인 모습의 한국인은 대부분 식민성을 습속화한 인물들이다. 「내가 그린 내 얼굴 하나」의 나가 "인종적 편견은 블루어만은 아니었다. 우리도 마찬가지였다. 인종적 편견이 없는 인간은 인간이 아니다"(116쪽)라고 말하는 것처럼, 일본인이나 미국인이 아닌 한국인들 역시도 많은 경우 식민주의적 (무)의식에 깊이 침윤되어 있는 것으로 그려지고 있다.

유순하의 소설에서 내면화된 식민성의 양상은 맹목적인 숭배와 맹목적인 적대라는 두 가지 방식으로 나타난다. 「내가 그린 내 얼굴 하나」의 스물여섯 된 김인숙은 걸음걸이까지 미국인을 따라 하고자 하는 겉은 노랗고 속은 하얀 바나나의 전형이다. "스물여섯 살인 그네는 정말, 서른일곱 살인 내가 감히 범접할 수 없는 확고한 세계를 이미 획득"(117쪽)하고 있는데, 그녀가 획득한 확고한 세계란 미국은 우월하고 한국은 열등하다는 식민지적 (무)의식이다. 그녀는 미국인 공장장이 도둑을 맞았다는 말에 대해서도, "하필이면 왜 외국인 집에 가서 그런 짓을 해요. 창피해서 고개를 들지 못하겠어요"(117쪽)라고 말한다. 「고궁—오사카 성」에서 등장하는 비곗덩어리 여자는 일제라면 정신을 잃고 마는 한국인의 전형이다. 일본 여행 중 한국인이 보이는 쇼핑에 대한 광적인 집착을 보여주는 인물로서, 일제 물건 앞에서는 인간으로서의 기본적인 품위도 잃어버린다. 이들은 외세에 대한 맹목적인 숭배를 보여주는 인물들이다.

「고궁—오사카 성」의 '정'은 앞에 등장하는 여성들과는 역방향의 내면화된 식민성을 드러내는 인물이다. 그녀들이 민족의식을 상실했거나 맹목적으로 외국 것을 숭배한다면, 정은 맹목적으로 일본에 대하여 적개심을 드러낸다. 그는 우리 역사에 악명을 남긴 일본인과 같은 이름의 일본인을 만나면 노골적인 적개심을 불태우거나, 현재의 일본 거리에도 정신대를 능욕한 사람들이 있을 거라며 몸서리를 치는 모습을 보인다. 그 방향의 차이만 있을 뿐, 정의 모습 역시도 내면화된 식민성의 결과라고 볼 수 있다. 그런데 김은숙, 비곗덩어리 여자 일행 그리고 정의 모습은 지나치게 과장되어 있다. 이것은 우리 안의 식민성에 대한 작가의 혐오와 분노를 표현하는 것이겠지만, 오히려 소설적 설득력을 떨어뜨린다.

이 작품집에서는 자주 일본인의 시각을 통해 한국인의 식민지적 (무)의식을 비판한다. 「고궁—오사카 성」에서 일본인 하세가와는 "지금 한국 사람들은 속으로는 일본 사람들 존경하고 본받으려 하면서, 겉으로는 일본 사람들 욕하고, 허세나 부리려 하고, 옛날 이야기나"(54쪽) 한다고 말한다. 「고궁—경복궁」에서의 일본인 '나'도 한국인의 일본인에 대한 태도가 "속으로는 긍정하면서도 겉으로는 부정하는 것도 그렇고 속으로는 선망하면서도 겉으로는 경원"(68쪽)하는 이중성을 보인다고 말한다. '나'는 한국인들의 이러한 이중성을 이용하여 호사를 누린다. 일본인에 대한 선망과 부정이 공존하는 한국인의 이중성은 「고궁—오사카 성」에서 한국인 '나'에 의해서도 지적된다. "반일이니 극일을 더 소리 높이 외칠수록 일제에 대한 애모는 더 치열해졌"(41쪽)던 것이다.

유순하는 위계화된 자본주의 세계 체제에서 우리를 수동적인 피해자로만 그리는 것이 아니라 그러한 위계화된 세계를 지탱해나가는 또 하나의 주체로 파악하고 있는 것이다. 이러한 시각은 매우 섬세한 것이며, 보다 발본적인 탈식민의 방법론이라고 할 수 있다.

성(城)의 논리, 성(城)의 윤리

「내가 그린 내 얼굴 하나」에서 한국과 일본, 한국과 미국은 서로 대결하는 입장에 처해 있다. 단적으로 이번 작품집에 등장하는 일본인이나 미국인은 거의 모두 부정적인 모습으로 형상화되고 있다. 「고궁―오사카 성」에서 '나'가 사용하는 "일본인들 기를 콱 꺾어놓아서" "은혜 좀 나눠주십시오 하고 기어들어오도록 해야만"(34쪽), "극일의 진정한 방법론"(37쪽)과 같은 말은 일본을 바라보는 작가의 기본적인 태도를 대변한다. 이러한 태도는 개인이 주체로 서기 위해서는 타인과의 목숨을 건 투쟁을 감당해야만 한다는, 주인과 노예의 변증법을 생각나게 한다. 민족과 국가를 사유하는 이러한 입장은 이 작품집에서 성(城)을 통해 선명하게 표현되고 있다.

이 작품집에는 '고궁―오사카 성' '고궁―경복궁' '고궁―사비성'이라는 제목이 붙은 세 편의 작품이 있다. 궁 역시 일종의 성이라고 볼 수 있다면, 세 편의 작품은 성에 대한 이야기라고 부를 수도 있을 것이다. 이 작품집의 성은 각각 그 민족을 표상한다. 「고궁―오사카 성」에서는, 한국인 정이 오사카 성을 보며 "빈틈이 없다, 아예 빈틈이 없어. 그래 맞다. 전번에 여기 와서 내가 느낀 것도 그거였다. 우리나라 궁성과 이놈들 궁성은 본질적으로 다르다. 우리 궁성은 마음만 먹으면 누구라도 들어갈 수 있다. 그러나 이놈들 거는 어림도 없다, 어림 턱도 없다"(58쪽)라고 말한다. 이러한 인식은 「고궁―사비성」에서도 그대로 반복된다.

일본의 성은 완벽한 수비를 위한 철옹성과 같은 성곽을 의미하지만 우리나라의 성은 그저 울타리나 경계의 표시 정도밖에 별 의미가 없어서, 들어오거나 나가거나 사실상 마음대로 할 수 있다고, 그림까지 그려 보이던 대목이 있었다. 그것은 두 나라 사람들의 의식 차이를 나타내는 것일 수 있고, 그 차이가 두 나라 사이에 이루어진 역사를 결정지을 수 있습니다. (……) 정말 우리 것은 너무 허술했다. 비단 성만은 아니었다. 정신이나 의식마저 그랬다.(88~89쪽)

성에 대한 이러한 인식에서 드러나는 것은 우리의 성이 일본(당나라)만큼 단단하지 못해 많은 문제가 발생했다는 것이다. 따라서 우리가 온전한 삶을 사는 방법은 일본의 오사카 성처럼 단단한 성을 건설하는 것이다. 결국 극일이라는 명제에서 벗어나지 못하는 것이다. 정이나 비곗덩어리 여자들을 비판하는 것도 단지 방법론의 차이일 뿐, 극일이라는 단어 속에 내재되어 있는 민족주의적 인식의 틀 속에서 작동하는 것이다. 각각의 민족이 자신만의 성을 짓고 그 안에 살며, 결국에는 그 성의 단단함이나 허술함에 따라 그 운명이 결정된다는 논리는, 타인과의 목숨을 건 대결과 그에 이은 타인의 승인을 통해서만 주체로서 설 수 있다는 논리에 다름 아니다. 이러한 논리에 따를 때, 우리는 민족이나 국가의 차원에서도 주체로 서기 위한 처절한 대결의 윤리를 지니지 않을 수 없는 것이다.

「고궁―사비성」에서는 이러한 성의 논리가 시공을 초월해 삼국시대까지 거슬러 올라간다. 민족과 국가를 사유함에 있어, 수천 년의 시간이 가져올 차이와 거리는 유순하의 소설 속에서 발견되지 않는다. 근대적 민족 개념을 바탕으로 김춘추의 행위는 민족을 팔아먹는 행위로만 의미 부여될 뿐이다. 이와 같은 맥락에서 「내가 그린 내 얼굴 하나」에서 가장 민족의식이 강한 신종택의 증조부는 "1881년 고종 18년에 위정척사를 부르짖었던 영남만인소 사건의 주동인물 가운데 하나"(118~119쪽)로 설정되어 있다. 또한 「내가 그린 네 얼굴 하나」에서 '나'는 구미 공장에서도 파업이 시작되었다는 팩스를 받고는 "그것은 다름 아니라 1894년, 전라도 고부 군수 조병갑의 목을 쳤던 바로 그 함성이었다"(167쪽)며 크게 격앙된다. 이처럼 나당연합, 위정척사론, 동학농민운동, 현재의 국제관계 사이에 놓여 있는 미세한 차이의 주름들은, 대결의 논리 속에서 깨끗하게 마름질되어 존재하지 않는다.

진정한 자유, 진정한 월경(越境)을 위하여

「아리랑」은 재일동포라는 경계적 인물을 등장시켜 성의 논리가 지닌 한계지점에 가장 가까이 다가서고 있는 작품이다. 이 작품은 회사 일로 일본에 간 '나'가 일제강점기에 일본에 건너가서 현재에도 재일교포로 살아가고 있는 숙부를 찾아가는 이야기이다. 이 소설의 초점은 한국인이라는 강한 정체성을 가지고 살아가는 숙부가 아닌, 일본 이름을 지니고 일본말만을 할 수 있는 사촌에 놓여 있다. 사촌은 "제 민족이고자 하면서도 제 민족을 부정하고자 하는 상반된 의지의 지배를 받지 않을 수 없었던"(24쪽) 존재상황으로 인해 한국인이 되기도 일본인이 되기도 거부하는 문제적 인물이다. 사촌에게는 한국과 일본 모두 배타적이며 폐쇄적이라는 점에서, 동질적인 집단으로 인식될 뿐이다.

민족이라는 범주의 경계에 선 사촌 앞에서 '나'는 성의 논리를 내세운다. 사촌과의 대화를 "우리는 형제야. 같은 핏줄이야"(22쪽)로 시작한 '나'는 사촌의 민감한 위치에 대한 이야기를 듣고도 다음과 같은 말을 한다.

민족이라는 것을 아무리 부정하려 하여도, 또 몸이야 미국에 있든 일본에 있든, 결국은 민족이라는 건 잊어버릴 수 없는 것이구나 하는 생각이 든다. 그렇다면 네가 찾아내야 하는 답은 분명해지는 것 같다. (…) 그 첫번째는 네가 나에게, 내가 너에게 편안한 대상이 되도록 하는 것일 듯하다.(26쪽)

'나'는 민족적 경계에 선 사촌의 고민에 대한 해결책으로 혈연의 동질성에 근기한 민족 성체성의 승인을 제시하고 있다. '나'의 말에 사촌은 너무도 쉽게 한국인임을 인정하며, 오랜 정체성의 고민에서 벗어난다. 마지막 장면에서 숙부와 숙모와 '나'와 사촌이 모두 한데 어우러져 아리랑을 부르는 모습은 사촌이 한민족의 테두리 안에 들어왔음을 보여주는 제의가 아닐 수 없다. 그러나 이 장면은 마치 「고궁 — 오사카 성」에서 일본인 하세가와가 역사왜곡을 정당화하는 발언을 하자 한국인 '정'이 하세가와의 턱을 강타하고, 그러자 곧바로 하세가와를 비롯한 일본인 직원들이 "자신의 잘못에 대한 벌을 기다리는"(52쪽) 대죄의 자세로 무릎을 꿇는 장면과 같은 차원에 놓이는 것처럼 억지스럽다.

유순하의 여러 작품 속에 그려지듯이 한일 간의 관계가 신식민지적 관계라고 할 정도로 위계가 뚜렷한 관계라면, 「고궁 — 오사카 성」에서 사업차 마련된 술자리에서 한국인이 과거사의 왜곡을 정당화하는 일본인에게 주먹을 날리고, 이에 그 자리의 모든 일본인 직원들이 대죄의 자세를 취한다는 것은 현실적으로 가능성이 없는 이야기이다. 그것은 작가의 무의식적 욕망이 드러난 일종의 판타지라고 볼 수밖에 없다. 모두가 아리랑을 부르며 흥겨움에 젖어드는 「아리랑」의 마지막 장면 역시 같은 차원에 놓여 있다. 재일동포라는 이유로 제국대학을 나와서도 취직조차 할 수 없는 것이 사촌의 현실이라면, 그러한 상황에서 사촌이 몇 마디 대화만으로 한국인으로서의 정체성을 선택한다는 것은 개연성이 약한 이야기일 수밖에 없기 때문이다. 이러한 장면들은 민족을 대타의식화하며 민족의 정체성을 구성하고, 민족 간의 관계에서 노예가 아닌 주인이 되고자 하는 강렬한 욕망에서 비롯되는 것이라 할 수 있다.

그러나 유순하의 인식은 결코 맹목으로 흐르지 않는데, 그러한 '성의 논리'가 지닌 한계를 때로는 희미한 징후로서, 때로는 명시적으로 드러내고 있기 때문이다. 「아리랑」에서는 숙부의 아리랑 가락에 맞춰 모두가 하나임을 확인하는 신성한 제의의 뜨거운 열기 속에서 "앞날은 아직도 막막하다는, 아득히 높다란 장벽을 마주하고 선 듯한, 그런 느낌"이 "나의 뇌리를 들입다"(28쪽) 치는 것이다. 「고궁—오사카 성」에서는 일본인에게 주먹을 날린 정이 오사카 성에서 풍신수길을 신격화하는 장소인 천수각을 보며 "일본에 풍신수길이 있고 우리나라에 충무공이 있고, 일본에 이등박문이 있고 우리나라에 안중근 의사가 있"는 한, "일본은 어떤 형태로든 우리의 선린이 될 수 없다"(59쪽)고 말한다. 성의 논리에 바탕한 근원적인 적대의 구조를 버리지 않는 한 양국 간의 근본적인 평화란 결코 쉽지 않음을 직접적으로 말하고 있는 것이다.

어떠한 인간도 온전한 단독자로 존재할 수 없으며, 모든 문명은 교통공간에서만 발생할 수 있다는 사실을 인정한다면, '우리'를 규정짓는 방식 혹은 다른 '우리'와 관계 맺는 방식은 핵심적인 문제로 언제나 우리 앞에 놓여 있을 것이다. 유순하의 민족에 대한 인식은 근대적인 민족 담론의 자장 안에 포함된다고 볼 수 있다. 그것은 타민족에 대한 대타의식에 근거하여 우리를 형성하고 지탱하는 방식이다. 그것은 성(城)의 논리이자 성(城)의 윤리라고 이름 붙일 수 있을 것이다.

이 작품집이 세상에 나온 지 어느덧 이십여 년이 흘렀다. 그 세월은 민족에 대한 인식에도 많은 변화를 가져왔다. 오늘날 우리는 성문을 닫아걸고 각자의 성 안에서 대결을 벌이던 과거의 모습에서 벗어나 자유롭게 들판을 유목하는 모습으로 자신을 그려보고는 한다. 그러나 이것은 세계화와 신자유주의가 불러일으킨 거짓 의식에 불과하다. 엄밀히 말해 자유롭게 월경하는 것은 자본일 뿐이다. 인간은 성벽을 넘는 순간 난민이나 범법자라는 레테르를 매단 채 간난의 길을 떠돌아야만 (유목이 아니다) 하는 것이 현재의 실상인지도 모른다. 유순하의 1988년 작 『내가 그린 내 얼굴 하나』를 다시 읽어야 하는 이유가 바로 여기에 있다. 진정한 자유와 월경은, 낡았나고 생각하는 성(城)의 논리와 윤리를 새롭게 사유하는 데서 시작될 것이다.

'보리'가 보여준 무한 긍정의 세계

김훈의 『개—내 가난한 발바닥의 기록』론

발바닥으로 이야기하는 개

『개—내 가난한 발바닥의 기록』은 김훈의 네번째 장편소설이다. 이 작품의 가장 독특한 점은 소설의 제목이기도 한 개가 주인공이자 서술자라는 점이다. 작가의 출세작인 『칼의 노래』와 『현의 노래』가 다루었던 장엄한 영웅들의 세계를 생각할 때, 이러한 설정은 당혹감마저 준다. 이효석과 이상만 생각하더라도 한국 현대소설에 동물이 등장하는 것 자체가 낯선 현상일 수는 없다. 이미 1930년대에 이효석은 「메밀꽃 필 무렵」의 나귀, 「돈」과 「분녀」와 「독백」의 돼지, 「산협」의 소, 「수탉」의 닭 등을 통해 인위적이고 숨막히는 도시문명에 반하는 순수한 본능과 성애의 세계를 표현했으며, 이상은 「날개」 「지주회시」 등의 작품을 통해 현실의 비유인 동시에 출구가 막힌 식민지 시대의 암울한 현실에 균열을 가하는 일종의 탈주선으로서 거미, 돼지, 새 등을 그려내었기 때문이다.

개가 소설에 등장한 것으로 한정시켜보더라도 적지 않은 작품이 쓰였음을 알 수 있다. 대표적으로 이효석의 「들」이나 황순원의 「목넘이 마을의 개」, 천승세의 「황구의 비명」 등을 들 수 있는데, 이들 작품에서 개는 각각 생의 활력, 민족의 수난과 질긴 생명력, 기지촌 여성의 비애와 같은 작가의 메시지를 전달하는 핵심적인 상징이나 알레고리로서 기능하고 있다. 김훈의 개는 알레고리와는 거리가 멀다는 점에서 이전 소설의 개와는 다르다. 『개』에서의 개는 서사 내에서 핵심적인 역할을 하고 있을 뿐만 아니라 서술자이기 때문이다. 서술자가 작가의 사상을 드러내는 직접적인 통로이며 소설의 분위기나 주제에 핵심적인 영향을 미치는 요소라는 것을 생각할 때, 더군다나 『개』가 단편이 아닌 장편이라는 점을 고려할 때, 개가 서술자로 설정되었다는 것은 적지 않은 의미를 지닌다.

흔히 비인간적 서술자의 설정은 나쓰메 소세키의 『나는 고양이로소이다』나 톨스토이의 「홀스토메르」 혹은 잭 런던의 『야성의 외침』에서 알 수 있듯이, 인간의 자기중심성(anthropocentrism)이나 어리석음 혹은 불가피한 한계 등을 풍자하고 비판하는 효과를 가져온다. 김훈의 『개』에서도 그런 효과는 나타나고 있는데, 보리가 사람들에게 "그 쓰레기는 개의 눈에만 보이는 것인데, 나는 사람들에게 쓰레기의 하찮음을 말해줄 수가 없었다"(11쪽)[1]나 "사람들은 대체로 눈치가 모자라다"(30쪽)고 말하는 부분이 대표적인 경우라고 할 수 있다. 동시에 '작가의 말'의 "인간이 인간의 아름다움을 알게 될 때까지 나는 짖고 또 짖을 것이다"에서 알 수 있듯이, 개의 입을 빌려 인간의 아름다움을 말하고 있기도 하다. 이것 역시 비인간 서술자이기에 가능한 효과라고 할 수 있다.

---

1) 이 글에서 다루는 김훈의 텍스트는 다음과 같다. 『빗살무늬토기의 추억』(문학동네, 1995), 『칼의 노래』(생각의 나무, 2001), 「회장」(『문학동네』 2003년 여름호), 『현의 노래』(생각의 나무, 2004), 「언니의 폐경」(『문학동네』 2005년 여름호), 『개』(푸른숲, 2005), 「항로표지」(『창작과비평』 2005년 겨울호). 이 책들에서 인용할 경우 본문에 쪽수만 표시한다.

김훈이 개를 주인공이자 서술자로 설정한 보다 근본적인 이유는 그의 비극적인 언어관과 관련된 것으로 보인다. 김훈은 『칼의 노래』에서부터 일관되게 언어에 대한 불신과, 언어를 넘어서 사물의 진상에 다가가고자 하는 열망을 보여주었다. 언어에 대한 불신이 『칼의 노래』에서는 이순신이 받은 문초와 소문 속의 인물 길삼봉을 통해 선명하게 드러났으며, 같은 맥락에서 『현의 노래』의 이차돈 역시 입만 번드르르한 거렁뱅이로 규정될 수밖에 없었다. 이순신이나 이사부나 우륵에게 중요한 것은 오직 '사실'일 뿐이었던 것이다.

그러나 작가는 언어를 통해서만 표현할 수 있는 숙명을 타고난 존재라는 점을 생각한다면, 김훈은 '언어를 신뢰할 수 없음에도 언어를 통해 사실(실재)에 다가가야 한다'는 해결될 수 없는 난제와 힘겨운 고투를 벌여왔던 것이다. 그 고투의 결과가 『개』에서 '이야기하는 개'로 나타난 것이다. 개가 서술자가 된 이상 몸을 떠난 언어나 세상을 맘대로 재단하는 실체 없는 개념의 언어는 불가능하다. 작품의 시작과 함께 보리가 자신 있게 외치듯이, "이름은 사람들에게나 대단하고, 나는 내 몸뚱이로 뒹구는 흙과 햇볕의 냄새가 중요"(10쪽)한 존재이기 때문이다. 몸을 떠난 언어에 대한 작가의 깊은 혐오를 생각한다면, 세상을 언어가 아닌 발바닥으로 기록할 수밖에 없는 개(이 작품의 부제는 '내 가난한 발바닥의 기록'이다)를 서술자로 선택한 것은 하나의 필연이라고 부를 수 있다.

서로 닮은 개와 주인

『개』는 약 사 년 동안 서술자인 보리가 관찰한 사람들의 이야기와 보리 자신이 개로서 살아가면서 겪은 이야기로 이루어져 있다. 두 개의 이야기는 서로 비슷한 굴곡과 분위기를 가지고 있는데, 이것은 두 이야기의 주인공인 보리와 보리의 주위에 있는 사람들의 삶이 서로 닮아 있기 때문이다. 보리는 곧 수몰되어버릴 농토에서 소규모 농사를 짓는 노부부와 사 개월을 살고, 이후에는 서해안의 바닷가에 사는 노부부의 둘째 아들을 주인으로 섬기며 살아간다.

보리를 둘러싼 사람들은 교환가치가 지배하는 현대사회에서 소외되어 있다. 댐의 건설과 그에 따른 수몰로 인해 고향마을을 떠나야 하는 농민의 "수백 년 동안 갈아먹을 땅인데, 그걸 어떻게 두부 모 잘라 팔듯이 한 평에 얼마씩 쳐서 돈으로 바꿀 수가 있느냔 말이어. 수백 년 값은 왜 안 쳐주는 거야"(37쪽)라는 말에서 엿볼 수 있듯이, 이들은 현대 자본주의 문명을 작동시키는 정교한 교환의 체계에서 한참 벗어나 있다.

보리가 섬기는 주인의 삶 역시 마찬가지이다. 주인은 경운기 엔진으로 동력을 앉힌 승용차 두 대를 합쳐놓은 크기의 배를 타고, 먼 바다에는 나아가지도 못하고 정치망어장에까지만 나아가서 그물 안의 물고기를 건져오거나 낚시질로 몇 마리씩 잡아올 뿐이다. 그 결과 "잡아오는 고기는 그야말로 한 옴큼"(72쪽)에 그친다. 잡아온 고기가 워낙 적기 때문에 수협위판장에도 가지 못하고, 선착장에서 물고기 몇 마리를 돈과 바꾸어서 살아가는 주인의 모습은 물물교환의 수준에 머문 전근대적인 삶과 별반 다름없다. 작업의 방식도 그러한 삶과 대응되는데, 혼자서도 일을 할 수 있도록 모든 장치가 마련되어 있는 배를 가지고 "늘 혼자서 배를 몰고 바다로 나아"(65쪽)가는 모습은 분업화된 근대적 작업방식과는 거리가 먼 것이다.

주인의 삶은 현실 속에서는 한없이 미약하여 곧 사라져버릴 운명에 놓여 있다. 주인은 피도에 휩쓸려 죽는데, 그것은 자연사인 동시에, 사본주의적 규모의 경제와 교환체계에서 벗어난 자가 맞을 수밖에 없는

사회적 죽음이기도 하다. 그는 "추석이 다가와서 돈 쓸 일은 많았"(188
쪽)기에 눈앞에 어른거리는 고기떼의 유혹을 떨쳐버릴 수가 없어서,
자신의 배가 감당할 수 없는 수평선 쪽으로 나아갔던 것이다. 주인의
죽음은 보리의 고향마을이 수몰되기 직전 "갈 곳도 없고 받을 것도 없
는 노인 한 명이 물에 뛰어들어 자살"(39쪽)한 것과 동일한 원인, 즉 자
본의 질서로부터 소외된 것에서 비롯된 것이다. 등단작인『빗살무늬토
기의 추억』에서 중장비 운전수였다가 관창수로 전직한 장철민이 그러
하듯이, 보리가 겪는 사람들은 "노동에서 노임으로까지 건너갈 수가
없"(『빗살무늬토기의 추억』, 185쪽)는 사람들, 즉 노임으로 표상되는 자
본주의적 교환체계의 회로에서 벗어나 노동이라는 원초적 행위에 머
물고 있는 사람들이다.

이처럼 미약한 존재이지만, 주인을 바라보는 보리의 시선은 '주인
님'이라는 호칭에서 단적으로 드러나듯이, 한없이 우호적이며 따뜻하
다. 몰래 배에 올라탄 보리는 바다 위에서 주인과 함께 하룻밤을 보내
며, 주인이 머리를 쓰다듬어줄 때마다 "이 세상에서 가장 온순한 개가
되고 싶"(161쪽)어한다. 주인의 세계는 곧 사라져버릴 세계이기도 하지
만, 오염되지 않은 건강한 세계이며, 삶의 본질에 가장 부합하는 세계
이기도 하기 때문이다. 교환가치로 환원되지 않는 노동 자체에 충실한
삶에 대한 작가의 애착은 대단한 것이어서,『빗살무늬토기의 추억』의
장철민의 삶에서 시작해 최근작인「항로표지」(『창작과비평』 2005년 겨
울호)의 송곤수의 삶으로까지 이어지고 있다.

보리의 삶 역시 현대 도시문명의 한복판에 있는 개의 삶과는 다르
다. "살찐 집토끼 같은 것들이 파마를 한 머리에 리본을 달고 다니는
꼴"(198쪽)과 마주칠 때 역겨워서 피하는 보리는 사람과 함께 먹고 자
며 미장원을 다니는 도시의 개들과는 무관하다. 김훈의 소설에서 '보
리'라는 이름의 개는 이미「화장」에서 등장한 적이 있다. 이 개는 집 안

이 썰렁해서 길러지기 시작하여 아내가 죽자 동물병원에서 안락사당하는 도시의 개다. 「화장」의 보리와 달리 『개』에서 보리의 삶은 노동으로 가득 찬 삶이다.

바다에서 돌아오는 주인이 던지는 밧줄을 쇠말뚝에 끼워넣는 일, 새들로부터 고기를 지키는 일, 뱀으로부터 아이들의 등굣길을 보호해주는 일, 염소와 들쥐로부터 할머니의 감자밭을 지키는 일 등이 보리에게 주어진 노동의 세목이다. 특히 뱀으로부터 아이들을 지켜내거나 들쥐로부터 감자밭을 지켜내는 장면에서 보여주는 지략과 용기는 이순신과 이사부에 모자라지 않을 정도이다. 같은 이름이면서도 「화장」의 보리가 "사람으로 태어나라는 뜻"(174쪽)으로 지어진 것인 데 반해, 『개』의 보리가 "생선뼈나 고깃덩어리보다도 주인할머니가 만들어주시는 보리밥을 더 잘 먹"(29쪽)어서 지어진 것에서 알 수 있듯이, 『개』의 보리는 주인들처럼 언어나 어설픈 형이상학에 오염되지 않은 세계에 속한 존재인 것이다.

작가가 추구하는 것은 보리가 사람들이 끌어 모아놓고 쩔쩔맨다고 말한 "온갖 쓰레기와 잡동사니"(11쪽)가 없는 자연에 발을 딛고 삶의 가용한 자원들을 얻어서 살아가는 건강한 사용가치의 세계이다. 그 세계는 위선과 허위도 없이 삶의 본질적 의미만으로 충일하다. 김훈은 보리를 통해 그러한 삶의 건강함과 위용을, 그리고 철옹성 같은 현대사회에서 겪을 수밖에 없는 허약함과 서글픔을 함께 보여주고 있다.

개코로 그린 세상

김훈은 『빗살무늬토기의 추억』에서부터 몇 페이지에 걸친 묘사를 통해 감각에 특히 예민한 모습을 보여주었다. 그것은 주로 시각에 의

존한 것이었는데, 강렬한 언어의 밀도와 긴장감을 제외한다면 근대문학 자체가 철저히 시각적인 것이라는 점을 고려할 때, 그리 낯선 것은 아니었다. 김훈의 소설이 지닌 감각적인 것의 문제성은 그 유래를 알 수 없는 후각에의 민감성에서 찾아야 한다.

『개』는 그야말로 냄새의 제국이라 할 만하다. 이 작품에는 온갖 냄새들이 등장하는데, 이것들은 모두 보리의 코를 통해 인지된 것들이다. '흙과 햇볕의 냄새' '고소한 냄새' '삭은 젖 냄새' '막 태어난 것들의 냄새' '부서져버릴 것 같은 냄새' '구수한 냄새' '넉넉하고도 넓은 냄새' '절여진 냄새' '튼튼한 냄새' '재냄새' '비린내' '멀고도 싱싱한 냄새' '경유 냄새' '지린내' '썩어가는 냄새' '무덤들의 냄새' '쿠린내' '정강이 냄새' '손이나 입 언저리의 냄새' '돼지똥 냄새' '농약 냄새' '이슬 냄새' '벼냄새' '몸냄새' '꽃냄새' '배추밭 냄새' '닭똥 냄새' '비리고 향기로운 냄새' '석유 냄새' '본드 냄새' '오줌 냄새' '노린내' '겨울의 냄새' '눈물의 냄새' '달빛의 냄새' '눈의 냄새' 등이 그 예들이다.

이러한 냄새는 보리가 세상과 소통하는 가장 강력한 매개로서, "주인님의 몸에서는 경유 냄새가 난다. 주인님의 배에서 나는 냄새와 같았다. 그래서 나는 주인님의 몸과 주인님의 배가 한가지라는 걸 알았다"(69쪽)에서 알 수 있듯이, 사물을 구별하고 판단하는 기본 바탕이 된다. 개의 감각 중 후각이 가장 예민하며, 개가 성별이나 개체를 분별하고 먹이를 찾는 데도 후각에 의존한다는 과학적 사실에 비추어볼 때 이는 자연스러운 것이기도 하다. 그렇다고 해서 『개』가 후각만으로 이루어진 것은 아니다. 거기에는 보리가 흰순이를 벚꽃이 날리는 운동장에서 처음 만난 날을 묘사하는 "뒷다리로 땅을 박차고 솟구쳐올라 날리는 꽃잎을 입으로 받아먹었다. 꽃잎 속에서 흰순이의 모습이 어른거렸다. 꽃잎이 너무 많아서 나는 뛰고 또 뛰었다"(131쪽)와 같은, 말 그대로 눈부신 장면도 공존하고 있기 때문이다. 그러나 작품 속에서 후각은 다른 감각에 비하여 압도적이다.

『개』라는 소설이 보이는 이러한 후각에의 민감성은 이전 작품들에서도 발견할 수 있는 특징이었다. 『칼의 노래』에서도 "죽은 여진의 가랑이 사이에서 물컹거리던 젓국 냄새와 죽은 면이 어렸을 때 쌌던 푸른 똥의 덜 삭은 젖냄새와 죽은 어머니의 오래된 아궁이 같던 몸냄새가 내 마음속에서 화약 냄새와 비벼졌다"(142쪽)는 식의 문장을 어렵지 않게 발견할 수 있었다. 이러한 민감성은 『현의 노래』에서 더욱 강화되어 나타났고, 「화장」에서는 죽어가는 아내의 삶과 피어나는 신입사원 추은주의 삶을 결정짓는 최종 심급으로서의 의미까지 후각에 주어졌던 것이다. 이렇게 볼 때, 김훈 소설의 변화는 후각에 대한 민감성이 강화되는 과정으로 정리해볼 수도 있을 것이다.

강박에 가까운 냄새에 대한 집착은 김훈이 현대문명이 강제하는 허위와 위선 그리고 교환의 가치체계를 벗어날 수 있는 하나의 가능성으로서 후각을 바라보았기 때문일 수 있다. 현대사회는 우리에게 감정을 멀리할 것을, 사회 구조와 분할이 객관적이고 이성적이기를, 그리고 개인의 경계가 존중되기를 요구하는데, 냄새는 그 근본적인 내면성과 경계를 뛰어넘는 성향 및 정서적 잠재성 때문에 근대라는 추상적이고 비인격적인 체제를 위협하는 것으로 여겨져왔다.[2] 이러한 이유로 현대사회에서 가장 저열하며 동물적인 감각으로 치부되는 후각은 근대라는 추상적이고 비인격적인 체제를 위협하는 하나의 감각일 수 있는 것이다. 또한 후각은 화학적 감각으로서 대상과 자신이 직접 반응해서

---

2) 따라서 18~19세기의 철학자들과 과학자들은 이성과 문명을 주도하는 감각은 시각이며, 이와 반대로 후각은 광기와 야만의 감각이라고 규정했다. 따라서 냄새의 중요성을 강조하는 현대인은 진화가 덜 된 야만인, 변태, 미치광이, 천치 같은 비정상인이라고 간주되었다. 대중적으로 큰 성공을 거둔 파트리크 쥐스킨트의 소설 『향수』가 그러한 상황을 나타내는 적절한 예이다. (콘스탄스 클라센·데이비드 하위즈·앤서니 시노트, 『아로마―냄새의 문화사』, 김진옥 옮김, 현실문화연구, 2002, 13~14쪽)

그 실체를 파악하는 것이기에 거기에는 가식이 있을 수 없다. 이러한 후각의 특성들은 김훈이 추구하는 건강한 원시성의 세계와 통하는 것이라고 할 수 있다. 후각이야말로 가식이 있을 수 없고, 가장 비언어적인 감각[3]이라면 그것은 김훈이 가장 애타게 찾는 감각일 수밖에 없는 것이다.

배추의 꽉 찬 속

『개』에서 볼 수 있는 보리와 주인의 관계는 수직적 복종관계이며, 그 사이의 위계는 절대적인 것이어서 어떠한 회의나 망설임도 개입될 여지가 없다. 보리는 주인이 자신에게 일을 시키기 위해 자신의 이름을 부르는 순간 "개로 태어난 운명이 행복했다"(69쪽)고 느끼며, "주인이 가끔씩 나를 꾸짖고 때려도 주인이 나를 먹여주고 재워주고 가끔씩 쓰다듬어주"는 한, "지금의 주인이 영원한 주인"(63쪽)이라고 생각하는 존재이기 때문이다. 이러한 절대적인 수직적 관계는 김훈이 즐겨 다루는 인간관계의 기본 유형으로서, 이전의 소설에서는 군신관계나 부자관계 혹은 사제관계로 나타났다. 『개』에서 보리와 주인의 관계가 보여주는 절대성은 개와 인간의 관계이기에 더욱더 자연스러워 보인다. 그러한 관계에는 회의나 망설임은 물론이며 변화의 가능성마저 주어져 있지 않다. "개들의 나라에서 '영원'이라는 말은 한 주인 곁에 끝까지 눌어붙어 있다는 뜻이 아니라 사람인 주인을 향한 마음이 '영원'하다는 뜻이"(62쪽)기 때문이다. 이것은 자신의 노예적인 위치에 대한 절대적인 긍정인 동시에, 개에게도 운명이라는 말을 붙일 수 있다면 확고한

---

3) 다이앤 애커먼, 『감각의 박물학』, 작가정신, 2004, 20~26쪽.

운명애의 태도라고 하지 않을 수 없다.

보리는 주인과의 관계 속에서 주어진 자신의 위치뿐만 아니라 그 외의 잔인한 현실마저 모두 받아들이고자 한다. 보리가 겪는 세계가 결코 온정으로 넘치거나 아름다움으로 충만한 낭만적인 공간은 아니다. 인간보다 아름다운 개(자연)의 세계를 그려내고, 그것을 통해 현실의 탈출구를 열어 보이려는 손쉬운 초월의 방법을 작가는 거부하고 있기 때문이다. 잔인성에 있어서는 보리의 세계 역시 피비린내로 진동하던 이순신 혹은 우륵의 세계에 뒤지지 않는다. 그곳에는 "치가 떨리고 피가 솟구치는 수컷의 냄새"(150, 168쪽)를 풍기는 악당 악돌이와, 흰순이의 죽음이 존재하고 있다.

악돌이는 "자기 자신 이외에는 다른 개의 꼴을 참지 못하는 놈"(198쪽)으로, 힘이 없어 보이는 사람을 보면 송곳니를 내놓고 짖어대며 밭에 들어가서 모종을 밟고 다니고, 놓아기르는 닭을 물어 죽이며 암소를 겁주어서 유산시키는 그야말로 "힘세고, 사납고, 거칠 것이 없는 놈"(199쪽)이다. 보리는 두 번이나 악돌이에게 도전하지만 승리하지 못한다. 나아가 보리는 흰순이의 몸을 통해 태어난 악돌이의 새끼들까지 바라보아야 한다. 그 세계에는 주인의 손에 의해 살해된 흰순이가 장작불에 그슬려져 개장국이 되는 비극까지도 담담하게 펼쳐져 있다. 이토록 잔혹한 현실마저 보리는 받아들이고자 한다.

이러한 보리의 태도는, 가장(家長)의 죽음을 견디는 주인집 사람들의 삶과 병행되어 그려지고 있다. 결국 주인집 사람들이 가장의 죽음을 받아들이고 새로운 삶을 준비하는 것처럼, 보리 역시 '견딜 수 없는 것을 견디는' 길을 택하는 것이다. "흰순이가 낳은 악돌이의 새끼들이 노는 모습"(220쪽)을 바로 보는 것에 사로잡힌 모습이나, 자신이 새로운 곳으로 떠나야 함을 알면서 "그 마을에 악돌이가 여전히 힘세고 사납게 살아 있기를 바"(230쪽)라는 모습에서 그토록 많은 고통을 준 악돌이가 존재하는 현실을 그대로 받아들이고자 하는 태도를 볼 수 있다. 보리는 "흰순이와 악돌이 들이 살아 있을" 곳에서 "냄새 맡고 핥아 먹고 싸워야 할 것"(231쪽)이라고 다짐하고 있다. 이러한 보리의 태도는 김훈이 한 대담[4]에서 말한 "인간은 견딜 수 없는 세계의 질서를 결국 긍정할 수밖에 없고 그 속에서 싸워나가면서 살아갈 수밖에 다른 도리가 없다는 거예요. 그렇지 않다면 초월과 구원으로 내 얘기를 해야 하는데 나는 그것을 할 수는 없어요"라는 말을 생각나게 한다.

그러한 긍정은 무시간성의 세계이기에 가능한 것이기도 하다. "지나간 날들은 개를 사로잡지 못하고 개는 닥쳐올 날들의 추위와 배고픔을 근심하지 않는다"(63쪽)는 말에서처럼 보리에게는 과거도 미래도 아닌 오직 현재만이 놓여 있다. 행위를 통해 기존의 질서를 변화시키고 그 속에서 새로운 가능성을 꿈꾸는 것은 시간의 개입이 있을 때만 가능한 것이다. 그런데 오직 현재만이 존재하는 세계 속에서는 현실에 대하여 무조건적으로 긍정하거나 무조건적으로 부정하는 것 외에는 다른 삶의 방식은 주어지지 않는다. 이중에서 보리는 무조건적인 긍정의 삶을 택하고 있는 것이다.

현실에 대한 무한 긍정의 태도가 지닌 위험한 측면은 흰순이의 최후에서 살펴볼 수 있다. 흰순이는 나무에 매달려 도살당하는 순간 몽둥이에 빗맞아 밧줄이 끊어지자 도망갈 수 있는 기회를 잡는다. 그럼에도 "흰순아, 이리 온. 이리 와"라는 주인의 부름에 "비척거리며 일어서서 주둥이를 땅에 끌며 다시 마당 안으로 걸어 들어"(222쪽)간다. 그것도 모자라 마당으로 들어가면서 흰순이는 꼬리까지 흔든다. 무조건적인 긍정 속에서 흰순이의 단독성이나 존엄성은 존재하지 않는다. "흰순이는 개 한 마리가 아니라, 이 세상의 암놈 전체와 맞먹는 커다란 개"

---

4) 김훈·신수정, 「아수라 지옥을 건너가는 잔혹한 리얼리스트」, 『문학동네』 2004년 여름호.

(212쪽)인 것이다. 흰순이는 무엇으로도 대체 불가능한 고유한 '한 마리'의 단독자로서 존재하는 것이 아니라 '암놈 전체'와 맞먹는, 즉 암놈이라는 유(類)의 한정 또는 특수화로서 존재하게 되는 것이다. 그렇기 때문에 "흰순이는 풀이 돋아나듯이 바람이 불어오듯이 저절로 이 세상에 태어난 개"(222쪽)가 될 수 있는 것이며, 이미 죽고 없는 흰순이가 "풀이 돋아나고 바람이 불어오듯이 저절로 태어나주기를 바"(230쪽)랄 수 있게 된다. 흰순이는 단독성을 상실한 채, 얼마든지 대체가 가능한 전체의 한 부분으로 전락해버리고 만 것이다.

결국 김훈은 인간이 아닌 보리를 통해 거품과 오해로 가득 찬 개념화된 언어의 망상을 벗어난 몸의 세계를, 교환가치에 편입되지 않은 건강한 노동의 세계를, 잔혹한 현실을 품어 안는 무한 긍정의 운명애로 가득한 세계를 말하고 있다. 그러한 삶의 방식은 보리라는 개를 만나 설득력 있게 형상화될 수 있었다. 소설의 마지막에 할머니가 농사지은 배추 포기의 꽉 찬 속은 작가가 보여주고자 한 세계의 감각적 표현일 것이다. 그러나 『개』의 세계는 흰순이가 고유의 단독성을 잃어버린 것과 같은 무서운 결과를 가져올 수도 있다는 것을 기억해야 할 것이다.

'정치적인 것'의 복원

성석제의 『지금 행복해』론

건조한 산문성

십 년이 조금 넘는 기간 동안 네 권의 장편소설과 열 권의 중단편집을 낸 작가가 여기에 있다. 그 양만으로도 입이 벌어지는데 그러한 작품들이 모두 뚜렷한 개성을 확보한 것이어서 각각의 작품이 세상에 나올 때마다 평자와 독자 모두의 시선을 붙잡아온 작가, 더군다나 그러한 작품들이 내면 지향과 나르시시즘의 미학이라는 동시대의 일반적인 경향에서 벗어난 고유한 개성으로 빛나던 작가, 그리하여 지금의 소설 이전 혹은 이후의 것으로 호명되며 위기에 빠진 소설의 좁은 틀을 깨고 서사 장르 자체의 갱신을 대표하는 것으로 평가받아온 작가가 바로 여기에 있다. 그가 오늘도 한 편의 작품을 쓴다면, 그것은 「깡통」(『지금 행복해』, 창비, 2008. 이하 인용할 경우 쪽수만 표시)에 등장하는 한 인물의 말처럼 "최소한 대중의 예상을 깨는 작품을 그려야 한다는 건 기본이고 거기서 한 걸음 더 나아가서 그전보다 더 화제가 되고 영향력이 큰 작품을 만들어내야 한다는 강박관념"(252쪽)으로부터 자유로울 수는 없지 않을까? 그러한 강박과 수고는 결국 새로움을 위한 승부일 텐데, 소설집 『지금 행복해』에서 확인할 수 있는 것은 성석제가 이번 승부에서도 결코 패배하지 않았다는 사실이다.

이번 소설집의 새로움은 무엇보다도 의미론적인 측면에서 발견된다. '재미'라는 성석제 소설의 미덕에 가려져 어지간한 정성으로는 보이지 않던 모종의 윤리학이 본격적으로 그 모습을 드러내고 있는 것이다. 성석제만의 문체라 할 수 있는 구술적 특성, 요설에 가까운 다변, 연민에 가득 찬 유머와 허풍 등은 그 강도가 약해졌다. 설사 '성석제의 문체'라고 할 수 있는 이러한 특징이 드러나더라도 이번 소설집의 초점은 분명 그러한 말보다는 그 안에 녹아들어 있는 우리의 삶과 세계에 놓여 있다. 더욱 본질적인 점은 고향이나 전통 대신에 시대가, 인물이나 분위기 대신에 현실이 소설의 중심부를 차지하고 있다는 점이다. 성석제 소설에 자주 보이던 시적인 따스함이 엷어진 자리를 채운 것은 건조한 산문성이다. 이 메마름은 우선 작가의 치열한 자기 모색에서 비롯한 것이겠지만, 더욱 중요하게는 십여 년이 넘는 기간 동안 벌어진 이 사회의 적지 않은 변화에서도 영향받은 바 크다. 이제 성석제는 이 시대 서사의 전위에 선 이야기꾼이라는 모습 외에도 진중한 현실 진단과 그를 바탕으로 한 삶의 윤리를 펼쳐 보이는 지식인의 모습을 본격적으로 드러내고 있다.

그리하여 이번 소설집의 핵심적인 작가의식으로 들 수 있는 것은 '정치적인 것'(the political)의 복원이라 말할 수 있다. '정치적인 것'은 경제, 문화, 종교, 사회 등과 구분되는 제도적 영역으로서의 정치(politics)와는 다르게, 모든 인간사회에 본래부터 있으며 우리의 존재론적 조건을 규정하는 차원이다.[1] 냉전의 종식과 신자유주의의 세계적 확산은 '탈정치화' 현상을 힘껏 부추겼다. 힐리주의와 개인주의를 금과옥조로 내세우는 신자유주의는 환원 불가능한 적대적 요소들이 사회관계들 내에 존재함을 부인할 수밖에 없다. 최근에 본격화된 '시장전체주의'는 적대와 갈등을 심화시키는 동시에 끊임없이 그것을 은폐하고자 한다. 그러나 역사의 종언이라는 호언장담과는 다르게 지금의 세계와 한국사회는 이전보다 훨씬 다양한 갈등으로 몸부림치고 있다. 성석제의 이번 작품집에서 '윤리-정치적' 기획이 도드라져 보이는 것은 이러한 시대적 상황과 동떨어진 것이 아니며, 이때의 기획은 앞서 말한 '정치적인 것'의 복원과 관련되어 있다.

내게는 너무 먼 당신

성석제의 소설만큼 '소설은 새로운 성격창조'라는 소설원론을 증명하는 사례도 드물다. "이 책에 들어 있는 소설들은 모두 '인간'을 염두에 두고 쓴 것이다"(『홀림』, 문학과지성사, 1999)라는 '작가의 말'이 아니더라도, 대부분의 그의 소설은 새로운 인간형의 탐구와 제시에 초점이 맞춰져 있는 것이다. 그가 그려 보인 인간들은 균형과 조화를 의미하는 아폴로적인 인간과는 구분되는 광기와 자기 몰입에 빠진 디오니소스적인 인간들이었다. 몰입의 대상 역시 대부분 사회질서를 위해 그어진 선 밖에 놓여 있는 인물들로서, 당연하게도 그들은 술꾼, 노름꾼, 깡패, 바보, 건달, 탐서가, 노름꾼과 같은 방외인들이다. 무명의 지방유생에서 문경공(文景公)이라는 시호를 받는 존귀한 자가 되는 채동구(『인간의 힘』, 문학과지성사, 2003) 역시 예외가 아니다. 그가 존귀해진

---

1) 무페가 받아들인 슈미트의 '정치적인 것'은 제거 불가능하며, 항상 갈등 및 적대와 관계할 수밖에 없기 때문에 결코 길들여질 수 없다. 자유주의자들은 '정치적인 것'을 제대로 파악하지 못하기에 자유로운 토론에 기초한 합리적이고 보편적인 합의가 가능하다고 믿는다. (샹탈 무페, 『정치적인 것의 귀환』, 이보경 옮김, 후마니타스, 2007)

것은 오직 하나, 디오니소스적인 방외인이었다는 사실에서 비롯하기 때문이다.

그런데 이번 소설집에서는 이러한 디오니소스적 방외인의 모습은 좀처럼 찾아보기 힘들다. 그 자리를 대신한 것은 반년 치 먹을 고추장과 된장을 배낭에 메고 떠나거나 아이스박스에 고기와 병맥주를 가득 넣어 여행을 떠나는, 각기 다른 층위의 인간들이다. 전자는 방외인이 보이는 자기 몰입의 열정은 사라지고 그 남루함만이 남은, 평균치에 가까운 범부들이고, 후자는 성석제 소설에서는 좀처럼 찾아보기 힘든 부유하고 날렵하게 잘 빠진 귀공자들이다. 이번 소설집에 실린 대부분의 소설들은 이러한 두 가지 인간형이 만나서 벌이는 한판 희비극이다. 이번 작품집의 핵심적인 작품들이라 할 수 있는 '여행' 삼부작 「피서지에서 생긴 일」「여행」「설악 풍정」이 대표적이다.

이러한 인간형들의 배치를 통해 작가는 이 사회의 근원적인 적대와 분열을 매우 실감나게 드러내고 있다. 여행이라는 크로노토프(chrono-tope)가 동원된 이유는 여로야말로 타자와의 만남을 가능케 하는 소설적 형식이기 때문이다. 장독대를 짊어지고 여행을 떠난 범부들은 귀공자들을 만나 어울리게 된다. 범부를 표상하는 기호가 '장안농과대학' '소주병' '삼겹살' '고무튜브' '소형텐트' '고추장' '된장' '깨진 안경' '태양 담배' '불은 라면'이라면, 귀공자들을 표상하는 기호는 '국립대학' '기타' '아이스박스' '초대형 천막' '위스키' '말보로' '일제 카메라' '벨기에 산 초콜릿' '군대 면제' '버번위스키'이다. 이처럼 선명하게 구분되는 기호로 형성된 각기 다른 주체들의 만남은 파탄으로 끝날 수밖에 없는데, 그 과정이 매우 설득력 있게 형상화되어 있다.

처음 그들은 젊음의 열기로 서로 어울리지만, 오랜 시간 사회로부터 각인된 각자의 습속이 거짓 없이 표출될수록 결국에는 불화하고 싸우게 된다. 귀공자들이 예의 바른 모습을 보이면 보일수록, 신사적이면

신사적일수록 범부들은 자신들의 초라함을 느끼게 되고, 불편해지지 않을 수 없다. 이러한 적대와 분열이 계급적이며 사회적인 것임은 앞서 든 각각의 표상기호만으로도 설명이 충분할 것이다. 특히 「여행」은 '1979년' '멸공' '중앙정보부' 같은 단어들을 통하여 사회적 성격을 한층 강화하고 있다. 이 작품에서 만수들과 귀공자들 사이에는 중앙정보부에서 고문으로 죽은 여대생이 '텅 빈 구멍'으로 놓여 있는데, 심각한 계급적 적대 앞에서 그 죽음은 어떠한 의미의 공유지점도 형성하지 못한 채 묻혀버리고 만다.

만약 갈등과 분열의 절단선이 비루한 범부들과 미끈한 귀공자들 사이에만 그어지고 만다면, 이것은 우리가 적지 않게 보아온 계급적 차이에 바탕한 집단적 주체의 대립을 반복하는 것에 그칠 것이다. 그러나 경제결정론과 단일화된 집단적 주체는 성석제 소설의 기획과는 거리가 멀다. 이들 소설에서 적대와 분열의 절단선은 범부들 사이에서 한번 더 그어지는데, 이를 통해 개인의 인격적 자율성은 중요한 과제로 놓이게 된다.

「피서지에서 생긴 일」에서 양우가 종술에게 "평생 보지 말자. 너 같은 놈 다시 볼까 무섭다"(161쪽)고 말하고, 종술이 소주병까지 깨며 이에 대응하는 것은 사회적인 성격에서 비롯한 것이기는 하지만 범부들과 귀공자들 사이에 그어진 적대의 선과는 다른 성격의 것이다. 그러나 「여행」에서 여로가 진행될수록 커져만 가는 봉수와 영덕을 향한 만재의 짜증과 미움은 너무나 선명해 마치 선험적인 느낌을 줄 정도이다. 「설악풍정」의 '나'와 기정은 아예 처음부터 여행이 끝날 때까지 동상이몽에 빠진 존재들로 그려지고 있다. 특히 「여행」은 이와 관련해 인상적인데, 여행을 시작할 때 셋은 "삼각형을 이룬 채 서 있었"지만, 그 삼각형은 작품의 마지막에 깨져버리고 만다. 서술자는 못을 박듯이, "그리고 그들이 만들었던 삼각형은 다시는 생겨나지 않았다. 그들이

걸어가는 길 위, 아름다운 둑, 아름다운 언덕 어디에서도"라는 문장을
덧보태고 있다. 이들이 헤어진 것은 이십 개들이 태양 담배를 셋이 공
평하게 나누지 못한다는 다소 우화적인 사건이 계기가 되어서이다. 이
러한 장면은 계급적 연대의 느슨함에 대한 아쉬움의 표출이라기보다
는 개인 사이에 존재하는 환원 불가능한 적대의 존재를 드러내는 것
이다.

「내가 그린 히말라야시다 그림」은 예술적 재능만을 가진 자와 예술
적 재능마저 가진 자를 통해서 추억과 관계마저 장악해버리는 적대와
분열의 위력을 다시 한번 강조하고 있다. 이 작품은 0과 1로 표시된 장
이 번갈아 등장한다. 0장은 현재 유명한 화가가 되었지만 가난하게 성
장한 '나'가 화자로, 1장은 현재 판사의 아내로 행복하며 과거에도 부
잣집 고명딸로 행복했던 '나'가 화자로 등장한다. 둘을 엮어주는 사건
은 초등학교 시절 사생대회에서의 사건이다. 가난한 '나'가 사생대회에
서 장원을 받은 그림은, 본래 부잣집 고명딸인 '나'가 그린 그림이었다.
부잣집 고명딸 '나'는 그 사실을 알면서도 정정하려 하지 않는다. 이유
는 가난한 '나'의 "너절한 인상이 실수와 잘못된 과정을 바로잡는 게 너
절하고 귀찮은 일이라는 생각을 갖게 했"기 때문이고, "그런 상하고는
담을 쌓고 살아도 행복"하기 때문이다. 0과 1이라는 숫자는 더하고, 빼
고, 곱하고, 나누어도 0과 1로 남듯이 끝내 그들은 섞이지 않는다. 행
복한 '나'는 마지막에 가난했던 '나'를 보면서 "인사를 해볼까?"라고 생
각하기도 하지만, 곧 "그런 걸 하면 뭘 해. 우리는 길이 다른데"라고 생
각하며 단념한다. 마지막은 "점점 멀어지네. 사라져버렸네, 나도 곧 가
야 하긴 하지만"으로 끝난다. 「여행」에서 처음에는 존재했으나 나중에
는 깨어져버린 연대감이, 「내가 그린 히말라야시다 그림」에서는 처음
부터 끝까지 단 한 차례도 형성되지 않는 것이다.

「톡」은 작품의 서술적 특징 자체가 적대의 사회적 양상을 그대로 드

러낸다. 여러 가지 장면들이 콜라주 기법으로 구성되어 있다. 자동차 사기단, 성추행범, 오토바이 날치기, 주부 도박단, 지하철의 개똥녀 등 등이 그것이다. 이러한 개별적인 사건들은 그것을 조망하는 파노라마 적 시점에 의해 간신히 하나로 엮어진다. 이 작품의 인물들은 ㄱ ㄴ ㄷ 이나 A B C와 같은 이니셜로 지칭되는데, 이러한 호칭은 이 작품에서 펼쳐지는 사건들의 보편성을 강조하게 된다. 흥미로운 것은 진술서나 판결문의 작성일자(201X년)와 지하철 9호선 등의 배경에서 알 수 있듯 이, 이 모든 일들이 미래에 일어난다는 사실이다. 이는 현재의 적대와 불화가 미래에까지 이어질 정도로 매우 강렬한 것임을 보여준다. 이 작품의 전지적 시점 역시 전체를 통괄하는 작가의 확신이 전제되지 않 고서는 불가능하다. 「깡통」에서 노숙자를 다시 일어서게 만든 국숫집 을 '나'가 현실 속에서는 끝내 다시 찾을 수 없었던 것 역시, 작가의 비 관적인 시각과 통하는 설정이다.

이처럼 성석제는 '시장전체주의' 사회에서 사라진 듯 보이는 '정치 적인 것'을 원형적이며 본질적인 차원에서 복원해낸다. 이를 통해 적대 의 환원 불가능함과 사회적 삶을 구성하는 본래적 역할이 뚜렷하게 나 타난다. 적대의 형상화가 중요한 것은 합리와 보편에 바탕한 질서정연 한 합의라는 자유주의의 신화야말로 시장전체주의의 가장 강력한 이 념적 무기이기 때문이다. 성석제가 그려내고 있는 적대와 폭력과 기득 권과 억압을 통해 우리 사회의 지배 이데올로기 중 하나인 자유주의의 신화는 그 정체를 드러내게 된다.

중독의 끝이 다다른 자리, 눈물 중독자

「기적처럼」은 가족 같은 가까운 사이가 사회적 균열과 적대의 안전지대이기는커녕 가장 위험한 공간일 수 있음을 보여준다. 이 작품의 서사는 "식구처럼 가까운 사이에는 이런 식으로 관계가 한번 설정되면 바꾸는 것은 거의 불가능하다"는 '나'의 말을 증명하는 것이라 해도 과언이 아니다. 어머니는 이유 없이 큰아들인 나를 괴롭히지만, 그녀는 역시나 이유 없이 둘째아들과 손자의 학대는 달게 받아들인다. 이러한 불균등한 배치는 작품 내에 등장하는 초자연적인 것들의 위력처럼 인간 능력 밖의 일로 그려진다. 이러한 가족 내 관계, 즉 "더부살이에, 삶 같지도 않은 삶에, 욕설에, 싸움"에 '나'는 "중독"된다.

이 작품에서는 성석제가 집중적으로 그려냈던 디오니소스적 방외인의 결정적 증표이기도 한 중독이 다시 한번 나타나고 있다. 「기적처럼」의 '나'는 자신이 선택할 수 없는 가족구조 속에서 비인간적 삶에 중독되었던 것이다. 그러고 보면 표제작 「지금 행복해」의 다중중독자 아버지도 조상에게서 전해진 유전자의 결과로 중독된 것임이 수차례 강조된다. 이러한 중독 앞에서 주체로서의 개인은 사라져버릴 수도 있다. 「기적처럼」의 '나'가 죽음 앞에서 기적적으로 살아 돌아와서도 그 사실이 "누구에게 중요할지 모른다. 나는 모른다"라고 말하는 것에서 극적으로 드러나듯이, '유전자'이든 '가족구조'이든 외부의 힘에 자신을 맡겨버렸을 때, 자율적인 행위와 책임, 그로 인해 탄생하는 주체는 존재할 수 없다. 나에게 어머니가 "배고프면 소리 지르는 동물. 욕하는 동물. 늙은 동물"이라면, 어머니에게 나 역시 "욕 얻어먹는 동물. 밥하고 빨래하고 청소하는 동물. 돈 벌어오는 동물"일 뿐이다.

이번 소설집에서 인상적인 것은 이전 작품들과 달리 이러한 중독의 끝이 현실성을 획득하고 타인을 발견한다는 점이다. 이러한 중독의 끝은 성석제가 보여주고자 하는 '윤리-정치적' 기획의 실천적 면모와도 맞닿아 있다. 그 결과는 이번 소설집에 수록된 작품 중에서 가장 최근에 쓰인 「지금 행복해」에 상세하게 드러난다. 「지금 행복해」는 수능시험을 하루 앞둔 아들이 알코올중독으로 요양소에 있는 아버지의 평생을 서술하는 작품이다. 이 작품에서 아버지는 당구, 노름, 마약, 술 등 성석제가 그동안 보여준 모든 중독을 종합해놓은 인물이다. 그러한 중독의 결과 부모의 적지 않은 재산을 모두 날리고 아들로서, 남편으로서, 아버지로서 할 수 있는 거의 모든 패악을 저지르게 된다. 이 소설이 이전까지의 중독을 다룬 소설들과 결정적으로 다른 점은 비로소 중독의 끝에서 현실세계로 귀환한다는 점이다. 그러한 끝은 타인을 발견하는 과정과 맞닿아 있다.

마약범죄로 감옥까지 다녀온 아버지는 극적인 변화를 보인다. 그 변화는 두 가지 과정을 통해 나타난다. 첫번째는 자신의 중독으로 인해 피해를 본 주변 사람들을 발견하는 과정이다. 자신의 아버지를 생각하며, "난 개만도 못한 놈"이라고 말하는 것, 아내가 보낸 이혼서류에 순순히 도장 찍어주기 등이 그것이다. 다음으로는 적극적으로 타인을 발견해나가는 과정이다. 감옥에서 나온 아버지는 대리운전을 해서 탄 월급으로 아들에게 자전거를 사주고, 사장에게 직접 봉사할 수 있는 기회도 만들어주며, 독거노인 목욕을 시켜주기도 한다. 아버지의 표현대로라면 "남 도와주는 거"에 중독된 것인데, 이러한 상태는 결국 그로 하여금 "나, 지금 무지 행복해"라고 말하게 한다. 이러한 과정을 통해 아버지의 부정적인 대상에 대한 중독은 끝나게 된다. 아버지는 이혼이 법적으로 성립할 때까지의 몇 달간 술을 마신다. 그러나 이 과정은 그야말로 스스로 중독에서 벗어났음을 선언하는 과정에 불과하다. 아들에게 알코올중독자를 수용하는 요양시설에 자신을 넣어달라고 말하게 되는데, "제 발로 요양시설로 가는 알코올중독자가 세상에 또 있는지 나는 잘 모른다"는 아들의 말마따나 아버지는 비로소 고통스러운 중독의 늪에서 빠져나온 것이다.

이와 관련해 이 작품에 등장하는 아버지와 아들의 관계 역시 인상적이다. 서사적 특성상 아버지와 아들의 관계는 이 작품에서 적지 않은 비중을 차지하게 된다. 그들의 관계는 문자 그대로 '친구'이다. 아내가 자신을 떠나간 날부터 아버지는 아들에게 "친구 하자"고 제안한다. 그 후 그들은 정말 친구가 된다. 아들은 아버지에게 이혼서류를 갖다 주고 도장을 찍으라고 말하는데, 이것 역시 "친구니까 친구로서 권유한 것"이다. 아버지 역시 알코올중독자 요양시설에 보내달라며 아들을 "친구"라고 부른다. 역설적으로 그러한 우정을 통해 둘의 부자관계는 회복된다. 처음 "내 아들"이라는 아버지의 말을 "내 옷에 붙은 가래침"처럼 느끼던 아들은, 마지막에는 아버지의 품에서 "내 아들"이라는 말을 감미롭게 받아들인다. 이러한 아버지상과 부자관계는 성석제 소설은 물론이고 한국 소설사 전체를 놓고 보아도 희유(稀有)한 것으로, 자기반성과 타인의 발견에 어울리는 가족 서사라 할 수 있다. 사회적 위계의 상징적 기원으로 실제적인 힘을 발휘하는 부자관계를 뒤틀어놓아 진정으로 평등한 개인들의 관계를 강렬하게 표현하고 있는 것이다.

이전 소설의 중독이 지닌 정치적 의미 역시 과소평가되어서는 안 된다. 디오니소스적 방외인들의 존재는 그 자체만으로도 시장전체주의가 지배하는 오늘의 사회를 반성케 하는 기능을 수행하기 때문이다. 「황만근은 이렇게 말했다」나 『인간의 힘』에서는 적대의 환원 불가능한 특성 앞에서 변증법적 대립을 넘어서는 긍정적인 인간상을 감동적으로 형상화한 바 있다. 이들의 긍정은 황만근이 죽기 전날 민씨와 나누는 대화가 보여주듯이, 니체가 말한 '아니오'를 모르는 나귀의 긍정이 아니다. 그럼에도 이들이 처한 시공은 어디까지나 전근대적이거나 허구적인 성격이 강한 것이었다. 근대적 시공을 배경으로 할 때 이러한 중독은 긍정적인 성격을 잃고, 허무주의적 색채를 짙게 드러내곤 했다. 당대와의 긴장을 유지하면서도 중독의 윤리학이 온전한 모습을 갖추는 것이 성석제 소설의 중요한 과제였다면, 이번 소설집은 그 과제를 비교적 성공적으로 수행하고 있다. '남 도와주는 거에 중독되기' '눈물에 중독되기'가 그 구체적인 모습이다.

또하나, 그동안의 중독에는 타자가 들어설 자리가 없었다. 자신이 믿는 혹은 추구하는 대상에 대한 성실함과 그 열정의 강도만이 문제였던 것이다. 승부에 삶을 건 방랑무사의 옆에는 칼바람만이 가득하듯이, 너무나도 인간적인 디오니소스들의 곁에는 아이러니하게도 자신과 같은 인간의 모습이 비어 있었던 것이다. 성석제 소설의 모든 중독을 총화한 존재라 할 만한 「지금 행복해」의 아버지는 결국 옆에 있는 비루한 자들을 바라보기 시작한다. 그리하여 끝내는 "눈물 중독자"가 된다. 이때의 눈물이 타자의 삶과 인생에 대한 따뜻한 공감에서 비롯된 것임은 말할 필요도 없다. 통렬한 자기반성, 옆에 있는 자의 숨소리에 귀 기울이는 작은 실천을 통해서 이 사회를 촘촘하게 갈라놓고 있는 적대와 균열의 선들 사이에는 따뜻한 눈물이 흐르게 된다. 여기까지 이르는 과정을 지켜본 것이 행복이었다면, 그 눈물이 흘러간 자리의 단단함을 지켜보는 일은 차라리 축복에 가까울 것이다.

교환원리의 전일적 지배가 불러온 지옥도

구경미의 『미안해, 벤자민』론

백수의 사회경제학

구경미는 첫번째 소설집 『노는 인간』(열림원, 2005)으로, 이후 연이어 쓰인 백수소설의 탄생을 알린 작가이다. 그녀의 소설 속 인물들은 "나는 도대체 왜 살고 있는 걸까, 라고 마흔세 번쯤 생각했다. 아무리 생각해도 살아야 할 이유가 없었다. 그렇다고 살지 않아야 할 이유도 없었다"(「초지일관 그녀는」, 『노는 인간』, 35쪽)에서처럼 무목적과 무기력에 빠져 있었다. 그들은 인정욕망도, 그러한 욕망을 불러일으킬 타자도 없는 일상 속에서 허우적거리고 있었던 것이다. 50년대 손창섭 소설의 '병신'과 '병자' 들을 연상시키던 소설 속 인물들은 이번 장편소설에서도 계속해서 그 모습을 드러내고 있다. 소설의 여주인공이 결혼하려고 하는, 사채업자 김길준의 동생 김세준이 대표적인 인물이다. 그는 서른일곱이 되도록 "그 긴 세월 동안 온갖 구박에도 굴하지 않고"[1]

---

[1] 구경미, 『미안해, 벤자민』, 문학동네, 2008, 176쪽. 이하 이 책에서 인용할 경우 본문에 쪽수만 표시한다.

줄기차게 놀아온 것이다.

작가가 가장 공들여 그리고 있는 백수의 존재방식은 자본주의 사회에서 긍정적인 인간상으로 떠받들어지는 '근면하고 영리하며 절약정신이 투철한 뛰어난 사람'과 대비시켜보았을 때 비로소 온전하게 그 의미가 드러난다. 이러한 인간상이 바람직한 존재방식으로 부각된 것은 자본주의의 본격적인 가동이 준비된 12, 13세기의 서구사회에서이다. 자본주의는 자기만의 방식으로 축적을 개시하기에 앞서 다른 종류의 축적이 필요했고, 이를 위해서는 축적 자체를 위한 위한 생산이나 교역이 필요했던 것이다. 그러나 본원적 축적(primitive accumulation)[2]이 이루어지기 이전까지는 '근면하고 영리하며 절약정신이 투철한 뛰어난' 인간상은 경계와 경멸의 대상일 뿐이었다. 증여경제에 의해 사회 전체가 움직이던 사회에서, 축적은 단지 증여의 의식을 치르는 자리에서 다른 사람들에게 베풀어 소진해버리기 위해서만 이루어졌기 때문이다. 따라서 이러한 사회에서 '게으르고 자기가 갖고 있는 모든 것을 혹은 그 이상을 탕진해버리는' 존재방식은 아무런 문제가 될 것이 없었다. 그러나 본원적 축적을 바탕으로 끊임없는 축적이 요구되는 자본주의 사회에서 백수와 같은 존재방식은 '게으른 불량배' 취급을 받을 수밖에 없게 된 것이다.[3]

---

2) 자본주의가 본격적으로 가동을 시작하려면, 그 전제조건으로 토지나 자본이나 노동력이 확보되어 있어야만 한다. 자본주의는 자기만의 방식으로 축적을 시작하기에 앞서 다른 종류의 축적이 필요한 시스템인 것이다. 마르크스는 이것을 '본원적 축적'이라고 했다. 본원적 축적이 이루어지는 과정에는 필연적으로 수탈과 불법, 폭력의 원리가 개입할 수밖에 없다. (피터 오스본, 『How to Read 마르크스』, 고병권·조원광 옮김, 웅진지식하우스, 2007, 162~177쪽 참조)

3) 증여경제가 만드는 따뜻한 공동사회에서 살아오던 '게으르고 자기가 갖고 있는 모든 것을 혹은 그 이상을 탕진해버리는' 사람들은 자신들이 살고 있던 토지에서 쫓겨났으며, 결국에는 자본주의 사회를 지탱하는 가난한 노동자가 되었던 것이다. (나카자와 신이치, 『대칭성 인류학』, 김옥희 옮김, 동아시아, 2005, 314~317쪽 참조)

구경미가 집요하게 관심을 보이고 있는 백수는 자본주의를 지탱하는 인간형에 대한 기원적 비판의 준거점이 될 수도 있는 인물형이다. 이러한 인물형의 탐구는 본원적 축적이라는 원초적 억압 위에서 성립된 지금의 자본주의가 지닌 비인간성을 고발하는 발본적인 작업이라고 의미 부여할 수도 있다. 그러나 구경미 소설의 백수들은 자신들의 존재가 지닌 전복성을 의식하지 못하며, 더군다나 실천으로 연결시킬 생각은 애당초 없다. 그들은 어느새 사회에 기생하는 가련한 존재들로 퇴화되어버린 것이다.

『미안해, 벤자민』에는 이처럼 퇴화된 의식을 지닌 백수들의 한심한 처지에 대한 날카로운 비판의식이 새롭게 드러나고 있다. 『미안해, 벤자민』에서 또 한 명의 백수인 그녀[4]는 백수 김세준의 존재양식을 다음과 같이 진단한다.

> 그는 돈을 경멸했다. 돈을 버는 행위를 경멸했다. 그 이면에는 돈에 집착하는 형에 대한 경멸이 있었고 형이 돈을 버는 수단인 사채업에 대한 경멸이 있었다. 그는 형과 다르다는 것을 보여주기 위해 돈을 벌지 않았다. 그러면서 형의 물질에 기대어 살았다. 그는 스스로를 낭만주의자라 칭했고 (⋯) (162쪽)

사채업으로 돈을 버는 형을 경멸하지만, 그 경멸의 대상이 먹여주는 밥으로만 살 수 있는 것이 바로 백수 김세준의 존재방식이었던 것이다. 자본주의 체제 안에서는 누구도 자본의 논리 밖에 거주할 수 없다는 것을 생각하면, 당연한 존재방식이라고 볼 수도 있다. 나아가 "자신

---

4) 이 작품이 초점자는 '나'(1상), 조용희(2장), '나'(3장), 안수철(4장), '나'(5장), 김세준(6장), '나'(7장)로 되어 있다. 이 글에서는 주인공 '나'를 가리킬 때, '그녀'라는 호칭을 사용하기로 한다.

의 능력 혹은 미래를 형 때문에 포기했다는 자기 연민을 가지고 있"는 김세준은 "형처럼 돈을 버느니 차라리 굶어 죽겠어, 라는 극단적인 선언을"(162쪽) 하는 어이없는 인물로 그려지고 있다.

또 한 명의 백수인 김길준의 여동생도 "이건 가족이 아니라 거머리들이야"라며, 오빠의 돈만을 바라보는 가족들을 비판하지만, "그 거머리들 중 하나인 자신은 정작 그 어떤 변화의 시도도 하지 않"(159쪽)는다는 점에서는 김세준과 본질적으로 똑같다. 첫번째 소설집 『노는 인간』이 무위의 삶으로 점철된 이 시대 백수들을 별다른 가치판단 없이 담담하게 그려냈다면, 이번 작품에서는 백수들이 지닐 수밖에 없는 허위에 대해서까지 관심의 촉수가 닿고 있는 것이다.

『미안해, 벤자민』이 더욱 문제적인 것은 이 시대의 핵심적인 사회경제적 작동원리에 대해 탐구하고 있다는 점이다. 그러한 탐구는 희미한 모습으로나마 보다 나은 사회에 대한 비전을 그려보는 데까지 이어진다. 구경미의 소설은 다소 과장된 캐릭터와 상황 설정 그리고 아이러니한 사건 전개 등으로 인해 희극적인 느낌을 주지만, 작품이 담고 있는 문제의식은 대단히 진지하고 본질적이다. 2000년대 소설에서도 '지금-이곳'의 가난한 풍경은 펼쳐질 만큼 펼쳐졌다고 말할 수 있다. 그러나 진정으로 중요한 것은 그러한 풍경을, 단지 풍경이 아닌 현실로서 그려내고, 나아가 그러한 풍경을 끊임없이 떠오르게 하는 이면에까지 시선을 던지는 것이다. 구경미의 『미안해, 벤자민』은 이러한 과제를 떠맡고 있는 얼마 안 되는 작품 중의 하나라고 감히 말할 수 있으며, 그러하기에 무척이나 소중한 작품이다.

부채와 변제의 무한 연쇄

　구경미의 소설은 단문으로 되어 있다. 문장의 의미를 전달하기 위한 기본성분만 남아 있을 뿐, 대부분의 경우 수식이나 피수식의 잉여는 제거되어 있다. "기막힌 묘안을 짜내기 위해 밤을 새우는 것은 초보 때나 하는 일이었고, 어느덧 전문가가 된 나는 가장 평범한 방법이 또한 가장 쉽고 안전하다는 걸 알고 있었다"(112쪽)라는 소설 속 전문 납치범 안수철의 말은, 그녀의 문장에도 그대로 적용될 수 있다. 독자들의 고정관념을 깨뜨리고 사유의 혁신을 이룩할 수만 있다면, 단순한 문장은 가장 적합한 수단이 될 수도 있다는 것이다.

　문장의 간결함과 평이함에 비해 『미안해, 벤자민』의 서사는 복잡하다. 줄거리를 간단하게 정리하면 이렇다. 그녀는 직장 근처 식당에서 누군가를 닮은 한 남자와 계속해서 마주치게 된다. 그녀는 친구를 통해서 그가 자살한 선배 유광호를 닮았음을 깨닫게 된다. 그녀는 선배를 닮은 그 남자, 조용희와 만나게 된다. 사채를 끌어다 쓰고 파산 지경에 이른 조용희와의 거듭된 만남으로 그녀는 사채업자들에게 감시받는 존재가 된다. 감시받는다는 사실을 견디지 못한 그녀는 동기생 안수철을 통해 사채업자 김길준을 별장에 납치 감금한다. 그후 그녀는 김길준의 식구들에게 접근해 김길준의 동생인 김세준과 결혼 날짜까지 잡는다. 안수철은 그녀에게 납치에 대한 대가로 자신과 결혼할 것을 요구하고, 그녀가 이를 거절하자 그녀마저 납치해서 감금시킨다. 이곳에서 그녀는 유광호의 죽음이 자살이 아니었다는 사실을 알게 된다. 그녀는 예물반지와 시계를 관리인에게 맡기며 그것을 환금해서 김길준에게 필요한 물건을 사줄 것을 부탁하고는, 그 별장을 떠난다.

　이처럼 『미안해, 벤자민』은 돌발적인 사건이 꼬리를 물고 이어지다가 마지막에 가서야 사건들의 인과관계가 밝혀지는 추리적 구성을 취하고 있다. 그녀는 정신과 치료로 인해 유광호의 죽음에 관련된 기억을 잃어버린 상태로, 이 소설의 서사는 그녀의 기억을 찾는 작업이기도 하다. 이 작품에서 그녀가 정신과에서 처방해준 약을 먹지 않고 벤자민에게 주는 것은, 그녀가 자신을 둘러싼 환상의 베일에서 벗어나 진실과 마주 보기 시작했음을 알려주는 것이다.

얼핏 복잡해 보이는 이 이야기는 실은 간단한 원칙의 지배에서 벗어나지 않는다. 그것은 바로 부채와 변제의 원칙이다. 『미안해, 벤자민』은 끊임없이 계속되는 부채와 변제의 연쇄로 이루어져 있다. 그녀를 짝사랑하다 죽은 유광호는 그녀에게 자신의 죽음에 대한 변제를 요구해 조용희를 만나게 한 것이며, 그녀를 감시하여 억압된 기억을 들추어낸 사채업자 김길준은 그에 대한 변제로 그녀의 사주에 의해 납치 감금되며, 그녀는 김길준의 동생인 김세준과 결혼해 자신의 부채를 변제하고자 하며[5], 사채업자를 납치 감금한 동기생 안수철은 그녀에게 자신과 결혼함으로써 납치와 감금에 대한 변제를 요구[6]한다.

마지막에 그녀는 자신의 결혼예물을 김길준에게 준다. 새로운 인생을 상징하는 물건을 김길준에게 줌으로써, 그의 사회적 삶을 빼앗은 것에 대한 변제를 시도한 것이라 할 수 있다. 이러한 변제의 행위 이후에야 그녀는 별장을 나설 수 있는 것이다. 『미안해, 벤자민』에서는 부채와 그에 따른 변제가 이처럼 한 치의 오차도 없이 톱니바퀴처럼 맞

5) 안수철이 김세준을 사랑하느냐고 묻자, 그녀는 "알기 때문에 이러는 거야. 잘할 거야. 다 갚을 거야"(235쪽)라고 말한다. "이전에는 잘 몰랐지만 내가 한 짓을 갚기 위해 사채업자의 가족들에게 접근한 것 같았다. 내가 아무것도 바라지 않았다는 것만 봐도 그랬다"(235쪽)에서 알 수 있듯이, 김세준과 결혼하려는 그녀의 행위는, 김길준을 감금한 것에 대한 변제 행위의 일종임을 알 수 있다.

6) 안수철이 그녀에게 요구하는 결혼도 "너 나한테도 갚을 거 있어. 맞지?"(236쪽)에서 알 수 있듯이, 자신이 사채업자 김길준을 납치해서 감금해준 행위에 대한 변제의 방편이라고 볼 수 있다.

물려 돌아가고 있다. 여기에 이르면 제목의 의미는 비교적 분명해진다. 모든 이들은 죽어서든 감금되어서든 상대방에게 부채에 대한 청산을 요구하고, 그러한 요구를 달성한다. 그러나 하나의 예외가 있으니, 바로 그녀 대신 정신과에서 처방한 약을 먹고 죽은 식물 벤자민이다. 벤자민은 죽어서도 말이 없다. 그러니 미안할 수밖에.

벗어날 수 없는 가난, 벗어날 수 없는 계급

이처럼 『미안해, 벤자민』은 '부채와 변제'라는 철저한 교환원리에 따라 서사가 구성되어 있다. 이러한 원리의 전일적 지배현상은 소설 속 현실에서는 더욱 살벌하게 지켜지고 있다. 그것은 부채와 청산을 다루는 것이 일의 본질인 사채업을 통해 드러난다. 2000년대 우울한 현실을 말하는 데 놓칠 수 없는 현상이 되어버린 사채가 이 소설의 한복판을 관통하고 있는 것이다. 인간의 경제행위는 교환원리와 증여원리라는 두 종류의 이질적인 원리의 조합으로 작동한다고 볼 수도 있다. 교환원리에는 그와 관련된 물질이나 사람을 분리하려는 비대칭성이 드러나는 데 비해, 증여원리는 증여되는 것을 매개로 사람과 사람 사이를 연결하는 유동성을 발생시킨다는 점에서 대칭성의 특징을 뚜렷이 드러내게 된다.[7] 사채업을 통한 돈의 흐름 속에는 철저하게 전자의 원리만이 적용된다. 감정이 개입되면 사채업은 존재할 수조차 없는 것이다.

이 소설의 모든 사건은 결국 조용희가 김길준에게서 끌어다 쓴 사채에서 비롯된다. 조용희가 사채를 끌어다 쓰고 겪게 되는 일은, 이 사회

---

7) 나카자와 신이치, 앞의 책, 182쪽.

에 존재하는 너무나도 두껍고 단단한 계급적 구분이 어떻게 유지되는
지를 잘 보여준다. 가게를 낼 때 "담보 하나 없이 돈을 빌려줄 리" 없는
은행에서 대출받는 대신 사채를 쓴 조용희는 "먹고살 만큼밖에 벌이가
되지 않아서 어쩔 수 없이 먹고살기만 했"(54쪽)음에도 불구하고, 이자
가 늘어나 "처음에는 가게 하나로 막을 수 있었던 빚이 이제는 가게 두
개에 맞먹게 되었고, 가게가 나가고 나면 다음 매물은 나"(39쪽)가 된
상황에 처하게 된다.

조용희가 사채를 쓰고 겪게 되는 상황은, 조용희와 같은 처지의 사
람들이 놓인 암담한 현실을 압축해서 보여준다. 팔 것이라고는 자신의
노동력밖에 없는 조용희가 사업을 하기 위해서는 당연히 자본이 필요
하다. 그러나 아무런 담보도 없는 그에게 이용 가능한 자본이란 사채
밖에 없는 것이다. 이 상황에서 사채는 감당할 수 없는 비용을 요구한
다. 이러한 시스템 속에서 조용희가 자신의 사회적 굴레에서 한 발자
국이라도 벗어나는 것은 불가능하다. 조용희의 아내 김선숙이 "로또 하
나만 터지면 이런 개 같은 상황도 좆 나는 거다. 그때까지는 참고 기다
려야 한다"(96쪽)라고 말할 정도로, 이들의 상황에는 출구가 없다.

이제 그들 앞에는 생존의 문제만이 남는다. 무한한 것에 대한 동경
혹은 강렬한 비판정신이나 고발정신, 나아가 책임감과 윤리의식 같은
것은 조용희와 같은 사람들이 지금의 사회에서 살아남는 일에 비한다
면 정말이지 아무것도 아니다. "그놈이 안 뺏으면 다른 놈이 뺏고, 다른
놈이 안 뺏으면 내가 뺏는 게 인간이고 인생이야"(171쪽)라는 김선숙의
말 속에 의식이나 윤리 등이 개입할 여지는 조금도 남아 있지 않다. 그
들이 사채놀이를 하건, 사람을 납치하여 벽 속에 묻어버리건, 생존이
라는 절대명제 앞에서는 꺼리거나 가릴 일이 아니다. 사채업자 김길준
을 두둔하며 김선숙이 하는, "김길준이 안 벌면 그들은 모두 굶어죽는
다"는 말과 김길준이 고용한 '깍두기'들에 대해 "그들에게도 부양해야

할 가족이 있으니 어쩔 수 없다"(97쪽)는 말에 반론을 제기하기에는 이 곳의 계급적 적대가 너무나 강렬하다.

가족관계에도 남은 것은 교환의 원리뿐이다. 조용희는 자신의 아내 김선숙이 바람피우는 것을 알지만, 아내에게 기생하는 삶을 유지하기 위해 불륜을 묵인한다. 사채업자 김길준의 가족은 좀더 극단적이다. 모든 식구가 김길준의 돈만 바라보고 살던 이 가족은, 김길준의 실종에 대해서도 "실종자보다 실종자가 빌려주고 회수하지 못한"(164쪽) 사채를 더 아쉬워한다. 주인공 그녀는 "우리 집에서는 다만 비정상인일 뿐이었지만 이 집에서는 정상인이었고 은인이었고 따뜻한 환대를 받을 자격이 있는 사람"(157쪽)이 되는데, 이유는 그녀가 방문할 때마다 돈을 내놓기 때문이다. 이 가족을 조금이라도 지켜본 사람이라면, "이건 가족이 아니라 거머리들이야"(159쪽)라는 김길준 여동생의 외침에 고개를 끄덕이지 않을 수 없다.

마지막 장면에서 별장을 나서는 그녀는, 굳이 "집으로는 가지 않을 것이다. 내가 모르는 곳, 내가 모르는 사람들 속으로 갈 것이다. 그곳이 어딘지, 갈 수 있을지도 장담할 수 없었지만 그래도 집으로는 돌아가지 않을 것이다"(245쪽)라고 단호하게 말한다. 이러한 단호함 속에는, 교환원리의 지배 속에서 벗어나지 못하는 가족의 부정적 모습이 뚜렷하게 그림자를 드리우고 있다.

교환원리의 전일적 지배

사라진 김길준 대신 유능한 사채업자가 된 김선숙이 그녀에게 하는 "뺏긴다고 해서 누구를 원망할 필요도 없고 뺏는다고 해서 죄책감을 가질 필요도 없다"(97쪽)는 말은 『미안해, 벤자민』의 세계에서 살아가는 인물들의 정언명령이다. 사채를 매개로 한 관계 속에서 '원망'이나 '죄책감'과 같은 감정의 개입은 불필요한 것이다. 교환은 본질상 상품과 상품을 주고받는 인간들 사이에 인격적 분리가 일어난 상태에서 이루어지는 것이기 때문이다. 그러한 원리의 본질적인 측면에만 집중한다면, 수많은 사람들을 파멸로 이끈 사채업자가 "평생 누구한테 해코지 한번 한 적이 없는데……, 내가 왜…… 하필 왜 내가……"(135쪽)라고 억울해하는 것도 당연한 일이다. 그는 누구보다도 충실하게 교환의 원리에 따랐을 뿐이기 때문이다.

교환원리의 전일적 지배 속에서 인간들은 스스로 상품이 되고자 한다. 김선숙은 이 소설에서 단 한 번 콧노래를 부르며, 남편과 격렬한 관계를 맺기도 하는데, 그날은 바로 조용희가 아내를 경매사이트에 상품으로 올렸을 때이다. 조용희의 행위로 인해 수많은 전화를 받은 김선숙은 "기분 나빠하기는커녕 오히려 즐거워하"(68쪽)며 콧노래까지 흥얼거린다. 교환의 논리를 체화한 인물인 김선숙은 자신이 상품이 된다는 것에 즐거워한다. 그녀는 팔려갈 수 있는 상품이 될 때만이 자유로울 수 있음을 알고 있는 것인지도 모른다.

『미안해, 벤자민』에서 그려놓은 현대사회에서 증여의 원리는 작동하지 않는다. 그것은 "협박, 납치, 감금을 업으로 삼는 동기생"(105쪽) 안수철이 사람들을 납치하여 감금하고 있는 별장을 통해 드러난다. 별장에 감금된 사람들은 뺏고 뺏기는 관계에 주제넘게도 감정을 개입시켰던 것이다. 죄책감이나 원망과 같은 감정이 개입할 때, 그 관계는 교환관계에서 증여관계로 변화하게 된다. 증여를 통해 성립된 관계가 배반당했을 때는, 상호 간에 아무 일도 없었다면 발생하지 않았을 격렬한 감정이 사람을 지배하게 되는 것이다.

별장의 벽 속에 감금된 여섯 명의 사람들은 친구의 자존심을 상하게 했거나, 부하직원을 무시하는 우를 범했다는 등의 이유로 그곳에 감금되어 있다. "여기 계신 여섯 분 중에서 돈 때문에 오신 분은 없다"(117 쪽)는 말에서처럼, 교환에는 필요하지 않은 감정의 유동과 증식을 건 드렸기에 이들은 사회로부터 배제되어 상징적 죽음을 당해야만 했던 것이다.

증여관계에 있어 상대방의 미묘한 심리를 통찰하거나, 자신의 행동 이 가질 수 있는 위선의 가능성에 대한 반성 등이 부족하다면, 그 관계 는 주는 자나 받는 자 모두에게 엄청난 부담과 상처로 작용할 수 있다. 별장에 사람들이 감금된 이유가 "돈에 의한 것보다, 사랑 또는 인간적 인 것에 의"한(117쪽) 경우가 대부분인 것처럼, 돈으로 해결되지 않는 감정의 잉여는 더욱더 처리하기가 힘든 것이다. 그러나 진정한 인간 간의 교류나 행복이 교환관계로만 이루어질 수 없음은 자명하다. 교환 의 원리만이 지배할 때, 우리는 별장에 감금될 일도 없겠지만 행복할 일도 없다. 교환원리에 따라서만 움직인다면 우리는 고차원의 컴퓨터 에 불과하기 때문이다. 단일한 가치척도로 환산되지 않는 타인과의 관 계를 회복할 때, 우리는 기쁨이나 감동, 신뢰와 같은 강렬한 감정을 느 낄 수 있는 '인간'이 될 수 있는 것이다.

『미안해, 벤자민』의 주인공은 증여의 원리가 작동하는 사회에 대한 꿈을 버리지 못한 인물이다. 끔찍한 현실과 그것을 뒷받침하는 작동원 리를 그리고 있음에도 이 소설에 언뜻언뜻 보이는 따뜻함은 그녀의 이 러한 꿈에서 비롯된다. 진정한 증여에 의해 발생하는 인격적 관계에 대한 갈망은 그녀가 조용희의 사무실에 그리는 그림을 통해서 비교적 분명하게 드러난다.

여자와 남자, 여자와 여자, 남자와 남자가 키스하는 장면들을 그려나 가기 시작했다. 같은 얼굴 같은 표정은 없었다. 둥글거나 길쭉하거나 뭉 개지거나 토막 나거나 일그러진 얼굴들이, 찡그리거나 웃거나 화내거나

슬프거나 담담한 표정을 지었다. (152쪽)

"여자와 남자, 여자와 여자, 남자와 남자가" 나누는 이들의 키스는 성적인 차원을 넘어서, 보다 근원적인 차원에서의 결합을 의미한다. 더군다나 이들의 얼굴이나 표정은 어느 하나 같은 것이 없다. 이는 단일한 가치척도에 의해 고유성이 훼손되지 않은 채, 연대하는 것이 이들의 관계임을 드러내는 것이다. 키스를 나누며 이들이 보이는 "찡그리거나 웃거나 화내거나 슬프거나 담담한 표정"에는 교환관계의 전일적 지배에 의해 잃어버린 감정과 영혼의 교감이 새겨져 있다.

파국의 도래

지금까지 이 소설이 부채와 변제라는 절대원칙을 바탕으로 이루어져 있음을 살펴보았다. 그런데 이러한 원칙에 위배되는 것처럼 보이는 일이 있다. 그것은 그녀가 김길준에게 한 일이다. 그녀는 김길준이 자신을 감시했다는 이유로, 김길준을 아무도 살아서 나온 적이 없는 별장에 감금한 것이다. 김길준이 한 일에 대한 변제치고는 너무 과한 것이 아니었을까? 고작 덩치들의 감시를 받고 있을지도 모른다는 이유로 한 인간을 매장해버렸으니 말이다. 그러나 마지막에 밝혀지는 진실을 통해 그녀의 행위는 잉여 없이 적확한 변제의 행동이었음이 밝혀진다.

그녀는 김선숙으로부터 "김길준의 덩치들이 너를 감시하고 있다"(97쪽)라는 말을 들었을 때부터, 두려움에 "온몸이 떨리기 시작"(98쪽)한다. 며칠 동안 극도의 두려움에 빠진 그녀는 "거의 움직이지 않았는데도 몸무게가 이 킬로그램이나 빠"(104~105쪽)질 정도이다. 이러한 극도의 두려움에서 벗어나고자 선택한 행동이 바로 김길준의 납치 감금이다.

감시와 미행에 그녀가 이토록 민감하게 반응하는 데는 분명한 이유가 있다. 대학 시절 유광호는 그녀와 사귀고 있으며, 결혼까지 앞두고 있다는 소문을 퍼뜨린다. 이에 그녀는 사람들 앞에서 유광호에게 온갖 극언을 퍼붓고, 유광호는 술에 취해 그녀에게 자신과 얘기할 것을 애걸복걸했고, 그런 그를 그녀가 떠밀자 발이 엉켜서 도로까지 밀려 넘어진 유광호는 차에 치여 죽은 것이다. 이 일로 그녀의 선배들은 그녀를 괴롭히기 시작한다. "정말 진짜 같은 인형"(239쪽)을 그녀가 작업중인 그림 앞에 매달았고, 그녀를 미행하기까지 했던 것이다. 사채업자들의 감시가 채무자를 완전한 파산으로 몰고 간 후에야 끝나는 것처럼, 선배들의 미행도—"미행과 질문과 대답이 반복되었다. 더이상 정상적인 생활을 할 수 없어서 학교를 그만두었을 때에야 그들의 미행도 멈추었다"(242쪽)에서 알 수 있듯이—그녀가 완전히 파멸되었을 때 끝나게 된다.

그녀의 머릿속에 있는 "몇 년의 공백기"(26쪽)란 바로 의사와 가족들이 유광호의 죽음과 뒤이은 일들을 그녀의 무의식 저편으로 밀어넣기 위해 필요했던 시간이다. 그녀는 안수철과 만나기 전까지 "치사하게. 그래, 치사하게" 자신이 작업중이던 그림 앞에서 목을 매달았고, 그렇기 때문에 "피해자는 오히려 너"(239쪽)라는 말을 의사와 가족들과 친구들에게 무수히 들어왔던 것이다. "기억이 온전했더라면 사채업자를 매장시키지 않았을 것이다. 미행 따위에 그렇게 겁먹지 않았을 것이다"(241쪽)라는 그녀의 생각은, 덩치들의 미행과 감시가 그녀의 억압된 무의식의 가장 예민한 부분을 건드렸음을 보여주는 것이다. 다른 이들에게는 별것 아니었을 미행과 감시도, 그녀에게는 그 일을 지지른 사람을 제거해버릴 정도로 고통스러운 일이었던 것이다. 부채와 변제의 절대원칙 앞에 결코 예외는 없다.

사채업자가 돈을 받으러 다녔다면, 선배들은 그녀에게 죄의식을 받으러 다녔다고 할 수 있다. 유광호의 목숨값에 해당할 정도의 대가가 주어질 때까지 그들의 행동은 멈추지 않았다. 이 작품에서는 사채업자의 행동과 이 여자에게 첫값을 물으러 다니던 유광호의 친구들의 행동이 동일선상에서 그려지고 있다. 그들의 행위는 철저히 교환의 원리에 따라 움직이는 사채업자들의 행동과 다를 바 없다. 거기에는 상대방에 대한 이해나 인격적 공감이 전혀 존재하지 않았으며, 당연히 '사랑의 응답'으로서의 소통이 부재했다. 오직 자신들이 생각하는 부채와 그에 대한 변제의 요구만이 선배들을 지배했던 것이고, 그러한 맹목적인 교환의 논리는 결코 사라지지 않고 끝까지 남아 사람들을 파국으로 몰아가고 있었던 것이다.

폭주하는 기관차를 멈추게 하기

교환의 원리는 너무나도 철저하게 삶 전체를 장악하게 된다. 그 파국의 원리는 사채업자에게만 해당하는 것이 아니라, 가족 나아가 한 인간의 내면까지도 장악하여 놓아주지 않는다. 이러한 상황에서 인간들이 희열, 충만감, 풍요로움 등과는 등을 진 채, 오직 생존에만 의미를 두는 기계 같은 삶을 살게 되는 것은 당연한 일이다. 끊임없는 부채와 변제의 관계 속에서 『미안해, 벤자민』 속 인간들은 하루하루를 버티다가 사라지고, 죽는다.

이러한 끝나지 않을 것 같은 교환의 무한연쇄 속에서 유일하게 증여의 원리를 말하는 자가 있으니, 그는 별장에서 묵묵히 자신의 일을 수행하는 관리인이다. 그는 "여자의 환심을 사려면 어떻게 해야 하지?"(119쪽)라는 안수철의 물음에 "이유 같은 거 없이 그냥 잘해주세요. 아침에도 잘해주고 저녁에도 잘해주고 꿈속에서도 잘해주고. 이유 같은 거 없어도"(121쪽)라고 답한다. 두 번이나 반복되고 있는 "이유 같은 거 없어도"라는 말 속에서, 그가 순수증여의 단계로까지 이어질 수 있는 증여의 원리에 서 있음은 쉽게 확인될 수 있다. 그는 '거래'가 아닌 '사랑'을 말하고 있는 것이다. 관리인은 별장에 감금된 그녀에게도 안수철을 설득해보라며, 그 방법으로 "그냥 잘해주세요"(230쪽)라고 말한다. 관리인은 이 소설에서 유일하게 부채와 변제의 원칙 밖에 존재하고 있는 것이다.

순수한 증여가 인간의 영역일 수 없다는 점을 고려한다면, "내가 없는 듯 행동"하고, "서로가 서로를 그 자리에 없는 것처럼 대"(223쪽)하는 관리인에게서 현실의 인간이라면 지니게 마련인 구체적인 질감을 느낄 수 없는 것은 당연한 일이라고 할 수 있다. 인간들이 살아가는 현실 세계에서는 순수한 증여에 대한 답례 기대를 살짝 포함시킨, 보다 인간적인 증여의 개념에 만족해야 하기 때문이다. 순수한 증여는 신적인 것으로서, 일상세계의 시공을 구성하고 있는 증여와 교환의 사이클 밖에 있는 지고성이라고 할 수 있다. 그가 관리하는 별장은 "지도에도 안 나올 거라는 말이 맞"는 탈현실적인 공간이며, 그는 "가고 싶은 곳도 갈 곳도 없"(229쪽)기에 별장 밖으로 나가지 않는 비현실적 인물이다. 관리인은 신이 되어, 별장에 감금된 사람들에게 진정한 의미의 증여를 가르치고 있었음이 분명하다.

그러나 그녀를 비롯한 사람들은 순수증여는커녕 교환관계의 전일적 지배가 이루어지고 있는 지옥도 속을 살아가야 한다. 관리인이 별장을 떠나려는 그녀에게 하는 말이 소박할 수밖에 없는 것은 이 때문이다. 관리인은 그녀에게 "산짐승이나 집짐승을 만나더라도 음식은 나눠주지 마세요. 제 먹이는 알아서들 챙기니까요"(246쪽)라고 말한다. 이것은 현실에 발 딛고 사는 인간에게 던져주는 최소 윤리의 상징적 표현이라고 말할 수 있다. 증여의 원리에 바탕한 삶 자체가 힘들어진 세상에서, 관리인은 부채와 변제라는 교환의 관계를 중지할 것을 주문하고 있는 것이다. 이 주문은 소극적인 것이기도 하지만, 이 작품을 읽어온 독자라면 고개를 끄덕이지 않을 수 없는 주문이기도 하다. 타인의 삶이나 고통에 함부로 개입한 결과가 가져올 파국의 연쇄반응으로 이 소설은 가득했던 것이다. 유광호의 친구들은 유광호의 죽음에 개입하여 그녀를 파멸시켰고, 그 기억은 결국 김길준의 감금을 불러들였다. 그렇다면 우리에게 남은 삶의 방식은 "빼앗기지도 빼앗지도 말고 잘살"기(171쪽)의 태도인지도 모른다. 진정한 증여에 바탕한 황홀한 세상을 향해 달려가기 이전에, 지옥도가 되어버린 현실을 순환하는 폭주 기관차를 멈추는 것이 우선이라고 구경미는 말하고 있는 것이다.

중음신(中陰身)이 된 현대인의 한없는 미끄러짐

한차현의 『여관』론

한차현, 한차연, 차연

한차현의 『여관』(민음사, 2007. 이하 인용할 경우 쪽수만 표시)은 일인 청 주인공 시점으로 되어 있다. 삼척동자도 다 아는 '일인칭 주인공 시 점'이라는 용어가 2007년에 출판된 소설을 호명하는 핵심용어가 될 수 는 없다. 더군다나 '한 상처받은 영혼이 자기 내면의 진실과 비의를 남 들에게 고백하는 이야기'란 90년대 소설의 기본 문법이 아니었던가? 그러나 이 소설 속의 일인칭 주인공 화자가 지닌 성격을 곰곰이 생각 해보면, 이전의 소설과는 다른 측면을 발견하게 된다. 보통의 일인칭 주인공 화자는 그 이야기의 가치와는 무관하게 자기만이 할 수 있는 혹은 해야만 하는 이야기를 가진 자들이다. 그런데 이 소설의 '나'는 자 기 고백에 선행하는 기초적인 자기 정체성조차 가지고 있지 못하다. '나'가 자신과 세계에 대해 지니고 있는 기본적인 인식은 "도대체 뭘 어찌 알겠는가. 내가 어떤 사람인지. 지금 내게 벌어지고 있는 일이 무 엇인지"(186쪽)라는 말로 정리해볼 수 있다. 작가의 분신이자 진정성을 담보한 존재로 존재하는 '나', 혹은 아이러니를 통해 새로운 의미를 열어나가는 '나'가 아닌 백지장처럼 얇은 형태의 공허한 내면을 지닌 존재이자 불가해하게 느껴지는 세상 속에 던져진 존재가 바로 『여관』의 '나'인 것이다.

『여관』의 '나'는 실제 작가 '한차현'과 매우 유사한 '한차연'이라는 이름을 지니고 있다. 이러한 유사성은 독자로 하여금 자연스럽게 작가와 작품 속의 '나'를 연결시켜 바라보게끔 하지만, '나'는 작가와는 무관할 뿐만 아니라 현실적인 인물로서의 체취도 느껴지지 않는다. 음운 하나의 차이를 통해 실제 작가 '한차현'과 소설 속의 '나', '한차연' 사이에는 넘을 수 없는 깊은 골이 파이는 것이다. '나'의 이름 '차연'은 데리다가 만들어낸 '차연'(differance)이라는 용어를 생각나게 한다. '차이나다'(differ)와 '연기하다·지연시키다'(defer)라는 의미를 동시에 지니고 있는 차연이라는 말을 통해 데리다가 말하고자 한 것은, 텍스트의 의미는 궁극적으로 결정되어 있거나 확정할 수 있는 것이 아니라 의미작용의 연쇄 속에서 하나의 대체 가능한 언어해석으로부터 다른 해석으로 지연된다는 것이었다. 『여관』의 핵심인물인 '나'와 '당신(ㅁ)'의 의미 역시 한없이 미끄러지며 지연된다. 그들은 뒷골목의 여관을 떠돌아다니며 영원히 미끄러질 뿐인 외로운 기표들인 것이다.

『여관』은 당신과의 갑작스러운 만남으로부터 시작된다. 이 소설의 서사를 이끌어나가는 추동력이자 밑바탕에 놓여 있는 긴장감의 근원이 있다면, 그것은 바로 당신이다. '나'가 당신을 만나고, 당신의 가방 속에 든 남성용 정조대를 차고, 당신이 낯선 사내들과 함께 갑자기 사라지고, 당신을 만나기 위해 심부름센터를 찾고, 그곳에서 '나'와 마찬가지로 당신을 애타게 찾는 남성남씨를 만나고, 당신으로 인해 두 번이나 정체불명의 장소에 끌려가 무서운 일을 당하고, 처음의 장소로 돌아와 당신과의 일들을 글로 쓰는 것이 이 소설의 기본서사이다. 당신은 불투명함(당신은 심지어 남성 성기와 여성 성기를 동시에 지니고 있다)으로 인해 '나'에게 사유를 자극하는 혼란된 표상으로서, 자기의 존재가 해석되기를 끊임없이 요구한다. 그럼에도 소설의 마지막까지 당신은 '나'에게 이해될 수 없는 하나의 의문부호로 남는다. 이런 의미에서 당신은 사유를 촉발시키는 일종의 기호(signe)라고 부를 수 있다. 당신이라는 존재의 해명 불가능성은, 삶이 지닌 미궁과도 같은 불가해성을 드러내는 것이다.

자유로운, 한없이 자유로운?

한차현 소설의 '나'나 당신은 모두 사회적 네트워크로부터 벗어난, 상징계적 질서의 낙인이 새겨지지 않은 공백으로 존재한다. 상징계적 대타자의 존재성을 증발시켜버렸을 때 남게 되는 텅 빈 공간이 바로 그들인 것이다. '나'와 당신은 모두 "하는 일도 불분명하고, 집도 절도 없이 전국 팔도의 여관을 전전하는 신세"(119쪽)이다. 집 나온 지 사 년째로 "그간 전전했던 여관방이 2백 군데는 넘"(57쪽)는 '나'의 살림은 "프로스펙스 45리터 등산배낭과 바퀴 달린 하드케이스 여행가방 안에 넉넉히 들어가고도 남는"(37쪽)다. 부모도, 친구도, 직장도 없는 그들의 사회적 정체성을 확인할 수 있는 방도는 전혀 없다. 자폐적 상태에 머물고 있는 그들에게는, 자신들을 세계와 연결시켜주고 자신들의 의미를 규정해줄 수 있는 존재가 배제되어 있는 것이다.

"삶이란 늘 불안정"하며, "예측할 수도 없고 온전히 이해하기도 쉽지 않"(232쪽)은 이들에게 역사나 인과성에 대한 감각은 존재하지 않는다. 모든 깃은 물 위에 쓴 이름처럼 지워져가며 흘러갈 뿐이다. '나'가 먹는 음식들이 "새우깡, 땅콩강정, 양파링, 감자칩, 치토스, 포스틱"이나 "게

맛살, 구운 계란, 요구르트 푸딩, 싱싱한 바나나"처럼, "포장 벗겨서 바로 입에 넣고 삼킬 수 있는 것"(277쪽)으로 한정되어 있는 것도 이들의 존재방식을 생각한다면 당연한 일이다. 이들이 살아가는 세상은 다음의 인용문에서처럼 완벽하게 주관적인 세계이며, 임의성과 우연성을 적극적으로 인정해야만 하는 상대적인 세계인 것이다.

세상에 절대적인 것은 없다. 절대적인 무엇을 향한 절대적인 믿음을 갖기에 세상에는 뜻밖의 이상한 일들이 너무 자주 벌어진다. 그러므로 내각의 합이 270°인 삼각형을 보았다고 누군가 말하면 그런가보다 할 일이다. 제1차 세계대전이 실은 연합국의 자작극이었다고 누군가 주장해도 인상을 쓰거나 비웃어서는 안 된다. 토성의 위성 띠가 얼음과 돌 조각이 아니라 9백억 개의 볼펜뚜껑으로 이루어져 있으며 가까이 가면 엘튼 존의 노랫소리가 희미하게 들린다고 누가 떠벌린다면, 그때도 역시. (104쪽)

한차현이 낯선 사물이나 이미지를 병치시켜 새로운 인상과 의미를 창조해내는 것을 즐기는 것도 이러한 맥락에서 생각해볼 수 있다. 당신의 가방에서 탄창을 발견하고서는 "궁정동 별관에 숨어든 정보부장이 부득부득 이를 갈며 짤깍짤깍 일곱 발을 채워 넣었다는 그때 그 물건"(108쪽)이라고 한다든가, 밑도 끝도 없는 절망감이 드는 것을 "별안간 치질이 도지는 것만 같았다"(109쪽)라고 표현하는 것은 낯선 사물이나 상황의 갑작스러운 연결 짓기라고 할 수 있다. 어차피 세상에 법칙이나 '절대적 무엇'이나 '절대적인 믿음'이 없다면, 모든 것은 임의성과 우연성의 지배하에 놓이게 된다. 그렇다면 당신의 가방에 든 탄창과 궁정동 별관에서 정보부장이 가지고 있던 탄창이, 절망감과 치질의 재발이 병치되는 것이 낯선 일일 수만은 없을 것이다. 이렇게 볼 때 모든 직원이 역학(易學)을 하는 카페 고통의 사장이 목사인 것도, 적성검사 항목에 "당신은 신의 존재를 믿습니까" "당신은 스스로를 진보(보수)적이라고 생각합니까"라는 말과 함께 "당신은 강수지와 심신이 사귀었다는 이야기를 믿습니까"(148쪽)가 함께 있는 것도 별난 일은 아니다.

'나'가 처한 입장은 대타자가 붕괴되어버린 폐허 속에서 느끼는 자유로움이라고 할 수 있다. 이러한 상황은 탈근대성의 시대를 살아가는 현대인이 처한 모습의 극단적인 표현이다. 이것을 진정한 자유라고 말할 수는 없다. 대타자의 붕괴로 생겨난 자유는 문법적 틀이 없는 언어활동과 유사하기에 아무런 해석규칙이나 규범이 존재하지 않는다. 따라서 이러한 상황은 자유 이전에 주체에게 엄청난 부담과 고통을 줄 수밖에 없기 때문이다. 『여관』의 곳곳에 표출되어 있는 '나'가 자기 자신과 '당신'에 대하여 느끼는 혼란과 갈등이야말로 대타자가 붕괴된 상황에서 현대인이 느끼는 고통과 부담의 전형적인 표현이다.

ㅁ. 그 벗어날 수 없는 사각 테두리

한차현의 『여관』에서는 상징적 효력의 종말에서 비롯된 혼란과 고통이 그리 오래가지 않는다. '국가재건회의 2135호'와 '지하실 0호'[1]의

---

1) 책의 목차에는 '국가재건회의 2135호'와 '지하실 0호'로 되어 있지만, '나'가 끌려간 곳은 연합정보위원단인지, 안전보장자문위인지, 국가재건비밀회의인지, 예수정의구현사제단인지, 자주통일민투학련인지, 서북청년보도연맹인지, 대한해병기독전우회인지, 중앙보안지원사인지, 안전보장자문위인지, 국가행정지원회의인지 분명히 밝혀지지 않는다. 그 방들에 붙은 명찰이 무엇이든 그곳은 폭력적이며, 억압적인 곳이다. 국가재건회의 2135호에는 "육사 기무사 보안사 정보사 두루 거친"(154쪽) 기술자들이 있으며, 조사관이 노란 봉투를 책상 위에 놓자 '나는 " 턱' 소리에 '억' 하고 숨이 맺"(151쪽)는다. 지하실 0호에서 '나'는 죽음을 느낄 정도의 폭력을 당한다.

존재가 상징계를 대신해 주체를 완벽하게 장악하기 때문이다. 『여관』은 버스에 부딪치고도 멀쩡하며 남성과 여성의 성기를 동시에 지닌 당신(ㅁ)이 존재하고, 초자연적인 능력을 지닌 국가재건회의 2135호와 지하실 0호가 존재한다는 점에서 넓은 의미의 환상소설(Fantasy)이라고 볼 수 있다. 그러나 이 소설의 환상은 현실로부터의 도피나 소원 성취를 위한 것이 아니라 현실의 허구성이나 비참함을 날카롭게 응시하기 위한 것이다. 한차현은 환상을 통해 현실을 더욱 리얼하게 드러내고자 애쓴다고 볼 수 있다. 이 작품에서의 비합리적 현상이 2차 세계에서 일어나는 것이 아니라 우리의 일상적인 세계에서 일어나는 이유도 현실과의 긴장에서 벗어나지 않으려는 작가의 의도가 드러난 결과이다. 국가재건회의 2135호와 지하실 0호는 정상인의 합리적인 판단으로는 존재할 수 없는 곳이지만, 납치에서 돌아온 후에 흔적으로 남은 "누런 종이봉투"(176쪽)나 "검붉은 멍자국과 핏빛 상처"(333쪽)를 통해 '나'는 "납치되었던 기억이 행여 꿈이나 환상"(176쪽)으로 치부할 수 없는 것임을 알게 된다. 이로 인해 독자 역시 비현실적인 것들을 어떻게 받아들여야 할지 머뭇거리게 되며[2], 그 주저함 속에서 그 장소들이 지닌 현실성과 환상성 사이의 긴장감은 최고조에 달하게 된다.

국가재건회의 2135호는 '나'나 당신 혹은 남성남의 일거수일투족을, 심지어는 "당사자가 기억하지 않는 부분까지를"(158쪽) 알고 있으며, 개인과 세상을 완벽하게 통제한다. 공적인 행위와 공적인 죽음을 관리하는 그곳에서 '나'는 "주어진 울타리 이상을 의식"(169쪽)하지 말 것을 주의받는다. '나'와 마찬가지로 당신(ㅁ)에게 접근했다는 이유로 그곳에

---

2) 토도로프는 넓은 개념의 환상문학을 경이(the marvelous), 괴기(the uncanny), 환상(the fantastic)으로 나눈다. 이중 환상의 핵심적인 요건은, 자연의 법칙밖에 모르는 사람이 초자연적, 비정상적, 비현실적 성격을 지닌 사건에 직면해서 그러한 사건이나 현상을 어떻게 받아들여야 할지 몰라서 느끼는 망설임(hesitation)이 드러나야 한다는 것이다. 이러한 기준에 비춰볼 때, 『여관』은 토도로프가 말한 좁은 의미의 환상소설이라고 볼 수 있다.

끌려간 적이 있던 남성남씨의 말처럼, 상상할 수 없는 힘과 능력을 가진 '국가재건회의 2135호'가 존재하는 세상에서 "내가 선택할 수 있는 일이란 없"다. 다만 자신에게 "짐 지워진 것이 무엇인지를 기다리는 것"(222쪽)만이 유일하게 가능한 것이다. '국가재건회의 2135호'는 요즈음의 대중영화나 소설에 흔히 등장하는, 핵심적인 사회기구를 배후에서 움직이는 비밀 조직과 같은 곳이라고 할 수 있다. 이러한 존재를 통해 『여관』은 이 세상이 사실은 모든 사람들이 손목에 전자팔찌를 찬 거대한 통제사회에 불과함을 말하고 있다. 이전에 어떠한 사회적 명찰도 붙어 있지 않던 '나'는 그곳에서 "351-바-23Hc564"(145쪽)라는 명찰을 가슴에 달게 되는 것이다.

지하실 0호에 끌려가서 무지막지한 폭력을 당하며 "태어나서 지금까지, 줄곧 이렇게 매를 맞아온 것 아닐까. 점액질 가득한 기계 고치에서 잠 깨어난 네오가 매트릭스 밖 황폐한 세상을 깨닫듯"(312쪽)이라는 부분에서 알 수 있듯이, 그곳들에 가는 순간은 거대한 매트릭스를 벗어나 실재를 대면하는 순간이라고도 할 수 있다. 처음 국가재건회의 2135호에 가게 될 때, 길에서 "도를 아십니까"(141쪽)라며 접근한 여자가 "사람 사는 이치 말예요. 세상 돌아가는 원리. 우주가 왜 존재하는지 생명 있는 것들은 어떤 방식으로 살아가게 되어 있는지"(142쪽)라는 말과 함께 '나'를 기절시켰던 것도 의미심장한 대목이다.

한차현의 『여관』이 배경으로 깔고 있는 것은 빈틈없이 인간을 억압하는 통제사회의 섬뜩함이다. 팬옵티콘(panopticon)으로 대표되는 근대의 징계사회가 감옥이나 병영과 같이 꽉 짜인 규율질서를 바탕으로 해서 그 억압장치가 표면에 드러나는 사회였다면, 들뢰즈가 말한 탈근대의 통제사회는 정보화에 의존하기 때문에 그 억압장치는 표면에 드러나지 않으며 그것에 저항하는 것은 더욱더 어려워진다. 통제사회 속에서는 성폭행범만 위치추적 팔찌를 차고 생활하는 것이 아니라 그 안에 속한 모든 사람들이 가변적인 숫자언어와 변형적인 공간에 토대를 둔 감시장치를 심신의 어딘가에 지니고 살아가지 않을 수 없다. 졸업도 제대도 퇴직도 없는 '석방의 한없는 지연' 속에서 살아가야 하는 것이다.

진정한 자유로움을 위하여

거대한 힘에 의하여 자신의 모든 것이 관찰당하고 감시받고 있음을 깨달을 때, 우리는 "언제 어디서건 누굴 만나 무엇을 하건" 누군가에 의해 감시당한다는 "불안을, 깊은 불안"(177쪽)을 떨쳐버리지 못할 것이다. "이불 속에서 오돌오돌 몸을 떨고" 있는 사이 "누군가는 따뜻한 피를 흘리며 얌전히 죽어가고 있"다면, 우리는 "어디로 도망을"(184쪽) 가야 할지조차 알 수 없는 무력감에서 벗어날 수 없는 것이다. 그러나 감내할 수 없는 무질서의 혼란을 거쳐온 자에게 있어서, 그것은 역설적으로 편안함과 "참으로 머리가 다 맑아지는 자유로움"(313쪽)을 느끼게 한다. 모든 것이 정해져 있는 것이라면, 다음의 인용문에서처럼 개인이 감당해야 할 잉여와 거기서 비롯되는 선택의 책임이나 고통은 존재하지 않기 때문이다.

보이지 않는 곳에서 군림하며 세상을 움직이는 이들도 처음부터 그렇게 정해졌고, 그들로 인해 유지되는 세상 속 존재들도 처음부터 그렇게 정해졌고. 이렇게 끌려와서 병신 되도록 뚜드려 맞는 운명도 애초에 두개골 안에 정해져 있는 거라니까. 빌어먹을. 어쨌거나 다행이네. 이 지경까지 온 게, 결국 내 잘못은 아닌 셈이니까."(316쪽)

그러나 이 순간의 자유와 편안함을 진정한 자유로움이라 할 수 있을까? 그것은 영화 〈매트릭스〉에서 네오가 빨간 알약 대신 파란 알약을 먹게 되었을 때, 누리게 될 거짓 자유로움에 불과한 것인지도 모른다. 다시 돌아온 성우장 202호에서 "땅속에 산 채로 묻혀 있"(329쪽)는 꿈을 꾸며 '나'가 느끼는 "자유"(330쪽)는 유폐된 나르시시즘적 자아가 느끼는 상상적 자유라고 부를 수도 있을 것이다.

한차현의 『여관』을 이끌어나가는 힘은 진정한 자유로움을 위한 절절한 갈망이라고 할 수 있다. 그러한 갈망이 끝없이 부유하는 주인공들의 존재방식과 환상을 통해서 탈근대적 주체가 놓인 곤경의 형상화로 이어지고 있다. 그러한 곤경을 진지하게 고민하면 할수록, 사막과 같은 세계의 참모습으로부터의 벗어남 역시 쉽게 사유하기는 힘들다. 이 소설의 마지막이 소설의 처음으로 이어지는 순환구성을 취하고 있는 것도 이와 무관하지 않은 것으로 보인다. 섣불리 벗어남을 이야기하지 않는 것에서 작가의 정직함을, 섣불리 벗어남을 이야기하지 못하는 것에서 통제사회의 강력함을 우리는 볼 수 있다. 작품의 마지막에 '나'는 성우장 202호에 잠시 머물다 갈 사람들에게 편지를 쓴다. 당신과의 만남과 뒤이은 우여곡절 등을 기록하는 것이다. 타자를 향해 손을 내미는 행위로서의 글쓰기, 여기에서 진정한 자유를 위한 도약은 시작될 것이다.

파라다이스에 이르기 위한 파국의 로망스

권기태의 『파라다이스 가든』론

매의 시선으로 사유하는 자본의 외부

『파라다이스 가든』(민음사, 2006. 이하 인용할 경우 상, 하권과 쪽수만 표시)은 2006년 이 시점의 우리 소설에서는 조금 낯선 작품이다. 현실을 직접적으로 다루지 않는 요즈음의 소설들, 다루더라도 유머나 환상을 통해 한 단계 걸러낸 현실을 문제 삼는 소설들과 달리 당대의 현실을 직접적으로 문제 삼고 있다는 점에서 이 작품은 낯설다. 환란 이후우리 사회를 강타한 신자유주의의 경제논리와 막대해진 영향력의 외국 자본[1]이 가져온 근본적인 사회경제적 변화를 밑바탕에 깔고 있는 것이다. 그것도 모자라 '파라다이스'라니? 언제부터인가 이상세계에 대한 추구는 일종의 억압이나 폭력과 동일시되는 부정적인 분위기를 자아냈던 것이 아니었던가? 90년대부터 한 개인의 내면적 진실을 찾는 밀폐된 영역으로 들어가기 시작한 우리 소설들은 2000년대에 들어와

---

1) 클라이드 리, 마이클 맥나마라, 브로델 같은 사람들의 역할과 활약을 통해 국내 시장에 깊이 개입한 외국 자본을 실감나게 그려내고 있다.

서는 자신들만의 고유한 상상세계 속에 빠져 있는 경우가 대부분이었기 때문이다. 이런 맥락에서 현실 너머의 새로운 세계를 꿈꾼다는 것은 분명 낯선 일일 수밖에 없는 것이다.

『파라다이스 가든』은 선명한 이분법으로 이루어져 있다. 그 두 세계는 성림건설과 도원수목원, 테헤란로와 도원리, 원직수와 김산으로 대표된다. 원직수로 대표되는 성림건설의 세계는 철저히 자본의 논리에 따라 움직이는 세계이다. 그 세계에서는 모두가 자신의 주체성을 잃고, "사장도, 회사도, 자본주의라는 마왕한테 밉보이면 가차 없이 퇴물이 되는 가여운 기계인형"(상권, 36쪽)일 수밖에 없는 곳이다. "돈을 먹어치우면서 커온 자본주의라는 우리 시대의 불가사리"(상권, 140쪽) 속에서의 삶이란 어부에게 목이 졸린 채 낚시를 하는 "가마우지"(하권, 68쪽)의 삶과 별반 다르지 않다.

이러한 '자본주의라는 우리 시대의 불가사리'에 대항하는 것은 김산이 60년 전 만든 상자정원을 현실에 옮겨놓은 도원수목원으로 대표되는 삶의 방식이다. 그것은 생태주의와 아나키즘이 결합된 대안적 공동체라고 할 수 있다. 수목원에서의 삶이란 창립자인 김산이 만년필로 직접 쓴 글들에 등장하는 노자와 도연명이 지향했던 삶과 다르지 않다. 그곳은 "사람은 사람대로, 짐승은 짐승대로, 곤충은 곤충대로" "나는 나대로…… 너는 너대로……"(하권, 210쪽) 살아가는 곳이자, "셈을 하지 않는 대신 내 눈, 코, 입, 귀와 피부 같은 오감의 기관들이 하나하나 살아나는"(상권, 139쪽) 곳이다.

양쪽 세계에 모두 걸쳐 있는 존재가 김범오이고, 김범오가 전자의 세계에서 후자의 세계로 이동하고, 후자의 세계를 지키기 위해 전자의 세계와 맞서 싸우다가 목숨까지 잃는 것이 『파라다이스 가든』의 기본 서사라고 할 수 있다. 이 소설의 클라이맥스는 두 세계가 충돌하는 것이며, 그 승부의 결과는 분명하게 드러나지 않는다. 김범오의 죽음과 함께 수목원은 철거반원들의 손에 넘어간 것으로 그려지지만, 수목원 사람들이 법적 투쟁을 하는 모습을 보여주는 에필로그를 통해 싸움이 끝나지 않았음을 보여주고 있기 때문이다.

작가는 김범오가 추구하는 낙원에 비중을 두고 있지만, 그 꿈이 가진 한계와 원직수가 추구하는 낙원의 현실적 가능성과 힘에 대해서도 적지 않은 무게중심을 두고 있다. 그것은 박도엽과 김산의 아들인 김성효가 도원수목원과 비슷한 인도의 공동체 오로빌을 두고 벌이는 논쟁을 통해 잘 드러난다. 박도엽은 오로빌을 "총칼 든 군인 경찰이 없는 곳, 일을 강요하지 않는 곳, 하지만 아무도 게으름 피우지 않는 곳, 정치가가 없는 곳, 편견과 차별이 없는 곳, 주요한 일들은 모든 주민들이 합심해서 결정하는 곳, 이웃들과는 가족만큼 온갖 잔정들을 나누면서 사는" "꿈 같은 곳"(상권, 234쪽)이라고 말하지만, 김성효는 "외부에 손 내밀고, 기대는 만큼 공동체로서 자긍심도 독창성도 사그라질 수밖에 없"(상권, 237쪽)는 곳이라고 말할 뿐이다. 또한 김산이 찾아간 중국의 호남성과 여산의 짝퉁 무릉도원을 통해 이 시대의 불가사리가 된 자본의 괴력에 대하여 말하고 있다. 짝퉁 무릉도원에는 진짜 무릉도원에만 산다는 "네모난 대나무, 속이 비어 있다는 공심 삼나무, 입이 앵무새 같고 등에 수염이 난 누런 거북"마저도, "그런 걸 다 만들어내는 산업"(하권, 13쪽)의 힘으로 존재하고 있는 것이다. 과거에는 노자나 도연명이, 이제는 김산과 김범오가 꿈꾸고 있는 낙원은 자본의 왕성한 식욕 앞에서는 식탁 위에 올라 있는 맛깔스런 음식이 될 수도 있는 것이다.

두 세계의 싸움을 지켜보는 작가의 눈은 홑눈이 아니라 겹눈이다. 그 겹눈은 복수초점화라는 서술상의 기법으로 나타난다. 주로 김범오에게 초점화(focalization)가 이루어지고 있지만, 원직수, 이명자, 강세연, 서병로 등의 다른 인물들에게도 그 자리는 허락된다. 심지어는 김범오의 살해범인 강극연에게도 상당한 정도의 초점화가 이루어짐으로써, 선악의 이분법을 넘어선 진실의 가능성은 한껏 열려 있다. 이러한 초점 인물의 빈번한 교체는 하나의 낙원만이 절대적인 것일 수는 없음을, 다양한 낙원이 존재할 수 있음을 말하는 데 효과적인 장치로 기능한다. 이러한 장치를 통해 원직수의 빌트인 아쿠아리움과 워터 파크 사업을 위한 수목원의 개발 역시도, 자연을 김산이나 김범오와는 "다른 방식으로 보호하"(하권, 59쪽)는 것으로 생각할 수 있도록 한다. 김범오의 생각처럼, 우리가 지금 겪고 있는 것이 정말 단 하나뿐인 실재의 세상이라고 말할 수 없다면, "저마다 낙원이 다르다"(하권, 216쪽)는 결론 역시 인정해야만 하기 때문이다.

이러한 작가의 태도는 벼랑 끝의 둥지에서 "날개를 접고 세상을 도도하게 내려다보는…… 날렵하고 고독한 매"(하권, 132쪽)의 형상으로 작품 속에 형상화된다. 67장은 한 장 전체가 매에 대한 묘사만으로 이루어져 있는데, 이것은 매가 김범오의 "정신의 상징"(하권, 104쪽)인 동시에 작가정신의 상징이기도 하기 때문이다. 오연하게 지상을 내려다보는 매의 시선이, 자본의 외부를 사유하는 것이 결코 쉽지 않은 지금 이 시점에서 파라다이스에 대한 탐구를 가능케 했던 것이다.

이미지에 대한 나르시시즘적 도취

『파라다이스 가든』에서 매의 오연한 시선에 포착되는 것은 주로 현란한 이미지들이다. 84장에 이르는 서사의 육체를 채우는 것은 이미지들이라고 해도 과언이 아니다. 그러한 이미지는 실로 다양하며, 그것의 묘사는 몇 페이지에 걸쳐 이루어지기도 한다. 대표적인 것으로 게모기 기르딘 황실견을 권총으로 죽이는 장면, 꽁지는 잘려나가고 배에는 붉은 피가 묻어 있는 카나리아의 시체를 발견하는 장면, 식물원에서 일어나는 최동건의 살해 장면, 황갈색 털이 짧게 일어선 샴고양이를 출판사 사장이 안고 있는 장면, 헬기까지 동원한 천연기념물의 사냥 장면, 직장상사의 몸을 손으로 들어서 고층 빌딩의 창문 밖으로 밀어내는 장면, 농막 안에 사람을 묶어놓고 각종 새들을 풀어놓아 고문하는 장면, 제주도의 해안도로에 개의 시체가 놓여 있는 장면, 절벽에서 로프에 매달려 키스하는 장면 등을 들 수 있다.

시각적이며 강렬한 이미지는 이 작품의 절정이라고도 할 수 있는 수목원의 철거장면에서 절정에 이른다. 무려 7장에 걸쳐 묘사되고 있는 이 대목은 온갖 자극적이며 시각적인 이미지로 가득 차 있어, 어두운 극장 안에서 화려한 액션영화를 보고 있는 것과 같은 착각마저 들 정도이다. 며칠째 내리는 폭우로 수목원의 도화관에는 물이 차오르고, 그곳을 철거하기 위해 철거반원들은 하늘에서 땅에서 동시에 작업을 시작한다. 거기에는 가스통에서 내뿜는 화염이 있고, 쓰러진 전신주에서 흘러나온 전기가 흐르는 웅덩이가 있으며, 사람이 탄 지프차를 내리찍는 중장비가 있고, 철거반원을 실어나르는 헬기가 하늘에 떠 있다. 전쟁과도 같은 한판 싸움 끝에 김범오는 최후를 맞이하고, 그 최후를 그려낸 장면은 시의 차원으로까지 승화되고 있다.

죽음과 삶 사이에 수면만이 있었다. 그는 거기에 떠오른 자기 피를 보았다. 어디선가 흘러온 낯익은 꽃잎이 있었다. 복숭아꽃이었다. 붉은 꽃. 그 꽃잎이 두셋 무더기로 그에게 떠왔다. 구분할 수 없는 피와 꽃이 그의 몸을 감싸고 붉은 도포처럼 물 위에 부유했다. 바람이 일자 물보라가 쳤다. 오, 비여, 바람이여, 무정한 모든 것이여. (하권, 282~283쪽)

강박적으로 등장하는 다양한 이미지는, 백민석이나 편혜영의 이미지가 문명 비판적인 성격을 갖는 것처럼 그 너머의 현실이나 의미를 지시하는 것은 아니다. 그렇다고 그것이 한 인간의 내면을 드러낸다거나 서사의 진행을 짜임새 있게 만드는 형식상의 기능을 떠맡고 있다고 볼 수도 없다. 때로 그러한 기능을 맡는다 하더라도, 대부분의 경우에는 이미지 자체가 지니는 미적 효과와 충격에 그 중심이 놓여 있다. 묘사의 분량이나 거기에서 느껴지는 작가의 열기를 생각할 때, 이 소설의 주인공은 사건이나 인물이 아니라 이미지들이라는 느낌이 들 정도이다. "백이면 백 개의 챕터가 저마다 눈동자나 손가락처럼 스스로 완성돼가는 소설"(하권, 318쪽)을 지향했다는 작가의 말은 각각의 이미지에 대한 강조를 염두에 둔 발언으로 보인다. 의미나 현실의 지시 이전에 그 자체의 충격과 새로움으로 완성되어 있는 이미지가 『파라다이스 가든』에 나오는 이미지들의 특징이라 할 수 있다.

태초의 순간을 찾아서

『파라다이스 가든』의 주인공인 김범오를 움직이는 가장 근원적인 욕망은 자기 삶의 처음으로 돌아가고자 하는 것이고, 그 욕망에 따라 서사는 진행된다. 대기업의 이복형제가 벌이는 경영권 상속 다툼에 동원되어 온갖 사회적 관계에 휘둘리던 김범오는 수목원의 생활을 통해 번잡한 관계에서 벗어나기 시작해 결국에는 강세연만이 지켜보는 상황에서 죽어간다. 어떠한 현실적 논리도 초월한 절대적인 사랑을 나누는 김범오와 강세연의 관계[2]는, 김범오가 자신의 얼굴을 수면에 비춰

---

2) 평소에 이백 개에 가까운 팔굽혀펴기를 하며 주먹으로 먹고사는 철거반원 네다섯 명 정도는 가볍게 힘으로 이거끼는 김범오니, 이런 남자아이나서 얼떨떨하게 만들 정도의 빼어난 미모를 가진 강세연은 영웅호걸과 절세가인으로 묘사되는 로망스의 남녀 주인공을 연상케 한다.

보자 그 영상이 강세연의 얼굴로 변해간 것(상권, 184쪽)에서 나타나듯이 상상계 속의 자아와 거울상에 해당하는 것이다. 이런 맥락에서 수일간 쏟아진 비와 철거작업으로 인해 사방이 온통 물로 가득 찬 수목원은, 양수로 가득 찬 어머니의 자궁이라고 볼 수도 있을 것이다. 김범오의 행로는 라캉의 표현을 빌리자면, 온갖 사회적 연결망으로 가득찬 상징계에서 시작해, 강세연과의 이자관계(dual relation)로만 이루어진 상상계를 지나 어머니의 자궁 속으로 회귀한 것이라고 말할 수도 있다. 최초의 순간을 향한 강한 열망으로 인해, 물속에서 최후를 맞이하는 순간 김범오는 "감사하다는 생각"(하권, 284쪽)을 한다. 낙원이란 것이 본래 영원한 현재인 태고의 순간에 존재하는 것이라면, 『파라다이스 가든』에서 지향했던 세계는 유토피아가 아니라 그야말로 파라다이스, 즉 낙원[3]인 것이다.

최초의 순간을 향한 욕망의 의미는 프롤로그에서 전하고 있는 임사체험자들의 이야기를 통해 보다 구체화된다. 임사체험자들은 사고가 난 직후 일 초도 안 되는 순간에 자기 삶의 모든 장면을 보게 된 후, 저 끝에서 빛이 쏟아져나오는 "길고, 둥글고, 어둡고, 부드럽게 열린 통로"(상권, 11쪽)를 지나게 된다는 것이다. 그러고는 "우리 몸을 온전히 다 감싸고도 남는 커다랗고 따스한 손"(상권, 12쪽)을 만나며, 그 순간 손바닥에 감싸인 채 빛이 무한하게 쏟아져 들어오는 순백의 뜰에 들어선다. 많은 사람들은 이 손과 뜰이 인간이 출생시 겪는 최초의 체험일 거라고 말하고 있다. "세상의 진흙탕에서 한평생을 보낸 사람이 마침내 생명을 다할 때, 그 아름답고 신기루 같던 비경을 다시 한번 보게"(상권, 13쪽) 된다는 것이다. 이 프롤로그에 의하면, 죽음은 완전한 끝이 아니라 삶의 가장 아름다운 최초의 순간으로의 회귀인 동시에 '아름답

---

3) 유토피아가 인간의 이성과 실천에 바탕해 이 세상에서 이루어낼 수 있는 현실이라면, 낙원은 태고의 순간에 존재하는 것이다. (임철규, 『왜 유토피아인가』, 민음사, 1994, 11~20쪽)

고 신기루 같던 빛의 비경'을 볼 수 있는 순백의 뜰에 놓이는 순간이기도 하다. 이곳이야말로 일종의 낙원이 아닐 수 없다. 그렇다면 수목원의 철거와 김범오의 죽음은 단순한 종말이 아니라 진정한 낙원에 이르기 위한 하나의 과정이었던 것이다. 그것은 벤야민이 말한 구원에 이르기 전에 반드시 거쳐야 할 혁명적 파국[4]인 것이며, 구원을 준비하기 위한 일종의 세례식인 것이다.

작품의 마지막에 강세연이 낳는, "그 무한한 빛과 상봉하기 위해 젖은 배냇머리로 통로의 끝을 향해 힘차게 힘차게 나아"(하권, 315쪽)가는 아이의 존재는 김범오의 죽음이 갖는 낙원을 준비하는 파국의 의미를 더욱 확실하게 뒷받침한다. 김범오의 낙원에 대한 꿈이 결코 패배만은 아니었던 것이다. 김산이 육십 년 전 만든 상자정원의 이름인 '파라다이스 가든'의 유래가 된 유진 스미스의 사진 '파라다이스 가든으로의 산책'이 보여주듯이, 김범오의 투쟁과 죽음은 캄캄한 수풀의 터널을 빠져나와 환한 뜰로 나아가는 어린 아들과 딸을 예비하는 고투의 과정이었다고 할 수 있다.

다시 이 글의 처음으로 돌아가보자. 『파라다이스 가든』은 환란 이후 신자유주의 질서와 외국 자본의 영향력이 본격화된 당대의 현실을 직접적으로 다루고 있다는 점에서, 상징계가 배제되거나, 존재하더라도 서사의 이면에서 묵직한 힘으로만 존재하는 요즈음의 소설들과 구별된다고 말했다. 이상사회에 대한 꿈을 꾸다 현실의 힘에 패배해 목숨까지 잃은 김범오의 이야기는, '문제적 개인이 속악한 현실에서 진정한 가치를 찾아 방황하다가 패배하는 이야기'라는 근대소설의 근원적인 내적 형식에 부합된다고 말할 수 있다. 그러나 근대소설의 고뇌와 방황은 이 지상에 굳게 발을 디딘 채 속악한 현실의 근원적인 본질을 보

---

4) 발터 벤야민, 「역사철학테제」, 『발터 벤야민의 문예이론』, 반성완 편역, 민음사, 1983.

여줄 수 있는 고뇌와 방황이며, 이때의 패배란 역사나 현실로부터의 손쉬운 초월이나 도피를 용납하지 않는 정신의 산물이다. 『파라다이스 가든』은 분명 당대의 상징계적 질서를 거대한 스케일로 끌어들이고 있지만, 그것은 오히려 낯설고 화려한 이미지를 만들어내기 위한 하나의 도구로 전락한 느낌을 주고 있다.[5] 이렇게 본다면 『파라다이스 가든』이 보여주는 요즈음 소설과의 차이는 본질적인 것이 아닐 수도 있다. 현실 속에서의 고투와 그것을 넘어설 수 있는 희망의 작은 씨앗을 간직한 패배가 아닌 파라다이스를 예비하는 것으로서의 파국이란, 상징이자 제의일 수 있기 때문이다.

---

5) 앞에서도 말했듯이, 이 작품의 절정은 김범오의 꿈과 원직수의 꿈이 맞부딪치는 수목원 철거 장면이라고 할 수 있다. 무려 7장에 걸쳐서 서술되고 있는 이 부분에서, 충돌의 모습은 "감옥도 지긋지긋해요. 밖에 나와도 지옥이에요. 가난한 사람들은 살 수가 없어요"(하권, 233~234쪽)라는 말을 하는 철거반원과 김범오를 비롯한 수목원 사람들의 물리적 충돌로 국한되고 있다. 철거반원들 뒤에 놓인 거대한 사회경제적 배경에까지는 탐구가 이루어지고 있지 않은 것이다. 이때 그 방대한 분량을 채우는 것은 물리적 충돌이 가져오는 여러 자극적인 이미지들에 머물고 만다.

낯익은 것을 낯설게 하기

김종은, 최재경, 김언수를 중심으로[1]

첫사랑이라는 기억의 흔적을 찾아서

김종은의 『첫사랑』은 엄밀히 말해 '첫사랑'에 대한 이야기라기보다는 '첫사랑을 기억하는 것'에 대한 이야기이다. 첫사랑이란 여타의 사랑과는 달리 오직 기억으로만 존재할 수 있다는 점을 생각한다면, 『첫사랑』은 정곡을 찌른 것이라고 볼 수 있다. 이 소설은 '나'가 친구 대신 소개팅에 나갔다가 상대편 여자에게서 첫사랑 얘기를 해줄 것을 부탁받는 것으로부터 시작된다. 『첫사랑』은 이 질문으로부터 촉발된 첫사랑에 대한 기억으로 이루어져 있다. 이 소설은 '일생에 유일한 경험'으로서 존재하는, 짜임새 있는 서사로서 존재하는 첫사랑을 보여주지 않는다. 그것이 바로 이 소설을 '첫사랑'이 아닌 '첫사랑을 기억하는 것'에 대한 이야기로 만들어주고 있다.

---

[1] 이 글에서 주로 다루는 텍스트는 다음과 같다. 김종은의 『첫사랑』(민음사, 2006), 최재경의 『플레이어』(민음사, 2006), 김언수의 『캐비닛』(문학동네, 2006). 이하 인용할 경우 본문에 쪽수만 표시한다.

이 소설에서 첫사랑을 기억하고 구성하는 방식은 혼란스럽고 무질서하다. '나'는 지난 시절을 기억함에 있어 철저하게 수동적인 입장에 놓여 있다. '나'가 첫사랑을 기억하는 것이 아니라, 첫사랑의 기억이 '나'에게 오는 것이다. '교회에 다니던 아이'를 기억하는 것은 "드르륵, 낡은 봉고차의 문소리와 성가 소리"(20쪽)가 들렸기 때문이며, '뜨락의 그녀'를 회상하게 된 계기는 "방울져 떨어지는 물방울"(31쪽) 때문이다. 고등학교 시절 민식, 희진과 연이어 입을 맞추었던 일도, 비둘기가 오토바이에 치이는 것을 보고 비가 내리자 "문득 그 일이 떠올랐"(204쪽)던 것이다. 이 대목에서 우리는 『잃어버린 시간을 찾아서』를 통해 '기억은 통제 불가능한 것으로서 기억하는 주체의 의사와는 상관없이 찾아온다는 것'을 일러준 프루스트를 떠올리지 않을 수 없다.

『첫사랑』에서 첫사랑에 대한 기억이란 파편화된 흔적으로 존재한다. 이 소설에서 첫사랑은 하나의 대상으로 수렴되어나가는 것이 아니라 수많은 대상으로 끊임없이 산포해나가는 것이다. "전 되게 많아요"(321쪽)라는 '나'의 말처럼, '나'에게 첫사랑은 '교회에 다니던 아이' '뜨락의 그녀' '화평 슈퍼 골목의 비너스', 희진이나 서정과 같은 여자일 수도 있고, 민식이와 같은 남자일 수도 있으며, 나아가 '구슬' '딱지' '소설'과 같은 사물일 수도 있다. 만해가 말하고 채호석이 이 책의 해설 「기억되는 것들의 아름다움 혹은 기억하기의 슬픔」에서 인용했듯이 "님만 님이 아니라 기룬 것은 다 님"인 것이다. 이 대목에서 김종은의 『첫사랑』은, 귀한 집의 공주님과 밤거리의 여자를 동시에 사랑하던 젊은이의 절절한 체험을 안정감 있는 서사로 그려낸 박영한의 『첫사랑』(민음사, 1994)과 구별된다.[2]

---

2) 사제지간이었으며 지금은 별세한 박영한 선생에 대한 추모의 정으로 가득찬 에필로그에서, 김종은은 울먹이는 목소리로 나직이 "이 모든 글들은 오마주라 해도 좋을 것입니다"(326쪽)라고 말하고 있다.

기억해낸 이야기가 수미일관한 외양을 가진 것일 때, 그것은 현재의 관념이나 태도에 의해 구성된 것에 불과한 경우가 많다는 점을 고려할 때, 이 작품의 파편적인 구성은 현재에 의해 오염되지 않은 기억 그 자체에 충실하고자 하는 의도에서 비롯된 것으로 보인다. 나아가 언어의 근본적인 한계를 생각한다면, 기억이 매개하는 사건은 재현 불가능성을 내포할 수밖에 없으며, 타인과의 공유 가능성 역시 존재하기 힘들다. 기억의 이러한 특성은, 이 작품에서 특이하게도 반복되고 있는 1장의 마지막과 마지막 장의 처음 부분에서도 확인할 수 있다. "첫사랑 없어요?"라는 여자의 물음에 '나'는 이런저런 대답을 하지만, 상대방은 고작 "무슨 말인지 잘 못 알아듣겠거든요"(23, 318쪽)라고 말할 뿐이다. 김종은의 『첫사랑』은 상대방의 대답이 던져주는 '나'의 안타까움과 무력감[3] 위에서 쓰이고 있는 것이다.

때로 김종은의 『첫사랑』은 언어화될 수 없는 첫사랑의 기억을 지시하는 데에로 나아가기도 한다. 그것은 기억으로 매개되는 사건의 잉여 부분, 서사의 균열로서 존재하는 끝 모를 심연을 지시하는 것이기도 하다.[4] 십 년이 넘는 세월을 친구로서 지내온 서정이 '나'의 친구인 정윤과 기억나지 않는 이유로 관계를 맺은 다음날, '나'가 "조금은 질퍽하고 핏방울이 조금 비쳐 있기도 했던 그 시트"를 "굉장히 차갑게"(297쪽) 느끼는 것을 대표적인 사례로 들 수 있다. 김종은의 『첫사랑』은 결코 그 자체일 수 없는 첫사랑의 거짓 서사 대신 파편으로 존재하는 첫사랑의 흔적을, '쫀드기'를 먹으며 '더블 드래곤' 게임을 하던 '1974년생'

---

3) 그녀의 대답에 대해 '나'가 느끼는 안타까움과 무력감을 나타내고 있는 부분을 옮겨보면 다음과 같다. "하지만 나 역시도 안타까울 따름이었다. 나라고 해서 그 말을 알아들을 수 있었던 것은 아닌 까닭에서였다. 그렇다면 이제 무슨 말을 해야 하는 것일까."(23, 318쪽)
4) 오카 마리는 "표상 불가능한 사건을 표상하는 것, 말할 수 없는 사건에 대해 말하는 것, 그 것은 무엇보다도 사건의 말할 수 없음 자체를 증언하는 것이 되어야만 한다"(『기억·서사』, 김병구 옮김, 소명출판사, 2004, 149쪽)고 말하고 있다.

들이라면 누구나 공감할 수 있는 문화적 분위기 속에서 아련하게 보여주고 있다.

정체성을 찾아서

최재경의 『플레이어』는 "놀면서 돈 버는", 달리 말하면 "돈 받고 노는"(22쪽) 플레이어(player)들의 삶을 소재로 한 소설이다. 이 작품들의 PL들은 의뢰인의 부탁을 받아 대신 여행을 떠나거나 사랑을 하거나 불륜을 저지르는 사람들인데, 이로 인해 놀이와 삶을, 허구의 인물과 자신을 혼동하게 된다. 평범한 현대인인 유노 등이 놀면서 돈 벌지만, 그에 따라 자신을 송두리째 잃어버릴 수도 있는 위험이 존재하는 PL의 일에 뛰어들게 된 것은 이 시대의 살벌한 현실 때문이다. 유노의 경우가 보여주듯이, 회사에서 가장 촉망받던 사람도 단 한 번의 주의소홀로 인해 실업자가 되고, "유노처럼 가진 배경이 없는 이에게 성공하고 싶다는 것은 '죽도록 고생하고 싶다'거나 '술수의 대가가 되겠다'는 말과 동의어"(36쪽)로 통용되는 곳이 지금의 현실인 것이다. 이곳에서 살아남기 위해서는 유노의 친구인 상인이 그러했듯이, "횡령에 기밀문서 해킹, 이력서 조작, 고객 정보 유출, 그것도 모자라 잘나가던 MD 친구의 상품 정보를 조작한 후 경쟁사에"(286쪽) 알림으로써 친구를 실업자로 만드는 일까지 마다하지 않아야 한다. 상인이 다니는 회사의 부장인 싹스리의 말처럼, 현대인은 고작 술 몇 잔 마시고서는 "자기 자신의 생을 잊는"(19쪽) 것을 장자가 말한 소요유로 여겨야 하는 한없이 초라한 존재들인 것이다.

『플레이어』에서 자본이 강제한 삼찍한 현실은 현대인 모두에게 "일하는 걸 놀듯이 하고, 노는 걸 일하듯이 하는"(272쪽) 원대한 꿈을 꾸게도 하지만, 그 꿈을 실패로 이끌기도 한다. "바깥세상의 경쟁 논리가 이곳까지 오염시킨 거야"[5](277쪽)라는 '축복의 섬' 사업의 최종 의뢰인이자 총감독이기도 한 노인의 말처럼, 자본의 전지전능한 힘으로부터 벗어난다는 것은 결코 간단한 일이 아니기 때문이다. 진정으로 해방된 세상에서는 무엇을 할 것인가라는 질문에 "우리 생애에 처음으로 자유로워진 나는 그때 비로소 자유로운 상태에서 무엇을 할 것인가 자유롭게 생각할 것이다"라고 답한 마르쿠제의 말처럼, 강고한 자본의 질서에 묶여 있는 현대인들은 자본의 쇠우리로부터 벗어나는 상상조차 하는 데도 진땀을 흘려야 한다. 이렇게 볼 때 '축복의 섬'이 망망대해가 아닌 여의도 한복판의 지하 5층에 숨어 있다는 사실은 의미심장하다. 오늘의 자본이란 '축복의 섬'이 꿈꾸는 무한 일탈의 세계마저도 자신의 논리와 능력으로 포섭한 그 위에 지어진 거대한 철옹성일 수도 있기 때문이다.

서사가 진행되면 될수록, '축복의 섬'에서 일어나는 롤플레잉은 일탈적인 사례가 아니라 지금의 현실에 대한 알레고리로 변화된다. 대타자의 붕괴라는 조건 속에서 살아가는 현대인이란 나라고 말할 수 있는 확고한 정체성을 가질 수 없기에, 플레이어가 아닌 보통 사람들도 가변적인 상황에 따라 다양한 가면을 쓸 수밖에 없기 때문이다. 그럼에도 『플레이어』에서는 개인의 고유한 정체성과 삶의 의미에 대한 추구를 멈추지 않는다. 이로 인해 『플레이어』는 어딘가에 존재하는 진실을 탐색하는 추리물의 구성을 취하게 된다. 이때 탐색의 대상은 축복의

---

5) 그 노인의 말을 조금 더 옮겨보자면 이렇다. "많은 PL들의 목표가 놀이가 아니라 돈이 되어버렸어. 그렇지 않으면 지나친 놀이중독이 되어버리거나. 욕망에 대한 자기 통제력 상실의 문제랄까. 자기의 진정한 욕구가 무엇인지를 모르는데다, 삶을 위한 창의성이 부족한 사람들이 대부분이었어. 세상에서 경쟁적이고 계산적이던 사람들은 PL이 되어서도 그런 종류의 놀이를 즐기더군. 도박이나 주식이나 경마 같은. 그 반대로 세상에서 경쟁을 싫어하고 평화로운 것을 좋아하는 여린 사람들은 놀이도 역시 그 비슷한 것을 택했어."(277쪽)

섬이라는 비밀 조직의 실체이기도 하지만, 더욱 중요한 것은 PL 경험을 하게 되면서 혼란을 겪게 된 정체성의 문제에 대한 해결책이다. 그리하여 이 소설은 '나는 누구인가'라는 고전적인 문제를 중핵으로 한 서사라고 말할 수 있다.[6]

정체성의 문제는 "하고 싶은 놀이에 대해 미리 기획서와 예산안을 제출하고, 승인이 떨어지면 그대로 진행하는 단계"(97쪽)에 이른 혜리를 통해 극적으로 드러난다. 그녀는 미니와의 사랑을 통해 예전의 자신(남성)으로 돌아가고 싶어 몸부림치지만, 트랜스젠더가 되었기에 "껍데기로나마 남아 있던 나 자신"(224쪽)에게 돌아가는 것은 불가능하다. 그렇다고 이전의 모습에서 자신의 정체성을 찾는 것도 아닌데, "생각해보니 되찾고 싶은 나라는 것이 애초에 존재하지도 않았던 것 같아요. 이전에도 항상 내 인생은 내게 타인의 것처럼 객관적으로만 보였죠"(222쪽)라는 말에서처럼, 정체성이라 부를 만한 것은 처음부터 존재하지 않기 때문이다.

『플레이어』의 결말은 이 정체성을 놓고 벌이는 지루한 게임을 끝나지 않는 이야기로 만들어버린다. 이 작품은 혜리가 죽기 전에 마지막으로 남긴 휴대폰 문자메시지, "첫눈에 당신을 사랑했어요. 어젯밤처럼 행복한 적은 없었어요. 이제야 내가 누군지 알겠어요"(288쪽)로 끝나고 있다. 이 메시지는 '모든 크레타인은 거짓말쟁이다'라는 크레타인의 명제처럼 모순적이다. 문자 그대로의 의미만 따라간다면, 혜리는 삶의 마지막 순간 "내가 누군지"에 대한 해답을 구한 것이 된다. 이렇게 되면, 나의 정체성이란 것이 존재하게 된다. 그런데 혜리가 자신의 정체

<hr />

6) 조연정은 "플레이어들인 유노와 혜리, 제인 등은 '나의 정체성은 어떻게 찾을 수 있는가', 혹은 '나의 정체성이라는 것이 애초에 존재하긴 하는가'라는, 즉 '나는 누구인가'라는 의문을 갖게 된다"("몰입할 수도, 끝낼 수도 없는 놀이」, 『플레이어』, 민음사, 2006, 302쪽)고 밝혀낸 바 있다.

성에 대한 해답을 구한 계기는 남성인 유노와의 사랑과 섹스를 통해서이다. 당연히 혜리가 깨달은 자신의 정체성이란 남성에 의해 촉발된 여성으로서의 정체성이라고 할 수 있다. 결국 '축복의 섬'의 최종 의뢰인이자 총감독인 노인이 "그놈의 놀이에 대한 욕망을 살살 부추겨서 성전환 수술까지 하게"(284쪽) 된 혜리는 놀이에 완전히 자신을 던짐으로써, 이전에도 결코 얻은 바 없던 정체성의 해답을 구한 것이다. 그렇다면, 정체성이란 새롭게 얻어질 수 있는 가변적인 대상에 머물게 된다. 따라서 혜리의 마지막 메시지는 정체성에 대한 풀리지 않는 아포리아로 남게 되는 것이다.

멕시코의 사막에서 글쓰기 혹은 절해고도에서 글쓰기

김언수의 『캐비닛』은 무지막지한 일탈의 세계로 이루어져 있다. 휘발유나 석유 혹은 유리를 먹는 사람들, 손가락에서 나무가 자라는 사람, 고양이가 되고자 하는 사람, 토포러, 타임스키퍼, 도플갱어, 샴쌍둥이들, 키메라들, 메모리모자이커들, 네오헤르마프로디토스, 외계인 무선통신 회원들, 다중소속자들, 망상증적 블러퍼들이 등장하는 『캐비닛』의 세계는 그야말로 "돌연변이들의 박물지"[7]라고 부를 만하다. 그런데 이러한 환상들은 단순히 도피나 오락만을 전달하는 데 그치는 것이 아니라 우리의 현실과 관련된 묵직한 메시지들을 던져준다.[8] 결론부터 말하자면, 『플레이어』와 『캐비닛』은 모두 현실로부터의 도피를 위한 것이 아니라 현실의 전모를 성찰하기 위한 하나의 방편으로 초현

---

7) 류보선, 「돌연변이들의 박물지」, 『캐비닛』, 문학동네, 2006, 358쪽.
8) 보통 소설에서 환상은 억압된 욕망을 드러내거나 현실을 바라보는 새로운 시각을 제공하는 역할을 한다. 『플레이어』와 『캐비닛』은 후자의 역할에 보다 충실한 것으로 볼 수 있다.

실의 지점을 설정하고 있다. 『플레이어』의 '축복의 섬'이 현대인의 삶을 압축해 표현한 것이라면, 『캐비닛』의 돌연변이들은 자본주의 문명의 증상(symptom)이면서, 동시에 그것을 넘어설 수 있는 새로운 상상력과 사유의 틀을 보여주고 있는 것이다.

먼저 "생물학과 인류학이 규정한 인간의 정의에서 조금씩 벗어나 있"(30쪽)는 심토머(symptomer)들의 탄생배경을 살펴보면 이렇다.

> "이 도시가 과연 인간이 인간다움을 유지할 만한 조건을 가지고 있는가라고 묻는 게 더 먼저겠죠. 좋은 환경이 안정적일 때는 진화하지 않으니까요. 진화할 필요가 없으니까 진화하지 않는 거죠. 만약 도시가 인간이 인간다움을 유지할 수 있는 환경을 가지고 있지 않고, 미래에도 계속 그럴 거라면 결국 인간이 변해야 하겠죠. 그건 진화의 문제가 아니라 종의 생존과 관련된 문제니까요."(276~277쪽)

즉 이 도시가 더이상 인간다움을 유지할 수 없는 환경이기 때문에, 종의 생존을 위해 심토머와 같은 돌연변이들이 계속해서 탄생하게 된다는 것이다. 『캐비닛』에서 심토머들을 탄생하게 하는 도시의 환경이란 구체적으로 획일화, 위계화, 이분법적 사고, 존재의 소외, 환경파괴 등으로 설명된다. 『플레이어』가 자본의 논리에 따라 움직이는 한국사회의 구체적인 모습에 밀착되어 있다면, 『캐비닛』은 그러한 일상을 낳는 보다 근본적이고 거시적인 작동원리에 밀착되어 있는 것이다. 『캐비닛』에서도 키메라에 대한 정보를 얻기 위해 무자비한 고문과 폭력을 가하는 기업의 존재를 통해 현대사회를 지배하는 자본의 무자비한 영향력과 공포에 대한 암시를 주고 있다. '기업'으로 상징되는 자본은 모든 경계를 가로질러 존재하기에 경제적 효용이나 가치를 쉽게 생각할 수 없는 심토머에게서도 끊임없이 경제적 가치를 끌어올리려 발광하는 것이다.

『플레이어』가 그러한 현실 속에서도 변치 않는 자신의 존재와 삶에
대한 해답을 강박적으로 추구한다면, 캐비닛은 그 변종과 일탈 자체를
긍정한다. 그리해서 그 모든 돌연변이들은 그 자체로 전복적 에너지를
지닌 증상 그 자체로 존재한다. 이러한 차이가 두 작품이 지닌 근본적
인 구성의 차이로 나타난다. 『캐비닛』은 3부에서 집중적으로 드러나는
권박사가 죽은 후 키메라의 정보를 노리는 '기업'으로 인해 고문과 위
협을 당해, 섬으로 피신하는 기본적인 서사를 제외한다면, 권박사가
평생에 걸쳐 기록한 캐비닛 13호 안에 존재하는 "이 도시의 상처받은
심토머들에 대한 이야기"(35쪽)로 이루어져 있다. 이 작품의 서사적 육
체를 이루는 기이한 에피소드들은 독립적으로 존재하고 있다.

심토머들의 가장 큰 특징은 퓨전(fusion)의 상상력을 통해 존재한
다. 나와 너, 남자와 여자, 인간과 동물, 인간과 식물, 인간과 물건이
한데 섞여 새로운 존재로 탄생하고 있는 것이다. 새끼손가락에서 자란
은행나무나 혀가 되어버린 도마뱀과 같은 키메라나 남성의 성기와 여
성의 성기를 동시에 지니고 있는 네오헤르마프로디토스, 서로의 육체
를 교환하는 다중소속자들, 실제와 환상의 경계가 무너진 사람들, 고
양이가 되고 싶은 남자, "나와 물이, 물과 나무가, 나무와 바람이 모두
같은 존재"(150쪽)라고 말하는 마법사의 말 등이 모두 퓨전의 상상력에
서 비롯되는 것들이다. 이러한 경계의 해체와 통합을 통한 비인격성은
기존에 구성된 대상세계로부터 벗어날 수 있는 자유의 가능성을 사유
할 수 있게 해준다.

모든 경계나 위계가 무너졌을 때, 남는 것은 그 무엇으로도 대표되
거나 상징화될 수 없는 개개 존재들이 지닌 특이성과 고유성뿐이다.
이제 우주는 모든 것을 표준화하는 "바벨의 시계"(196쪽) 대신 각자의
특이성에 맞춰진 "제멋대로의 시계"(200쪽)를 사용하라고 말한다. 당연

하게도 더이상 동일성의 논리에 바탕한 억압이나 구속은 존재할 수 없다. 한 다중소속자가 말하듯이 "인간은 육체와 정신을 통째로 빌린다 해도 결코 타인의 입장에서 생각할 수가 없"기에, "함부로 타인을 이해했다고 생각"해서는 안 된다. 이를 어긴다면 "거기서 끔찍한 폭력이 발생"(237쪽)하게 되는 것이다. 이러한 특이성과 고유성을 중시하는 태도가 각각의 에피소드 사이에 인과관계와 위계를 거부하는 옴니버스식 구성을 낳은 또하나의 이유라고 볼 수 있다.

『캐비닛』에서 휘황찬란한 기담들과 에피소드들을 오므려주는 것은 소설의 처음과 마지막에 나오는 글쓰기에 대한 메타진술들[9]이다. 처음에는 루저 실바리스가 등장하는데, 그는 첨탑의 감옥에 갇혀 있었기에, 몽펠레 산의 화산폭발로 상피에르의 모든 사람이 화산재에 묻힐 때 유일하게 살아남는다. 그후 멕시코의 사막 끝에서 은둔자의 삶을 살며, 『상피에르 사람들』이라는 한 권의 책을 남긴다. 마지막의 '나'도 기업을 피해 온 절해고도에서 "루저 실바리스가 멕시코의 사막 끝에서 돌이 되어버린 상피에르를 조금씩 복원한 것처럼"(352쪽) 캐비닛 13호에 있던 수많은 심토머들의 자료들을 새롭게 기록한다. 루저 실바리스나 '나'나 모두 "세계의 끝에서, 세상의 벽지에서"(352쪽) 세계를 기록하는 것이다. 『캐비닛』의 '나'가 선 세상과의 거리는 무한한 상상력을 낳는 원동력으로 작용하고 있으며, 그러한 상상력은 강한 충격으로 세상의 중심을 뒤흔들고 있다. 저잣거리의 한복판에서 한 땀 한 땀 새로운 세상을 수놓아가는 모습만큼이나, 멕시코의 사막 혹은 절해고도에서 큰 붓으로 그려나가는 새로운 세상의 모습도 우리에게는 무척이나 소중하고 아름답다.

---

9) 심윤경의 『이현의 연애』(문학동네, 2006) 역시 영혼을 기록하는 자, 이진을 통해 글쓰기에 대한 자의식을 드러내고 있다.

현실로 귀환하는 몇 가지 방식

편혜영, 박민규, 김애란을 중심으로

시대와 마주 서기

갈릴레이는 '발견의 천재이자 은폐의 천재'라는 말이 있듯이, 날것의 사물이나 현상을 의미화하기 위해서는 불가피한 일반화와 왜곡이 존재할 수밖에 없다. 문학을 논함에 있어서도 그러한 문제는 피해갈 수 없는데, 특히 한 시대의 문학적 경향을 논하는 문학사와 같은 경우에는 이론화에 따른, 개개 사실의 누락 혹은 왜곡의 가능성이 더욱더 커질 수밖에 없다. 그럼에도 우리는 여행을 떠나기 위해 실제를 배반할 수밖에 없는 지도에 의존하는 것처럼, 문학작품들의 숲을 걷기 위해서는 할 수 없이 한계투성이인 문학사적 인식에 의지하지 않을 수 없다.

위의 사항들을 염두에 두고, 지금까지 80년대 소설과 90년대 소설, 뒤이은 2000년대 소설에 대한 논의들을 정리해보자면, 이렇게 말할 수 있을 것이다. 공동체가 지닌 억압과 모순에 민감하게 반응하여 리얼리즘이 주류를 이루었던 80년대 소설, 그에 대한 반동으로 개인의 내면과 자율성을 최고의 가치로 여겼던 90년대 소설, 그리고 사회의식과 내면의식 모두 탈각된 채 고유한 상상세계 속에서 자신들만의 심상지리지를 만들어나가는 2000년대 소설. 이러한 정리는 모든 일반화가 지니는 약점을 고려한다고 할지라도 상당한 설득력을 인정받을 수 있었다.

그런데 지난 계절에 발표된 소설들[1]에서는 위에서 말한 2000년대 소설들에 대한 규정과는 다른 새로운 흐름이 거세게 밀려들고 있다. 그 어느 시기에 비해서도 낮다고 말할 수 없는 2000년대의 현실이 작품 속으로 대거 수용되고 있는 것이다. 그것이 비록 80년대 소설에서처럼 집단적 전망에 의해 뒷받침되고 있는 것은 아니지만, 상당수의 소설이 오늘날의 현실과 그로부터 비롯되는 여러 문제들을 보여주고 있다. 더욱 문제적인 것은 공선옥(「빗속에서」, 『문학수첩』 2006년 겨울호)과 같이 이전부터 계속해서 현실의 문제점들을 탐색해온 작가들뿐만 아니라, 2000년대 소설의 새로운 경향을 대표한다고 인정받아온 편혜영, 박민규, 김애란과 같은 소설가들에게서도 현실에 대한 탐구와 형상화가 본격화되고 있다는 것이다.

문명의 공포에서, 시대의 공포로

편혜영의 「소풍」은 한 남녀가 W시로 여행 가는 것을 작가 특유의 건조하면서도 군더더기 없는 문체로 그려내고 있는 여로형 소설이다. 이번 작품에서는 편혜영이 그동안 선보여온 시체들, 구더기, 쓰레기가

---

1) 이 글은 2007년 3월에 발표되었다. 이 글에서 주로 다루는 텍스트는 나음과 같다. 편혜영의 「소풍」(『문예중앙』 2006년 겨울호), 박민규의 「깊」(『문학동네』 2006년 겨울호), 「굿바이, 제플린」(『내일을 여는 작가』 2006년 겨울호), 「아치」(『현대문학』 2007년 1월호), 김애란의 「침이 고인다」(『문학사상』 2006년 11월호). 이하 인용할 경우 본문에 쪽수만 표시한다.

가득하며, 인간이 개구리나 실험용 쥐로 표현되는 '하드고어 (hardgore)적 상상력'이 상당히 약화되어 있다. 물론 「소풍」에서도 안 개로 자욱한 고속도로와 토사물로 가득한 검정 비닐봉지가 나오고 한 밤 국도에서의 교통사고 등이 등장하지만, 이전의 엽기적인 괴담에 비한다면 이 작품에서의 풍경은 평화로워 보일 지경이다. 「소풍」에서 그로테스크한 장면들과 사건들이 약화된 빈자리를 채우는 것은 그만큼이나 야만적이고 잔인한 지금의 현실이다.

그것은 여행을 떠나는 남녀의 일상을 통해 자연스럽게 드러난다. 여자는 스무 명이 넘는 아이들에게 글짓기를 가르치는 것으로 살아간다. 밤 열시가 넘어야 간신히 일이 끝나는 그녀는 "백일장 기간이나 글짓기 대회 기간이면 수강생의 글을 대신 써주는 일"(116쪽) 등으로 고단한 나날을 보내고 있다. 여자의 옆에서 연방 하품을 해대는 남자는, 오랜 실업 기간을 거친 후 현재는 건설 현장에서 일하고 있는데 "지난날 내 내 하루도 쉬지 못"(117쪽)한 상태이다. 대학 시절에도 아르바이트로 여행 한번 못 가본 남자와 여자는 "친구들에게 전화를 걸어 W시에 다 녀왔다는 자랑을 하고 싶어"(118쪽) 일곱 시간이 걸리는 W시로의 여행 을 결정한 것이다.

이들은 한밤중에 고속도로 위를 달려 W시로 향하는데, 그 길 위에 는 안개처럼 희미하지만 강렬한 불안과 공포가 스멀거린다. 그러한 불 안과 공포는 도로 위를 가득 채운 안개와 정체를 알 수 없는 탱크로리 의 위험한 질주, 그리고 여자의 토사물이 가득한 검은 비닐봉지 등의 이미지로 현상(現像)된다. 그러한 불안과 공포는 위협적인 탱크로리를 피해 접어든 국도에서 무언가를 치었을 때 최고조에 달한다. 이 무언 가는 그것을 친 후에 보이는 남자의 상태를 보아서는 '사람'으로 추측 되지만, "사고를 당한 동물의 사체"(126쪽)라는 표현을 보아서는 '동물' 로 추측하게 된다. 이러한 애매함은 끝까지 지속되는데, 그것 역시 이

여로를 지배하는 불길한 분위기를 더욱 고조시킨다.

그러나 불안과 공포가 소설집 『아오이가든』(문학과지성사, 2005)에서와 같이 현대 문명 일반이 지닌 근원적인 차원에 머물지 않는다는 데 「소풍」의 새로움이 있다. 「소풍」의 서사를 장악하고 있는 불안의 근원은, 다음의 인용문에서처럼 여자가 처한 구체적인 현실에서 비롯되는 것이다.

> 아이들을 떠올리며 여자는 문득 불안해졌다. 아무리 가르쳐줘도 비문으로 모든 문장을 채우는 아이들이 불안했다. 모든 문장을 일인칭 주어로 시작하는 아이들이 불안했다. 버릇없게 구는 아이들을 무관심하게 지켜주는 자신이 불안했고, 아이답지 않은 표현과 졸렬한 표현을 오히려 칭찬하는 자신이 불안했다. (121쪽)

문명이 존재하기 위해 억압해야 했던 원초적 욕망 혹은 동물성을 날것 그대로 보여줌으로써, 지금의 문명 자체가 지닌 야만성을 고발했던 편혜영은 이제 먹고살기 위해 빨간 펜을 들고 노심초사해야 하는 이 시대의 현실에도 관심의 촉수를 확장시키고 있다. "구더기들이 비처럼 쏟아져내"리는 것과 같은 잔혹한 판타지가 현실과 조금씩 몸을 섞으며 진화해나가고 있는 것이다. 이러한 형질변화는 한 소시민이 파산 경고장과 사육장 개들의 습격을 받은 「사육장 쪽으로」(『창작과비평』 2006년 여름호)에서부터 본격화되기 시작했다. 「소풍」에서 환상의 강도는 약화되고 현실과의 밀착도는 한층 높아졌다. 작품은 "저 앞에 W시로 들어가는 톨게이트가 보였다"는 문장으로 끝나고 있는데, W시로 들어간 후 펼쳐질 세계를 숨죽여 지켜보지 않을 수 없다.

지상으로 내려오기 혹은 추락하기

　이번 계절에 박민규는 그 활동의 활발함으로 사람들의 이목을 집중시킨다. 전 인류를 인스톨시킨다는 그야말로 거침없는 상상력을 발휘했던 장편 『핑퐁』의 잉크가 마르기도 전에, 이 계절에 「깊」 「굿바이, 제플린」 「아치」를 발표한 것이다. 더욱 놀라운 것은 세 편 모두 독특한 개성으로 빛난다는 점이다. 박민규는 등단할 당시 상이한 두 가지 경향을 동시에 소유하고 있었다. 하나는 『삼미슈퍼스타즈의 마지막 팬클럽』이 보여준 것과 같이 환란 이후의 척박해진 현실을 배경으로 주변부로 밀려난 하위주체들의 고통스런 삶을 그리는 것이고, 다른 하나는 『지구영웅전설』에서 보여준 것처럼 대중문화를 바탕으로 한 무지막지한 상상력으로 새로운 비전을 제시하는 것이었다. 그 두 가지 경향이 어우러진 것이 소설집 『카스테라』에 실린 여러 단편들이라고 말할 수 있을 것이다.

　이번 계절에는 '환란 이후에 닥친 무한경쟁의 살벌한 현실'과 그것에 대한 상상적 대응으로서의 '무지막지한 우주적 상상력'이 각기 분리되어 나타나고 있다. 전자에 해당하는 것이 바로 「아치」와 「굿바이, 제플린」이고, 후자에 해당하는 것이 「깊」이다. 「아치」는 이인극(二人劇)을 연상시키는 작품으로 양극화로 인해 피폐해진 한국인의 삶을 다루고 있다. 작품은 한강 다리 위에서 자살하려는 사내와 그를 막으려는 경찰의 대화로 이루어져 있다. 한강 다리 위에서 자살소동을 벌인다는 상투적인 소재를 상투적이지 않게 그려내는 데서 작가의 내공을 느낄 수 있는 작품이다. 이 작품의 주제는 무려 세 번에 걸쳐 반복되는 '무전무죄 유전유죄'라는 말 속에 압축되어 있다.

　한 사내가 죽도록 일했지만 빚만 지게 되고, 이제는 팔까지 다쳐 지긋지긋한 비정규직 일마저 할 수 없게 되자 한강 다리의 아치 위에 오른다. 그러나 노련한 김순경의 "아치에 오르는 목적은 죽음이 아니"(160쪽)고, "대개 억울함을 호소하거나, 알아주길 바라는 거"(161쪽)라는 말에서 알 수 있듯이, 사내가 진정으로 원하는 것은 죽음이 아니라 자신의 억울함을 호소하고 삶의 이유를 찾으려는 것이다. 사내가 호소하고자 하는 억울함이란 결국 '무전무죄 유전유죄'라는 문구에 얽혀 있는 이 사회의 불평등과 차별에서 비롯된다. 문제는 사내가 부끄러운 줄도 모르고 '무전유죄(無錢有罪) 유전무죄(有錢無罪)'가 아니라 '무전무죄 유전유죄'라고 목놓아 외치고 있다는 점이다. 무언가 말하고자 하는 것은 있지만 그것을 이 사회에서 통용되는 방식으로 기호화해내지 못하는, 침묵할 수밖에 없는 소외된 자(subaltern)의 모습이 아닐 수 없다.

「굿바이, 제플린」은 광고용 대형풍선 제플린이 날아가버리자 '나'와 제이슨 형이 그것을 자동차로 쫓아가는 과정을 기본 얼개로 하고 있다. 이러한 추적의 과정은 '나'의 애인인 도우미 미려가 거래처 사장에게 겁탈되는 과정과 나란히 놓여 있다. 이 소설은 레고처럼 정교하게 짜맞춘 알레고리로 이루어져 있다.

제플린은 광고용 대형풍선으로 '나'의 꿈을 나타낸다. 현재의 '나'는 미려의 원룸에 얹혀 살며 호객행위를 하는 처지지만, 꿈은 삼 년 만에 부사장이나 이사가 되고, 미려와 결혼해서는 주식투자로 돈을 불리고, 그 돈으로 변리사 시험을 준비해서 변리사가 되는 것이다. "거대한 고래처럼, 그리고 그것은 마치 「꿈」과 같은 느낌이었다. 누구라도 쳐다보지 않을 수 없는 어떤 무엇, 변리사가 된 나의 인생이 한껏 부푼 모습으로 창공에 투영된 기분이었다"(284쪽) 혹은 "제플린을 찾으면 좋아지겠지, 변리사가 되면 모든 게 좋아지겠지"(295쪽)라는 말에서 알 수 있듯이, 로또 당첨만큼이나 이루기 힘든 '나'의 꿈이 저 하늘에 두둥실 떠오른 깃이 바로 제플린이다. 머지않아 '나'의 꿈이 가혹한 현실에 부딪쳐 좌초될 가능성이 농후한 것처럼, 비행풍선 제플린은 외제차를 탄

사냥꾼들이 쏜 엽총에 터져버린다. 또한 제플린이 터져서 착륙한 장소는 인상적이게도 양로원이다. 이 작품의 알레고리는 여기서 끝나지 않는다. 양로원에서 탈출한 할머니를 길에서 우연히 만나는데, 그 할머니는 차 안에서 미려가 늘 덮던 담요를 덮는다. 할머니의 모습이 미려의 미래 모습과 연결되는 대목이다.

그렇다면, '나'가 처음부터 이유 없이 제이슨 형을 미워하던 이유도 이해할 수 있게 된다. '딸과 함께 사는 것'이 유일한 꿈일 만큼 현실 앞에 쪼그라든 제이슨 형은 곧 미래의 '나'의 모습이었던 것이다. 사내가 한강 다리 위에서 내려오는 「아치」나 비행풍선 제플린이 땅으로 추락하는 「굿바이, 제플린」 모두 하강(下降)하는 것으로 작품이 끝나고 있다. 지금 이 땅의 현실에 밀착하고자 하는 작품의 문제의식이 이러한 하강의 상상력을 낳은 것은 아닐까?

나만의 방을 사수하기

김애란의 「침이 고인다」는 인삼껌 하나를 쥐여주고 자기를 버린 엄마 때문에, 그날 이후로 엄마를 생각하거나, 깊이 사랑했던 사람들과 헤어질 때면 입에 침이 고인다는 이야기를 담고 있는 소설이다. 일상의 지극히 미세한 기미를 통해 한 인간이나 사회의 특징을 집어내는 데 경지에 오른 김애란만이 보여줄 수 있는 진경이라 하지 않을 수 없다. 그러나 이 서사의 중심에 놓여 있는 것은, 단지 이 절묘한 인삼껌 이야기가 아니다. 이 작품의 서사를 한 문장으로 정리하자면, 그것은 "그녀가 후배와 한 방에서 함께 지내다 서로 헤어졌다"가 될 것이다. 학원강사인 그녀가 인삼껌과 관련된 개인사를 가진 후배와 원룸에서 동거를 하게 되고, 나중에는 그 후배를 내쫓다시피 해가면서 결별하게 된다는 것이다.

「침이 고인다」도 그렇지만, 김애란에게 '방'(집이 아니라 방이다)은 무척이나 중요한 공간이다. 등단작인 「노크하지 않는 집」에서 대학가 근처에 있는 자취방은 소설의 주제이다시피 했으며, 지난 계절에 쓰인 자전소설 「네모난 자리들」(『문학동네』 2006년 겨울호) 역시도 젊은 시절의 사랑을, 선배가 머물던 방을 중심으로 해서 그려나가고 있다. 「성탄특선」(『문학과사회』 2006년 여름호)에서도 가난한 연인은 크리스마스를 맞이하여 자신들만이 머물 방 하나를 찾아 한밤 내내 서울 거리를 헤매야 했다. 「침이 고인다」는 방을 소재로 한 것 중에서도, 갑자기 찾아온 아버지와 한 방을 쓰게 되다가 결국에는 아버지가 나가버리는(정확히는 아버지를 쫓아버리는) 「그녀가 잠 못 드는 이유가 있다」에 이어지는 작품이라고 볼 수 있다.

처음에는 살림도 분담하고 생활비도 줄어들어 좋아하던 그녀는, 점차 후배와의 이야기가 줄어들고, 조금 지나서는 후배가 저지르는 실수들만 주목하게 된다. 나중에는 후배의 모든 것, 즉 "물도 조금 마시고, 야채도 잘 안 먹고, 발가락에 옹이가 있"(128쪽)는 것까지도 신경쓰게 된다. 결정적으로 그녀가 후배와 함께 사는 것을 견디지 못하게 한 것은 "후배가 자신을 따라 하고 있다고 느꼈을 때"(128쪽)이다. 후배가 자신의 말투를 따라 하고 자신이 '즐겨찾기'해놓은 목록들을 서핑하고 다니는 것을 알게 되자, 그녀의 참담함은 극에 달한다. 그로 인해, 그녀는 후배가 이불에 생리혈을 묻힌 일을 계기로 후배와 결별을 선언하게 된다. "그녀는 어서, 고독해지고 싶다. 푹신푹신한 고독감 속에 파묻혀 휴일이면 온종일 인터넷을 하거나 영화를 보고, 아무렇게나 입은 채, 아무 때나 일어나, 아무거나 먹어버리고 싶다"(135쪽)에서 압축적으로 드러나듯이, 그녀는 자기만의 공간이 필요한 것이다. 그녀에게 방이란 자기만의 정체성을 유지할 수 있는 마지막 거점이라고 할 수 있다. 지금까지의 김애란 소설에서 등장한 방의 의미도 이러한 의미망에서 크게 벗어나지는 않을 것이다.

그런데 「침이 고인다」에서는 한걸음 더 나아가는데, 그녀가 왜 그토록 자기만의 공간(정체성)에 집착하는지에 대한 현실적 이유가 비교적 명료하게 드러나고 있다. 그 이유는 이 작품의 서사에 있어 중요한 한 축을 형성하고 있는 체육대회 장면을 통해서 드러난다. 체육대회에 몰입해갈수록 그녀는 자신은 물론이고 주변 사람들도, 각 과별로 맞춰 입은 티셔츠의 색깔로 판단하게 된다. 자신은 국어과의 일부분으로, 상대방은 영어과나 사회과의 일부분으로 판단하게 되는 것이다. 이것은 그녀가 사회에서 자기만의 고유성(존엄성)을 인정받으며 살지 못하는 소외된 존재임을 보여준다. 자신의 이름을 갖고 있지 못한 그녀에게, 자신만의 취향과 개성을 유지시켜줄 수 있는 '최저낙원'으로서의 방은 누군가와 나누어 가질 수 있는 성질의 것이 될 수 없다.

마지막 장면은 그녀가 후배가 남겨놓은 인삼껌을 씹으며 드라마의 전송완료를 기다리는 것인데, 이 모습은 그 어떤 타인의 대단한 비밀도 인터넷으로 다운받을 수 있는 드라마 정도의 중량감밖에 가질 수 없는 현대인의 우울한 초상이라고 할 수 있다. 김애란의 「침이 고인다」는 작디작은 방 하나를 지키기 위해 안간힘을 써야 하는 사람과, 그 방 하나를 지키도록 안간힘을 쓰게 만드는 이 시대에 대한 슬픈 소설이다.

구술성의 복원

정지아, 김종광, 성석제를 중심으로

태초에 말이 있었다

문학은 구비문학(口碑文學)으로부터 시작되었다. 문자가 창조된 이후에도 문학의 향유방식은 기본적으로 글말 대신 입말을 통한 것이 일반적이었다. 우리 고전시가만 해도 가사에 와서야 비로소 가창의 방식에서 벗어나기 시작했을 뿐이지, 조선 시대의 대표적인 양식이라 할 수 있는 시조 역시도 가창이 기본적인 향유방식이었다. 산문의 경우도 사정은 별반 다르지 않은데, 판소리가 모태인 판소리계 소설은 물론이거니와 대부분의 고전소설들도 묵독되기보다는 오랜 기간 낭독되었던 것으로 보인다. 그렇다면 우리가 구어와는 분명 차이나는 문어를 통해 작품을 창작하고, 그것을 자기만의 골방에서 묵독하는 방식으로 문학을 향유한 것은 길게 잡아야 백여 년의 역사를 가진 것이다. 보통 구술문학이 문자문학으로 바뀌는 데 있어서는 중간단계가 필요한데, 그것은 구술로 연행된 것을 문자로 적는 단계이다. 이때 저자는 일차적으로는 말하고 있는 실제의 장면을 떠올리고 자기 자신이 낭랑하게 발음

한 말을 표현에 아로새긴다. 이 단계를 말하는 것이라는 느낌을 전혀 수반하지 않는 쓰기에 의한 글짓기(composition in writing) 이전에 존재하는 쓰기(writing) 단계라고 할 수 있다.[1] 이처럼 구술문학이 문자문학으로 바뀌는 과정은 '말하기-쓰기-쓰기에 의한 글짓기'의 세 단계를 거친다고 볼 수 있다.

마셜 매클루언이 말한 '구텐베르크 은하계'[2]의 시대에 살고 있는 우리의 문학은 당연히 '쓰기에 의한 글짓기' 단계에 해당한다. 특이하게도 이번 계절[3]에는 자신의 목소리에서 나온 말을 기록한 것과 같은, 즉 월터 옹이 말한 '쓰기' 단계에 해당하는 소설들이 몇 편 눈에 띈다. 구연체를 되살리고 있는 정지아의 「세월」(『문학사상』 2007년 4월호)과 김종광의 「빵집이 사라졌네」(『실천문학』 2007년 봄호)가 그것이다. 위의 소설들과는 반대로, 판소리의 창자와 같은 구연적 목소리의 서술자를 즐겨 사용하던 성석제는 「여행」(『창작과비평』 2007년 봄호)에서 근대소설의 중립적인 서술자 모습을 보여주고 있다.[4] 성석제의 소설은 구연적 목소리가 소설 내에서 어떠한 역할을 하는지 살펴보는 참조점이 된다.

말 속에 녹아든 역사의 흔적

정지아의 「세월」은 80세가 넘은 할머니가 치매에 걸린 할아버지, '이녘'에게 자신의 삶을 말하고, 그것을 있는 그대로 옮겨 적은 소설이다.

1) 월터 J. 옹, 『구술문화와 문자문화』, 이기우·임명진 옮김, 문예출판사, 1995, 45쪽.
2) 매클루언은 구텐베르크에 의해 인쇄술이 발명되어 문자문화가 정착하자 사회의 근본이 달라졌다고 말한다. 인쇄술의 발전은 개인주의, 민족주의, 자본주의, 세속주의, 산업주의, 전문화 등을 낳았다는 것이다. (마셜 매클루언, 『구텐베르크 은하계』, 임상원 옮김, 커뮤니케이션북스, 2001)
3) 이 글은 2007년 6월에 발표되었다.
4) 이하 이 책들에서 인용할 경우 본문에 쪽수만 표시한다.

이 작품은 처음부터 끝까지 할머니의 발언으로 되어 있는 직접 화법 (direct speech)이 사용되고 있다. 따라서 큰따옴표를 붙인다면, 작품 전체가 그 따옴표 속에 들어갈 수 있다. 이 소설의 가장 큰 특징은 방언의 전면적인 사용이다. 전라도 지방의 방언이 전례를 찾을 수 없을 정도로 능숙하고 현장감 있게 사용되고 있다. 모든 구어체는 기본적으로 방언일 수밖에 없다는 것을 생각한다면, 이 소설의 본격적인 방언 사용은 이 작품이 지닌 구술 지향성과 통하는 현상이다. 이 생생한 방언으로 표현된 할머니의 말 속에는 할머니가 세상과 부딪치며 자신 안에 갈무리한 삶의 편린들이 가득하다.

소설 전체를 통해 할머니가 말하고 있는 것은 자신의 팔십 평생이다. '이녁'과의 관계를 중심으로 진술되고 있는 할머니의 삶은 여러 가지 측면에서 의미 부여가 가능하다. 첫번째는 여성차별의 봉건적 습속이 지배하는 사회에서의 성장이라는 의미이다. 할머니가 이녁과 결혼하게 된 것은 몰래 야학에 나갔다가 친정아버지에게 들켜서 지겟작대기로 맞을 때이다. 그때 첨 보는 이녁이 느닷없이 나타나 결혼까지 하게 된 것이다. 할머니의 자기 성장은 문맹에서 벗어나는 과정으로 그려지는데, 이때 선생님의 역할을 맡는 것도 바로 이녁이다. 다음으로는 빨치산으로 대변되는 분단의 상처이다. 좌익인 이녁은 할머니가 한창 독서에 재미를 붙였을 때 주요한 독서물로 단선반대 삐라 등을 가져다준다. 할머니의 글을 깨우쳐가는 과정과 좌익화되어가는 과정은 동시에 일어나며, 이때 인도자 역할을 하는 사람은 이녁[5]이다.

---

5) 그러나 이러한 할아버지도 남성 중심적인 사상에서 벗어나 있지는 못하다. 할아버지는 "곁에 있을 적에도 이녁은 그리 무정했"(102쪽)으며, 할머니가 떠간 조끼와 양말을 다른 청년에게 주며 "헥멩운동 헌 여자가 넘 도울 줄도 모르고 지 식구만 챙긴디고라"(103쪽)라며 사람들 앞에서 넌박을 주는 인물이다. 이렇게 본다면, 할아버지 역시 여성 차별적인 사회구조의 의식세계를 온전하게 벗어난 인물은 아닌 것이다. 그런데 할머니가 받아온 차별은 할머니의 어머니에게서부터 이어진 것으로 그려지고 있다.

그러나 이 소설의 주제는 사회적이라기보다는 실존적이다. 여성 차별도 분단의 비극도 세월의 힘 앞에서는 소리 없이 무너져버리기 때문이다. 세월은 밖으로만 내달리던 무뚝뚝한 남편을 "내 차지가 돼"(109쪽)게 만들어 주고, "헥맹도 못 이룬 펭등을 세월이 지 혼차 가랑비에 옷 젖디끼 부잣집 딸내미며 동경유학생을 이녁이나 나와 하등 다를 바 없는 늙은네로 맹글어놓지 않았어라?"(108쪽)라는 말처럼, 혁명으로도 불가능했던 평등을 가능하게 한다. 「세월」이 다루고 있는 할머니의 삶이란 빨치산이었던 남편과 자신의 체험이 묻어 있는 지극히 역사적인 삶이다. 그러함에도 이 소설은 빨치산으로 설명될 수 있는 우리 현대사의 어두운 측면에 대한 정치적이거나 추상적인 견해를 표출하고 있지는 않다. 그러한 비극은 낳자마자 눈 덮인 산속에서 잃어버린 아이를 통해 우회적으로 드러날 뿐이다. 독자는 단지 한 여인이 남자를 만나, 아이를 기르고, 병든 남편을 돌보며, 조금은 쓸쓸하게 자연과 인생의 섭리를 이해하고 세월 속에 자신을 정리해가는 구체적인 삶의 모습을 엿볼 수 있을 뿐이다.

구술문화에 입각한 사고와 표현의 특징들 중 하나는, 쓰기가 생활 경험으로부터 일정한 거리를 두고서 지식을 구조화하는 데 반해 말하기는 좀더 인간의 생활세계에 밀착해 있다는 점이다. 따라서 말하기는 추상적이기보다 상황의존적인 경우가 훨씬 더 많다.[6] 지극히 역사적이고 정치적인 한 개인의 삶을 다루면서도 섬세한 삶의 구체적인 무늬를 잃어버리지 않은 것은, 「세월」이 철저하게 할머니의 구술로만 이루어진 것에서도 그 이유를 찾을 수 있다.

---

6) 월터 J. 옹, 앞의 책, 90~92쪽.

아줌마의 고단한 삶을 포근히 감싸는 말

김종광의 「빵집이 사라졌네」는 기분이라는 촌아낙네의 직장생활기이다. 직장이라고 해봤자 고작 읍내의 조그만 빵집에 불과하지만, 이 빵집은 기분에게 대단한 의미를 지니고 있다. 빵집에서의 점원생활이란 촌아낙네의 정체성 찾기 내지는 자존의 근거 찾기에 이어져 있기 때문이다. 기분이 일을 하러 나가겠다고 하자 탄광 노동자인 남편은 생활비도 주지 않는 처지임에도 불구하고, 남편의 체면을 내세우며 기분의 출근을 필사적으로 막는다. 자식들 역시도 남부끄럽다며 어머니의 직장생활을 반대한다. 이런 상황에서도 기분이 당차게 직장생활에 나서는 이유는 '생활비를 벌기 위한 목적'과 '자신의 일을 하고 싶은 바람' 두 가지로 설명된다. 작품의 전반부에는 전자의 이유가 강한 것으로 그려지지만, 서사가 진행되면 될수록 기분에게 있어 빵집의 의미는 후자 쪽의 비중이 큰 것으로 그려진다. 그리하여 소설의 마지막은 빵집에 대한 다음과 같은 의미 부여로 끝난다.

그래도 이 이기분이가 농사꾼으로만 산 것은 아니었다, 반나절짜리지만 직장생활 십일 년 경력이 있다, 사람들하고 부대끼며 상처도 많이 받았지만 사는 보람도 많이 맛보게 해준 직장이 있었다, 저 빵집이 바로 그곳이다, 라는 식으로 감상에 젖어 자랑스러워할 때도 많았다네.
그 애틋한 곳이 사라진 거라네. (94쪽)

이 소설이 그려내는 기분의 삶이란 대단히 비극적인 것이다. 탄을 캐러 간 남편의 귀가가 조금만 늦어도 바위신령님과 부처님을 찾으며 혼절할 때까지 빌며 살아온 삶, 남편에게 생활비 한 번을 받아보지 못한 삶, 온갖 고생을 해가며 힘들게 키워놓은 자식들이지만 번듯하게 살아가는 자식 하나 없는 삶, 십 년간을 내 집 일처럼 일해주었지만 한참 아래인 빵집 주인에게 온갖 쌍욕을 듣고 나중에는 돈다발로 뒤통수를 맞기까지 하는 삶이 기분의 삶인 것이다. 그럼에도 이 소설을 읽으면 비극성에 빠지기보다는 뭔가 낭만적인 분위기에 젖어들고 마는데, 그것은 전적으로 '네'와 '었네'라는 구연체의 종결어미 때문이다.

이러한 종결형은 구연체에서나 가능한 것으로서, 대상에 대한 무조건적인 긍정의 태도가 밑바탕이 된 일종의 영탄조라고 볼 수 있다. 이러한 문체만이 쌍욕이나 해대고 돈다발로 뒤통수나 때리는 주인이 사는 빵집을 '그 애틋한 곳'으로 만들 수 있었던 것이다. 만약 이러한 종결형을 보통의 소설처럼 '다'나 '었다'로 고쳤을 때, 이 소설의 분위기나 메시지는 완전히 다른 것이 되었을 것이다. 이런 맥락에서 이 작품의 주인공은 빵집도 기분도 아닌 '네' '었네'의 종결어미라고 볼 수도 있다.

앞서 말한 월터 옹은 구술문화에 입각한 사고와 표현의 특징들을 아홉 가지로 정리[7]한 바 있는데, 그중에서 일곱번째는 구술성에 바탕한 사고는 대상과의 객관적 거리를 유지하기보다는 대상에 대하여 감정이입적 혹은 참여적이 된다는 것이다. 쓰기는 알려지는 대상에서 아는 주체를 분리해냄으로써 객관성(대상으로부터의 거리를 취하는 것)의 조건을 세움에 반해, 말하기에서는 대상과 하나가 되기 때문이다. 구술성에 바탕한 작품들의 서술자가 주인공의 활동을 말할 때 종종 무심코 일인칭으로 말해버리는 것도 이런 이유 때문이라고 한다. 「빵집이 사라졌네」는 순수하게 문법적인 측면에서 본다면 화자의 보고문이지만, 내용 자체는 작중인물의 의식인 자유간접화법(indirect interior monologue)으로 이루어져 있다. 자유간접화법에서는 화자의 발언과 작중

---

7) 월터 J. 옹, 앞의 책, 60~92쪽.

인물의 발언이 겹쳐지게 된다. 이것은 곧 서술자와 작중인물 사이에 비판적인 거리가 존재하지 않음을 의미한다. '네'나 '었네'라는 구연체의 문장종결형과 기분의 목소리와 서술자의 목소리가 합쳐진 듯한 자유간접화법은 모두 구술성과 관련된 것이다. 이처럼 이 작품은 구술성과 긴밀하게 연결되어 있으며, 이것이 기분의 비극적인 삶을 낭만적인 것으로 만들어내고 있다.

구연적 서술자가 빠진 자리를 채우는 '짜증'의 파토스

요즈음에 가장 큰 변화를 보이는 작가를 꼽자면 성석제를 들 수 있다. 그러한 변화는 소재나 풍경 차원의 것이 아니라, 그러한 것들을 심층에서 조율하는 작가의 세계관과 정서의 차원에서 이루어지고 있다. 그동안 보아온 성석제 소설은 대부분 능청과 해학과 가슴 한편을 훑고 지나가는 페이소스로 가득한 정감 넘치는 세계였다. 이전의 소설들이 세상과의 융화를 기본으로 한 포용과 화해의 분위기를 보여주었다면, 요즈음의 소설들은 세상과 엇나가는 인물들의 불편한 내면심리를 드러내는 경우가 많다.

이번 계절에 발표된 「여행」은 그러한 성석제의 변화를 압축해서 보여주는 작품이다. 만재, 봉수, 영덕의 세 고향친구가 여행을 떠나고, 거기서 귀한 집 자제들을 만나 한판 싸운 것을 기본서사로 하고 있는 「여행」은 「피서지에서 생긴 일」(『문학과사회』 2006년 가을호)의 후속편이라고 할 수 있다. 여행을 떠난 고향친구들이 대도시에서 온 잘나가는 대학생들을 만나서 특별한 이유 없이 싸움을 한다는 기본서사가 똑같을 뿐만 아니라, 작품 안에는 누 작품을 연결시키는 성석제스러운 세심한 배치가 준비되어 있기 때문이다. 「피서지에서 생긴 일」에서는 먹을 게 없으니까 밤잎을 된장국에 넣어 먹자는 제안이 나왔었는데, 이번에는 실제로 넣어 먹는 것이다.

「여행」에서 무엇보다 인상적인 것은, 그동안 성석제 소설에서 보여주었던 것과는 너무나도 다른 작품의 정서이다. 그동안 성석제는 일상의 상궤를 벗어나는 특이한 인물들을 주조해내는 데 탁월한 능력을 보여주었다. 그러한 특이한 인물 유형 중의 하나로 모자라고 가난하고 고집 세고 엉뚱한 짓만 하는 사람들을 들 수 있는데, 『인간의 힘』의 채동구나 「황만근은 이렇게 말했다」의 황만근이 대표선수라고 할 수 있다. 「여행」의 만재라든가 「피서지에서 생긴 일」의 종수 등은 이러한 인물들의 계보를 잇는 인물이다. 그런데 이전 소설들에서 그러한 인물들이 세상을 보는 방식이나 작가가 그러한 인물을 바라보는 방식은 너무나 따뜻하고 유쾌한 것이어서, 그 사이에는 차가운 마찰음이 발생할 여지가 없었다.

그런데 「여행」에서 세상과 하나로 융합된 정겨움은 전혀 찾아볼 수 없다. 그 자리를 대신하는 것은 이유를 알 수 없는 짜증과 피로함일 뿐이다. 그리하여 「여행」의 서사는 세 명의 친구 중에 가장 비중이 큰 '만재의 짜증이 조금씩 증폭되어나가다가 나중에는 폭발하는 것'이라고 간단하게 정리할 수 있을 정도이다. 만재는 "모든 게 싫었다. 자신의 무능한 몸까지"(94쪽)라는 생각을 거쳐, "후회가 덧씌워지며 증폭되었다. 하필 이 인간들하고 알게 되었는가. 왜 비슷한 장소에 비슷한 때에 태어났는가, 어째서 세상에 나와서 이 고생을 하는가 하는 식으로 후회는 이어졌고 결국 눈시울이 시큰해졌다"(97쪽)는 지경에까지 이른다. 이러한 상태로 만재 일행은 대도시에서 빨간 외제 스포츠카를 타고 온 귀한 집 자제들을 만나자 육탄전을 벌이고 만다.

이러한 변화의 한 가지 이유로는 이전 소설과는 다른 서술자의 모습을 들 수 있다. 「여행」외 주인공들과 비슷한 성격의 인물인 황만근이라는 인물이 주인공인 「황만근은 이렇게 말했다」만 보아도 이 소설에 등장하는 서술자는 논평적 화자임은 물론이거니와 무제한의 초능력을 가진 존재였다. 이 서술자는 판소리의 광대처럼 마치 황만근의 삶을 구연하는 듯한 모습을 보여주었다. 작품 전체에 걸쳐 서술자의 목소리가 귀가 멍멍하도록 울리는 이 소설에서, 서술자는 서사 내에 너무나 자연스럽게 얼굴을 내밀곤 했던 것이다.[8]

그런데 「여행」의 화자는 사건의 진행에 별다른 개입 없이 객관적인 입장에서 사건 진행만 충실하게 보여주는 중립적 화자이다. 「여행」의 화자는 시공을 초월하여 움직이고 여러 인물의 마음속에 들어가는 것이 아니라 만재라는 인물의 마음속에만 가끔씩 들어가는 절제된 태도를 보이는 것이다. 그리하여 마지막 부분에 세 사람이 갑작스럽게 헤어지는 장면에서도 그 개입을 철저하게 꺼린다. 「여행」은 세 친구가 20개비가 들어 있는 담배 한 갑을 나누는 문제로 다투다가 헤어진다는 일종의 우화로 끝난다. 이때 서술자는 이 우화의 의미에 대해서는 철저히 함구한 채, "그리고 그들이 만들었던 삼각형은 다시는 생겨나지 않았다. 그들이 걸어가는 길 위, 아름다운 둑, 아름다운 언덕 어디에서도"(113쪽)처럼 멀리서 그들의 모습을 바라보기만 할 뿐이다. 구연적인 서술자의 중립적인 서술자로의 변화는 작품의 근본적인 변화로 이어지고 있다.

---

8) 황만근가, 황만근의 노래, 아니 황만근에 관한 노래를 이렇게 부른다. 먼저 "황"하고 단호하고 크게 소리쳐서 주의를 끈 다음, 한 박자를 쉰 뒤에 "마안 ─ 그은"하고 두 박자로 느릿하게 부른다. 이어서 "백분(번), 찜원(십원), 여끈(열 근), 풀푸, 두 바리(마리)"하고 빠르게 센다. 미끄믹으로 "느래, 바안 ─ 그은"하고 느긋하게 마친다. 이 노래에는 황만근의 일생이 들어 있고 모든 노래가 그렇다시피 노래를 부르는 마을 사람들의 대체 경험과 정서가 녹아 있다. (『황만근은 이렇게 말했다』, 창비, 2002, 14~15쪽)

오래된 미래를 찾아서

구어와 문어가 일치한다는 언문일치체란 하나의 허구에 불과하다. 아무리 정교한 문자라도 우리의 말을 완벽하게 옮길 수는 없기 때문이다. 하물며 우리 근대소설의 기본 문법이 되어버린 '다' '었다'의 종결형이 사용된 것을 일컬어 언문일치체라 말하는 것은 하나의 착각일 수밖에 없다. 이러한 한계는 곧 우리의 삶이나 세상을 언어화하는 것에 있어서의 근본적인 한계이기도 하다. 따라서 감옥이 되어버린 한국 근대소설의 문어체 문장을 벗어나 새로운 문장을 시도해본 김종광이나 정지아의 시도는, 그 시도만으로도 의미를 찾을 수 있을 것이다.

우리는 흔히 방언이나 판소리체 문장이 쓰이면 그것을 일종의 퇴행이자 낡은 것으로 재단하기 쉽다. 그러나 서구의 르네상스란 것이 그 본질은 고대 서양문화의 재생에 있었던 것처럼, 때로 과거로의 돌아봄은 한 시대의 전위가 될 수도 있다. 규범이 된 문자문화의 기본적인 문장형을 벗어나 과거 우리 문학사의 오랜 시간 동안 이어져온 구전문학의 전통을 살려보는 것은 결코 과거로의 퇴행이 아니라 새로운 문학을 향한 혁신적인 발걸음이 될 수 있다. 마셜 매클루언이 이 시대의 영상 매체를 통해 '재부족화'를 말하는 것처럼, 구전문학을 낳은 구술문화는 우리에게 '오래된 미래'일 수도 있다.

진정으로 실종된 것들

김나정, 한유주, 김연수를 중심으로

실종 모티프

한 시대나 한 작가의 작품들에는 반복되어 나타나는 특정한 요소가 있기 마련이다. 식민지 시기의 홍수 모티프나 간도 이주 모티프, 해방 직후의 귀향 모티프 등을 대표적인 것으로 들 수 있다. 이러한 모티프는 시대나 작가의 핵이 되는 정신과 과제를 오롯하게 드러내는 역할을 하는, 작품에 대한 일종의 엑스레이라고 할 수 있다. 이번 계절[1]에는 실종을 다룬 작품들이 여러 편 창작되었다. 김나정의 「구求」(『문예중앙』 2007년 여름호), 한유주의 「흑백사진사」(『작가세계』 2007년 여름호), 김연수의 「달로 간 코미디언」(『작가세계』 2007년 여름호)이 그것이다.[2] 「구」와 「흑백 사진사」에서는 아이들이 유괴당해 실종된다면, 「달로 간 코미디언」에서는 오십대의 중년 남자가 미국에서 실종된다.

---

1) 이 글은 2007년 9월에 발표되었다.
2) 이하 이 책들에서 인용할 경우 본문에 쪽수만 표시한다.

이러한 실종을 일상적인 것으로는 환원될 수 없는 잉여적 부가물, 즉 사건이라고 부를 수 있다. 감각 또는 지각이 자연스럽게 행위로 연결되기 위해서는, 누적된 안정적 형태가 확립되어 있어야 한다. 이러한 안정적 형태를 공통감각(상식) 혹은 관습이라 부를 수 있다. 만약 이러한 도식이 없어서, 감각과 지각 들을 매번 새롭게 이해하고 해석해야 한다면 우리는 하루도 존재하지 못할 것이다. 유괴나 실종이란 이처럼 지속성에 의해 유지되는 삶에 개입하여, 기존의 안정된 기반을 흔들어놓는 우연적이며 예측 불가능한 극단적인 사건이라고 할 수 있다. 이러한 사건을 통해 우리는 이전에 의식조차 못하던 삶의 기본적인 원칙들에 대하여 근본적인 반성을 할 수 있다. 실종이라는 갑작스러운 사라짐을 통해, 실종된 자뿐만 아니라 그를 둘러싼 관계 전체를 새롭게 바라볼 수 있는 것이다. 세 명의 작가는 실종이라는 모티프를 통해 우리가 진정으로 잃어버린 것이 무엇인지에 대해 날카롭게 말하고 있다.

잊을 수 없는 책임, 잊지 않아야 하는 책임

김나정의 「구」는 동생의 실종이라는 사건에서 벗어나지 못하는 언니의 이야기이다. 이 소설은 동생이 유괴된 놀이터에 함께 있었던 '나'가 동생을 유괴했던 '그녀'를 발견해서는, 그녀를 쫓아갔다가 다시 집에 돌아온다는 비교적 간단한 이야기이다. '나'의 동생 수현은 여덟 살에 놀이터에서 놀다가 한 여자와 함께 사라진다. 그후 동생은 목이 졸려 죽은 채, 가방에 담겨 국도변에 버려진다. 이 소설의 '나'는 그때 놀이터에 함께 있었던 언니인데, 고등학생이 된 지금도 동생의 유괴가 준 충격으로부터 벗어나지 못하고 있다. 아버지가 "복직을 하고 술을 끊"(163쪽)어도, 어머니가 "집 근처 교회에 나가기 시작"(163쪽)하며 일상으로 복귀한 이후에도 그녀는 동생의 유괴라는 사건으로부터 벗어나지 못한다.

부모도 벗어난 그 사건에서 '나'가 벗어나지 못하는 것은, "거듭거듭 그날로 돌아갔다. 그날 우리가 놀이터에 가지 않았다면, 내가 동생한테 눈을 떼지 않았다면, 여자를 무심히 바라보지 않았다면, 수현이는 살 수 있었다"는 문장 속에 응축되어 있다. '나'는 그날의 현장에 있었던 것이며, 그로 인해 그날의 사건에 대한 책임에서 벗어나지 못하는 것이다.

이러한 '나'가 동생의 유괴범을 만나 집까지 찾아간 것은 당연한 일이 아닐 수 없다. 그런데 집에 돌아온 '나'는 "오늘까지 나는 아홉 번, 여자를 만났다"(170쪽)고 말한다. '나'가 찾는 '그녀'는 "유원지 매점에서 핫도그를 팔고 있"기도 하고, 병원 카운터에 앉아 "내 팔뚝에 주사를 놓으며 히죽 웃"기도 하며, "마을버스에서 음악을 듣고 있다가 교회 앞에서 내"(170쪽)리기도 한다. 사정이 이러하다면, "모두가 그녀 같았고, 모두가 그녀가 아닌 것 같다"(170쪽)는 말처럼, 모든 사람은 '나'가 찾는 '그녀'이기도 한 것이다. 이 순간 독자는 '나'가 병리적인 정신상태에 놓여 있음을 알게 된다.

아이러니하게도 이러한 정신병리는 정상적으로 보이는 사회를 향해, 한 아이의 실종과 뒤이은 죽음에 대한 책임을 묻는다. 여덟 살 먹은 아이가 놀이터에서 유괴당하고, 도로변에서 가방에 담긴 시체로 발견되는 것은 결코 한 아이의 책임일 수만은 없다. 유괴의 현장에 있었다는 이유만으로 어린 '나'가 엄마로부터도 "수인아, 나가서 수현이 좀 찾아와라"(165쪽)는 말을 들어서는 안 되는 것이다. 설령 '나'가 "놀이터에 가지 않았"고, "동생한테 눈을 떼지 않았"고, "여자를 무심히 바라보지 않았"더라도 수현이는 유괴되었을지 모른다. 뉴스에는 "비행기가 추락하고 집은 잿더미로 무너져내리고, 여대생은 택시 트렁크에서 끌려나"(166쪽)오는 일로 가득한 것이 현실이라면 말이다. 결국 수현이의 죽음 속에는 우리 모두의 책임이 놓여 있는 것이다. 부모조차도 일상으로 복귀한 마당에 수현이로부터 벗어나지 못하는 '나'의 병리성을 통해, 작가는 우리가 잃어버린 책임과 윤리를 추궁하고 있다.

이 소설은 "틀림없다, 그 여자다. 나는 필사적으로 찾아 헤매던 그 여자와 우연히 마주쳤다. 살아생전 한 번쯤은 만날 거라고 믿었다"(157쪽)로 시작되어서, "틀림없다, 그 여자다. 나는 필사적으로 찾아 헤매던 그 여자와 우연히 마주쳤다. 살아생전 한번쯤은 만날 거라고 믿고 싶었다"(171쪽)로 끝난다. '믿었다'가 '믿고 싶었다'로 변하고 있는 것이다. 기필코 동생을 유괴살해한 '그녀'를 찾고야 말겠다는 한 소녀의 강박적인 눈빛이 지금 이 순간도 우리를 날카롭게 쏘아보고 있다.

유괴보다 더 끔찍한 현실

한유주의 「흑백사진사」에서는 유괴된 '나'가 화자이다. 그런데 이 화자에 의해 말해지는 이야기는, 한국소설의 서사적 실험의 극단을 보여주는 한유주답게 지극히 난해하고 복잡하다. 얼핏 보았을 때 '나'는 유괴범에게 유괴당해 창고 속에 갇힌 소년으로 보인다. 그런데 '나'는 유괴범이 쓴 편지의 내용은 물론이고 그것을 읽는 아버지와 어머니의 내면까지 속속들이 알고 있으며, 심지어는 어린 시절 "엄마가 나에게 느꼈던 불가해한 감정들"(226쪽)까지 알고 있다. 이때의 '나'를 창고 속에 갇혀 있는 소년이라고 볼 수는 없다. 나아가 '나'는 스토리의 안과 밖을 자유롭게 넘나든다. "이 이야기를 시작하기 위해서는 세 명의 인물들이 필요한 것처럼"(223쪽), "이 이야기를 시작하기 위해서는 두 명의 등장인물이 필요하다"(225쪽), "이 이야기를 시작하기 위해서는 내가 필요하다"(227쪽), "이야기는 이렇게 끝날 수도 있었다"(230쪽)와 같은 표현이 자주 등장하는 것이다. '나'는 분명 스토리 속에 등장하는 동종화자(homodiegetic narrator)인 동시에 스토리 밖에 존재하는 이종화자(heterodiegetic narrator)이기도 하다.

이 작품은 선명한 대칭적 관계 위에 서 있다. 소설은 전체 스토리와는 직접적인 관련이 없는 '내'가 꾼 꿈 이야기로 시작된다. 꿈속에서 베티의 남편인 짐은 헤어진 쌍둥이 동생 짐을 만난다. "두 명의 짐은 같은 얼굴과 같은 목소리, 같은 키와 같은 몸무게를 지녔고, 같은 직업을 갖고 있었다. 짐은 경찰이었다. 그리고 같은 이름의 아내, 같은 이름의 전처, 같은 이름의 아이, 같은 이름의 개가 그들의 가족"(215쪽)이다. 꿈속에서 "두 명의 베티는 짐과 짐의 전처들이었던 린다와 린다에 대해 생각한다"(215쪽). 꿈속에서는 모든 것이 데칼코마니와 같은 완벽한 도상적 대칭성 속에 존재하는 것이다. 현실에서도 이러한 대칭성은 변하지 않는데, "일곱 낮과 일곱 밤"(216쪽), "통계에 의하면 유괴범의 9할은 검거된다고 한다. (…) 통계에 의하면 유괴된 아이의 9할은 살해된다고 한다"(228쪽), "나는 지금도 그때가 오후 4시 24분이었는지 오전 4시 24분이었는지를 기억하지 못한다"(234쪽)와 같은 표현들이 빈번하게 등장한다. 이 소설의 제목인 '흑백사진사'의 '흑백'은 이 작품에 등장하는 대칭적 관계를 의미한다고 할 수 있다.

이러한 대칭성은 작품의 주제에까지 연결된다. 이 소설의 결말은 두 가지의 다른 경우를 보여준다. 첫번째는 아버지가 1억원을 유괴범에게 준 후, 다음날 아침 강화도에서 풀려나는 것이다. 그러나 집에 돌아온 후의 상황은 다음의 인용문처럼 곧바로 유괴 이전의 상황으로 되돌아간다.

내가 살아 돌아온 것이 기적이라고들 했다. 그러나 그 기적이라는 낱말이 단순한 수사에 지나지 않음을 나는 깨닫는다. 학교는 변함이 없다. 나는 아이들에게 심한 감기로 앓았다는 말을 한다. 아이들은 그러려니 한다.(235쪽)

그러한 평범한 일상은 유괴되어 창고 속에 갇혀 있을 때와 별반 다름없는 끔찍한 것이기도 하다. 엄마는 혀 짧은 소리를 내는 자기 아이에게 사랑 대신 불가해한 감정을 느끼고, 하굣길에 만난 교복 입은 학생들이 매일 주먹질을 하고 목을 조르기도 하는 곳이 다시 돌아온 일상인 것이다. 이때 소설은 다시 창고 속에 갇혀 있는 시점으로 돌아가, 새로운 결말을 보여준다. 유괴된 '나'가 큰 소리로 노래를 부르고, 그 노래에 자극받은 사내가 '나'의 목을 조르는 것이다.

결말 역시 흑과 백, 즉 죽음과 삶이라는 대칭성으로 끝나고 있다. 그러나 이때의 대칭성은 질적 차이를 동반하는 이분법이 아닌 동질적인 것의 단순한 도상학적 대칭성에 머물고 만다. 유괴되지 않은 삶과 창고 속에 유괴된 삶, 유괴에서 돌아온 현실과 유괴에서 죽어 돌아온 현실은 「흑백사진사」 속에서 동등한 차원에 놓여 있기 때문이다. 한유주에게 소년이 살아가는 현실이란, 유괴되어 창고 속에 감금된 세계와 크게 다르지 않은 악몽에 불과하다.

타인을 이해하기

김연수의 「달로 간 코미디언」을 이해하기 위해서는, 이 작품과 같은 지면(『작가세계』 2007년 여름호)에 실린 「타인의 삶」이라는 작가의 산문을 우선적으로 검토해보아야 한다. 이 산문은 80년대 초반에 미국으로 이민을 가서 실종된 큰형의 이야기를 담고 있다. 그러면서 다음과 같이 글을 맺고 있다.

우리는 영영 서로 오해할지도 모른다. 하지만 바로 그 이유 때문에 우리는 타인의 삶을 이해하기 위해 최선을 다해야만 한다. 그게 우리의 윤리다. 내가 끝내 소설을 탈고하는 이유는 바로 그 윤리 때문이다. 나는 영원히 타인의 삶을 알아내지 못한다는 점에서 소설가로서 끝내 실패할지 모르지만, 다시 바로 그 이유 때문에 나는 죽을 때까지 소설가로 남을 수 있을 것이다. 나는 타인의 삶 앞에서 윤리적이고자 한다. 그건 그렇게 하지 않으면 너무나 슬픈 운명을 지닌 사람들이 너무나 많은 까닭이다. (66쪽)

이 글에서 김연수는 타인을 이해하는 것의 불가능함과, 그럼에도 불구하고 이해하기 위해 노력해야 한다는 것을 말하고 있다. 그것을 김연수는 '우리의 윤리'라고 부르고 있으며, 그러한 윤리가 작가로 하여금 글을 쓰게 한다는 것이다. 「달로 간 코미디언」은 위에서 말한 김연수의 윤리가 고스란히 형상화된 작품이다.

이 작품은 타인에 대한 이해와 소통이라는 문제를 한 코미디언의 실종이라는 핵심적인 사건을 통해 풀어내고 있다. 「달로 간 코미디언」에서 실종된 인물은 제목에도 등장하는 코미디언이다. 그는 '나'와 사귀었던 라디오 방송국의 피디인, 그녀의 아버지이다. 그녀의 아버지는 무명이었으나, 신군부 집권 이후 유명 연예인들이 저질 연예인으로 찍혀 방송 금지를 당하는 바람에 1년 남짓 텔레비전에 나오다가 실종된다. 코미디언 안복남씨는 "웃을 일이 아니에요"라는 유행어와 슬랩스틱 코미디로 약간의 유명세를 탄다. 그러나 그의 슬랩스틱 코미디는 점점 더 심해져, 그의 마지막 무대가 된 〈국풍81〉에서 그는 나무에 부딪치고, 넘어지고, 나중에는 무대에서 떨어지기까지 한다. 그 다음날 신문에는 "전무후무한 저질 코미디"(39쪽)였다는 평가가 실리고, 이후 그는 미국으로 가서는 실종되어버린다. 그런데 코미디언의 딸인 그녀는 아버지가 "가족을 버리고 양옥집을 몰래 판 돈을 들고 애인과 함께 미국으로 도망쳐버"(50쪽)린 것으로 알고 있었지만, 맹인인 점자도서관장에게서 아버지가 시력을 잃어가는 상태였다는 새로운 사실을 알게 된다. 아버지의 저질 코미디는 시력의 상실에 따르는 어쩔 수 없는 행위였던 것이다. 그렇다면 안복남씨의 유행어 "웃을 일이 아니에요" 역시 유머가 아닌 문자 그대로의 진실이었다고 볼 수 있다. 그녀는 아버지를 오해했던 것이 아니라 아버지에 대해 아무것도 알지 못했던 것이다.

이런 일을 겪은 그녀가 '타인에 대한 이해'라는 문제에 강박당한 존재가 되는 것은 어찌 보면 당연하다. 그녀가 "라스베이거스에서 죽은 선수. 그 선수의 고통을 소설로 쓸 수 있겠어요?"(19쪽)라는 질문을 소설가인 '나'에게 하고, '나'가 그 권투선수의 고통을 이해할 수 있을지도 모른다는 대답을 했을 때, 둘의 사랑이 시작되는 것은 이런 맥락에서이다. 그러나 누구도 타인의 삶(고통)을 이해할 수는 없는 법. 이 세상에서는 소통불능으로 인해 "뉴욕에 있던 세계무역센터 건물이 붕괴되는"(32쪽) 영화 같은 일이 현실이 되어버리기도 하는 것이다. 불가능을 조건으로 성립된 사랑이기에, 둘의 사랑은 곧 끝나버리게 된다.

지구상에서 에야크어를 사용하는 마지막 인간이 처한 상황은 지구상의 모든 인류가 처한 상황이기도 하다. 그 인디언은 "듣는 사람이 없으면 말하는 사람도 없어. 세계는 침묵이야. 암흑이고"(30쪽)라고 말하지만, 이러한 상황은 언어를 사용하는 다른 인간들에게도 마찬가지이다. 이것은 방송국에서 피디로 일하는 그녀의 경험을 통해 형상화된다. 그녀는 방송국에서 한 사람의 인생을 인터뷰해서 들려주는 〈우리 인생의 이야기〉라는 프로그램을 만드는데, 그녀는 그들의 인생이 방송에 나가는 이야기 속에 존재하는 것이 아니라 "이야기 사이의 공백에 있"(22쪽)다는 생각을 하게 된다. 편집되어버리고 마는 "기침이나 한숨 소리, 침 삼키는 소리"(22쪽) 속에서 인터뷰한 사람들의 인생을 느끼는 것이다. 따라서 "편집이 다 끝나고 방송이 흘러나올 때면 그녀는 자신이 직접 만나서 들었던 바로 그 인생담이 아닌 것 같다는 느낌에 번번이 좌절"(22쪽)하고 만다.[3]

결국 그녀는 아버지를 이해하기 위해, 아버지가 실종된 라스베이거스 근처의 사막으로 간다. 그곳에서 그녀는 아버지의 실종을 기록한 CD를 '나'에게 보낸다. CD는 자동차의 엔진 소리, 라디오 소리, 기침 소리, 바람 소리로 가득하다. 그 소리에서 "나는 어느 날 사막에서 실종된 한 남자의 고독을, 그 남자를 이해하기 위해 사막을 향해 달려가는 한 여자의 욕망을, 그리고 그 남자와 그 여자가 보게 될 사막의 빛과 어둠, 열기와 서늘함, 고독과 슬픔"(57쪽)을 듣는다. CD에서는 바람 소리가 지루할 정도로 길게 이어지고, 그녀는 불쑥 젖은 목소리로 "지금 보이세요?"(58쪽)라고 묻는다. '나'는 CD를 다시 들을 때야 비로소, 광활한 사막에 혼자 남은 한 중년의 코미디언이 걸어가서 다다르게 될 "만월"을 보게 된다. 언어와 시각을 초월한 감각과 관심을 통해 드디어 이십여 년 전 사라진 코미디언과 그가 걸어갔던 길을 보게 되는 것이다.

드디어 소통한 것일까? 작가 김연수는 결코 단순하지 않다. "아, 이건 만월이군요. 맞지요?"(59쪽)라고 옆에 있는 맹인 관장에게 묻지만, 그는 아무 대답도 하지 않기 때문이다. 그리해서 이 작품은 "거기에는 나 혼자뿐이었다"(59쪽)는 문장으로 끝난다. '달로 간 코미디언'을 보았지만, 그것은 단지 나 혼자만의 경험인 것이다. 언어를 초월한 느낌과 감각을 통한 소통은 가능한 것일까? 불가능한 것일까? 김연수는 끝내

---

3) 발화된 말보다 침묵이나 눈물 등의 요소가 실제의 말보다 사건에 대한 기억에 가깝다는 것은 오카 마리도 지적한 바 있다. (오카 마리, 『기억·서사』, 김병구 옮김, 소명출판사, 2004)

답을 주지 않는다. 이 끝을 알 수 없는 아포리아야말로 김연수를 원고지 앞에 붙들어놓는 이유일 것이다. 그 고투 속에서 김연수는 '사막에 떠오른 황홀한 만월'을 계속해서 우리에게 선사할 것이다.

새로운 가족, 새로운 세상을 꿈꾸기

김영하와 김태용을 중심으로

앙티 오이디푸스

한 시대의 문학적 건강성을 평가하는 기준으로 다양성을 들 수 있다면, 이번 계절[1]의 소설계는 그 어느 때보다도 건강했다고 말할 수 있다. 세대적으로 보아도 등단한 지 사십 년이 넘는 원로에서부터 등단한 지 오 년이 안 되는 신인까지 다양하게 창작집을 내놓았으며, 주제별로 보아도 듀나의 『용의 이』와 같은 SF물에서 박완서의 『친절한 복희씨』와 같은 전통적인 문법에 충실한 작품들까지 다양한 소설책들이 출판되었다.[2] 이번 계절에는 가족과 그것을 둘러싼 여러 문제들을 진

---

1) 이 글은 2008년 3월에 발표되었다.

2) 2007년 10월부터 2007년 12월까지 창작된 소설들을 정리해보면 다음과 같다. 박완서의 『친절한 복희씨』, 한강의 『채식주의자』, 윤이형의 『셋을 위한 왈츠』, 김영하의 『퀴즈쇼』, 윤영수의 『내 여자친구의 귀여운 연애』 『내 안의 황무지』, 김지현의 『플라스틱 물고기』, 조두진의 『마라토너의 흡연』, 이청준의 『그곳을 다시 잊어야 했다』, 공지영의 『즐거운 나의 집』, 김태용의 『풀밭 위의 돼지』, 조경란의 『혀』, 김도연의 『소와 함께 여행하는 법』, 김진규의 『달을 먹다』, 듀나의 『용의 이』, 전경린의 『엄마의 집』, 공선옥의 『명랑한 밤길』.

지하게 탐구한 작품들이 많이 창작되었다. 박완서, 윤영수, 공지영, 전경린의 소설집은 현대사회에서 가족의 의미가 무엇인지에 대한 각기 다른 문제의식과 해답을 전해주고 있는 역작들이다. 이들 작품은 근대소설의 일반적인 법칙에 충실하게 가족이라는 끈끈하고 비릿한 관계들이 만들어내는 여러 풍상들을 조리 있게 그려내고 있다.

이번 리뷰 난에서 관심을 갖는 김영하의 『퀴즈쇼』와 김태용의 『풀밭 위의 돼지』는 전면에 가족의 문제를 내세우고 있지는 않지만, 작품의 심층에서 근대 자본주의의 독특한 가족 형식이라고 할 수 있는 오이디푸스 구조의 문제를 건드리고 있는 작품들이다. 김영하의 『퀴즈쇼』의 주인공 민수는 아버지가 누구인지도 모르고, 어머니는 어디에 사는지도 모르는 사생아이다. 김태용의 『풀밭 위의 돼지』는 신성모독에 가까운 아버지에 대한 혐오와 적개심을 작품의 곳곳에 쏟아놓고 있다. 이러한 인물들의 모습은 한 개인 차원의 정신병리로 처리해버리기에는 너무나 복잡하고 의미심장한 사회적 의미를 담고 있다.

그리스의 비극을 바탕으로 프로이트가 개진한 오이디푸스 콤플렉스란 만 세 살에서 여섯 살 정도까지의 어린아이들이 이성의 부모에게는 강렬한 사랑을 느껴 독점하려고 하는 반면, 동성의 부모에게는 강한 부정적 감정을 가지는 것을 의미한다. 이것은 보통 동성부모와의 동일시를 통해 해소되지만, 그 이후의 시기에도 얼마든지 다시 나타날 수 있으며, 이러한 콤플렉스의 해소에 실패할 경우 신경증에 걸리기도 한다. 오이디푸스 콤플렉스는 인간 존재의 가장 중요한 형성기제라고 할 수 있다. 이 단계를 통해 인간은 자연에서 문화로, 동물에서 인간의 단계로 접어들게 되는 것이다. 문학에 있어서도 오이디푸스 콤플렉스는 매우 중요한데, 바르트는 어린아이가 말과 서사와 오이디푸스를 동일한 시기에 만들어낸다는 사실에 주목하면서, 서사의 중심에는 오이디푸스로 환유되는 인간의 욕망이 존재하고 있음을 시사한다.[3] 사정이 이러하다면 모든 문학작품의 정신분석적인 접근의 핵심에는 오이디푸스 콤플렉스가 존재한다고 말할 수 있다.

그런데 이러한 오이디푸스 콤플렉스는 동서고금의 보편적인 정신적 메커니즘이라고 말할 수 없다. 프로이트의 논의는 어디까지나 자본주의적 가족구조를 근거로 해서 이루어진 것이다. 자본주의 단계에 이르러서야 오이디푸스적 가족구조는 사회적 규정이 반향하는 장소가 되며, 반대로 사회는 가족구조가 공명하는 공간이 된다. 따라서 오이디푸스 구조의 사적 차원은 가족이지만, 그 공적 차원은 자본주의 사회의 구조 자체라고 할 수 있다. 이러한 자본주의적 오이디푸스 구조(혹은 탈구조)에서는, 가족이나 가족해체에 연관된 무의식이 사회질서나 변혁을 위한 근거로 작용하기 시작한다. 프로이트가 말한 오이디푸스 콤플렉스와 들뢰즈가 말한 앙티 오이디푸스적인 고아적 무의식은, 사회체의 재코드화(그리고 재영토화)와 탈코드화(그리고 탈영토화)라는 양가성의 근원으로 작동하는 것이다. 또한 자본주의적 오이디푸스 구조에서의 권력의 위치는 사적으로는 아버지이며 공적으로는 상징계(법)이다.[4]

김영하의 『퀴즈쇼』[5]와 김태용의 『풀밭 위의 돼지』[6]는 매우 독특한 개성을 지닌 작품인 동시에 오이디푸스 구조와 관련해 새로운 상상력을 보여주고 있다. 『퀴즈쇼』가 의식할 수조차 없이 펼쳐져 있는 오이디푸스적 삼각형의 올가미들을 통해 탈주의 가능성을 꿈꿀 수 없는 88만원 세대의 비극을 그려 보이고 있다면, 『풀밭 위의 돼지』는 오이디푸스

3) Barthes, R.(1977), *Image-Music-Text*, Trans. Stephan Heath, New York : Hill and Wang., p.98.
4) 들뢰즈·가타리, 『앙띠 오이디푸스』, 최명관 옮김, 민음사, 1994 참조.
5) 김영하, 『퀴즈쇼』, 문학동네, 2007. 이하 인용할 경우 본문에 쪽수만 표시한다.
6) 김태용, 『풀밭 위의 돼지』, 문학과지성사, 2007. 이하 인용할 경우 본문에 쪽수만 표시한다.

적 아버지에 대한 극렬한 적대의식을 드러내고 있으면서도 그것이 새로운 사회적 가능성으로 이어지지는 못하는 모순적인 모습을 드러내고 있다.

성장 없는 성장소설 ─김영하의 『퀴즈쇼』

김영하의 『퀴즈쇼』는 퀴즈쇼라는 인터넷상의 게임을 통해 소위 88만원 세대라 불리는 요즘 젊은이들의 삶을 박진감 있게 그려내고 있는 소설이다. 이 작품은 성장소설이라 부를 수 있지만, '성장이 불가능한 성장'을 그리고 있다는 점에서 이전의 소설과는 분명한 차이점을 보여준다. 이러한 특성 역시 오늘의 젊은이들이 처한 곤경과 직접적으로 연결되어 있는 것이다.

게임과 같은 대중문화적 상상력을 바탕으로 한 작품은 김영하에게 처음은 아니다. 그는 90년대 중반에 이미 가상현실, 판타지, 채팅, 컴퓨터 게임, 동호회와 같은 대중문화에 바탕한 작품을 통해 그 시대 젊은이들의 감각과 의식을 경쾌하게 드러낸 바 있기 때문이다. 『퀴즈쇼』는 90년대 후반에 창작되었던 단편 「삼국지라는 이름의 천국」과 여러 면에서 흡사하다. 「삼국지라는 이름의 천국」의 주인공도 시대(80년대와 달라진 현실과 동지들의 변절)에 대한 환멸로 '삼국지' 게임이라는 가상공간과 현실의 공간을 오고갔던 것이다. 사정이 이러함에도 김영하의 『퀴즈쇼』가 작가적 맥락에서 조금 낯설게 느껴지는 것은, 이 작품 직전에 쓰였던 소설들, 즉 『검은 꽃』 『오빠가 돌아왔다』 『빛의 제국』 등이 역사, 민족, 국가, 돈과 같은 묵직한 주제들을 바탕으로 했기 때문이다. 『퀴즈쇼』를 통해 김영하는 거시적인 문제에 대한 탐색을 마치고, 다시 자기 소설의 본원적인 지점으로 돌아왔다고 말할 수도 있다.

그럼에도 이 소설이 90년대에 쓰인 작가의 이전 작품들과 구별되는 것은 2000년대 현실의 여러 문제적 징후들을 좀더 본격적으로 탐색하고 있다는 점이다.

400페이지가 넘는 이 장편소설의 서사적 육체를 채우는 것은 요즘 젊은이들의 삶과 관련된 세태이다. 1.5평짜리 고시원이라든가, 실제보다 더 실제 같은 사이버 세계, 편의점에서의 아르바이트 등이 그것이다. 그중에서도 이 작품의 제목이기도 한 '퀴즈쇼'와 같은 사이버 세계를 중심으로 펼쳐지는 이들의 삶은 매우 실감나게 그려져 있다. 주인공 민수는 퀴즈방에서 만난 '벽 속의 요정'을 두고, "심지어 성별도 몰랐지만 헤어진 빛나보다도 그녀를 더 잘 안다고까지 믿는 지경"(34쪽)에 이른다. 이들 세대에게 채팅방은 세련되고 우아한 "파리의 살롱"(36쪽)에 다름없으며, "거기엔 순수한 쾌감과 내밀한 사랑의 교감"(38쪽)이 존재한다. 이들 세대의 연애방식은 이전 세대처럼 선 확인 후 사랑이 아닌 "선 사랑 후 확인"(153쪽)의 방식이다. "사귀면서 한 거라고는 서로 문자 친 것 밖에 없"(86쪽)을 정도인 이들 젊은이들에게, 사랑의 절정은 직접적인 만남에 놓여 있기보다는 만남 이전에 문명의 이기를 통한 소통에 놓여 있다. 그러하기에 민수는 사이버상에서는 그토록 사랑하고 갈망했던 '벽 속의 요정'과 실제로 만나 관계를 맺은 후에는 오히려, "웬일인지 그 이후로, 그러니까 현실에서 만나기 시작한 이후로는 그런 짜릿한 감정을 다시 경험하기 어려워졌어요"(390쪽)라고 고백하는 것이다. 사이버상에서 민수는 "TV 드라마에 나오는 전형적 사장님 집"(260쪽)에 사는 '벽 속의 요정'과 사랑을 나누기도 한다.

그러나 민수가 처한 현실은 창문도 없는 1.5평짜리 고시원에 사는 "옆방녀의 옆방에 살던 남자"(296쪽)일 뿐이다. 말단 공무원 시험을 준비하며, 주경야독히는 촌에서 올라온 여자와 옥상에 올라가 삼겹살이나 구워 먹는 것이 민수의 현실이다. 민수는 옆방녀에게서 20만원을 꿔서는 끝내 갚지 못하기까지 한다. 민수는 밤새 편의점에서 일해도 한 달 생활비를 벌지 못하며, 작은 친절을 베풀었다는 이유로 편의점 점주에게서 인간으로서는 받을 수 없는 경멸과 조소의 눈빛을 감당해야 하는 처지이다. 이것이 민수가 처한 현실이기에 "스물일곱의 그 밤에, 나는 내 생이 어쩌면 이렇게 하찮게 끝나버릴지도 모른다는 계시와도 같은 예감에 직면"(20쪽)하게 되는 것이다.

얼핏 보기에 이들 세대는 궁핍할지언정 무한대의 자유를 누리는 것처럼 보인다. 주인공 민수의 조건 자체가 오이디푸스 구조에서 벗어난 비오이디푸스적인 고아적 모습을 보여주기 때문이다. 어린 시절부터 외할머니의 손에서 자란 민수는 아버지가 누구인지도 모르는 사생아이다. 심지어 민수는 어머니가 어디 있는지도 알지 못한다. 그러나 민수의 무의식에서 그는 완벽하게 오이디푸스화된 존재임이 드러난다. 그것은 할머니의 죽음 이후 민수가 꾼 꿈을 통해 직접적으로 드러나고 있다.

>그녀는 엄숙한 목소리로 말했다.
>
>"I'm your father!"
>
>꿈에서조차 그건 말도 안 된다고 생각했기 때문에(혹시 "I'm your mother"라면 몰라도!) 나는 주저 없이 외쳤다.
>
>"Nooo!" 그러자 최여사는 광선검을 들어 가차 없이 내 팔을 잘랐다. (43쪽)

이 꿈속에서 민수가 감당할 수 없는 빚을 남기고 떠난 외할머니는 'father'라고 선언하며, 남근의 대체물임에 분명한 팔을 잘라버린다. 민수는 거세된 상태였던 것이다. 이 꿈 이후에 하는 "믿게 될 거야. 그리고 믿어야 돼. 왜냐하면 그게 현실이니까. 지금껏 자네는 현실에 눈을 감고 살아왔을 거야"(51쪽)라는 곰보빵 할아버지의 말은 이 꿈이 민수의 실재임을 암시한다.

민수가 일한 편의점이 "가게에 설치된 폐쇄회로 카메라는 인터넷을 통해 점주의 집에 있는 컴퓨터로 연결"(107쪽)되어 있어, 민수의 일거수일투족이 완벽하게 감시받고 있었던 것에서 드러나듯이, 민수는 온전한 주체로서 자신의 행위를 선택하고 판단하며 살아가는 존재라고 할 수 없다. 사회 전체가 거대한 아버지가 되어 완벽한 거세를 수행한다고 볼 수 있다. 작품의 곳곳에 등장하는 "선택은 피곤한 것"(68쪽), "누가, 점쟁이 같은 누군가가, 너의 인생은 이거야, 그러니 여기로 가, 라고 말해줬으면 싶었다"(193쪽) 식의 말은 민수가 자신의 판단과 의지로 살아나가는 자립적 존재가 아님을 보여준다. 그에게는 자립적 존재로 살기 위해 필수적으로 요구되는 최소한의 자율성마저 용납되지 않았다고 볼 수 있다. 이들 세대가 지금의 현실을 벗어나 다른 세상을 꿈꾼다는 것은 불가능하다. 이 세대에게는 구체적으로 반항할 아버지도, 가출해야 할 집도 애당초 존재하지 않는 것이다. '회사'라는 정체불명의 별세계를 다녀온 후, 반복해서 발화되는 민수의 깨달음이 그러한 사정을 잘 보여준다.

세상 어디에도 도망갈 곳은 없다는 거. 인간은 변하지 않고 문제는 반복되고 세상은 똑같다는 거야. 거긴 정말 이상한 곳이었는데, 처음에만 그랬을 뿐, 적응하고 나니 하나도 다른 게 없었어.(426쪽)

이것은 민수의 세대에게 유일한 피난처이자 탈주선이었던 가상현실마저 거대한 자본의 논리에서 조금도 벗어나지 못하는 곳임을 드러내는 것이다. 너무도 기난하고 무기력한, 그러나 서기로부터 벗어날 꿈조차 꿀 수 없는 '성장 없는 성장소설'이 바로 김영하의 『퀴즈쇼』라고 할 수 있다.

오이디푸스 구조와의 사투—김태용의 『풀밭 위의 돼지』

김태용의 소설은 전위적이다. 소설에 대한 나아가 언어에 대한 기존의 관념을 모두 쓰레기 정도로 환원시켜버리는 전복성을 지니고 있다. 예를 들어 언어가 전부인 소설임에도 불구하고 "언어는 현상의 의미나 사건의 진실을 밝혀주는 것이 아닌 오히려 의미와 진실을 은폐시키기 위해 사용하는 도구에 불과"(52쪽)하다는 목소리가 등장한다면, 우리는 이러한 언어의 무용성을 말하는 언어에 대해서 무엇이라고 말할 수 있을까? 혹은 엄마가 엄마의 정부와 성행위하는 것을 목격한 아이가 동물원에서 사슴이 교미하는 것을 보고서야 '어느 정도 안심을 할 수 있게 되었다. 다들 저러고 사는구나"(72쪽)라고 느낀다면, 이때 인간은 무엇이라고 규정할 수 있을까? 김태용의 소설에서 인간과 동물 사이의 경계는 흐릿해지며, 욕망 역시 분화되기 이전의 도착적인 상태에 머물곤 한다.

김태용의 첫번째 소설집 『풀밭 위의 돼지』는 이와 같은 언어나 기존의 제도에 대한 격렬한 저항의 서사로 가득하다. 나아가 그의 소설에서 기본적인 줄거리나 주제 등을 파악한다는 것은 불가능에 가깝거니와 무의미하기도 하다. 그의 소설은 소설의 기본적인 논리나 서사의 구성 등을 철저히 무시하기 때문이다. 그리하여 어떠한 의미의 생성도 원치 않는 카오스적 웅얼거림에 가까운 것이 김태용의 소설이다. 이전의 한국 소설사에서 '존재와 의미의 심연을 응시하는 글쓰기'가 간혹 존재했다면, 김태용의 글쓰기는 '존재와 의미의 심연으로서의 글쓰기'라고 감히 말할 수 있다.

『풀밭 위의 돼지』에 보이는 기존의 제도나 질서, 언어에 대한 철저한 부정은 오이디푸스적 구조에 대한 강렬한 부정과 연계되어서 나타난다. 인간이 상상계에서 상징계로 접어드는 과정에서 핵심적인 것이, 부권적 은유의 정상적인 작동이라는 라캉의 말을 믿는다면, 그의 소설에 등장하는 선례를 찾을 수 없는 오이디푸스적 구조에 대한 적개심은 그의 소설이 지닌 기본성격과 매우 밀접한 특성을 지닌다.

김태용의 소설에서 오이디푸스 구조는 부정되는 것이 아니라 무화된다. 그러한 오이디푸스 구조와 관련된 해체적 상상력은 몇 단계를 거치며 진행된다. 첫번째는 아버지가 한없이 희화화되는 것이다. 두번째는 그러한 아버지에 대한 노골적인 적개심을 드러내는 것이다. 가장 중요한 것은 세번째인데 아버지 되기에 대한 끊임없는 거부이다. 아버지에 대한 회화화, 공격과 더불어 스스로 아버지 되기를 거부하는 이상 오이디푸스 구조는 당연히 존재할 수 없게 된다.

먼저, 아버지에 대한 희화화와 비하는 그의 등단작인 「오른쪽에서 세번째 집」에서부터 선명하게 드러난다. 한때 "이 집의 권력자이자 폭군이었으며 그야말로 제 마음대로였"(63쪽)던 아빠는 닭칼국수를 먹다 목에 닭뼈가 걸려 켁켁거리다가 그 자리에서 즉사한다. 아버지가 "마지막으로 내뱉은 말은 켁켁에 이어 꿀꿀"(64쪽)이다. 또한 아버지는 아직 어린애에 불과한 정부의 여동생이 입던 미키마우스가 그려진 팬티를 "양복 안주머니"(65쪽)에 넣고 다닌다. 아빠가 죽자 아빠의 방은 돼지의 차지가 된다. 이 작품에서 죽은 아빠는 콜라병과 흡사한 녹색병에 담긴 채, 아이의 귀에서 나타난다. 아빠는 "가장"으로서 "이 집을 떠날 수 없어. 나를 이 집의 가장 안전하고 아름다운 구석에 놓아"(77쪽)달라고 말한다. 우여곡절 끝에 그 녹색병은 집 안에 놓이지만, 그것은 곧 잊히고 작품의 마지막은 "어느 집안에나 쓸모없는 물건 하나쯤은 있기 마련이다. 오른쪽에서 세번째 집이라고 예외일 수 없다. 오른쪽에서 두번째 집과 마찬가지로 오른쪽에서 세번째 집도 지극히 평범한 가정일 뿐이다"(86쪽)라고 끝난다. 아버지란 결국 '어느 집에나 있기 마련인 쓸모없는 물건'에 불과한 것이다.

『풀밭 위의 돼지』에서 "아무 데서나 똥을 싸 사방에 칠하고, 하녀를 자신의 방으로 불러 치마 속에 얼굴을 묻고 엄마, 나 죽기 싫어, 살려 줘 엄마라고 말하며 울곤 했"던 나의 할아버지는 "죽을 때도 아이처럼 울먹이다가 한 무더기의 똥을 이불에 싸곤" "아, 똥이 나온다. 똥이"(45쪽)라는 말을 최후의 말로 남기고 죽는다. 이러한 할아버지의 모습을 보며 '나'는 "할아버지의 할아버지 역시 그렇게 죽고 만 것이라는 두려운 생각"(46쪽)을 한다.

다음으로 아버지에 대한 적개심과 공격욕이 나타나는 양상을 살펴 보면 이렇다. 「오른쪽에서 세번째 집」에서 아버지가 죽어가는 모습을 보며 아이는 "얼굴이 벌겋게 달아올라 있는 아빠를 보면서 죽을 놈이 죽었다는 생각을"(64쪽) 한다. 아이의 아빠라고 해서 자신의 부모에 대한 적개심에 있어 예외는 아니다. "아이의 아빠의 아빠는 목사"인데, "아이의 아빠는 십계명을 어기며 사는 것을 목표로 일생을"(68쪽) 보낸 사람이다. "아이의 아빠가 유언을 남길 수 있었다면 아마 절대 교회에 내 죽음을 알리지 마라, 정도가 됐을 것"(68쪽)이라고까지 말해진다.

마지막으로 아버지 되기의 거부는 「오른쪽에서 세번째 집」에서는 엄마의 정부를 통해 드러난다. 엄마의 정부는 아빠의 죽음으로 아빠가 되어야 한다는 말에 "아빠보단 역시 무책임한 정부의 자리가 좋다"(74쪽)고 생각한다. 엄마의 정부는 아빠가 녹색병에 담겨 돌아오자 "하마 터면 전 아빠가 될 뻔했어요"라며, "너무 기쁩니다"(78쪽)라고 말한다. 심지어 엄마가 아이를 낳자 "아이의 엄마의 가랑이 사이에서 나오는 아기를 보고 기절을"(85쪽) 한다. 엄마의 정부는 "가끔 아기의 젖병을 몰래 빨아먹곤"(85쪽) 하는데, 엄마의 정부는 아버지의 자리가 아닌 아기의 자리에 놓여 있다고 말할 수 있다. 이 소설에서 아빠와 엄마의 정부는 성적으로 연관된 관계로 그려지는데, 이는 가족 삼각형의 해체적 상상력과 연결되어 있는 것이다.

이러한 해체적 상상력은 아들의 입장에서 이루어지기도 하지만, 가족 삼각형의 한 꼭지점인 아버지 입장에서 이루어지기도 한다. 「풀밭 위의 돼지」에서 '나'는 아이를 하늘 높이 던지고서는, 이불을 잡은 손을 놓아 아이가 다치게 한다. 아들이 성장하여 철학교수가 된 후에도 "매일매일 아들이 쓴 형편없는 책을 펼쳐 들고 얼마나 더 형편없는지 두고 보자는 심정으로"(51쪽) 아들의 책을 읽는다. "커가면서 하는 행동 하나하나가 나와 닮았다는"(54쪽) 아내의 말에 '나'는 기분이 나빠한다. '나'는 "아들에게 나는 너의 아버지가 아니다, 라고 선포할 날을 미루고 미루며 이 지경에 이른 것"(54쪽)이라고 생각한다. 지금도 '나'는 아들이 "정말 나를 닮지 말아야 할 구석까지 닮았"(57쪽)다고 여기며, "그것이 너무나 견딜 수가 없다"(57쪽)고 생각한다. '나'에게 아들은 "존재의 혹 같은 존재"(53쪽)에 불과하다.

아들은 과연 정당한가?

그렇다면, 모든 책임은 자식이 아닌 아버지에게만 돌아가야 하는 것일까? 물론 자식 세대에게도 문제는 있다. 이 세대 역시도 윤리나 책임으로부터 벗어나 있기 때문이다. 칸트가 『실천이성비판』에서 말하고자 하는 윤리가 "그럼에도 불구하고, 자유로워라"라는 말로 요약할 수 있는 것이라면, 주체로서 온전하게 설 수 없는 이 시대의 젊은이들에게도 윤리를 요구할 수 있을 것이다. 그렇다면 민수는 과연 그를 억누르는 최여사나 편의점 점주와는 다른 윤리적 인간이라고 말할 수 있을 것이며, 나아가 새로운 존재 미학을 열어낼 수 있을까?

민수의 옆방에는 촌에서 올라와 시간제 직장을 다니며 힘들게 공부하며 9급 내지는 10급 공무원이 되길 꿈꾸는 옆방녀가 산다. 그녀는 그러한 환경에서도 "그래도 전 행복하다고 생각해요. 몸을 누일 곳도 있고 공부도 하고 시간제지만 직장도 있잖아요"(124쪽)라고 말하며, 돈 20만원을 흔쾌히 민수에게 꾸어주는 여자이다. 그녀는 "죽기 전에 날 더러 고민이 있다며 상담을"(297쪽) 부탁하는데, 민수는 그것을 거절하며 그녀가 고시원의 문고리에 목을 걸고 죽는 시간에 '벽장 속의 요정'과 달콤한 밤을 보낸다. 상징적인 차원에서 작동하는 것이기는 하지만, 민수가 상담을 거절한 후 옆방녀는 자살한다. 그 죽음이 결코 민수 때문은 아닐 것이다. 그러나 민수가 진지하게 상담을 해주었을 때도 그녀가 죽었으리라고 확정 지을 수도 없다. 그렇다면 이러한 민수의 태도는 무관심이고, 소리 없는 폭력이고 살인일 수도 있다.

이러한 민수의 태도는 요즘 젊은 작가들의 소설에서 일반적으로 등장하는 빈자들, 못 배운 자들, 힘없는 자들을 대하는 일반적인 주인공의 태도라고 할 수 있다. 그들이 바라보는 약자들과 별반 다름없을 주인공들은 그들을 언제나 무심하게, 투명하게, 냉정하게 바라본다. 그러고는 경쾌하게 도약하기도 한다. 이를 두고 새로운 윤리학이니, 내적 자율성이니, 미적 실존의 공간이니, 존재 미학이니 하며 온갖 미사여구를 갖다 붙일 수도 있을 것이다. 그러나 이러한 화려한 수사 속에 죽은 옆방녀를 위한 자리는 조금도 놓여 있지 않다. 그 달콤한 수사 속에는 오직 민수 내지는 둘을 너무나도 초연하게 내려다보는 제3자를 위한 자리만 허용되어 있을 뿐이다.

『풀밭 위의 돼지』에서는 그토록 오이디푸스 구조와 아버지에 대한 부정이 강렬하게 표출되고 있으며, 그로 인해 오이디푸스 구조가 해체되어나가는 것으로 보이지만, 오이디푸스 구조와 오이디푸스적 아버지는 끈질기게 자신의 존재를 드리운다. 「오른쪽에서 세번째 집」에서 녹색병에 담겨서 나타난 아버지는 자신을 집 안에 놓아달라고 말하지만, 오래지 않아 엄마와 엄마의 정부는 해외여행 중에 녹색병을 바다에 던져버린다. 그런데 다시 그 녹색병은 택배기사에 의해 집에 배달되어 집에 놓이게 된다. 그것은 곧 모든 가족에 의해 잊히지만 그것이 존재한다는 사실에는 변함이 없다. 「풀밭 위의 돼지」에서 그토록 할아버지를 조롱하고, 할아버지와 같은 삶을 거부하며, 아버지 되기를 거부했던 '나'도 결국에는 할아버지와 똑같은 방식(똥 싸기)으로 죽는다.

오이디푸스 구조와 관련해서 두 소설의 젊은이들은 모두 미숙하다. 『퀴즈쇼』의 민수는 사생아로서 아버지를 감지하지도 못하지만, 아버지의 차원들이 확장됨에 따라, 출현한 구조화된 권력의 새로운 삼각형들(예를 들자면 편의점에서의 아버지—편의점주—알바생)에 대하여 아무런 의식도 없다. 그들에게 남은 것은 (무)의식적인 차원에서 기존의 질서를 받아들여 생존해나가는 것일 뿐이다. 그 적개심과 신성모독에 가까운 극단성으로 인해 『풀밭 위의 돼지』에 등장하는 아들들은 오이디푸스 구조를 해체하는 것으로 보인다. 그러나 김태용 소설의 아들은 역설적인 의미의 오이디푸스적 아들이라고 말할 수 있다. 그들은 아버지와의 화해가 아닌 극단적인 불화를 기획하고 실천하지만, 어느 경우이든 상황의 오이디푸스적 구조에서 끝내 벗어나지는 못하기 때문이다. 이들에게 진정으로 중요한 것은 오이디푸스적 구조 외부에서의 새로운 상황을 만들어내는 것, 그리고 그것을 새로운 삶의 가능성으로 생성시키는 상상력일 것이다.

시작의 세 가지 표정

십대들의 윤리적 상상력

김사과의 「나와 b」(『창작과비평』 2008년 겨울호)는 작가가 그동안 보여준 겁 없는 십대들이 이룩한 '욕망사회학'의 완성이라 부를 수 있는 작품이다. 이때의 완성은 그러한 질주의 마지막을 의미하는 것이기도 하다. 그동안 김사과의 소설에는 수치를 느끼게 할 혹은 죄의식을 가지게 할 만한 대타자의 시선이 생략되어 있었다. 일종의 자폐적인 상황에서 그야말로 발본적인 상상력에 바탕한 저항의 시학을 새로운 문법으로 보여주었던 것이다. 기존의 질서에 대한 저항이 지닌 강도는 너무나도 강렬하여, 그 저항의 효용이나 위상 따위를 고민해보는 것은 언제나 차후의 일로 여겨질 정도였다.[1]

「나와 b」는 비로소 그러한 아이들의 세계가 지니는 한계와 가능성에

---

1) 한기욱은 "김사과만의 새로운 특징이 있다면 그것은 내용이나 형식보다는 혼신의 힘으로 부르짖는 그 강렬한 어조에 있다"(한기욱, 「문학의 새로움은 어디서 오는가」, 『창작과비평』 2008년 겨울호, 58쪽)고 지적한 바 있다.

도 눈길을 던진, 다시 말하자면 타인의 시선에 그 세계를 비춰보기 시작한 최초의 작품이다. "나와 b는 쌍둥이다. 아니 진짜 쌍둥이는 아니다. 근데 맨날 붙어 다녔더니 진짜 쌍둥이가 되었다"는 시작 부분에서 선명하게 드러나듯이, 둘은 서로에게 거울상이다. 상상계적 이자관계라 할 수 있는 둘의 관계에는 어떠한 이질성이나 갈등도 존재하지 않는다. "사람들은 우리들을 싫어했다. 그러나 괜찮았다"나 "결국 다 똑같아질 거야. 결국엔 모두 다 똑같이 좆같아진다. 노력해도 소용없어. 너도 알잖아. 그러니까 너도 노력하지 마. 일도 하지 마. 아무것도 하지 마. 씨발 우리 다같이 본드나 불자"처럼 둘의 관계에 사회적 시선이 유의미하게 개입할 여지는 없다. '나와 b'는 둘만의 환상, 둘만의 대화, 둘만의 놀이를 이어간다. 김사과의 장점은 그 둘만의 환상과 놀이와 대화에 사회적인 인식이 자연스럽게 스며든다는 점이다. 때로 그것은 둘만의 행위가 지닌 병리적인 특성마저도 정당화해줄 수 있을 정도이다. 그들이 처한 자폐성이 심원하면 할수록, 그것을 가능케 하는 사회적 문제점이 새롭게 부각된다.

이 작품에서는 일종의 몽타주 기법을 통해, 상징계적 모습이 습합되고 있다. b가 일하는 술집 옆의 공원에서 볼 수 있는 할아버지, 할머니, 미친 사람들의 행태나 술집 사장의 속물적인 태도 등이 그것이다. 특히 '나와 b'를 포함한 젊은 세대가 기존의 사회적 시스템으로부터 받는 소외와 억압이 효과적으로 드러나는 대목들이 눈길을 끈다. 공원에서 자식들의 학벌을 과시하는 할아버지를 보며, "나는 할아버지 그 개새끼가 미웠다. 언젠가 그 개새끼한테 복수할 거라고 굳게 결심하였다"는 부분은 김사과 소설 속 젊은이들의 격렬한 분노가 비롯되는 한 가지 연원을 보여준다. 또한 b가 일하는 술집에 오는 젊은 여자와 젊은 남자 누구나가 복창하는 '나는 -이 없습니다. 나는 죽고 싶습니다'는 식의 문장은 이들에게 기성사회의 벽이 얼마나 두터운 것인가를 증명한다.

그러나 그것은 메타적인 측면에서이고, "김사과의 조숙한 아이들은 억압 없는 소망충족의 세계로 퇴행하고 있다"[2]는 평가를 받을 정도로 그 세계의 문제점 역시 뚜렷하다. 이번 소설에서는 바로 그 지점을 예각적으로 응시하고 있다. '나'가 b에게 하는 "내일은 오늘만큼도 재미가 없겠지 그리고 모레는 내일만큼도 재미가 없을 거고 그렇게 결국 우리는 정말로 재미없는 사람들이 되어버리겠지"라는 말은 그 응시가 가능케 한 발화이다. 그동안 김사과의 소설에는 진정성 있는 분노와 반항은 있지만 의미 있는 인식이나 윤리는 미흡했다고 볼 수도 있기 때문이다. 보다 적극적으로 사회와의 접합면을 넓히는 것이 김사과 소설에 요구됐다. 이번 소설의 성과는 바로 상상적 인간관계의 종점과 사회적 제관계의 시점이 나타난다는 사실이다. 마지막 부분은 "하지만 결국 우리는 나비가 못 됐다. 깡패는 파리처럼 타버렸다. 그게 끝이었다. 아니 끝까지 타지도 못했다. 그게 우리의 끝이었다"로 되어 있다. 김사과 특유의 박력과 절규로 되어 있는 이 문장에서, 두 번이나 반복되는 '끝이었다'는 말 속에는 역설적으로 새로운 시작이 환하게 열리는 소리가 들려온다. 그 새로운 시작이야말로 김사과의 「나와 b」를 주목케 하는 이유이다.

증여의 원리로 교환의 원리를 멈추게 하기

구경미의 「금일 휴업」(『현대문학』 2008년 11월호)은 작가의 서사적 내공이 두드러지는 잘 쓴 소설이자, 동시에 따뜻한 소설이다. 이번 작

---

2) 조연정, 「순진함의 유혹을 넘어서」, 『문학동네』 2008년 겨울호, 311쪽.

품은 이전에 발표한 『미안해, 벤자민』(문학동네, 2008)에 이어 교환의 원리와 대안적 가치로서의 증여의 원리에 대하여 탐색하고 있다. 『미안해, 벤자민』이 교환의 원리가 사회 구석구석을 지배하는 상황을 배경으로 해서 차가운 분위기를 풍겼다면, 「금일 휴업」은 증여의 원리를 전면에 내세우고 있어 국숫집을 웃음으로 가득 차게 하는 여고생들의 투명한 피부만큼이나 밝고 환하다.

그녀는 남편과 함께 국숫집을 운영한다. 고명이 조금 얹어진 국수처럼 평범한 그녀의 삶에 큰 충격을 주는 사건이 일어난다. 자신도 그 존재를 모르던 다락방에, 한 아이가 살고 있었던 것이다. 처음 그녀는 십이 년의 공백을 건너뛰어 열두 살짜리 아이를 잘 키울 엄두를 내지 못한다. 그러나 아이와 열이레를 보낸 후, 그녀는 "서른세 살에 열두 살짜리 아이를 가졌으니 남들보다 앞서나가는 셈이라고 생각"하며, 아이를 키우기로 한다. 그녀는 아이를 지금보다 나은 상황으로 만들 자신은 없었지만, "그녀가 손을 놓는다면 아이는 지금보다 더 나빠질 것"이라고 생각한다. 그녀의 행동이 더욱 빛나는 것은 그녀가 아이를 그 존재 자체로 받아들인다는 점이다. 아이의 신원을 확인하려고 노력하지만, 모두가 아이를 거부하는 상황에서 그녀는 그저 지금의 아이를 양육하는 것에만 신경을 쓰기로 한다. 그날 아이는 처음으로 그녀를 향해 방긋 웃는다.

기행을 일삼는 실수투성이의 모자란 인간이지만, 남편 역시 타인에 대한 배려에 있어 그녀에게 모자라지 않는다. 남편은 아내보다 먼저 다락방의 아이를 발견한다. 그러나 아내가 "우리, 아이 가질까?"라는 말을 꺼내기 전까지 그 사실을 감춘다. 자신의 뜻을 강제하기 이전에 타인의 의견에 먼저 귀를 기울일 줄 알았던 인간임을 알 수 있다. 일 년 유 개월이나 다락방에서 몰래 생활해온 아이를 정상적인 삶에 적응시키는 과정에서도, 남편은 아내에게 "천천히. 천천히 하자"라고 말할 줄 안다.

이 순간부터 남편의 기이한 행동은 멈추게 된다. 남편은 이삼 일에 한 번씩 주차장에 가서는 "무릎 아래의 다리와 팔꿈치 아래의 팔이 바닥에 닿는 자세"로 주차장 한 귀퉁이에 웅크리고 있다가 오고는 했다. 어떤 날인가는 사람들의 "뭐 하냐"는 물음에 일일이 대꾸하기 귀찮아서, 목덜미에 "carcarcar"라고 쓰기도 한다. 그런데 "아이가 나타난 뒤로 남편은 자동차로 변신하지 않"는다. 이것은 차와 같은 기계적 삶을 강요받고, 그것을 실연하던 남편이 버려진 아이를 돌보며 드디어 인간성을 회복하게 되었음을 직접적으로 보여주는 것이다.

물론 이 작품에서 교환원리가 완전히 사라진 것은 아니다. 자본주의 시대를 살아가는 오늘을 그리는 소설에서 만약 증여의 원리만이 지배한다면, 그것은 소설 이전에 아기자기한 동화일 것이다. 교환원리는 아이에 대한 정보를 얻는 과정에서 보이는 사람들의 반응을 통해 나타난다. 아이의 존재를 파악하기 위해 전 주인의 동생에게 전화를 걸자, 그는 집에 관한 거 외에는 아무 말도 묻지 말라며 통화를 거부한다. 부동산에 갔을 때도, 중개인들은 아이의 존재를 어렴풋이 아는 듯하지만 결코 그 사건 속에 뛰어들려고 하지 않는다. "나는 집만 볼 뿐이지 그 집에 얽힌 사연은 관심 없어요. 괜히 생사람 잡지 말고 그만 가세요"가 그들의 답변이다.

이 소설에서 한마디의 말도 하지 않는 아이는 진정한 의미의 타자이다. 아이는 부모도 집도 이름도 알지 못한다. 부부와 어떠한 공통성도 확인할 수 없는 그저 존재만을 어루만질 수 있는 미지의 존재, 환언하자면 신과 같은 존재, 미래의 인간과 같은 존재가 바로 아이이다. 타자에 대한 환대는 결코 쉬운 일이 아니다. 환대는 쉽지만, 환대의 대상이 타자인 경우는 드물기 때문이다. 구경미는 「금일 휴업」에서 그러한 타자를 창조해내서 우리의 윤리 감각을 시험하고 있다. 그러고 보면 줄

창 국수만 말아온 이 부부는 인류사의 가장 어려운 과제를 불평 한마디 없이 수행하는 초인들이다. 이 소설을 읽는 동안만큼은 이 지구를 완벽하게 장악하고 있는 교환의 원리도 '금일 휴업'이다.

비극의 이분법과 만인(萬人)의 죄인 되기

정찬의 「나비의 꿈」(『문학사상』 2008년 12월호)은 신문기자인 '나'가 워어커씽이라는 중국인 재야 역사학자의 삶과 죽음을 통해 역사의 상처와 화해에 대하여 진지하게 묻고 있는 작품이다. 주로 재야 사학자인 워어커씽의 말과 글을 통해 그러한 문제들이 제기되고 있다. '나'는 '난징 평화 포럼'의 심포지엄에서 처음으로 워어커씽을 만난다. 워어커씽은 난징학살의 야만은 천황이라는 "한 인간을 위한 것"으로, "인간은 신으로 섬기는 일본 국민의 희귀함과 깊은 고리로 연결되어 있"다고 말한다. 천황을 제외한 모든 사람의 목숨, 심지어 자신의 목숨조차 가치 없는 것이었기 때문에 살인이 어렵지 않았다는 것이다. 난징학살의 근원은 천황인데, 천황은 인간을 초월한 존재이기에 인간 세계에서 벌어진 일로 책임을 물을 수 없다. 당연히 천황의 신민에게도 책임을 물을 수 없게 된다. 심지어 일본인들은 히로시마의 원폭 투하 현장에서도 천황에 대한 절대적인 복종과 동일시의 태도를 보였다는 것이다. 그 절체절명의 순간 천황을 그린 초상화 구조 작업에 뛰어들고, "천황을 위해 죽겠다고 결심한 순간 아름다운 정신이 자신을 둘러싸고 있"음을 느낀다.
「나비의 꿈」에서는 이러한 일본의 천황제에 바탕한 울트라 국가주의의 대타항으로서 마오쩌둥의 문화혁명이 제시된다. 고대 중국 황제가 "두 발을 땅에 딛고 있"는 존재로서 신하의 내면까지 지배하지 못했음에 비해, 마오쩌둥은 신하들의 내면까지 자신과 일치시킨 최초의 인물이다. 마오쩌둥에 의해 이루어진 문화혁명의 실체는 "학생이 선생을 죽이고, 대중이 지도자를 죽이고, 현재의 시간이 과거의 시간을 죽이는 운동"이다. 그것은 "마오쩌둥이 부여한 절대적 자유의 희열 속에서" 가능하다. 이러한 자유는 "일본 천황의 군인들이 느꼈던 절대적 자유"와 본질에 있어서는 동일하다.

이 작품에서 일본 천황과 마오쩌둥, 일본군과 홍위병은 데칼코마니(décalcomanie)에 의해 만들어진 대칭적 무늬와 같다. "아무리 순결한 몽상일지라도 조직화, 집단화되는 순간 몽상의 순결은 갈기갈기 찢기고 마는 것"이다. 일본군은 '일본인과 비일본인'이라는, 홍위병은 '기층민중과 비기층민중'이라는 절대적 이분법 속에서 그토록 끔찍한 일들을 저질렀다. 그러한 이분법을 가능케 한 것은 신적인 존재로서의 천황과 마오쩌둥이다.

그런데 현재도 일본군과 홍위병이 저지른 것과 같은 비극은 반복되고 있다. 일본군의 폭력과 홍위병의 폭력을 가능케 한 "신적인 존재"가 여전히 존재하기 때문이다. 그 신적인 존재는 "국가와 민족을 초월"한 것으로서, 바로 "자본"이다. "동일한 세계, 동일한 몽상(同一個世界, 同一個夢想)"이라는 슬로건을 내건 2008년 베이징 올림픽은 자본의 전일적 지배를 확인하는 자리이다. "신념을 위해 아버지를 죽인 문화혁명의 폭력과, 물질을 위해 아버지를 죽이는 새로운 이데올로기의 폭력 가운데 어느 쪽이 더 참혹한가를" 묻는 일은 사실상 무의미하다.

끊임없이 이어지는 역사의 비극을 깨뜨리는 방법은 모든 이분법과 위계를 무화시키는 것이다. 『장자』에 나오는 호접몽이 바로 그러한 사유가 구체화된 예이다. 장자의 몽상 속에서 "장자와 나비 사이에는 존재의 경계가 없"기에 "조직화, 집단화"는 불가능하다. 이러한 사유는 역사의 비극을 치유하는 데도 적용된다. 워어커씽은 "장자와 나비의 관계를 역사의 희생자와 가해자의 관계에 적용시키"려 한다. 난징에서 악몽을 경험한 73세의 노파와, 그녀의 가족을 잔인하게 살해한 일본군을 장자와 나비의 관계로 만드는 것이다. 그러나 노파는 나비일 수 없으며, 일본군은 장자일 수 없지 않을까? 그 엄청난 범죄를 행한 자와 그로 인해 말할 수 없는 고통을 당한 자가 같은 차원에 놓인다는 것이 과연 정당할까?

이에 대해 워어커씽은 답변을 준비해놓고 있다. "몽상이 실현되기 위해서는 가해자가 자신이 가해자임을 고백"하는 일이 선행되어야 한다는 것이다. 그는 난징학살 당시 강간당한 중국 여인의 몸에서 태어나 평생을 악몽에 시달린다. 악몽 속에서 워어커씽은 어머니를 강간한 일본군이었던 아버지의 얼굴을 알 수 없어 고통을 받았다. 그런데 이어지는 논의에서, 또 한 번의 반전이 이루어진다. 궁극에 있어서 피해자와 가해자는 동일한 층위에 놓이기 때문이다. 그것은 워어커씽 자신의 존재방식 그 자체를 통해 드러난다. 그는 오랫동안 희생자라고 생각했지만, 언젠가부터 자신이 가해자일지도 모른다는 생각을 한다. "내 존재 자체가 어머니에게는 감당하기 힘든 고통이었을 것"이며, 그러하기에 "나는 희생자이면서 동시에 가해자"라는 것이다.

자신의 의지가 근원적으로 개입될 수 없는 상황에서도 자신의 책임을 물을 수밖에 없다는 것은, 결국 존재한다는 것 자체가 죄악이 되는 상황이라고 하지 않을 수 없다. 이처럼 엄격한 기준에 의할 때, 우리는 존재한다는 것만으로도 이 사회의 악에 어떤 식으로든 연루될 수밖에 없다. 구체적인 역사와 현실의 세부들이 이처럼 본원적인 태도에 의하여 제거됐을 때, 그것은 소설이라기보다 일종의 종교경전이 되어버릴 위험도 있다. 모든 차이 내지는 분별을 무화시키는 시각은 "역사가들이 아무리 들여다보아도 보이지 않는 심연이 있다는 사실이오, 그 심연 앞에서 역사가의 언어는 아무짝에도 쓸모가 없소"라는 워어커씽의 쓸쓸한 말 속에 이미 예비되어 있던 것인지도 모른다.

독자의 윤리

신자유주의적 자본의 질서가 전 사회를 압도적으로 지배하는 오늘이다. 자본의 논리와 힘 앞에서는 그 어떤 것도 고개를 들 수 없음이 분명해졌다. 아주 사소한 예로 청와대에 있다는 지하벙커도 경제 발전을 위해서라면, 지체 없이 그 자리를 양보해야만 하는 것이다. 이러한 '지금-이곳'에서 올바른 윤리와 바람직한 존재방식에 대하여 질문을 던지는 소설들은 그 자체만으로도 무척이나 소중하다. 이 글에서 다루어본 세 편의 소설들은 각자의 음색과 제스처로 자본의 논리만이 초월적 지위를 차지한 현실에 대하여 의문과 대안을 제시하고 있다.

김사과의 「나와 b」는 이전 작품들이 그러했듯이 차라리 절규에 가까운 음색으로, 사회에 진출(성공이 아닌 진출이다)한다는 것 자체가 불가능해진 젊은 세대의 난경을 그려내고 있다. 이번 작품이 더욱 소중한 것은 그 절규를 거울에 비춰보기 시작했다는 점이다. 반성적 자의식의 생성은 상상적인 인간관계의 '끝'을 확인하는 주인공들의 몸짓에서 확인할 수 있다. 그 끝에 이어진 새로운 시작이 기대된다. 구경미의 「금일 휴업」은 비유나 상징의 차원이 아닌 실제의 차원에서 바람직한 삶의 방식과 윤리에 대하여 이야기하고 있다. 그것은 교환의 원리가 아닌 증여의 원리에 따른 삶이다. 이전에 지적돼온 "상상을 통해 세계를 재편함으로써 세계(상징)와의 직접적 대립을 무화시켜버리는 방식"[3]의 연장이라고 부를 수도 있다. 이번 작품에서는 전하고자 하는 메시지가 보다 선명해지고 있다. 이것은 구경미가 추구해온 세계가 좀더

---

3) 손정수, 「변형되고 생성되는 최근 한국소설의 문법들」, 『자음과 모음』 2008년 가을호, 198쪽. 손정수는 긍정적 결말이 "상징의 억압으로부터 벗어나 상상의 유희로 이동해온" 결과라고 파악하며, 이러한 특징을 보이는 소설들로 윤성희, 서하진, 구경미, 김애란의 소설을 들고 있다.

뚜렷해지고, 틀을 갖추게 되었음을 증명한다. 정찬의 「나비의 꿈」은 관념적인 어조로 역사적 비극의 원인과 그 화해에 대하여 논하고 있다. 그것을 통해 20세기 비극을 낳은 이분법적 사고와 그 해결책까지 제시하고 있다. '만인의 죄인 되기'라는 그 해결책은 지나치게 추상적이고 본원적이다. 이것은 정찬이라는 한국인이 구체적인 실감으로 다룰 수 있는 한국을 제외하고 중국과 일본만을 대상으로 한 것과도 연관된 것으로 보인다. 이것은 작가가 보다 근원적인 차원에서 인류사의 문제를 다루려 했기 때문이다.

오늘날의 소설은 선조적 질서에 의하여 의미를 규정하기에는 지극히 복잡다단해졌다. 하나의 담론이나 시선으로 정의 내리는 것이 불가능해진 것이다. 공통의 의미나 감각을 보이는 작품들을 묶어내는 것이 힘들 정도로, 개개의 작가와 작품은 고유한 개성을 보이고 있다. 그러한 사정을 감안하더라도, 이 계절에 가장 뛰어난 성취를 보였다고 말할 수 있는 위의 세 작품들은 일정한 공통점을 보이고 있다. 그것은 상상계적 인간관계나 종말론적 상상력이 지배적인 2000년대 한국 소설계에서, 사회라는 층위에 눈을 돌리기 시작했다는 점이다. 바로 옆에서 밥숟갈을 드는 존재로서의 타자에 관심 갖기(「금일 휴업」)나 현재를 가능케 한 전사로서의 역사에 눈 돌리기(「나비의 꿈」)가 그 구체적인 모습이다. 김사과의 「나와 b」는 상상적 인간관계와 사회적 층위가 마주치는 접점을 예리하게 응시하고 있다. 어떤 면에서 이들 작품은 구체적인 현실과 맞짱을 뜬다고 하기에는, 포즈에 머문 것으로 보일 수도 있다. 그러나 모든 시작은 포즈에서 시작할 수밖에 없다. 모든 시작은 본래 단순하며 한 가지 이치를 말할 뿐이기 때문이다. 성숙과 완성을 마저 지켜보는 일이야말로 이 시대 독자의 윤리일 것이다.

아이들의 세상

성장의 종언

청년은 여전히 모두가 부러워하는 특권으로서 푸르른 열정과 활기찬 생명력을 환기시킬까? 어지간한 낙관주의자가 아니라면 고개를 끄덕이기 쉽지 않을 것이다. '88만원 세대'니 하는 유행적 레토릭을 들먹이지 않더라도 "오히려 젊다는 것은 사회적 기득권으로부터 소외되어 있다는 징표로 이해될 수밖에 없는 이 '불안의 심리학'"[1]이야말로 지금의 청춘을 규정하는 근본조건이기 때문이다. 우리의 주위에는 기성의 높은 벽에 가로막혀 그 장벽 주위를 서성거리거나, 아예 장벽 안으로의 진입을 포기해버린 경우도 드물지 않게 발견된다.[2]

---

1) 신수정, 「만국의 젊은이들이여, 행복하라」, 『문학동네』 2008년 겨울호, 23쪽.
2) 이 글은 2009년 6월에 발표되었다. 이 글에서 주로 다루는 텍스트는 다음과 같다. 김인숙의 「안녕, 엘레나」(『한국문학』 2009년 봄호), 정소현의 「돌아오다」(『문학과사회』 2009년 봄호), 「그런 웃음」(『현대문학』 2009년 1월호), 정미경의 「울게 놔두세요」(『현대문학』 2009년 3월호), 김종은의 「가면」(『문학수첩 2009년 봄호), 김경욱의 「신에게는 손자가 없다」(『창작과비평』 2009년 봄호). 이하 인용할 경우 본문에 쪽수만 표시한다.

김인숙의 「안녕, 엘레나」에서 아버지와 단둘이서 살아온 주인공은 '소망'이라는 자신의 이름을 낯 뜨거워한다. 동시에 자신의 아버지가 "딸의 청춘이 훗날 당신들의 청춘과는 달리, 소망하는 것조차 없어지는 초라한 생이 되리라는 것을 이미 알았던 것일까"(33쪽)라고 자문하는 장면이 나오는데, 이것은 나름의 시대적 보편성을 담지하고 있다. 이 작품에서 딸은 재혼한 어머니와 실업자가 된 아버지를 대신해 대학에 들어가면서부터 가장의 짐을 떠맡기도 한다.

성장의 서사에서 주인공은 순응이 되었든 저항이 되었든 부모와의 관계를 통해서 한 명의 주체로 성장한다. 부모와의 관계를 통해 상징적 질서를 내면화함으로써 성장이 이루어지는 것이다. 그러나 이 글에서 다룰 소설의 주인공에게는 가족이 부재한다. 정소현의 「돌아오다」(『문학과사회』 2009년 봄호)에서 '나'는 "아빠라는 말은 세상에 존재하지 않는 단어처럼 낯설었다. 나는 부모의 호칭을 불러본 적도 없고 부모에 대한 추억도 없다. 할머니가 내 가족의 전부였다"(194쪽)라고 고백할 정도이다. 「그런 웃음」(『현대문학』 2009년 1월호)에서도 부모는 미국 유학중인 오빠를 따라 미국으로 떠나버려 혼자서 살아간다. "나는 가족이라는 집단에서도 이탈"(195쪽)했다. 정미경의 「울게 놔두세요」에서 탈북자 K는 사적인 아버지는 물론이고 국가라는 공적인 아버지도 없다. 김종은의 「가면」에서 그림엽서 하나만을 남겨두고 사라져버린 아버지를 둔 소년의 경우도 사정은 마찬가지이다.

이러한 상황에서 진정한 성장의 서사는 가능할 것인가? 모레티에 의하면 본래 성장의 서사는 근대의 상징적 형식이다. 이것은 미성숙한 젊은이에서 성숙한 성인이 되는 과정과 근대 세계가 변화되어가는 과정 사이에 깊은 관련이 있음을 의미한다.[3] 사정이 이러하다면 시간이

---

3) 프랑코 모레티, 『세상의 이치』, 성은애 옮김, 문학동네, 2005, 25~42쪽.

흐를수록 문명이 성장하기는커녕 종말에 가까워진다는 의식이 팽배할 때, 그러한 시대는 반-성장의 태도를 낳기 쉽다.[4] 각종의 종언론이 유행하는 오늘날은 문명사적으로 성장의 서사 대신 반-성장의 서사와 깊은 친연성을 지닌다. 더군다나 양식 있는 기성세대 내지는 현실원칙이 미비했던 우리의 경우 성장소설은 "현실원칙과의 타협이나 거부를 의미하는 반성장소설로서의 성격이 강하게 내포"[5]되기 마련이다. 사정이 이러하다면 이중 삼중으로 우리의 성장소설은 반(反)성장을 통해서만 진정한 성장의 기록을 보여줄 수 있는 특수성을 지니게 된다. 지난 계절에 창작한 작품들에서 '반성장소설로서의 성장소설'이라는 한국문학의 특수성은 보다 뚜렷해진 특징을 보이고 있다.

젊은 아이들

이번 계절에 정소현이 창작한 작품 속 인물들은 더이상 왜소해질 수 없을 정도로 작아진 인물들이다. 그들은 세상으로부터 밀려난 존재들인 동시에 그들의 옆에는 자신들을 지지해줄 그 어떤 인물도 존재하지 않는다. 우리가 마지막 안식처로 생각하기 쉬운 가족조차도 이들에겐 무한 적대의 현실을 상징하는 존재들에 불과하다. 「돌아오다」의 '나'는 외할머니와 살아간다. "우리 곁에 남은 사람은 아무도 없다. 남은 건 퇴락한 일본식 2층 목조 건물 한 채뿐이었다"(191쪽), "내가 사랑했던 사람들은 모두 떠났고 다시 돌아오지 않았다"(202쪽)는 문장은 주인공의 상황을 압축해서 보여준다. 「그런 웃음」의 '나' 주위에는 친구 연이가 있을 뿐이다. '나'는 "집단생활에 필요한 신경이 모두 퇴화해버린 게

4) 김형중·이수형·강계숙, 「한국소설의 현재와 미래」, 『문학과사회』, 2009년 봄호, 353쪽.
5) 이도연, 「2000년대 성장소설의 몇 가지 맥락들」, 『문학동네』 2008년 겨울호, 259쪽.

아닐까, 하는 생각이 들 정도로 사람들과 함께 있던 잠깐의 시간이 힘들게 느껴"(194쪽)진다.

흥미로운 것은 주인공의 옆에 어머니에 상응하는 인물이 존재한다는 점이다. 「돌아오다」의 할머니, 「그런 웃음」의 연이가 그들로서, 모두 거짓 모성의 소유자들이다. 그들의 모성은 오히려 주인공들을 궁지로 몰아 성장을 방해하는 치명적인 독으로 작용한다. 주인공들은 성장의 가장 든든한 언덕이 되어주어야 할 존재의 훼손으로 인해 치명적인 고착에 빠지게 된다. 유사 어머니와의 관계에서 주인공은 이중구속(double bind)의 상황에 빠져 있다. 「돌아오다」의 '나'는 할머니에게서 상호 모순되는 요구를 받는다. 할머니는 늘 똑똑한 외삼촌과 예쁜 엄마를 들먹이며 '나'에게 "무능한 것, 칠칠치 못한 것, 나잇값 못 하는 것"(194쪽)이라며 채근한다. 할머니는 "네가 좀 벌어야 하지 않겠니?"(198쪽)라며 사회생활을 권유하기도 하지만, '나'의 사회생활을 집요하고 철저하게 막는 것은 다름 아닌 할머니이다. '나'가 다른 도시의 대학에 전액 장학금을 받는 조건으로 진학하려던 것도, 외국에 교환학생으로 나가려던 것도, 외국계 금융사에 다니는 것을 포기한 것도, 그녀를 자기 옆에 묶어두기 위해서는 자살시도도 마다하지 않은 할머니 때문이다.

「그런 웃음」에서 '나'와 함께 동거하고 있는 연이는 '나'의 중고등학교 시절 유일한 친구이다. '나'는 특별한 이유 없이 아이들에게 지독한 왕따를 당했고, 연이는 그런 주인공과 유일하게 밥을 먹어주고 조별 숙제의 짝이 되어주었다. 이러한 연이에게 '나'는 어린 시절부터 모아 온 통장의 돈을 모두 빌려주기도 한다. 그러나 실제의 연이는 중고등학교 시절 '나'에 대한 온갖 악소문을 만들어 나를 왕따로 만들고, '니'와 남자친구 대범이 사이에 끼어서 둘 모두에게 사기를 치는 인물이다.

그러나 정소현의 소설 속 주인공들은 가짜 엄마에게서 벗어나려 하지도 않으며, 그러한 상황을 체념적으로 수용한다. 「돌아오다」에서 '나'는 "내가 마음을 강하게 먹었더라면 나는 오래전에 할머니에게서 독립했을 것이다. 아니 그 이전에 할머니에게서 사랑받고자 노력하지도 않았을 것이다. 그건 모두 이십대에 일어났던 일이므로 후회해도 소용없는 일이다"(199쪽)라고 생각한다. 「그런 웃음」의 '나'도 연이의 실체를 깨달은 후에, "나는 더 깊이 생각하지 않기로 했다. 이유를 찾는다고 해도 이제 와서 돌이킬 수 없는 일들이다"(206쪽)라며 연이를 체념적으로 수용한다.[6]

과거에 대하여 체념하는 것은 곧 현실에 대한 체념적인 수용으로 이어진다. 그리고 그 수용 안에는 문제점이나 그것을 야기한 상대도 존재할 수 없다. 더욱 큰 문제는 이러한 구도 속에서는 '나'라는 주체 역시 존재할 수 없다는 점이다. 이럴 경우 책임은 '누군가의 음모'라는 거대한 미지의 체계로 돌려지게 된다. 분노하는 법을 잃어버린, 싸워가는 힘을 잃어버린 주인공의 모습은 주어진 현실을 변경 불가능한 세계로 받아들이는 태도에서 기인한다. 그렇다면 나아갈 미래도, 돌아갈 과거도, 긍정할 현재도 없는 이들을 살게 하는 힘은 어디로부터 올까? 그것은 바로 환상이다.

「돌아오다」에서 '나'와 할머니만이 살아가는 집에 출산 예정일을 두 달 정도 남겨둔 스무 살의 윤옥이 들어온다. 어머니를 견디지 못하고 가출했던 윤옥은, 엄마와 살던 동네를 찾아왔다가 집을 못 찾고 여기까지 오게 된 것이다. 그러한 윤옥을 보며 '나'는 "그녀가 마치 스무 살

---

6) 이어지는 부분을 인용하면 다음과 같다. "모든 게 순식간이었다. 나는 친구를 잃었고, 새로운 친구가 될 수 있다고 생각했던 사람도 잃었다. 사실 처음부터 내 옆에는 아무도 없었으니 큰 타격은 아니었다. 그래도 그녀 덕택에 밖으로 나와 일을 할 수 있게 되었으니 원망할 일만도 아니라고 애써 긍정적으로 생각했다. 그동안의 일들이 모두 내 탓만은 아니었을지 모른다. 누군가의 음모에 의해 그렇게 되어간 것일지도 모른다. 그렇게 생각하자 부끄럽거나 슬픈 감정은 조금 사그라지는 것 같았다."(206~207쪽)

의 나인 듯" "다시 스무 살이 되어 그녀와 합체하고 싶"(201쪽)어한다. 윤옥은 자신에게 집착하던 한 남자의 방화로 딸은 죽고 자기만 살아남았다고 말하지만, 나중에는 그것이 "있었던 일인지, 일어날 일인지……"(208쪽)라며 혼란스러워한다. 이 이야기를 털어놓고 윤옥은 사라진다. 그런데 윤옥이 남기고 간 가방 속에서는 불에 그슬린 사진첩과 아기 수첩이 발견된다. 사진첩을 펼칠수록 아이의 얼굴은 점점 낯익은 얼굴이 되고, 마지막 사진은 '나'가 할머니에게 왔을 무렵의 모습으로 끝난다. 아기의 출생일은 '나'의 출생일과 같다. 이 순간 "나는 내 기억인지, 아니면 그녀에게 이야기를 들어서인지, 엄마와 버스를 타고 이 방 저 방으로 떠돌던 추억과 불길 밖으로 나를 내보내려 안간힘을 쓰던 엄마의 손이 떠"(210쪽)오른다.

그러나 윤옥은 '나'의 엄마일 수 없다. 서른이 넘은 '나'에게 스무 살의 '엄마'가 있을 수는 없기 때문이다. 윤옥은 '나'가 불러낸 헛것인 것이다. 윤옥은 '나'의 모성에 대한 간절한 그리움이 만들어낸 환상이다. 그것은 "이미 이 세상 사람이 아니긴 하지만, 할머니 말 속의 냉정한 엄마가 아닌 윤옥이 내 엄마라 다행이었다"(210쪽)라는 윤옥의 말을 통해 확인할 수 있다. 네 살에 할머니에게 자신을 맡기고는 한 번도 찾아오지 않는 "냉정한 엄마" 대신, '나'는 윤옥을 엄마로 여김으로써 "다행"스러움을 느끼게 된 것이다.

「그런 웃음」의 '나'도 유일하게 곁에 머물러주던 연이의 실체가 드러난 후에, 그 참을 수 없는 공허를 환상으로 채운다. '나'가 유일하게 좋아하던 전문 코미디 배우 D씨가 현관문을 열고 들어오는 것이다. 모든 사람들이 자신을 싫어한다고 생각해서 자동화된 웃음을 짓던 '나'는 D를 향해서도 "그가 나를 싫어하는 게 아닐까 걱정이 되어 웃으려고"(207쪽) 애쓴다. 그러자 D는 "아직도 억지로 웃고 있습니까? 그런 웃음 필요 없습니다. 아무도 당신을 싫어하지 않습니다. 그냥 관심이 없는 겁니다"(207쪽)라고 말한다. 그제야 '나'는 그의 말에 안심이 되어 거짓 웃음 짓기를 그만둔다. 「돌아오다」의 '나'가 타인 없는 빈집에서 행복을 찾았다면, 「그런 웃음」의 '나'는 타인의 관심 없음을 확신한 이후에야 행복을 찾는다. 소통과 성장에 대한 완전한 거부를 통해 정소현이 그려낸 소설 속 주인공들은 작은 위안을 얻게 되는 것이다. 극단적인 현실의 곤란을 돌파하기 위해 환상을 동원한다는 점에서 정소현은 일군의 젊은 작가들과 공통점을 보인다. 그러나 그 환상이 현실을 위무하거나 따뜻하게 감싼다기보다는 현실의 커다란 상처를 할퀴고 지나간다는 점에서, 정소현의 환상은 읽는 이에게 생생한 아픔을 남긴다.

이어 할머니마저 죽고 윤옥은 그야말로 "완전한 외톨이로 세상에 내동댕이쳐"(210쪽)진다. 그러나 두려워하거나 불안해하지 않는다. "할머니가 남겨준 오래된 집이 있"(210쪽)기 때문이다. 할머니가 자신의 모든 것을 걸고 집을 지키고자 했던 것처럼[7], '나'는 "이 집과 함께 늙어갈 것"(210쪽)이다. 소설은 "살다보면 어쩌면 할머니가 돌아오고, 엄마도 돌아오고, 내가 만나지 못한 외삼촌과 외할아버지도 돌아올 것이다. 떠난 사람들은 언제고 돌아올 것이다. 나는 집을 지키며 언제 돌아올지 모르는 그들을 기다릴 것이다"(210쪽)라는 주인공의 다짐으로 끝난다. '나'가 집착하는 집은 무의식 속에서 변질되지 않고 남아 있는 표상 내용(경험, 이미지, 환상)의 등록 형태라고 볼 수 있다. 앞으로 '나'가 광장에 나갈 일은 없겠지만, 그녀의 집에는 윤옥이가 찾아온 것처럼, 할머니도, 택배기사도, 똑똑한 외삼촌도 언제든 찾아올 것이다.

---

7) 퇴락한 일본식 2층 목조 건물에 대한 할머니의 자부심과 집착은 대단하다. 할머니는 "내가 죽어도 집은 팔면 안 된다"(191쪽)고 말하며, 지금까지 단 한 번도 집을 떠나본 적이 없다. "먼 곳에 있는 가족이 돌아올 자리가 있어야 한다며 자신은 그것을 지키고 있는 거라"(191쪽)지만, "정작 떠났던 자식들은 한 번도 돌아오지 않았"(191쪽)다. 헛것인 딸 윤옥도 어머니를 찾아오지만, 끝내 그 집을 찾지는 못한다. 할머니가 집착하는 집은 사랑과 정이 배제된 외형만 남은 관계의 틀이라고 볼 수 있다.

자라는 아이

정소현에게 가족 혹은 그에 해당하는 관계가 성장을 가로막는 결정적인 장애로서 기능했다면, 정미경의 「울게 놔두세요」에서는 유사가족(pseudo-family)이 성장의 도움을 주는 계기로서 기능한다. 이 작품의 주인공 K는 음악이라는 악마에 홀려 "제 삶의 뿌리를 뽑아들고 달아"(109쪽)나 남한에 온다. 그는 사적인 의미의 아버지는 물론이고 공적인 의미의 아버지(국가)도 없다. 기성사회에 편입된 시각에서 보자면, 이제 막 그 사회로 접어들고자 하는 사람이나 세대는 하나의 타자라고 볼 수 있다.

K의 성장을 지켜보는 이가 바로 소설의 화자인 '나'이다. '나'는 인터뷰 전문가로서 K를 만나게 된다. 처음 만날 당시 그의 이력은 "평양에서 태어나 거기서 고등학교까지 졸업하고 러시아 유학을 다녀와 중국을 통해 서울로 온 지 이제 일 년"(94쪽)이라는 한 줄로 요약된다. 그러한 K를 바라보는 '나'는 당연하게도 남한에서 자라온 자로서의 고정관념에 빠져 있다. K에게서 타자성의 흔적을 찾고자 애쓴다. K로부터 듣고자 하는 대답도 "내면의 고백이나 아픔 같은 거 말고, 현재진행형의 고민 같은 거 말고, 그땐 죽을 만큼 고통스러웠지만 이젠 웃으며 말할 수 있어요"(98쪽) 정도이다. 그러나 K는 '나'의 예상을 저버리며, 그러한 K를 보는 '나'는 다음과 같은 의문에 빠진다.

이 남자가, 정말 그 남자가 맞는 걸까. 목숨을 걸고 국경을 넘었지만 중국의 공안에 걸려 수감되고, 그곳에서 이루 견디기 어려운 고문을 겪고, 악에 받친 동료들에게 지속적으로 린치를 당하고, 이상한 약물주사를 강제로 맞으며 공포에 질려 괴성을 질렀던, 스스로 미쳐가고 있음을 바라보아야 했던, 학대받는 짐승의 시간을 보낸 적이 있는 그 사람일

까.(97쪽)

이것은 '나'만의 문제가 아니다. K는 자신의 음악을 들으러 오는 사람들이 "내 손에서 원하는 게 음악이 아니라, 살상용 수류탄이라도 움켜쥔 모습"(98쪽)임을 확인한 후, "죽음을 곁에 두고 살던 그때보다 더"(94쪽)한 두려움을 느낀다. '나'의 계속된 채근에 K가 보여줄 수 있는 것은, 결국 소매에 가려 보이지 않는 커다란 "흉터"(99쪽)일 뿐이다. 이러한 문제가 발생하는 이유는 K를 탈북자라는 도식에 의해서만 바라보기 때문이다. "탈북자라는 단어는 그를 단숨에 파악하게 해주는 동시에, 그 언어의 강렬함 뒤에 가리어진 것들은 모조리 지워버리기도 하는 것"(99쪽)이다.

K도 차차 남한사회에 적응해간다. 다시 인터뷰어로서 만나게 된 K는 "구닥다리 재즈 아니면 간지러운 팝스타일의 피아노곡"(101쪽)을 무리 없이 연주한다. "가벼운 거짓말쯤은 스스로도 믿어버리며 뱉을 줄 아는"(100쪽) 사람이 되기를 희망했던 '나'의 바람이 이루어지기라도 한 것처럼, "이럴라고 왔어요?"라는 물음에 K는 "네. 맞아요"(101쪽)라고 유연하게 대답한다. 그날의 만남에서 K는 '나'에게 누나가 되어줄 것을 부탁한다. 다른 탈북자들이 그러하듯이 K 역시 "관계의 가난"(105쪽)에 시달려왔던 것이다.

K가 제안한 누나는 나이 어린 남성이 자신보다 나이 많은 여성을 부르는 일반적인 호칭과는 다르다. 이때의 누나는 가족관계의 분위기를 짙게 풍기기 때문이다. K의 "누나라고 불러도 돼요?"라는 말에, '나'는 친동생을 떠올리기도 하고, "내가 왜 너라는 이상한 애와 가족의 형식을 만들어야 해?"(103쪽)라고 자문해보기도 한다. 남매의 관계는 위계에 있어 부자관계와는 비교도 할 수 없이 수평적이며, 일방적인 폭력과는 거리가 먼 공감적인 관계이다. '나'는 K의 누나가 되기로 하는데,

이것은 '나'의 엄마가 K를 "사랑의 손맛이 밴 따뜻한 밥 한 그릇을 기쁘게 대접할 순 있으나 당신과 가족적인 관계를 맺을 수는 없는 예외적인 존재"(92쪽)로 여기는 태도와는 선명하게 구별된다.

K는 점점 남한사회에 적응해간다. 그것은 "자신이 목숨 걸고 찾아온 이 세계의 노골적이고 추악한 속성을 절절하게 겪어냈다는 말"(108쪽)이기도 하다. 결혼정보회사에서 꽃뱀을 만나 정착금까지 모두 날리고 수면제를 삼킨다. "현실의 국경과 생의 국경을 연속 장애물처럼 훌쩍 훌쩍 뛰어"(86쪽)넘으려 했던 것이다. 이곳에 익숙해질수록, K는 자신이 "그냥 하나의 점 같다는 생각"(108쪽)을 한다. '나'는 K의 누나가 되어주고자 노력한다. 이 노력은 친구를 통해 K의 공연을 기획하는 것으로 이어지고, 공연이 끝난 후의 포옹에서 '나'는 비로소 "알아온 이후로 K를 가장 잘 이해하고 있다고 생각"(111쪽)하게 된다.

공연장에서 나온 둘은 K가 알려준 돼지껍데기 집에 간다. 처음과 달리 '나'는 돼지껍데기에서 씹을수록 나는 고소한 맛을 느끼지만, 이제 K를 이해했다는 식의 건방은 떨지 않는다. 돼지껍데기를 씹으며 확인하는 것은 K와 '나'의, 평양 산과 서울 산의, 편입된 자와 편입되려는 자의 거리이다. '나'는 "태어난 아파트에서 다른 아파트로 이사한 경험밖엔 없는 내가 K를 이해할 수 있을까"(113쪽)라고 생각한다. 그러나 이해나 오해만이 관계를 가능케 하는 조건일 수는 없다. 오히려 '나'는 "그를 이해하겠다는 욕심만 부리지 않는다면 앞으로도 오랫동안 우리는 모호하고 독특한 우애를 나눌 수 있지 않을까"(113쪽)라고 생각한다. '울게 놔두기' '가만히 지켜보기'야말로 성장을 지켜보는 자들의 윤리라고 이 소설은 말하고 있는 것이다. 사정이 이렇다면 「울게 놔두세요」에서 진정으로 성장한 것은 K라기보다는 차라리 '나'라고 볼 수 있을지도 모른다.

강남으로 대변되는 중산층의 평온한 일상을 지탱하는 내면의 허위와 위선을 날카롭게 묘파해내던 정미경이 북에서 온 소년을 투시하는 데 있어서는 한없이 머뭇거리고 있다. 나아가 정미경은 그 투시가 가능하며, 정당한가라고 묻고 있다. 강남의 중산층과 북에서 온 청년을 바라보는 서술상의 거리는 각각의 인물들을 바라보는 작가의식의 차이에서 비롯되는 것일 수 있다. 타자를 있는 그대로 인정한다는 것은 또 한편 타자가 진정한 타자임을 묵인하게 되는 것은 아닐까? 말을 바꾸자면 K는 '나'와 맺은 유사가족적인 우애의 관계 속에서 진정한 성장을 보여줄 수 있을까? 그가 재즈바에서 "자본가의 지폐처럼 가볍게 날리는 곡들을 마음대로 연주"(101쪽)하며 살 수는 있겠지만, 그것이 진정한 성장인지에 대해서는 좀더 지켜봐야 할 것이다.[8] 이 작품에서 '나'가 탈북소년 K를 향해 보여준 태도는, 지금 우리가 생각할 수 있는 타자에 대한 윤리적 태도의 가장 이상적인 답변 중 하나일 것이다. 그러나 그 정답에서 활력이 느껴지지는 않는다. 타자를 동일자로 전유하는 폭력에서 벗어나 있는 '울게 놔두기'의 태도가 지닌 한계까지 주목했을 때, K의 성장은 더욱 생동감 있게 다가올 것이다.

늙은 아이

정소현의 「돌아오다」와 「그런 웃음」, 정미경의 「울게 놔두세요」가 기성사회에 진입하려는 청년들의 고투를 보여주고 있다면, 김경욱의 「신에게는 손자가 없다」는 이미 사회에 진입해 있는 노년이 그 사회로부터 벗어날 수밖에 없는 곡절을 담고 있다. 정소현의 소설이 프로이트적인 의미에서 고착(fixation)의 서사를 보여준다면, 김경욱의 「신에

---

8) 만약 K가 자신을 자살로까지 내몬 남한사회에 그대로 편입되는 모습만을 보인다면, 그것은 성장이 아니라 차라리 타락에 가까울 것이다.

게는 손자가 없다」는 퇴행(regression)의 서사를 보여준다. 울던 손녀에게 "울면 안 돼. 울면 안 돼. 싼타할아버지는 우는 애들에겐 서언물을 안 주신대. 싼타할아버지는 알고 계신대. 누가 착한 앤지 나쁜 앤지"(92~93쪽)라는 노래를 불러주던 사내는, 작품의 마지막에서 똑같은 노래를 손녀로부터 듣게 된다. 이 작품에서 할아버지와 손녀를 가리키는 호칭이 시종일관 '사내'와 '계집애'로 되어 있는 것은 둘의 관계가 대등한 관계임을 우회적으로 드러낸다. 사내가 계집애로, 즉 사내가 할아버지의 위치에서 손자의 위치로 옮겨갈 수밖에 없는 곡절이야말로 이 작품의 핵심이다.

김경욱의 「신에게는 손자가 없다」의 사내는 구청에서 통보한 퇴거 시한이 지난 집에서 손녀를 혼자 키우며 살아간다. 손녀는 궁전이라는 아파트 단지에 사는 남자아이 셋에게 성추행을 당해 '외상후 스트레스 장애'를 앓고 있다. 며느리는 아이를 낳고 시름시름 앓다 죽었고, 아들은 어디선가 궁전을 지으며 떠돌고 있다. 정글에서 전쟁을 치른 경험이 있는 사내에게, 전쟁은 끝난 것이 아니라 지금도 도시 한복판에서 진행되고 있다. "지옥 끝까지 밀쳐냈다고 믿었던 전쟁은 바로 등 뒤에 붙어 있었다. 어쩌면 사내 자신이 지옥 끝으로 밀려난 것인지도 몰랐다. 한 가지는 분명했다. 전쟁은 아직 끝나지 않았다는 것"(100쪽)이라는 말처럼, 그가 견뎌내는 삶이란 무한 적대와 증오로 가득한 전쟁터에 다름 아니다.

손녀를 성추행한 열 살짜리 남자아이들의 보호자들은 사내에게 너무나 당당해, 그들 앞에 선 사내는 오히려 자신이 죄를 짓고 불려온 것은 아닌가 의심할 정도이다. 그들은 사죄 대신 전기도 물도 끊길 염려가 없는 보금자리를 얻을 수 있는 액수의 돈을 사내에게 건넨다. "벌이 없으면 죄도 없다"(99쪽)는 명제가 성립된다면, 손녀를 성추행한 사내애들과 그 아이들의 부모도 아무 죄가 없다. 이 순간 사내의 심장은

"열대의 정글 어딘가에 부비트랩처럼 도사린 굴 앞에 섰을 때"처럼, "용서가 아니라 폭주를 갈구하는 마음으로 벌떡"(99쪽)댄다. 범죄마저도 무화시킬 수 있는 현실의 위력 앞에서 사내는 스스로 "더 큰 의지의 도구"(100쪽)가 되고자 결심한다. 사내가 군복을 꺼내 입고 자신만의 "심판"(102쪽)을 위해 준비를 끝냈을 때, 그 모습은 "동화 속 암흑의 전사가 아니라 세계이성의 역사가 끝장난 뒤 벌어진 인류 최후 전쟁의 탈영병 같기도 했다"(103쪽)고 묘사된다. 사내의 이 행위(act)는, 현실과 고통을 운명적인 것으로 받아들여 체념하는 경향과는 분명히 구분되어야 한다. 사내의 행위가 우스꽝스럽거나 무위에 그칠 뿐이라도, 그러한 행위와 환상(감미로운 혹은 고통스러운) 사이에 놓여 있는 거리는 결코 작은 것이 아니다.

사내는 보호자들이 사는 아파트 주차장으로 가서 그들의 차에 화염병을 던지고 돌아온다. 다음날 사내는 엄청난 기대를 가지고 눈을 뜨지만, 그에게 돌아온 것은 퀵서비스 회사의 해직통고와 자신의 몸에서인지 손녀의 몸에서인지 구분할 수는 없지만 어딘가에서 나는 펄펄 끓는 열뿐이다. 손녀를 데리고 간 궁전이라는 아파트단지 상가의 소아과에서도 사내의 귀에 "'불'이라는 말은 전혀 들리지 않았고 '선물'이라는 말은 자주 들"(106쪽)릴 뿐이다. 이때 등장하는 '선물'이라는 단어는 의미심장하다. 이 작품의 처음과 마지막에 이정표처럼 놓여 있는 노래에는 "산타할아버지는 우는 애들에겐 서언물을 안 주신대"라는 노랫말이 들어 있기 때문이다. 그렇다면 신은 결국 울 수밖에 없는 상황에 놓여 있는 사내와 계집애 같은 이들 대신 궁전에 사는 이들에게 '선물'을 주었다는 의미가 된다. 이 상황에서 사내는 성장의 주체도, 성장을 지켜봐주는 '누나'도 아닌 아이가 되어버린다. 온전한 주체도, 그렇다고 '더 큰 의지의 도구'가 될 수도 없는 상황에서 손녀가 불러주는 노래를 듣게 되는 것이다.

사내가 심판을 내리기에 이 사회는 너무나도 견고하고 튼튼하다. 작품의 도입부에는 "이 도시에서만 수백 개의 수도계량기가 동파된 월요일 아침"이라는 어구로 시작되는 네 개의 장면이 등장한다. 마지막 장면은 이 소설의 본 서사인 사내와 계집애의 이야기로 이어지고, 나머지 세 장면은 한 페이지 정도로 "수백 개의 수도계량기가 동파된 월요일" 아침의 상황을 그려내고 있다. 세 가지 삽화도 할아버지를 열 살짜리 아이로 만들어버린 이 사회의 견고성을 강조하기 위한 하나의 장치로서 기능한다. 부동산 중개업자 김형태, 기간제 교사 강지선, 아파트 관리사무소에서 일하는 고만석은 잠금장치가 풀려 있다거나 교실 문자물쇠가 뜯겨 있다거나 관리사무소의 열쇠 구멍이 뚫려 있는 일을 겪지만, 그것들은 이내 곧 봉합되어버리고 말 일에 불과하다. 이러한 상황의 연장선상에서 사내가 겪는 일들도 이 사회의 견고한 벽에 균열을 일으키지 못하고, 이내 흡수되어버릴 해프닝에 그칠 것임이 암시되고 있다.

「신에게는 손자가 없다」의 의미를 형성하는 심층에는, 손녀를 성추행한 아이들의 보호자가 건넨 돈봉투 앞에서 사내가 떠올리는 분대장의 말이 있다. 분대장은 세상에 세 가지 종류의 사람, 즉 "행운에 목매는 자, 의지를 맹신하는 자, 더 큰 의지의 도구임을 깨닫는 자"(97쪽)가 있다고 말한다. '행운에 목매는 자'는 이 세상의 이성과 합리가 지닌 불합리와 몰이성에 절망 혹은 달관한 자들이, 생의 즉자적 순간에 몸을 맡긴 모습이라 볼 수는 없을까? '의지를 맹신하는 자'는 "지도를 꼼꼼히 들여다보는"(100쪽) 자로서, 그 지도에 따라 이 세상을 파악할 수 있다고 생각하는 인간들이다. 그들은 지도를 그릴 수 있는 이성에 따라 전쟁도 벌이고, 돈도 번다. 마지막으로 '더 큰 의지의 도구임을 깨닫는 자'는 자신의 주체성을 던져버리고, 신의 말씀에 자신을 온전히 의기한 자들이다. 사내는 '의지를 맹신하는 자'들에 절망해서 '더 큰 의지의 도구임을 깨닫는 자'가 되려고 했으나 그마저도 실패한다. '사내'를 '계집애'로, 삶을 전쟁터로 만들어낸 힘은, 궁전이라는 이름을 가진 아파트에 사는 사람들, 사내가 알아들을 수 없는 말만을 지껄이는 의사, 돈으로 해결될 문제가 아니라는 사내의 말에 성경까지 들먹이며 해결을 종용하는 교장 등에게서 비롯된다.

궁전이라는 아파트로 대변되는 자본주의 질서와 타협하지 않고, 성장의 역순을 밟아 아이가 되어버리는 것. 그것은 성인 주체로 존재하는 것의 (무)의식적인 거부를 통해 이 세계를 심문하는 '불편한 타자'로 남겠다는 다짐이라고 볼 수는 없을까. 사내가 보여준 퇴행은 그 자체로서는 기성 질서에 대한 순응이고, 무의미한 병리일 수도 있다. 그러나 추문이 된 사내를 통해 작가 김경욱은 이 시대 사람들을 억압하는 것의 정체를 막연하나마 인상적으로 보여주고 있다.

죽어버린 아이들

김종은의 「가면」은 성장의 문제를 진지하게 다루고 있는 작품이다. 그동안 1970년대 초에 태어난 세대의 유년풍경을 경쾌한 어조로 스케치하던 작가가 성장의 본질적 의미를 환상적인 기법에 담아 진지하게 다루고 있다. 소년의 아버지는 소년에게 원숭이 사진이 그려진 엽서 하나만을 남기고 사라져버린다. 그 엽서에는 "제대로 볼 줄 알아야 하는 것이란다. 제대로 보면 세상 모든 게 아름다워"(182쪽)라는 말이 적혀 있다. 아버지의 말은 진언(眞言)이 되어 소년을 지배하게 된다. 소년에게 어른(아버지)이 된다는 것은 "제대로 본다는 것은 어떤 것일까"(187쪽)에 대한 해답을 얻는 과정이다. 이처럼 성인의 세계로 나아가는 인물이 겪는 내면적 갈등과 정신적 성장, 자신을 둘러싸고 있는 세계에 대한 각성의 과정을 담고 있다는 점에서, 「가면」은 성장소설(Bildungsroman)의 기본문법에 가장 충실한 소설이다.

학교에서 우연히 만난 소녀는 "제대로 보고 싶은 거야?"(193쪽)라고 묻는다. 소녀는 "결국에, 불행해지는 일이 돼"와 "달라지는 게 없을 수 있고, 모든 게 달라질 수 있고, 그저 너만 달라질 수 있어. 그리고 처음에는 좀 아파"(193쪽)라는 진실에의 눈뜸이 가져올 고통에 대한 경고와 더불어, "소년의 얼굴을 단박에 할퀴"(193쪽)어버린다. 소년을 둘러싸고 있던 가면이 벗겨지는 순간이다. 이로 인해 "가면을 볼 수 있고, 가면을 벗길 수 있는"(200쪽) 기묘한 힘을 갖게 된 소년은, 누군가를 '제대로 볼 수 있는 사람'으로 재탄생한다. 소년이 기묘한 힘을 사용한 첫 번째 대상은 부자를 아버지로 둔 '녀석'이다. 소년은 소녀가 그랬듯이, "달라지는 게 없을 수 있고, 모든 게 달라질 수 있고, 그저 너만 달라질 수 있어. 그리고 처음에는 좀 아파"(198쪽)라는 경고와 함께, 녀석의 얼굴을 할퀴어버린다. 녀석은 "두꺼운 껍질을 벗어버린 느낌"을 받으며, "이제껏 봐왔던 것이 모두 가짜였다는 것을 믿"(198쪽)게 된다.

그러나 소년의 능력은 차라리 저주에 가까운 것이다. 소년에 의해 가면이 벗겨졌던 녀석이 죽은 것처럼, "소년 때문에 많은 사람들이 계단 아래로 제 의지와 상관없이 굴러떨어져 주저앉"(201쪽)게 된다. 소년은 사람들의 가면도 벗겨주었지만, 동시에 "그들 모두를 침묵하게 만들었고 자신이 그런 것처럼 도망자가 되어 쫓기는 삶을 살게 만들"(201쪽)었다. 그리하여 "스스로 가면을 만들어 다시 쓴 후 떠나는 사람들이 속출하기 시작"(201쪽)한다. 「가면」에서 "가면을 벗은 사람과 가면을 쓰고 있는 사람"은 각각 "태어나 죽을 때까지 진실을 찾는 사람과 태어나 죽을 때까지 진실을 감추는 사람"(203쪽)에 대응한다.

소년의 성장이 다다른 지점은 다음과 같이 정리된다. 가면을 쓰고 있는 사람들이 압도적으로 가면을 벗은 사람보다 유리할 것이라고 생각하지만, 실제로는 그렇지 않다는 것이다. "진실을 찾는 사람들은 의외로 많"으며, 사람들은 "지금도 집요하게 말도 되지 않을 것 같은 그 경쟁에 용감하게 뛰어들고 있"(204쪽)기 때문이다. 덕분에 "세상은 평행을 유지"하고, "평행을 위해 대책 없이 달리는 그 힘"이 바로 "희망"이라는 것이다.

'세상을 제대로 볼 줄 알게 된' 소년은 드디어 아버지를 만난다. 이것은 아버지가 된 자기 자신과의 만남이기도 하다. 문제는 "더없이 아름다운 풍경"(204쪽)을 만들어내던 성장의 깨달음과 아버지와의 만남이 소년의 죽음으로 이어진다는 점이다. 아버지와의 만남 이후, 평범한 도시의 구석진 상가 건물 곁에 놓인 포장마차 아래에서 소년은 시체로 발견된다. 그러고 보면, 소년에 의해 가면이 벗겨졌던 녀석 역시 "새 교사 건축이 한창이던 산 아래에서"(198쪽) 시체로 발견된다. 이처럼 세상을 '제대로 보게 된 아이들'은 죽는다. 소년은 수많은 고투 끝에 "희망"을 보았지만, 그것은 곧 "죽음"을 의미하기도 한다.

「가면」에서 소년들의 죽음은 커다란 변화를 가져오지도 않는다. 마치 녀석의 죽음 이후 "녀석을 중심으로 배치되어 있던 사람들의 모든 자리를 재빨리 다른 이가 꿰찬 것"(199쪽)처럼 말이다. "누가 뭐래도 세상은 2%의 소수로 움직"(199쪽)이는 현실을 타격하기에 소년들의 성장(죽음)이 지닌 힘은 너무나 미미하다. 그렇다면 소년이 도달한 진실의 내용과 서사화된 현실의 구체 사이에는 큰 괴리가 있다. 이 괴리 역시 '성장의 종언'을 드러내는 또하나의 방식임에 분명하다.

SF적 상상력의 실상

장르문학과의 교섭

　본격문학에 미달되는 것으로 게토(ghetto)화 되었던 장르문학이 한 국문학의 중심으로 진입해 들어오고 있다. 장르문학은 추리소설, 판타지, SF 등과 같이 각각의 장르마다 창작자와 수용자가 직관적으로 공유하는 일련의 관습들(conventions)과 규약들(protocols)로 이루어진 서사양식을 말한다. 장르문학 작품들은 일반적으로 현실을 직접 반영하기보다는 자신이 속한 장르의 세계, 또는 그 세계에 존재하는 다른 작품들 전체를 자기 반영적으로 비추어 보인다.[1] 2000년대 한국 소설계에서는 장르문학 중에서도 SF적인 장치와 상상력이 여러 작품에서 적극적으로 활용되고 있다. 장르문학적인 특징이 소설에 활용된다는 것이 작품의 수준을 평가하는 잣대가 될 수는 없다. 여러 사람의 논의가 보여주듯이, 장르문학의 여러 자원들을 활용하여 얼마나 새롭고 의

---

1) 박진, 「장르들과 접속하는 문학의 스펙트럼」, 『창작과비평』 2008년 여름호, 31쪽.

미 있는 작품을 창조해내느냐가 중요하기 때문이다. 핵심은 '장르문학
이냐 본격문학이냐'가 아니라 '좋은 문학이냐 나쁜 문학이냐'이다.

이 글에서 다루려는 소설들[2]은 정통 SF소설이라고 볼 수는 없다. 그
럼에도 이들 작품은 SF소설과 여러 가지 특징을 공유한다. 과학적 사
실이나 미래의 풍경을 소설의 핵심적인 요소로 차용하고 있을 뿐만 아
니라 '인식론적 소외와 낯설게하기'를 특장으로 갖는 반리얼리즘적 허
구 서사물'로서의 특징을 지니고 있기 때문이다.

이러한 공통점 이외에도 이들 작품은 각기 다른 특성을 보여주고 있
다. 인생의 비의를 전달하는 수단으로서 SF적 의장을 활용하기도 하고
(「생의 얼룩을 건너는 법, 혹은 시학」), '지금-여기'의 현실을 날카롭게
드러내기 위해 SF적 소재를 끌어오기도 하며(「저건 사람도 아니다」), 인
간의 근원적 욕망을 표현하기 위해 SF적 분위기와 동거하기도(「3개의
식탁, 3개의 담배」) 한다. 이러한 차이에도 불구하고, 이들 작품이 발본
적인 지점에서 우리네 삶과 세계를 돌아보게 하며, 또다른 사유와 감
각의 영역으로 우리를 개방하게 만드는 것도 사실이다. 이러한 특징은
SF 장르와의 접촉과 교섭이 우리 문학에 가져올 수 있는 축복임에 분
명하다.

SF를 건너는 법, 혹은 조현

조현은 한국 문학사에서 이례적으로 등단작부터 SF와 깊은 친연성
을 보여주었다. 『판타스틱』은 작가와의 인터뷰에서 2008년 신춘문예

---

2) 이 글에서 주로 다루는 텍스트는 다음과 같다. 조현의 「생의 얼룩을 건너는 법, 혹은 시학」
(『현대문학』 2009년 1월호), 서유미의 「저건 사람도 아니다」(『창작과비평』 2009년 봄호),
김중혁의 「3개의 식탁, 3개의 담배」(『창작과비평』 2009년 봄호). 이하 인용할 경우 본문에
쪽수만 표시한다.

당선작인 「종이냅킨에 대한 우아한 철학—냅킨 혹은 T. S. 엘리엇의 '황무지' 중 'Ⅳ. Death by Water'에 대한 한 해석」을 두고 "순문학을 중시하는 신춘문예에서 SF를 선정하다니!"[3]라는 격앙된 반응을 보이고 있다. 그러나 등단작을 포함해 「생의 얼룩을 건너는 법, 혹은 시학」이 SF라고 단정 지을 만큼 '과학적 사실과 예언적 비전이 융합된 매력적인 로맨스'라는 고전적인 정의에 부합되는 것은 아니다. 물론 그의 작품이 SF적 분위기와 장치를 즐겨 활용한다고 볼 수 있지만, 보통의 SF들이 갖게 마련인 역동적인 내러티브를 보여주는 대신 대단히 본질적이고 역사적인 사유를 서술자가 직접적으로 발화하는 특징을 보인다.

「생의 얼룩을 건너는 법, 혹은 시학」은 이러한 특징이 고스란히 드러나고 있는 작품이다. 이 작품에도 "22세기식 하이쿠"(173쪽) "서기 22세기, 좁아터진 지구를 떠나 처음으로 유로파를 개발하는 선발대의 고단함과 슬픔을 시로 노래한 시인 아이엔선더의 시어"(188쪽) 등이 등장한다. 그러나 그것은 사유를 펼치는 데 필요한 대상으로 언급될 뿐이지, 그러한 시공이 서사 전개의 배경이 되는 것은 아니다.

조현은 '생의 얼룩'과 '로르샤흐 테스트의 얼룩'[4]을 대비시키면서, 인생의 비의(秘義)와 그것을 향한 열망을 철학적으로 풀어내고 있다. 검사를 받고 있는 서술자가 검사자인 '너'에게 하는 독백으로 되어 있는 서술방식은 작가의 주제의식을 전면화하는 데 효과적으로 기능한다. 이때 검사자 '너'는 로르샤흐 테스트를 신봉하는 자이고, 서술자인 '나'는 로르샤흐 테스트와는 반대되는 세계를 확신하는 자이다. '너'에게 로르샤흐 테스트에서 잉크 무늬가 인간의 심리상태를 판별하고 구

---

3) 「SF식 종이냅킨 접기—작가 조현을 만나다」, 『판타스틱』 2008년 3월호, 36쪽.
4) 좌우 대칭의 불규칙한 잉크 무늬가 어떠한 모양으로 보이는가에 따라 그 사람의 성격이나 정신상태, 무의식적 욕망 따위를 판단하는 인격 진단 검사법. 로르샤흐가 고안한 일종의 투사법으로 성격심리학, 문화인류학 따위의 분야에 널리 응용한다.

별짓는 하나의 기호라면, '나'에게 생의 얼룩이란 한 인간의 고유성을 드러내는 것은 물론이고 "삼매의 자각"(175쪽)을 가능케 하는 작은 틈새이다.

똑같은 얼룩에서 '너'가 이성의 언어로 번역될 수 있는 정신상태를 읽어낸다면, '나'는 시로서만 표현할 수 있는 존재의 비의를 체험한다. '너'는 근대의 인식론적 구조를 표상하는 인물이다. 그는 "환자와 의사라는 이분법적 편견"에 빠져, "자신의 시대가 보편적으로 인정한 과학적 패러다임만을 절대진리라고 생각하는"(186쪽) 사람이다. 그에 반해 '나'는 근대적 표상 체계를 벗어나 존재와 세계의 본질을 파악하려고 한다. '나'는 '너'에게 "우리가 진정으로 추구해야 할 고귀한 목표에 대해 깨우"(175쪽)쳐주기 위해 심리상담실에 온 것이다.

'생의 얼룩'이란 "옆집 고양이의 죽음이나 잃어버린 구슬, 혹은 부모의 이혼"처럼 "인정할 수 없었지만 어쩔 수 없이 받아들여야"(177쪽) 하는 것들이다. 그러한 얼룩들을 통해 "신비로운 꿈이 찾아"(177쪽)온다. '나'는 어린 시절 얼룩이라 할 수 있는 교통사고를 당했고, 그 순간 처음으로 신비로운 빛을 본다. 그 이후로도 신비로운 일들을 연이어 체험하는데, 정신병리학자들에 의해서는 "환영이나 트라우마 혹은 신경해리"(177쪽)라고 불릴 만한 일들이, '나'에게는 "자신의 심연"(179쪽)과 세계의 비의가 드러나는 경험일 뿐이다.

얼룩을 통해 '나'가 깨달은 것은 온 세상이 하나로 연결되어 있다는 불교적 상상력에 맞닿아 있다. 군대의 수목원에서 신비로운 순간을 체험했을 때의 깨달음이 대표적이며, 그것은 다음과 같이 서술된다.

정원 안에 있는 여러 나무들이 되어 그들의 존재감으로 우주를 바라볼 수 있었지. 하여 나는 정말 신비로운 우주의 비밀을 깨달았어. 모든 생명은 길거나 짧거나 굵거나 가늘거나 질기거나 연약하거나에 관계없

이 하나의 '촘촘한 그물망'으로 얽혀 있다는 것을 말이야. (181쪽)

　'나'의 깨달음이란 "우주의 모든 것이 연결되어 있다는 '존재의 연결감'"(182쪽)과 관련되어 있다. 이러한 체험은 만물의 교감을 강조한 상징주의 시인 랭보가 말한 견자(見者)의 체험과도 연결된다. 랭보는 "'시인'은 모든 감각기관에 걸친 광대무변하면서도 이치에 맞는 착란에 의해 견자가 됩니다"(185쪽)라고 말했던 것이다. 이러한 세계와 존재의 비의에 다가서는 것은 우리가 "많은 생애에 걸쳐 각성하고 또다시 윤회하는"(185쪽) 이유이기도 하다. 말을 바꾸자면 "수없이 윤회하는 것은 시학에 대한 영원한 탐구"(187쪽)이다.

　그렇다면 「생의 얼룩을 건너는 법, 혹은 시학」은 그 자체로 불가능한 시도라고 볼 수 있다. '나'의 깨달음은 "진리 그 자체는 언어 이전의 존재이므로 침묵으로 일관할 수밖에 없다"는 화엄경의 법신사상처럼, 언어화할 수 있는 것이 아니기 때문이다. '나' 역시 "최대한 세심하게 그때의 경험을 묘사하려고 노력하겠지만, 인간의 언어란 정말 부실하기 짝이 없어 좀 난감하긴 해"(183쪽)라고 고백하고 있다. 그러나 '나'는 시(詩)와 시학(詩學)을 통해 그것이 가능하다고 말한다. "설명조의 서술의 한계를 극복하기 위해서 은유가 필요한"(183쪽) 것이고, "애절한 은유"는 "생의 얼룩을 건너 존재의 본질에 다다를 수 있"(187쪽)게 하기 때문이다. 이 대목은 작가의 문학관으로 읽히기도 한다. 조현에게 소설이란 '애절한 은유'이며, 그것은 독자를 '존재의 본질'에 이르게 해준다.

　「생의 얼룩을 건너는 법, 혹은 시학」은 개체성의 단단한 허구적 틀을 깨뜨리고, 독자를 탈존에 대한 사유로 이끈다. 이를 통해 근대의 인간중심주의를 넘어설 수 있는 시각과 감수성을 열어주기도 한다. 이 작품은 SF적인 클리셰와 상상력이 긍정적으로 활용된 사례라 볼 수 있다.

이건 SF가 아니다

서유미의 「저건 사람도 아니다」에서 인조인간이라는 환상적인 소재는 곧바로 알레고리적 기호로서 환원되어버린다. 그로 인해 SF적인 인식의 전환이 충분히 이루어지지 않으며, 현실에 대한 확고한 관점을 보여주게 된다. 서유미가 인조인간이라는 소재를 통하여 보여주는 것은 인간이 기계가 되어야만 견뎌낼 수 있는 현실의 가혹함 혹은 폭력성이다.

싱글맘인 '나'는 양육과 회사일로 정신이 없다. 어느 것 하나 제대로 하지 못해 조바심을 내는데, 직장에는 그녀의 조바심을 자극하는 사람들로 가득하다. 특히 통합디자인팀의 팀장으로 거론되는 홍은 체력과 능력, 카리스마까지 갖춘 인간이다. 가정과 회사 양쪽으로부터 궁지에 몰린 '나'는 결국 '로봇'의 도움을 받기로 한다. 이 사이보그는 "기계라기보다 분신의 개념에 가깝다"(140쪽)고 할 정도로 '나'와 유사하다.

'나'는 "나와 똑같이 생겼지만 내가 아닌 '어떤 것'"(142쪽)을 처음에는 가사 도우미로 사용한다. '그것'은 주부로서의 역할을 완벽하게 수행한다. 아이디어 회의와 업무분담이 있는 날에 '나'는 몸살까지 걸리고, 대신 로봇을 회사에 보낸다. 사고만 치지 않기를 기원하지만, '그것'은 '나'를 훨씬 뛰어넘는 능력을 발휘해서 사람들의 인정을 받는다. '그것' 대신 다시 출근했을 때, '나'는 그것에 훨씬 못 미치는 능력을 발휘해서 어쩔 수 없이 로봇을 계속해서 출근시킨다. '나'는 "유배지에 와 있는 죄인처럼 회사에 복직할 날만 기다"(148쪽)리는 상황에 처한다. '나'가 직접 회사에 나갔을 때는 홍이 "마치 교대할 시간을 줄 테니 '그것'을 데려오라는 은밀한 주문"처럼, "일찍 들어가서 쉬고 내일 제대로 마무리해줘요."(148쪽)라고 말하기까지 한다. 회사에서 활동하는 '나'와 집안일을 하는 '그것'은, 집안일을 하는 '나'와 회사에서 활동하는 '그것'으로 위치가 역전되어버린다.

전남편이 재혼하는 날, '나'는 '그것'을 자기 대신 아이와 함께 결혼식장에 보낸다. 이제는 아이조차 엄마와 '그것'이 다르다는 걸 전혀 눈치채지 못한다. "회사에 갈 수도 없"(150쪽)게 된 '나'는 가정에서도 아이의 사랑을 독점하는 유일한 존재가 아니다. 회사와 가정 모두에서 자신의 위치를 잃어버리고 만 것이다. '나'는 결혼식장에 따라가고 몰래 숨어서 결혼식을 지켜본다. '그것'은 "전남편의 결혼식에"(151쪽) 가서도, 그런대로 무난하게 자신의 역할을 수행한다. 전남편마저 '그것'의 행동이 "나답지 않다는 걸"(151쪽) 전혀 알아채지 못한다. 완전한 무력감에 빠져 직장을 빠져나왔을 때, 의외의 상황이 발생한다. 맞은편에서 걸어오는 후줄근한 추리닝 차림의 "홍과 똑같은 홍"(151쪽)과 마주친 것이다.

여자는 어디를 보는 건지 알 수 없는 표정을 하고 거리를 좁혀왔다. 낯이 익은 얼굴이었지만 누군지 바로 떠오르지 않았다. 누구지? 생각하는데 나를 발견한 여자의 눈빛이 심하게 흔들렸다. 눈이 마주치자 여자는 고개를 돌려 외면해버렸다. 그리고 존재를 감추려는 듯 빠르게 걷기 시작했다. 여자가 허둥대며 내 옆을 지나갈 때 누구인지 떠올랐다. 반쯤 지워진 얼굴로 걸어가는 여자는 바로, 홍과 똑같은 홍이었다. (151쪽)

사이보그인 '그것'에게 자신의 모든 것을 빼앗긴 것은 '나'만이 아니라 '에너자이저' '워커홀릭' '슈퍼히어로'로 불리는 홍 역시 마찬가지였던 것이다. 이처럼 이 작품에서 그리고 있는 상황은 특수한 상황에 그치는 것이 아니라 나름의 보편성을 지니게 된다. 이 작품의 표면적인 서사는 '인간이 된 사이보그 이야기'이지만, 진정한 서사는 '사이보그가 된 인간의 이야기'라고 볼 수 있다. 결국 로봇(기계)이 되지 않고는 자신의 정체성과 사회적 위치마저 유지할 수 없는 현대인의 상황을 드러내고 있는 것이다.

　서유미의 「저건 사람도 아니다」는 사이보그라는 SF적인 소재를 통하여, 독자로 하여금 현실의 인간이 처한 상황과 추구하는 가치들을 다시 한번 생각하게 만든다. 본래 "SF적인 바깥의 시선은 우리가 무슨 수를 써도 발을 뺄 수 없는 인간적인 현실과 실존적인 가치들, 그 안에서 본 시선과 충돌을 일으키면서 우리를 불편하게 만들기도 한"다.[5] 여기서 방점은 '불편하게'에 놓여야 한다. 불편함이야말로 인간과 현실에 대한 인식을 심화시키는 결정적인 계기가 되기 때문이다. 서유미의 소설은 '불편함'을 거느리지 못하고 있다. 너무나도 능수능란한 소설적 솜씨 속에서 독자는 편안함마저 느끼게 된다. 이러한 편안함은 다루는 대상(인간의 소외)과 다루는 방법(분신의 출현)의 익숙함에서도 기인한다.

우주에서 피우는 담배

　김중혁의 「3개의 식탁, 3개의 담배」는 이 계절에 발표된 작품 중에서 SF 장르에 가장 가까운 작품이다. 핵심은 산문적인 설명으로는 쉽게 환원될 수 없는 종말의 분위기에 있다. 그리하여 "행성의 룰은 되돌아오는 것이지만 우주의 룰은 떠도는 것이니까"(109쪽), "물건들은 행성처럼 떠 있었다"(132쪽), "2021394194도 하나의 별이 되어 허공에 떠 있었다"(133쪽)와 같은 몇몇 구절뿐만 아니라 작품 전체가 서정적인 느낌을 자아낸다. 이 작품에서 SF적인 특징은 시종일관 묵시록적인 분위

---

5) 박진, 앞의 글, 48쪽.

기의 창출과 관련되어 있다.

2021년이 배경인 이 작품은 소멸에 대한 열망으로 가득하다. 소설의 스토리 시간은 전부 여섯 시간이다. 작품의 주인공 '그'는 킬러이고, 그의 이름은 처음 2021394200이다. 앞의 2021은 연도를 의미하고, 뒤의 394200은 앞으로 살아 있을 시간을 의미한다. 손목시계에 새겨져 있는 그 숫자는 시간이 지날수록 1씩 작은 숫자가 된다. 그는 길가의 식당에서 열여덟 살쯤 되어 보이는 여자아이를 만난다. 여자애의 손목시계는 그 아이에게 시간이 백 시간밖에 남아 있지 않음을 가리키고 있다. 작품은 계속해서 조금씩 줄어들기 시작하는 숫자를 환기시킨다. 2021394200이 2021394199로, 2021394199가 2021394198로, 마지막에는 2021394194까지 줄어드는 매 순간을 또렷하게 언급하는 것이다. 이러한 특징은 이 작품을 감싸고 있는 소멸의 분위기를 한층 고조시킨다. 이러한 숫자는 두 가지 의미를 갖는다. 첫째는 계속해서 줄어드는 특성을 통해 소멸을 구체적으로 환기시킨다. 둘째는 인간을 숫자로 나타냄으로써, 통제받는 획일화된 사회의 상징적 기호 역할을 하기도 한다. 실제로 이 숫자는 "메갈로시티의 라이프 컨트롤 센터"(123쪽)라는 기관에서 관리하는 것으로 설명된다.

등장인물들은 모두 사라지고자 하는 열망에 들려 있다. 주인공 그는 블랙홀 체험관에 가는 것을 즐긴다. 그곳에서 느끼는 오르가슴에 가까운 쾌감을 "거기엔 모든 게 있거든. 블랙홀로 빨려들어가는 순간 내 눈엔 별의별 것들이 다 보여. 죽음, 우주, 별, 탄생, 혼돈, 살인, 심지어 섹스하는 사람들까지 보여. 아니 섹스하고 있는 내가 보여"(113쪽)라고 표현할 정도이다. 블랙홀이란 빛조차도 사라져버린다는 가설적 천체를 말한다. 이것은 인간의 가장 궁극적인 욕망에 해당하는 타나토스(Thanatos)의 우주적 형상이다.

또한 이 작품을 지배하는 죽음과 파괴의 욕망에 걸맞게 사내의 직업은 킬러이다. 그는 죽는다는 것을 "그냥 줌아웃되는 걸 거예요. 아득히 멀어지는 거죠. 고통스럽지는 않고, 그저 모든 게 멀게 느껴지는"(119쪽) 것이라며 낭만화한다. 사람을 죽이는 방식도 그가 생각하는 죽음의 정의에 부합된다. 그가 사용하는 담배 폭약은 그 공간에 있는 모든 것을 창밖으로 밀어낸 후 폭발하여, 모든 것을 "아주 높이, 우주에 닿을 정도로 높이 솟구쳐오르게"(120쪽) 한다. 나아가 그는 "단 한 점의 빛도 보이지 않는 어둠 속에서 모든 것이 소멸해가는 것"(121쪽)을 원한다. 이것 역시 블랙홀 체험관을 좋아하는 것과 마찬가지로 죽음욕망의 발로라고 할 수 있다. 그와의 무조건적인 동행을 원하는 여자아이 역시 소멸에의 욕망에 들려 있다. 여자애는 백 시간도 못 되는 지구에서의 시간을 견디지 못하고, 그에게 폭죽을 터뜨려 자신을 우주로 보내달라고 부탁한다. 작품의 마지막은 모두의 소망이 충족되는 것으로 끝난다. 청부살해에 실패한 그는 다음의 인용에서처럼 담배 폭약의 폭발과 함께 우주로 솟구쳐오른다. 멋지게.

쾅, 하는 소리와 함께 모든 것이 흔들렸다. 밝아졌다. 창밖에서 누군가가 거대한 진공청소기를 들고 있는 것처럼 집 안의 모든 물건들이 창밖으로 빨려나갔다. (…) 2021394194는 이 모든 장면을 지켜보았다. 고요한 순간이었다. 물건들은 행성처럼 떠 있었다. 2021394194도 하나의 별이 되어 허공에 떠 있었다. (…) 2차 폭발이 시작되고 거대한 폭발음이 사방으로 퍼졌다. 미사일이 발사되는 순간 같았다. 허공에 떠 있던 것들이 한꺼번에 위로 솟구쳐올랐다. 별들은 폭죽이 되어 우주로 발사됐다. 폭발음도 별들과 함께 위로 솟구쳤다. 폭발음을 들으면서 2021394194는 자신이 가게 될 우주를 생각했다. (132~133쪽)

「3개의 식탁, 3개의 담배」는 우리나라뿐만 아니라 일본 등에서도 빈번하게 보이는 우주적 상상력의 전형을 보여주는 작품이다. 주지하다시피 '가족'이나 '우주'에 집중하는 현상은 2000년대 소설의 일반적인 현상이다. 이때의 가족과 우주는 각각 상상계와 실재계로 번역될 수도 있을 것이다. 김중혁의 「3개의 식탁, 3개의 담배」를 읽고 지극히 멀고 추상적인 우주, 종말의 감각을 느끼는 것은 당연한 일이지만, 지금 이곳의 사회나 현실에 대한 실감은 어렴풋하다. 그 어렴풋함 속에서 잃어버린 공공성을 회복하고 새로운 사회적 가치의 가능성을 발견해내는 것이야말로 독자의 임무겠지만, 먼저 그 어렴풋함을 좀더 선명하게 만드는 것도 작가의 임무임에 분명하다.

문학동네 평론집
단독성의 박물관
ⓒ 이경재 2009

초판인쇄 | 2009년 11월 12일
초판발행 | 2009년 11월 19일

지은이 이경재
펴낸이 강병선
책임편집 이연실 최지영
마케팅 방미연 이지현
제작 안정숙 서동관 김애진

펴낸곳 (주)문학동네
출판등록 1993년 10월 22일 제406-2003-000045호
주소 413-756 경기도 파주시 교하읍 문발리 파주출판도시 513-8
전자우편 editor@munhak.com | 대표전화 031)955-8888 | 팩스 031)955-8855
문의전화 031)955-8889(마케팅) 031)955-2645(편집)
문학동네카페 http://cafe.naver.com/mhdn

ISBN 978-89-546-0923-4 03810

* 이 책은 인천문화재단 일반공모 지원사업의 지원을 받아 제작했습니다.
www.munhak.com